Die Paulus-Papiere

Edwin Klein

SWB

Verlag

Erschöpft lag er neben ihr und atmete heftig. Schweiß stand ihm auf der Stirn, sein Puls normalisierte sich allmählich und er blickte aus dem Fenster in die Nacht. Die Wolken hatten sich verzogen und der Mond schien ihn mahnend anzugrinsen: Was hast du denn schon wieder angestellt!

Er drehte sich zur Seite und betrachtete ihr Gesicht. Die gerade Nase, die vollen Lippen, ihre Augenbrauen, die unvermittelt nach oben hüpfen konnten, wenn sie die Stirn runzelte. Mit dem Zeigefinger zeichnete er ihr Profil nach. Als er die Lippen berührte, schnappte sie zu.

„Brigitte, du bringst für mich den Himmel auf die Erde“, sagte er immer noch etwas kurzatmig. „Es war wie in einem Traum.“

„Und du gibt's mir Gefühle, die ich noch nicht kenne“, antwortete sie. „Ich habe ein bisschen Angst.“

„Wovor?“

„Bubu, man muss immer haben ein bisschen Angst, wenn etwas so schön ist wie unsere Liebe. Angst davor, sie zu verlieren.“

„Du verlierst mich nicht.“

Er bemerkte dies wieder in einer ruhigen und nüchternen, fast unromantischen Art. Allerdings klang es für sie wie ein Gelübde. Ein Schwur für die Ewigkeit.

„Verliere ich dich wirklich nicht?“

Er schüttelte den Kopf. „Nie und nimmer.“

Sie kuschelte sich an ihn. Auch heute fragte sie nicht, wie er alles regeln wolle, damit sie zukünftig zusammenbleiben konnten. Offiziell und ohne Versteckspiel. Denn seine Familie würde darüber wenig erbaut sein. Du und deine Familie, hatte sie geantwortet. Es muss doch eine Lösung geben. Bei manchen Familien, so seine Entgegnung, dauere es eben etwas länger.

Langsam ließ er seine Finger über ihre Scham und etwas höher bis zum Bauchnabel gleiten.

„Bubu, ich muss dir etwas sagen.“

„Du brauchst nichts zu sagen, ich weiß es auch so. Es gibt keinen Irrtum. Habe ich Recht?“

Sie nickte. „Ich bin jetzt Ende des dritten Monats.“

„Ich werde eine Lösung finden.“

ausweichen, die jeden Winkel seines Innersten auszuleuchten schienen. Wie zuvor hätte er sich einfach abwenden können. Wenn da nicht dieser Blick gewesen wäre, dieses Strahlen, diese Wärme und diese … Verlockung.

Als vor knapp zwei Jahren alles begann, unerwartet, impulsiv und ohne Überlegung, ein Gefühlsrausch, wie er ihn bis dahin noch nicht kennen gelernt hatte, stellte er sich keine Fragen. Und er stellte auch nichts in Frage.

Er war wie ein Schwamm, der alles aufsaugte, ein riesiger Schwamm voller Nachholbedarf und unerfüllter Wünsche und Träume. Und einmal all die erregenden Momente aufgesaugt und kennengelernt, machte sich seine Fantasie selbständig und malte ihm ständig wunderschöne Bilder, die ihm über die Zeit der Trennung hinweghelfen sollten. Bilder, die ihn lächeln und erschauern ließen, seinen Puls beschleunigten, ihm eine Gänsehaut bescherten und auf die höchsten Wolken hoben. Aber längst nicht hoch genug, um seinen Berg der Empfindungen zu erklimmen, den Gipfel der Liebe zu erreichen.

Es war nicht viel Verkehr an diesem Vorweihnachtsabend. Keine Urlaubszeit, kein verlängertes Wochenende, keine Ausstellung in Deutschlands ältester Stadt. Er hielt sich an die Geschwindigkeitsbegrenzung, überquerte die Mosel, nur noch wenige Kilometer bis Trier. Musik aus dem Radio – er hörte nicht hin. Die Nachrichten – sie interessierten ihn nicht. Er wirkte abwesend. In seinem Kopf jedoch eine permanente Unruhe, immer wieder die gleichen Fragen. Warum tust du das? Was fasziniert dich so an dieser Frau? Setzt so viel aufs Spiel. Beruf, Karriere, einfach alles. Ist sie das wert? Aber allein schon die Tatsache, dass er, in Abwägung aller möglichen Konsequenzen, schon wieder auf dem Weg zu ihr war, zeigte ihm, sie war es ihm wert.

Wenige Minuten später bog er auf einen Parkplatz, rollte an einem polnischen LKW vorbei und stoppte. Sonst war kein Fahrzeug zu sehen. Es begann das gleiche Ritual wie all die Male zuvor auch. Er parkte sein Auto in Fahrtrichtung, um gleich wieder auf die Straße fahren zu können, schaltete das Licht aus und beobachtete im Rück- und Seitenspiegel den vorbeifließenden Verkehr. Nach einer Weile stieg er aus, schaute scheinbar gelangweilt in alle Richtungen, machte dabei einige Dehnübungen, öffnete den Kofferraum und zog sich um. Es war nicht kalt, der Winter hatte sich noch nicht richtig angemeldet – oder würde er sich, wie im vergangenen Jahr, von seiner milden Seite zeigen? In Jeans, einem Pulli und mit einer Baseball-Mütze verschwand er hinter einem Busch und hatte auch von dort alles im Blick.

Erleichtert, nichts Auffälliges entdeckt zu haben und sich wieder einmal einen Narren scheltend wegen seiner Übervorsicht, setzte er die Fahrt fort. Wer sollte ihn schon verfolgen? Es wusste doch niemand von seinem Doppelleben. Oder doch? Vor vier Wochen war es, als er an gleicher Stelle parkend, sich plötzlich von Polizei umgeben sah und in die Mündung einer Maschinenpistole blickte. Sie hatten einen LKW gestoppt, um ihn nach geschmuggelten Zigaretten zu filzen. Auch er musste sich ausweisen. Allerdings hatte niemand seine Personalien notiert.

Eine halbe Stunde später erreichte er die Stadt Luxemburg und schwenkte vom Boulevard Royal in eine Nebenstraße ein. Hier, im Dunstfeld der großen Banken, fand er um diese Tageszeit, inzwischen war es 19 Uhr, immer einen Parkplatz. Sorgfältig, wie alles was er tat, verschloss er das Auto und schlenderte in die Fußgängerzone. Die Geschäfte waren bereits geschlossen, einige Passanten hasteten mit gesenktem Kopf einer imaginären Spur folgend an ihm vorbei. Er stellte sich vor ein Schaufenster und beobachtete, was hinter ihm geschah. Ihm schien nichts verdächtig. Trotzdem umrundete er, die Hände in den Hosentaschen vergraben, noch zwei Blocks, bevor er unweit des Justizministeriums auf einen renovierten Altbau zusteuerte und klingelte. Nachdem er sich zu erkennen gegeben hatte, wurde die Eingangstür geöffnet und er schwebte mit dem Aufzug in den vierten Stock.

Auch heute hatte er das Gefühl, seine Beine seien schwer und er müsse sich zur angelehnten Wohnungstür schleppen. So ganz im Gegensatz dazu, wie es in ihm aussah. Innerlich fühlte er eine erwartungsvolle Anspannung und ein Zittern und Begehren, wenn er an all das dachte, was noch kommen würde:

liebevolle Worte, sanfte Berührungen, eindeutige Gesten, verliebte Blicke, elektrisierender Hautkontakt, der Geruch ihrer Haare, ihres Parfüms. Er hätte deswegen rennen, vor Freude lachen und alle Widerstände einreißen können.

Er drückte die Tür ins Schloss, sah die dunkelhaarige Frau mit dem erwartungsvollen Lächeln dicht vor sich stehen, zog sie an sich und küsste sie. Warm die Lippen, die sich auf seine drückten, weich ihre Zunge, die seine suchte. Er genoss den fraulichen Körper, spürte den Druck ihres Beckens und der Beine. Ihre Arme, fest um seinen Nacken geschlungen, signalisierten ihm: Ich lasse dich nie mehr los. Und er wollte für immer festgehalten werden, so fest, dass niemand ihn ihr je würde entreißen können.

Nach einer Weile löste sie sich von ihm und schaute ihn an. Ihre Augen fragten: Wie geht es dir? Was gibt es Neues? Hat sich was getan? Seine Augen sagten: Stelle mir bitte keine Fragen.

Sie nahm ihm die Mütze vom Kopf, legte sie an der Garderobe ab, fuhr ihm mit gespreizten Fingern durch das dichte Haar und ging voran ins Wohnzimmer. Er folgte ihr, ließ sich mit einem Seufzer in einen Ledersessel fallen, streckte die Beine, fühlte sich irgendwie unsicher auf diesem immer noch fremden Terrain und lauschte der Musik.

„Ist das von Chopin?“

Sie nickte. „Genau das Richtige für Verliebte.“

„Ja, genau das Richtige. Ich wünsche uns für alle Zeit die gleiche Harmonie.“

„Cognac?“, fragte sie und überspielte damit ihre Verlegenheit. Es war seine Art, die Dinge so einfach und glaubwürdig auszudrücken, dass es nie einen Zweifel gab an deren Aufrichtigkeit und Bedeutung. Damit umzugehen, hatte sie nach all ihren Erfahrungen im Leben noch zu lernen.

„Ja, bitte.“

Er beobachtete die schlanke dreißigjährige Frau im Hosenanzug, wie sie in natürlicher Anmut zur Hausbar schritt. Die langen Haare fielen nach vorn und verdeckten ihr Gesicht, während sie die Flasche öffnete. Mit dem Glas in der Hand trat sie zu ihm. Er schaute zu ihr auf.

„Du bist wunderschön."

Wie er es sagte, leise und mit gebrochener Stimme, ließ sie erröten. Kein plattes Kompliment, keines mit dem Hintergedanken, eine bestimmte Absicht auszudrücken oder den Weg ins Schlafzimmer vorzubereiten. Würde nicht sein Gesicht strahlen, wären da nicht die verliebten Augen, für sich allein hätte es trotz der Stimme zu nüchtern geklungen , fast wie eine Feststellung, und es wäre vielleicht auch ohne Wirkung geblieben. So jedoch saugte sie die Worte auf, fühlte ihre einhüllende, wärmende Wirkung und setzte sich ihm gegenüber.

„Bubu, ich möchte heute Abend nicht ausgehen." Sie nannte ihn Bubu, weil er sie an ihren Bären erinnerte, den sie als kleines Kind hatte. So weich und auch mit braunen Augen. Sie hatte eine schöne Kindheit.

„Nein?" Er trank und spürte das leichte Brennen des Alkohols. „Und warum nicht, Brigitte?"

Sie stammte aus Lyon und arbeitete für die Europäische Union in Luxemburg. Deshalb sprach er ihren Namen französisch aus.

„Ich habe gekocht."

Er lächelte, denn ihr Deutsch war lustig anzuhören. Aber immer noch um Klassen besser als sein seit Ende der Schulzeit eingemottetes Französisch, welches mehr als nur renovierungsbedürftig war.

„Was gibt es denn?"

„Sauerkraut mit Schweinshaxe."

„Wie bitte?" Er glaubte sich verhört zu haben.

Sie amüsierte sich. „Spargelsuppe, gefüllte Ente und Creme Andaluse."

Unvermittelt sprang sie auf und lief in Richtung Küche. „Entschuldige, Bubu, ich muss nach die Ente gucken."

Er stellte sich, das Cognacglas in der Hand, ans Fenster, blickte auf einen gepflasterten Vorplatz und das angestrahlte Justizministerium mit den wuchtigen gelben Mauern aus Sandstein. Die dunklen Fenster blickten zurück, er fühlte sich beobachtet und zog die Vorhänge zu.

Als sei er zum ersten Male hier, wanderte er im Wohnzimmer umher und betrachtete die Bilder, welche Brigitte immer wieder umhängte oder gegen andere austauschte. Vor einem kleinen niedrigen Tisch mit einer brennenden Kerze blieb er einige Sekunden stehen und beobachtete die tänzelnde Flamme, gleich daneben in einer schlichten Vase ein Strauß roter Rosen von seinem letzten Besuch. An der gegenüberliegenden Wand ein Schrank aus hellem Birkenholz mit kunstvoll eingelegten Intarsien aus Mahagoni, auf einer Anrichte Fotos ihrer Familie, von Brigitte allein oder mit Freundinnen, und daneben auch eines von ihm. Etwas verloren kam er sich vor, so wie auf dem Foto. Als gehörte er nicht hierher. Als hätte sein Foto ein Ablaufdatum. Als hätte er ...

„Bubu, kannst du mir bitte einen Gefallen tun?"

„Ja, gerne."

„Ich habe den Wein vergessen. Gehst du bitte um die Ecke in die Pizzeria und kaufst Wein?"

„Kein Problem. Rot oder Rosé?"

„Bubu, wie vergesslich du bist. Ich trinke keine Rot."

„Pardon, ich weiß."

Die Pizzeria befand sich im gleichen Gebäude im Erdgeschoss um die Ecke. Er kaufte zwei Flaschen Rosé aus der Bourgogne, verließ das Lokal und versuchte auf dem Bürgersteig im Licht der Straßenbeleuchtung das Etikett zu lesen.

Ein Mann hastete vorbei, rempelte ihn an und entschuldigte sich. Wenige Meter später blieb Bubu stehen, schaute dem Fremden hinterher und sah gerade noch, wie er um eine Ecke bog. Bubu lief die wenigen Schritte zurück, aber von ihm war nichts mehr zu sehen.

Sie hatten gegessen, Wein getrunken, der Musik gelauscht, sich nette Dinge gesagt, sich geküsst und liebkost. Brigitte stand auf und geleitete ihn ins Schlafzimmer. Als wolle sie ihn verführen, entkleidete sie ihn, setzte ihn auf das Bett und zog langsam ihren Hosenanzug aus. Bis auf BH und Slip stand sie nackt vor ihm. Mit zittrigen Fingern hakte er den BH auf, roch den betörenden Duft ihrer Haut, schob den Slip nach unten, und streichelte die glatten Innenseiten ihrer Oberschenkel.

Prolog

Man fragt sich später schon mal, was der eigentliche Impuls gewesen ist. Ein Lächeln, die Art, wie sie das Glas gehalten hat, der kokette Blick, oder wie er sich an den Türrahmen lehnte, lässig die Hände in den Hosentaschen, als könne man auch so die Welt erobern. Eine Kette von kleinen, scheinbar nebensächlichen Ereignissen, die dazu führen, dass irgendwann der gewisse Funke überspringt.

Er dagegen wusste noch genau, wann sich seine Welt verändert hatte. Und zwar an einem Donnerstag im November kurz nach zwanzig Uhr, auf einer Vernissage in Luxemburgs neuem futuristischen Stadtteil Kirchberg.

Während einer der Redner sich abmühte, mit kunstvoll gewählten Worten Sinn und Wahrnehmung neu zu definieren, warf er einen Blick auf seine Uhr und verspürte dabei einen leichten Stoß am Arm.

„Pardon."

Er drehte den Kopf und sah in die dunklen Augen einer Frau mit langen, braunen Haaren. Sie lächelte, und er hatte das Gefühl, als offenbarten sich ihr all seine intimen Geheimnisse.

„Würden Sie mir bitte ein Glas Champagner reichen?", fragte sie leise auf Französisch.

Er nahm ein Glas vom Tablett, gab es weiter an die schöne Unbekannte und wandte sich schnell ab, um seine Verlegenheit zu verbergen. Kurz darauf löste er sich aus der Gruppe der Zuhörer und schlenderte an den Gemälden vorbei, die sich gegenseitig durch viele Farbkleckse und absonderliche Bezeichnungen zu übertrumpfen versuchten.

„Durch redliches Bemühen ist noch nie einer zum Genie geworden", hörte er eine Frauenstimme. Ein Schauer lief ihm über den Rücken, da stand sie und betrachtete ihn. Ein spöttischer Zug lag um ihre leicht nach oben gezogenen Mundwinkel, auf ihren Wangen hatten sich Grübchen gebildet.

„Aber ein mittelmäßiger Handwerker kann dadurch zu einem guten werden", entgegnete er. Sie lachten beide. Einige Bilder weiter und abseits der übrigen Kunstinteressierten hielt sie ihn fest und schaute ihn an. Er konnte ihren Augen nicht

Brigitte fragte nicht nach. Sie hatte sich das Fragen längst abgewöhnt, denn sie wusste, wie es um ihn stand, welchen Kampf er innerlich ausfocht. Sie spürte seine innere Zerrissenheit, weil er ein Versprechen brechen musste, um ihr ein neues zu geben.

Gegen vier stand er auf, ging ins Bad, zog sich an und kam zurück ins Schlafzimmer. Brigitte hatte einen Bademantel angezogen und begleitete ihn zur Tür. Sie umarmten sich kurz, ein letzter Kuss, dann wandte er sich ab. In vier Tagen würde er wiederkommen, versprach er, ging zu seinem Auto, startete und fuhr langsam aus der Stadt, die allmählich erwachte. Auf einem Parkplatz, unweit des ersten, nun jedoch auf der gegenüberliegenden Straßenseite, hielt er an und beobachtete den Verkehr. Um 5 Uhr 30 war er zu Hause. Niemand schien etwas mitbekommen zu haben.

New York, die Stadt der Superlative, beansprucht auch jedes Jahr für sich den größten Weihnachtsbaum der Welt. Ein ähnlich großes Ungetüm beherrscht den Times Square, das eigentliche Zentrum der Stadt an der Ecke der 42. Straße und Broadway. Aber die vorbeihastenden Menschen schienen weder Notiz von den vielen blinkenden, bunten Lichterketten noch von den übrigen Passanten zu nehmen. Bepackt mit Geschenken hatten sie zwei Tage vor dem Fest nur noch eines im Sinn: schnell aus dem Trubel nach Hause zu kommen.

Bereits in wenigen Tagen würden sie und eine Million Besucher sich wieder hier versammeln, um an Silvester in einem Regen aus Konfetti und Goldlametta die größte Party der Welt zu feiern. Schon jetzt waren Arbeiter damit beschäftigt, aus Sicherheitsgründen die Kanaldeckel zu verschweißen. Anschließend würden sie auch noch aus Angst vor Bombenanschlägen alle Papierkörbe abschrauben und an Silvester Scharfschützen auf den Dächern postieren. Falls diese in Aktion treten müssten, man würde nichts von ihnen hören.

Die beiden Männer, die in einem Restaurant am Fenster saßen, interessierte nicht, was draußen vor sich ging. Obwohl der Dunkelhaarige gelegentlich hinausschaute, als erwarte er jemanden. Nach vorne gebeugt, unterhielten sie sich leise.

„Ich fasse noch einmal zusammen“, sagte der Dunkelhaarige, der sich vor vier Tagen bei ihrem ersten Treffen als Jim vorgestellt hatte. „Ihr gebt ihm morgen Abend etwas, damit er schläft. Wenig später bringt ihr unsere Dame auf sein Zimmer, zieht sie aus und legt sie neben ihn. Okay?“

Owen Harrison, sein Gegenüber, blond und mit einer Brille, aber gleichfalls nicht älter als fünfunddreißig, nickte.

„Sie ist mit Stoff vollgepumpt“, sprach Jim weiter, „und wird sich die kommenden Stunden ruhig verhalten. Ihn werdet ihr so bearbeiten, dass er eine Ejakulation hatte. Spuren von Lippenstift wären nicht schlecht. Und bei ihr ..., du verstehst schon. Das alles ist bis Mitternacht erledigt.“

Harrison nickte erneut. „Verlasse dich darauf, sie hat auch Spuren“, meinte er und grinste anzüglich.

„Am anderen Morgen wird man das Paar entdecken. Bis dahin habe ich Zeit, in das Zimmer zu gehen und Fotos zu machen.“

„Geht in Ordnung“, bestätigte Harrison. „Ich sorge dafür, dass niemand sonst das Zimmer betritt. Um sechs reagiert der Weckdienst, weil keiner antwortet. Man wird nachschauen. Damit wird es offiziell.“

Jim lehnte sich zurück und trank einen Schluck Rotwein. Dabei beobachtete er Harrison mit einem Blick als frage er sich, inwieweit er ihm trauen dürfe. Sie arbeiteten das erste Mal zusammen. Ein Dritter hatte den Kontakt hergestellt. In solchen Fällen war er immer auf einen Mittelsmann angewiesen und musste ihm zwangsläufig vertrauen.

„Dann wäre ja alles geklärt“, meinte Jim nach wenigen Sekunden. „Hier, weitere fünftausend.“ Er schob Harrison, dessen Augen die Gier nicht verbergen konnten, einen Umschlag über den Tisch. „Und noch einmal fünf, wenn alles vorbei ist.“

Harrison schnappte sich den Umschlag, warf einen kurzen Blick hinein und ließ ihn verschwinden. Mit einem Nicken bedankte er sich. Jim bezahlte die Rechnung, die beiden Männer erhoben sich und gingen hinaus. Mit einem knappen Gruß verabschiedeten sie sich und waren wenige Augenblicke später unter den Passanten verschwunden.

Als Jim gegen Mitternacht vorsichtig im Peninsula Hotel die Tür zur Suite öffnete und hineinglitt, sah er zu seiner Zufriedenheit das versprochene und perfekt hergerichtete Arrangement. Auf einem großen Doppelbett lag nackt das Paar. Er schon älter mit vollem, grauem Haar, aber ungewöhnlich heller Haut und weichen, zarten Konturen, sie dagegen eine Farbige mit Tattoos und gepierct und mit Bürstenhaarschnitt. Zwei gegensätzliche Welten schienen sich für die gemeinsame Lust gefunden zu haben. Spuren einer Ejakulation konnte er jedoch auf den ersten Blick nicht feststellen.

Jim, er trug einen Mundschutz und Latexhandschuhe, griff in seine Manteltasche, zog ein Gerät in der Größe einer Zigarettenschachtel hervor und untersuchte damit den Raum. Mikrofone entdeckte er keine, dafür allerdings die Signale einer versteckten Funkkamera.

„Harrison, du Schwein. Habe ich es doch geahnt. Willst mich abkassieren."

Nach wenigen Augenblicken bemerkte Jim die olivengroße Kamera auf dem Spiegel. Er löste sie von dem dunklen Rahmen, wo sie zwischen den Verzierungen kaum auszumachen war, ging vorsichtig aus der Suite und wurde zwei Türen weiter in einem Materialraum fündig. Versteckt hinter Handtüchern fand er das Aufnahmegerät und verstaute es in seiner Tasche.

Wieder zurück bei dem ungleichen Paar, knöpfte er seinen Mantel auf und schnallte sich das Notebook vom Körper. Er setzte sich neben den Mann auf die Bettkante, warf einen Blick auf dessen zarten Penis, schaltete das Gerät ein, auf dem Monitor baute sich ein Bild auf. Jim ging in die Datei Metronics, gab den umfangreichen Zugangscode ein und wählte einen bestimmten Pfad. Grinsend entrollte er ein dünnes Kabel, an dessen Ende sich eine flache Scheibe mit einem Metallring befand. Das andere Ende steckte er ins Notebook. Jim drehte sich leicht zu dem ruhig atmenden Mann, drückte die Scheibe etwas unterhalb des linken Schlüsselbeines auf eine blasse Narbe und betätigte mit der anderen Hand die Tastatur. Der Grauhaarige schien nach einigen Sekunden zu erwachen, riss die Augen auf, versuchte sich aufzubäumen, sackte aber sogleich in sich zusammen. Sein Oberkörper begann wild und unkontrolliert zu zucken.

Jim nahm Scheibe und Kabel, verstaute beides wieder in der Manteltasche, schaltete das Notebook aus und klappte es zusammen. Immer noch zuckte der Oberkörper des Mannes. Aber die Zuckungen wurden zunehmend schwächer, Speichel rann ihm nun aus dem Mund, seine Finger zitterten und die aufgerissenen Augen rollten ein letztes Mal. Schließlich war der Körper still.

Jim erhob sich, glättete die Stelle, auf der er gesessen hatte, fesselte das Paar mit Handschellen aneinander, verstaute das Notebook, knöpfte den Mantel zu und legte einen dicken Umschlag auf den Nachttisch. Nach einem prüfenden Blick verließ er vorsichtig die Suite.

Niemand würde ihm jemals auf die Spur kommen. Niemand würde auch nur erahnen können, dass er den geheimen Sicherungsmechanismus des Markführers Metronics geknackt, und der als absolut sicher geltende Herzschrittmacher des Mannes dessen Tod durch Kammerflimmern verursacht hatte. Sorgfältig waren von ihm der interne Speicher des Schrittmachers gelöscht und die Batterie entladen worden. Bei der Obduktion würde dies plausibel den Tod des Mannes erklären.

Falls sich die Erben durch einen cleveren Anwalt vertreten ließen, hätten sie die Möglichkeit, den Hersteller des Herzschrittmachers auf etliche Millionen Schadenersatz zu verklagen.

Als Harrison sich gegen fünf Uhr in der Früh vorzeitig auf den Weg zum Hotel machte, um vor Aufdeckung des Arrangements die heimlich angefertigten Aufzeichnungen an sich zu nehmen, kam er nicht allzu weit. Auf dem Weg zur U-Bahn wurde er bereits nach wenigen Metern angesprochen. Harrison erkannte sofort die Stimme von Jim.

„Hier, wie verabredet, die restlichen fünftausend“, sagte Jim und Harrison fragte sich, woher er seine Adresse kannte. Harrison war schon tot, als er auf dem Boden aufschlug. Die Kugel hatte seinen Schädel durchschlagen und beim Austritt ein großes, hässliches Loch hinterlassen. Jim fand noch so viel Zeit, die deformierten Überreste der Kugel zwischen den Spritzern der Gehirnmasse aus dem Putz der Mauer herauszukratzen und an sich zu nehmen.

Die Sommermärchen der Fußball Welt- und Europameisterschaft waren längst Vergangenheit, in der Eifel hatten sie sich aus irgendwelchen Gründen auch nicht bis in die dritte Kreisklasse herumgesprochen. Aber auch hier elf Spieler auf jeder Seite, die um den Ball kämpften, dazu ein Schieds- und zwei Linienrichter. Und auch hier Zuschauer, heute wohl an die einhundertundfünfzig, mindestens viermal so viel wie sonst. Rot spielte geben Blau, Olkenbach gegen Kinderbeuren. Und die Roten lagen auf eigenem Platz mit einem Tor zurück.

„Los, nach vorn, beweg deinen Arsch. Wir sind hier nicht bei einer Prozession." Mit dieser klaren Anweisung in unverschnörkelter Sportsprache forderte ein Spieler seinen Nebenmann auf, sich mehr einzusetzen. Und der Betreffende, ein großer, kräftig gebauter Spieler mit Wuschelkopf und Vollbart, sprintete nach vorn. Er bekam den Ball zugespielt, lief einige Schritte bis zum Sechzehner, wollte nach rechts ausweichen und wurde unsanft gefoult. Leider noch knapp vor der weißen Linie.

Der Gefoulte sprang hoch und baute sich vor dem Übeltäter auf. „Wenn du das noch einmal machst, dann wirst du bei der nächsten Beichte eine Buße auferlegt bekommen, die sich gewaschen hat."

„Dann gehe ich eben zu einem anderen", konterte der Fouler.

„Was, du willst einen Fremden Zeuge deiner Sünden werden lassen?" Der Kräftige versetzte dem Spieler einen Schups, dass er zwei Schritte nach hinten taumelte.

Zuerst bekamen die Roten einen Freistoß zugesprochen, anschließend der Kräftige die Gelbe Karte gezeigt, was er gegenüber dem Schiedsrichter mit der Bemerkung quittierte: „Der Herr wird diese Ungerechtigkeit trotz seiner unermesslichen Großzügigkeit nicht ungestraft hinnehmen."

Der Mann mit der Pfeife war versucht, auch die Gelb-Rote Karte zu zücken, erinnerte sich jedoch noch rechtzeitig, dass es sich hier um ein Benefiz- und Freundschaftsspiel handelte. Seine Hand, die schon in Richtung Brusttasche zuckte, setzte ihren Weg weiter fort und zupfte verlegen an einem Ohrläppchen.

Nach neunzig Minuten trennte man sich mit einem gerechten Unentschieden. Anschließend kreisten in den Kabinen die ersten Flaschen und wenig später saß man sich im Vereinssaal gegenüber. Es wurde weiter gekreist.

Ein Mann erhob sich und schlug mit einem Kugelschreiber gegen sein Glas, die Geräusche verstummten. „Wir haben dieses heutige Spiel zum Abschied unseres Pfarrers arrangiert. Und die Einnahmen sind auch für einen guten Zweck bestimmt. Da von der Stirne heiß der Schweiß rinnen muss, war unsere Bedingung, dass Thomas selbst mitzuspielen habe, wie so oft in der Vergangenheit, wenn Not am Mann war. Leider hat er vorhin auf dem Platz die vier Samariterdienste, darunter auch zwei von unseren Gästen, nicht dazu genutzt, ein Tor zu schießen, wir hätten es ihm gerne gegönnt."

Alle Anwesenden lachten, unter ihnen auch viele Spielerfrauen.

„Lieber Thomas, du weißt, bei uns gibt es nicht viele Worte. Wir haben gesammelt, weil wir deine Idee, anonym Bedürftigen in unserer Gemeine zu helfen, ausgezeichnet finden. Niemand der Bedürftigen weiß, von wem das Geld stammt- und keiner der Spender, an wen es geht. Nur du und der Kirchenvorstand entscheiden über die Verteilung. Das soll auch in Zukunft so bleiben. Und hier unser Scheck."

Der Redner ging um den Tisch zum kräftigen, vollbärtigen Wuschelkopf. Der warf einen Blick auf die Summe. „Was, 2.500 Euro?", entfuhr es ihm erstaunt. „Wie habt ihr denn das angestellt?" Er klopfte dem Überbringer freudig auf die Schulter.

„Ganz einfach", antwortete dieser. „Du bist gut sechs Jahre unser Pfarrer gewesen, wir im Verein haben hundertacht Mitglieder. Diese 2.500 Euro entsprechen genau der Summe, die wir über all die Jahre nicht in den Klingelbeutel geworfen haben."

Thomas Simmerling, in zwei Tagen nur noch Exseelsorger der Gemeinde Olkenbach, etwa zehn Kilometer von der Kreisstadt Wittlich entfernt, saß in seinem Wohnzimmer und kühlte sich das rechte Knie. Vier Aspirin hatte er schon genommen, denn der gestrige Abend wurde erst früh am Morgen beendet. Das Fußballspiel war seine letzte offizielle Verabschiedung gewesen. Kolping, Männergesangverein, Kirchenchor, Kindergarten, Grundschule, der Seniorenstammtisch, Schachclub, nicht zu vergessen die sich stets im Löscheinsatz befindende Feuerwehr, alle hatten sie ihn eingeladen. Und er war erstaunt über den Stellenwert in seiner Gemeinde und das Ansehen, welches er genoss. Er, der anfänglich mit großen Schwierigkeiten zu kämpfen hatte, als er, gerade dreißig geworden, nach zwei Jahren Lehrzeit andernorts, hier seine erste Pfarrstelle annehmen durfte. Besonders die Älteren der Kirchengemeinde waren gegen ihn, weil er noch viel zu jung sei und der Herr Bischof doch wirklich einen Erfahreneren hätte schicken können. Aber Bischof Verhoeven schien geahnt zu haben, dass er sich durchsetzen würde. Und schon bei der ersten Weihnachtsfeier der Gemeinde gaben ihm die Älteren zu verstehen, man sei inzwischen doch sehr froh mit ihm. Und im Beichtstuhl sei es so dunkel, da sei er ja auch überhaupt nicht vom Alter her zu erkennen.

Thomas stand auf, humpelte zum Kühlschrank und trank ein Glas Wasser. Anschließend umrundete er die Kisten, in denen er schon etliches für den Umzug verpackt hatte und ging zur Toilette. Heute Abend noch der inoffizielle Abschied in der einzigen Gaststätte, morgen das letzte Hochamt, seine letzte Predigt, dann war es vorbei.

Er betätigte die Spülung, warf einen kurzen Blick in den Spiegel und betrachtete sein zerknautschtes Gesicht. Irgendwann werde ich mir den Bart doch etwas stutzen, nahm er sich vor. Und die Haare gleich mit.

Wieder im Wohnzimmer bequem in einem Sessel sitzend, machte er zuerst den obligatorischen sonntäglichen Anruf bei seiner Mutter, die seit vielen Jahren allein in Limburg an der Lahn lebte. Ja, er esse genug, achte auf die Vitamine, ziehe sich immer warm an und vermeide Durchzug. Und in der Kirche trage er zuunterst stets ein langärmeliges Unterhemd.

Anschließend nahm er den Brief des Bischofs und las ihn zum x-ten Mal. Aus Kostengründen, das Bistum habe ein Defizit von 60 Millionen Euro, müsse er die drei Gemeinden Olkenbach, Bausendorf und Kinderbeuren zusammenlegen. Lediglich der Seelsorger von Kinderbeuren verbleibe noch vor Ort, Thomas und ein wesentlich älterer Kollege, der bald in den Ruhestand gehe, würden andere Aufgaben erhalten. Diesbezüglich möge er sich bitte am 3. März in Trier melden.

„Du weißt gar nicht, was du damit alles kaputt machst“, murmelte er und schaute hoch zum Kruzifix an der Wand. „Die Leute brauchen mich.“ Nach einigen Sekunden fügte er hinzu: „Und ich brauche sie auch.“

Nun war der letzte Brief nicht der einzige gewesen, den er von der Kirchenführung erhalten hatte. Einige Male war er bereits angeschrieben und ermahnt worden, einmal sogar hatte er in Trier vorsprechen müssen. Jeder der Briefe begann mit: Wie uns zu Ohren gekommen ist ... In einem wurde er aufgefordert, die Würde des Herrn besser nach außen zu vertreten, sich seiner hervorgehobenen Stellung als Hirte bewusst zu sein und sich auch in seiner Freizeit dementsprechend zu kleiden, damit man ihn gleich als Vertreter Gottes erkenne. In einem anderen darauf hingewiesen, dass Alkohol in der Öffentlichkeit und der wahre Glaube im Sinne Jesu Christi nicht vereinbar seien. Ein weiterer befasste sich mit der Art, wie er predigte. Er möge seine Worte besser auswählen, in Bildern sprechen, in Parabeln, damit die Gläubigen sich selbst ein Bild machen könnten. Seine direkte Art, seine einfache Sprache und die eigenwillige Interpretation der Bibel und der Apostelbriefe nehme ihnen die Möglichkeit, sich intensiver mit dem Herrn auseinanderzusetzen. Äußerst elegant hatte man damit umschrieben, dass er bitte nicht mehr auf der Kanzel fluchen solle.

Eine Abmahnung war auch unter den Schreiben, weil er sich geweigert hatte, das heilige Sakrament der Ehe zu spenden. Es wurde exakt zitiert, was er zur angehenden Braut gesagt hatte: „Liebe Christine, ich gebe dir den Rat, heirate nicht diesen Trunkenbold und Weiberhelden, der keiner Arbeit nachgeht und sich von dir nur aushalten lassen wird.“

Thomas sah die Situation vor sich und grinste. Heute war Christine glücklich verheiratet, allerdings mit einem anderen Mann, und Mutter eines prächtigen Sohnes. Weil Christine ihn wenige Wochen später in einem Schreiben beim Bistum verteidigt hatte, wonach sie von ihrem Pfarrer Thomas Simmerling frühzeitig darauf aufmerksam gemacht worden sei, durch unüberlegtes Fehlverhalten eventuell später das heilige Sakrament der Ehe zu brechen, war die Angelegenheit stillschweigend unter den Tisch gefallen.

Eine weitere Abmahnung lag noch in der Schwebe. Vor einem Monat hatte er zur Entrüstung besonders der älteren Gläubigen von der Kanzel gepredigt, dass der Herrgott in seiner weisen Voraussicht und uneingeschränkten Allwissenheit wohl nichts gegen Homosexuelle haben könne. Ansonsten gäbe es sie doch sicherlich nicht. Nun würde aus Zeitgründen nichts mehr aus der vom Bistum angedrohten öffentlichen Entschuldigung werden, weil die allgemeine Lehre der Kirche eine so ganz andere wäre.

Thomas drückte sich aus dem Sessel und zog sich an. Blütenweiß der Stehkragen seines Hemdes, darüber ein schwarzer Pulli und eine dunkelgraue Jacke. Als er das Dorfgasthaus betrat, wurde er mit lautem Hallo begrüßt und sofort zur Theke geleitet.

„Herr Pfarrer, ein Bier der Wiedergutmachung?“, fragte ihn sein Gegenspieler von gestern Nachmittag. Bevor Thomas antworten konnte, stand das Bier bereits vor ihm.

Für Thomas und die Mitglieder der Gemeinde gab es ein ungeschriebenes Gesetz: Wenn er sich offiziell und in offizieller Kleidung in der Öffentlichkeit zeigte, dann wurde er auch dementsprechend angesprochen und war der Herr Pfarrer. Und man siezte ihn. Immerhin sei er der Vertreter des Herrn, und man erweise nicht ihm Respekt, sondern Jesu Christi und der Kirche. Privat jedoch, falls er mit ihnen Sport trieb, auch schon mal auf einem Bauernhof aushalf, oder bei der freiwilligen Feuerwehr zum Einsatz kam, war er als Thomas einer von ihnen.

„Na, Pfaffe, haben sie dich in die Wüste geschickt?“

Ein Mann, dessen Alter irgendwo zwischen 45 und 60 lag, der vor fünf Jahren aufgetaucht war, aber niemand wusste, woher, von Gelegenheitsjobs lebte, dem nichts heilig schien und der vor nichts Respekt hatte, stellte sich neben ihn und schaute ihn provozierend an. Ihn schien das ungeschriebene Gesetz nicht zu interessieren. Einige der Dorfbewohner wollten ihn abdrängen, aber Thomas gab ihnen zu verstehen, es zu unterlassen.

„Willst du dich auch von mir verabschieden?“, passte sich Thomas im Tonfall an.

„Wie kann ich mich von dir verabschieden, wenn ich dich noch nicht einmal begrüßt habe“, erhielt er von Alfons, wie der Mann sich nannte, zur Antwort. Und Alfons war um diese Uhrzeit schon immer etwas angetrunken, was jedoch seiner spitzen Zunge und seiner Schlagfertigkeit und seinem Sarkasmus nicht zu schaden schien.

„Würdest du nicht auch mal gerne verabschiedet werden?“

Alfons schaute in die Runde. „Von denen hier? Diesen Spießern und Pissern? Nä, nie und nimmer.“ Er schüttelte sich.

„Alfons, Alfons“, tadelte Thomas. „Höre ich da nicht eine heimliche Sehnsucht, auch so sein zu wollen? Spießer und Pisser? In eine Gemeinde aufgenommen zu werden und in der Gemeinschaft zu leben?“

Alfons lachte und zeigte renovierungsbedürftige Zähne. „Das hättest du wohl gerne. Dabei würde dir bestimmt einer abgehen.“

Zwei Männer bauten sich drohend vor Alfons auf, aber Thomas, der sich regelmäßig mit Alfons unterhielt, gab ihnen zu verstehen, ihn in Ruhe zu lassen.

„Aber das mit dem Abgehen ist ja nicht so dein Ding, oder?“, sprach Alfons weiter.

„Deins doch auch nicht mehr, wenn ich dich so anschaue und an deinen Alkoholkonsum denke.“

Alfons schluckte. „Aber immer noch öfter als du.“

„Da hast du bestimmt Recht, deshalb bin ich ja Priester geworden.“

„Und du glaubst den ganzen Scheiß?“ Alfons trank von seinem Bier.

„Ich lebe sogar danach. An was glaubst du denn?“

„An gar nichts.“

Inzwischen waren die Gespräche um sie herum verstummt. So wie sie immer verstummten, wenn er mit Alfons diskutierte. Anfänglich sahen die Gemeindemitglieder in diesen rhetorischen Auseinandersetzungen eine Art Bewährungsprobe, ob er denn der Wirklichkeit in Form eines hergelaufenen Trunkenboldes gewachsen sei. Mittlerweile waren diese Wortgefechte zu einer Samstagabend-Unterhaltung geworden, sozusagen die realistische Einstimmung auf den folgenden Sonntag und seine Predigt von der Kanzel.

„Glaube ist Hoffnung. Wer nicht glaubt, hofft nicht. Und du hoffst wirklich nicht, den heutigen Abend zu überleben?“ So ganz der katholischen Lehre entsprach dieses Argument nicht, darüber war sich Thomas im Klaren.

„Hoffnung, was ist das? Hoffnung auf Geld, auf ein Bier, auf eine Frau? Wenn das so ist, dann glaube ich nicht. Und überleben, pah. Mir ist es gleich, wann ich in die Kiste springe.“

Die seltsame Unterhaltung wogte hin und her. Thomas, der sich nicht den ganzen Abend mit Alfons beschäftigen wollte, bemerkte nebenbei, dass er sich freuen würde, ihn morgen in der Kirche zu sehen.

„Ich und Kirche? Seit mehr als zehn Jahren nicht mehr.“

„Dann wird es wieder mal Zeit. Vielleicht wirst auch du auf die eine oder andere Art erleuchtet.“

Alfons rülpste. „Mein Geist ist hier in diesem Glas, und wenn er da nicht mehr ist, dann in meinem Kopf. Und wenn ich zu viel Geist zu mir genommen habe, brummt mir der Schädel. Mein Geist bestraft mich sofort. Und wenn du morgen die Schellen zur Wandlung klingeln lässt, dann hebe ich hier an diesem Tresen mein Glas und stoße auf deinen Heiligen Geist an, der nirgendwo zu sehen ist, den du nicht greifen kannst, der sich davor drückt, wenn man ihn braucht. Prost.“

„Alfons, du beanspruchst doch für dich ein Mindestmaß an Intelligenz.“ Thomas sagte das ohne Emotion.

Alfons nickte. „Hast du das noch nicht gemerkt?“

„O doch. Und der Geist, an den ich glaube, hat etwas mit deiner Intelligenz gemeinsam.“

„Wie das?“, wollte Alfons wissen.

„Wenn du es schaffst, deine Intelligenz hier vor uns allen auf den Tisch zu legen, damit wir sie sehen können, dann schaffe ich es auch, den Heiligen Geist sichtbar zu machen."

Die Kirche war brechend voll. In den Gängen standen sie, hinter der letzten Bankreihe bis hinaus in den Vorraum. Als wollten sie sich noch einmal von ihm verabschieden. Und seine wenigen Gegner sich davon überzeugen, dass es auch tatsächlich das letzte Mal war.

Als er die Kanzel hochstieg, seine Augen über die vielen Besucher wandern ließ, glaubte er, sich versehen zu haben. Auch Alfons war in der Kirche. Und neben ihm noch ein Platz frei. Roch er etwa so stark nach Alkohol?

Thomas predigte und verabschiedete sich von seiner Gemeinde. Er bedankte sich für die herzliche Aufnahme und für die schöne Zeit. Zuerst wollte er, um in Harmonie zu scheiden, ein unverfängliches Thema anschneiden, Nächstenliebe und Toleranz. Dann jedoch entschloss er sich spontan, in abgewandelter Form das Gleichnis des verlorenen Sohnes aufzugreifen, den man mit offenen Armen empfangen solle, und dass es sich lohne, um jede Seele zu kämpfen. Er sprach eindringlich und voller Emotion. Zumindest einer in der Kirche verstand ihn sehr gut. Er schloss mit den Worten: „Messet nicht nach der Last der Sünde, sondern der Kraft der Liebe."

Einige der älteren Damen tupften sich die Augen. Er segnete die Gläubigen, ein letzter Blick in die Runde. Als er sich abwenden und die wenigen Stufen hinuntersteigen wollte, hörte er laut und deutlich jemanden sagen: „Herr Pfarrer, ich möchte mich bei Ihnen entschuldigen."

Thomas drehte sich in Richtung des Sprechers, den er bereits an seiner Stimme erkannt hatte. Alfons war aufgestanden und alle Gläubigen starrten ihn an, als sei er eine Erscheinung.

„Weil ich Sie in der Öffentlichkeit vor Zeugen oft beleidigt habe, möchte ich mich auch in der Öffentlichkeit", Alfons machte mit seiner rechten Hand eine Bewegung, welche den gesamten Kirchenraum umschloss, „möchte ich mich auch in der Öffentlichkeit und vor Zeugen entschuldigen. Sie sind ein guter Pfarrer. Ich glaube und vertraue Ihnen, Sie reden keinen

Unsinn wie viele andere. Sie haben mich nach vielen Jahren wieder zur Kirche gebracht. Nehmen Sie meine Entschuldigung an?"

Thomas schluckte. Wie war das noch mit der verlorenen Seele? Hatte er womöglich eine gerettet? Mit belegter Stimme sagte er: „Ja, Herr Maximini, ich nehme Ihre Entschuldigung an."

Alfons stutzte. „Sie kennen meinen Familiennamen?"

„Und auch den Ort im Schwäbischen, wo Sie viele Jahre in einem Haus an einem Weiher gewohnt haben."

Alfons stand stocksteif. „Wie lange wissen Sie das schon?"

„Seit mehr als vier Jahren."

Alfons sah ihn mit großen Augen an. „Und Sie haben keinen Gebrauch davon gemacht?"

Thomas lächelte und hob beide Hände. „Der Herr hat es gegeben, er wird es auch wieder nehmen. Aber wir Menschen haben dazu kein Recht. Auch nicht zehn Jahre später, wie in Ihrem Fall. Und wenn Sie das beherzigen, und wenn dann auch noch bei Ihnen die Einsicht kommt, werden Sie erkennen, dass es Sie befreit und Sie endlich die ersehnte Ruhe finden."

Die übrigen Besucher verstanden nicht den Sinn dieses seltsamen Zwiegesprächs. Ihren verwunderten Gesichtern nach waren sie aber fasziniert von der ungewöhnlichen Entwicklung des Hochamtes. Unentwegt wanderten ihre Augen zwischen ihrem scheidenden Pfarrer und Alfons hin und her, damit ihnen nichts entgehe.

Alfons ließ sich nach einigen Sekunden auf seinen Platz sinken, beugte sich nach vorn und schlug die Hände vors Gesicht. Zuerst war nur das Zucken seines Oberkörpers zu sehen, dann konnten sie es alle hören: Er weinte.

Vor zwei Stunden in Mailand gelandet, hatte er sich ein Auto gemietet. Nun fuhr er, die Frühlingssonne genießend, gemütlich in Richtung der Stadt Gaggiano, die wenige Kilometer westlich der norditalienischen Metropole lag. Er durchquerte das Stadtzentrum, die Navigation führte ihn von der Via Matteotti in die Via Republica, eine Nebenstraße nahe dem Marktplatz. Er parkte, verschloss den Wagen und ging zum Haus Nummer

54. Die Familie Favari wohnte im zweiten Stock, einen Aufzug hatte das ältere, renovierungsbedürftige Gebäude nicht. Dafür jedoch Treppenstufen aus Holz, deren Knarren sich wie Wehklagen anhörte und jede Alarmanlage ersetzte. Aber es ließ sich nun mal nicht vermeiden, er musste nach oben.

Er klingelte. Eine notdürftig geschminkte Frau, irgendwo zwischen vierzig und fünfzig, öffnete die Wohnungstür und ließ ihn eintreten. Sie hatte auf ihn gewartet, er war angekündigt worden. Sie führte ihn in einen spärlich möblierten Wohnraum mit vielen Abbildungen von Maria mit Heiligenschein und strahlenden, weißen Engeln an der Wand. Kruzifixe mit verdorrten gelb-grünen Zweigen sah er auch einige, und an der Stirnseite des Raumes ein kitschiges Bild vom letzten Abendmahl. Auf einer Anrichte brannte unter dem Bild eines Mannes eine Kerze.

„Ihr Ehemann?"

Die Frau nickte und wischte sich die Hände an der Schürze ab. „Der Herr hat ihn viel zu früh genommen." Sie verschwieg, dass er sich wohl eher hat nehmen lassen, denn er war im volltrunkenen Zustand über die Schienen der nahe liegenden Staatsbahn marschiert und hatte in seinem Rausch den herannahenden Zug nicht gehört.

„Bitte." Sie deutete auf einen Stuhl. „Was darf ich Ihnen zu trinken anbieten?"

„Wasser, wenn es keine Umstände macht. Nur Wasser."

Die Frau war sichtlich verlegen und verschwand in der Küche. Mit einer Flasche und drei Gläsern kam sie zurück. „Nina kommt gleich", sagte sie und stellte alles auf den Tisch.

„Hier meine Karte." Der gut aussehende Mann von vierzig, der jedoch jünger wirkte, gab ihr seine Visitenkarte. „Wie Sie bereits wissen, vertrete ich als Anwalt in dieser besonderen Mission einen besonderen Klienten."

Sie füllte sein Glas, er trank in kleinen Schlucken.

„Können wir anfangen oder wollen wir noch auf Ihre Tochter warten?"

„Nina möchte unbedingt dabei sein", sagte sie und schrie über die Schulter: „Wann kommst du endlich?"

„Wie alt ist Nina jetzt?", fragte er, obwohl er es genau wusste.

„Siebzehn."
„Siebzehn." Er sprach das Wort gedehnt und verlieh ihm eine gewisse Bedeutung. Seinen Unterlagen nach war sie gerade sechzehn geworden, was die Angelegenheit aus juristischer Sicht wesentlich erschwerte. „Geht sie noch zur Schule?"
„Nein."
„Arbeitet sie?"
Die Frau schüttelte den Kopf.
„Hat sie überhaupt einen Beruf gelernt?" Seine Stimme war ungeduldiger geworden.
Erneut verneinte sie und warf einen Blick nach oben, als sei dies von einem anderen so gewollt. „Herr Avvocato, Sie wissen doch, wie die heutige Jugend ist."
„Ja, das weiß ich wohl", bestätigte der Besucher, öffnete seine Ledermappe und breitete einige Schriftstücke vor sich aus.
Nina kam in das Wohnzimmer. Noch schlank wie ein Kind, schon etwas gereifter im Gesicht, strahlte sie aber nichts Weibliches aus, obwohl sie sich heftig geschminkt hatte. Verlegen trat sie näher und gab ihm die Hand. Unübersehbar ihr dicker Bauch, der so gar nicht zu ihrem grazilen Körper zu passen schien. Nina war schwanger.
Mutter und Tochter setzten sich ihm gegenüber an den Tisch.
„Sicherlich haben Sie über meinen Vorschlag, den ich Ihnen am Telefon und in zwei Schreiben angedeutet habe, nachgedacht."
Mutter und Tochter nickten gleichzeitig.
„Signora Favari, seit wann sind Sie Haushälterin von Pfarrer Pascone?"
„Seit mehr als zwanzig Jahren."
Der Anwalt blätterte in seinen Unterlagen. „Und was arbeiten Sie jetzt?"
„Seitdem der Herr Pfarrer nicht mehr hier ist, bin ich … bin ich ohne Arbeit."
Er schaute sie an. „Ja, unser lieber Pascone ist nicht mehr hier. Er ist an einem Ort der inneren Einkehr, den er so schnell nicht wieder verlassen wird. Und auf seinen Wunsch hin soll dieser Ort auch geheim gehalten werden. Sie verstehen?"

Erneut nickten Mutter und Tochter gleichzeitig.

„Nina, darf ich dich Nina nennen?“

„Aber ja doch. Ich bin noch so jung.“ Das Mädchen lächelte und ihm kam es vor, als erwarte es eine besondere Wirkung.

„Wann bist du sechzehn geworden?“

„Vor vier Monaten.“

„Und im wievielten Monat bist du …“

„Im achten.“

Der Anwalt warf der Mutter einen strafenden Blick zu, weil sie ihm ein falsches Alter genannt hatte.

„Das heißt demnach, als du schwanger geworden bist, da warst du noch keine sechzehn“, sagte er mehr zu sich selbst. Was bedeutete, dass sich derjenige, der sie schwängerte, nach italienischem Recht strafbar gemacht hatte.

„Es gibt nun zwei Möglichkeiten, meine Damen“, meinte der Anwalt jovial. „Zwei Möglichkeiten, um die Angelegenheit ein für alle Mal aus der Welt zu schaffen. Entweder Sie arbeiten mit uns zusammen, oder ich stehe jetzt auf und es gibt keine Hilfe und keine Entschädigung. Wollen Sie mit uns zusammenarbeiten?“

„Ja.“ Die Mutter hatte auch für ihre Tochter gesprochen.

„Das ist gut. Dann bieten wir Folgendes an: Nina, du kannst sofort in ein Haus der Kirche gehen und dort dein Kind zur Welt bringen. Mit voller medizinischer Betreuung. Anschließend kannst du das Kind alleine groß ziehen oder es sofort zur Adoption frei geben. Wenn du es allein groß ziehen möchtest, musst du in die Nähe von Neapel in ein weiteres Haus der Kirche gehen.“

„Und ich, was ist mit mir?“, fragte die Mutter.

„Dazu komme ich gleich. Nina“, wandte er sich an das Mädchen, „hast du mich verstanden?“

„Ja.“

„Was ist dir lieber?“

Nina überlegte nicht lange. „Ich möchte das Kind zur Adoption frei geben.“

„Eine kluge Entscheidung“, lobte der Anwalt, der deutlich registrierte, dass die Mutter auf ihre Tochter massiv eingewirkt hatte, und griff ein Schriftstück. „Du bist noch so jung und würdest dir deine ganze Zukunft verbauen. Und außerdem wird niemand etwas davon erfahren. Wir sind in solchen Dingen sehr hilfsbereit und sehr diskret."

„Und wie steht es mit dem Geld", warf die Mutter ein.

„Wir übernehmen die Kosten für die Geburt und Nina erhält von uns zusätzlich bei Freigabe zur Adoption 10.000 Euro."

„Das ist uns zu wenig", sagte Signora Favari und setzte ein entschlossenes Gesicht auf. „Mindestens 50.000 Euro, oder wir gehen …"

„Oder was", fragte der Mann ganz ruhig. Aber seine Stimme signalisierte ein Höchstmaß an Gefährlichkeit.

„Wir gehen an die Presse. Dann wird schon herauskommen, was dieser Dreckskerl von Pascone meiner Süßen angetan hat. Er hat sie verführt und missbraucht, hat dem armen Ding die Unschuld geraubt, sie für alle Zeiten entehrt."

Der Anwalt deutete ein Lächeln an. „Wir haben mindestens vier Zeugen, die behaupten, schon vor mehr als zwei Jahren mit ihrer Tochter geschlafen zu haben."

„Alles Lügner", giftete ihn die Mutter mit zu einer Grimasse verzerrtem Gesicht an. „Wir sind ehrliche und rechtschaffene Leute. Und ehrbare", fügte sie hinzu, als sei das besonders wichtig.

„Wenn dem so ist, dann werden Sie ja nichts gegen einen Vaterschaftstest einzuwenden haben", antwortete der Advokat und konnte beobachten, wie die Mutter zusammenzuckte. „Dann wird sich zweifelsfrei herausstellen, ob Pascone der Vater ist. Immerhin ist er schon fast sechzig, und da kann es schon mal in solchen Dingen Schwierigkeiten geben."

„Bei dem geilen Bock doch nicht", platzte die Mutter heraus. Sie merkte schnell, dass sie mit dieser Bemerkung einen Fehler gemacht hatte.

„Sie bestehen also auf den 50.000 Euro?"

„Ja." Signora Favari nickte, die Tochter war scheinbar ohne Meinung.

Der Anwalt packte seine Sachen zusammen und erhob sich. „Dann darf ich Ihnen noch einen schönen Tag wünschen", meinte er frostig und wollte gehen.

Signora Favari stellte sich ihm in den Weg. „Wenn Sie jetzt dieses Zimmer verlassen", geiferte sie, „werde ich sofort alle

Zeitungen und Radiostationen und Fernsehsender im Umkreis anrufen. Für die Medien wird das ein Festessen werden. Ein Pfarrer vergeht sich an einem minderjährigen Kind. Das ist strafbar, Herr Avvocato, das müssten Sie doch eigentlich am besten wissen."

Er schaute auf sie herab und sah dann zur Tochter. Das Mädchen tat ihm leid, es war noch von allen Beteiligten die Unschuldigste, obwohl sie als kleine Lolita schon ihre Erfahrungen gesammelt hatte. Und dass Pascone ein geiler, unbelehrbarer Bock war, wusste die Kirche bereits seit Jahren.

„Zum einen werden wir alles bestreiten", entgegnete der Anwalt ruhig, „und auf einem Vaterschaftstest bestehen. Zum anderen wird Pascone unauffindbar sein. Mit ihm dürfen sie nicht rechnen. Und zum Dritten werden wir etwas die Vergangenheit ans Tageslicht bringen."

„Was wollen Sie?" Signora Favari stemmte die Hände auf die Hüften.

Der Anwalt deutete auf einen Stuhl und forderte die Mutter auf, sich wieder zu setzen. Er tat es gleichfalls.

„Darf ich offen vor Ihrer Tochter sprechen", fragte er.

„Aber selbstverständlich", entgegnete sie.

Er legte die Ledermappe auf den Tisch und stützte seine Unterarme darauf. „Signora Favari, wenn Sie mich fragen, dann haben Sie Ihre Tochter an Pascone verkuppelt. Und der ist darauf angesprungen."

„Was erlauben sie sich?"

Er hob beschwichtigend eine Hand. „Es ist mittlerweile von manchen Haushälterinnen zum Sport geworden, solche Dinge anzuleiern mit dem Hinterdanken, die Kirche zu erpressen und sich eine Scheibe vom Geldkuchen abzuschneiden. Und für diese Fälle werde ich eingeschaltet. Wir lassen uns nicht erpressen. Wie viele Jahre arbeiteten Sie für Pfarrer Pascone?"

„Zwanzig. Das sagte ich bereits."

„Und wer ist der Vater Ihrer Tochter?"

Signora Favari warf einen Blick zur Anrichte, wo die Kerze brannte. „Felice natürlich", entgegnete sie. „Gott ist mein Zeuge." Sie bekreuzigte sich.

„Gott wird nichts bezeugen“, entgegnete der Anwalt. „Gott wird bezeugen, dass Felice im Gefängnis war, und zwar für etwas mehr als zwei Jahre. Zwölf Monate vor Ninas Geburt hat man ihn eingesperrt.“

„Mama“, entrüstete sich Nina. „Stimmt das?“

Signora Favari schien zu schrumpfen, senkte den Kopf, zeigte einen grauen Scheitel im ansonsten dunkelbraunen Haar und antwortete nicht.

„Stimmt das, Herr Avvocato?“, fragte Nina.

Der Anwalt griff in seine Mappe, schob ein Blatt über den Tisch und die Kopie eines Zeitungsausschnittes. Nina konnte sich überzeugen, dass seine Angaben stimmten.

„Warum hast du mir davon nichts erzählt“, wollte sie nach wenigen Sekunden von ihrer Mutter wissen. Tränen standen in ihren Augen. „Und wer ist mein Vater?“

„Dein Vater ist auch der Vater deines Kindes“, kam es trocken vom Anwalt, der sich nicht bemühte, die Tatsache zu umschreiben. „Und Pascone, dein Vater, hat nicht nur mit dir Sex gehabt, sondern in all der Zeit auch noch mit deiner Mutter. Vielleicht habt ihr es sogar zu dritt getrieben“, behauptete er und erkannte an der schuldbewussten Reaktion von Mutter und Tochter, dass er einen Treffer gelandet hatte. Er reichte Signora Favari sein Handy. „Hier, rufen Sie an, wenn Sie wollen.“

Aber Signora Favari wollte nicht mehr anrufen. Sie erkannte, dass sie verloren hatte und ihr Spiel nicht aufgegangen war. Das erkannte sie spätestens dann, als der Anwalt verschiedene Schreiben vorlegte, in denen Pascone seinem vorgesetzten Bischof von der Verfehlung vor vielen Jahren berichtete. Noch mehr erkannte sie es, als ihr Besucher auch noch Überweisungsträger präsentierte, aus denen regelmäßige Zahlungen an eine gewisse Signora Favari hervorgingen. Und weil sie das gleiche Konto hatte wie ihr Mann, war für alle offensichtlich, dass das Ehepaar gemeinsam den Pfarrer über viele Jahre erpresst hatte.

Als der Avvocato kurz darauf das Haus in der Via Republica verließ, war er guter Laune. Selten war es ihm bisher gelungen, eine Angelegenheit so schnell und kostengünstig und zur vollen Zufriedenheit seines Auftraggebers zu lösen. Vor sich hinpfeifend fuhr er wieder zurück nach Mailand und dort zum privaten Fernsehsender Primuno. Er meldete sich am Empfang, nannte seinen Namen und wurde von einer jungen Frau in den siebten Stock geleitet.

„Hallo, wie geht es dir“, begrüßte ihn eine rothaarige Frau um die dreißig in einem dunklen Hosenanzug, die bereits auf ihn gewartet hatte.

„Ausgezeichnet.“

Sie führte ihn in einen großen Raum, dessen Fensterseite komplett verglast war. In der Mitte stand ein Schreibtisch, gleichfalls aus Glas, und in der Ecke eine Sitzgelegenheit aus transparentem Acryl.

„Francesca, vielen Dank, dass du so schnell Zeit für mich hast.“

„Für dich doch immer“, schmeichelte sie. „Als was bist du heute unterwegs?“

„Ich musste den Avvocato spielen.“

„Und bei mir? Wen spielst du da?“

„Niemanden, für dich bin ich Marco.“

„Nur Marco? Also ganz privat und auch ohne den Monsignore?“

„Ohne den Monsignore“, meinte er freundlich.

„Dann hätte ich heute ja die Gelegenheit, dich zu verführen“, gurrte sie, beugte sich nach vorn, ließ ihn einen Blick in die geöffnete Bluse werfen und spitzte den Mund zu einem Kuss.

„Francesca, mache es mir doch nicht so schwer.“ Marco seufzte gespielt.

Francesca Simeoni, deren Vater zu den reichsten Männern Italiens gehörte, leitete den Sender Primuno, der bekannt war für seine entlarvenden Berichte und Skandalaufklärungen. Sie setzten sich, plauderten über Gott und die Welt, den Ausgang der Wahlen in Italien, die Einschaltquoten und den mehr und mehr voranschreitenden Sittenverfall.

„Du hast es so dringend gemacht, Marco. Womit kann ich dir helfen?“, fragte sie und bestellte telefonisch zwei Espresso.

Er räusperte sich und zog einen Zettel aus seiner Jackentasche. „Ende des vergangenen Monats hatten wir im Vatikan eine Tagung. Neunzig Geistliche waren dazu eingeladen, unter ihnen mehr als vierzig Bischöfe und dreißig Kardinäle. Wie es sich nun mal heute gehört, haben wir jedem der Teilnehmer einen PC oder ein Notebook mit Internetanschluss zur Verfügung gestellt. Als wir anschließend die einzelnen Internetverbindungen überprüften, ist uns etwas aufgefallen. Insgesamt neunzehn der Teilnehmer haben unabhängig voneinander, sie saßen auch nicht zusammen, in den vier Tagen jeweils mindestens zehnmal eine bestimmte Internetadresse angewählt. Und zwar einen Server im Ausland. Alles zusammen über zweihundert Verbindungen. Daraufhin habe ich auch diesen Server angewählt und kam zu einer Adresse, von der aus man anonym weiter im Internet surfen kann, ohne erkannt zu werden."

„Und nun vermutest du, dass deine gläubigen Mitbrüder sich auf verbotenen Pfaden herumgetummelt und gesündigt haben." Francesca schmunzelte.

Marco schüttelte den Kopf. „Noch vermute ich nichts. Allerdings ist es schon seltsam und ich möchte der Angelegenheit nachgehen. Deshalb bin ich heute bei dir."

Francesca trank ihren Espresso und anschließend etwas Wasser. Sie schlug die Beine übereinander, ein Hosenbein rutschte nach oben und gab den Blick frei auf ihr schlankes Fußgelenk, an dem sie ein feingliedriges Goldkettchen mit einem Anhänger trug. Marco musste gestehen, dass ihn der Anblick irritierte, wozu auch die hochhackigen schwarzen Schuhe beitrugen. Um sich abzulenken, schaute er aus dem Fenster auf die Dächer von Mailand, und Francesca registrierte das mit einem spöttischen Lächeln. Sie war sich ihrer Wirkung auf Männer bewusst.

„Das wird nicht leicht sein, mein Lieber", meinte sie. „Solche Server sitzen immer im Ausland, eben genau aus dem Grund, um die Anonymität zu wahren. Was kann ich dabei tun?"

Marco lächelte sie an, als hegte er frivole Absichten. „Mir helfen, herauszufinden, wohin die Reise weiter gegangen ist. Welche tatsächlichen Internetadressen haben meine Brüder aufgerufen und wozu benötigen sie die Anonymität."

Francesca zuckte mit der Schulter. „Hast du einen bestimmten Verdacht?“

Ohne auf ihre Frage einzugehen, sagte Marco. „Welche Seiten würdest du denn anonym aufsuchen wollen?“

Francesca überlegte. „Pornografische eventuell“, sie stieß ihn mit der Schuhspitze an, „auch ausländische Steuerparadiese, wenn ich dort ein Konto hätte, um dem Finanzamt keine Spur zu liefern, sonst fällt mir nichts ein.“

„Pornografische ist schon gut.“

„Marco, heraus mit der Sprache, du hast einen bestimmten Verdacht. Und du weißt, ich bin absolut verschwiegen. Wir haben doch ein Abkommen.“

Marco nickte, und das Abkommen hatte sie bisher stets eingehalten. Francesca half ihm mit ihrem Sender ganz gezielt Nachrichten und Berichte zu lancieren. Hier eine Andeutung, dort ein Foto, dann wiederum ein Augenzeuge oder ein spezieller Kommentar. Die Reaktion darauf waren Zeitungsberichte und Anfragen bei der Kirche. Und die Kirche wiederum sah sich genötigt, von Fall zu Fall äußerst diskret, was bedeutete, ohne zeitliche Nähe zum eigentlichen Ereignis, Versetzungen und Abberufungen von Geistlichen vorzunehmen.

„Meine Vermutung ist, es handelt sich um Pornografie, genauer gesagt um Kinderpornografie. Verstehst du jetzt, dass ich dem nachgehen muss?“

Das Angebot, unentgeltlich eine vom Bistum gestellte Wohnung zu beziehen, lehnte Thomas dankend ab. Mehrfach fragte der Liegenschaftsverwalter nach, ob er auch richtig gehört habe. Bisher sei dies noch nicht vorgekommen, meinte er in einem tadelnden Tonfall und vermittelte den Eindruck, als dürfe man der Kirche niemals etwas ausschlagen.

Stattdessen zog Thomas unweit der Trierer Fußgängerzone in ein notdürftig möbliertes Appartement, die Kisten stapelten sich noch im Flur, auspacken würde er später. In der ersten Nacht konnte er kaum schlafen. Es war nicht die neue Umgebung, sondern der Rapport, der ihn beschäftigte und zu dem er sich bei Bischof Verhoeven bereits am kommenden Morgen um neun melden sollte.

Thomas stand viel zu früh auf und fühlte sich müde. Er frühstückte, las in einem Buch, schaute sich die Nachrichten an und spazierte anschließend durch die noch nicht zum Leben erwachte Innenstadt. Nachdem er im Stehen einen Kaffee getrunken hatte, machte er sich auf den Weg zu seinem Termin. Er überquerte den Domfreihof, klingelte pünktlich in der Liebfrauenstraße und wurde eingelassen. Der Sekretär schaute ihn vorwurfsvoll an, als habe er sich bereits verspätet. Oder wusste er bereits, was der Bischof ihm sagen würde? Welche neue Aufgabe er für ihn hatte?

Wenig später wurde er in das Arbeitszimmer des Bischofs geführt, der lächelnd auf ihn zukam und ihm die Hand reichte. Er war etwas kleiner als Thomas, sah schlank aus für sein Alter von eben über sechzig und wirkte fit und sportlich. Thomas fragte sich, ob die ausgeprägte schwarze Haarfarbe des Bischofs natürlichen Ursprungs war oder ob man nachgeholfen hatte, wie es inzwischen auch bei Männern im reifen, gesetzten Alter immer mehr in Mode zu kommen schien.

„Da sind Sie ja, Pfarrer Simmerling“, meinte Bischof Verhoeven freundlich und deutete auf einen Stuhl. Er selbst setzte sich hinter den massiven Schreibtisch, der Schutz gewährte und aufgeräumt war, bis auf eine Akte. Seine Akte, wie Thomas vermutete.

„Wie geht es Ihnen“, wollte sein Vorgesetzter wissen und verschränkte die Hände.

„Danke, gut, Herr Bischof“, antwortete er. Seit dem letzten Konzil wurden Bischöfe nicht mehr in der alten Form als Hochwürdigste Exzellenz angesprochen. Einige der älteren Herren bedauerten den Wandel, war doch diese privilegierte Anrede ein angestammtes Recht. Allerdings konnte das Konzil nicht die seit Jahrhunderten manifestierte und absolutistisch anmutende strikte Hierarchie innerhalb der Kirche aufweichen und ihr etwas weltliche und zeitgemäße Züge verleihen.

„Man hört ja so einiges von Ihnen.“ Der Bischof warf einen Blick auf die Akte. Thomas wusste nur zu genau, wie er diese Bemerkung einzuordnen hatte, denn innerhalb der katholischen Kirche gab es ein perfekt ausgeklügeltes, freiwilliges

Spitzelsystem, auf das die Staatssicherheit der ehemaligen DDR in allen Beziehungen neidisch gewesen wäre. Viele der Gläubigen fühlten sich berufen und inspiriert und noch mehr verpflichtet, dem Bistum alles mitzuteilen, was in den Pfarreien vor sich ging und vergaßen auch nicht, sofort den Schuldigen zu benennen: ihren Pfarrer. Auch wenn das Meiste in den Papierkorb wanderte, wie Thomas gehört hatte, blieb doch einiges übrig, was, wie in seinem Fall, zu Nachfragen, einem regen Schriftwechsel und sogar zu Abmahnungen führen konnte.

„Ich fühle mich schuldig", sagte Thomas ernst. Der Bischof schien irritiert zu sein.

„Sie fühlen sich schuldig?"

„Ja, in allen Punkten. Wie ich sehe, ist meine Akte seit meinem letzten Besuch angewachsen. Mea culpa."

Bischof Verhoeven lächelte und verstand nun den Scherz. „Wenn es viele Wege nach Rom gibt, warum nicht auch viele zum Herrn", philosophierte er. „Allerdings bitten wir schon darum, nicht zu weit vom rechten und von uns vorgegebenen Weg abzuweichen. Das irritiert nur die Gläubigen, die geleitet werden wollen. Sie verstehen?"

„Ja, ich verstehe."

„Und verlieren Sie nie Aufgabe und nötige Distanz aus den Augen. Sie sind der Vertreter des Herrn und kein Makler des Glaubens. Oder ein Guru", fügte der Bischof hinzu.

Wenig später kam er auf das Bistum zu sprechen, den Rückgang der Gläubigen durch Kirchenaustritte, mehr als hunderttausend im vergangenen Jahr in Deutschland, die dadurch bedingten Mindereinnahmen der Kirchensteuer, verstärkt durch eine teilweise flaue Wirtschaftskonjunktur. Auf der anderen Seite die steigenden Kosten, die übertriebene Erwartungshaltung, was die Errichtung und Unterhaltung von Kindergartenplätzen bis hin zu den kirchlich betreuten Altenwohnheimen betraf.

„Und all das, gestiegene Kosten, weniger Einnahmen und übertriebene Erwartungshaltung, die wir teilweise erfüllen müssen, ob wir wollen oder nicht, hat im vergangenen Jahr bei uns im Bistum zu einem Ausfall von etwa 60 Millionen Euro geführt. Ich kann gar nicht anders und muss gegensteuern.

Von oben", Verhoeven deutete zur Decke und ließ dahingestellt, wer gemeint war, das Erzbistum oder der Allerhöchste, „... von oben kann ich nichts erwarten. Mit dem Land Rheinland-Pfalz haben wir uns geeinigt und andere Beteiligungsmodalitäten entwickelt, dadurch wird uns in Zukunft ein Teil der finanziellen Last besonders in den Kindergärten und Tagesstätten abgenommen werden. Ungeklärt bleiben immer noch die Krankenhäuser mit ihren explodierenden Kosten. Aber trotz allem: Wir müssen sparen, sparen, sparen. Deshalb, Pfarrer Simmerling, habe ich im gesamten Bistum mehr als zwanzig Pfarreien schließen müssen. Sie verstehen?"

„Selbstverständlich, Herr Bischof."

„In anderen Bistümern werden bereits Kirchen verkauft. So weit möchte ich es noch nicht kommen lassen. Aber auch dies wird wohl bei weiter anhaltender negativer Entwicklung zu überlegen sein", meinte er bedauernd. „Und warum ich nicht die beiden älteren Kollegen abberufen habe?", fragte er nach einigen Sekunden der Bedenkzeit, um Thomas zuvorzukommen. „Ganz einfach, die Sonderaufgabe, die ich Ihnen anvertrauen werde, können meiner Meinung nach nur Sie erfüllen."

Thomas lächelte und der Bischof ordnete es so ein, dass er sich für die zugedachte Sonderaufgabe geehrt fühle. Aber Thomas bewunderte erneut die Eloquenz seines Vorgesetzten, die er schon oft im Fernsehen in Talkrunden und bei diversen Radiostationen unter Beweis gestellt hatte. Lediglich wenn es um die Evolution ging, geriet er, genau wie seine Kollegen, etwas ins Schwimmen. Wie kann man den Gläubigen weismachen, dass der Herr mit Hilfe seiner unendlichen Möglichkeiten in sechs Tagen – was man mit sechstausend Jahren gleichsetzte – die Erde erschaffen, quasi alles wie Fertigteile aus einem Baukasten zusammengezaubert, und sich am siebten ausgeruht hat? Während ein Darwin und andere Forscher dafür viele Millionen und Milliarden Jahre ansetzen? Vom Urknall ausgehen? Von Urzellen und einem mehr als hundert Millionen Jahre dauernden Prozess der Entstehung des Lebens sprechen und beweisen, dass erst ganz an dessen Ende der Mensch als vom Affen abstammender Primat zu finden ist? Aber das würde schließlich bedeuten, dass in der Genesis, dem ersten Buch

Moses, die Unwahrheit stände. Und dies können nicht nur die Kreationisten, die Konservativen innerhalb der katholischen Kirche, zu denen auch Verhoeven zählt, nicht hinnehmen. Ihrer Meinung nach müsse es eine übersinnliche Intelligenz geben, die alles geschaffen hat. Das Chaos könne ihrer Meinung nach wohl kaum der Motor sein, perfekt ineinandergreifende und miteinander verwobene tierische und menschliche Organismen zu bilden.

„Sie haben doch nichts gegen meine Entscheidung einzuwenden?“, fragte Verhoeven prophylaktisch.

„Nein, Herr Bischof.“

Übergangslos kam Verhoeven auf die gelungene Constantin-Ausstellung vor zwei Jahren zu sprechen, die zeigte, dass er ein wahrer Kaiser der Christen gewesen sei. Aber Trier habe nicht nur Constantin, sondern auch die Stadtpatrone Petrus und Paulus. Besonders Letzterer komme immer stiefmütterlich weg, werde von Petrus, obwohl Paulus laut Alphabet zuerst genannt werden müsste, regelrecht in die zweite Reihe gedrängt.

„Das möchte ich ändern, mein junger stürmischer Freund“, wurde der Bischof ungewöhnlich vertraulich, fast jovial. „Im kommenden Jahr wird vom Bistum eine Festschrift herausgegeben, die sich ausschließlich mit Paulus und dessen Werdegang und Einfluss auf das Christentum befasst. Und Sie möchte ich bitten, diese Festschrift zu erstellen. Meine Vorgabe ist, dass Sie sich intensiv mit Paulus auseinandersetzen. Dazu werden Sie nach Rom reisen, ich habe Sie dort bereits angekündigt, und in den Archiven nach neuen oder nicht so bekannten Dokumenten, Unterlagen und Nachweisen recherchieren, um Paulus mit seinem hervorragenden Gedankengut sprachlich der Neuzeit anzupassen und nahezubringen. Ihn sozusagen etwas entstauben und modifizieren. Wir müssen auf die Gläubigen zugehen.“

Bischof Verhoeven schaute Thomas an und der wollte mit einem Nicken andeuten, dass er verstanden habe. Weil er ihn jedoch als jungen stürmischen Freund bezeichnet hatte, fragte er: „Verstehe ich meine Aufgabe im übertragenen Sinne so, dass mit dieser Festschrift Paulus besser … vermarktet werden soll?“

Der Bischof lächelte. „Ihre direkte Art gefällt mir. Und sie hat auch den meisten Gläubigen in Ihrer Gemeinde gefallen. Das kann ich Ihnen versichern." Er deutete auf die Akte. „Ja, Vermarktung klingt, unter uns gesagt, nicht schlecht. Wir müssen uns nun mal in dieser schnelllebigen Zeit verkaufen und unser Angebot teilweise überarbeiten, sozusagen runderneuern. Besonders die Jugend verlangt nach einer Kirche zum Anfassen, verlangt nach verständlichen Worten und nach Aufrichtigkeit. Muss ich Sie an den letzten Besuch des Heiligen Vaters in Deutschland erinnern?"

„Nein, Herr Bischof. Ich war sehr überrascht, welche Faszination der Glaube auf die Jugend ausübt. Wir hatten weit mehr Besucher als anlässlich der Fußball Weltmeisterschaft."

Nachdem der Bischof noch einige Worte über die Festschrift verloren hatte, meinte er: „Man erwartet Sie in Rom in zwei Tagen. Morgen geht Ihr Flug. Melden Sie sich bitte im Vatikan bei Bruder Bonifaz, einem Benediktinermönch und Ordenspriester. Sie werden, glaube ich, keinen Lebenden finden, der sich in der Kirchengeschichte besser auskennt als er. Und niemanden, der als Vertreter der Kirche direkter, offener und sprunghafter ist. Aber Sie werden sich schnell an ihn gewöhnen. Ich habe Sie ihm bereits angekündigt. Wie ich ihn kenne, wird er sich bei Ihnen nicht lange mit Vorreden aufhalten."

Thomas war entlassen. Draußen vor der Tür schnappte er nach Luft, weil er dachte, er hätte noch einige Tage oder eine Woche Zeit, eventuell für einen Kurzurlaub oder um seine Mutter zu besuchen. Aber so war nun mal die Kirche. Jeweils die nächsthöhere Instanz regulierte alles für die darunter liegende. Widerspruch gab es keinen, es sei denn, er hätte gesundheitliche Gründe anführen können. Aber da der Bischof auch über seine Aktivitäten auf dem Fußballplatz informiert war, wären diese wenig glaubhaft gewesen.

Während Thomas, er war an seiner Kleidung nicht auf den ersten Blick als Priester zu erkennen, durch die Fußgängerzone schlenderte, bemühte er sich, die letzte Bemerkung seines Vorgesetzten einzuordnen. „Und wenn Sie dann wieder zurück sind, die Festschrift gute Fortschritte macht, dann werden wir uns einmal ausgiebig privat unterhalten."

Nur wenn man genau hinschaute, war zu sehen, dass Allen Ward sein linkes Bein etwas nachzog. Vor vier Jahren hatte es ihn erwischt. Raubüberfall, er und sein Partner gleich in der Nähe, die Täter nach kurzer Verfolgung gestellt, Schusswechsel, Hüfte und Oberschenkel zerschmettert, drei Monate im Krankenhaus. Wie üblich, wenn ein Bostoner Polizist erfolgreich eine Straftat verhindert oder aufklärt und dabei auch noch im Dienst eine Verletzung erleidet, wurde er ausgezeichnet und belobigt und zum Captain befördert. Das war die angenehme Seite. Nun jedoch, gehandicapt und für den Außendienst nicht mehr geeignet, suchte man eine geeignete Stelle im Innendienst und machte ihn zum Sprecher des Departments. Anfänglich schien dies die weniger angenehme Seite zu sein, keiner seiner Kollegen wollte in den Innendienst und dort die allseits gehasste Schreibtischarbeit erledigen. Mehr und mehr jedoch fand Ward Gefallen an dem neuen Job. Seine Aufgabe bestand überwiegend darin, die Polizei und deren Einsätze, und hier besonders der Presse gegenüber, positiv darzustellen, fortan mit wohlgewählten und einlullenden Worten zu hantieren und nicht mehr mit Fäusten oder Projektilen.

Und weil es in Boston wie in jeder amerikanischen Großstadt viele Straftaten gibt, die Methoden der Polizei oft in Frage gestellt werden, man sie gerne als brutal und nicht angemessen bezeichnet, hatte Ward eloquent deren Aktivitäten darzulegen, zu begründen und auch schon mal zu rechtfertigen und als einzige sich aus der Situation ergebende Maßnahme zu verkaufen. Das war gar nicht so einfach, wenn sich herausstellte, dass ein gesuchter Mörder bei einer Geiselnahme von Beamten ohne Vorwarnung angeschossen worden war – die einzige Möglichkeit, das Opfer zu retten – und anschließend der Angeschossene auf Schadenersatz in Millionenhöhe klagte. Oder seine Kollegen bei einem mehrfach wegen Körperverletzung verurteilten Schläger vergessen hatten, sich vorher schonende Boxhandschuhe anzuziehen und daraufhin zu einer Geldstrafe verurteilt wurden.

Als Ward an diesem Sonntagmorgen aufwachte und sein Bein schmerzte, war das für ihn wie eine Vorahnung. Wenige

Minuten später wurde er von William Parker angerufen, einem früheren Studienkollegen, der nun als angesehener Arzt fast ausschließlich Prominente behandelte. Ob er Zeit habe. Ward hatte immer Zeit, wenn ein Freund anrief. Ob er mal vorbeischauen könne. Ward willigte ein und fragte nach der Adresse. Als Parker dazu auch noch den Bewohner nannte, vergaß Ward sein Bein, ließ den Kaffee stehen, zog sich Schuhe und Jacke an und eilte zu seinem Fahrzeug.

Die Riverside Avenue nördlich des Presidents Golf Clubs war eine vornehme, war die vornehmste Wohngegend von Boston. Mit großen Villen, noch größeren Grundstücken. Jedes hatte mindestens 4 Acres – fast das Doppelte eines Football Platzes. Parker hätte nicht erwähnen müssen, diskret zu sein und das Blaulicht auszulassen. In solchen Gegenden kommt man sich wie ein selten eingeladener Besucher vor, der freiwillig alles unterlässt, um sich nicht den Unmut der Bewohner zuzuziehen. Auch wenn, so wie in diesem Fall, der Bewohner noch schwerlich hätte etwas ausrichten können, denn laut Parker war er in der vergangenen Nacht friedlich verstorben. Warum Ward als Sprecher des Departements trotzdem hinfuhr, hatte allein mit der Stellung des Toten zu tun. Um sich nach allen Seiten abzusichern, rief Ward aus dem Auto den Commissioner an, seinen einzigen und direkten Vorgesetzten, und schilderte in wenigen Worten die Umstände. Und der kam nicht umhin, ihn zu warnen, ausgesprochen diskret zu sein, kein Wort an die Presse ohne seine Zustimmung, vorerst zumindest, und sich sozusagen inoffiziell und auf Wunsch eines Freundes um die Angelegenheit zu kümmern. Aber sein Vorgesetzter hätte nach all den Skandalen diese Warnung nicht aussprechen müssen. Vor Jahren hatten die Berichte der New York Times und die des Boston Globe die Welt der katholischen Kirche und deren Gläubigen tief erschüttert. Viele Priester wurden der Pädophilie angeklagt. Im Laufe der Ermittlungen stellte sich heraus, dass man diese Vorfälle an höchster Stelle bis hin zum Vatikan gekannt und seit mehr als zwanzig Jahren zu vertuschen versucht hatte, indem man einfach die Verantwortlichen von Pfarrei zu Pfarrei versetzte. Dachte man vielleicht, deren krankhafte oder abartige Neigung würde sich durch die vielen Umzüge abnützen und im neuen Umfeld legen? Das Versteckspiel ging so lange gut, bis man Pater John Georghan mehr als 130 sexuelle Übergriffe in fast neunzig Fällen nachweisen konnte und ihn anschließend zu zehn Jahren Gefängnis verurteilte. Was anfänglich von der Kirche aus verständlichen Gründen des Selbstschutzes und der Glaubwürdigkeit wie ein Einzelfall dargestellt worden war, entwickelte sich anschließend immer mehr zu einer schnell anwachsenden, unkontrollierten Lawine von Verfehlungen hunderter Priester über das ganze Land verteilt. Für viele Medienvertreter ein gefundenes Fressen, um nachzuforschen, zu recherchieren, unbequeme Fragen zu stellen, bewusst polemische Artikel zu schreiben und die Kirche nicht mit der gewohnten Sanftheit anzufassen.

Ward bog von der Straße in eine Einfahrt und hielt vor einem hohen schmiedeeisernen Tor. Schräg über sich sah er eine Kamera. Er stieg aus und sprach in ein Mikrofon. Das Tor glitt auf und Ward fuhr im Schritttempo die mehr als einhundert Meter bis zum herrschaftlichen Gebäude. Links und rechts Rasen und gestutzte Sträucher, viele noch mit einer Plastikhülle versehen, die sie vor der Kälte schützen sollte. Kahle Laubbäume, eine Reihe Koniferen und mitten unter ihnen eine mächtige Atlaszeder. Entlang der Zufahrt Laternen mit Hauben und aus bauchigem Glas. Ähnlich denen, wie sie in älteren europäischen Städten in Fußgängerzonen zu finden sind .

Während er bogenförmig der Zuwegung folgend auf den kameraüberwachten Eingang zufuhr, betrachtete er das zweigeschossige Gebäude mit den hohen Fenstern und den Einfassungen aus Sandstein. Nur zwei Geschosse, aber jedes mindestens 15 Fuß hoch, konstatierte er mit prüfendem Blick. Und nach oben abgeschlossen durch einen umlaufenden Sims, darüber ein flaches, pyramidenähnliches Schieferdach mit kleinen dreieckigen Dachgauben.

Ward stieg aus und ging die wenigen Stufen hinauf. Das an englische Villen aus dem neunzehnten Jahrhundert erinnernde Gebäude war wuchtig und gewaltig und auch irgendwie bedrohlich. Ward, selbst groß gewachsen, kam sich winzig vor, als er den Knauf der Eingangstür in Augenhöhe vor sich sah. Und daneben ein überdimensionierter Klöppel, wie zu erwarten ein Messing-Löwenkopf mit einem daumendicken Ring im Maul.

Die Tür wurde geöffnet. Ein älterer Mann in einem dunklen Anzug verbeugte sich zögernd, als fiele es ihm schwer, dem Besucher Reverenz zu erweisen und geleitete ihn nach einem prüfenden Blick hinein.

Für manchen begann das Himmelreich schon auf der Erde. Weil allerdings nur wenige Auserwählte in diesen Genuss kamen, hatte man die entsprechenden Örtlichkeiten mit Zäunen und Mauern zu umgeben, die Gebäude äußerlich eher schlicht zu halten, um sie vor der Gier der Anderen, die an das gleiche Himmelreich glaubten, zu schützen. Diesen Eindruck gewann Ward, als er vorsichtig über den Marmorboden ging, die brusthohen Holzvertäfelungen an den Wänden mit den reichen Schnitzereien und Intarsien betrachtete. Oberhalb der Holzarbeiten waren unübersehbar und wandfüllend unzählige Bilder wie zu einer Galerie aufgehängt, allesamt Männer in kirchlichen Gewändern und mit salbungsvollen, aber auch strengen, strafenden Blicken und mahnenden Zeigefingern.

Der Dunkelgekleidete ließ ihn einfach mitten in der haushohen Eingangshalle stehen, an deren Ende links und rechts je eine geschwungene Treppe, gleichfalls aus Marmor, in die obere Etage führte. Diese wurden eingerahmt von einem auf schlanken Säulen stehenden Geländer mit breitem Handlauf mit rötlichen Einsprengungen aus dem gleichen Material. Was das alles wohl gekostet haben mag, überlegte Ward, schaute nach oben und machte unbewusst zwei Schritte zur Seite. Er stand genau unter einem voluminösen Kronleuchter mit unzähligen Lampen in Kerzenform. Während er sich in die Einlegearbeiten des Fußbodens vertiefte, er der Reihe nach alle Stationen des Kreuzwegs und der Kreuzigung betrachtete, wurde er von der Seite angesprochen.

„Mister Ward?“

Ward sah einen glatzköpfigen Mann im schwarzen Anzug mit steifem, weißem Priesterkragen, einer deutlich gebogenen Nase und fühlte sich an den Film Ghandi mit Ben Kingsley erinnert.

„Ja, der bin ich.“

„Mein Name ist Nepito. Ich bin der Sekretär Seiner Eminenz, John Kardinal Willard. Würden Sie mir bitte folgen."

Ohne eine Zustimmung abzuwarten, stieg Nepito mit einer Leichtigkeit die Treppe hinauf, als schwebe er. Ward mutete seinem Bein ein zu schnelles Tempo zu und biss sich vor Schmerz auf die Lippen.

„Es war nicht meine Idee, Sie zu kontaktieren", sagte Nepito, ohne sich umzuschauen. „Es gebietet sich von selbst ein Höchstmaß an Diskretion."

Ward fühlte sich wegen der unhöflichen Art nicht angesprochen und gab keine Antwort.

Oben angekommen, wandte sich Nepito nach links und führte ihn zu einem Zimmer. Auch hier war die Klinke in einer Höhe angebracht, dass Kinder sie unmöglich ohne Hilfe betätigen konnten. Ob das so gewollt war?

Nepito öffnete die Tür, ging voran, schwenkte zur Seite und machte für Ward den Weg frei. Ein schneller, routinierter Blick zeigte dem Polizeibeamten, dass es seiner Einschätzung nach in diesem Raum keinen Kampf gegeben hatte. Alles schien an seinem gewohnten Platz zu stehen. Etwas abseits saß sein Studienkollege an einem voluminösen Sekretär, schaute kurz hoch, nickte und vertiefte sich wieder in seine Unterlagen. Ward näherte sich langsam einem großen Bett mit zeltartigem Überbau, in dem der tote Kardinal lag, als schliefe er. Sein Haar hatte man gekämmt, die wie zum Gebet gefalteten Hände hielten ein Kreuz und einen Rosenkranz, die Bettdecke war geglättet. Ward vermutete, dass Nepito ihn nach der Untersuchung durch Dr. Parker für die Nachwelt so liebevoll hergerichtet hatte. Der rosigen Gesichtsfarbe nach zu urteilen war auch dort etwas nachgeholfen worden.

Parker erhob sich und begrüßte ihn.

„Warum bin ich hier?", wollte Ward wissen.

„Aus Vorsicht. Um ja keinen Fehler zu machen, um nichts zu unterlassen und allen möglichen Spekulationen vorzubeugen. Der Kardinal", Parker deutete zum Toten, „der Kardinal ist unter Zuhilfenahme einer Überdosis Schlaftabletten eines natürlichen Todes gestorben. Pelurekan. Er hat sie von mir in den vergangenen Wochen nach und nach verordnet bekommen.

Allerdings scheint der Kardinal sie gesammelt zu haben. Das mit den Schlaftabletten will ich aus verständlichen Gründen möglichst nicht in meinem offiziellen Bericht erwähnen. Du verstehst?"

Ward sah mehrere kleine Glasbehälter auf einer Anrichte. Die verdammte Vorsicht, die Angst, einen Fehler zu machen. Einem jung verheirateten Kollegen von ihm hatte diese Angst vor zwei Monaten einen doppelten Hodenbruch und irreversible Zeugungsunfähigkeit eingebracht. Während er einem Dealer, dessen Hände auf dem Rücken gefesselt waren, seine Rechte vorlas, hatte dieser nichts Eiligeres zu tun, als mit aller Wucht sein Knie in den Unterleib des Beamten zu rammen. Dieser Vorfall fand keine Erwähnung in der Presse. Hätte der Kollege jedoch vergessen, dem gesuchten Verbrecher seine Rechte vorzulesen, der Dealer wäre flugs entlassen und der Beamte angeprangert und womöglich suspendiert worden.

„Man hat mich um 8 Uhr heute Morgen benachrichtigt. Der Sekretär rief an und sagte, sein Kardinal fühle sich nicht wohl." Parker lachte kurz auf. „Eine viertel Stunde später war ich hier vor Ort."

Ward warf einen Blick auf seine Armbanduhr, es war jetzt exakt 9 Uhr. Fünf Minuten um sich fertig zu machen, zwanzig Minuten Fahrt, das Warten in der Halle, Parker musste ihn demzufolge bereits wenige Minuten nach seinem Eintreffen informiert haben.

„Um welche Uhrzeit hat der Sekretär den Kardinal gefunden?"

„Zu mir hat er gesagt, so gegen 7 Uhr 30. Jeden Tag weckt er den Kardinal um 7 Uhr, und weil der sich eine halbe Stunde nicht gerührt habe, sei er in das Zimmer gegangen."

„Es sieht alles so aufgeräumt aus, wie für dich und mich hergerichtet."

„Ich habe nichts angefasst", sprach Parker weiter. „Auch nicht den Abschiedsbrief, der immer noch auf dem Nachttisch liegt. Bis auf die untere linke Ecke, dort wirst du meine Fingerabdrücke finden.

„Ein Abschiedsbrief?" Ward runzelte die Stirn.

Parker deutete mit dem Kopf zum Bett. „Selbstverständlich habe ich den Kardinal untersucht. Keine äußere Gewaltanwendung, keine Druckstellen, Blutergüsse, Rötungen, nichts. Verstorben ist der Kardinal der Körpertemperatur und der Starre nach in der vergangenen Nacht etwa gegen 1 Uhr 30."

Ward deutete mit dem Kopf zu dem immer noch abwartend dastehenden und sie permanent beobachtenden Nepito. Er schien erstarrt zu sein, lediglich seine Augen bewegten sich und verfolgten jede ihrer Bewegungen.

„Keine Chance. Den wirst du nicht los", raunte Parker. „Wenn was ist, pfeift er dem Personal. Hier wimmelt es nur so von Personal, sage ich dir."

„Wie viele Angestellte gibt es in dem Haus", wandte sich Ward an Nepito. Der Angesprochene überlegte lange und wog alle Möglichkeiten der Interpretation seiner Antwort ab, bis er sich schließlich äußerte: „Vierzehn, einschließlich meiner Person."

Ward spazierte eine Weile mit hinter dem Rücken verschränkten Händen in dem großen Schlafraum umher. Wo er auch hinblickte, unübersehbar die vielen kostbaren Antiquitäten in Form von chinesischen Vasen oder Gemälden. Dominant die Heilige Familie bei der Geburt Jesu. Sogar der Esel lächelte. Er ging durch eine geöffnete Tür nach nebenan ins Bad, der Größe nach eher eine Badehalle. In der Mitte freistehend eine große Wanne, in der bequem drei Personen Platz finden würden, neben dem Fenster ein Waschtisch, die Becken von einer Marmorplatte eingefasst, in der Ecke eine in den Boden eingelassene Duschmulde, diverse Strahler an den Wänden und der Decke, Schränkchen, voll mit Fläschchen, Tuben, Töpfchen, Flakons, auf einem Wagen frische Handtücher, alle in Blau, die Spiegel so angeordnet, dass man sich von allen Seiten betrachten konnte und hinter einer Sichtblende die Toilette. Die Einrichtung des Bades mit den vergoldeten und verschnörkelten Armaturen als luxuriös zu bezeichnen, fand Ward untertrieben.

„Du bist hier, Allen, weil du mein Zeuge bist", betonte Parker, der ihm gefolgt und in der Tür stehen geblieben war. Hinter dem Arzt bemerkte Ward Nepito, der mit langem Hals versuchte, über Parkers Schulter ins Bad zu schauen. „Nach der verhängnisvollen Affäre vor ein paar Jahren ist die Kirche ausgesprochen sensibel. Wird dir ja bekannt sein", sprach Parker weiter.

Ward erinnerte sich an eine Anweisung von ganz oben, wonach bei allen Statements, welche die Kirche betrafen, zuerst die Zustimmung des jeweiligen Bistums eingeholt werden musste. Schon erstaunlich, dass sogar in den Vereinigten Staaten die Kirche eine solche Macht hatte, so etwas durchzusetzen.

„Hatte der Kardinal gestern Besuch?", wandte sich Ward auf dem Weg zurück ins Schlafzimmer an Nepito. Der reagierte nicht.

Ward baute sich vor dem Privatsekretär auf. „Ein Kollege von mir, äußerst diskret, der einen Fall auch äußerst diskret behandeln sollte, machte sich, so wie alle Beamten aus dem Departement, Aufzeichnungen und Notizen. Er hätte gerne die Diskretion bis zum Schluss gewahrt, im Interesse aller Betroffenen, aber leider stahl man die diskreten Unterlagen aus seinem Auto. So etwas kann man nun mal nicht ausschließen."

Ward zog einen Block aus seiner Jackentasche und begann zu schreiben.

„Gestern hatte Seine Eminenz Besuch aus Rom. Monsignore Benelli und zwei Begleiter."

„Vielen Dank, Mister Nepito."

„Einfach nur Nepito. Wir als Diener des Herrn verzichten auf alle Anreden."

„Das ist schön, Nepito. Woher kommen Sie? Pakistan? Indien?"

„Südafrika."

„War Monsignore Benelli öfter hier zu Besuch?"

Der Sekretär zierte sich, zu antworten, als sei es ein kirchliches Geheimnis. „Ja", gab er zögernd zu. „Im vergangenen Jahr einige Male, für dieses Jahr war es sein erster."

„Und was der Anlass war ...?"

Nepito schüttelte verneinend den Kopf. „Seine Eminenz hat mich in solch wichtige Angelegenheiten nie involviert. Zu dieser hohen Informationsstufe hatte ich leider keinen Zutritt", antwortete er gestelzt.

„Nepito, es gibt keinen Anlass für meinen Besuch. Und ich bin sozusagen auch inoffiziell und privat hier. Lediglich Sie, Dr.

Parker und der Commissioner wissen davon, und das soll auch so bleiben. Allerdings brauche ich Ihnen nicht zu erklären, wie heikel der Tod eines Kardinals unter gewissen Umständen sein kann. Und die heiklen Umstände waren ehedem in Tablettenform in diesen kleinen Glasbehältern, die immer noch auf der Anrichte liegen." Ward deutete darauf und sprach weiter: „Die Öffentlichkeit und diejenigen, die wenig nachdenken und keine Ahnung haben, aber auf alles, was sie nicht verstehen, schimpfen, besonders wenn es um die Kirche geht, werden in Anspielung auf die Vergangenheit sagen: spätes Schuldeingeständnis, schlechtes Gewissen. Obwohl Sie und Mister Parker und ich es besser wissen. Aber gegen die öffentliche Meinung und die vielen Schmarotzer von den Medien, welche sie füttern, kommen wir nun mal nicht an. Um es erst gar nicht zu einer Eskalation kommen zu lassen, müssen wir uns gegenseitig vertrauen und dürfen unter keinen Umständen Fakten zurückhalten. Sicherlich wissen Sie, dass ich als Sprecher des Departements ein Höchstmaß an Fingerspitzengefühl an den Tag legen muss. Und wenn ich von Ihnen etwas wissen will, dann nur unter dem Gesichtspunkt, es als weiteren Aspekt für das Ausschließen von unangenehmen Begleiterscheinungen und Umständen einzusetzen, sozusagen als Glied einer Kette von Entlastungen. Haben Sie mich verstanden?"

Nepito nickte zögernd.

„Deshalb möchte ich Sie bitten, mir die Videobänder zu überlassen."

Nepito reagierte nicht, aber seine Augen schienen Zustimmung zu signalisieren.

Als hätte Ward erst jetzt den Gegenstand auf dem anderen Nachttisch gleich neben dem Telefon bemerkt, fragte er: „Was hat es damit auf sich?"

Ohne hinzuschauen antwortete Nepito: „Damit kann man die einzelnen Kameras steuern."

„Hat der Kardinal damit gespielt?"

„Seine Eminenz war technisch sehr versiert und auf dem Laufenden."

Also hat er damit gespielt, mutmaßte Ward und betrachtete die Apparatur. Neben verschiedenen Skalen gab es auch eine

Art Joystick zum Steuern einzelner Kameras und einen Ein- und Ausschalter. Als er den Kopf hob, ahnte er auch, wo sich die entsprechenden Monitore befanden: an der gegenüberliegenden Wand hinter einem Vorhang. Ward ging in die Richtung und überzeugte sich, er hatte richtig vermutet.

„Mister Parker wird Ihnen bestätigen können, dass Seine Eminenz keinerlei ernsthafte Krankheiten hatte. Wäre es hilfreich, wenn er eine gehabt hätte?"

Parker und Ward sahen sich an und wussten, was Nepito andeutete: einen glaubhaften Grund für das Ableben des Kardinals.

„Für mich ist Kardinal Willard plötzlich und unerwartet verstorben", ging Parker auf die Anspielung ein. „In gewisser Weise stimmt das ja auch."

Ward schob sich näher an den Nachttisch und versuchte, den Abschiedsbrief zu lesen. Nepito war schneller und stellte sich ihm in den Weg.

„Was soll das?", fragte Ward scharf. „Ich dachte, wir hätten uns verstanden."

„Der Brief ist sehr privater Natur", entgegnete der Sekretär.

„Und woher wissen Sie das?"

Ward schob Nepito, der zögernd seinen Widerstand aufgab, zur Seite und beugte sich über den Brief. Ohne diesen anzufassen, konnte er lesen, dass seine Vermutung bezüglich des Inhaltes zu stimmen schien. Alles andere hätte aus seiner Sicht keinen Sinn ergeben.

In dem Abschiedsbrief übernahm der Kardinal alle Schuld für die Verfehlungen der Priester in seinem Erzbistum. Man habe nicht genug selektiert und sei den Hinweisen zu spät nachgegangen. Als man schließlich die Tragweite der Verfehlungen erkannt habe, sei es zu spät gewesen. In seinem Tresor liege eine Mappe mit weiteren Verfehlungen, nicht nur an Kindern, von ihm untergebenen Geistlichen. Zumindest im Anblick seines Todes wolle er mit den Behörden zusammenarbeiten, um auch diese Schuld zu tilgen. Gott möge mir verzeihen, stand zuunterst, gleich über der Unterschrift des Kardinals.

„Wo ist diese Mappe?", wollte Ward wissen und fixierte Nepito. Entweder war der Sekretär ein ausgezeichneter Schauspieler oder er sagte die Wahrheit, als er antwortete: „Im Safe gibt es keine Mappe. Ich habe nachgeschaut."

Nachdem man sich darauf geeinigt hatte, wie die offizielle Sprachregelung im Todesfall von John Kardinal Willard aussehen solle – die inoffizielle würde unter Verschluss bleiben, wie so oft –, verabschiedete sich Ward und bekam die Videobänder ausgehändigt.

„Ich war nicht hier und weiß von nichts", sagte er im Hinausgehen zu Nepito. „Es sei denn, die Bänder enthalten einen Hinweis, dem nachgegangen werden muss."

So wie Nepito ihm nachschaute, schien es einen solchen Hinweis nicht zu geben. Schließlich hatte der Sekretär lange genug Zeit gehabt, sich die Bänder anzuschauen. Und an ihnen zu spielen.

Am Nachmittag, wenige Stunden nach dem Besuch in der Villa des toten Kardinals, hatte sich Ward die Videobänder angeschaut und nichts Verdächtiges entdeckt. Erst gegen Abend war die Nachricht vom überraschenden und plötzlichen Tod des Kardinals bekannt geworden. Herzversagen.

Natürlich war das einen Tag später der Leitartikel in allen Zeitungen. Ward telefonierte zuerst mit seinem Vorgesetzten, danach mit Dr. Parker, anschließend mit Nepito und berief dann am späten Montagmorgen im Büro einige Kollegen des Morddezernates hinzu, denen er vertrauen konnte. Ward erklärte die Umstände, ohne näher auf den Tod einzugehen. Man wolle lediglich die Bänder überprüfen, damit der Fall erst gar nicht zu einem Fall werde.

Ward spielte das erste Band ab. Seine Kollegen wunderten sich über die vielen Kameraeinstellungen, was auf eine lückenlose Überwachung hindeutete. Allerdings war wegen des Alters der Überwachungsanlage die Bildqualität nicht sonderlich gut und auch nur in Schwarz-Weiß.

„Samstag, 18 Uhr. Einbrechende Dunkelheit. Der Besuch rollt vor. Die Torkamera", kommentierte Ward. Der Besuch wurde auf dem Weg zur Villa und beim Aussteigen vor dem Eingang gefilmt. Dann übernahm eine Kamera oberhalb des überdachten Eingangs die weitere Aufgabe. Drei eng zusammenstehende Männer mit großen Hüten, alle in dunklen, langen Umhängen, waren von schräg oben aufgenommen worden. Die Tür öffnete sich, die Männer betraten das Haus. Die folgende Einstellung zeigte die Besucher, als sie im Erdgeschoss einen großen, saalähnlichen Raum betraten, wo der Kardinal sie begrüßte. Drei Stunden später verließen sie wieder das Anwesen und stiegen in ein wartendes Auto. Die Torkamera ließ keinen Zweifel daran, dass sie die Richtung zum Highway einschlugen. Der eingeblendeten Zeit nach endeten die Aufnahmen um 1 Uhr in der Nacht.

„Allen, warum gibt es danach keine Aufnahmen mehr?“, fragte Pete, ein Kollege.

Ward wusste es nicht so genau. „Der Kardinal hat neben seinem Bett eine Art Mischpult stehen. Da alle Kameras auf einmal ausgefallen sind, wird er die Überwachung abgestellt haben. Meinetwegen auch aus Versehen …“ Ward zuckte mit der Schulter.

„Oder er hat versucht, Hilfe herbeizurufen. Ist das Telefon nicht gleich daneben?“, bemerkte Charlotte, eine der wenigen Frauen des Morddezernates.

„Ja, genau“, gab Ward zu. „Ändert aber nichts an den Umständen. Die Kameras scheinen vom Kardinal ausgeschaltet worden zu sein. Nepito hat mir das heute am Telefon bestätigt. Das habe er öfter getan, meist jedoch erst gegen Morgen.“

„Lass uns bitte noch einmal die Einstellung vor der Haustür sehen“, sagte Tom, ein weiterer Mitarbeiter.

Ward ließ die Szene einige Male ablaufen, bis Charlotte plötzlich „Stopp“ schrie.

Die Männer schauten die einzige Frau in der Runde fragend an.

„Seht ihr auch das, was ich sehe?“ fragte sie mit einem wissenden Lächeln und deutete zum eingefrorenen Bild.

Ihre Kollegen mühten sich vergeblich ab, etwas Ungewöhnliches zu erkennen.

Charlotte nahm einen Stift, deutete auf den Monitor, wo das Bild mit den eng zusammenstehenden drei Besuchern zu sehen war und begann zu zählen: „Eins, zwei, drei, vier, fünf, sechs, sieben." Jedes Mal hatte sie mit dem Stift auf einen bestimmten Punkt gedeutet.

„Noch einmal", bat Ward, und Charlotte wiederholte den Vorgang.

„Drei Besucher haben sich angesagt, aber ich zähle unter den langen Umhängen insgesamt sieben Füße. Wie kann das sein?", fragte sie triumphierend in die Runde.

Thomas, vorerst ausgestattet mit einem Besucherausweis für einen Tag, meldete sich im Geheimarchiv des Vatikans beim Sekretär des Präfekten. Eine schriftliche Empfehlung von Bischof Verhoeven mit dem Thema der Forschung lag dort bereits vor. Sein Vorgesetzter hatte auch nicht vergessen, zwei Passbilder hinzuzufügen. Es waren die gleichen wie in seiner Personalakte.

Thomas wartete in einem Vorraum des Büros und blätterte in einer Broschüre mit Angaben über das Geheimarchiv. Allerdings hatte man lediglich die Bereiche aufgeführt, die öffentlich zugänglich waren. Der größte Teil jedoch blieb auch weiterhin unter Verschluss. Zum einen, weil der Inhalt, wie man vermutete, so brisant und inhaltsschwer war und man deshalb die möglichen Auswirkungen auf Religion, Politik, Gesellschaft und Öffentlichkeit nicht einschätzen konnte. Zum anderen war es dem Vatikan in den vergangenen zwei Jahrhunderten noch nicht gelungen, mehr als die Hälfte des gesamten Materials zu archivieren.

Nicht zuletzt umgab das Archiv eine Aura des Geheimnisvollen. Was stand in den mehr als sechstausend Ablassbüchern? Oder in den tausenden von Bänden der päpstlichen Erlasse? In den viele Räume füllenden Folianten der Miscellanea? Nicht zu vergessen die Korrespondenz vieler Päpste mit ihren Mätressen, Verhandlungen über Heilig- und Seligsprechungen, die Akten des obersten Gerichtshofes der Kirche, der Rota. Ob allerdings die Vorschrift tatsächlich stimmte, wegen möglicherweise noch lebender Zeitzeugen zu allen Akten, die jünger als hundert Jahre waren, niemandem Zugang zu gewähren, konnte Thomas bisher nicht in Erfahrung bringen. Zumindest auf die Zeit des Zweiten Weltkrieges bezogen schien sie zuzutreffen. Alle Unterlagen diese Ära betreffend blieben – trotz Drängens von Israel, den Vereinten Nationen und vieler namhafter Wissenschaftler – auch weiterhin unter Verschluss.

Thomas erhielt nach zwei Stunden und vielen ausgefüllten Formularen einen zeitlich auf ein Jahr limitierten Benutzerausweis, der ihn berechtigte, gewisse Bereiche des Vatikans und die Lesesäle des Archivs zu betreten. Als er das kürzlich entdeckte Paulusgrab ansprach, welches er auch besichtigen wolle – seit Jahrzehnten die wohl wichtigste Entdeckung im schier unergründlichen Untergrund des Petersdoms –, gab man ihm zu verstehen, selbst als Priester müsse er einen gesonderten Antrag stellen. Weil sich so viele Experten aus aller Welt angesagt hätten.

Als er das Sekretariat verließ, wurde er von einem älteren Mann angesprochen. Er trug eine Mönchskutte mit Kapuze und Gürtel, war knapp mittelgroß und sehr hager.

„Vielen Dank, dass du mir Grüße von Verhoeven ausrichtest, mein Sohn“, sagte er anstelle einer Begrüßung. Und nach einem Blick in das Gesicht von Thomas fügte er hinzu: „Jetzt schaust du genauso ungläubig, wie du heißt. Beruhige dich, ich bin Bonifaz.“

Pater Bonifaz, er gehörte als Ordenspriester dem Benediktinerorden an und war ausschließlich dem Abt als Ordensoberen unterstellt und nicht dem Vatikan, wartete keine Antwort ab und ging einfach davon. Thomas folgte ihm und hatte Mühe, mit dem alten Mann Schritt zu halten.

„Die Zeit ist heute so schnell, da muss man sich auch schnell bewegen“, hörte er ihn sagen. „Und ich muss es im Besonderen, denn mir bleibt nicht mehr viel Zeit.“

Thomas konnte mit der Bemerkung nichts anfangen und stolperte neben dem Pater eine Treppe hinunter. Vorbei an zwei behelmten Schweizer Gardisten in goldschwarz gestreifter Kleidung ging Bonifaz in den Garten, dort mäßigte er sein Tempo etwas.

„Wie geht es Verhoeven?“

„Gut, Pater Bonifaz.“

„Dann geht es dir schlecht.“

„Wieso?"

„Wieso", machte Bonifaz ihn nach. „Wenn es Verhoeven gut geht, muss es einem schlecht gehen."

Thomas äußerte sich nicht zu dieser eigenwilligen Philosophie. „Darf ich bitte fragen, wie es Ihnen geht?"

Bonifaz blieb stehen, hob den Kopf und schaute ihn an. „Was siehst du?"

Thomas fühlte eine gewisse Verlegenheit.

„Sag mir die Wahrheit."

Thomas zögerte. „Nun ... nun ich weiß, wie alt Sie sind. Aber sie sehen ..."

„Ich habe auch einen Spiegel. Und was noch?", unterbrach Bonifaz ihn.

„Unruhe, ich sehe Unruhe. Und ich spüre sie körperlich. Sie erfasst mich auch bereits."

„Weiter?"

„In Ihren Augen sehe ich ..."

„Du siehst Angst, mein Sohn", stellte Bonifaz emotionslos fest.

„Sind Sie krank?"

„Sind wir nicht alle krank?", entgegnete er bitter und Thomas schloss daraus, seine Angst habe wohl nichts mit einer Krankheit zu tun. „Müssen wir nicht alle Buße tun für das, was wir angerichtet haben? Rechenschaft ablegen vor dem Herrn für unser verwerfliches Handeln? Unsere Sünden, unsere Schwächen, besonders die des Fleisches? Aber lassen wir das", würgte Bonifaz das Thema ab. „Du bist gekommen, um dem guten Verhoeven einen neuen Paulus zu servieren. So wie er bei uns im Archiv zu finden ist und wie ihn die Gläubigen nicht kennen. Über eines sei dir jedoch im Klaren: Viele hohe Kirchenfürsten wollen ganz einfach nicht, dass die Gläubigen ihn jemals so richtig kennen lernen. Ihrer Meinung nach ist die Wahrheit nicht gut für das betende Volk. Sie ist so menschlich und mit Sünde behaftet und verkauft sich deshalb schlecht. Ihr fehlt die Aura des Übersinnlichen und des Mystischen."

Sie schlenderten weiter und Thomas beobachtete den Pater von der Seite. Wie war das vorhin mit der Buße gemeint gewesen? Mit den Sünden und Schwächen? Warum hatte er die

Fleischeslust so betont, war dabei seine Stimme hart und sein Kinn kantig geworden?

Bonifaz unterbrach Thomas bei seinen Überlegungen und machte ihn mit einigen Gepflogenheiten vertraut. Wenn er etwas essen wolle, das könne er mit seinem Ausweis an fünf verschiedenen Stellen im Vatikan. Eine Messe besuchen sogar an mehr als zehn über den Tag verteilt. Immer freundlich sein, jeden zuerst grüßen, aber niemanden unaufgefordert ansprechen, den Kopf gesenkt halten, nicht schnell auf den Gängen gehen oder sogar laufen, sondern sich gemessen fortbewegen, die Arme am Körper halten und nicht schlenkern, anderen den Vortritt lassen und dabei die Tür offen halten, so lauteten Bonifaz' wichtigste Regeln . Weißer Kragen auf schwarzem Hemd, dunkler Pullover, schwarze Hose und Jacke seien Pflicht, eine Soutane brauche er nicht zu tragen. Im Archiv dürfe er nicht fotografieren oder Datenträger zur Aufzeichnung benutzen. Wenn er sich etwas notieren wolle, dann ausschließlich mit Bleistift. Es könne auch schon mal sein, das er sich einer Leibesvisitation unterziehen müsse. Man habe in der Vergangenheit leider keine guten Erfahrungen gemacht. Auch nicht mit Geistlichen, fügte er hart hinzu.

Bonifaz blieb stehen. „Alles verstanden?"

„So klar, wie Sie gesprochen haben, muss man alles verstehen." Thomas kam es vor, als hätte der Pater mit dem gesenkten Kopf und den schlenkernden Armen etwas übertrieben. Oder wollte er sich einen Scherz erlauben? Aber Bonifaz' Gesicht war ernst geblieben.

„Dann ist es gut. Schau einmal über meine Schulter. Was siehst du?"

„Bäume, Sträucher, Beete ..."

„Höher", kommandierte Bonifaz.

„Wände, Fenster, Dächer und viele Sonnenkollektoren."

„Mehr als 5.000 qm auf dem Dach der Audienzhalle. Wir gehen mit der Zeit. ‚Eine Synthese zwischen dem Reichtum der Sonnenenergie und dem Geist der Religion.' So blumenreich hat der verantwortliche Architekt Santoli sein Projekt verkauft. Aber das alles meine ich nicht. Sieh genauer hin", forderte Bonifaz ihn auf.

Thomas kniff die Augen zusammen. „Sie meinen die Kameras?"

„Genau, mein Sohn. Der liebe Gott sieht alles, wir Unzulänglichen benötigen dazu Kameras. Insgesamt gibt es hier draußen und an den Gebäuden mehr als achtzig davon. Lediglich der Bereich zu deiner Linken, in dem auch jetzt scheinbar grundlos vier Gardisten stehen, bleibt verschont. Das ist der Garten des Heiligen Vaters, den ausschließlich er mit einer von ihm gewählten Begleitung betreten darf." Thomas warf einen Blick in die angegebene Richtung.

Bonifaz stampfte mit einem Fuß auf den Boden. „Wir haben hier eine sehr gute Erde", meinte er ironisch. „So gut, dass überall Induktionsschleifen und Drähte und Detektoren eingebuddelt worden sind. Und irgendwie scheinen sie sich auch zu vermehren. Wenn jemand mit mehr als zehn Kilogramm Körpergewicht spazieren geht, gibt es ein Signal und er wird beobachtet. So wie wir beide jetzt zum Beispiel. Oder wiegst du weniger als zehn Kilogramm?", fragte er ironisch.

Als er Thomas' erstaunten Blick sah, bemerkte er mit sarkastischem Unterton, der Vatikan sei der wohl bestgesicherte Komplex auf dieser Erde. Besser als Kreml und Weißes Haus zusammen. Jeder Besucher, der sich dem Vatikan nähere, werde von italienischen Polizisten und Experten in drei unterschiedlich dicht angeordneten Sicherheitsringen überprüft. Die Chance, mit einer Waffe bis an die Mauern oder Grenzen des Vatikans zu kommen, sei statistisch gesehen höchstens ein Prozent, und das ohne Leibesvisitationen. An allen äußeren Türen und Einlässen des Vatikans, so Bonifaz weiter, gebe es Schleusen und stille Detektoren ähnlich denen auf Flugplätzen. Nur habe man diese hier wesentlich besser getarnt, die meisten seien in Türrahmen hinter einer Holzvertäflung oder unter Samt versteckt. An einigen hänge sogar ein Kruzifix. So sei man doppelt geschützt, meinte er hintergründig. Falls jemand mit Metall durch eine Schleuse spaziere – seit wenigen Monaten könne man auch fast alle Sprengstoffarten feststellen –, gebe es stillen Alarm. Und wenn der Betreffende mehr als einhundert Gramm Metall mit sich führe, Alarm der Stufe 1. Ab 225 Gramm, so schwer sei die kleinste Pistole, Stufe 2. Und so gehe das weiter. In Zusammenarbeit mit den mehr als vierhundert getarnten Kameras im Innenbereich könne man jeden Besucher oder Gast oder Eindringling lückenlos überwachen. Nicht zu vergessen, die Detektoren in den Fluren und Gängen der einzelnen Gebäude, gleichfalls auf zehn Kilogramm Kontaktgewicht ausgelegt. Und während der Nacht würden die wichtigen Kernzonen zusätzlich durch raumfüllende, grüne und rote Lichtstrahlen geschützt, deren Unterbrechung sofort Alarm auslöse.

Thomas solle sich bitte nicht von dem pittoresken Erscheinungsbild der Schweizer Garde mit ihren langen Lanzen blenden lassen, meinte Bonifaz. Abgesehen vom äußeren Bering, wo sie es mit den normalen Touristenscharen zu tun hätten, führe jeder der mehr als einhundert perfekt ausgebildeten jungen Gardisten unter seiner wallenden Uniform mehrere Waffen mit sich: Pistolen, Messer und andere wirkungsvolle Geräte, auch welche mit Gas- und Stromabgabe. Und jeder von ihnen sei per Knopf im Ohr mit der Zentrale verbunden. Vierzig Experten arbeiteten dort in vier Schichten rund um die Uhr. Zehn von ihnen seien auch an panzerbrechenden Waffen ausgebildet worden, die es gleichfalls im Vatikan an bestimmten Stellen unter Verschluss gäbe.

Bonifaz schmunzelte, als er in Thomas' Gesicht schaute.

„Das hättest du wohl nicht vermutet, mein Sohn?"

Thomas schüttelte den Kopf. Was in den vergangenen Minuten an Informationen auf ihn eingestürmt war, ließ ihn nach Worten suchen. An alles hätte er gedacht, aber nicht an einen Vatikan als hochsensible militärische Festung, vollgestopft mit Kameras, Elektronik und Waffen.

„Denkst wohl immer noch, der Herr mit seiner allmächtigen Weitsicht beschützt uns hier, lässt Feuer und Schwefel vom Himmel regnen und schüchtert die Angreifer mit den Posaunen des Jüngsten Gerichts oder denen von Jericho ein."

Thomas antwortete nicht.

„Mein ungläubiger Sohn, du kommst direkt von Verhoeven, und das ist für mich wie eine Eintrittskarte. Er hat dich geprüft und für würdig befunden. Deshalb erzähle ich dir das alles, obwohl ich es eigentlich nicht dürfte. Noch nicht dürfte. Aber sonst habe ich auch niemanden, mit dem ich darüber reden kann", fügte Bonifaz nachdenklich hinzu, als sei ihm das erst jetzt bewusst geworden. Schnell sprach er weiter: „Hier bei uns bist du in einer noch vor zwanzig Jahren nie für möglich gehaltenen neuen Wirklichkeit angekommen, die sich nicht nur allein auf Gebete und Fürbitten stützt." Bonifaz lachte hart. „In solchen Dingen vertrauen wir wesentlich mehr auf die Technik und die Meinung der Experten. Der Herr wird nachsichtig mit uns sein, dass wir uns auch anderer Hilfe bedienen." Bonifaz warf einen Blick nach oben und bekreuzigte sich.

„Über all das habe ich noch nie etwas gelesen oder gehört", meinte Thomas immer noch verwirrt. Und seine gerunzelte Stirn erweckte den Eindruck, als arbeite es dahinter gewaltig. „Ich dachte immer, so etwas sei nicht ..."

Bonifaz winkte ab. „Nicht erforderlich? Wo wir doch ausschließlich für das Gute eintreten? Auch in unserer Welt des Glaubens und des Religiösen ist nicht das minimal Machbare gefragt, sondern das maximal Mögliche."

Thomas wollte wissen: „Kam es denn schon mal zu gewissen Vorfällen?"

„Aber ja. Jedes Jahr vier oder fünf von der zweischlimmsten Kategorie. Die schlimmste wäre ein massiver Anschlag."

„Davon habe ich auch ..."

„Wie soll das denn für die Öffentlichkeit und unsere Kritiker zusammenpassen: unsere Religion der Gewaltfreiheit mit ihrem Glauben an Jesu, der alles Leid der Welt auf sich genommen hat? Das Streben nach Frieden, den Nächsten zu lieben, sich für den Herrn aufzuopfern, den Armen Brot zu geben, Buße zu tun. Und auf der anderen Seite jemand, der gegen solche hehren Ziele mit Gewalt vorgeht. Das passt doch nicht. Deshalb werden diese Dinge auch sehr diskret behandelt. Und die italienische Polizei spielt mit, denn wir haben im Vatikan keine weltliche Gerichtsbarkeit."

Thomas wirkte nachdenklich, während er sich bemühte, das Gehörte zu verarbeiten. Er erinnerte sich an Bischof Verhoevens Beschreibung des Ordenpriesters, wonach dieser direkt, offen und sprunghaft sein solle. Treffender konnte man ihn nicht charakterisieren. Vielleicht passte schrullig auch noch.

Bonifaz beobachtete ihn von der Seite. Ein Lächeln zuckte um seine Lippen, er schien sich über ihn und seine Blauäugigkeit zu amüsieren.

„Wie du aber siehst, mein Sohn, kann bei so viel Schutz und Überwachung eigentlich nichts passieren. Sogar die italienische Luftwaffe hat nur für uns sechs Abfangjäger in ständiger Bereitschaft, falls es jemand aus der Luft wagen sollte. Und trotzdem“, Bonifaz senkte die Stimme, „trotzdem haben hier alle Angst. Nicht erst seit den unglücklich gewählten Worten unseres Heiligen Vaters den Islam betreffend. Wir alle wissen, auch bei uns kann es einen 11. September geben.“

Thomas nickte, als hätte er verstanden.

„Aber diese Art der Angst hast du vorhin nicht in meinen Augen gesehen.“

Irritiert fragte Thomas: „Welche war es denn?“

Der Pater hob den Kopf, trat noch näher zu ihm und sah ihn an. Langsam und jedes Wort betonend, sagte er: „Ich habe Angst vor meinen Kollegen. Vor den unerbittlichen Eiferern, den so genannten erzkonservativen, machtbesessenen Klerikern. Deren Klüngel und Zirkel und verschworene Gemeinschaften mit all ihren Möglichkeiten, durch die Hilfe Außenstehender dem Herrn ins Handwerk zu pfuschen und sich zum Richter aufzuspielen.“

„Richten im Sinne von … Blut?“

„Richten im Sinne von … Tod.“

Er hatte viele Namen. Manchmal nannte er sich, wie in New York, einfach Jim, nach Ägypten reiste er als Clint Mahoney. Anstandslos konnte er die Kontrollen passieren, sein Ausweis war perfekt. Mahoney quartierte sich in Soma Bay, etwa 40 Kilometer von der Touristenmetropole Hurgada entfernt, im Robinson Club ein. Gerade dreißig Jahre alt, fiel er zwischen den überwiegend jungen Urlaubern nicht auf. Auch nicht wegen seines sportlichen und durchtrainierten Körpers, den hatten viele der anderen fitnessbesessenen Gäste gleichfalls, einige von ihnen noch wesentlich ausgeprägter als er.

Mahoney reiste stets frühzeitig an, um die Örtlichkeiten genau kennen zu lernen und für alles gewappnet zu sein. Wiederholt war es ihm passiert, dass die Informationen seiner Kontaktleute zu ungenau waren und er deshalb seine Pläne vor Ort zu modifizieren hatte.

Die ersten Tage tauchte und schnorchelte er und erkundete die Unterwasserwelt des Roten Meeres mit ihrem exotischen Fischreichtum. Gegen Nachmittag, wenn der Wind etwas nachgelassen hatte, ging er zum Golfclub und spielte eine Runde. Heute joggte er in der warmen Februarsonne an der Uferpromenade entlang bis zum benachbarten Sheraton Hotel.

Dort angekommen, machte er es sich unter einem Sonnenschutz bequem. Während er etwas trank, sprach ihn ein Ägypter an, der unbedingt Euro-Münzen gegen einen Geldschein eintauschen wollte. Die Banken akzeptierten meist zum Umtausch kein Hartgeld. Falls doch, dann mit erheblichem Abschlag.

Mahoney tat ihm den Gefallen, händigte einen Zehneuroschein aus, steckte die Münzrolle ohne nachzuzählen in seine Hosentasche und trabte nun in die andere Richtung. Wenig später entrollte er im Robinson-Club auf seinem Zimmer das Münzpaket. Auf dem Zettel stand nur eine Zahl: 306. Also waren Carlo und Gina zu ihrem zweiwöchigen Urlaub angekommen.

Mahoney begann die Gewohnheiten des ungleichen Pärchens zu studieren. Die junge Frau hatte Mahoney sofort wiedererkannt, ihr väterlich wirkender Begleiter hingegen sah trotz der vielen Fotos, die er sich angeschaut hatte, vollkommen anders aus. Schon über sechzig, gerade mal mittelgroß, stark übergewichtig und bis auf einen spärlichen hellgrauen Kranz auf dem Kopf unbehaart. Die ihn begleitende Frau vielleicht halb so alt, schlank und größer gewachsen, mit langen, kupferfarbenen Haaren und einer Figur, für die man den Bikini hätte erfinden müssen, gäbe es ihn nicht bereits. Und falls sie auch noch Schuhe mit hohen Absätzen trug, überragte sie ihren Begleiter fast um Haupteslänge.

Händchen haltend ging das ungleiche Paar morgens zum Frühstück, turtelte, küsste sich, er streichelte ihre Wange und, wenn er sich von den anderen Gästen unbeobachtet fühlte, auch andere Stellen ihres vollkommenen Körpers. Sie schob ungeniert einen Fuß zwischen seine Beine und er schien alles mit geschlossenen Augen und gespitzten Lippen zu genießen.

Gina gewöhnte es sich an, nach dem Frühstück für mehrere Stunden in das nahe gelegene Thalasso-Zentrum zu fahren, während Carlo sich wider Erwarten sportlich betätigte. So wie andere Urlauber auch lieh er sich Flossen, Brille und Schnorchel und beobachtete die einmalige, bizarre Korallenwelt. Und die begann bereits fünfzig Meter vom Ufer entfernt und war, damit auch jeder die Stelle finden konnte, mit zwei Flaggen markiert, einer roten und einer gelben. Gleich daneben hatte man, gehalten von einem Metallgestänge, vier längliche Plastiktonnen mit einem aufliegenden Holzpodest zu einer Schwimminsel zusammengefügt. Auf ihr konnten sich die Badenden sonnen und ausruhen.

Nach drei Tagen stand sein Plan fest. Er war zwar nicht ganz ungefährlich, aber Mahoney war überzeugt, ihn problemlos umsetzen zu können. Ein Umstand kam ihm entgegen. Während der Robinson-Club ausgebucht war, konnte sich das Sheraton gerade mal über eine Gästequote von zwanzig Prozent freuen. Und fast niemand der älteren Herrschaften schwamm hinaus aufs Meer.

An diesem Freitag wieder die gleiche Zeremonie. Gemeinsames Frühstück des ungleichen, leicht bekleideten Paares, einige Küsschen, versteckte Streicheleinheiten, sie stand auf und verabschiedete sich für ihre Wellness Session. Nicht nur er schaute Gina hinterher.

Carlo trank noch eine Tasse Kaffee und stapfte wenig später mit seiner Schnorchelausrüstung zum Ufer. Mahoney ließ sich an der abgewandten Seite der Schwimminsel ins Wasser gleiten, von wo er alles beobachtete. Mit Genugtuung stellte er fest, dass niemand vom Robinson Club Anstalten machte, an dieser Stelle zu tauchen.

Carlo watete etwa dreißig Meter in das flache Wasser, es stand ihm nun bis zum oberen Rand der Badehose, zog seine Flossen an, was gar nicht so einfach für ihn zu sein schien, setzte Brille und Schnorchel auf und schwamm mit an den Körper angelegten Armen wie ein fetter Torpedo los. Da er die Welt unter sich beobachtete, konnte er nicht sehen, was um ihn herum geschah. Weit zur Seite drehen durfte er den Kopf nicht wegen des Schnorchels, der ansonsten voll Wasser gelaufen wäre.

Nach etwa zehn Minuten verlangte Carlos Körper eine Pause, er war nicht in bester konditioneller Verfassung. Er steuerte wie an den Tagen zuvor auf die Schwimminsel zu, um sich auszuruhen. Mahoney, der die ganze Zeit – in einem Hohlraum unter der Insel im warmen Wasser treibend – Carlos Aktivitäten und die Umgebung beobachtet hatte, grinste zufrieden, sein Plan schien aufzugehen.

Carlo hievte sich am Geländer hoch, setzte sich auf die oberste Treppenstufe, schob Brille und Schnorchel in die Stirn und atmete heftig. Anschließend beugte er sich nach vorn, um die Flossen abzustreifen. Auf diesen Moment hatte Mahoney gewartet. Er schnappte sich den linken Fuß, stieß sich von der Insel ab und zog mit seinem ganzen Gewicht. Carlo, viel zu überrascht für eine Gegenwehr, fand keinen Halt und plumpste zurück ins Wasser. Mahoney sah durch seine Brille die angstvoll aufgerissenen Augen und den wie zu einem Schrei geöffneten Mund, der bereits Wasser einatmete. Carlo begann wild um sich zu schlagen. Mahoney bugsierte ihn unter die Insel, sodass sie vom Ufer nicht bemerkt werden konnten. Er wechselte seine Position, umklammerte den Übergewichtigen von hinten und presste ihm die restliche Luft aus den Lungen.

Nach wenigen Sekunden wurden die Bewegungen des Älteren schwächer, weitere zehn Sekunden später hing er schlaff in den Armen seines Peinigers. Mahoney ließ sich samt seiner Last mit sanften Schwimmstößen nach oben treiben, tauchte im Hohlraum unter der Insel auf und atmete heftig. Etwas zur Ruhe gekommen, riss er den schlaffen Körper mit aller Kraft nach oben, bis der Kopf des Leblosen gegen das scharfkantige Metallgestänge knallte. Die Kopfhaut platzte auf, Blut quoll aus der Wunde, das Wasser färbte sich etwas rot. Carlo schien noch zu leben. Mahoney drückte den fettleibigen Körper einige Minuten unter Wasser, fühlte keinen Pulsschlag mehr, ließ den Toten los und zog ihm die linke Flosse an, die abgerutscht war. Brille und Schnorchel schwebten über dem Sandboden.

Anschließend klemmte er den leblosen Körper derart mit einem Arm im Gestänge der Schwimminsel fest, dass er nicht sinken oder abtreiben konnte, aber der Kopf ständig unter der Wasseroberfläche blieb.

Mahoney betrachtete sein Werk vollkommen ohne Regung und schien zufrieden zu sein. Er atmete tief ein, tauchte unter, zwanzig Meter weiter vorsichtig wieder auf und inspizierte seine Umgebung. Zwei Spaziergänger auf der Uferpromenade, die sich entfernten, sonst war niemand zu sehen. Die nächsten Wassersportler schnorchelten mehr als dreihundert Meter entfernt.

Langsam, denn er hatte es nicht eilig, schwamm er in Richtung des Robinson-Clubs und mogelte sich unter die anderen Taucher. Da jeder von ihnen mit seiner eigenen Unterwasserwelt beschäftigt war und keinen Blick für sein Umfeld übrig hatte, fiel Mahoney niemandem auf.

Laut scherzend schwamm er nach einer halben Stunde mit einer Gruppe zum Ufer und kam gerade rechtzeitig zum Mittagessen.

Zwei Stunden später hasteten Polizisten am Strand entlang, ein Polizeiboot kurvte langsam am Ufer auf und ab. Wie von einem Magneten angezogen, strömten die Urlauber in Richtung des Sheraton Hotels, gelangten jedoch leider nur bis zur Absperrung. Alle starrten hinaus zur Badeinsel, wo zwei Boote ankerten und Taucher zu sehen waren. Einige Pfiffige und besonders Neugierige versuchten es mit Surfbrettern und Katamaranen von der Seeseite, wurden allerdings rabiat von der Polizei abgefangen.

Mahoney stand unter den Zuschauern und bekam mit, dass man einen Gast tot aus dem Wasser gezogen habe. Er sei schon älter gewesen und soll sich zuviel zugemutet haben.

Wenig später wurde der Strand großflächig geräumt, Schwimmen und Tauchen war verboten. Noch vor dem Abendessen waren alle informiert, dass es einen tödlichen Tauchunfall gegeben hatte. Das Opfer, ein älterer Mann, soll sich den Kopf aufgeschlagen und mit einem Arm im Gestänge der Schwimminsel verfangen haben. Ein ägyptischer Arzt, so war zu hören, habe die Vermutung ausgesprochen, das Opfer hätte vorher einen Herzschlag erlitten.

Es war nach Mitternacht, als Mahoney leise mit einer Art Scheckkarte die Tür von Zimmer 306 öffnete. Er glitt hinein und schlich zum Doppelbett. Gina schlief tief und fest, als hätte es den heutigen Vorfall nicht gegeben. Mahoney drückte der jungen Frau ein Kissen auf den Mund. Gina wollte hochrucken, er presste seinen Oberkörper gegen ihren.

„Ein Laut von dir und du bist tot“, zischte er.

Gina versuchte vergeblich, den Kopf zu drehen um zu erkennen, wer in ihr Zimmer eingedrungen war.

„Wenn du mich verstanden hast, dann nicke.“

Gina nickte.

Mahoney löste vorsichtig seinen Griff, nahm das Kissen von ihrem Mund, sie schrie nicht, und knipste die Nachttischlampe an, die das Zimmer ausreichend beleuchtete.

„Dreh dich nicht in meine Richtung. Hast du verstanden?“

Gina nickte erneut.

„Er ist tot, du willst leben. Oder nicht?“

„Warum sind Sie hier eingedrungen?“, entgegnete Gina, ohne auf die Frage einzugehen.

„Was hast du der Polizei gesagt?“

Gina zuckte mit der Schulter, soweit sie es unter seinem Gewicht konnte. „Dass mein Freund und ich hier Urlaub machen.“ Der Stimme nach schien sie gefasst zu sein.

„Weiß die Polizei, wer dein Freund in Wirklichkeit ist?“

„Nein. Ich habe gesagt, er sei Geschäftsmann. So, wie wir es auch dem Hotel gegenüber angegeben haben.“

„Das ist gut. Sind die Ausweise kontrolliert worden?“

„Ja.“

„Hat die Polizei irgendetwas mitgenommen?“

„Weiß ich nicht. Von mir jedenfalls nicht.“

„Was sagt sie, wie dein Freund gestorben ist?“

Gina lachte knapp. „Unfall. Es sei eindeutig ein Unfall gewesen. Möglicherweise verursacht durch einen Herzinfarkt, wegen der Überlastung. Aber Sie wissen es bestimmt besser, oder?“

„Halt die Klappe.“ Mahoney drückte zu und die Frau schrie vor Schmerz auf.

„Wenn du wieder in Padua in deiner Wohnung bist, wirst du einen Tag später in deinem Briefkasten eine Adresse finden. Dort gehst du hin.“

„Was soll ich dort?“, wollte Gina wissen.

„Es wegmachen lassen.“

„Es …“ Sie erstarrte. „Niemals.“

„Es gibt keinen Ausweg für dich. Du gehst zu der Adresse. Und denk daran, wir beobachten dich. Wenn nicht …“

„Nie und nimmer werde ich es wegmachen …“ Ihre Stimme war lauter geworden.

Mahoney legte ihr einfach eine Hand auf den Mund und schob die Handkante so weit nach oben, dass sie auch keine Luft mehr durch die Nase bekam. Gina wollte um sich schlagen, aber Mahoney drückte das zuckende, wehrlose Bündel brutal auf das Bett. Gina umfasste die Hand des Mannes und zerrte an den Fingern, allerdings lockerte sich dadurch sein Griff nicht.

„In dreißig Sekunden bist du tot. Wenn du leben willst, schlage mit deiner rechten Hand auf das Bett.“

Wie wild schlug Gina auf das Bett.

Mahoney löste seinen Griff, Gina schnappte nach Luft, hüstelte und richtete sich auf. Er hockte seitlich hinter ihr, legte eine Hand auf ihren Hals, massierte ihn und beobachtete sie.

„Hast du nun verstanden?“

„Ja“, antwortete Gina mit angstvoller Stimme, umfasste die Hand an ihrem Hals, als wolle sie Schlimmeres verhindern und vermied es, den Kopf zu drehen. Starr blickte sie geradeaus auf ein Bild an der Wand. Sie hatte nur zu gut verstanden und spürte, wie der Griff allmählich gelöst und die Hand zurückgezogen wurde.

„Kein Wort zur Presse, kein Wort zu irgend jemandem. Carlo hat es für dich nie gegeben. Die Rechnung hier ist im Voraus bezahlt worden, morgen reist du ab und quartierst dich im Mercator in Hurgada ein. Zimmer 219. Um sieben Uhr in der Früh steht ein Auto vor dem Eingang. Dein Rückflug geht in zwei Tagen nach Mailand, du fährst sofort nach Padua. Nachdem du zu der Adresse gegangen bist und es hast wegmachen lassen, fliegst du nach Paris und dort bleibst du im nächsten halben Jahr. Hast du verstanden?"

„Wo soll ich wohnen? Und wer bezahlt das alles?"

„Dein Problem. Hast du verstanden?", wiederholte der Eindringling mit einer Stimme, die wegen ihrer Ruhe so gefährlich klang.

„Ja, habe ich."

„Vergiss nicht, du wirst beobachtet."

Es hätte nicht dieser letzten Bemerkung bedurft. Ginas Angst war stetig angewachsen, sie hätte in diesem Augenblick alles versprochen.

Ginas nächtlicher Besucher schaltete den Fernseher ein und erwischte einen lokalen Sender mit monotoner, schwermütiger Musik und einer fülligen Bauchtänzerin. Alles schien an diesem Frauenkörper in Bewegung zu sein.

Als Gina sich nach einigen Minuten traute, den Kopf zu wenden, war niemand mehr im Raum zu sehen.

Erst knapp eine Woche später, nachdem man wegen einer unerklärlichen Verzögerung von italienischer Seite die genaue Identität des Toten in Erfahrung hatte bringen können, wurde die Nachricht über alle Medien verbreitet. Carlo Colombo, der Bischof von Padua, war während seines Urlaubs im Roten Meer ertunken.

Als Elfjähriger hatte Thomas mit seinen Eltern das erste Mal Rom besucht, wenig später war sein Vater gestorben. Über viele Jahre hatte er deshalb Rom als Totenstadt empfunden. Auch noch zu Beginn des Studiums, bis er mit dem damaligen Arzt seines Vaters gesprochen und der ihm verdeutlicht hatte, die Ewige Stadt sei die Erlösung gewesen. Gut, dass es so schnell und ohne Qual gegangen sei. Daraufhin hatte Thomas mit Rom Frieden geschlossen und jeden seiner Besuche genossen. Ob als Student, als Begleiter von Pilgern oder als Seminarist, wenn es darum ging, körperlich und geistig Behinderte zu betreuen.

Die Ewige Stadt am Tiber, die für ihn wie keine andere Gegenwart und Vergangenheit vereinte, ein unerschöpflicher, ewiger Jungbrunnen seines Glaubens.

Heute nun das seltsame Gespräch mit Bonifaz. Dessen Angst, die offenen und versteckten Warnungen vor seinen eigenen Kollegen. Wie hatte er das alles zu verstehen? War Bonifaz in Gefahr? Oder sah er in seiner Verschrobenheit Dinge, die es nicht gab?

Bonifaz, der nach fünf Jahren Vorbereitung bereits mit dreißig die Profess abgelegt hatte – wie er Thomas gegenüber bekundete –, war durch seinen Orden und dessen Regeln der Gehorsamkeit, Schweigsamkeit, Beständigkeit und Demut geprägt. Er hatte all diese hehren Prinzipien einer Benediktinergemeinschaft zu erfüllen, bewegte sich aber, da von seiner Ordensgemeinschaft und dessen Abt an den Vatikan abgeordnet, schon seit vielen Jahren als Einzelgänger in einer ansonsten für ihn fremden Umgebung. Wie passte das alles zusammen, fragte sich Thomas? Die Bescheidenheit und Zurückhaltung eines Paters und zugleich Mönchs im prunkvollen Zentrum der kirchlichen Macht? Geld und Pomp und Intrigen auf der einen Seite, eine Kutte mit Gürtel und Sandalen ohne Strümpfe und der aufrichtige Glaube als Lebensinhalt auf der anderen. Zwei Welten, wie sie trotz gleichen Glaubens unterschiedlicher nicht sein konnten.

Nicht zuletzt stellte Thomas sich die Frage, warum Bonifaz ihn bereits gleich am ersten Tag so detailliert in die Geheimnisse des Vatikans eingewiesen hatte, doch wohl ganz im Gegensatz zu Gehorsamkeit und Schweigsamkeit seines Ordens. Nur weil Bischof Verhoeven ihn, wie Bruder Bonifaz meinte, vorgeprüft habe? Was hatte er darunter zu verstehen? Oder gab es einen anderen Grund?

Thomas war auf der gegenüberliegenden Tiberseite in einem kleinen Hotel eingekehrt mit freiem Blick zur trutzigen Engelsburg. Er hätte auch im Palazzo Courtial im Stadtteil Gianicolo wohnen können, ein großes Gebäude südlich der Piazza San Pedro. Dieses sich im exterritorialen Besitz des Vatikans befindende Haus beherbergt neben dem Apostolischen Rat für religiöse Künste und der philippinischen Botschaft beim Vatikan mit der Residenzia Paolo VI. auch das einzige Hotel des Heiligen Stuhls. Das die offizielle Version, die allerdings nicht erwähnte, dass es in Mailand und Neapel und Chicago und Baltimore gleichfalls Hotels und vergleichbare Herbergen gab, die sich im Besitz der Kirche befanden. In einigen von ihnen konnte man sogar stundenweise ein Zimmer mieten.

Am kommenden Morgen machte sich Thomas schon früh auf den Weg zum Vatikan. Das Geheimarchiv umfasste inzwischen viele auf elektronischen Datenträgern gespeicherte Bereiche sowie Abbildungen der Dokumente in Schwarz-Weiß und Farbe, um die wertvollen Originale zu schützen und die Forschung für die Experten einfacher zu gestalten. Allerdings war Thomas zu Ohren gekommen, dass es eine große Anzahl sensibler und weniger bekannter, zum Teil sehr alter Dokumente gab, die man, da deren Inhalt abweichend von der gängigen Meinung der Kirche war, bewusst nicht auf moderne Datenträger überspielt hatte und weiter unter Verschluss hielt. Er sah keine Chance, an diese gesuchten Exponate heranzukommen, obwohl ihm gerade ihr Inhalt auf Paulus bezogen ausgesprochen reizvoll erschien.

Bonifaz erwartete ihn bereits im Innenhof und führte ihn wegen einer Baustelle im Gebäude auf Umwegen und über Gerüste in den Lesesaal des Vatikanischen Geheimarchivs, welches zum Hof der vatikanischen Bibliothek ausgerichtet war. Im Gegensatz zu den mit überladener Wand- und Deckenmalerei versehenen Gängen und Fluren war der Lesesaal des Archivs nüchtern mit Stühlen und Tischen wie in einer Schule oder Universität eingerichtet. An den weiß gestrichenen Wänden befand sich umlaufend bis in Hüfthöhe ein schlicht gestalteter Sims, unverziert und weiß war auch die gewölbeartige Decke.

Wortlos geleitete ihn der Pater zu einem Platz, auf dem bereits etliche Unterlagen auf ihn warteten. Außer ihnen war niemand anwesend.

„Hier, den rechten Stapel", Bonifaz wies darauf, „würde ich mir genauer anschauen. Es sind die Paulus-Papiere aus der Collectanea Archivi Vaticani."

„Die Paulus-Papiere?“, fragte Thomas.

„Äh … natürlich die Paulus-Briefe“, verbesserte sich Bonifaz. „Ausschließlich Originalkopien. Gehe bitte sorgfältig damit um. Und hier“, Bonifaz deutete auf einige CDs, „hier hast du alles in komprimierter Form mit den dazugehörigen Erklärungen und Übersetzungen aus dem Altlatein. Allerdings würde ich mich nicht darauf verlassen. Du weißt ja, wie das so mit den Übersetzungen ist.“

Und weil Thomas nicht antwortete: „Judas zum Beispiel. Von acht Experten übersetzt und gedeutet, siebenmal wurde er positiv dargestellt als der Lieblingsjünger Jesu, einmal als der Verräter mit den Silberlingen. Und was hat Einkehr gehalten? Der Verräter“, fügte Bonifaz hinzu. „Schlechte Nachrichten, auch wenn sie nicht stimmen, hatten schon immer Konjunktur und eine lange Verweildauer.“

Thomas erinnerte sich an die griechische Formulierung Judas paradidonai. Siebenmal wurde sie mit ‚übergebend‘ übersetzt, was so viel bedeutet wie: Gott übergibt einen Sohn. Ein Mal dagegen als: ‚Judas hat verraten‘. Und das falsche Negative ist haften geblieben, der Verräter sozusagen als Gegenpol zur Lichtgestalt Jesu. So wie das Gute nur durch das Böse erst zum Guten wird.

Ähnliches mit Paulus. Angeblich soll Saulus, der Christenverfolger, sich zu Paulus gewandelt haben, sozusagen als Folge einer Erleuchtung, nachdem ihm der auferstandene Jesus erschienen war. Dabei bedeutet Paulus jedoch lediglich die lateinische Übersetzung von Saulus, wie in der Apostelgeschichte nachzulesen ist, weil Saulus/Paulus seinerzeit durch seinen Vater das römische Bürgerrecht samt Namen vererbt bekommen hatte.

Während Thomas sich noch die Unterlagen anschaute, deutete Bonifaz auf eine Stelle. „Das musst du dir unbedingt merken. Paulus 4711. Kannst du damit was anfangen?“

Thomas überlegte einige Sekunden. „Nein.“

„Habe ich mir gedacht. Paulus war im November des Jahres 47 das erste Mal in Ephesus, und nicht wie allgemein angenommen in den Jahren 52 bis 56. Merk dir die 4711. Unbedingt“, wies Bonifaz noch einmal mit Nachdruck darauf hin.

Thomas nickte automatisch, aber noch erkannte er nicht die Wichtigkeit und den Zusammenhang. Er setzte sich und begann, in den Unterlagen zu blättern.

Bonifaz blieb neben ihm stehen und murmelte: „Beeile dich, ich habe keine Zeit. Mir läuft alles davon."

Thomas hatte Mühe, ihn zu verstehen. Als er Bonifaz anschaute, drehte dieser sich wortlos um und ging schnell hinaus.

In den kommenden Stunden vergaß Thomas die Zeit und arbeitete sich ein. Den Unterlagen nach soll Paulus um 65 nach Christi, als Nero Kaiser von Rom war, im Gefängnis mit dem Kopf nach unten gekreuzigt worden sein. Aber er hatte auch schon andere Versionen gelesen. Danach starb Paulus eines natürlichen Todes. Dass Paulus im Gefängnis seinen Sohn Onesimus gezeugt haben soll, davon konnte er in den offiziellen Unterlagen des Vatikans nichts entdecken. Allerdings durfte er auch nicht erwarten, in den Archiven der höchsten katholischen Glaubensstelle Hinweise zu finden, die den bestehenden Mythos untergraben würden. Hinrichtung war allemal leidvoller und religiös besser auszuschlachten als normaler Tod oder das Zeugen eines Sohnes im Gefängnis, zu dem die anständigen Frauen damals sicherlich keinen Zutritt hatten.

Zwischendurch kam Bonifaz immer wieder in den Lesesaal und legte andere Unterlagen auf einen der vorderen Tische. Dabei beobachtete er Thomas, der schließlich aufstand und zu dem Älteren ging.

„Irgendwie habe ich das Gefühl ..."

Bonifaz unterbrach ihn und fuchtelte mit dem rechten Arm in der Luft herum, als wolle er mit der Handkante etwas teilen.

„Jetzt höre mir einmal zu", begann er ungeduldig. „Ich bringe dir alles, was du benötigst, aber trödele nicht so herum. Hier, das musst du dir auch anschauen. Dein Paulus, der erste Marketingexperte in Sachen Religion. Hat die Strategie verfolgt, Christen und Juden ganz klar zu trennen. Nur durch die Trennung könne sich das Christentum eigenständig entwickeln. Wirklich brillant und elegant gelöst. Und schon hatten die Juden den Schwarzen Peter mit der Kreuzigung. Na, kapierst du jetzt?"

Als Thomas antworten wollte, sprach er weiter: „Paulus wird vieles angedichtet. Aber noch längst nicht alle Paulus-Papiere ... äh Paulus-Briefe stammen von ihm. Die Mehrzahl der Briefe oder Episteln des Neuen Testaments geben Apostel Paulus von Tarsos als Autor an. Sieben oder acht hat er unbestritten verfasst, darüber sind sich alle einig. Aber nicht alle vierzehn, wie die Konservativen uns glauben lassen wollen, um uns dadurch einige andere Schriften mit zutreffend religiösem Inhalt unterzujubeln. Und erst recht nicht den an die Hebräer." Bonifaz tippte mit dem Zeigefinger auf den Tisch. „Lass dich also nicht von den selbsternannten Kirchengelehrten in die Irre führen, die nur eine Beschönigung im Sinne haben. Im Gegensatz dazu hat Paulus jedoch auf die Religion bezogen revolutionäre Äußerungen getätigt, die nicht in das heutige Bild passen und die man wohlweislich verschweigt." Bonifaz machte eine kurze Pause und zitierte: „Haben wir etwa nicht ein Recht zu essen und zu trinken? Haben wir etwa nicht ein Recht, eine Schwester als Weib umherzuführen, wie auch die übrigen Apostel und die Brüder des Herrn und Kephas?"

Thomas bemühte sich, in dem Gesicht von Bonifaz eine Regung herauszulesen. Aber der sah ihn nur stoisch an und fragte den Jüngeren: „Hast du davon schon mal was gehört? Stammt aus dem 1. Korintherbrief."

Thomas verneinte. „Ist das überliefert und gesichert?"

„Was ist schon überliefert und noch mehr gesichert?", wurde Bonifaz lauter. „Aber was das bedeutet, ist dir doch wohl klar. Schwester als Weib. Zwei Sünden auf einmal. Inzest und Fleischeslust zugleich, falls man es direkt übersetzt. Wenn es authentisch ist, dann hat Paulus uns allen einen Freibrief gegeben, die Zölibatsverpflichtung zu brechen. Und deswegen darf es nicht stimmen. Du verstehst?"

„Wenn es dann doch stimmt, warum wird es verschwiegen?", wollte Thomas wissen. „Sind wir nicht verpflichtet, die Wahrheit ..."

Bonifaz winkte ab. „Pah, Wahrheit, Wahrheit. Was ist das schon? Mit der Wahrheit ist es wie mit den Statistiken. Jeder hat seine eigene, auf die er sich beruft." Bonifaz schien sich aufzuregen. „Aber wie ist es mit diesen Pauluspassagen, mein junger Freund“, sprach er weiter und begann zu zitieren: „Sei ich es, Paulus, seien es jene, also predigen wir, und also habt ihr geglaubt dass Jesus gekreuzigt, gestorben und auferstanden sei. Wenn aber Christus gepredigt wird, dass er aus den Toten auferweckt sei, wie sagen etliche unter euch, dass es keine Auferstehung der Toten gebe? Wenn es aber keine Auferstehung der Toten gibt, so ist auch Christus nicht auferweckt, wenn aber Christus nicht auferweckt ist, so ist also auch unsere Predigt vergeblich, aber auch euer Glaube vergeblich. Wir werden aber auch als falsche Zeugen Gottes erfunden, weil wir im Bezug auf Gott gezeugt haben, dass er den Christus auferweckt habe, den er nicht auferweckt hat, wenn wirklich Tote nicht auferweckt werden. Denn wenn Tote nicht auferweckt werden, so ist auch Christus nicht auferweckt. Wenn aber Christus nicht auferweckt ist, so ist euer Glaube eitel; ihr seid noch in euren Sünden. Also sind auch die, welche in Christo entschlafen sind, verloren gegangen. Wenn wir allein in diesem Leben auf Christus Hoffnung haben, so sind wir die elendesten von allen Menschen.“ Bonifaz, der seine Worte mit Gesten untermalt hatte, atmete schnell. „Geben dir diese Aussagen nicht zu denken? Unterlaufen sie nicht die Meinung der Kirche? Und das ausgerechnet von Paulus, der die wohl entscheidenden Kapitel im Neuen Testament verfasst hat, sozusagen die Bastion unseres Glaubens.“ Bonifaz hatte zum Schluss immer eindringlicher gesprochen, machte eine kleine Pause und fuhr fort: „Das alles, mein junger Freund, hat Paulus angeblich gesagt. Nachzulesen im ersten Korintherbrief. Nicht in der offiziellen Version, sondern in einer Ausgabe, die bei uns unter Verschluss ist. Glauben wir ihm das Eine, müssen wir auch das Andere glauben. Und wenn es wirklich von ihm stammt, dann stellt er unsere christliche Religion in Frage. Aber Paulus darf nichts in Frage stellen, weil dadurch unser ganzes Glaubensgerüst zusammenbricht. Und außerdem ist Paulus auch nur ein Mensch.“

„Menschen irren sich, aber Gott nie“, ergänzte Thomas, der fasziniert zugehört hatte und in diesem Augenblick zu keinem passenden Kommentar fähig war.

„Ganz genau, du hast gut aufgepasst. Das musst du dir immer vor Augen halten. Jesus ist für uns gestorben und wieder auferstanden. Aber durch die Art und Weise, wie Geschehnisse über Generationen mündlich bis ins Mittelalter überliefert und dann erst ins Lateinische übersetzt worden sind, wimmelt es nur so von Widersprüchen. Und alle Überlieferungen stammen von Menschen. Auch die Apostel waren Menschen", fügte Bonifaz hinzu, als bedürfe es dieser Erklärung.

Noch während Thomas über diese Worte nachdachte, zog Bonifaz eine Digitalkamera unter seiner Kutte hervor und machte Aufnahmen.

„Ich weiß, fotografieren ist verboten", murmelte er vor sich hin und fügte hinzu: „Für dich schon, aber nicht für mich. Außerdem haben wir diese brisanten Ausfertigungen noch nicht auf CD. Und du kannst dir auch bestimmt denken, warum." Bonifaz lächelte knapp und schaute ihn an. „Mach nicht so ein verdutztes Gesicht. Die Überwachungskamera kann diesen Teil des Raumes nicht erfassen."

Thomas schaute hoch zur Decke und entdeckte erst jetzt die Kamera. Ein kleiner, roter Punkt signalisierte, sie war in Betrieb.

Als Thomas am Abend mit hinter dem Kopf verschränkten Händen im Hotel auf dem Bett lag, fragte er sich immer wieder, wie er das Verhalten von Bonifaz einzuordnen habe. Schon von Beginn an kam ihm der Pater seltsam vor, aufgeregt und überhastet und stets in Bewegung, als gelte es, noch viel Arbeit in der ihm verbleibenden Zeit zu verrichten. Immer wieder sprach er davon, die Zeit laufe ihm davon. Ahnte er, dass sie unnatürlich limitiert war? Wodurch limitiert? Und ihn, Thomas, mahnte er an, nicht so zu trödeln. Das passte genau in das Bild eines Gehetzten und Unsteten. Eines jedoch, und da war er gleicher Meinung wie Bischof Verhoeven, musste er Bonifaz zugestehen: Wohl keiner kannte sich mit Paulus und der übrigen Kirchengeschichte so gut aus, wie der Benediktinermönch. Fast eine halbe Stunde hatte er aus den einzelnen Paulus-Briefen zitiert und ihm immer wieder die Gegensätze zur bestehenden Kirchenmeinung aufgezeigt, als wolle er ihn für gewisse Dinge sensibilisieren. Aber die vielen Zitate hatte Thomas anschließend vergeblich in der offiziellen Version des 1. Korintherbriefs gesucht. Auch in den anderen Briefen fand er keinen Hinweis. Und sein Latein war hervorragend. Warum konnte er darüber nichts nachlesen? Hätte er nicht die sensiblen Aufnahmen von Bonifaz' Digitalkamera auf CD, dann gäbe es für ihn keine Möglichkeit, diese wichtigen Passagen zu belegen, die man im Vatikan unter Verschluss hielt.

Bei allem, so hatte Bonifaz unentwegt betont, dürfe er nie vergessen: Der Glaube an sich, die Burg unseres Daseins, sei zu trennen von den Überlieferungen und Schriften. Der wahre, von Gott gegebene Glaube sei unantastbar, denn Gott irre sich nie. Und genau so unerschöpflich wie Gottes Gnade, so unerschöpflich seien seine Weisheit, Weitsicht und Unfehlbarkeit.

Thomas fragte sich, warum Bonifaz sich auf eine solch klare Trennung von Glaube und Überlieferung, von Gott und Mensch festlegte. Sei nicht auch der Glaube überliefert worden, wollte er von Bonifaz wissen. Sicherlich, gab dieser zu, aber im Glauben selbst gebe es keine Widersprüche. Da seien alle Überlieferungen gleich. Weil der Glaube, die christliche Religion, ausschließlich von Gott stamme und der Mensch nichts habe hinzudeuten können. Der Leidensweg, die Kreuzigung, Wiederauferstehung und Himmelfahrt, die Wunder und Heilungen, alles authentisch, auch wenn Paulus an der Wiederauferstehung gezweifelt habe. Allerdings gebe es dafür einen Grund: Paulus sei Jesus nie zu dessen Lebzeiten begegnet. Ihm fehle also ein Teil der wichtigen Vorgeschichte, denn er habe keines der Wunder miterlebt.

Thomas wurde sich bewusst, dass Bonifaz ihm aus der Seele sprach. Auch er hatte Zweifel und konnte sich einige Widersprüche nicht erklären. Warum, so fragte er sich seit Jahren, heißt es im Vaterunser: ‚... und führe uns nicht in Versuchung'? Genau ausgelegt bedeute dies doch, dass Gott den Menschen die Sünde andient. Und die Gläubigen beteten in der Hoffnung, damit ihr Gott sie eben nicht in Versuchung führe und sie von Sünden verschone. Was muss das für ein Gott sein, der die Sünde und die Versuchung an seine Gläubigen heranträgt und bei dem sich die Gläubigen durch Gebete und Fürbitten genau dagegen wehren müssen? Diesen Gegensatz damit zu begründen, Gott sehe es als Prüfung an für den Glauben, war für Thomas zu banal.

Und der Rufer in der Wüste ist keiner, wie er wusste, der in der Wüste ruft, sondern jemand, also ein Rufer, der etwas verkündet und dessen Botschaft beginnt: In der Wüste ... Man hatte schlicht den Doppelpunkt nicht beachtet. Weiterhin gibt es der Herr den Seinen auch nicht im Schlaf, sondern der Herr gibt den Seinen Schlaf, auf dass sie sich ausruhen können. Was Thomas jedoch am meisten irritierte, war das Wissen um die korrekte Übersetzung, ohne jedoch von Seiten der Kirche zu versuchen, diese den Gläubigen nahe zu bringen. Hatte man davor Angst, dass die Gläubigen auch alles andere in Zweifel ziehen könnten, wenn man Übersetzungsfehler zugab? Also lieber das Falsche weiterhin als echt verkaufen, als sich kritischen Fragen und Anregungen zu stellen?

Thomas gähnte, er war müde. Und er hatte vergessen, seine Mutter anzurufen. Dazu war es jetzt zu spät. Im Halbdunkel warf er einen Blick auf den Nachttisch. Dort lagen zwei CDs mit Fotos, die Bonifaz angefertigt hatte. „Hier, für deine Paulus-Papiere", hatte er gesagt. Warum verwechselte er unentwegt die Briefe mit den Papieren? Gab es diese Papiere überhaupt?

Das angesehene Anwaltsbüro Caruthers & Caruthers war genau zwanzig Jahre älter als die Vereinigten Staaten selbst und hatte neben der Boston Tea-Party im Jahre 1773 auch noch andere wichtige Ereignisse überlebt. Ohne Unterbrechung in Massachusetts' Hauptstadt stets im Zentrum angesiedelt, hatte die Kanzlei im Laufe der Jahrhunderte in der Franklin Street lediglich die Straßenseite gewechselt, mal einen Block näher oder weiter entfernt zum Hafen, um einen alten Firmensitz aufzugeben oder in ein neu errichtetes, größeres Gebäude einzuziehen. Mittlerweile war aus einem zweistöckigen Holzgebäude mit umlaufender Veranda ein achtgeschossiges modernes Geschäftshaus geworden, auf dessen Vormerkliste die bekanntesten Namen Bostoner Gesellschaften und Kanzleien standen, die sehnlich darauf warteten, endlich Räumlichkeiten anmieten zu dürfen. Eine Eintrittskarte in die Premium-Liga der Stadt.

In der siebten und achten Etage befand sich die Kanzlei C&C. Und weil Tradition verpflichtet, hatte man auch viele der alten

Einrichtungsgegenstände bis in die Neuzeit konservieren können. Vielleicht sogar auch etwas vom Charme und der Qualität des alten Gedankengutes. Diese Auffassung drängte sich einem auf, wenn man als neutraler Beobachter die Umgangsformen und den Umgangston des Personals beobachten durfte.

Die Geschwister Margret und Anthony Caruthers, die beiden Hauptgesellschafter, betraten den Besprechungsraum, in dem bereits einige Männer warteten. Auffallend an den Besuchern war deren Kleidung, die sie allesamt als Geistliche auswies. Lediglich der Jüngste von ihnen, ein gut aussehender, braun gebrannter, dunkelhaariger Mann von knapp vierzig Jahren, trug auf seiner Soutane eine kleine Verzierung. Margret wusste, dass ihn diese Verzierung als Monsignore auswies, ein vom Papst persönlich verliehener Titel.

Die Geschwister, beide in Anwaltsdunkelblau gekleidet, sie in einem engen Kostüm, er in einem tadellos sitzenden Anzug, nickten den Anwesenden zu und nahmen Platz. Etwas abseits saß eine Frau, die alles protokollierte.

„Mister Benelli“, begann Margret und ließ den Monsignore bewusst unter den Tisch fallen, „wir haben bereits ausführlich miteinander telefoniert. Und mein Bruder und Partner“, sie deutete auf Anthony, der freundlich nickte, „hat Ihnen vor einer Stunde die Vorgehensweise unserer Kanzlei erläutert. Allerdings war ich seinerzeit mit der Aufsetzung des Testaments betraut, so dass wir nun gemeinsam alle Unklarheiten beseitigen können.“ Margret schaute zu Benelli, erwartete keine Reaktion und sprach weiter: „Um keine Missverständnisse aufkommen zu lassen, betone ich es noch einmal: Ich habe vor vier Monaten das Testament von Kardinal Willard aufgesetzt, was er auch vor Zeugen unterschrieben hat. Darf ich Ihnen ein beglaubigtes Exemplar überreichen?“

Ohne eine Antwort abzuwarten, schob sie einige gebundene Blätter über den Tisch. Monsignore Benelli musste sich strecken, um die dünne Akte heranzuziehen. Konzentriert begann er zu lesen. Nach etwa fünf Minuten gab er das Exemplar an seinen Nebenmann weiter.

„Miss Caruthers, ich zweifle ja nicht Ihr Testament an. Ihre Kanzlei ist mir bekannt, ich weiß von dem ausgezeichneten

Ruf, den Sie genießen. Aber wie ich bereits am Telefon sagte, ist mein Testament neueren Datums und damit auch rechtlich gesehen das einzig gültige."

Benelli wollte nun das gleiche Spielchen machen und schob seine Unterlagen knapp bis zur Tischmitte. Aber Margret rührte sich nicht, stattdessen stand die Angestellte auf und übergab sie ihrer Chefin.

Margret las nun ihrerseits das angeblich neuere Testament durch. Es war knapp formuliert und handschriftlich angefertigt worden. Unterschrieben hatten als Zeugen der Sekretär des Kardinals, Nepito, eine weitere Hausangestellte mit Namen Laura Sternes sowie Benelli selbst. Eindeutig war dieses Dokument wesentlich jüngeren Datums als das ihre.

Benelli lächelte, als er sah, wie sich auf Margrets Stirn Falten bildeten. Sie stand auf, ging zum Fenster und schaute sich die Unterschrift des Kardinals an. Dann hob sie das letzte Blatt und betrachtete es gegen das Licht. Benelli lächelte nun nicht mehr, denn für alle offensichtlich schien die Anwältin die Echtheit der Urkunde zu prüfen, was er als beleidigend empfand. Er, als Vertreter der Kirche, als wenn man sich auf diese plumpe, illegale Weise bereichern wollte.

Margret kam zurück zum Tisch, nickte ihrem Bruder zu und setzte sich wieder. „Die Unterschrift des Kardinals ist echt", konstatierte sie. „Da gibt es überhaupt keinen Zweifel."

„Dann dürfte es ja auch bezüglich der Erbschaft keinen Zweifel geben", meinte Benelli. „Der Kardinal hat als Universalerbe die Kirche eingesetzt. Lediglich wenn gesetzliche Regelungen dem widersprechen, soll entsprechend diesen Regelungen verfahren werden. Gibt es diese Regelungen?"

„Nein, Mister Benelli. Wir haben diesbezüglich keine Regelungen, welche die Erbschaft, wenn sie denn rechtens wäre, anzweifeln, verhindern oder über die zu zahlenden Gebühren hinaus mindern würde."

Benelli, der erstaunlich jung wirkte, lächelte siegessicher. „Wie gehen wir nun weiter vor?", wollte er wissen.

Anthony meldete sich. „Mister Benelli, es gibt zu dem von uns angefertigten Testament eine zusätzliche Verfügung, die unbedingt beachtet werden muss. Diese Verfügung ist untrennbarer

Bestandteil des Testaments. Nur wenn sie geändert wird, kann auch das Testament geändert werden. Würden Sie sich bitte diese Verfügung auch noch ansehen?"

Anthony stand auf, ging um den Tisch und reichte Benelli ein einzelnes Blatt, welches lediglich zur Hälfte beschrieben war.

Anthony setzte sich wieder und begann für alle Anwesenden laut zu lesen:

„Hiermit verfüge ich, John Fitzgerald Theodor Willard, dass sämtliche von mir unterzeichneten Dokumente mein Erbe betreffend nur dann und ausschließlich Gültigkeit haben, wenn als Unterschrift auf ihnen mein vollständiger Name John Fitzgerald Theodor Willard vermerkt ist. Als Kardinal habe ich keine Reichtümer erworben, sondern lediglich von der Kirche Leihgaben erhalten, die automatisch an diese zurückfallen. Das Haus, in dem ich die vergangenen Jahre gelebt habe, gehört mir als Privatmann und wurde von der Kirche angemietet. Entsprechende Urkunden sind in der Kanzlei Caruthers & Caruthers hinterlegt.

Alle meine Konten und Einlagen sind auf mich als Privatmann eingetragen, das Geld gehört mir und nicht der Kirche. Diese Festlegung mein Erbe betreffend behält so lange Gültigkeit, bis ich sie in Gegenwart meiner Anwälte und zweier unbeteiligter Zeugen in eine andere von mir gewählte Form umwandele. Boston, den ..."

In den kommenden Sekunden war es ruhig im Besprechungsraum. Benelli verzog keine Miene, überflog die Verfügung erneut, las dann das jüngere Testament durch, in dem vom Kardinal die Kirche als Erbe eingesetzt worden war und verglich die Unterschriften. Auf dem letzten Testament, welches er heute vorgelegt hatte, war deutlich die Unterschrift John Kardinal Willard zu lesen. Und er hatte diese Unterschrift persönlich bezeugt.

Ohne ein weiteres Wort zu verlieren, stand Benelli auf, seine beiden Begleiter erhoben sich gleichfalls. Er nickte den Geschwistern kurz zu und wandte sich zur Tür.

„Ich gehe davon aus", sagte er, während er sich noch einmal umdrehte und verharrte, „dass es juristisch keinen Sinn macht, hier in den Vereinigten Staaten gegen das von Ihnen angefertigte Testament vorzugehen."

„Absolut nicht", sagte Margret knapp. „Und in Europa macht es erst recht keinen Sinn", fügte sie hinzu.

Benelli nickte kurz, als hätte er verstanden, dann war er mit seinen Begleitern verschwunden.

Die Geschwister sahen sich an und konnten ein Lächeln nicht unterdrücken.

„Aber er hat es gut verkraftet", meinte Anthony.

„Weil er verdammt gefährlich ist", sagte seine Schwester. „Dieser Mann weiß genau, wann er verloren hat. Irgendwie habe ich das Gefühl, ihm noch einmal zu begegnen."

„Inwiefern?", wollte ihr Bruder wissen.

„Unsere Kanzlei vertritt eine Interessengemeinschaft in einer Sammelklage gegen die katholische Kirche von Baltimore. Es würde mich nicht wundern, wenn sich dieser Benelli auch dort einschalten würde. Als wenn wir in dieser Angelegenheit nicht schon genügend Ärger hätten." Sie schaute auf die Uhr.

„Unser nächster Termin steht an", meinte sie und ging mit ihrem Bruder in einen wesentlich kleineren und persönlicher anmutenden Raum. Eine brünette Frau um die dreißig, elegant angezogen, aber unsicher wirkend, wartete dort bereits.

„Tut uns leid, dass wir Sie vertrösten mussten. Haben Sie sich in der Zwischenzeit gelangweilt, Miss Myhelic?", wollte Anthony wissen und verbeugte sich leicht.

Die Angesprochene lächelte. „Es war ja nur eine halbe Stunde."

„Darf ich Ihnen etwas zu trinken anbieten, Miss Myhelic?"

„Ja, gerne, ein Glas Wasser bitte."

Margret selbst füllte drei Gläser mit Wasser, reichte ihrer Besucherin eines und sagte:

„Vorhin haben wir ja schon alle Fragen ihre Person betreffend geklärt und Sie haben sich ausgewiesen. Sicherlich fragen Sie sich, was Sie in unserer Kanzlei sollen."

Kathy Myhelic nickte. „In Ihrem Schreiben war die Rede von einer wichtigen Angelegenheit."

„Ja, das kann man wohl sagen. Es geht immerhin um elf Millionen Dollar. Und Sie sind die Erbin", verkündete Margret ohne Vorbereitung. Er war nun mal ihre Art, Klienten und

Gegner direkt zu konfrontieren. Weil man sie dann am besten studieren kann, sie für einige Augenblicke die Maske oder ihre aufgesetzte Freundlichkeit fallen lassen und verwundbar sind. So wie jetzt bei Kathy. Sie verschluckte sich an dem Wasser, ihre Augen wurden groß und verwundert.

„Elf Millionen? Machen Sie einen Scherz?"

Margret verneinte. „Unsere Kanzlei macht in solchen Angelegenheiten keine Scherze", fügte sie ernst hinzu.

„Entschuldigung." Kathy senkte den Kopf und schien zu überlegen. „Wieso elf Millionen? Wieso ich? Sie kennen doch meine Vorgeschichte."

„Ja, Miss Myhelic. Keine Verwandten, keine Geschwister, keine Eltern, in einem Waisenheim aufgewachsen. Und trotzdem Erbin eines ansehnlichen Vermögens."

„Und was ist der Haken? Es gibt doch einen Haken, oder nicht?"

Die beiden Anwälte schauten sich an.

„Ja, es gibt einen Haken, wenn man das so nennen will. Wir dürfen Ihnen nicht sagen, von wem Sie diese Summe erben."

Kathys Blick wurde noch verwunderter. „Ich erhalte ..., und weiß noch nicht einmal, von wem?"

„Es steht Ihnen frei, die Erbschaft auszuschlagen", meinte Anthony. „Falls Sie dieser Umstand belasten sollte", fügte er scherzhaft hinzu.

„Nein, nein, so ist das nicht gemeint", antwortete Kathy schnell. „Allerdings frage ich mich, wer zum einen so viel Geld hat – ich persönlich kenne niemanden – und dann frage ich mich, was den Betreffenden dazu veranlasst, mir diese Millionen zu vererben. Wo er mich doch auch nicht kennt."

„Wer sagt denn, dass er Sie nicht kennt?" Anthony beugte sich über den Tisch und verschränkte die Hände. „Miss Myhelic, sehen Sie es einfach als einen Gewinn an. Einen Lottogewinn. Gehen Sie aber davon aus, dass alles seine Richtigkeit hat. Unsere Kanzlei steht dafür gerade."

Kathy nickte abwesend und nagte an ihrer Unterlippe.

„Wenn Sie jetzt wissen wollen, wann Sie die Erbschaft antreten können, von uns aus sofort. Sie müssen nur annehmen und einige Dokumente unterschreiben. Dann treten wir in Aktion und sorgen dafür, dass es keinen Hinweis auf den Verstorbenen gibt. Das bedeutet, Sie erhalten lediglich den Gegenwert der Erbschaft auf ein Konto Ihrer Wahl überwiesen, Immobilien und alle anderen auf den Verstorbenen hindeutenden Dinge müssen veräußert werden, damit keine Rückschlüsse gezogen werden können. Haben Sie das verstanden?"

„Ja, habe ich, trotz meiner Verblüffung."

„Die Steuern für die Erbschaft werden wir auch für Sie entrichten. Es bleiben unserer Schätzung nach etwa elf Millionen übrig. Über vier Millionen können Sie bereits in den kommenden drei Tagen verfügen."

„So einfach geht das? So schnell kann man reich werden?"

„So schnell kann man bei uns reich werden", vervollständigte Anthony lachend und betonte dabei das Wort uns.

Kathy Myhelic unterschrieb alle erforderlichen Unterlagen, dankte den Anwälten und ging hinaus.

„Sie hat weiche Knie", konstatierte Margret.

„Hättest du doch wohl auch an ihrer Stelle", meinte Anthony.

„Aber nicht bei elf Millionen."

Sie lachten und machten sich auf den Weg zu ihren Büros, die nebeneinanderlagen.

„Ein Problem könnte es geben", meinte Anthony und blieb stehen. „Kathy wird von den Finanzbehörden eine Benachrichtigung erhalten über die Höhe der Steuern, die wir im Namen des Verstorbenen auf die Erbschaft zu entrichten haben."

Margret nickte. „Und wenn sie clever ist, kann sie daraus den Verwandtschaftsgrad zum Verstorbenen ableiten. Dann weiß sie womöglich, wer es ist."

Im Taxi ließ Benelli seine Wut aus. Und wären er und seine Begleiter nicht durch die Kleidung als Geistliche zu erkennen gewesen, der Taxifahrer hätte angehalten und sie hinausgeworfen. Allmählich beruhigte sich Benelli wieder, aber ein Blick in sein Gesicht signalisierte seinen Begleitern, ihn in Ruhe zu lassen. Er war kurz vor dem Explodieren.

Im Hotel angekommen erhielt er an der Rezeption die Nachricht, er möge sich bitte bei der Bostoner Polizei melden. Ein Captain Allen Ward erwarte seinen Rückruf.

Benelli stürmte in seine Suite, verschloss die Tür und reagierte weder auf Anrufe noch auf Klopfen. Auf eine ausgesprochen unchristliche Art machte er seinem Ärger Luft. Er fluchte.

Dieser verdammte Willard. Hat uns zum Schluss doch noch reingelegt. Natürlich weiß ich auch warum. Ausschließlich wegen mir. Was hat der vielleicht geguckt, als ich ihn das erste Mal aufgesucht habe. Angst hatte er, richtige Angst. Wundert mich eigentlich, dass er nicht in die Hose gemacht hat. Früher hätte er es getan. Da geht doch dieser Wichser hin und trickst mich aus. Kalt und berechnend. Weil er noch eine Rechnung mit mir offen hatte. Geht einfach hin und trickst mich aus. Und ich Idiot merke nichts. Dabei hätten bei mir schon früher alle Alarmglocken schrillen müssen. Einer wie Willard kennt nur die krumme Tour. Allerdings war er auch vorgewarnt. Vielleicht wäre es besser gewesen, einen anderen hinzuschicken. Aber ich wollte ihn haben, diesen Wichser. Ich wollte ihn haben. Und jetzt habe ich ihn auch, aber leider nicht seine Millionen.

Als Benelli einen Tag später auf dem Bostoner Flughafen nach dem Einchecken in der VIP-Lounge saß und noch etwas trank, trat ein Mann zu ihm, der leicht humpelte.

„Mister Benelli?“, fragte Captain Ward.

„Monsignore Benelli“, wurde er verbessert. Ward nahm das ungerührt zur Kenntnis, stellte sich vor und setzte sich.

„In den vergangenen drei Wochen haben wir Ihnen mehrfach gemailt, mit Ihrem Sekretär in Rom telefoniert und gestern eine Nachricht im Hotel hinterlassen. Warum haben Sie sich nicht gemeldet?“ Ward vermied es, zu vorwurfsvoll zu klingen.

„Weil ich keine Zeit und kein Interesse habe“, antwortete Benelli kurz angebunden.

„Darf ich Sie daran erinnern, dass Sie Gast in unserem Land sind?“

Benelli warf dem Beamten, der unverbindlich und freundlich lächelte, einen kalten Blick zu und konterte: „Darf ich Sie erinnern, dass ich als Vertreter des Vatikans diplomatische Immunität genieße?“

„Das dürfen Sie. Aber nur so lange, wie bei uns durch Ihre Anwesenheit die nationale Sicherheit nicht gefährdet wird. Seit dem 11. September 2001 sind unsere diesbezüglichen Gesetze sehr interpretationsfähig.“ Immer noch lächelte Ward.

„Gefährde ich Ihre nationale Sicherheit?“

„Aber ja doch, wenn ich das so sehe. Dann darf ich Sie wegen Ihrer Immunität zwar nicht vernehmen, nicht anfassen, nicht verhaften, aber am Weiterflug hindern. Und wenn ein Richter meiner Auffassung ist, und das wird er, davon können Sie ausgehen, dürfen Sie dieses Land bis zur Klärung meines Problems, was ich unzweifelhaft habe, nicht verlassen. Sie stehen sozusagen in einem Hotel Ihrer Wahl auf eigene Kosten unter Arrest und genießen Personenschutz.“

Benelli überlegte nicht lange. „Was haben Sie für ein Problem?“

Ward kam auf den Tod des Kardinals vor drei Wochen zu sprechen. Er gehe einigen ungeklärten Fragen nach.

„Gibt es etwa an der Todesursache Zweifel?“, fragte Benelli.

Ward hob abwehrend beide Hände. „Nein, überhaupt nicht. Der Kardinal hat sozusagen alles selbst in die Hand genommen. Wahrscheinlich als Folge der ihn sehr belastenden Vergangenheit. Wir haben einen Bericht nach Rom geschickt. Sind Sie mit den Umständen vertraut?“

„Ja.“ Benelli nickte.

„Wie gesagt, an der Todesursache gibt es keinen Zweifel. Eine Überdosis Pelurekan, ein gängiges Schlafmittel.“

„Wieso sind Sie allein gekommen?“, wollte der Monsignore wissen. „Weil Sie so gut sind, oder gibt es etwa bei der Bostoner Polizei Personalmangel?“

„Weil ich in diesem Fall nicht ermittle, sondern lediglich diskret einige Unklarheiten beseitigen möchte“, antwortete Ward ruhig. „Allerdings genieße ich die volle Rückendeckung des Polizeichefs“, fügte er hinzu, um erst gar nicht einen bestimmten Verdacht aufkommen zu lassen. „Und ich allein entscheide, was geschieht.“

Benelli hatte verstanden.

„Monsignore, wie wir vom Sekretär des Verstorbenen wissen, haben Sie den Kardinal wiederholt besucht. Und zwar“, Ward griff in seine Jackentasche und zog einen Zettel hervor, „…und zwar vergangenes Jahr im März, Juni, Juli und November. Und dieses Jahr das letzte Mal vor … knapp drei Wochen. In der Nacht darauf ist der Kardinal … verschieden. Ist das richtig?"

Benelli überlegte. „Ja, das stimmt, so weit ich mich erinnern kann."

„Dürfte ich erfahren, um was es bei diesen Treffen ging?"

„Muss ich Ihnen das auch wegen der neuen Gesetze sagen?"

Ward schmunzelte. „Es würde mich positiv stimmen", meinte er.

Benelli bemühte sich, etwas zugänglicher zu sein. „Zum einen ging es natürlich um die unsäglichen Vorwürfe gegen unsere Kirche und wie wir damit umzugehen haben. Besonders in Boston, dem Zentrum dieser neuen Vorwürfe. Es haben sich viele Verdachtsfälle ergeben, denen wir nachgehen müssen. Und es sind uns bereits Klagen angedroht worden, über die man sich abstimmen muss."

Ward wusste, welche Vorwürfe gemeint waren. Es stand ja oft genug in der Zeitung. „Und zum anderen?"

Benelli zögerte etwas. „Meine Aufgabe war es, den Kardinal von einem Rücktritt zu überzeugen. Aus gesundheitlichen Gründen. Er hätte ein Ersuchen an den Heiligen Vater stellen können, und dem wäre entsprochen worden. Das wäre für alle Beteiligten das Beste gewesen."

Ward schien zu überlegen. „Weil Sie allerdings mehrmals in Boston waren, vermute ich, der Kardinal hat sich gesträubt."

„Ja", gab Benelli zu.

„Nun, dann hat sich ihr Problem doch von allein gelöst."

Benelli widersprach. „Einen Rücktritt hätten wir besser erklären können als einen Selbstmord, Mister Ward, auch wenn die offizielle Version anders lautet. Bei einem Selbstmord, und man wird irgendwann herausfinden, dass er sich umgebracht hat, spätestens bei den Prozessen vor Gericht, wiegt die Schuld für einen Katholiken, weil er sündigt, allemal mehr. Besonders hier in Boston, wie ich lesen konnte. Er hat sich sozusagen aus der Verantwortung gestohlen."

„Verstehe." Ward griff erneut in seine Jackentasche. „Dieses Foto wurde einen Tag, besser gesagt etwa sieben Stunden vor dem Tod des Kardinals gegen 18 Uhr am Eingang des Hauses von einer Kamera aufgenommen. Es zeigt zweifellos Sie und Ihre zwei Begleiter. Sind es diejenigen, die auch heute dabei sind?" Ward deutete auf die beiden schwarz gekleideten Geistlichen, die etwas abseits saßen und auf ihn wie Bodyguards wirkten.

„Ja, es zeigt mich und die beiden Kollegen. Ich bin derjenige mit dem größeren Hut."

„Das habe ich mir gedacht, denn von ihren Gesichtern ist nicht viel zu erkennen."

Ward schlich nun etwas um den heißen Brei herum und fragte, mit welchem Taxi sie damals angereist seien, der Name des Unternehmens oder die Nummer des Fahrzeuges genüge ihm, und ob ihnen etwas verdächtig erschienen sei. Er wollte auch den Namen des Hotels wissen, in dem sie übernachtet hatten. Und ob sie noch am gleichen Abend mit der Nachtmaschine nach Rom geflogen seien. Die letzte Frage war eher rhetorisch gemeint, denn Ward wusste anhand der Passagierlisten, dass Benelli am Abend kurz nach 23 Uhr die Nachtmaschine genommen hatte.

Benelli, der auf seine Uhr schaute, in einer Stunde würde er abfliegen, beantwortete alle Fragen, so weit er es konnte und wollte.

„War an diesem Abend außer Ihnen, ich meine Sie und Ihre Kollegen, noch jemand zum Haus des Kardinals angereist? Eingeladen? Unerwartet anwesend?"

Bevor Benelli antworten konnte, meinte Ward: „Ihnen als Vertreter Gottes brauche ich ja nicht zu verdeutlichen, dass ich die Wahrheit erwarte."

Der Monsignore ging nicht auf die Anspielung ein. „Nein, außer uns ist niemand mit angereist. Und wir haben auch anschließend allein, ich meine wir drei, mit dem Kardinal gesprochen und etwas gegessen. Sein Sekretär war bei dem delikaten Thema auch nicht anwesend."

„Fällt Ihnen auf dem Foto etwas auf?", wollte der Polizeibeamte wissen.

Benelli schaute es sich erneut an und verneinte.

„Auf diesem hier habe ich die Stellen angekreuzt, die uns im

Department so zu schaffen machen“, meinte Ward und reichte Benelli ein weiteres Foto. Ward, der den Monsignore von der Seite beobachtete, stellte keine Regung in dessen Gesicht fest.

„Was sollen diese Kreise“, wolle Benelli wissen.

„Füße“, antwortete Ward. „Das sind alles Füße oder Schuhe. Drei Personen, aber sieben Füße oder Schuhe.“

Benelli lachte. „Und jetzt vermuten Sie, es hat sich jemand unter unseren Umhängen versteckt.“

„Weit genug dazu wären sie ja. Zudem ist die Kamera sehr ungünstig positioniert.“

„Zugegeben, die Aufnahme ist nicht sehr deutlich, und man könnte dies mit viel Fantasie so sehen. Aber für die sieben Füße oder Schuhe gibt es eine einfache Erklärung. Es hätten auch acht sein können. Sehen Sie hier.“ Benelli deutete auf eine Stelle. „Das ist zweifellos einer meiner Füße, und die beiden anderen scheinen mir auch zu gehören, so nah, wie sie unter meiner Soutane hervorschauen. Mister Ward, ich erinnere mich genau, dass mich meine neuen Schuhe gedrückt haben. Und ich habe einen, und zwar den linken, vor der Tür abgestreift. Es war ein Slipper. Deshalb sehen Sie auch scheinbar einen Fuß oder Schuh zu viel.“

Thomas war am kommenden Morgen irritiert, weil Bonifaz nicht auf ihn wartete. Er ging zur Ausleihstelle, gab seine Wünsche an und erhielt lediglich Unterlagen, aus denen er sich Notizen machen durfte. Auf seine Nachfrage wurde ihm mitgeteilt, es gäbe dazu keine CD oder eine andere elektronische Aufzeichnung. Thomas war verwundert, denn gestern noch hatte ihm Bonifaz zwei CDs gezeigt, eine davon lag als Kopie im Hotel auf seinem Nachttisch.

Thomas setzte sich an einen Tisch, öffnete seine Aktentasche und legte Papier und Bleistift daneben. Er war der einzige Besucher und von der Kamera gut einzufangen.

Eher lustlos beschäftigte er sich mit Paulus’ Werdegang , seiner Bekehrung durch das so genannte Damaskuserlebnis, seine späteren Reisen nach Syrien, Jerusalem und in die Türkei, seine zweite Jerusalemreise im Jahre 46 und anschließend die nach Zypern und Kleinasien. Immer wieder schaute Thomas auf, um sich zu vergewissern, ob Bonifaz mittlerweile nicht doch vielleicht den Lesesaal betreten habe und ihn beobachte.

Ephesus, Makedonien, der zweite Besuch in Korinth und die Erstellung des 2. Korintherbriefes, seine Gefangenschaft in Cäsarea, um das Jahr 60 seine Reise nach Rom und das angebliche Treffen mit Petrus. Angeblich insofern, weil verschiedene Kritiker sich immer wieder fragten, was Petrus, der kein Wort Latein gesprochen haben soll und trotzdem oberster Führer der Christen und erster Papst war, eigentlich all die Jahre in Rom getan hatte. Angeblich auch insofern, weil ihm Jesus erschienen sei und gesagt haben soll, er sei Petrus, der Fels, und auf diesen Fels wolle er seine Kirche bauen. Auch Petrus habe man mit dem Kopf nach unten gekreuzigt, so die Überlieferung, und ihn an der Stelle beerdigt, an der heute der Petersdom steht.

Eine kurze Mittagspause, sich etwas die Füße vertreten und anschließend zehn Minuten sammeln und beten in der Kapelle. Als Thomas zurück in den Lesesaal kam, sah er dort weitere vier Personen, die sich in Unterlagen vertieften. Keiner von ihnen war als Geistlicher zu erkennen.

Um 17 Uhr machte er sich auf den Weg zum Hotel und erwischte vor dem Petersplatz ein Taxi.

Thomas konnte kaum schlafen, weil er unentwegt an Bonifaz denken musste.

Am kommenden Tag das gleiche Spiel. Unterlagen durcharbeiten, interessante Stellen mit Bleistift notieren, immer wieder zur Tür blicken und Ausschau nach Bonifaz halten.

Als er am dritten Tag Bonifaz ungeduldig vor dem Archivgebäude in der Via Pellegrini hin- und herlaufen sah, war er erleichtert. Aber ein Blick in das Gesicht des älteren Mannes ließ ihn erschrecken. Tiefe Furchen und Falten, Bonifaz sah übernächtigt aus, seine Augen flackerten.

„Komm mit", forderte Bonifaz ihn auf und eilte davon. Thomas kam es vor, als sei es die gleiche Situation wie am ersten Tag. Aber Bonifaz schien es noch eiliger zu haben. Mit einer Art Scheckkarte, die er in einen Wandapparat steckte, öffnete er verschiedene Türen. Bei einigen Türen hatte er zusätzlich noch auf einer Tastatur eine Zahlenkombination einzugeben.

„Die ändert sich jeden Tag“, nuschelte er vor sich hin. „Irgendwann überholen die sich in ihrem Sicherheitswahn selbst.“

Die letzte Tür war die zu einem kleinen Arbeitszimmer. Abgesehen von einer Regalwand voller Bücher, einer Liege und einem Schreibtisch mit Computer und den dazugehörenden Anlagen und einer Art Tapeziertisch, vollgepackt mit Papieren und Dokumenten, war der Raum leer.

„Hier arbeite ich“, sagte Bonifaz und setzte sich auf einen Stuhl. Thomas nahm gleichfalls Platz. Für einen Augenblick schloss Bonifaz die Augen. Seine Brust hob und senkte sich, er atmete heftig. „Die Kirche, ein Hort des Friedens und der Stille“, murmelte er vor sich hin. „Da kann ich nur lachen. Nichts ist friedlich, und nichts ist still. Es gärt, es brodelt, die Messer werden gewetzt. Aber nicht für das Jüngste Gericht.“

Thomas fühlte sich, wie so oft, nicht verpflichtet, zu antworten.

„Die Vergangenheit holt mich ein.“ Bonifaz öffnete die Augen und schaute ihn an. Deutlich war für Thomas die Angst zu erkennen.

„Und ich habe keine Chance, dem zu entgehen. Die Schwingen der Häscher werfen schon ihre Schatten voraus“, wurde Bonifaz poetisch.

„Wir sind vorhin immer im Kreis gelaufen“, sagte Thomas.

„Schlaues Kerlchen. Kannst dir doch denken, warum. Die vielen Augen überall. Aber ich habe sie ausgetrickst. Niemand weiß, dass du hier bist und diesen Raum kennst. Verstehst du?“

Thomas nickte und verstand wieder mal nichts.

„Nichts verstehst du. Ich bin in deinen Augen ein alter verrückter Mann, der sinnloses Zeug brabbelt, immer in Eile ist, vom Ende spricht und was ich alles erledigen muss. Nichts verstehst du. Aber bald wirst du mich verstehen.“

Bonifaz stand auf und stellte sich ans Fenster. Lange schaute er hinaus in die Gärten des Vatikans.

„Ich frage mich, warum dich Verhoeven nach Rom zu mir geschickt hat. Wegen der Paulus-Papiere?“ Bonifaz schüttelte den Kopf und beantwortete sich damit seine Frage selbst. „Glaube ich nicht. Er spricht zwar stets von Trier und Paulus und dessen Unterbelichtung, aber ich glaube es trotzdem nicht."

Er drehte sich zu Thomas, verschränkte die Arme vor der Brust und lehnte sich mit einer Schulter an die Wand. „In den vergangenen zwei Tagen war ich viel unterwegs." Er senkte den Blick und schaute auf den Boden. „Habe einen alten Freund besucht", sprach er leise weiter, „einen wirklichen Freund, dem ich vertrauen kann. Er kennt mich und alles, auch die Papiere. Und auf ihn kann ich mich verlassen. Schön, wenn man nicht so allein ist. Bist du allein?"

Er schaute Thomas an.

„Ob ich Freunde habe? Menschen, denen ich vertraue?"

Bonifaz nickte.

„Ja."

„Heißt das ja wirklich oder heißt das ja hoffentlich?"

Thomas zuckte mit den Schultern. „Ich weiß nicht. In einem Fall ja wirklich, in den anderen ja hoffentlich. Wer kann schon in die Menschen hineinschauen?"

„Ich."

Bonifaz sagte das so fest, als gäbe es überhaupt keinen Zweifel. „Ich kann in sie hineinschauen, auch in dich. Du bist gut, du bist gläubig, du bist dir nicht sicher, du bist auf der Suche nach der Wahrheit und auf der Suche nach deinem Ich, deinem Leben, deiner Berufung."

„Mein Beruf ist meine Berufung, und mein Glaube hilft mir dabei."

Bonifaz machte eine Handbewegung, als akzeptiere er die Antwort nicht.

„Mach dir nichts vor. Ich habe mir lange etwas vorgemacht, auch noch, als ich in deinem Alter war. Und zwar so lange, bis mir der Herr die Erleuchtung gegeben hat." Bonifaz schaute nach oben und bekreuzigte sich. „Er gab sie mir, aber ich bin mir nicht sicher, ob es auch sein Plan war. Ob ich auch mit meiner Erleuchtung so umgehen sollte, wie ich mit ihr umgegangen bin."

Bonifaz sprach für Thomas in Rätseln.

Der Pater setzte sich wieder auf den Stuhl. „Wir sagen, was wir sagen dürfen und was man uns all die Jahre vorgebetet hat. Wir sagen es zu unseren Kollegen und zu den Gläubigen. Und die Gläubigen fragen in einer Art, damit sie auch genau das Vorgebetete von uns zu hören bekommen. Und dann nicken sie, als hätten sie verstanden. Wir reden in Metaphern, wir umschreiben, wir vergleichen, zeigen Bilder, aber eines tun wir nicht: klar sprechen. Und all dies geschieht schon seit Generationen und Generationen. Die perfekte Überlieferung einer verschwommenen und verwaschenen und unnatürlichen Sprache. Je undeutlicher du etwas sagst, desto mehr kann dein Zuhörer hineininterpretieren. Und er interpretiert genau das hinein, was ihm passt, seiner Stimmungs- und Gemütslage und seinem Verständnis für Religion und Glauben entgegenkommt. Und dann diskutieren wir abstrakt und vage, werfen mit ungenauen Begriffen um uns. Andere tun es auch, und das Kuriose ist, jeder glaubt jeden zu verstehen. Bei meinem letzten Besuch in Deutschland habe ich an Weihnachten in einem Kindergottesdienst gehört, wie ein älterer Pfarrer zu den noch nicht Schulfähigen sagte: ‚Ihr müsst euer Herz weit öffnen für Jesu. Und er kommt zu euch, ihr nehmt ihn auf und es wird euch ganz warm ums Herz werden.‘ Kannst du verstehen, was ich meine?“

„Ja.“ Dieses Mal verstand Thomas nur zu gut. Wie oft hatte er sich auch schon über die gestelzte und konstruierte Art der Kirchensprache gewundert und geärgert. Öffne dein Herz, sei rein in der Seele, gib dem Herrn einen Platz zum Wohnen. Und wenn er sich nicht daran gehalten hatte, sondern von der Kanzel deutliche, aber für jeden zu verstehende Worte sprach, bekam sein Bischof am nächsten Tag sofort eine Mitteilung auf den Tisch.

„Kannst du diesen Schwachsinn überhaupt ertragen?“, wurde Bonifaz lauter. Ohne eine Antwort abzuwarten, sprach er weiter: „Seltsam ist nur, dass auch erwachsene Priester, Patres, Mönche, Monsignores, Bischöfe und Kardinäle in genau der Sprache miteinander reden. Und zwar so lange, wie es einen Dritten als Zeugen gibt. Oder die Presse, die Medien, Zuhörer auf einer Tagung. Unter vier Augen sind sie plötzlich in der Lage, sich erwachsen auszudrücken. Aber unter vier Augen, so wie jetzt zwischen dir und mir, das zählt nicht. Es gibt keine Zeugen. Es wird nichts festgehalten und hält erst recht nicht

Einkehr in die Kirchengeschichte. Auch nicht, wenn unser Heiliger Vater mit einem Kardinal spricht. Unter vier Augen, also sozusagen anonym, fluchen die Herren der Kirche, rülpsen, furzen, lästern, reißen schmutzige Witze und sind plötzlich Menschen. Nicht nur mit der Sprache. Sie trinken, trinken zu viel und sind betrunken, sie nehmen Rauschgift, Tabletten jeglicher Art, um das Leben und die Verlogenheit zu meistern. Sie amüsieren sich diskret oder auch nicht, tarnen sich mit alltäglicher Kleidung, spazieren durch Rom und New York und Paris auf der Suche nach einem Abenteuer. Sie vergehen sich an Kindern, vergewaltigen Jungen, steigen mit Frauen ins Bett, kaufen sich die Liebe, kaufen sich junge, unschuldige Mädchen und lassen sich auf ausgefallene Art mit Peitschen, Ruten und anderen Dingen verwöhnen. Sie erdulden Blutergüsse und nehmen Spuren in Kauf, die wochenlang zu sehen sind. Und anschließend, wieder in ihrer kirchlichen Tarnkleidung, machen sie weiter wie seit tausend Jahren. Wir leben in zwei Welten, und ich kenne sie beide."

Während Thomas noch überlegte, wie er die letzte Bemerkung zu verstehen habe, sprach Bonifaz weiter: „Ich bin Zeuge dieser Welten geworden. Über viele Jahre habe ich die Kotze weggemacht, den Kardinälen den Hintern abgewischt, die Überreste von durchzechten Nächten beseitigt und meine Augen zugemacht. Besonders das war schlimm. Ich habe die Augen zugemacht und nichts gesagt. Ich habe weggeschaut, als sie mit käuflichen Frauen im Arm hier im Vatikan die Treppen zu ihren Gemächern hochgestiegen sind. Ich habe weggeschaut, als sie in unserem eigenen Hotel Palazzo Courtial im Stadtteil Gianicolo nackt über die Flure gelaufen sind und seltsame Spielchen gespielt haben. Ich habe weggehört, als sie gestöhnt, geschrien, schmutzige Worte gesagt und Schmutziges getan haben. Und ich habe während all der Zeit des Schweigens Schuld auf mich geladen. Aber mir kam die Erleuchtung, ich habe die Prüfung des Herrn bestanden."

Bonifaz war erschöpft und sein Oberkörper sackte zusammen. Mit einer Hand wischte er sich den Schweiß von der Stirn. Er beugte sich neben den Schreibtisch, entdeckte eine Flasche Wasser und trank. Wortlos reichte er sie weiter an Thomas.

„Du hast Fragen, so viele Fragen, mein junger Freund. Ich sehe es dir an.“ Freundlich lächelnd schaute er in Thomas’ Augen, und der konnte den Blick nicht abwenden. Magisch klebten seine Augen an denen von Bonifaz. „Aber du bist nicht ungläubig, Thomas. Du glaubst mir. Und du wartest auf eine Erklärung.“

Thomas nickte.

„Warum du? Der du aus Deutschland kommst? Warum nicht einer aus dem Vatikan oder zumindest aus Rom und Umgebung?“ Bonifaz lachte gequält. „Ich kann niemandem trauen. Es gibt hier überall Spitzel. Trauen kann ich nur mir und diesem Raum, denn der verrät mich nicht. Kann ich dir trauen?“

Thomas antwortete nicht.

„Ich muss das Risiko eingehen, denn es bleibt mir wirklich nicht mehr viel Zeit. Sie wissen von mir und von meiner Erleuchtung. Und sie müssen verhindern, dass andere auch davon erfahren.“

Als benötige er noch eine Minute der Besinnung, schaute Bonifaz zuerst aus dem Fenster, dann nach oben an die Wand, wo ein Kruzifix hing. Er entschied sich und begann zu sprechen.

Vor mehr als dreißig Jahren sei er nach Rom gekommen. Und weil er zufällig Zeuge geworden sei, wie ein Kardinal sich außerhalb der Stadt in ein teures Freudenhaus der Mafia habe fahren lassen, und der Kardinal dies mitbekam, sei er von dem Kirchenfürsten vor die Alternative gestellt worden: für immer zurück in ein abgelegenes Kloster oder neuer Leiter für Unterkunft und Rundumbetreuung aller kirchlichen Würdenträger, die den Vatikan und den Heiligen Vater besuchten. Seine Erleuchtung habe ihm den Weg gewiesen, den zweiten Vorschlag anzunehmen. Die Würdenträger seien in unterschiedlichen Bereichen des Vatikans untergebracht worden. Sehr beliebt schien jedoch ein Haus an der nördlichen, den Vatikan umlaufenden Straße Viale Vaticano gewesen zu sein, wo man diskret den Kirchenstaat verlassen und betreten konnte. Wenn man den entsprechenden Zugang und dessen Sicherungsmechanismus kannte. Und genau dort habe es ein reges Kommen und Gehen gegeben. Nicht nur, wenn unberechtigte Personen, Frauen und junge Männer, eingelassen worden seien, sondern auch, um unerkannt in ein wartendes Auto zu steigen und eine bestimmte Adresse anzusteuern. Falls jemand überaus vorsichtig sein wollte oder musste, stellte man ein Auto so dicht an die Wand, dass man vollkommen ungesehen gleich aus dem Vatikan über die geöffnete Seitentür in den wartenden Wagen schlüpfen konnte. Und einige Male wäre es vonnöten gewesen, wegen der Vielzahl der Personen Kleintransporter zu beanspruchen. Manche erfüllten die Pflicht des Transports so offensichtlich, dass die Polizei habe anrücken müssen, weil Fahrzeuge mit der geöffneten Heckklappe dicht an der Wand parkten und die ganze Straße versperrten.

Im Hotel Palazzo Courtial habe man einfach den Personaleingang benutzt, die Angestellten hätten weggeschaut. Während seiner Zeit habe es auch zwei Todesfälle gegeben, als ältere Geistliche beim Verkehr und dessen Spielen kollabierten. Zuerst habe er alle Spuren beseitigt und erst dann die Polizei benachrichtigt. Allerdings wären die Beamten schnell darauf gekommen, dass es in diesem Hotel der Kirche sehr unkirchlich zuging. Doch stets habe man die Diskretion gewahrt.

Gewisse Etablissements seien besucht worden, die, wie gesagt, der Mafia gehörten, und diese habe natürlich für ihr Schweigen Gegenleistungen verlangt. Das wäre einige Bischöfe teuer zu stehen gekommen.

„Zu Beginn habe ich vermieden, in einen Spiegel zu schauen. Mir war ständig übel, ich roch ständig den Geruch von Frauen und die Ausdünstungen der Liebe, ich entfernte die klebrigen Spuren und wusch mir immer wieder die Hände. Am nächsten Tag fuhr ich normal und als Zivilist gekleidet in solche Etablissements, weil einer der hohen Herren seine Zähne oder seine Haare verloren oder vergessen hatte. Und alle starrten mich an, als trüge ich ein feierliches Kirchengewand. Jeder wusste Bescheid. Und trotzdem ist über all die Jahre nichts ans Tageslicht gekommen. Hie und da mal eine Anspielung der Presse, aber nichts Konkretes."

Er habe die gestressten Kirchenmänner mit Aspirin versorgt, ihnen Ärzte vermittelt, die gewisse ansteckende Krankheiten bekämpften und er sei einmal selbst daran beteiligt gewesen, eine nackte, geflohene Kurtisane im Vatikan aufzuspüren. Zu ihm habe man kleine Päckchen gebracht, die er den hohen Herren auszuhändigen hatte. Obwohl von ihm nie eines aufgemacht worden sei, wusste er genau, was drin war. Denn er konnte am kommenden Morgen noch in den Räumlichkeiten die Spuren des Kokains entdecken und hatte diese zu beseitigen. Und ihm oblag es auch hin und wieder, die Rechnungen in bar zu begleichen und den Damen ihren Liebeslohn auszuzahlen.

„Ich wurde der Geheimnisträger von hochrangigen Kirchenfürsten, die um meine Diskretion wussten und mir Dinge anvertrauten, die ich nicht wage auszusprechen. Und ich hätte Karriere machen können allein aus dem Grund, Mitwisser geworden zu sein. Man hat mir viel Geld zugesteckt, was ich jedoch stets im Sinne des Herrn verwendet habe."

Bonifaz hielt inne, als lausche er seinen eigenen Worten. Unsicher schaute er zu Thomas, um zu ergründen, ob er nicht einen Fehler begangen hatte, ihm dies alles zu erzählen. Und in Thomas arbeitete es, denn mit allem hatte er gerechnet, aber nicht, dass diese Verfehlungen sogar im unmittelbaren Dunstkreis des Heiligen Stuhles abgelaufen waren.

„Und über all die Jahre hat niemand etwas von Ihrer … Erleuchtung geahnt?", wunderte er sich.

Bonifaz lächelte dünn. „Wie denn? Alle waren so mit sich und ihrer Gier und der Lust beschäftigt, da hat man doch keinen Blick für einen Benediktinerpater, der beflissen alles erfüllte, was man ihm auftrug."

„Aber trotzdem scheint es eine undichte Stelle zu geben. Sonst hätten sie nicht solche Angst."

Bonifaz nickte. „Vor zwei Jahren hat sich einiges geändert, seitdem gibt es eine neue Struktur. Mich hat man hier in das Archiv verbannt, die Tür an der Viale Vaticano ist zugemauert worden, im Palazzo Courtial steigen keine hochrangigen kirchlichen Würdenträger mehr ab. Und ich vermute, dass in diesem Zusammenhang – es muss ja einen Grund für die Änderung geben – jemand in Erfahrung gebracht hat, was ich weiß und was ich gesehen habe. Vielleicht ist einer der Betroffenen aufgefallen und hat geplaudert, um sich reinzuwaschen."

„Wer steckt überhaupt dahinter? Ich meine die neue Struktur?“, fragte Thomas, der angespannt und nach vorn gebeugt auf seinem Stuhl saß.

Bonifaz schwieg einige Sekunden. „Es ist neben dem Glauben um unseren Herrn das Geheimnisvolle und das Einhalten einer strikten Hierarchie, was die Kirche hat groß und unangreifbar werden lassen. Die nächst untere Ebene weiß nie, was die über ihr liegende im Sinn hat. Nach oben muss alles gemeldet werden, nach unten gibt es Anweisungen, aber keine Rückmeldung. Sich abschotten, Gespräche im kleinen Kreis, keine oder kaum schriftliche Unterlagen. Dieses Prinzip hat immer funktioniert. Seit geraumer Zeit gibt es nach dem gleichen Prinzip eine neue, diskret arbeitende Abteilung, die man meinen Erkenntnissen nach mit der Sonderaufgabe betraut hat, gewisse ... negative Vorkommnisse und Dinge von der Kirche fernzuhalten. Oder Probleme, wie sie immer wieder auftreten, elegant zu lösen. Elegant bedeutet nicht auf christliche, sondern meinen Informationen nach auf wirkungsvolle und sogar endgültige Art. Die Wahl der Mittel scheint dabei freigestellt. Und diese neue Abteilung soll man der 1. Kongregation zugeordnet haben, der wichtigsten im Vatikan.“

„Sie meinen die 1. Kongregation für die Glaubenslehre, die bereits 1540 von Papst Paul III. unter dem Namen Congregatio Romanae et universalis Inquisitionis gegründet wurde, um die Kirche von abweichenden Lehren zu schützen?“

Bonifaz lächelte dünn. „Gegründet 1542 und nicht 1540“, verbesserte er.

„Und Sie vermuten, man weiß dort von Ihren Aktivitäten?“

„Zumindest ahnt man es“, schränkte Bonifaz ein.

„Wenn alles in fremde Hände gelangt, was könnte daraus erwachsen?“

„Worst case?“ Bonifaz schaute Thomas an. „Im schlimmsten Fall könnte das der Kirche, wie man so schön sagt, die Glaubwürdigkeit kosten. Nicht sofort, aber schleichend und unaufhaltsam. Weißt du überhaupt, was das bedeutet? Einer Kirche nicht mehr glauben zu können?“

Thomas konnte es sich ausmalen. „Darf ich fragen, wie viele kirchliche Würdenträger möglicherweise gewisse Konsequenzen ziehen müssten?“

Bonifaz faltete die Hände. Aber er betete nicht, er überlegte. „Verstorben sind inzwischen über einhundertzehn, darunter mehr als dreißig Kardinäle."

„Und die Lebenden?"

Bonifaz schaute hoch. „Du musst wissen, ich habe es über fünfundzwanzig Jahre getan. Aus Bischöfen sind Erzbischöfe und Kardinäle geworden. Insgesamt werden es etwa zweihundert noch lebende Personen sein. Darunter vielleicht fünfzig Kardinäle, einige aus Europa, die meisten jedoch aus den USA und den Entwicklungsländern, die sich auf irgendeine unchristliche, beschämende Art verhalten haben. Ich meine nicht Alkohol und Tabletten und Völlerei und Rauschgift."

Es gibt sie in der Politik, in der Wirtschaft, in Kunst und Wissenschaft, im Sport, eigentlich überall – warum also nicht auch in der Kirche? Eine besondere Spezies, eine ausgewählte Form von Lobbyisten, deren Aufgabe es ist, alle sich eventuell negativ auswirkenden Umstände schon im Ansatz zu erkennen und zu beseitigen. Und falls erforderlich, auch die entsprechenden Maßnahmen einzuleiten. Wobei das Wie von ihren Auftraggebern oft nur vage umschrieben ist, wenn überhaupt. Man nennt sie Troubleshooter, die Spezialisten für das Grobe, fürs Reinemachen und auch fürs Eliminieren.

Monsignore Marco Benelli sah seine Aufgabe jedoch ganz anders, falls er darauf angesprochen würde. In den Vereinigten Staaten studiert und zum Priester geweiht, gelangte er bereits mit knapp dreißig Jahren nach Rom und wurde Mitarbeiter der 1. Kongregation für die Glaubenslehre. Wenige Jahre später vom Papst den Titel eines Monsignore verliehen bekommen, nahm ihn der Sekretär der 1. Kongregation, Erzbischof Francis Patabendi, zur Seite und besprach mit ihm diverse Möglichkeiten, Sonderaufgaben zu tätigen. Dinge diskret zu regulieren, damit sie erst gar nicht durch die Medien öffentlich werden konnten. Unregelmäßigkeiten im Ansatz zu erkennen und, falls möglich, früh und wirkungsvoll gegenzusteuern.

Wie bei solchen Gesprächen üblich, gab es keine Zeugen. Die Formulierung seiner zukünftigen Aufgabe erinnerte Benelli wegen der speziellen Kirchensprache eher an ein Gebet, wobei er durch seine eigenen Interpretationsmöglichkeiten die Aufgaben seiner neuen Tätigkeit selbst bestimmen konnte. Außerdem, so signalisierte man ihm, habe er freie Hand. Und es dürfe nichts auf andere Einrichtungen und Vertreter des Vatikanstaates hindeuten. Offiziell sei er mit seiner neu gegründeten Abteilung für die 1. Kongregation als Vermittler zwischen Tradition und Religion in den Entwicklungsländern zuständig.

Die eigentliche Auftragskette war so verschlüsselt, dass Erzbischof Patabendi lediglich wusste, sein Vorgesetzter, Kardinal Wochtowa, der Leiter der 1. Kongregation, hatte ihn mit der Weitergabe an eine geeignete Person der Kirche beauftragt und ihm Monsignore Benelli genannt. Woher und von wem und auf welchem Weg Kardinal Wochtowa informiert und eingebunden worden oder ob es seine eigene Entscheidung war, Benelli auszuwählen, blieb Patabendi verborgen. Aber er wollte es auch nicht wissen.

So verschlungen die Wege auch schienen, so eindeutig konnte man sie jedoch als Kenner auf eine einzelne Person zurückführen, die immer noch einen großen Schatten warf. Bereits vor knapp dreißig Jahren hatte ein in allen Facetten schillernder amerikanischer Geistlicher die Methoden des organisierten Verbrechens seines Landes in abgewandelter Form für seine Zwecke und die der Kirche genutzt. Erzbischof Paul Casimir Marcinkus, ein brillantes Organisationstalent mit Durchsetzungsvermögen und unendlich wichtigen Verbindungen zu Personen mit meist zweifelhaftem Ruf, erhielt seinerzeit von Papst Johannes Paul II. alle Vollmachten, das IOR, die Bank der katholischen Weltkirche, neu zu organisieren. Neu zu organisieren deshalb, weil das IOR im Skandal mit der Banco Ambrosiano durch millionenschwere Überweisungen in die Schlagzeilen geraten war. Was jedoch all diejenigen, die auf der päpstlichen Privatbank Geld deponierten, nicht störte, konnten sie es doch steuerfrei und durch Immunität geschützt für sich arbeiten lassen.

Im Rahmen dieses Bankenskandals hatte man spezielle Troubleshooter eingesetzt, die beim Bereinigen auch nicht vor einem Mord zurückschreckten. Calvi, der Präsident der Banco Ambrosiano, wurde gemeinsam mit Erzbischof Mancinkus vom italienischen Staat des Betrugs und anderer Delikte beschuldigt und tauchte unter. Wieder auf tauchte Calvi Juni 1982, wenige Meter über der Wasseroberfläche der Themse an einem Strick der Blackfriars Bridge hängend und mit Ziegelsteinen in den Taschen. Alle sprachen von Mord, aber der Erzbischof hatte einen Belastungszeugen weniger und wurde vorerst nicht angeklagt.

Marcinkus, man nannte ihn auch den Gorilla, musste nun nicht, wie alle Insider dachten, seinem Job als Leiter der Papstbank aufgeben, sondern übte diese Tätigkeit noch mehrere Jahre aus. Erst 1989, als seine Verhaftung durch die italienische Justiz drohte, entschied sich Johannes Paul II. verspätet, die Konsequenzen zu ziehen. Der Erzbischof wurde seines Amtes, bezüglich aller Vollmachten die IOR- Bank betreffend, entbunden, kehrte 1990 nach Chicago zurück und starb auch dort im Jahre 2006. Allerdings war er zu keiner Zeit im Ruhestand gewesen. Ausgerechnet ihn hatte Rom bereits Mitte der neunziger Jahre, als die ersten pädophilen Vorwürfe und sexuellen Verfehlungen von amerikanischen Geistlichen in den Medien die Runde machten – geschehen waren diese schon viele Jahre früher –, konsultiert und beauftragt, wirkungsvolle Gegenstrategien zu entwickeln. Scheinbar zufällig war Marcinkus in Chicago auf den jungen Priester Benelli aufmerksam geworden, und genau so zufällig wurde dieser später mit der delikaten Aufgabe betraut, Ungemach vom Vatikan fernzuhalten, wozu man eigens für ihn eine Abteilung gründete.

Benelli, seit einigen Tagen wieder zurück aus Boston, ging in sein Büro und sah die Post durch. Anschließend studierte er seine Mails. Noch immer hatte ihm Francesca, die Leiterin des Senders Primuno, keine Nachricht zukommen lassen. Schon seit zwei Wochen wartete er darauf. Am Telefon klang sie sehr zuversichtlich, ihm bezüglich der Internetadressen helfen zu können. Sie habe einen persönlichen Kontakt zum Betreiber des Servers und der wolle alle gespeicherten Daten überprüfen lassen. Damit er, Marco Benelli, endlich wisse, wer von den hochgestellten Geistlichen anlässlich einer Tagung im Vatikan immer wieder anonym welche Seiten aufgerufen habe.

Zum Schluss warf Benelli einen Blick auf diverse gut gefüllte Bankkonten, die ihm fast uneingeschränkt für seine Tätigkeit zur Verfügung standen. Damit ließ sich einiges anfangen, und nach Belegen hatte noch niemand gefragt. Die Kirche ersparte ihm auch jede noch so minimalistische Buchführung.

Benelli schaute auf die Uhr, etwas Zeit blieb ihm noch. Er griff in die Ablage und nahm die Akte Kathy Myhelic heraus. Erneut fühlte er Ärger in sich aufsteigen, denn dieser verdammte Kardinal Willard hatte ihn und die gesamte Kirche gelinkt. Ihn jedoch besonders und persönlich. Was für ein Abtrünniger! Dass Benelli womöglich selbst schuld war, weil er den Kardinal schlicht und einfach unterschätzt hatte, kam ihm nicht in den Sinn.

Benelli begann zu blättern. Abgesehen von Kathys Geburtsurkunde samt Arztbescheinigung, dem jährlichen Bericht des Heimes sowie Kopien von sämtlichen Schulzeugnissen, konnte er auch auf den Namen der Mutter und deren kompletten Werdegang zurückgreifen. Um all diese Daten zu erhalten, hatte Benelli keine außerkirchliche Stelle angehen müssen. Kathys Mutter hieß Farah Donnegat, sie war damals etwas älter als vierzehn und lebte seit zehn Jahren in einem ... katholischen Heim. Das Jugendamt von Portland hatte den Eltern das Sorgerecht entzogen. Und die Kirche hatte sich so innig um Farah gekümmert, dass sie mit dreizehn von einem Priester geschwängert worden war. Flugs hatte man daraufhin diesen Priester zuerst von Portland nach Chicago und später gleich in den Vatikan versetzt, von wo aus er dann Jahre später vollkommen geläutert Bischof einer amerikanischen Großstadt und anschließend sogar Kardinal werden durfte. Wenn man Wasser in Wein verwandeln konnte, warum dann nicht auch ...

Benelli machte sich auf den Weg zu seinem Rapport bei Erzbischof Patabendi.

Gegensätzlicher konnten zwei Geistliche kaum sein. Auf der einen Seite der junge, braungebrannte und sportlich wirkende Benelli, der seine Haare für einen Geistlichen unnatürlich lang nach hinten gekämmt trug und, wenn er lächelte, Charme versprühen konnte. Auf der anderen Seite Patabendi, ein hagerer, eingefallener und gebeugt gehender Erzbischof, der ständig seine Hände in den Ärmeln seiner Kleidung versteckte und dessen Augen allem Anschein nach noch nicht viel mehr als sämtliche Fußböden des Vatikans gesehen hatten.

Patabendi deutete mit seinen hageren Fingern auf einen Stuhl. Auch im Sitzen war er als treuer Diener des Herrn unterwürfig nach vorne gebeugt, so dass er nur schwerlich einen Blick zur Decke hätte richten können.

„Nimmt das denn kein Ende“, begann er ahnungsvoll und Benelli wusste, worauf er anspielte. Nicht nur Amerika und Kardinal Willard waren gemeint, sondern auch der Bischof von Padua, dem ein Bad im Roten Meer nicht allzu sehr bekommen war. Allerdings hatte Benelli das Gefühl, der Tod von Carlo Colombo kam dem Vatikan und Patabendi gar nicht so ungelegen. Colombo, ein Bischof, der sich gerne in den Gazetten suhlte, der öffentlich fluchte, trank und zugab, auch schon Rauschgift konsumiert zu haben, der sich gegen die Zölibatseinengung aussprach und wiederholt mit schönen Frauen gesehen worden war, denen er auch schon mal in aller Öffentlichkeit einen Kuss auf die Wange gedrückt hatte. Colombo, ein Enfant terrible der katholischen Kirche, der Schuhe aus Krokodilleder und Anzüge von Hermani trug, keine Feier und Party und Einladung ausließ, dem man nun dank einer glücklichen Fügung den Mund nicht mehr verbieten musste. Er würde für immer schweigen. Blieb als kleineres Übel nur noch Gina, seine Geliebte, die von ihm ein Kind erwartete und sich vor zwei Tagen in einem Interview als schwangere Freundin des verstorbenen Bischofs geoutet hatte. Aber einen allzu großen Schaden, so vermutete Benelli, würde sie bei ihrer Vergangenheit nicht anrichten können.

„Warum hat unsere hochheilige Kirche eigentlich immer so viel zu kämpfen?“ Patabendis Gesicht nahm die Züge eines Leidenden an. Die Kiefer zusammengepresst, Kinn nach vorn geschoben, an den Schläfen traten die Adern hervor.

Benelli hätte ihm darauf viele Antworten geben können, aber keine wäre auch nur ansatzweise bis zum Verständniszentrum von Patabendi vorgedrungen, dessen ausgeprägte Eigenart es war, alles, was nicht in sein religiöses und kirchliches Weltbild passte, zu verleugnen.

„Warum lobt man uns denn nicht für die gute Arbeit, die wir in der Dritten Welt leisten? Im Kampf gegen den Islam und dessen Fanatiker?"

Auch darauf hätte Benelli mannigfach antworten können.

„Wir speisen die Armen, geben ihnen Halt in der Not, sind das Licht im Dunkel."

Der Erzbischof schaute Benelli über seine randlose Brille an und erwartete Zustimmung. Als diese jedoch nicht kam, fragte er notgedrungen mit brüchiger Stimme: „Was gibt es denn Neues zu berichten?"

So neutral und unspezifiziert wie möglich erstattete Benelli Bericht. In der Angelegenheit Willard gebe es bezüglich seines Todes keine neuen Erkenntnisse. Das Gespräch mit dem amerikanischen Polizeibeamten Ward klammerte er aus. Und auf den ertrunkenen Bischof von Padua ging er nicht näher ein, weil man noch auf die Ergebnisse der ägyptischen Polizei und die der hiesigen warte.

„Allerdings hat sich bezüglich Kardinal Willards Erbe eine Entwicklung eingestellt, die wir nicht vorgesehen haben."

Benelli unterrichtete in wenigen Sätzen, was sich in der Bostoner Kanzlei Caruthers & Caruthers zugetragen hatte.

Patabendi sah ihn daraufhin mit leicht geöffnetem Mund ungläubig an, als könne er nicht verstehen, dass ein Kardinal in der Lage war, sich so ungebührlich zu verhalten. Einfach zu sterben und die hochheilige Kirche leer ausgehen zu lassen. Seinem Empfinden nach ein Unding, die Undankbarkeit schlechthin. Eine Sünde und noch mehr.

„In welcher Welt leben wir überhaupt", fragte er rhetorisch. „Was geht in den Köpfen einiger unser Kardinäle und Bischöfe eigentlich vor? Wie ist das mit ihrem Glauben und ihrer besonderen Aufgabe zu vereinbaren?"

„Vielleicht", begann Benelli, „weil es sich um Menschen handelt."

„Aber wir, die Stellvertreter Gottes auf Erden, sind eine besondere Art von Menschen", verstieg sich der Erzbischof zu einer Ansicht, die bereits im Dritten Reich in ähnlicher Art vertreten worden war. „Und wir haben besondere Aufgaben und besondere Eigenschaften. Wir sind das Bindeglied vom Diesseits zum Jenseits."

Amen. Benelli zog es vor, nicht zu reagieren.

„Oder haben wir uns inzwischen so verändert, dass wir nicht mehr gegen die Sünden dieser Welt gewappnet sind? Sind wir schwach und willig geworden und bereit, ohne Gegenwehr der Völlerei, der Maßlosigkeit und der Lust nachzugeben? Der Fleischeslust im Besonderen?"

Damit wirst du vertrockneter Scheinheiliger keine Schwierigkeiten haben und wohl auch noch nie gehabt haben, dachte Benelli und schwieg weiterhin.

„Und dann fallen die Medien über uns her wie die Heuschrecken im Alten Testament, wenn einer eine Verfehlung begangen hat. Sie richten über uns, obwohl dies nur dem Herrn vorbehalten ist."

„Aber manchmal gibt es schon etwas zu richten und zu berichten", meinte Benelli. „Wir haben auch sehr ungewöhnliche Exoten in unseren Reihen. Und dass diese Exoten sich frei entfalten konnten, nicht kontrolliert und genügend überprüft worden sind, ist schließlich auch ein Fehler Roms."

Bei dem Wort Fehler zuckte Patabendi zusammen, weil es doch in der Kirche niemanden gibt, der Fehler macht. Erst recht nicht in Rom.

„An wen denken Sie?", fragte er Benelli, obwohl er es eigentlich überhaupt nicht wissen wollte.

„Vor wenigen Jahren, Bischof Milingo aus Sambia. Erinnern sie sich?"

Patabendi verzog sein Gesicht, die Mundwinkel klappten nach unten, als sei ihm der Leibhaftige begegnet. Im Grunde genommen hatte er den Namen des Bischofs bereits aus seinem Gedächtnis gestrichen, so wie er alle unangenehmen Dinge strich. Geht doch dieser Milingo, nachdem man ihn zum Bischof ernannt hatte, hin und heiratet anlässlich einer Massentrauung der Moon-Sekte eine Koreanerin. Nicht genug damit, weiht er später auch noch vier verheiratete Männer zu Priestern. In diesem Fall musste die Kirche reagieren und hatte den Bischof im Jahre 2006 zwangsläufig exkommuniziert.

„Unsere Regeln sind eindeutig", murmelte Patabendi. „Im Jahre 2000 des Herrn gab es hier bei uns im Vatikan eine Tagung mit Kurienkardinälen, in deren Verlauf man sich wie bisher auch eindeutig für die Zölibatsverpflichtung entschieden hat. Und das ist nun mal bindend für alle Geistlichen. Es darf keine Sonderregelungen und keine Duldung geben. Wir können nur mit einem verheiratet sein, und zwar ausschließlich mit dem Herrn."

Aber es gibt doch genügend Möglichkeiten, elegant das Zölibatsgesetz zu umgehen, überlegte Benelli. Unzählige Priester auf der Welt tun das, indem sie mit einer Haushälterin unter einem Dach leben. Zwar wird öffentlich gemunkelt, aber solange niemand etwas Konkretes beweisen kann, die Vorhänge zugezogen bleiben, der Bauch der Haushälterin nicht dicker wird, nimmt man diesen scheinheiligen Zustand einfach hin.

„Ja, das mit der Zölibatseinhaltung wird noch lange unser Hauptthema sein", meinte Benelli laut. „Es wird auch nie eine Garantie geben, dass die Vertreter Gottes auf Dauer dieser unsäglichen Lust entsagen können. Die Versuchung ist überall, lauert überall. Eine ständige Prüfung, die wir tagtäglich zu bestehen haben."

Patabendi schaute den jungen Kollegen an, als habe er ihn nicht richtig verstanden. Für ihn sei das doch noch nie ein Problem gewesen, bemerkte er spitz und fügte hinzu: „Es gibt für uns nur eine wahre Liebe, und zwar die zu unserem Herrn. Folglich kann es auch nie eine Liebe zu einer Frau geben. Das geht einfach nicht." Damit war für Patabendi das Thema erledigt. Als äußeres Zeichen dafür versteckte er wieder die Hände in den Ärmeln seines Gewandes.

Benelli besprach mit ihm noch andere anstehende Probleme, aber sein direkter Vorgesetzter hörte nicht richtig zu. Den Lippenbewegungen nach war er am Beten und verschloss auf diese elegante Art seine Ohren für die profanen Dinge der dekadenten sündigen Welt, mit der er schon längst abgeschlossen hatte. Und falls Patabendi doch einmal zufällig etwas mitbekommen sollte, wusch er im Geiste emsig seine Hände in Unschuld.

Wieder in seinem Arbeitszimmer, überflog Benelli die Berichte der 14 Mitarbeiter, nur drei davon waren Geistliche, welche diese in den vergangenen acht Tagen seiner Abwesenheit zusammengetragen hatten. Er selbst war lange auf der Suche nach einem Team aus vertrauenswürdigen Spezialisten gewesen. Und weil er nun mal aus den Vereinigten Staaten kam, war es nicht verwunderlich, dass bis auf fünf Ausnahmen alle von ihm rekrutierten Mitarbeiter aus seinem Heimatland, genauer gesagt aus und um Chicago, stammten.

Zum Schluss studierte Benelli die Pressestimmen der großen Zeitungen und Magazine, die nicht freundlich mit der Kirche umgingen, wenn sie ihr Fehlverhalten vorwerfen konnten. Zwischen England, Frankreich, Deutschland und den USA war da kaum ein Unterschied festzustellen. Italien, Spanien und die Staaten aus Südamerika gingen etwas diskreter vor, als hätten sie Angst vor einem Kirchenbann.

Benelli ging in einen Nebenraum, in dem zwei Männer an einem großen Tisch saßen und die Post sortierten. Mehr als zwanzigtausend Zustellungen erhielt der Vatikan pro Woche aus aller Welt, und fast eintausend davon waren mehr oder weniger diskrete Hinweise aller Art auf das Fehlverhalten von Geistlichen. Die meisten Hinweise wanderten gleich in den Papierkorb, aber fünf bis sieben Prozent waren ernsthaft gemeint, mit konkreten Angaben der beschuldigten Personen, Örtlichkeiten und Vorkommnisse, und wurden überprüft.

„Was dabei für meinen Schreibtisch?“, fragte er. Gemeint war, ob es etwas der höchsten Kategorie gab, die ausschließlich er allein bearbeitete.

„Nur eine Zuschrift“, erhielt er zur Antwort und einer der Männer deutete auf einen Briefumschlag.

„Und die anderen dort?“ Benelli meinte einen Stapel Post.

„Etliches davon wissen wir schon, die anderen werden wir überprüfen und einsortieren. Einer von uns wird alldem nachgehen.“

Benelli griff nach dem Brief und ging zurück in sein Büro. Das, was seine Männer im Nebenraum taten, war nicht neu. Seit jeher schon sammelte man im Vatikan mehr oder weniger systematisch die „Fanpost“ übereifriger Gläubiger, listete sie akribisch auf, legte Informationen und Beweise in einem speziellen Archiv ab, um zu gegebener Zeit darauf zurückzugreifen, hatte inzwischen alles auf Datenträger gespeichert, aber unternommen worden war fast nie etwas. Schweigen, beschönigen oder negieren, und falls einer von außerhalb nachfragte, ganz einfach leugnen und auf Zeit spielen, hatte sich bisher als wirkungsvolle Taktik erwiesen. Aber wegen der unseligen Vorfälle in den Vereinigten Staaten Mitte der neunziger Jahre und der dortigen Aufklärungswut der Medien, die genüsslich jede Schweinerei auszuschlachten verstanden, war man in Rom zur Auffassung gelangt, schon im Vorfeld tätig werden zu müssen. Seit Benelli diese neu gegründete Abteilung leitete, gingen seine Leute den schlimmsten Vorwürfen nach und regulierten sie auf unorthodoxe Art und Weise. Was bedeutete, die eine Seite erhielt meistens Geld und die andere wurde versetzt.

Seinerzeit hatte Erzbischof Marcinkus dem Vatikan signalisiert, Benelli sei der wohl prädestinierte kirchliche Vertreter für diese Aufgabe, weil er selbst aus dem Chicagoer Ghetto stamme und das Milieu kenne. Was er nicht sagte war, dass der größte Mafiaboss der Stadt den jungen Benelli unter seine Fittiche genommen, ihn und seinen Bruder zur Schule geschickt und anschließend auch noch hatte studieren lassen. Der Bruder hatte eine ganz andere Berufsrichtung im direkten Umkreis seines Förderers eingeschlagen, Benelli jedoch war ein ausgezeichneter Geistlicher geworden, der später, als er bereits in Rom war, auch noch Jura studiert hatte.

Benelli öffnete den Safe und entnahm ihm drei Festplatten mit gespeicherten Daten. Eine Kopie all dieser Daten trug er stets in einer Aktentasche bei sich, eine dritte lagerte im Ausland in einem Bankschließfach.

Bei diesen Daten handelte es sich um die brisantesten Fälle, die ausschließlich er allein bearbeitete und die aus verständlichen Gründen nie in einem Computer abgespeichert werden durften.

Die erste Festplatte trug die Aufschrift „Geldangelegenheiten“, die zweite „Zölibat und Verfehlungen“ und die dritte „Glaubenswidersprüche“. Allerdings waren die Oberbegriffe nicht allzu eng zu verstehen, denn unter „Geldangelegenheiten“ subsumierten sich bekannte Vorfälle und Verdachtsmomente von Korruption, finanziellen Unregelmäßigkeiten bis hin zur Insolvenz von im Dienste der Kirche stehenden hochrangigen Geistlichen. Ähnlich war es mit „Zölibat und Verfehlungen“. „Zölibat“ stand nicht nur für Ehelosigkeit, sondern mehr noch für sexuelle Enthaltsamkeit jeglicher Form und die Folgen, falls sie nicht beachtet wurde. Nach Jahren der Stagnation hatte die Zahl der Priesterkinder in jüngster Zeit fast epedemieartig zugenommen. Und unter „Verfehlungen", einem an sich harmlosen Begriff, waren sexuelle Abartigkeiten jeglicher Art, worunter man auch Homosexualität verstand, zusammengefasst worden.

Von all diesen gespeicherten Daten bereiteten ihm diejenigen mit der Aufschrift „Zölibat und Verfehlungen" die größten Kopfschmerzen. Wie eine unkontrollierte Krebsgeschwulst waren die Verstöße gegen die Zölibatseinhaltung und die sexuelle Enthaltsamkeit in den vergangenen Jahren in die Höhe geschnellt. Und wenn Benelli auch noch die Dunkelziffer berücksichtigte, Priester, die besonders in der Dritten Welt schlichtweg heimlich heirateten und es nicht kundtaten, Kinder, die geboren wurden und deren Mütter einen Geistlichen der römisch katholischen Kirche als Vater angaben, schien für die Kirche wenig Aussicht zu bestehen, mit diesem Problem fertig zu werden. Ganz zu schweigen von der Homosexualität, die Experten innerhalb der Kirche auf bis zu 50 Prozent schätzten, und den schlimmen Vergehen Geistlicher an Kindern und Jugendlichen.

Sollte sich die triebhafte menschliche Natur im Vergleich zum katholischen Glauben mit dessen vollkommenen Zielen als stärker erweisen? Instinkt gegen Logik gewinnen?

Nachdem er eine der Festplatten mit dem PC verbunden hatte, öffnete er den Brief und las die wenigen mit Maschine geschriebenen Zeilen. Es gab keine Anrede.

Eine Information ist nur dann gut, wenn der Empfänger damit auch etwas anfangen kann und gewillt ist, gegenzusteuern. Man sollte sich im Vatikan etwas mehr um den Ring kümmern. Einige Vertreter von ihm sind im Vatikan ansässig und halten regen Kontakt nach außerhalb. Der Ring hat ausgezeichnete Kenntnisse, was die Verstöße gegen das Zölibatsversprechen und die Enthaltsamkeit betrifft, die auch innerhalb der heiligen Mauern des Vatikans stattgefunden haben. Bischöfe und Kardinäle sind davon betroffen, welche in der Kirche ein sehr hohes Ansehen genießen.

Von einem Kloster in den Bergen Roms wird der Ring teilweise gesteuert. Vier Patres sind stark involviert, davon zwei im Vatikan. Allerdings gehören auch Bischöfe zu diesem Ring, was dessen Bekämpfung erschweren wird. Und es gibt Kontakt zur Presse. In zwei Wochen ist eine Veröffentlichung geplant, deren Folgen nicht abzuschätzen sind.

Benelli legte den Brief zur Seite und überlegte. Seit drei Monaten bekam er immer wieder ähnliche Schreiben wie das heutige. Inzwischen wusste er, dass es eine Art Bewegung innerhalb der Kirche gab, welche das Ziel verfolgte, zurück zur ursprünglichen Form des Glaubens zu finden. Diener Gottes seien Diener und keine Kirchenfürsten, die sich der Völlerei und der Fleischeslust hingäben, und sie hätten sich an die Regeln der Kirche zu halten. So hatte es in einem früheren Brief geheißen. Der Informant war immer deutlicher geworden mit seinen Hinweisen. Auf eine Person konzentrierten sich die Angaben besonders. Vor zwei Wochen hatte Benelli Gegenmaßnahmen ergriffen, weil er sich seiner Sache sicher war. Woher jedoch konnte der Informant vorab von dieser Veröffentlichung wissen?

Er gab einige Befehle in seinen PC ein und nach wenigen Sekunden baute sich eine Seite auf. Noch ein Klick, dann konnte Benelli die Fotos von einigen Männern im Kirchengewand sehen.

„Mindestens zwei von euch gehören demnach zum Ring“, murmelte er vor sich hin. „Und ihr seid beide hier in meiner unmittelbaren Reichweite aktiv. Einer von euch gehört einem Orden an. Aber das ist mir schon länger bekannt.“

Als Thomas das Archiv betrat, wieder das gleiche Bild wie am Tage zuvor. Bonifaz wartete bereits auf ihn und schaute demonstrativ auf seine Uhr. Ohne eine Bemerkung fallen zu lassen, gab er ihm auch heute das Gefühl, er sei zu spät gekommen. Thomas schaute an Bonifaz vorbei und sah auf dem vorderen Tisch diverse Unterlagen liegen.

„Es ist bereits alles fotografiert worden“, meinte Bonifaz. „Ich bin schon über eine Stunde hier. Wir können gleich anfangen.“

„Womit anfangen?“

„Komm mit. Wir gehen beten.“

Bonifaz wartete keine Antwort ab und ging wie so oft voran. Thomas folgte ihm über Gänge und Flure, Bonifaz öffnete mit einer Karte einige Türen, bis sie schließlich in eine kleine Kapelle gelangten.

Bonifaz zündete zwei Kerzen an, stellte sie auf einen Halter, ging in die vordere Reihe, kniete sich hin und wies auf den Platz daneben. Thomas kniete sich gleichfalls nieder.

Zuerst unverständlich, hörte er Bonifaz immer deutlicher vor sich hinmurmeln.

„Herr, du sagst, dein sei die Rache. Aber davon habe ich nichts. Ich muss mich auch rächen, und zwar in deinem Sinne. Ich bin Zeuge geworden all der Verfehlungen und habe nichts getan. Und ich habe geholfen. Bitte lass mir die Rache.“

Bonifaz bekreuzigte sich und murmelte ein Vaterunser.

„Du musst sie aus dem Tempel treiben, alle. Sie missbrauchen dich und deinen Glauben. Sie vergöttern nur sich selbst und dienen einem Götzen. Ihnen wird nie die Erleuchtung kommen.“

Wieder eine Bekreuzigung und ein Gebet. Thomas bemerkte, wie Bonifaz ihn verstohlen unter seiner Kapuze musterte.

„Willst du nicht beten“, raunte er ihm zu.

„Ich bete immer leise“, antwortete Thomas.

„Das ist gut, mein Sohn. Dann kann es auch niemand hören.“

Einige Minuten war es still. Bonifaz atmete heftig und stöhnte verhalten. Dabei bewegte er seinen Oberkörper leicht hin und her, als erleide er Schmerzen.

„Warum prüfst du die Kirche so hart?“, fragte Bonifaz und schaute nach oben. „Warum lässt du zu, dass man dich verleugnet, dass sie heucheln und so tun, als dienten sie in deinem Auftrag? Warum lässt du zu, dass sogar Bischöfe und Kardinäle nicht gegen die Verfehlungen des Teufels gefeit sind?“ Bonifaz senkte den Kopf und murmelte ein weiteres Gebet.

„Gib uns die Kraft, uns aufzulehnen gegen das Böse, o Herr. Wir wollen deine Kirche reinigen. Wir wollen, dass alle aufrechte, wahre Diener Gottes im Geiste sind. Aber hilf uns dabei und gibt uns ein Zeichen. Zeige ihnen den Weg der Gnade und der Liebe. Allein und ohne deine Hilfe stehen wir im Dunkeln. Herr, bitte mach Licht."

Thomas gewann immer mehr den Eindruck, dass Bonifaz bewusst so laut betete, damit er ihn gerade noch so verstehen konnte. Was aber beabsichtigte der Ordenspriester damit? Wieder eine der vielen Fragen, die er sich stellte, ohne eine Antwort zu erhalten.

„Auch wenn du ihnen verzeihst, ich kann ihnen nicht verzeihen, was sie den Kindern, den Jungen und Mädchen, antun. Es gibt keine Buße, die ihre Schuld tilgen kann. Und kein Feuer ist heiß genug, ihre Sünden zu verbrennen. Herr, gebiete du ihnen Einhalt."

Erneut ein kurzes Gebet, Bonifaz warf Thomas einen prüfenden Blick zu. „Ich habe getan, was ich habe tun müssen. Meine Kraft ist am Ende. Mir bleibt nicht mehr viel Zeit. Sie werden mich finden. Aber ich werde dafür sorgen, dass ein anderer meine Aufgabe übernimmt. Schütze ihn, weise ihm den gerechten Weg und führe ihn aus der Dunkelheit ins Licht. Amen."

Bonifaz bekreuzigte sich und stand auf. Thomas erhob sich ebenfalls.

„Hast du alles verstanden?", fragte er Thomas.

„Ja."

„Dann ist es gut."

Bonifaz ging aus der Kapelle, blieb davor stehen und schaute nach oben, als wolle er sich überzeugen, ob seine Gebete auch angekommen seien. „Ich habe noch etwas zu erledigen und bringe dich jetzt in den Lesesaal. Heute Nachmittag um 16 Uhr wartest du bitte vor dem hinteren Ausgang des Gebäudes auf mich." Ohne eine Antwort abzuwarten, ging er davon.

Thomas konnte sich im Lesesaal nicht auf seine Arbeit konzentrieren. Was sollte das seltsame Gebet, fragte er sich. Warum möchte Bonifaz mich zum Zeugen machen?

Als er in den Unterlagen zu blättern begann, entdeckte er eine CD mit den von Bonifaz angefertigten Fotos. Und weiter unten eine handschriftliche Notiz.

„Merke dir 4711. Und merke dir die Paulus-Papiere. Und was ich gebetet habe. Vergiss nicht, mich vor dem Gebäude zu treffen. Aber vorher spüle noch den Zettel die Toilette hinunter. Noch ein letzter Rat: Sei vorsichtig."

Die Zeit wollte nicht vergehen, immer wieder warf Thomas einen Blick auf seine Uhr. Hinter ihm saßen noch zwei Personen, darunter auch eine Frau, die sich in Dokumente des Archivs vertieft hatten.

Nach der Mittagspause zwang er sich, in den einzelnen Paulus-Briefen zu lesen. Auch heute entdeckte er in den offiziellen Versionen keinen Hinweis auf die Passagen, die Bonifaz vor wenigen Tagen zitiert, auf eine CD gebrannt hatte und die so ganz im Widerspruch zu der offiziellen Kirchenmeinung standen. Warum aber hielt man diese höchst interessante Version unter Verschluss?

Es war 16 Uhr. Thomas stand auf, legte sämtliche Unterlagen auf eine Ablage neben der Ausgabe und ging hinaus. Im nächsten Quergang suchte er eine Toilette auf und ließ den Zettel mit der Notiz von Bonifaz verschwinden. Entschlossen schritt er zum hinteren Ausgang des Gebäudes. Dazu musste er den unbequemen und schlecht ausgeleuchteten Weg über die Baugerüste nehmen. Ihn wunderte auch heute, dass er, genau wie in den Tagen zuvor, nur hier und da einen Arbeiter sah. Warum aber dann die vielen Gerüste?

Thomas wartete im Innenhof mehr als zehn Minuten vor dem Eingang, aber Bonifaz erschien nicht. Nervös wanderte er hin und her und schaute in alle Richtungen. Es nieselte leicht und es war kälter geworden. Er vergrub die Hände in den Hosentaschen und beobachtete aus den Augenwinkeln die nächstgelegene Kamera.

Nach weiteren zehn Minuten betrat er wieder das Gebäude und eilte zurück. Als er an der Baustelle vorbeikam, glaubte er ein Stöhnen zu hören. Aber es war niemand zu sehen. Thomas beugte sich über das Geländer und schaute hinunter ins Halbdunkel. Einen dunklen Fleck auf hellerem Untergrund konnte er ausmachen. Und dann wieder dieses Stöhnen, nun jedoch deutlicher. Es kam eindeutig von unten.

Thomas kletterte kurzentschlossen an den Streben des Gerüstes nach unten. Dort angekommen, stieß sein Fuß gegen etwas Weiches. Er bückte sich und erkannte Bonifaz, der auf einer Schutthalde lag. Thomas wollte ihn anheben, als Bonifaz mit schmerzentstellter Stimme sagte: „Bitte nicht, ich bin von einer Stange aufgespießt worden."

Erst jetzt bemerkte Thomas das Metall, welches Bonifaz aus der Schulter ragte. Er fasste es an und zuckte zurück. An seinen Fingern klebte Blut.

Thomas wollte etwas sagen, aber aus seinem Mund kam nur ein unverständliches Krächzen. Er schluckte mehrmals und erst im zweiten Anlauf gelang es ihm, sich einigermaßen verständlich auszudrücken. „Ich ..., ich hole Hilfe." Als Thomas aufstehen wollte, hielt Bonifaz ihn zurück.

„Dazu ist keine Zeit. Ich werde bald sterben."

Thomas war erstaunt, wie ruhig der Pater trotz der Schmerzen, die er haben musste, sprach, als hätte er sich bereits mit der Tatsache abgefunden.

„Bitte komm näher."

Thomas beugte sich tiefer, sein Gesicht war neben dem von Bonifaz. Er spürte den Atem des Verletzten.

„Was ich schon länger geahnt habe, ist eingetreten. Sie haben mich erkannt und müssen mich loswerden. Ich weiß zu viel und bedeute für sie eine Gefahr. Erinnerst du dich noch daran, was ich dir über die Konservativen und über meine Angst erzählt habe?"

„Ja."

„Jetzt habe ich keine Angst mehr. Bald werde ich meinem Schöpfer gegenüberstehen."

Thomas ergriff die Hand des Paters und spürte den Druck seiner Finger.

„Meine Hoffnung ruht nun auf dir", sagte Bonifaz. Thomas glaubte im Zwielicht zu bemerken, dass er ihn anschaute.

„Thomas, mein Ungläubiger, werde gläubig, werde gläubig für mich", flüsterte Bonifaz. „Und nun komme noch etwas näher, ich möchte beichten."

„Sie ...?"

„Ja, nimm mir die Beichte ab."

„Aber ..."

„Eine Notbeichte. Und hier, steck die Karte ein."

Thomas griff nach der Plastikkarte, die Bonifaz zum Öffnen diverser Türen benötigte, und verstaute sie. Er machte das

Zeichen des Kreuzes, Bonifaz zog ihn noch näher zu seinem Mund und begann mit der Beichte. Thomas schloss die Augen und hörte zu. Und er erschrak. Er erschrak immer mehr über das, was er hörte. Und in seinem Innern baute sich ein Gefühl auf, von dem er dachte, er würde so etwas nie empfinden können: Wut, unendliche Wut, aber nicht auf den Pater. Wie lange Bonifaz gebeichtet hatte, wusste er nicht, als dieser mit leiser Stimme zu ihm sagte: „Ich bin fertig."

Thomas, der wie aus einem Traum erwachte, sprach: „Herr, vergib ihm seine Sünden, vergib ihm seine Schuld", machte das Kreuzzeichen und segnete ihn.

„Danke, mein Sohn."

Als Thomas hoch schaute, bemerkte er die Helligkeit und die Anwesenheit von mehreren Personen, die Lampen in den Händen hielten. Irritiert sah er von einem zum anderen. Wie lange sie bereits dort gestanden hatten, wusste er nicht.

„Mach Platz", hörte er jemanden sagen. „Wir werden ihn nach oben tragen und in ein Krankenhaus bringen."

„Nein." Bonifaz schrie auf. Thomas bemerkte, wie eine Hand des Ordenspriesters unter seiner Kutte verschwand. Kurz darauf schob Bonifaz sich etwas in den Mund und schluckte. Nach wenigen Sekunden begann sich sein Körper zu verkrampfen, er riss die Augen auf, Schaum trat aus seinem Mund. Er streckte sich noch einmal, seine Finger verkrallten sich in Thomas' Unterarm, dann war der Pater tot.

Eine Hand legte sich auf Thomas' Schulter. Langsam stand er auf und schaute in das Gesicht eines fremden Mannes.

„Mein Name ist Hubacher, Ferdi Hubacher, ich bin vom Sicherheitsdienst", sagte er in ruhigem Tonfall auf Deutsch mit Schweizer Dialekt. „Meine Kollegen auch." Er deutete auf die beiden Männer. „Darf ich einige Fragen an Sie richten?"

Thomas nickte und trat mit Hubacher zur Seite. Die beiden anderen Männer zogen Latexhandschuhe an. Der kleinere von ihnen machte Fotos vom Tatort, während sich der andere über den Toten beugte, nach dem Puls fühlte und ihm dann die Augenlider zudrückte.

Hubacher fragte ihn nach seinem Namen und den Grund seines Aufenthaltes. Thomas erklärte, warum er nach Rom gereist sei und wies darauf hin, dass sich Bonifaz und sein Bischof persönlich kannten. Das Beglaubigungsschreiben müsse noch in den Unterlagen sein, meinte er.

Hubacher machte sich Notizen, sagte aber dazu nichts.

Ab und zu warf Thomas einen Blick auf die anderen Männer, von denen einer gerade telefonierte.

„Warum sind Sie in diesem Bereich des Gebäudes“, wollte Hubacher wissen.

„Ich war mit Bruder Bonifaz am Eingang zum Innenhof verabredet.“

Hubacher nickte, als glaube er ihm.

„Aber sie sind zweimal hier vorbeigekommen“, sagte er ruhig. Thomas wusste damit auch, dass ihn eine der Kameras erfasst haben musste und erklärte den Umstand. Er habe vor dem Eingang gewartet und sei dann, weil Bonifaz nicht erschienen war, wieder zurückgegangen. Dabei habe er ein Stöhnen gehört, sei heruntergeklettert und habe den Mönch gefunden.

Erneut nickte Hubacher, während er sich Notizen machte.

Zwei weitere Männer, einer mit einem kleinen Koffer in der Hand, betraten den Ort des Geschehens und sprachen italienisch. Thomas vermutete, bei ihnen handele es sich um einen Polizeibeamten und einen Arzt. Letzterer begann sofort mit seiner Untersuchung.

Inzwischen hatten Hubachers Begleiter Lampen aufgebaut, so dass man das Umfeld besser erkennen konnte. Bonifaz war fast sechs Meter abgestürzt und dabei unglücklich von einer Gerüststange aufgespießt worden, die aus dem Schutt ragte.

„Wo kann ich Sie in etwa einer Stunde erreichen?“, wollte Hubacher wissen.

„Ich warte oben im Lesesaal des Archivs.“

Einer der Mitarbeiter von Hubacher führte Thomas auf einem anderen Weg zurück zum Lesesaal. Kaum dass dieser den Raum verlassen hatte, schlich Thomas hinaus und eilte zum Arbeitszimmer von Bonifaz. Er schob die Karte in den Schlitz und überlegte, welche Kombination er einzugeben hatte. Wie von selbst kam er auf Paulus im Jahre 47 im November in Ephesus, er tippte die 4711, die Tür ging auf und Thomas schlüpfte hinein. Er verschloss die Tür und wagte es, Licht anzumachen. Thomas brauchte nicht lange zu suchen. Gleich neben dem PC sah er einen Brief liegen, daneben einige CDs und obenauf einen Zettel. Er las: „Thomas, mein Sohn. Hier ist mein Erbe. Achte gut darauf, denn es wird ein Teil der zukünftigen Kirchengeschichte sein. Verstecke es an einem sicheren Ort. Grüße Verhoeven von mir. Händige den Brief bitte meiner Schwester persönlich aus. Ich bete für dich. Bonifaz."

Verwundert steckte Thomas den Zettel ein und verstaute die fünf CDs samt Brief in der Innentasche seine Jacke. Noch ein schneller Blick, nichts schien wichtig zu sein, unverzüglich verließ er wieder das Arbeitszimmer des Paters.

Auf dem Rückweg zum Lesesaal ging er auf die Toilette und atmete tief durch. In seinem Kopf kreisten wirre Gedanken. Woher konnte Bonifaz wissen, dass er heute sterben würde? Wie sonst ist sein Erbe zu verstehen, das er vorhin in dessen Arbeitszimmer an sich genommen hatte. Oder hätte er es ihm auch vermacht, wenn er noch lebte? War deshalb vielleicht das Treffen geplant, um ihm diese Dinge auszuhändigen? Thomas wusch sein Gewicht, trocknete es ab und ging hinaus. Als er auf den Flur trat, kam ihm Hubacher entgegen.

„Hier sind Sie also", meinte der Sicherheitsbeamte, ging voran in den Lesesaal und sagte über die Schulter: „Ich habe Sie schon gesucht."

„Kein schöner Anblick für Sie", meinte er, als sie sich gegenübersaßen. „Das Rückgrat gebrochen und dann auch noch diese verdammte Stange. Das mit dem Rückgrat hätte er überlebt, meint der Arzt, nicht aber die Stange, die eine Hauptschlagader aufgerissen und das Herz verletzt hat."

„Wie konnte das passieren?", wolle Thomas wissen.

Hubacher nahm seine Notizen und warf einen Blick darauf. „Oben auf dem Podest hat am Rand unter einer Holzplatte bei einer Strebe eine Arretierung gefehlt. Der Mönch ist auf die Platte getreten, die Strebe darunter hat nachgegeben und Bonifaz ist nach unten gestürzt. So haben wir es gerade rekonstruiert."

„Also war es ein Unfall", stellte Thomas fest.

„Aber ja. Hatten Sie etwas anderes erwartet?"

Thomas ging nicht auf die Frage ein. „Wo kamen Sie so schnell her?"

„Die Kameras", antwortete Hubacher. „Einer meiner Männer hat Sie vor dem Haus beobachtet. Ihm kam es seltsam vor, wie sie auf und ab gelaufen sind, und das bei Regen. Deshalb kamen wir, um nachzuschauen."

Für Thomas klang diese Erklärung plausibel. „Haben Sie Bonifaz gekannt?"

„Natürlich", antwortete Hubacher. „Ich habe oft mit ihm gesprochen. Ein etwas ... wunderlicher Typ, aber ein sehr schlauer Kopf."

Anschließend wollte Hubacher wissen, ob sich Bonifaz in den vergangenen Tagen seltsam verhalten habe.

„Spielt das noch eine Rolle, wenn es ein Unfall war?"

„Alles spielt eine Rolle. Bei uns gibt es normalerweise keine Unfälle dieser Art." Hubacher schaute ihn ernst an.

Thomas überlegte einige Sekunden und entschied sich, nicht zuletzt auch aus Eigenschutz, etwas abgemildert seine Eindrücke von Bonifaz' Zustand zu beschreiben. Er sei oft geistig abwesend und unruhig gewesen. Habe auch schon mal was vergessen, fügte er hinzu und bat sofort den Herrn für die Lüge um Vergebung. Und er habe ihm sehr geholfen bei seinen Recherchen im Archiv. Bonifaz sei ein Experte der Kirchengeschichte gewesen.

„Dass er Angst hatte, davon war nie die Rede?"

Thomas überlegte einige Sekunden. „Eigentlich nicht, aber vielleicht habe ich seine Nervosität auch falsch interpretiert."

„Ich meine, hat er von Angst gesprochen? Dass man ihn bedrohe?" Scheinbar teilnahmslos schaute Hubacher ihn an.

„Nein."

„Komisch. Zu mir selbst hat er einmal gesagt, seine Zeit sei bald abgelaufen", konstatierte Hubacher.

„Ist sie nicht irgendwann bei uns allen abgelaufen?", wurde Thomas philosophisch.

„Stimmt auch wieder. Aber was ich meine ist Folgendes: Mein Eindruck war der, dass sich Bonifaz bedroht und in Gefahr fühlte. Noch vor zwei Tagen habe ich mich mit ihm unterhalten, und da hat er gemeint, bald sei es so weit, dann hätte er die ewige Ruhe."

Thomas war verwundert, dass Bonifaz sich Hubacher gegenüber in der Art geäußert haben sollte. Oder hatte der Mönch dem Sicherheitsbeamten vertraut? Hatte er das Bedürfnis gehabt, mit jemandem über seine Ängste zu sprechen? Oder hatte er sogar mit vielen gesprochen? Aus Berechnung, um Ermittlungen, wenn es sie denn gäbe, in eine bestimmte Richtung zu lenken?

„Und Sie haben nichts dagegen unternommen?", startete Thomas einen Entlastungsangriff.

„Schon gut, Herr Simmerling", meinte Hubacher. „Jetzt haben Sie mich erwischt. Wenn ich ihn ernst genommen hätte, dann hätte ich reagieren müssen. Ist es das, was Sie sagen wollen?"

Thomas antwortete nicht.

„Ist das ihre Tasche?" Hubacher deutete darauf.

„Ja."

„Ich habe mir erlaubt, die CD an mich zu nehmen, die ich gefunden habe", sagte er in ruhigem Ton.

„Bonifaz hat sie mir gegeben", entschuldigte sich Thomas. „Auf ihr sind Fotografien von Dokumenten."

„Kein Problem. Sie können die CD morgen bei mir im Büro abholen. Ich muss nur aus dienstlichen Gründen schauen, was darauf ist."

Hubacher schlug die Beine übereinander und überlegte. „Was Bonifaz Ihnen gebeichtet hat, das wollen Sie nicht sagen." Hubacher bemühte sich, seine Stimme normal klingen zu lassen, aber Thomas hörte trotzdem die Anspannung heraus.

„Wie lange sind Sie schon im Vatikan?", gab sich Thomas entrüstet.

Hubacher hob beide Hände. „Schon gut. War auch nur so ein Versuch."

Einige Sekunden schwieg der Sicherheitsbeamte. Dann schaute er auf und suchte Kontakt mit Thomas' Augen. „Alles scheint plausibel, alles ist zu erklären, eigentlich gibt es keine widersprüchlichen Fakten. Bis auf einen Punkt. Können Sie mir sagen, warum Bonifaz sich vergiftet hat?"

Außer Atem kam Thomas im Hotel an und ließ sich auf das Bett fallen. Er zitterte am ganzen Körper, nun war es mit seiner Fassung vorbei. Tränen traten ihm in die Augen und er glaubte, Bonifaz' Finger zu spüren, die sich im Tod in seinen Unterarm gekrallt hatten. Die Spuren waren noch zu sehen. Immer wieder sah er die sterbenden Augen des Mönchs vor sich und die Angst in ihnen. Eine Angst, die so groß war, dass er nicht überleben wollte und sich, um sicher zu gehen, auch noch vergiftet hatte. Lebend wollte er den Konservativen, wie er sie nannte, nicht in die Hände fallen. War deren Macht wirklich so groß? Bis zum Krankenbett und noch weiter?

Und während er sich an die Beichte erinnerte, begann Thomas noch mehr am ganzen Körper zu zittern, als hätte er Schüttelfrost.

Thomas warf einen Blick auf seine Armbanduhr, sprang vom Bett, riss den Kleiderschrank auf und begann zu packen. Wenig später bezahlte er an der Rezeption seine Rechnung, bestellte ein Taxi und fuhr zum Bahnhof. Eine halbe Stunde später saß er im Nachtzug nach Mailand und hoffte, sich einige Stunden ausruhen zu können.

Im Vatikan geschah nichts, ohne dass Benelli informiert wurde. Sein Zuträgersystem funktionierte hervorragend. Noch während Thomas mit Hubacher im Lesesaal saß und die Fragen des Sicherheitsbeamten beantwortete, hatte Benelli sich bereits die digitalen Aufzeichnungen der Unglücksstelle besorgt und schaute sie sich an. Weil die Aufnahmen wegen des diffusen Lichts sehr undeutlich waren, ließ er einen seiner Männer kommen, der sich im Auswerten besser auskannte. Der meinte jedoch nach einer Weile, er benötige dazu ein besonderes, lichtempfindliches Gerät mit besserer Auflösung, welches er sich besorgen müsse. Morgen früh könne er mehr sagen.

Noch am gleichen Abend ließ sich Benelli von Hubacher Bericht erstatten. Auch dem Monsignore gegenüber meinte Hubacher, es handele sich um einen Unfall, da gebe es keinen Zweifel. Er habe alles vor Ort überprüft, eine lockere Bohle auf einer ungesicherten Strebe sei die Ursache. Hubacher überreichte Benelli den vorläufigen Arztbericht. Demzufolge sei der

Mönch aber an Gift verstorben und nicht durch einen Unfall. Wie denn das nun zu verstehen sei?

Hubacher zuckte nur mit der Schulter.

„Gift darf gar nicht erst in der offiziellen Version erscheinen, verstehen Sie?“

„Ja, das verstehe ich ganz gut“, antwortete Hubacher. „Aber das müssen Sie schon selbst mit dem Arzt abklären.“

„Wer ist dieser Deutsche“, wollte Benelli wissen und schwenkte auf ein anderes Thema über.

Hubacher erzählte, was er von Thomas wusste.

„Haben Sie ihn überprüft?“

„Ja. Es liegt ein Empfehlungsschreiben seines Bischofs aus Trier vor. Sein Themengebiet ist der Apostel Paulus.“

„Interessant. Und was der Sterbende ihm noch gebeichtet hat, wissen Sie nicht.“

„Nein.“ Hubacher war irritiert, weil Benelli als Geistlicher ihn dies gefragt hatte. Er musste doch schließlich wissen, welchen Wert das Beichtgeheimnis hatte.

„Waren Sie auch schon in dem Arbeitszimmer von Bonifaz?“

„Nein.“

„Dann lassen Sie uns einmal gemeinsam dort hingehen“, schlug Benelli vor.

„Das geht im Augenblick nicht“, meinte Hubacher. „Ich habe die Karte nicht bei dem Toten gefunden und muss erst einen Ersatz anfertigen lassen.“

Benelli war wieder allein. Er lehnte sich in seinem Stuhl zurück, schloss die Augen und überlegte. Seine Gedanken kreisten um den Tod des Kardinals in Boston, den des Bischofs im Roten Meer und um das ominöse Ableben eines gewissen Ted Stevens in New York. Stevens war angeblich auch als Kind und Jugendlicher mehrfach von Priestern aus Baltimore sexuell belästigt worden. Obwohl dies schon mehr als vierzig Jahre zurücklag, hatte das Gericht seiner Klage als Präzedenzfall zugestimmt und nachträglich die Verjährung ausgesetzt. Stevens schloss sich einer Sammelklage aus Baltimore an und wurde von den einzelnen Klägern zu deren Sprecher gewählt. Und nun hatte man ausgerechnet diesen Stevens, der von sich behauptete, homosexuell zu sein, mit einer Prostituierten in eindeutiger Situation tot in einer Suite gefunden. Ein herber Rückschlag für die Klagegemeinschaft, wie die Presse meinte. Der laufende Prozess werde um Jahre zurückgeworfen, denn der Vorfall werfe kein gutes Licht auf die Glaubwürdigkeit der Kläger.

Benelli schmunzelte, denn zumindest die unrühmlichen Vorfälle in Baltimore waren vorerst einmal vom Tisch. Zwar hatte auch dort die Kirche nach dem US-Konkursrecht Schutz vor Insolvenz gesucht, damit die Kläger keine Zwangsmaßnahmen durchführen konnten, aber dies schien nun nicht mehr erforderlich zu sein. Benelli schätzte als Realist die Lage so ein, dass sich durch diese für die Kirche glückliche Wendung die Gesamtforderung zumindest halbieren, wenn nicht sogar dritteln würde.

Während er noch vor sich hin schmunzelte, durchzuckte ein anderer Gedanke seinen Kopf. Er sprang auf, eilte zu seinem PC und ließ sich mit dem Server des Vatikans verbinden. Von dort lud er sich die Daten einzelner Kameras herunter. Eine interessierte ihn besonders, und zwar die im Gang zum Arbeitszimmer von Bonifaz.

Von Hubacher wusste Benelli, dass der Deutsche etwa gegen 17 Uhr zurück in den Lesesaal gegangen war. Er stellte 16 Uhr 30 ein und ließ die Aufnahmen im Schnelldurchgang ablaufen. Um 17 Uhr 10 wurde er fündig. Benelli sah, wie der Deutsche, er erkannte ihn an Hubachers Beschreibung, über den Flur hastete und die Tür zu Bonifaz' Arbeitszimmer öffnete. Wenige Minuten später kam er wieder heraus und verschwand in die gleiche Richtung, aus der er gekommen war.

Benelli druckte einige Fotos aus und speicherte den Vorfall auf seinem Computer. Nachdenklich geworden saß er an seinem Schreibtisch und bemühte sich, alles einzuordnen. Zweifellos hatte der Ordenspriester zu diesem Ring gehört. Vor geraumer Zeit war er bereits durch zwei anonyme Schreiben auf ihn aufmerksam gemacht worden, in denen auch angedeutet wurde, was er herausgefunden hatte. Welche Verbindung gab es jedoch zwischen Bonifaz und dem deutschen Geistlichen? Was alles hatte ihm Bonifaz erzählt? Dann auch noch diese seltsame Beichte. Und nicht zuletzt stellte er sich die Frage, warum der Deutsche in Bonifaz' Zimmer gegangen war. Doch nur, um dort etwas abzuholen. Was aber könnte das gewesen sein? Zumindest hatte Benelli nichts auf den Aufnahmen gesehen. Aber heute war es kein Problem, den Datensatz ganzer Bibliotheken in der Hosentasche spazieren zu tragen.

„Wo wohnt dieser Deutsche", murmelte Benelli vor sich hin, dessen Gespür sensibilisiert worden war. Ohne es sich erklären zu können, hatte er das Gefühl, es könne Ärger geben.

An diesem Abend konnte Benelli nicht mehr herausfinden, in welchem Hotel der Deutsche abgestiegen war. Aber am kommenden Tag wusste er es bereits um 9 Uhr in der Früh. Ein Telefonat bestätigte ihm, was er insgeheim schon geahnt hatte: Der Deutsche war noch gestern Abend abgereist. Damit war es für Benelli zur Gewissheit geworden, dass es zwischen Bonifaz und dem deutschen Priester Simmerling einen regen Austausch gegeben haben musste. Und da Benelli über Bonifaz und dessen Werdegang im Vatikan in allen Einzelheiten informiert war, konnte er sich auch denken, was alles der Deutsche in Erfahrung gebracht hatte.

„Verdammt", fluchte er unchristlich. „Wie komme ich jetzt an diesen Simmerling heran? Was hat er alles an Informationen mitgehen lassen? Und was will er damit anstellen?"

Benelli telefonierte mit dem Arzt, der gestern an der Unfallstelle zugegen war. Sie wurden sich schnell einig, dass sie keinen Ton über das Gift verlieren würden. Bonifaz wäre ohnehin an seinen schweren Verletzungen gestorben.

Benelli baute dem Arzt eine Brücke. „Inzwischen bin ich mehr denn je der Auffassung, nachdem ich die kompletten Umstände kenne, dass sich Pater Bonifaz lediglich selbst von den Schmerzen erlösen wollte."

Der Mediziner stimmte schließlich zu, brachte allerdings noch seine Verwunderung zum Ausdruck und fragte: „Warum hat er eigentlich das Gift bei sich getragen?"

„Das geht auf das Mittelalter zurück und sogar noch weiter bis auf die Christenverfolgung. Mönche und später die Benediktiner hatten immer Gift dabei", redete sich Benelli heraus. „Um den Qualen eines Martyriums zu entgehen."

Benellis Mitarbeiter Gary kündigte sich an und schleppte ein Gerät in das Zimmer. Er baute es auf und gemeinsam betrachteten sie sich die Aufzeichnungen von der Unglücksstelle, die nun wesentlich deutlicher zu erkennen waren. „Lass uns mal nachschauen, wann der Unfall geschehen ist."

Gary spulte die Bilder zurück. Gegen 15 Uhr 45 sahen sie Bonifaz, wie er um die Ecke bog und in Richtung der Baustelle ging. Allerdings war die Kamera so positioniert, dass sie aus spitzem Winkel nur einen kleinen Teil seines Weges einfangen konnte.

„Irgendwie scheint mir die Kamera falsch ausgerichtet zu sein. Sie hat ein Weitwinkelobjektiv und zeigt nur die Wand und einen schmalen Bereich. Wie sehen Sie das?", wollte Benelli wissen.

Gary zuckte mit den Schultern. Gemeinsam gingen sie zu der Unglücksstelle. Dort trafen sie auf den Sicherheitsbeamten Hubacher.

„Jemand muss die Kamera kürzlich von Hand verstellt haben", sagte Hubacher an Stelle einer Begrüßung und kam Benellis Frage zuvor. „Haben Sie sich auch die Aufzeichnungen angeschaut?"

Benelli nickte. „Seit wann ist sie verstellt?"

„Wir haben ältere Aufzeichnungen herangezogen und mit den neuesten verglichen. Noch wissen wir es nicht genau. Allerdings können wir den Zeitraum eingrenzen auf maximal zwei Tage und weniger. Normalerweise hat die Kamera beide Gänge und die gesamte Baustelle samt Gerüst aufgenommen." Mit einer Hand zeigte Hubacher auf den Bereich, den er meinte.

Benelli rieb sich das Kinn. „Hier wird doch gearbeitet. Es laufen Fremde herum. Könnten sie es zufällig gewesen sein?"

Hubacher zögerte. „Schon möglich", meinte er nach einer Weile. „Die Kamera lässt sich leicht bewegen, jemand könnte aus Versehen mit einer Leiter oder einem Brett angestoßen sein."

„Könnte?", betonte Benelli. „Und falls nicht, was dann?"

Erneut zögerte Hubacher und versuchte in Benellis ausdruckslosem Gesicht zu lesen. „Wenn es so ist, ich meine, dass jemand die Kamera bedient hat, damit eine gewisse Szene nicht aufgezeichnet werden sollte, dann sehen wir mit der Unfalltheorie nicht gut aus", meinte Hubacher. „Und es kommt nur jemand in Betracht, der sich hier hervorragend auskennt."

„Wer weiß außer uns noch von der verstellten Kamera?", wollte Benelli wissen.

„Bisher nur wir drei."

„Signore Hubacher, dann wird es wohl das Beste sein, diese Information vorerst für uns zu behalten. Bevor ich es vergesse: Ich habe mit dem Arzt gesprochen. Im schlimmsten Fall wäre es ein Selbstmord. Er ist aber auch gleichzeitig meiner Meinung, so wenig wie möglich all denen Anlass zur Kritik oder zu unangenehmen Fragen zu geben, welche Einblick in die Untersuchungsunterlagen nehmen können. Sie verstehen?"

Benelli schaute zu Hubacher, um die Wirkung seiner Worte zu überprüfen.

„Wir haben gegenüber unserem Arbeitgeber und der Kirche die Aufgabe", sprach Benelli weiter, „dafür zu sorgen, dass es keine unangenehmen Spekulationen gibt und die Medien außen vor bleiben. Es ist ganz einfach ein Unfall, und Sie haben die defekte Holzplatte entdeckt, die für den Sturz verantwortlich war."

„Es waren die Strebe und der fehlende Bolzen", verbesserte Hubacher. „Kommen Sie, ich zeige es Ihnen."

Hubacher ging einige Schritte weiter auf dem Gerüst. Benelli folgte ihm zögernd.

„Keine Angst, der Steg ist gesichert", beruhigte er den Monsignore und deutete auf eine bestimmte Stelle. „Hier, an dieser Strebe, hat der sichernde Bolzen gefehlt. Deshalb ist die breite Holzplatte, wenn man darauf getreten ist, an einem Ende weggesackt und die betreffende Person, in diesem Fall Pater Bonifaz, nach unten gestürzt. Er rutschte schräg hinunter wie in einen Schacht, genau auf eine Strebe zu. Was für ein schlimmer Zufall."

Benelli enthielt sich eines Kommentars, betrachtete die Stelle und ging wieder zurück zur Kamera. Hubacher folgte ihm, tippelte in kleinen Schritten unterhalb der Kamera hin und her und schaute immer wieder nach oben. „Wie lange sollen wir das alles für uns behalten?", fragte er.

„Ich weiß nicht“, antwortete Benelli. „Bis sich andere Aspekte ergeben haben. Vielleicht nützt es was, die Arbeiter zu befragen.“

Hubacher stimmte dem zu. „Was ist mit meinem Chef, Hauptmann Vollenweider?“

„Auch zu ihm kein Wort. In solch prekären Situationen gilt es, den Kreis der Mitwisser möglichst klein zu halten. Undenkbar, wenn etwas nach außen dringt.“

Hubacher schaute skeptisch zu Benelli. „Dadurch, dass möglicherweise jemand die Kamera absichtlich und just im entscheidenden Augenblick verstellt hat, wird auch die Rolle des deutschen Priesters zu überdenken sein“, meinte der Sicherheitsbeamte und schaute nach unten, um das Aufblitzen in seinen Augen zu verbergen. „Oder was denken Sie?“

Benelli nickte. „Das sehe ich auch so.“

Zweimal im Jahr nahm Benelli diese für ihn beschwerliche Reise auf sich. Bis nach Bressanone in Norditalien konnte er sich mit einer zweimotorigen Maschine fliegen lassen. Von dort ging es dann über die Brenner Autobahn in Richtung Alpen bis zur Ausfahrt Sadobre-Casteltono. Über teilweise sehr enge Straßen führte ihn der Weg weiter und höher in die Berge zu einem kleinen Ort Namens Mareta, der zwischen Ridanna und Racines liegt. Und in Mareta suchte er in der Strada Mareta ein wuchtig wirkendes Haus auf, welches teilweise in den Berg hineingebaut war und dadurch seine wahre Größe versteckte.

Das Auto stoppte vor dem viergeschossigen Gebäude. Etliche Kinder, keines älter als sechs, spielten im Schnee, beaufsichtigt von Schwestern des Ordens der Ursulinen. Über ihren schwarzen Kleidern trugen sie einen weißen Umhang, der aussah, als sei er mit Puderzucker behandelt worden.

Benelli war in seiner dunklen Kleidung und der Jacke nicht auf den ersten Blick als Geistlicher zu erkennen. Er gab dem Fahrer des Fiat-Kombi zu verstehen, er solle in genau zwei Stunden wiederkommen und auf ihn warten.

Benelli wandte sich zum Eingang und wurde von einer Schwester begrüßt, deren Gesicht am Haaransatz von einer dunklen Haube mit weißer Einfassung eingerahmt war. Dazu trug sie ein knöchellanges dunkles Kleid. Ihre Wangen waren von der kalten Luft gerötet.

„Wie war die Fahrt, Monsignore?"

„Beschwerlich wie immer, Schwester Anna. Sie liegen ja wirklich abseits am Ende der Welt. Alle klagen sie über Schneemangel, aber hier bei ihnen", Benelli schaute die Berge hinauf, „hier bei ihnen gibt es genug. Die Straße war ja kaum passierbar. Hat es einen Schneerutsch gegeben?"

„Ja, vor wenigen Tagen." Schwester Anna lachte, auf ihren Wangen bildeten sich Grübchen. „Das hat man davon, wenn man in einem Schneeloch wohnt", meinte sie und ging voran. „Achten Sie bitte auf die Stufen", warnte sie Benelli. „Sie sind glatt. Über Nacht friert es immer wieder."

Benelli schaute eine Weile den am Hang spielenden Kindern zu, die sich, von zwei Schwestern beaufsichtigt, eine Schneeballschacht lieferten. Andere rodelten und wieder andere bauten auf der Terrasse einen Schneemann mit einer riesigen Gurke als Nase. Ein friedliches Bild.

Benelli betrat das Haus, säuberte die Schuhe und legte seine gefütterte Jacke ab. Schwester Anna geleitete ihn in ein Büro, in dem Oberschwester Luisa bereits auf ihn wartete.

„Bitte." Sie deutete auf einen Stuhl.

Benelli setzte sich und schaute sie freundlich an. „Warm haben Sie es hier", stellte er fest und rieb sich die Hände.

„Müssen wir auch, wegen der Kinder", entgegnete sie und suchte etwas in ihren Unterlagen.

„Am besten fangen wir gleich mit den Problemen an", meinte Benelli leichthin.

Luisa zuckte mit der Schulter. „Keine Probleme, keines der Kinder ernsthaft erkrankt, Geldsorgen gibt es auch nicht. Allerdings sind wir etwas überbelegt."

Benelli nickte, er kannte die Situation des Kinderheimes. Er dachte da an ein junges Mädchen aus der Nähe von Mailand, welches demnächst entbinden würde. Zwar war sie bereit, das Kind zur Adoption frei zu geben. Falls sich jedoch nicht die passenden Eltern finden würden, käme das Kind im Alter von knapp drei Jahren aller Voraussicht nach in diese Einrichtung.

„Aber erst in sechs Monaten gehen acht der Kinder auf eine Schule. Also haben wir doch ein Problem", meinte Oberschwester Luisa.

Sie überreichte ihm eine Liste mit den nötigsten Anschaffungen, die sie im letzten halben Jahr getätigt hatte und dazu den Kassenbericht. Dieser bestand lediglich aus einer Seite, auf der Soll und Haben aufgelistet waren. Darunter stand ihre Unterschrift und nicht die eines Steuerberaters oder Wirtschaftsprüfers.

„Darf ich Sie nach dem Essen zu einer Vorführung einladen? Die Kinder haben extra für den heutigen Tag etwas einstudiert."

Nachdem sie alle Punkte angesprochen und Benelli kurzfristig einen Anbau mit mehreren Zimmern in Aussicht gestellt hatte, ging er mit Luisa in den Speisesaal. Alle Kinder saßen bereits an den Tischen und warteten auf das Essen. Mit Messer und Gabel schlugen sie im Takt auf die Tischplatte. Ihnen dauerte es zu lange.

„Ganz schön laut, wenn sechsunddreißig Münder gefüttert werden wollen", meinte Luisa leichthin.

Benelli aß mit gutem Appetit, die frische Bergluft machte hungrig. Während des Essens ließ er sich einige Kinder vorstellen. Dabei schaute er in eine Mappe, die er so hielt, dass sie außer ihm niemand einsehen konnte.

Nannte die Oberschwester einen Namen, suchte Benelli diesen auf einer Liste. Neben jedem Namen war eine zehnstellige Zahl aufgeführt. Die ersten zwei Ziffern standen für eine Region in Italien, 01 für Rom, 02 für Mailand, 26 Meran, die folgenden acht bedeuteten das Geburtsdatum. Benelli konnte nun in Verbindung mit der zehnstelligen Nummer und einer zweiten, separaten Liste den Namen des Kindes einer ganz bestimmten Person zuordnen. Allerdings waren auf der zweiten Liste entsprechend der Anzahl der Kinder keine sechsunddreißig Namen aufgeführt, sondern lediglich dreiundzwanzig, was bedeutete, etliche Kinder hatten den gleichen Vater.

„Wie schmeckt es Ihnen?"

„Ausgezeichnet, Oberschwester Luisa", lobte Benelli. „Wirklich ausgezeichnet."

Sein Finger tippte auf einen Namen. „Diesen Christopher, können Sie ihn mir bitte noch einmal zeigen?"

Luisa deutete auf einen dunkelhaarigen Jungen, der etwa vier Jahre alt war und gleich am Nebentisch saß.

„Und wo ist Fausto?"

Sie zeigte einen anderen, etwas älteren Jungen, aber der interessierte Benelli nicht sonderlich. Er wollte lediglich ablenken. Ihn interessierte mehr ein Mädchen mit Namen Rita.

„Sie ist am Ende des Saales, gleich neben der Tür. Das Mädchen mit den langen dunklen Haaren."

„Rita ist aber schon älter, oder?"

„Ja, sie wird sechs und verlässt uns demnächst. Sie geht zur Schule. Ist etwas mit Christopher, Fausto und Rita?"

„Nein, nein", beeilte sich Benelli zu antworten. „Ich wollte nur einige der Kinder noch einmal sehen. Wie lange ist Fausto schon hier?"

„Es werden jetzt zwei Jahre sein oder etwas mehr."

„Ja, die armen Geschöpfe. So jung und keine Eltern. All diese Kinder können sich glücklich schätzen, dass es Sie und Ihre Mitschwestern gibt."

Oberschwester Luisa senkte den Kopf. „Das ist doch unsere Aufgabe, Monsignore. Und wir erfüllen sie so gut, wie es der Herr gestattet und uns dabei hilft."

„Ja, ja, natürlich."

Benelli schob den Teller zur Mitte des Tisches und legte sein Besteck zur Seite. Er schlug ein Bein über das andere, legte die geöffnete Mappe auf den Oberschenkel und schüttelte leicht den Kopf. Als suche er eine Bestätigung, wanderte sein Zeigefinger auf der zweiten Liste neben den zehnstelligen Zahlen von Christopher und Rita in die rechte Namensspalte.

„Kaum zu glauben", murmelte er vor sich hin, „dass diese beiden Kinder ein und denselben Bischof als Vater haben."

Benelli lehnte sich zurück und rieb sich die Augen. Insgesamt sechsunddreißig Kinder in diesem besonderen Heim, überlegte er, die zumindest einen Bischof oder Erzbischof, einige auch einen Kardinal, zum Vater haben. Mit sechs verlassen sie diese Einrichtung und kommen in ein Internat, die Jungen nach Pisa und die Mädchen in die Nähe von Turin. Viele von ihnen machen Abitur, studieren und ergreifen Berufe, die für die Kirche nützlich sind. Etliche von ihnen werden Geistliche. Und dann kann es schon mal geschehen, dass sich der Kreis auf ungewöhnliche Art und Weise schließt, wie bei dem Vater von Rita und Christopher. Vor fünfundvierzig Jahren, als man dieses Heim gegründet hat, war der besagte Bischof einer der Ersten, der hier als Kind aufgenommen wurde. Die Kirche, wahrlich eine große Familie.

An die Fahrt hatte Thomas keine große Erinnerung. In Mailand kam er am frühen Morgen an, zwei Stunden später fuhr ein Zug nach München. Und von dort ging es am späten Nachmittag weiter in Richtung Koblenz, wo er einige Stunden auf einer Bank nächtigte. Erst um vier in der Früh fand er Anschluss nach Trier. Als Thomas gegen 6 Uhr seine Wohnung betrat, war er müde und abgeschlagen. Er warf einen Blick in den Spiegel und sah ungewohnt tiefe Falten in seinem Gesicht. Angezogen ließ er sich auf sein Bett fallen, aber er konnte nicht schlafen. Zu viele Gedanken kreisten in seinem Kopf, zu viele Fragen stellten sich ihm, die auf eine Antwort warteten. Um acht duschte er, anschließend telefonierte er mit dem Sekretär des Bischofs. Für 10 Uhr gab dieser ihm einen Termin bei seinem Vorgesetzten.

In der bis dahin verbleibenden Zeit fertigte er von all seinen Unterlagen und CDs Kopien an. Erst dann sortierte er sie nach dem Gesichtspunkt Paulus und Bonifaz. Die von Bonifaz deponierte er hinter einer Blende unter einem Schrank in der Küche. Ein besseres Versteck entdeckte er nicht in der Kürze der Zeit. Aber allein schon der Umstand, dass er die CDs versteckte, zeigte ihm, für wie wichtig er sie erachtete.

Anschließend sah er sich die Fotografien an, die Bonifaz von den Dokumenten angefertigt hatte. Thomas vergrößerte einige und konnte alle Details deutlich erkennen und lesen. Sie waren so gestochen scharf, dass er zuversichtlich war, sie ohne große Aufarbeitung für die Denkschrift verwenden zu können.

Bischof Verhoeven schien an Thomas' Gesicht zu erkennen, dass ihn etwas bedrückte. „Was haben Sie für ein Problem?"

Thomas hatte während der Bahnfahrt genügend Zeit, sich auf die Unterredung vorzubereiten und eine Geschichte zusammenzubasteln. Alle Aspekte, die mit Bonifaz, dessen Angst und den Hintergründen dafür zusammenhingen, ließ er einfach weg. So beschränkte er sich auf seine Arbeit, die Hilfe von Bonifaz und dessen Unfall, der ihn so erschüttert habe. Deswegen sei er auch vorzeitig abgereist.

Bischof Verhoeven sah ihn lange an und bemühte sich, in Thomas' Gesicht zu lesen.

„Ja, das ist schon schlimm", meinte er nachdenklich. „Bonifaz war ein langjähriger Weggefährte von mir, wir haben zusammen studiert. Und wenn man so etwas erfährt, dann schmerzt das."

Er rieb sich die Augen. „Der Tod zeigt uns immer wieder unsere Vergänglichkeit. Und genau dies müsste doch den Menschen genügen, ihre Arroganz, die Hoffahrt und andere negative Eigenschaften abzulegen. Und den Sinn des Lebens auch im Glauben zu suchen. Aber was sage ich da. Ich kann die Menschheit auch nicht ändern", fügte Verhoeven resigniert hinzu.

Thomas enthielt sich einer Antwort und dachte für sich, wie gut es sei, dass er nichts von der Beichte berichten durfte. Aber er wusste auch, dass er in Kenntnis dieser Beichte eine schwere Verpflichtung übernommen hatte.

„Inzwischen hat man mich bereits aus Rom informiert", sagte der Bischof. „Ein Monsignore Benelli hat mir eine Mail geschrieben. Man hätte noch einige Fragen an Sie und er bittet, sich sofort mit ihm in Verbindung zu setzen."

„Monsignore Benelli?", fragte Thomas. „Den Namen habe ich noch nie gehört. Ich hatte mit einem Sicherheitsbeamten zu tun, der mich über Bonifaz befragt hat."

„Benelli leitet eine Abteilung in der 1. Kongregation", wurde Verhoeven deutlicher. „Sein direkter Vorgesetzter, Erzbischof Patabendi, hat das Ersuchen gleichfalls unterschrieben."

Thomas erschrak und hüstelte, um seine Überraschung zu verbergen. Bonifaz hatte kurz vor seinem Tod von der 1. Kongregation und einer besonderen Abteilung gesprochen. Meinte er die gleiche? War dieser Monsignore Benelli etwa … „Was gibt es denn noch zu klären?"

Verhoeven schaute auf das Schreiben und antwortete: „Ein gewisser Hubacher, seines Zeichens Sicherheitsbeamter." Er schaute zu Thomas. „Ist das der Beamte, den Sie meinen?"

„Ja, genau."

„Also dieser Hubacher", sprach der Bischof weiter, „hat noch einige Punkte mit Ihnen abzustimmen. Und zwar soll es sich da um eine Kamera handeln, die Aufnahmen gemacht hat. So genau werde ich auch nicht schlau."

Als das Wort Kamera fiel, zuckte Thomas zusammen. Auf dem Weg in Bonifaz' Arbeitszimmer hatte er nicht darauf geachtet, er war zu sehr damit beschäftigt gewesen, wieder rechtzeitig im Lesesaal zu sein. Außerdem hatte er vergessen, die Karte für den Zugang zum Arbeitszimmer des Paters einfach neben den PC zu legen.

„Wann fahren Sie wieder nach Rom?"

„In ein oder zwei Wochen", meinte Thomas leichthin. „Zuerst muss ich Bonifaz' Schwester aufsuchen. Ich habe einen Brief für sie."

„Sie fahren zu Mechthild?"

„Ja, kennen Sie sie?"

Verhoeven nickte. „Aber ja doch. Früher, zu unserer Studentenzeit, hat sie manchmal unsere Wäsche gemacht und für uns gekocht, wenn wir bei Eduard zu Hause waren. Ich werde ihr heute noch kondolieren. Bestellen Sie ihr bitte trotzdem einen schönen Gruß von mir."

Nachdem Verhoeven noch einige Minuten über Bonifaz und den Verlust durch dessen Tod gesprochen hatte, durfte Thomas gehen. Sein erster Weg führte ihn zur Sparkasse, wo er sich ein Bankschließfach mietete. Dort deponierte er einen Satz der von ihm angefertigten Kopien.

Wieder zurück in seiner Wohnung, wollte er sich einmal anschauen, was alles auf Bonifaz' CDs war. Er schaltete den Computer ein, auf zwei der CDs gab es nur unendlich lange Gruppen von Zahlenreihen und jeweils darüber ein Datum und eine Überschrift auf Italienisch.

Aus den Zahlenreihen ging hervor, dass sich die einzelnen Rubriken auf unterschiedliche Länder bezogen. Schnell hatte Thomas das System erkannt. Begann die Zahlenreihe mit eins, hatte sie was mit Italien zu tun. Bei der Ziffer zwei handelte es sich um Spanien, drei stand für Frankreich, vier bedeutete Österreich und die Schweiz, fünf Deutschland. England und Skandinavien hatte mit den Beneluxstaaten die sechs, alle osteuropäischen Staaten die sieben.

Die längsten Rubriken gab es für Italien und Spanien, dann folgte Deutschland. Und jedes Land für sich hatte wiederum eine weitere Unterteilung nach Jahreszahlen. Begonnen worden war mit der Aufstellung im Jahre 1965.

Was die Zahlen bedeuteten und in welcher Art sie zuzuordnen waren, das erschloss sich Thomas nicht.

Auf der zweiten CD sah er ähnliche Zahlenreihen, dieses Mal jedoch aufgeschlüsselt nach Erdteilen. Afrika und besonders Südamerika hatten sehr lange Rubriken, die nordamerikanische war wesentlich kürzer, Asien war kaum vertreten und Australien noch weniger. Auf beiden CDs gemeinsam befand sich neben jeder Zahlenreihe eine letzte Spalte, in der ein, zwei oder drei Sternchen vermerkt waren.

Auf die anderen CDs konnte Thomas nicht zugreifen, dafür war ein besonderer Code erforderlich. Mit der Kombination 4711 kam er nicht weiter, auch wenn er den Zahlen diverse Namen und Begriffe zuordnete.

Thomas schaltete den Computer aus und telefonierte zuerst mit seiner Mutter. Wo er denn gewesen sei, warum er so lange nichts habe von sich hören lassen und ob es ihm gut gehe. Thomas beschwichtigte sie und sagte, er werde sie in den kommenden Tagen besuchen.

Anschließend rief Thomas Bonifaz' Schwester an und drückte ihr sein Beileid aus. Sie sagte ihm, Eduard würde auf seinen Wunsch hin in seiner Heimatgemeinde Tegernheim beerdigt. Das sei in drei Tagen. Ein kirchlicher Vertreter aus Rom habe sich auch angesagt, um einige Dinge mit ihr zu besprechen.

Thomas erwähnte, er habe einen Brief von Bonifaz, den er ihr persönlich aushändigen solle. Daraufhin wurde Mechthild sehr unruhig und er verabredete sich gleich für den kommenden Tag mit ihr.

Als Thomas den Hörer auflegte, war er froh, sich durch Aktivität ablenken zu können.

Schon um sechs in der Früh startete er sein Auto und machte sich auf den mehr als sechshundert Kilometer langen Weg. Da er von Staus verschont blieb, war er bereits zur Mittagszeit in Tegernheim nahe Regensburg.

Bonifaz' Schwester war alleinstehend und wohnte am Ortsrand im Obergeschoss eines Zweifamilienhauses. Die untere Wohnung hatte sie vermietet.

Mechthild, Ende sechzig, die Haare zu einem Knoten zusammengebunden, trug schwarze Kleidung und trauerte um ihren Bruder. Als Thomas ihre geröteten Augen sah, ahnte er, wie es um sie stand.

Sie führte ihn ins Wohnzimmer und bot ihm einen Kaffee an. Während er trank, las sie den Brief, ohne jedoch eine Bemerkung zu machen, woraus er auf den Inhalt hätte schließen können.

„Wie gut kannten Sie meinen Bruder?"

Thomas erzählte, wie er Bonifaz das erste Mal in Rom begegnet war, erwähnte auch die vertraulichen Gespräche, ging aber nicht allzu sehr ins Detail. Allerdings sagte er ihr, dass ihr Bruder permanent Angst gehabt habe, ohne genau erklären zu können, wovor und vor wem. Er habe von den Konservativen im Vatikan gesprochen, die es allem Anschein nach auf ihn abgesehen hätten.

Mechthild stand auf und kam mit einigen Fotos zurück. Auf ihnen war Bonifaz als Junge und als Heranwachsender abgebildet. Auf einem anderen sah man ihn mit zwei weiteren jungen Männern, in einem glaubte Thomas, Bischof Verhoeven zu erkennen.

Mechthild bestätigte das auf seine Frage hin und sagte, der Dritte im Bunde sei Paul Kardinal von Weißenbach.

„Die drei jungen Männer haben in den Jahren danach ganz unterschiedliche Positionen innerhalb der Kirche eingenommen", bemerkte Thomas.

„Eduard war nie darauf aus, Karriere zu machen, wie man so sagt. Er wollte einfach und bodenständig als Geistlicher arbeiten, so wie es seinem Verständnis des Glaubens entsprach. Deshalb ist er auch in den Orden eingetreten. Obwohl er von allen auf der Universität und später im Priesterseminar der

Beste war", fügte sie voller Stolz hinzu. Thomas erfuhr, dass der Leichnam von Bonifaz heute im Laufe des späten Nachmittags überführt werden würde. In zwei Tagen sei die Beerdigung. Thomas sagte zu, er werde so lange bleiben.

Als sich Thomas nach zwei Stunden verabschieden wollte, fragte Mechthild, ob er noch etwas Zeit habe und führte ihn hoch ins Dachgeschoss. Nachdem sie gemeinsam einen Schrank weggeschoben hatten, wurde eine Tür sichtbar. Mechthild schloss sie auf, trat in den dahinter liegenden Raum und machte Licht.

„Das ist es, was Eduard mir unter anderem in seinem Brief mitgeteilt hat. Ihnen, Pfarrer Simmerling, soll ich sein Erbe übergeben. Hier, bitte schön, die Paulus-Papiere."

Sie trat zur Seite und Thomas starrte verwundert auf einen Tisch, zwei Stühle, daneben eine Lampe, eine alte Schreibmaschine und an der Wand ein Regal, wohl vier Meter lang und mehr als zwei Meter hoch. Gegenüber stand ein zweites von etwa der gleichen Größe. Beide hatten viele Fächer und waren vollgestopft mit Ablagekörben und Dateikästen, mehr oder weniger dicken Umschlägen und dünnen Ordnern. Auf der Stirnseite der Regalböden waren Nummern und Zahlen vermerkt.

„Die Paulus-Papiere?", fragte Thomas erstaunt und versuchte einen Zusammenhang zu erkennen zwischen diesem Raum und den vielen scheinbaren Versprechern von Eduard. Oder waren es am Ende keine Versprecher?

Mechthild nickte und lächelte flüchtig. „Sein ganz besonderes Lebenswerk. Er hat sich sehr viel Mühe gegeben. Ich lasse Sie mal eine halbe Stunde allein."

Thomas wusste nicht so recht, was er machen sollte. Er schlich an den Regalen entlang und warf hier und da einen Blick auf die abgelegten Dinge, ohne vorerst etwas damit anfangen zu können. Entschlossen griff er in ein Fach, nahm einen flachen Plastikkorb heraus und stellte ihn auf den Tisch. Dann machte er die Stehlampe an, setzte sich und betrachtete den Inhalt. Er entdeckte einige vergilbte Briefumschläge und kleine Plastiktütchen mit einem Luftbauch, woran Thomas erkannte, dass diese luftdicht verschlossen waren. In einer

Klarsichthülle befand sich ein handschriftlich beschriebenes Blatt Papier. Thomas nahm es und las zuoberst das Datum aus dem Jahre 1994. Darunter stand: Tagung im Vatikan mit dem Thema Glaubensfragen im Alltag. Und daneben der Name eines Bischofs, Maurice Ramiche aus Metz in Frankreich. Einige Zeilen tiefer war aufgelistet, was sich in den Briefumschlägen und in den versiegelten Plastiktütchen befand. Haare, abgeschnittene Fingernägel, kleine Papierstücke mit Blut getränkt und ein Pflaster, gleichfalls mit Blut versehen. Zum Schluss war von Bonifaz vermerkt worden, welche Umstände dazu geführt hatten, diese Dinge zu sammeln und an sich zu nehmen. Demnach hatte der Bischof im Vatikan heimlich Besuch von einer Dame, die ihm nachgereist war und von der Bonifaz vermutete, dass ihr damals vierjähriger Sohn Pierre von Ramiche stamme.

Thomas verstaute wieder alles und griff nach einer zweiten Ablage. Nun hatte er es mit einem Erzbischof von Bogotá zu tun, Ramirez Gotando, der 1989 und 1996 in Rom zu Besuch gewesen war. Zusätzlich zu den Utensilien, die er bei Bischof Ramiche entdeckt hatte, gab es hier in der Plastiktüte auch noch eine Zahnbürste. Daneben lag eine zweite, dicht versiegelte aus dem Jahre 1996 mit der Aufschrift: Vermutlich Reste von Sperma.

Thomas benötigte einige Sekunden, es verschlug ihm den Atem. Er stand auf, seine Augen huschten über die einzelnen Fächer, als seien sie auf der Suche nach einer Erklärung. Dabei benötigte er sie eigentlich schon nicht mehr. Zögernd wanderte er umher und nahm hier und da eine Probe. Im gegenüberliegenden Regal entdeckte er ein Register. Es begann im Jahre 1981, und in ihm waren alle hochrangigen Kirchenfürsten aufgeführt, die Rom besucht hatten und von Bonifaz betreut worden waren. Hinter den einzelnen Namen war das jeweilige Fach mit den Sammelstücken angegeben und daneben einige Kürzel, aus denen Thomas ersehen konnte, was Bonifaz und aus welchem Grund gesammelt hatte.

Auf den beiden letzten Seiten des Registers, dem Datum nach gerade einmal sechs Monate alt, war ein handschriftlicher Vermerk.

Mein lieber Freund.

Während ich das hier schreibe, weiß ich nicht, wer du bist und wer meinen Brief zu lesen bekommt. Allerdings musst du jemand sein, dem ich vertraut habe. Und während du alles in Augenschein nimmst, wird es wohl so sein, dass es mich nicht mehr gibt.

In fast dreißig Jahren habe ich alles, was du hier siehst, zusammengetragen. Fotos, eindeutige Fotos sind auch etliche dabei, allerdings war dies auf die Dauer zu gefährlich. Glaube mir, es war nicht immer leicht, an die entsprechenden Utensilien heranzukommen. Besonders die ganz intimen Spuren zu archivieren hat auch ein gewisses Maß an Überwindung gekostet. Aber immer wieder habe ich mir gesagt: Es lohnt sich. Weil die vielen hier bei mir verewigten Herrschaften, alles Größen der römisch katholischen Kirche, es mit ihrer Berufs- und Religionsauffassung nicht so genau genommen haben.

Du wirst dich wundern, mein Freund, dass ich bereits Mitte der achtziger Jahre Dinge zusammengetragen habe, mit deren Hilfe man die DNS feststellen und später gewisse Verbindungen nachweisen kann. Zufällig habe ich 1983 einen wissenschaftlichen Bericht von Alec Jeffreys gelesen, in dem dieser bereits die Möglichkeit andeutete, die er dann auch zwei Jahre später entwickelt hat.

Vierhundert verschiedene Personen sind im Laufe der Zeit durch mich registriert worden. Etliche von ihnen sind mittlerweile verstorben, aber die meisten leben noch. Nun macht allerdings meine Sammlung nur dann einen Sinn, wenn es auch dazu die entsprechenden Gegenstücke gibt. Und die Gegenstücke, das sind meiner Erfahrung nach weltweit mehr als einhunderttausend Kinder von Priestern, die im Vatikan in einem besonderen Archiv registriert sind. Natürlich ist die wirkliche Anzahl dieser Kinder wesentlich größer, aber von etwa einhunderttausend hat man in Rom exakte Kenntnis. Und jedes einzelne, manchmal auch einige, kann man einem Vertreter Gottes zuweisen. Allein ein Erzbischof aus Afrika hat mehr als zwanzig gezeugt, von denen man weiß. Sicherlich habe ich dir, mein Freund, auch Unterlagen gegeben, wo welche Priesterkinder geboren worden sind. Ich meine die Aufstellung der verschiedenen Zahlenreihen in den einzelnen europäischen Ländern. Jede Reihe steht für ein Kind, und du kannst leicht eruieren, wann und wo es auf die Welt gekommen ist. Nun hast du nur noch die kleine Aufgabe, herauszufinden, welches Kind, und ob überhaupt, seinen Vater hier in meinem Archiv finden kann. Meiner Einschätzung nach müsste es mindestens einhundert konkrete Verbindungen geben, eher mehr. Was jedoch bedeuten würde, von allen einen genetischen Code, eine DNS, anfertigen zu lassen – zu umständlich und zu teuer. Aber Pierre, inzwischen ein junger Mann aus Metz, könnte endlich erfahren, ob ein gewisser Bischof Maurice Ramiche auch tatsächlich sein Vater ist, wie er vermutet.

Es geht auch einfacher, aber leider habe ich noch nicht das entscheidende Bindeglied, das bei den Kindern auf den Vater im Kirchendienst hinweist. Diesen Nachweis findest du, wie gesagt, in Rom.

Sicherlich kannst du dir vorstellen, dass es im Vatikan viele gibt, die sehr gerne meine Unterlagen vernichten würden. Sorge bitte dafür, dass dies nicht geschieht. Und verfahre mit meinen „gesammelten Werken" so, wie du es für richtig erachtest.

Meine Paulus-Papiere sind Blitz und Donner, sind wie eine Bombe, die irgendwann, wenn das Puzzle zusammenpasst, hochgeht und lauter hallt als die Posaunen von Jericho.

Warum ich das alles getan habe? Muss ich das wirklich beantworten? Wäre es nicht die Pflicht eines jeden aufrichtigen Dieners Gottes, genau so zu verfahren wie ich? Auf die Sünde hinzuweisen und sie auszumerzen? Aber warum hat es noch keiner getan? Augen zu und dulden, nichts sehen und nichts unternehmen. Eine Maxime für die Kirche. Und die Schuldigen auch noch decken. Wir von der Kirche sind eine schweigende Masse, die fortwährend Ungerechtigkeit aufsaugt und hofft, sie dadurch ungeschehen zu machen.

Zugegeben, bei mir gibt es auch noch einen privaten Grund, der mich vor meiner Weihe zum Priester sehr stark geprägt und motiviert hat, so zu verfahren. Ich bin direkter Zeuge und Mitwisser geworden und habe trotzdem geschwiegen. Das hat mich sehr belastet. Es belastet mich immer noch, denn dadurch ist ein äußerst wertvolles Menschenleben verloren gegangen. Weil ich mich schuldig fühle, diesem besonderen, liebenswerten Menschen nicht in seiner Not beigestanden und genügend geholfen zu haben, deshalb meine selbstauferlegte Buße in Form der Paulus-Papiere.

Mit Gott habe ich längst meinen Frieden gemacht. Ich bin es ja nicht, der sich rächt. Er hat nichts dagegen, so wie ich ihn verstanden habe, wenn es durch dich geschieht.

Eduard Altmeyer

Einige Minuten saß Thomas regungslos auf dem Stuhl und starrte auf die Zeilen. Er bemühte sich, die Tragweite abzuschätzen, falls die verschiedenen Puzzleteile wirklich zusammengefügt werden könnten. Zumindest das Zölibatsgebot hätte dann wohl ausgedient. Und damit wäre den Erzkonservativen ein wichtiges Machtmittel aus den Händen genommen worden. Und was ist, fragte er sich, wenn von Bonifaz sogar Proben von einigen dieser Konservativen gesammelt worden sind und irgendwo ein Kind als Zeuge für deren Fehlverhalten existiert?

Thomas atmete tief durch. „Jetzt weiß ich, was du mit Erleuchtung gemeint hast“, murmelte er leise vor sich hin. „Du konntest als unbedeutender Priester nichts gegen die Bischöfe und Kardinäle ausrichten, sie nicht von ihrem unchristlichen Tun abhalten. Aber du hast alles gesammelt, was es zu sammeln gibt, um Hinweise und Indizien auf ihre Person zu erhalten. Und um den Nachweis einer DNS zu erbringen, falls dies erforderlich sein sollte. Bonifaz, du bist ein riesengroßes, sympathisches Schlitzohr. Jetzt verstehe ich einiges an deinem Verhalten und auch einen Teil deiner Beichte.“

Je mehr Thomas sich einen ersten Eindruck über den Umfang von Bonifaz’ Erleuchtung verschaffte, desto mehr ahnte er, was für ausgesprochen wichtiges Material dieser hier deponiert hatte. Und mit einem Mal wurde für Thomas vieles klar und deutlich. Eduard oder Bonifaz, der stets für die strikte Einhaltung des Zölibats eingetreten war, hatte einen unerschöpflichen Fundus zusammengetragen, mit dessen Hilfe man, falls erforderlich, einen Vaterschaftstest durchführen konnte.

„Du hast gesagt, durch deine Erleuchtung könnte im schlimmsten Fall die Kirche ihre Glaubwürdigkeit verlieren“, raunte Thomas leise, als hätte er Angst vor einem unbekannten Zuhörer. „Wenn man all die bekannten und hochkarätigen Namen sieht, darunter auch den eines früheren Papstes, dann könnte man meinen, du hast mit deiner Befürchtung recht. Allerdings fehlt noch ein wichtiges Teil: Wo im Vatikan ist das Bindeglied zwischen deiner Sammlung und den Kindern, die es irgendwo auf der Welt gibt?"

Als Thomas nach unten ging, schaute ihn Eduards Schwester an, als wüsste sie genau, was er entdeckt hatte und was in ihm vorging.

„Kommen Sie zur Beerdigung?"

„Ja."

„Wie ist Ihre Entscheidung?" Erwartungsvoll schaute sie ihn an.

„Sie meinen bezüglich der Paulus-Papiere? Ob ich mich darum kümmern werde?"

Mechthild nickte.

„Ich muss erst darüber nachdenken. Und mir während eines zweiten Besuches noch einen genaueren Überblick verschaffen. Im Augenblick bin ich sehr betroffen und schockiert."

„Das kann ich verstehen. Lesen Sie bitte auch noch das hier." Sie händigte nun ihrerseits Thomas einen Brief aus. „Eduard hat gesagt, erst aushändigen, wenn der Betreffende Einblick genommen hat in die Paulus-Papiere."

Benelli nahm sich jeden Morgen Zeit, um in einer der vielen Kapellen zu beten. Er brauchte die Ruhe und Besinnung, denn er hatte sich nun wirklich nicht wie normale Geistliche mit einfachen, alltäglichen Problemen zu beschäftigen. Von Fall zu Fall musste er schwierige Entscheidungen treffen, die er während des täglichen Gebetes ein letztes Mal überdachte. Außerdem wollte er nicht allein entscheiden. Durch die Zwiesprache mit dem Herrn machte er ihn zum Zeugen. Sicherlich, so zumindest hoffte Benelli, würde ihm der Herr ein Zeichen geben, wenn er etwas nicht gutheißen würde. Heute hatte er ihm kein Zeichen gegeben und damit alles abgesegnet.

Benelli war gerade einen Tag von seinem Ausflug in die Alpen zurück, als ein Mitarbeiter ohne anzuklopfen in sein Büro gestürmt kam und ihm einen Brief auf den Tisch legte.

„Das ist der zweite, wesentlich konkreter als der erste. Und wenn mich nicht alles täuscht, wird er heute noch anrufen."

„Fingerabdrücke?"

„Ja. Haben wir gesichert."

„Auch noch andere Spuren?"

„Nein."

Benelli nahm vorsichtig ein Blatt aus dem Umschlag. Ein anonymer Informant warnte vor den Vorfällen im Jungeninternat St. Antonius. Dort würden sich mindestens vier der Lehrkräfte, alle kirchliche Angestellte und Patres, an den heranwachsenden Kindern sexuell vergehen. Die Kinder seien zwischen 10 und 14 Jahre alt. Bei den Lehrkräften handele es sich um C. M., C. P., U. E. und F. C. Zum Schluss schrieb der Informant, er werde gegen Mittag bei der offiziellen Informationszentrale des Vatikans anrufen und seine Beschwerde auch dort telefonisch vortragen.

Benelli schaute seinen Mitarbeiter an. „Du hast Recht. Das ist ein deutlicher Hinweis. Er will in Kontakt mit uns treten."

„In der Informationszentrale weiß man Bescheid, das Gespräch wird sofort zu uns durchgestellt. Auf dem Internat gibt es Lehrkräfte, deren Namen mit den aufgeführten Initialen beginnen. Wie es aussieht, scheinen zumindest diese Informationen zu stimmen."

Benelli schaute auf seine Uhr, noch eine halbe Stunde bis Mittag. Bis zum Internat war es nur eine Stunde Fahrt mit dem Auto. Wenn es sich einrichten ließe, dann wollte er den Informanten noch heute treffen. Solch eine massive Beschuldigung durfte nicht ignoriert oder aufgeschoben werden.

Benelli war wieder allein und sah die Namensaufstellung der Internatszöglinge durch. Als er deren Namen las und mit Hilfe seiner Liste ihre Herkunft feststellte, war ihm bewusst, er hatte schnell zu handeln. Und er musste unter allen Umständen ausgesprochen diskret sein.

Benelli brauchte nicht lange zu warten, wenige Minuten nach zwölf wurde der erwartete Anruf zu ihm weitergeleitet.

„Monsignore Benelli", stellte er sich vor.

„Bin ich richtig verbunden mit der Stelle, die sich um gewisse schlimme Vorwürfe …" Der Anrufer beendete den Satz nicht.

„Sind Sie. Ich bin der Leiter einer diesbezüglichen Abteilung.“ Benelli bemühte sich um einen vertrauenswürdigen Tonfall in seiner Stimme.

„Aus verständlichen Gründen kann ich meinen Namen noch nicht nennen. Haben Sie meine Post erhalten, Monsignore?“

„Ja, heute kam der zweite Brief.“

„Es war der dritte“, wurde er verbessert.

„Sie erheben schlimme Beschuldigungen.“

„Monsignore, die Wirklichkeit ist viel schlimmer“, antwortete sein unbekannter Gesprächspartner. Benelli spürte die Ernsthaftigkeit und hatte keinen Zweifel mehr, dass der Anrufer die Wahrheit sagte.

„Wie kann ich all dem nachgehen, wenn ich keine konkreten Anhaltspunkte habe, außer den Anfangsbuchstaben von vier Lehrkräften?“

Am anderen Ende entstand eine kurze Pause. „Ich bin mir bewusst, dass ich mich Ihnen zu erkennen geben muss“, meinte der Mann.

„Und wie können wir das arrangieren? Mir wäre noch an einem heutigen Treffen gelegen.“

Wieder entstand eine kurze Pause. „Wann könnten Sie denn?“

„In einer Stunde im Internat St. Antonius, das wäre möglich.“

„Nein, könnten Sie auch sofort?“

„Ja. Sind Sie etwa in Rom?“ Benelli fühlte seine Anspannung wachsen.

„Ich stehe neben einem Souvenirgeschäft vor dem Petersplatz“, wurde ihm geantwortet. „Und wenige Meter weiter ist das Café Tremolo.“

Benelli kannte die Örtlichkeit. „Ein Café ist nicht gut. Man könnte uns beobachten, und das wäre bestimmt nicht in Ihrem Sinne. Gehen Sie hundert Meter weiter, in wenigen Minuten wird ein Auto neben ihnen halten. Woran erkenne ich Sie?“

„Ich trage einen breitkrempigen Hut, dunklen Mantel und eine hellbraune große Aktentasche aus Naturleder. Ist auch sicher, dass ich anonym bleiben werde? Nie und nirgends mit Namen genannt werde?“ Benelli hörte die Besorgnis in der Stimme des Anrufers.

„Das ist absolut sicher."

Normalerweise war es so angeordnet, dass Benelli zu allen Treffen mit Priestern oder Vertretern der Kirche seine beiden geistlichen Kollegen mitzunehmen hatte. Allein aus dem Grund, um zwei Zeugen zu haben, wenn es gegen die eigenen Kollegen ging.

Heute jedoch blieb ihm keine Zeit, die beiden anderen, die nicht im Hause weilten, zu informieren. Er rief seinen Fahrer und einige Minuten später stieg er in den wartenden Alfa Romeo. Langsam rollte das Auto an dem Souvenirgeschäft und dem Café vorbei. Schon fünfzig Meter vorher bemerkte Benelli die auffallend hellbraune Aktentasche. Das Auto stoppte neben einem jungen Mann, der einen dunklen Mantel und einen Hut trug.

„Ich bin Monsignore Benelli, bitte steigen Sie ein."

Der Mann schaute in die Runde, bevor er sich neben Benelli auf die rückwärtige Bank setzte und seinen Hut abnahm.

„Mit wem habe ich das Vergnügen?"

„Mein Name ist Pedro Calchese. Ich bin Lehrer am Internat St. Antonius."

„Sie sind Priester, aber kein Pater, nehme ich an."

„Ja. Ich wohne auch extern."

Benelli gab dem Fahrer ein Zeichen, loszufahren. Dann betätigte er diskret einen Schalter, damit das Gespräch aufgezeichnet werden konnte.

„Es kostet Überwindung, gegen die eigenen Kollegen auszusagen", meinte Benelli.

„Eigentlich nicht", sagte Calchese hart. „Bei solchen Schweinereien kostet das keine Überwindung, es ist meine Pflicht."

„Bevor wir weiterreden: Sind Sie in irgendeiner Art und Weise auch in diese Vorfälle verwickelt?"

Calchese sah Benelli groß an und antwortete nicht.

„Ich meine, haben Sie zugesehen, mehrmals zugesehen als Zeuge, sind Sie dazu eingeladen worden, haben Sie mitgemacht?"

„Wo denken Sie hin", entrüstete sich der Priester.

„Das ist gut. Wie lange wissen Sie schon von den Vorfällen?"

„Seit drei Wochen. Ich habe sofort einen Brief geschrieben und damit gerechnet, dass man in Rom früher reagiert." Deutlich war aus Calcheses Stimme der Vorwurf herauszuhören.

„Bitte erzählen Sie, worum es genau geht und wie Sie alles in Erfahrung gebracht haben."

Calchese erklärte, dass er ab und zu außerhalb die Messe lese. Vor drei Wochen sei er von einem Jungen angesprochen worden, einem Schüler des Internats, der unbedingt beichten wollte. Er sagte dem Jungen, er müsse zum Gemeindepfarrer gehen. Oder im Internat beichten. Daraufhin antwortete der, dann würde es nie mit der Sünde aufhören. Weil er gemerkt habe, dass es dem Jungen sehr schlecht ging, habe er sich angeboten, mit ihm zu sprechen.

„Ich musste mein heiliges Ehrenwort geben, nie und nimmer seinen Namen zu nennen oder von ihm zu erzählen. Was ich aber anschließend gehört habe, war die wohl schrecklichste Geschichte meines Lebens. Der Junge sprach davon, dass er und viele seiner Mitschüler bereits seit Jahren von einigen Lehrern und Padres sexuell missbraucht würden. Sie hätten seltsame Spiele mitzumachen und würden zu ekelhaften Handlungen gezwungen. Und all diese Dinge würden auch noch von ihren Peinigern fotografiert und gefilmt."

Benelli versuchte im Gesicht seines Begleiters zu erkennen, inwiefern er ihm vertrauen durfte. Er schaute Calchese an und es war Benelli, der als Erster den Blick senkte. Calcheses Augen brannten vor Wut.

„Gibt es Beweise für das, was Sie behaupten?"

„Und ob. Ich habe zu dem Jungen gesagt, er solle mir welche verschaffen, denn ohne könne ich nicht tätig werden. Daraufhin hat er in die Tasche gegriffen und mir einige Fotos übergeben. Er habe sie an sich genommen, sie hätten während der seltsamen Spielchen auf einem Tisch gelegen. Hier, bitte schauen Sie."

Benelli warf einen Blick auf die Fotos, die Calcheses Aussage voll und ganz bestätigten.

„Ich habe den Jungen gebeten, mir die Namen der Peiniger aufzuschreiben. Deutlich habe ich ihm gesagt, er dürfe keinen Falschen beschuldigen, das sei eine Sünde. Hier ist die Liste derjenigen, die sich an dem Jungen vergangen haben."

Calchese übergab ein Blatt, auf dem zehn Namen vermerkt waren.

„In Ihrem Brief ist nur die Rede von Vieren."

Calchese nickte. „Wären Sie auch gekommen, wenn es, so wie in Wirklichkeit, mehr als zehn sind?"

„Ja. So etwas wird nicht vertuscht oder nicht beachtet."

„Weiterhin habe ich den Jungen gebeten, mir auch eine Liste all der Kinder aufzuschreiben, die belästigt worden sind. Er hat sich geweigert. Aber auf den Fotos sind eindeutig sieben oder acht verschiedene Kinder zu erkennen."

Benelli bestätigte, dass er dies auch gesehen habe.

„Meiner Meinung nach sind es aber mindestens zwanzig oder noch mehr."

„Und weiter? Gibt es noch etwas, was Sie mir sagen wollen?"

„Ja, Monsignore. Ich habe von dem Jungen erfahren, wann und wo sich diese Verbrecher an den Kindern vergehen. Und zwar im Internat in einem Nebenraum der Turnhalle. Mir ist es gelungen, einige Fotos zu machen. Aber leider sind nicht alle Bilder deutlich geworden. Ich musste mich übergeben." Calchese gab Benelli einen Umschlag. Der öffnete ihn und hielt mehr als dreißig Fotos in der Hand. Ohne ein Wort zu sagen, schaute er sie sich an. Aber in Benellis Gesicht arbeitete es, an seinem Kinn zuckte ein Muskel, seine Lippen wurden schmal wie Striche.

„Wann haben Sie die Fotos gemacht?" Benellis Stimme klang hart.

„Vergangene Woche. Genauer gesagt vor vier Tagen."

„Auf den Fotos sind etwa sieben oder acht der Peiniger zu erkennen. Der Junge spricht jedoch von zehn. Wissen Sie, wer die anderen sind?"

„Nein."

„Und der Junge hat gesagt, es wären immer Fotos gemacht und es sei gefilmt worden?"

Calchese nickte. „Er meint, Fotos und Filme hätte man verkauft oder sogar ins Internet gestellt."

Benelli gab dem Fahrer zu verstehen, er möge bitte auf einem Parkplatz halten.

„Das ist eine sehr schlimme Geschichte. Und ich glaube Ihnen jedes Wort. Wahrscheinlich haben Sie noch untertrieben. Wie kann ich Sie kontaktieren?"

„Mir wäre es lieber, wenn ich Sie anrufen könnte, Monsignore."

Benelli nickte verstehend und schrieb seine Durchwahl auf.

„Wenn ich nicht am Apparat sein sollte, wird Ihnen ein Mitarbeiter sagen, wann Sie mich erreichen können. Gibt es noch etwas?"

Calchese wollte nicht so recht mit der Sprache herausrücken.

„Der Junge ist für mich absolut glaubhaft", begann er. „Allerdings scheint es mir so zu sein, dass sich bei ihm die Wirklichkeit mit der Fantasie vermischt hat. Er leidet meiner Auffassung nach unter Realitätsverlust."

„Inwiefern?"

„Er hat davon gesprochen, dass sich zwei Kinder das Leben genommen hätten."

„Was ist daran realitätsfern?"

„Er sagt, sie seien aus einem Raumschiff gesprungen."

Benelli saß in seinem Büro. Über eine Stunde hatte er mit seinem Mitarbeiter Gary beraten, wie sie am besten vorgehen sollten. Würden sie die Täter ansprechen, die auf den Fotos zu erkennen waren, könnten die übrigen davon erfahren und sich absetzen. Oder die Betroffenen versuchten, die anderen zu schützen. Aber das eigentliche Problem war, die traumatisierten Kinder und Jugendlichen nicht zu sehr einzubeziehen und als Zeugen zu benutzen. Und sie mussten unbedingt getrennt werden, damit sie ihre Vergangenheit besser verarbeiten konnten, wie Benelli meinte. Psychologische Betreuung jedoch würde bedeuten, dass unbeteiligte Dritte von den schlimmen Vorfällen erführen. Das müsse unter allen Umständen vermieden werden. Deshalb schloss Benelli die Betreuung aus, sagte jedoch zu seinem Mitarbeiter nichts von seinen Überlegungen. Aber bei allem, was sie zu tun beabsichtigten, müsse es schnell gehen. Und was noch wichtiger sei, nicht ein einziges Wort dürfe nach draußen dringen, niemand von der Presse dürfe etwas erfahren.

Wieder allein, nahm Benelli aus einem Handy die SIM-Karte heraus und steckte eine andere hinein. Dann verschickte er mit Hilfe seines PCs eine lange Nachricht, an die er einige der Fotos hängte, die ihm Calchese gegeben hatte. Anschließend tauschte er die Karten wieder.

Thomas nahm sich in einem Hotel in Tegernheim ein Zimmer, zog sich aus und duschte ausgiebig. Er tat es in der Art, als könne er dadurch alles, was er in den vergangenen Tagen erlebt und gesehen hatte, abspülen. Aber leider gelang es dem Wasser nicht, auch seinen Kopf von den schlimmen Gedanken zu reinigen, die sich dort eingenistet hatten.

Während er sich abtrocknete, war sich Thomas bewusst, dass er mittlerweile eine ganz andere Welt betreten hatte. Nie wäre es ihm in den Sinn gekommen, innerhalb der katholischen Kirche solch schreckliche Vorkommnisse zu vermuten. Zwar behauptete er von sich, auf seinen Glauben und die Religion bezogen Realist zu sein. Allerdings konnte er das auch nur in dem Umfang, wie er von gewissen Dingen und Ereignissen Kenntnis erlangte.

Dass sich im Mittelalter schreckliche Dinge in der Kirche abgespielt hatten, war ihm bekannt. Aber das alles wähnte er in tiefer Vergangenheit. Nie und nimmer wäre es ihm in den Sinn gekommen, dass sich die Vergangenheit wie ein dichtes Wurzelwerk bis in die Gegenwart gerettet haben könnte.

Thomas setzte sich und las erneut den Brief, den Mechthild ihm ausgehändigt hatte.

Mein lieber Freund.

Sicherlich ist es zu viel verlangt, dich um das Antreten meines Erbes zu bitten. Aber wenn du es nicht tust, wer dann sonst? Du hast Einblick genommen, weil ich dir vertraut habe. Ich kann mir vorstellen, dass du noch etwas Zeit benötigst, dich in all die Dinge hineinzulesen. Und ich kann mir vorstellen, dass deine Welt, deine Glaubenswelt, ins Wanken geraten ist. Aber vergiss eines bitte nicht: Die Kirche ist nicht so. Es sind Einzelfälle, viele Einzelfälle, aber es ist nicht die Kirche. Leider geht die Öffentlichkeit gerne hin und verallgemeinert, weil sie von der Presse beeinflusst wird. Das bedeutet nicht, man soll alles für sich behalten, sondern man muss sehr sorgfältig damit umgehen.

Bevor du dich entscheidest, habe ich noch eine Bitte. Fahre nach Italien in das Kloster San Gimignano nahe bei Siena und frage nach Bruder Agritius. Nenne ihm meinen Namen, erzähle ihm von uns und sage, dass du meine Paulus-Papiere gesehen hast. Beweise es ihm dadurch, dass du einige Fakten weitergibst. Er wird dir helfen.

Nachdenklich legte sich Thomas auf das Bett und verschränkte die Hände hinter dem Kopf. In was wurde er hier hineingezogen? Hatte er nicht schon Probleme genug? Auch privater Art? Nun sollte er wieder zurück nach Italien. Aber wollte er das nicht sowieso? Dieser Hubacher war im Besitz einer CD von Bonifaz, die er unbedingt benötigte. Außerdem musste er, um seine Paulus Recherche zu beenden, noch einige wichtige Originaltexte durcharbeiten.

Weiterhin fragte sich Thomas, wie nun Bruder Agritius in das Bild hineinpasste. Wenn sich Bonifaz auf ihn bezog, dann schien der Mönch doch involviert zu sein. Welche Verbindung, so fragte er sich, gab es zwischen beiden? Hatten sie ihre Informationen ausgetauscht?

Thomas kam mit seinen Überlegungen nicht weiter. Er stand auf und ging in ein Restaurant zum Essen. Schon früh legte er sich zum Schlafen hin, aber die Nacht wurde unruhig und war gespickt mit seltsamen Träumen. Priester und Bischöfe und Kardinäle versammelten sich um ihn und redeten alle auf ihn ein. Und weil er nicht antwortete, begannen sie, ihn zu beschimpfen und zu beleidigen. Er wandte sich ab und ging aus dem Raum. Als er in einen Spiegel schaute, sah er sich in der Robe eines Kardinals. Schweißgebadet wachte er auf.

Am kommenden Morgen inspizierte er erneut das Privatarchiv von Bonifaz. Hatte er sich einen Tag zuvor nur einen kurzen Überblick verschafft, so stieg er nun tiefer ein und überprüfte, was er bei bekannten Persönlichkeiten der Kirche entdeckte. Der Aufstellung nach, die Bonifaz angefertigt hatte, gab es Unterlagen von mehr als achtzig Kardinälen, von denen mittlerweile jedoch etliche verstorben waren. Aber mindestens fünfzig von ihnen lebten noch. Und unter ihnen waren auch drei aus Deutschland, die meisten jedoch stammten aus Italien und der Dritten Welt.

Sammelte Bonifaz über all die Jahre in seiner Eigenschaft als Betreuer dieser Kardinäle und Bischöfe von jedem oder nur von denjenigen, die sich aus seiner Sicht verwerflich benommen hatten, fragte sich Thomas. Letzteres konnte er sich nicht vorstellen, denn das würde ja bedeuten, dass die Hälfte der kirchlichen Würdenträger durch das moralische und religiöse Raster von Bonifaz gefallen wären. Wenn er aber ohne Einschränkung diese Dinge gesammelt hatte, kombinierte er weiter, dann doch in der Absicht, dass jemand später, falls erforderlich, eventuell auf seine Paulus-Papiere zurückgreifen konnte.

In diesem Augenblick fielen ihm die drei CDs ein, die er nicht hatte öffnen können. Nun war er sich ziemlich sicher, dass auf ihnen diejenigen Geistlichen aufgelistet waren, denen Bonifaz besonders ihr gegen das Zölibatsversprechen gerichtetes Fehlverhalten vorwarf.

Thomas war sich bewusst, dass auf diesem Dachboden in der Nähe von Regensburg in Verbindung mit den anderen Puzzleteilen genügend Sprengstoff lagerte, um der Kirche und dem Vatikan ein Waterloo zu bereiten. In diesem Zusammenhang sinnierte er, wie sicher überhaupt dieser Dachboden war. Durch ein Feuer könnte alles sehr schnell zerstört werden.

Er sprach Mechthild auf diesen Umstand an. Sie teilte seine Befürchtungen und versicherte sogleich, außer ihrem Bruder, ihm und ihr selbst wisse niemand davon. Aber Eduard habe auch die Gefahr erkannt. Einmal habe er ihr gesagt, er habe Vorkehrungen getroffen. Allerdings wisse sie nicht, wie er das gemeint habe. Ihr Bruder habe ihr vielleicht doch nicht immer alles gesagt.

Zu jeder Zeit könne er auf das Archiv zurückgreifen, es sei jetzt seines. Thomas ließ vorerst alles an seinem Ort und fertigte sich lediglich eine Kopie des Registers an. Wieder zu Hause, so sagte er sich, müsse er das Register umschreiben, damit man nicht die Handschrift von Bonifaz erkennen könne.

Die Kirche in Tegernheim war brechend voll. Thomas stand vorne gleich hinter den Familienangehörigen. Bonifaz hatte verfügt, dass die Messe von einem ortsansässigen Priester gehalten werde. Bischof Verhoeven, der auch gekommen war, assistierte mit anderen Kollegen und predigte bewegend. Im Altarraum hatten sich weitere vierzig Kollegen von Bonifaz im Halbkreis aufgestellt.

Den Vertreter Roms hatte Thomas auch schnell ausgemacht. Der mittelgroße, untersetze Mann in dunkler Kleidung war ihm im Vatikan seines Wissens noch nicht begegnet. Allerdings kam es Thomas so vor, als schaue er häufig in seine Richtung.

Nach der Beisetzung auf dem Friedhof gingen viele der Trauernden in einen nahe gelegenen Gasthof. Bischof Verhoeven verabschiedete sich von Bonifaz' Schwester, er müsse dringend zurück nach Trier.

Thomas konnte beobachten, dass Mechthild intensiv mit dem Vertreter aus Rom sprach. Und ihrer Gestik nach zu urteilen, schien sie immer wieder etwas abwehren zu wollen.

Als gegen 18 Uhr alle gegangen waren, ging er mit Mechthild zurück in ihre Wohnung.

„Der Geistliche aus Rom war sehr aufdringlich", meinte sie, während sie den Mantel auszog und sich zum Wohnzimmer wandte.

Thomas setzte sich ihr gegenüber. „Darf ich wissen, was er von Ihnen wollte?"

„Einen Blick in Eduards Arbeitszimmer werfen und sich einmal seine Unterlagen anschauen. Aber ich habe ihm gesagt, er habe kein Arbeitszimmer bei mir und es gäbe auch keine Unterlagen."

„Hat er das geglaubt?"

Sie schüttelte den Kopf. „Er behauptete, Eduard hätte ihm mündlich die Erlaubnis gegeben, weil sich noch einiges aus Rom in seinem Zimmer befinden solle."

Thomas ging zur Toilette. Als er zurückkam, sah er, dass Mechthild weinte. Er versuchte, sie zu trösten. Als sei es ihr ein Bedürfnis, erzählte sie von ihrem Bruder. Thomas hörte geduldig zu.

Gegen zwanzig Uhr wollte er sich verabschieden.

„Haben Sie eigentlich schon Eduards altes Auto gesehen?“, fragte sie und führte ihn in die Garage, wo ein knallroter älterer Opel Corsa stand.

„Früher ist er oft herumgefahren. Wenn er mich hier besucht hat, war er eigentlich immer auf Achse.“

Sie schloss den Wagen auf und bedeutete Thomas, einzusteigen. Er zwängte sich auf den Fahrersitz, der für eine wesentlich kleinere Person eingestellt war. Nachdem er die richtige Sitzposition eingenommen hatte, schaute er sich im Innenraum um. Mechthild stand derweil daneben und beobachtete ihn.

„Fast zweihunderttausend Kilometer“, stellte Thomas fest. „Dafür scheint er noch in einem guten Zustand zu sein.“

„Eduard hat das Auto vor fünfzehn Jahren gekauft.“

Während Thomas sich erneut den Innenraum betrachtete, kamen ihm zwei Dinge fremd vor. Zum einen war in dem alten Auto ein CD-Player eingebaut und zum anderen ein neuwertiges Navigationsgerät.

„Wann hat Bonifaz das gekauft?“ Thomas deutete darauf.

„Weiß ich nicht so genau. Vor drei oder vier Jahren vielleicht. Er hat sich immer so oft verfahren.“

Thomas schaltete die Zündung ein, am Armaturenbrett leuchteten diverse Lämpchen auf.

„Scheint ja noch alles zu funktionieren“, meinte er überrascht.

„Ich habe die Batterie immer regelmäßig aufladen lassen.“

Thomas startete, und nach wenigen Sekunden sprang der Motor an und lief ruhig. Er spielte am CD-Player und anschließend an der Navigation, die mit einem Saugnapf an der Windschutzscheibe befestigt war. Thomas drückte einige Tasten, die von Bonifaz eingegebenen Ziele waren zu sehen. Bis auf wenige in Österreich und Deutschland lagen alle anderen in Italien. Etliche in Rom, mehrere nahe Mailand, Pisa, Florenz. Als er auch den Namen San Gimignano las, durchzuckte es ihn. Sofort wurde ihm bewusst, dass Bonifaz im Rahmen seiner Recherche verschiedene wichtige Ziele angesteuert haben musste. Ziele, die in irgendeiner Art mit all den Vorfällen zu tun hatten.

Thomas stellte den Motor ab.

„Darf ich mir das Navigationsgerät ausleihen“, fragte er Bonifaz’ Schwester.

„Ich habe schon darauf gewartet, dass Sie das fragen würden“, antwortete sie und schien erleichtert zu sein.

Auf dem Rückweg bemerkte Thomas ständig einen Ford, der in unterschiedlich großem Abstand hinter ihm herfuhr. Während einer Rast konnte er im Heckfenster das Zeichen einer Autovermietung erkennen.

Als er wenige Kilometer später im Taunus die Autobahn verließ, war das Auto verschwunden. Er fuhr weiter in Richtung Limburg und besuchte seine Mutter. Sie verwöhnte ihn wie gewohnt mit einem guten Abendessen und wollte natürlich wissen, was sich alles in der vergangenen Zeit ereignet habe. Er sei telefonisch kaum zu erreichen gewesen, beschwerte sie sich. Thomas war nicht nach langen Erklärungen und er wechselte das Thema. Aus Versehen erwähnte er, dass er kürzlich in Rom gewesen sei, und schon kamen sie auf seinen Vater zu sprechen. Seit mehr als zwanzig Jahren war seine Mutter bereits Witwe, aber sie trauerte immer noch und begann von ihrer damaligen gemeinsamen Reise in die Heilige Stadt zu erzählen. Seinerzeit habe sein Vater so viel Hoffnung gehabt und es sei ihm anschließend auch wesentlich besser gegangen. Bis er einen schweren Rückschlag erlitten habe. In den Augen seiner Mutter standen Tränen. Er betete mit ihr gemeinsam und zog sich wenig später auf sein Zimmer zurück, das er schon als Junge bewohnt hatte.

Dort wanderte er umher und betrachtete sich Erinnerungsstücke aus seiner Kinder- und Jugendzeit. In einem Album begann er von hinten nach vorn zu blättern und vertiefte sich in Fotos, auf denen er mit Klassenkameraden des Gymnasiums abgebildet war. Wieder andere zeigten ihn in der Grundschule und im Kindergarten. Und auf den ältesten war er als Baby zu sehen. Seine Mutter war bereits vierzig, als er zur Welt kam. Sie und sein Vater hatten viele Anstrengungen unternommen, um ein Kind zu bekommen. Nach eingehender medizinischer Beratung und mit Hilfe diverser Medikamente war es ihnen dann endlich gelungen.

Ein anderes Album, seine erste Freundin, eine dunkelhaarige Schönheit von fünfzehn, der erste Kuss. Ihm kam es vor, als sei es gestern gewesen. Thomas suchte weiter, bis er Verena entdeckte. Mit ihr hatte er zum ersten Mal geschlafen. Verena war weggezogen, ihre Freundschaft dadurch beendet worden. Er glaubte noch, den Duft ihrer Haut zu riechen und die Erregung zu spüren, die ihn damals überrannt hatte.

Während Thomas es sich in einem Sessel bequem machte, kam es ihm vor, als sei er auf der Flucht. Die Erinnerungen benutzte er dazu, sich von der Wirklichkeit abzulenken. Denn die Wirklichkeit machte ihm Angst. Zum ersten Mal konnte er Bonifaz verstehen. Und als er den Blick in seinem Jugendzimmer umherschweifen ließ, wusste er auch, wo genau er einen weiteren kopierten Satz von Bonifaz' CDs hinterlegen wollte. Einfach in die verschiedenen Fotoalben eingeklebt.

Als Thomas sich am kommenden Morgen nach dem Frühstück von seiner Mutter verabschiedete, war sie etwas enttäuscht, weil er nicht so intensiv wie sonst mit ihr gesprochen hatte. Er entschuldigte sich damit, dass er an einer Arbeit über Paulus sei, die ihn gedanklich sehr beschäftige.

Das Gespräch mit Benelli auf dem Flughafen hatte Ward von der Bostoner Polizei einfach aufgezeichnet, ohne den Monsignore um Erlaubnis zu fragen. Aber auch nach mehrmaligem Abhören konnte er keine Anhaltspunkte entdecken, die ihm weiterhalfen. Was Benelli über seine zu engen Schuhe gesagt hatte, klang glaubhaft. Ward besprach dies mit seinen Kollegen, die der gleichen Auffassung waren wie er. Allerdings passte ein Umstand nicht in diese Version: Ward hatte sich auch ältere Aufzeichnungen der Kamera angesehen. Dabei war ihm aufgefallen, dass diese aus einem anderen Blickwinkel aufgenommen worden waren. Daraufhin war er erneut zum Haus des verstorbenen Kardinal Willard gefahren und hatte sich die Kamera genau betrachtet. Er glaubte, Fingerspuren zu erkennen und gab einem Kollegen den Auftrag, dem nachzugehen. Dieser nahm die Abdrücke und verglich sie mit all denen, die in Amerika in diversen Datenbanken gespeichert wurden. Es gab absolut keine Übereinstimmung.

Ward schloss sich daraufhin der Meinung seines Kollegen an, es könne sich auch um die Abdrücke eines Handwerkers handeln, der für die Wartung der Kamera zuständig sei. Zumindest hatte ihm Sekretär Nepito auf seine Frage dementsprechend geantwortet.

Und noch etwas war Ward aufgefallen. Zu keiner Zeit waren die Kameraaufzeichnungen, die drei Monate zurückreichten, vor sieben Uhr am Morgen ausgeschaltet worden. Meistens liefen sie sogar rund um die Uhr. Aber ausgerechnet in der Todesnacht des Kardinals soll der Verstorbene daran gespielt und sie ausgeschaltet oder den Joystick, mit dem man einzelne Kameras per Hand steuern konnte, mit einem Telefon verwechselt haben? Um möglicherweise Hilfe zu rufen?

Ward, der eine innere Unruhe spürte, konnte sich nicht erklären, wieso er seit dem Tod des Kardinals für bestimmte Nachrichten sensibilisiert zu sein schien und sich für gewisse Polizeiberichte interessierte. So hatte er gelesen, dass im fernen Ägypten ein Bischof beim Tauchen ertrunken war. Ganz eindeutig ein Badeunfall, wie man schrieb. Aber Ward blieb aus unerklärlichen Gründen skeptisch.

Bereits wenige Wochen vor Kardinal Willard war in New York in der Silvesternacht ein gewisser Ted Stevens verstorben. An Herzversagen, wie es im offiziellen Autopsiebericht hieß, den Ward sich hatte zusenden lassen. Darauf angesprochen, wäre es ihm schwer gefallen, eine plausible Antwort für sein Unterfangen zu geben.

Natürlich konnte Herzversagen bei einem Mann von sechzig vorkommen. Auch schon mit vierzig. Was Ward jedoch irritierte, war der Umstand, dass dieser Stevens Sprecher einer Gemeinschaft von Klägern war, welche gegen die katholische Kirche prozessierte. All diese Kläger waren in ihrer Jugendzeit von katholischen Priestern sexuell belästigt worden. Stevens, ein bekennender Homosexueller, starb nun aber ausgerechnet in den Armen, besser gesagt gefesselt an die Hand einer Prostituierten. Und diese wiederum konnte sich an nichts erinnern und gab zu Protokoll, sie habe Stevens noch nie zuvor gesehen. Allerdings erschien das der New Yorker Polizei wenig glaubhaft, denn die Beamten konnten nachweisen, dass ihr Lippenstift am

Penis des Toten seine Spuren hinterlassen hatte, was sich die Dame wiederum nicht erklären konnte. Genauso wenig wie das viele Geld in ihrer Handtasche. Allerdings, so war durch einen Bluttest festgestellt worden, hatte sie in ihrem Körper so viel Rauschgift, dass es ihr schwergefallen wäre, den Akt, für den sie normalerweise bezahlt wurde, an Stevens zu vollziehen.

Zufällig lag auch noch auf dem Nachttisch ein dicker Briefumschlag, aus dessen Inhalt hervorging, dass eben dieser Stevens mehrere Verurteilungen wegen Kindesmissbrauchs hinter sich und dafür einige Jahre im Gefängnis gesessen hatte. Warum, so fragte sich Ward, legt dieser Stevens ausgerechnet diesen Umschlag mit dem brisanten Inhalt auf den Nachttisch? Immerhin ist er Sprecher einer Klägergemeinschaft, die gegen die Kirche prozessiert. Was will er damit bezwecken? Hat er ihn von einem Unbekannten erhalten? Einem Erpresser vielleicht?

All diese Aspekte hätten Ward möglicherweise noch nicht stutzig werden lassen. Es war vielmehr der Umstand, wonach ausgerechnet ein Angestellter des Hotels, in dem man das ungleiche Paar entdeckt hatte, in der gleichen Nacht auf öffentlicher Straße erschossen worden war. Und da die Polizei von New York gründlich arbeitete, hatte sie auch die Wohnung des Toten durchsucht und hinter einem Bild versteckt einen Unschlag mit fünftausend Dollar gefunden. Nicht das Geld an sich barg das Geheimnis, sondern der Umschlag. Auf diesem waren exakt die gleichen Fingerabdrücke, wie auf der Kamera am Haus des Kardinals entdeckt worden, was man durch einen Vergleich unzweifelhaft festgestellt hatte.

Ward, der im Laufe seines Polizistenlebens gelernt hatte, seine Schlüsse zu ziehen, gelangte zu der Auffassung, dass nie und nimmer ein Handwerker aus Boston in New York diesem Harrison, wie der Erschossene hieß, fünftausend Dollar gegeben haben konnte. Also war es auch kein Handwerker gewesen, der die Kamera so verstellt hatte, dass Monsignore Benelli und seine Begleiter nur unvollkommen aufgenommen werden konnten.

Und Ward ging noch einen Schritt weiter. Wenn die Kamera bewusst für diesen Besuch des Monsignore präpariert worden war, dann nur mit Zustimmung und Billigung des Geistlichen aus Rom. Das wiederum ließ ihn zu dem Fazit kommen, der Monsignore wusste davon und es war in seinem Interesse geschehen. Folglich könnte es sich also doch um einen siebten und einen achten Fuß gehandelt haben und nicht, wie von Benelli behauptet, um einen zu engen Schuh, den er zur Entlastung eines Fußes abgestreift hatte. Und der siebte Fuß war später, nachdem die Gruppe aus Rom abgereist war, noch geblieben, hatte sich angeregt mit dem Kardinal unterhalten und ihn, mit welchen Argumenten auch immer, überzeugen können, die Tabletten zu nehmen. Und nicht der zu diesem Zeitpunkt möglicherweise bereits verstorbene Kardinal, sondern der siebte Fuß hatte aus verständlichen Gründen die Kameras ausgeschaltet, um nicht beim Verlassen des Hauses entdeckt zu werden.

Ward war sich gegenüber ehrlich genug zuzugeben, dass ihm das Ergebnis seiner Überlegungen gut in sein Konzept passte und zusätzlich durch den Eindruck verstärkt wurde, den er von dem Monsignore gewonnen hatte. Kalt, berechnend, sehr kontrolliert und intelligent, so seine schnelle Einschätzung vor gut zwei Wochen. Aber was nützten ihm all seine Schlüsse, wenn sie ausschließlich auf Kombinationen und geistigen Ergebnissen beruhten und nicht auf konkreten Beweisen? Daran, dass die Fingerabdrücke nicht registriert waren, gab es nichts zu rütteln. So lange das der Fall war, lief er einem Phantom hinterher und konnte nur spekulieren.

Ward seufzte, schob den Stuhl nach hinten und schlug die Beine übereinander. Vor ihm auf dem Tisch lagen Kopien der Polizeiberichte aus Boston, New York und aus Soma Bay in Ägypten. Er hatte so oft in ihnen gelesen, dass er sie fast auswendig kannte. Aber bei aller Akribie, die er beruflich an den Tag legte, konnte er keinen weiteren Umstand erkennen, der seine These untermauert hätte. Stevens war demnach absolut ohne Fremdeinwirkung verstorben, sein Schrittmacher hatte verrückt gespielt, und der Bischof aus Padua gleichfalls. Höchstens der Umstand war interessant, dass der Bischof angeblich in Begleitung einer jungen, gut aussehenden Dame am Roten Meer abgestiegen sein soll. Aber in diesem Punkt war die Aussage der ägyptischen Polizei sehr verschwommen, weil so etwas nicht in das Bild eines Geistlichen passte. Falls es diese Dame gibt, fragte sich Ward, wie kann ich an sie herankommen? All seine Versuche, über Google und andere Plattformen zu recherchieren, waren bisher ohne Erfolg geblieben. Er schmunzelte, weil er als Polizist sich auch solcher Datenbanken zu bedienen hatte.

Ward sah auf seine Uhr, atmete vernehmlich aus und stand auf. Er schenkte sich einen Kaffee ein und schaute hinaus auf Boston. Und genau so undurchsichtig wie der Nebel, der sich vom Hafen her in die Stadt hineindrückte, so undurchsichtig war die katholische Kirche, die zudem noch von vielen offiziellen Stellen bis in die höchsten Spitzen der Regierung und von noch mehr potenten Personen der Öffentlichkeit geschützt wurde. Er kannte dieses dichte Geflecht aus Anbiedern, vorauseilendem Gehorsam und den eigenen Vorteil sehen, welches die Kirche wie eine unüberwindbare Mauer umgab. Selbsternannte Retter des Glaubens, die jedoch irgendwann auch einmal den Preis für ihre Dienste verlangten.

Ward ging hinunter und spazierte in der Innenstadt von Boston zum Hilton Hotel. Fünf Minuten später fragte er an der Rezeption nach einer gewissen Kathy Myhelic. Als die Antwort allzu zögernd kam, zeigte er seinen Dienstausweis. Das half. Ward fuhr mit dem Aufzug in den sechsten Stock und klopfte an die Tür des Zimmers Nummer 604.

Kathy erwartete ihn bereits und öffnete.

„Miss Myhelic, vielen Dank, dass Sie sich Zeit für mich nehmen“, sagte Ward und setzte sich. „Sind Sie in Zukunft öfter in Boston?“

Kathy nahm gleichfalls Platz und bot Ward etwas zu trinken an. „Zumindest noch in den kommenden Tagen, bis alles erledigt ist.“

„Ich habe von Ihrer Erbschaft gehört“, sagte Ward und trank einen Schluck. „Es stand ja ganz groß in der Zeitung.“

„Ja, die Presse. Ich kann mir auch nicht erklären, wie es herauskommen konnte. Die Kanzlei hat mir absolute Diskretion zugesichert. Und niemand glaubt mir, wenn ich sage, ich wisse nicht, von wem ich geerbt habe.“

„Wissen Sie schon, was Sie mit dem vielen Geld anfangen werden?“

Kathy zuckte mit der Schulter. „Wenn ich die vielen Bittbriefe und Bettelanrufe alle erfülle, dann muss ich noch einen großen Kredit aufnehmen“, meinte sie resigniert. „Alle wollen sie etwas von mir. Sogar auf der Straße werde ich angesprochen.“

Ward schaute sich in dem Apartment um. „Wie ich sehe, versuchen Sie zu vermeiden, dass man sie erkennt.“ Er deutete auf eine Perücke mit pechschwarzen langen Haaren und eine Sonnebrille, die daneben lag. Und das im März in Boston.

Kathy lächelte. „Ja, und es gelingt sogar.“

Ward setzte sich zurecht, denn seine heutige Mission war heikel und nicht mit dem Commissioner abgesprochen. Würde er keinen Erfolg haben oder Kathy sich aus irgendeinem Grund beschweren, er hätte es auf die eigene Kappe zu nehmen.

„Wie ich weiß, stammen Sie aus Portland in Oregon. Sind Sie auch dort geboren?“

„Ja, und aufgewachsen und habe dort bis heute gelebt.“

„Was machen Sie beruflich, wenn ich fragen darf?“

Kathy zögerte etwas. „Ich arbeite in einem Bau- und Gartencenter.“

„Schön“, sagte Ward gedankenlos.

„Schön? Was ist daran schön, Rindenmulch, Kunstdünger und Steine für die Weggestaltung zu verkaufen?“, wollte sie wissen.

„War nicht so gemeint“, versuchte Ward einen Rückzieher zu machen.

„Hier, schauen Sie sich meine Hände an, fühlen Sie.“

Sie streckte ihm die Hände entgegen und er spürte die raue Haut, Schwielen und Risse.

„Dabei habe ich bereits zwei Wochen nicht mehr gearbeitet“, sagte Kathy. „Das meiste ist bereits verschwunden. Im Frühsommer und Herbst ist es besonders schlimm. Manchmal habe ich alles entzündet und ich schäme mich, in die Öffentlichkeit zu gehen. Die Erbschaft kommt mir gerade recht.“

„Miss Myhelic, ich wollte sie nicht beleidigen und erst recht nicht die Rechtmäßigkeit der Erbschaft anzweifeln. Man will als Polizist immer solche Dinge wissen, stellt dann indiskrete oder zu persönliche oder auch dumme Fragen, weil es unser Beruf ist, uns ein Bild zu machen. Verstehen Sie?“

„Ja.“ Kathy hatte sich wieder beruhigt.

„Genau wie meine nächste Frage: Gehen Sie nach Portland zurück?"

Erneut zuckte Kathy mit der Schulter. Aus Wards Sicht war sie keine Schönheit, aber sie strahlte etwas aus, was viele Männer an Frauen mochten. Natürlichkeit und Charme.

„Ich weiß es noch nicht. Wie es aussieht, werde ich vor meinen Bittstellern flüchten müssen. Also kommt Portland demnächst nicht in Frage."

„Wissen Sie schon, von wem Sie die vielen Millionen geerbt haben?"

Kathy schüttelte den Kopf. „Auch die Zeitungen haben keinen Hinweis gegeben. Jeder vermutet etwas anderes."

„Haben Sie sich denn darüber keine Gedanken gemacht?"

„Doch, schon. Aber Sie, Mister Ward, haben mir doch am Telefon zugesichert, mir zu helfen."

„Das werde ich auch, so gut ich kann", versprach Ward. „Wir hatten durch die Polizei einmal einen ähnlichen Fall. Da ging es aber darum, einen Erben aufzuspüren. Das haben wir auch geschafft."

Ward trank einen Schluck und schaute anschließend zum Fenster hinaus. Inzwischen war der Nebel in die Straßen gekrochen, lediglich die Spitzen der Hochhäuser waren noch zu sehen, als schwebten sie in dem grauen Brei.

„Wenn Sie nach Boston bestellt werden, weil es hier was zu erben gibt, dann muss der Erbe in Boston gelebt haben. So weit werden Sie auch schon mit Ihren Überlegungen sein. Haben Sie sich einmal die Todesanzeigen der vergangenen zwei Wochen angeschaut?"

„Da kommen viele in Frage", meinte Kathy. „In Boston scheint es unter den Verstorbenen nur reiche Männer und Frauen im entsprechenden Alter zu geben."

Ward überlegte sich genau, was er nun sagen wollte, um keinen Fehler zu begehen.

„Hat bisher jemand Ihr Erbe angefochten?"

Kathy verneinte.

„Der Kanzlei Caruthers & Caruthers ist also nichts bekannt", stellte Ward fest.

„Nicht dass ich wüsste."

„Wenn es so ist, dann scheint es keinen Miterben zu geben, Sie sind demnach die Universalerbin."
„Ja, Mister Ward, so weit bin ich mit meinen Überlegungen auch schon."
„Gibt es Reaktionen auf Ihr Erbe? Ich meine von staatlichen Stellen? Oder von der Stadt Boston. Etwa in der Art, dass man es verhindern will oder dass man ein Vorkaufsrecht auf irgend etwas hat?"
Kathy verneinte. „Nicht dass ich wüsste."
„Hat sich das Finanzamt auch schon gemeldet?"
„Ja. Vor zwei Tagen."
„Darf ich das Schreiben einmal sehen?"
Kathy zögerte, stand aber dann doch auf und ging zu einem niedrigen Tisch. Mit einem Umschlag kam sie zurück.
Ward nahm das Schreiben und las es durch. Auch er hatte bisher den Erben nicht gekannt, allerdings verschiedene Vermutungen angestellt und einen gewissen Verdacht gehabt. Nun sah er sich in seinem Verdacht bestätigt.
„Miss Myhelic", sagte er mit ernster Stimme, „der Erbe muss ein sehr naher Verwandter von Ihnen gewesen sein."
„Ich habe keine Verwandten. Ich bin in einem Kinderheim aufgewachsen."
„Auch Kinder in Kinderheimen haben Mütter und Väter."
Kathy verschlug es die Sprache. Nach einigen Sekunden wollte sie wissen: „Woraus können Sie das ersehen?"
Ward schmunzelte. „Aus dem Schreiben der Finanzbehörden. Massachusetts als Bundesstaat erhebt keine Steuern. Aber Sie müssen das Erbe entsprechend der amerikanischen Federal Estate Tax versteuern. Und der hohe Freibetrag, den man dem Nachlass gewährt, gilt nur für Erbschaften in gerader Linie. Kinder zu Eltern und umgekehrt."
Kathy atmete heftig, ihre Brust hob und senkte sich.
„Sie meinen also ..." Ihre fragenden Augen sprachen den Satz zu Ende.
Ward nickte.
„Und wer es ist, das können Sie mir auch sagen?"
Erneut nickte Ward. Und mit einem Mal glaubte er auch zu wissen, wer der Presse die Information zugesteckt hatte. Dieser

verdammte Benelli hat für die Kirche auf die Erbschaft spekuliert und aus Enttäuschung geplaudert, fluchte er innerlich.

Wieder in seiner Wohnung, tippte Thomas als Erstes an seinem PC eine Abschrift des handschriftlichen Registers von Bonifaz. Damit war er fast einen ganzen Tag lang beschäftigt. Anschließend ging er zur Sparkasse und deponierte das Original in seinem Schließfach bei den anderen Unterlagen.

Am Abend ging er in den Dom, zündete eine Kerze an, setzte sich in den dunkleren Seitenteil und begann, sich auf seine Berufung zu besinnen. Ihm war aufgefallen, dass er in den vergangenen Tagen zu wenig gebetet und an Gott gedacht hatte. Das holte er nun nach, indem er den Herrn um Verzeihung bat. Als Entschuldigung führte er an, von Bonifaz eine Bürde aufgelastet bekommen zu haben, die er nun schultern müsse. Und falls es ihm gelinge, mit dieser Bürde fertig zu werden, so sei dies auch im Interesse seines Glaubens und der Kirche. Seit geraumer Zeit seien seine Gedanken oft auf Abwegen. Er habe keine Pfarrei mehr und frage sich, welche Funktion ihm dann noch als Priester bleibe. Außerdem beschäftigten ihn mehr und mehr private Probleme, die so gar nicht in Einklang stünden zu seiner Berufung. Möglicherweise werde es deswegen irgendwann zu einem Konflikt kommen.

Thomas, dessen Knie bereits nach wenigen Minuten zu schmerzen begannen, zwang sich dazu, mehr als eine halbe Stunde auf dem harten Holz zu knien. Als wolle er sich für sein Verhalten selbst bestrafen. Als er sich anschließend hinstellte, brauchte er einige Sekunden, bis er schmerzfrei seine Beine strecken konnte. Ein Priester, der nicht knien kann. Das ist doch ganz schön makaber, überlegte er und massierte seine Kniescheiben.

Thomas setzte sich, beugte den Oberkörper nach vorn, legte die Arme auf die Oberschenkel und faltete die Hände. Was ist meine eigentliche Aufgabe, fragte er sich. Das Erbe von Bonifaz anzutreten oder gegenüber meinem Bischof gehorsam zu sein. Die Kirche möglicherweise zu reinigen, so wie Jesus die Unwürdigen einst aus dem Tempel getrieben hatte, oder es dem Herrn zu überlassen, der dies schon richten werde.

Wenn Bonifaz auch so gedacht hätte, dann gäbe es nicht seine Paulus-Papiere, überlegte er. Und die gibt es nur deswegen, weil er durch den Herrn erleuchtet worden ist. Also kann ich doch nichts falsch machen, wenn ich auf seiner Erleuchtung aufbaue.

Als Thomas hinausging, blieb er auf dem Domfreihof stehen, atmete die kühle Luft ein und kam sich ein bisschen vor wie ein Revolutionär in Sachen Religion. Ein Robin Hood der Bibel.

Auf dem Sekretariat des Bistums hatte er eine Nachricht für Bischof Verhoeven hinterlassen, er müsse unbedingt in Rom an der Paulusschrift weiterarbeiten. Selbstverständlich würde er auch der Aufforderung des Monsignore Benelli nachkommen und sich bei dem Sicherheitsbeamten Hubacher melden, um noch offenstehende Fragen bezüglich gewisser Kameraaufnahmen abzuklären.

Am kommenden Tag fuhr er mit seinem Auto nach Italien. Genau wie auf der Rückreise von Bonifaz' Beisetzung hatte er auch jetzt das Gefühl, dass man ihn beschattete. Immer, wenn er glaubte, den endgültigen Beweis zu haben, war das Auto plötzlich verschwunden.

Thomas schaffte die achthundert Kilometer von Trier bis zum Kloster San Gimignano nahe Siena an einem Tag. Er fand den Weg auf Anhieb, denn das Fahrtziel war im Navigationsgerät von Bonifaz eingegeben, welches er in sein Auto eingebaut hatte. Im Kloster, das auch von Touristen lebte, mietete er sich ein Zimmer.

Nach dem Abendessen ging er sofort zu Bett. Mitten in der Nacht wurde er geweckt. Das Licht blendete ihn, und auf dem einzigen Stuhl saß ein älterer Mönch mit einer viel zu weiten Kutte und einem kahlem Schädel. Thomas erschrak und der Mönch lachte. Ihm fehlten im Mund einige Zähne.

„Wie sind Sie hereingekommen“, fragte Thomas und richtete sich auf. „Ich habe doch abgeschlossen.“

„Für den Herrn bleibt kein Zimmer verschlossen“, wurde sein nächtlicher Besucher philosophisch. „Und für mich auch nicht. Immerhin wohne ich hier in diesem Kloster. Ich bin Bruder Agritius.“

Thomas setzte sich auf die Bettkante und zog eine Decke um seine Schulter. Es war kühl. Er schaute nach unten und bemerkte die ungewöhnlich großen und breiten Füße des Mönchs, die in Sandalen steckten.

Agritius lächelte. „Ich müsste auch mal probieren, ob ich übers Wasser laufen kann“, meinte er spöttisch.

Thomas fühlte sich ertappt und schluckte. „Mein Name ist ...“

„Pfarrer Thomas Simmerling“, beendete sein Besucher den angefangenen Satz. „Ein Pfarrer ohne Gemeinde. Wie funktioniert das eigentlich? Seelsorger zu sein ohne sich um eine Seele zu sorgen?“

Thomas fand die Bemerkung unpassend und entgegnete mit einem gewissen Trotz: „Bruder Agritius, ich bin eigentlich wegen einer anderen Angelegenheit gekommen. Irgendwann habe ich auch wieder eine Gemeinde.“

Mehr und mehr kreiste ihre neutral begonnene Unterhaltung um eine bestimmte Person, um Bonifaz. Agritius, der bemerkte, dass sich Thomas reserviert gab, erzählte von sich und dem Verstorbenen. Es zeigte sich, dass der Mönch über alle Vorgänge aus dem Vatikan ausgezeichnet informiert war. Konkret sprach er Thomas auf seinen Besuch im Kloster San Gimignano an, der ausschließlich dadurch zustande gekommen sei, weil er von dem Ordenspriester gewisse Informationen erhalten habe. Ob er schon Einblick in gewisse Unterlagen und Papiere genommen habe.

„Beweise mir, dass Bonifaz dich ausgewählt hat.“

Thomas berichtete, was er alles in dem Archiv der Paulus-Papiere gesehen hatte und nannte auch als Beleg dafür einige Fakten.

Agritius rückte mit seinem Stuhl etwas näher zum Bett und senkte seine Stimme. „Bonifaz hat mich unterrichtet, ich weiß alles. Auch dass dein Bischof dir einen sonderbaren Auftrag gegeben hat. Als wenn es bei Paulus noch Fragen zu klären gäbe.“

„Ich habe einige interessante Neuigkeiten herausgefunden“, versuchte Thomas sich zu rechtfertigen.

„Ja du, aber wir doch nicht mehr.“ Der Mönch lachte knapp. „Wir, die wir uns wirklich auskennen.“

Thomas erinnerte sich an das enorme Fachwissen von Bonifaz und antwortete nicht. War Agritius genau so beschlagen wie der Verstorbene?

„Bonifaz hat gemeint, ich darf dir vertrauen. Ansonsten wärst du ja auch nicht hier. Und es ist manchmal unbedingt nötig, auch einem Fremden zu vertrauen. Verstehst du, was ich meine?"

Thomas nickte und verstand doch nicht so recht. Überhaupt verstand er in letzter Zeit immer weniger. Er, der sich auf Abwegen befand und dessen Leben sich normalerweise in ganz anderen Bahnen und Bereichen abspielte. Der Liebe predigte und schlimme Gedanken in sich trug. Und der deswegen in vielen Nächten mit Schlaflosigkeit bestraft wurde.

„Sie wissen, was Bonifaz über all die Jahre getan hat?"

Agritius nickte.

„Und was er damit beabsichtigte, wissen Sie auch?"

„Natürlich. Schließlich habe ich ihm den Tipp gegeben, als er verzweifelt war und mit mir über seine neue Tätigkeit im Vatikan gesprochen hat. Indizien für die Nachwelt, das war sein Ding. Aber noch mehr tat er es, um seine eigene Seele zu retten. Er sagte ganz am Anfang zu mir, ich tue es als Wiedergutmachung. Denn ich habe einmal versäumt, die mir anvertraute Seele eines jungen Mädchens zu retten." Agritius seufzte und fügte hinzu: „Untätigkeit im Angesicht der Sünde, das kann dich innerlich töten."

Thomas schaute in das faltige Gesicht des Mönches mit der großen rot geäderten Nase. Allerdings bezweifelte er, dass es vom Alkohol kam.

„Dann können Sie sich auch denken, was ich noch von ihm erhalten habe."

„Du meinst die CDs? Ja, auch davon weiß ich. Auf zweien sind die Daten aufgelistet und auf den anderen die Vorkommnisse beschrieben wie in einem Tagebuch. Mit den Namen von allen Betroffenen."

„Aber genau die kann ich mit meinem Computer nicht öffnen", beschwerte sich Thomas.

Bruder Agritius zuckte mit der Schulter. „Dein Problem."

„Warum sollte ich Sie aufsuchen?"

Agritius schaute zur Tür und sprach noch leiser: „Bonifaz und ich und viele Gleichgesinnte, wir kämpfen schon seit Jahrhunderten gegen unsere eigene Kirche. Genau genommen kämpfen wir, seit Marotzia ihr Unwesen getrieben hat. Du weißt, wer Marotzia ist?"

Thomas kannte sich in der Papstgeschichte gut aus. „Papst Sergius III. hat sie 907 als 15-jährige zu seiner Geliebten gemacht. Aus dieser Beziehung ging ein Sohn hervor, der später ebenfalls Papst wurde. Und 955 wurde es sogar ihr Enkel im Alter von einem Jahr, und zwar Johannes der XII."

Agritius schaute ihn anerkennend an. „Das hätte ich nun nicht gedacht. Vielleicht hast du wirklich etwas Neues über Paulus herausgefunden?" Er lächelte spöttisch und kam wieder auf Marotzia zu sprechen. „Diese unfeine Dame hat seit 915 die Kirche mit ihrer Vagina beherrscht. Alles spielte sich zwischen ihren Beinen ab. Vier Päpste hat sie gekrönt, die Pornographie hatte ihren ersten Höhepunkt, es herrschten Mord und Inzucht und Intrigen. Allein ihr Enkel Johannes XII. hat sich später 12 Mätressen gehalten und ist auch sozusagen standesgemäß gestorben. Ein gehörnter Ehemann hat ihn in flagranti erwischt und getötet. Die ehrenwerte Dame Marotzia wurde um 955 im Gefängnis als Greisin hingerichtet. Und der Sohn des gehörnten Ehemanns, der spätere Mönch Franjo von Thusa, hat eine Gegenbewegung gegründet, um die Kirche wieder zu dem zu machen, wofür sie unser Herrgott vorgesehen hat. Aus kleinen Anfängen ist die verschworene Gemeinschaft entstanden, die sich schlicht und einfach Ring nennt. Jeder, der sich für eine volksnahe Kirche ohne Pomp, ohne Völlerei, für die Einhaltung des Zölibats und der Gebote, ein Leben als Diener Gottes in Bescheidenheit und in Demut entscheidet, konnte in den Ring aufgenommen werden. Heute weiß niemand, wer alles dazugehört. Um sich zu tarnen, gibt es nur kleine Zellen mit drei Personen, die sich nicht alle gegenseitig kennen. So kenne ich zum Beispiel Bonifaz und noch eine Person, die wiederum Bonifaz nicht gekannt hat. Und er kannte jemand, den ich nicht kenne. Und dieser wiederum einen anderen. Kurzum, ein Ring besteht immer aus drei Personen, und jeweils eine ist die Verbindung von einem Ring zum anderen. Du kannst dir denken, warum damals Franjo von Thusa diese Konstruktion gewählt hat?"

„Ja." Thomas nickte. „Mir sind die Foltermethoden des frühen Mittelalters bekannt. Es konnten immer nur zwei verraten werden. Und durch diese wiederum, wenn sie enttarnt waren, auch jeweils nur zwei, so dass es sehr langwierig war, eine größere Anzahl auffliegen zu lassen oder den Ring zu zerstören."

„Und die anderen hatten genügend Zeit, sich zu retten oder auch, um Gegenmaßnahmen zu treffen. Und die bestanden darin, dass unbekannte Mitglieder des Rings die Folterknechte umbrachten. Nicht ganz im Sinne des Glaubens, was war damals schon in seinem Sinne, aber ausgesprochen wirkungsvoll. Seit dem 12. Jahrhundert hat man nicht mehr versucht, durch Folter die Mitglieder zu enttarnen, weil denen die Folterknechte ausgegangen sind."

Thomas rieb sich das Kinn und überlegte. „Wenn ich nun von Bonifaz ausgehe und verallgemeinere, dann war und ist jeder Ring verantwortlich für das, sagen wir mal, Reinemachen in der Kirche. Und damit es auch funktionierte, musste jeder Ring für sich auch die entsprechenden Maßnahmen treffen."

„Und die waren teilweise sehr blutig. Aber in den letzten beiden Jahrhunderten hat man andere Möglichkeiten entdeckt. Und seit dreißig Jahren ist es noch einfacher geworden. Man macht die Dinge öffentlich."

„Gibt aber zuerst dem Betreffenden Gelegenheit, sich zu läutern oder zurückzuziehen oder ohne Aufsehen abzudanken."

„So ist es", bestätigte Agritius. „Und wenn das nicht wirkt, erfahren andere davon. Kardinal Castello aus Brasilien wollte partout nicht abdanken, und dann hat der Heilige Vater von seinen beiden Kindern erfahren. Schon war er weg, und das in Schande."

Agritius klärte Thomas darüber auf, dass das Verteilungssystem innerhalb der Ringe hervorragend funktioniere. So hätte er im Laufe der Jahre viele Unterlagen erhalten, welche die Kirche in keinem guten Licht erscheinen ließen. Ein Ring beschäftige sich mit fragwürdigen Finanzierungen und habe herausgefunden, dass der Vatikan Investmentanteile an einer

Kondomfabrik, an einem Bordell in Mailand und einem Chemiewerk habe, in dem man die Anti-Baby-Pille produziere. Agritius war sehr enttäuscht, dass auch der Vatikan, wenn es um die Rendite ging, seine moralischen Bedenken über Bord werfe.

„Können die einzelnen Ringe miteinander kommunizieren? Etwa auch zusammenarbeiten? Und wenn ja, wie kann das bei all der Geheimhaltung, wo doch jeder nur zwei Mitglieder kennt, funktionieren?"

Agritius schaute nach oben und bekreuzigte sich. „Der Herr hilft uns seit vielen Jahren. Er hat uns das Internet geschickt. Eine wunderbare Einrichtung, die wir uns zunutze machen. Wir wissen zwar nicht, mit wem wir uns austauschen, aber ich kann dir versichern, es funktioniert hervorragend. Wir geben uns einfach neue Namen. Ich zum Beispiel bin Lord Nelson." Agritius lachte. „Und ich habe zu tun mit Cassius Clay, mit Goethe, Schiller und Shakespeare, mit Churchill, Margret Thatcher und anderen bekannten Damen der Geschichte. Sogar mit Maria Theresia und Madame Butterfly. Auf diese Weise hat jeder von uns Zugriff auf eine inzwischen stark angewachsene Datenbank."

Thomas musste einen sehr verdatterten Eindruck erweckt haben. Mit allem hatte er gerechnet, aber nicht mit dem Nächstliegenden.

„In deinem Fall kann ich dir auch helfen", versprach Agritius. „Bonifaz sagte zu mir, du hättest eine Aufstellung all der im Vatikan registrierten Priesterkinder, und das weltweit. Ich kann dir die Namen all der hochgestellten kirchlichen Würdenträger liefern, die zugegebenermaßen die Zölibatsauflage gebrochen und ungewollt Zeugen in Form von Kindern hinterlassen haben. Was du jetzt noch benötigst ist das Bindeglied, um herauszufinden, welches Kind von wem stammt. Damit kann ich dir leider nicht dienen."

„Und anschließend bleibt niemand übrig? Alle Kinder sind zugeordnet, jeder kirchliche Würdenträger ist als Vater geoutet?"

„Das, mein Lieber, kann ich nicht sagen. Die im Vatikan sind ja schon verdammt gut gewesen. Aber ob sie auch alles erfasst haben, entzieht sich meiner Kenntnis."

Thomas schien etwas verwirrt zu sein. „Bedeutet das, man weiß im Vatikan von all diesen Priesterkindern?"

„Aber ja doch. Woher sonst sollte der Ring seine Informationen erhalten? Meinst du etwa, bei uns meldet sich jemand und sagt: Hallo, ich bin Bruder Agritius und habe gesündigt. Zweimal, und jedes Mal ist ein Kind entsprungen?" Agritius lachte. „Wenn das so einfach wäre. Aber die im Vatikan können auf Informationen aus aller Welt zurückgreifen. Was denkst du, wie viele Frauen Priester anschwärzen, sie geschwängert zu haben? Und oft stimmt es sogar. Seit mehreren Jahrzehnten, wenn ich mich nicht täusche schon seit dem I. Weltkrieg, gibt es eine Stelle, die ausschließlich damit beschäftigt ist, solche Dinge zu registrieren. Eine Art Sünderkartei des Heiligen Stuhls. Allerdings hat man sonst nichts getan, außer zu registrieren. Man hat es erfahren, hingenommen, vielleicht auch noch geschluckt und geschwiegen. Wie so oft in den letzten zwei Jahrtausenden."

„Bonifaz meint, seit einigen Jahren gehe man gezielt gegen solche Kollegen vor", warf Thomas ein. „Innerhalb der 1. Kongregation gebe es eine Abteilung."

„Habe ich auch von gehört. Und zwar mit wirkungsvollen Methoden. Die sollen nicht zimperlich sein."

„Sollten sie es denn?", fragte Thomas. „Bei all den ..."

Agritius winkte ab. „Ich halte nichts von der Methode, Feuer mit Feuer zu bekämpfen. Allerdings kenne ich auch keine bessere." Er griff unter seine Kutte und gab Thomas eine CD. „Heutzutage ist es doch sehr einfach, Nachrichten und Informationen zu übergeben. Auf so ein schlankes dünnes Ding kannst du tausend Bibeln speichern. Und noch mehr, wenn es sein muss."

Thomas betrachtete die CD, als könne er bereits von ihrem Äußeren auf den Inhalt schließen. „Dem Akzent nach sind Sie weder Deutscher noch Italiener. Wo kommen Sie her? Wie hat es Sie nach Norditalien verschlagen?"

Agritius lächelte. „Ich stamme aus England."

„England?", fragte Thomas erstaunt.

„Auch bei uns gibt es viele Katholiken. Besonders um Liverpool, wo ich geboren und aufgewachsen bin. Liverpool, für viele Jahrzehnte das Tor zu einer neuen Welt, das Tor für Amerika. Wie viele Hoffnungen haben sich erfüllt? Wie viele wurden zerstört?"

Thomas spürte, dass Agritius das gleiche Bedürfnis hatte wie Bonifaz, mit jemandem seines Vertrauens zu reden. Deshalb verhielt er sich ruhig. Agritius starrte auf die Wand, aber er sah etwas ganz anderes.

„Wenn du in den Hafen von Liverpool kommst, dann kannst du sie sehen, diese Prachtbauten aus dem 19. Jahrhundert. Verwaltungen von Schifflinien und Reedereien. Gewaltig, wuchtig, hoch, aus weißen Steinen wie für alle Ewigkeit errichtet, mit voluminösen Dächern und Säulen, auf denen goldene Figuren stehen, die man wegen des Windes festgezurrt hat. Du schaust hinaus auf die See und siehst deine Zukunft. Und die lag nun mal in Amerika. Auch ich wollte nach Amerika. Das war für mich als Kind erstrebenswerter als alles andere auf der Welt. Amerika." Agritius untermalte mit einer Handbewegung das Wort. „Aber leider hatte ich nicht die Voraussetzungen. Ich bin in einem der vielen katholischen Kinderheime aufgewachsen. Vater unbekannt, Mutter unbekannt, Geschwister unbekannt. Auf die Welt geworfen und glücklicherweise von Nonnen und Patres eingesammelt worden. Und dann, wenn wir alt genug waren, hat man uns zur Adoption freigegeben. Viele von uns landeten im Hafen von Liverpool und wurden zu den neuen Eltern in alle Welt verschifft."

Agritius stand auf und traf Anstalten, den Raum zu verlassen und blieb neben der Tür stehen. „Aber zwischen Liverpool und Amerika liegt Irland. Tausende kamen nie in Amerika an, sondern auf der grünen Insel. Und das war schrecklich. In wohl keinem katholischen Land dieser Erde sind Priester so offen an Kinder herangetreten, haben sie vergewaltigt, misshandelt, verprügelt und gefügig gemacht, und niemand hat etwas dagegen unternommen. Über Jahrzehnte nicht, obwohl die Behörden teilweise bis in alle Einzelheiten informiert waren."

„Wo sind Sie hingekommen?", fragte Thomas, dem die Vorfälle in Irland bekannt waren, die man nun nach und nach juristisch aufzuarbeiten versuchte.

„Nach Belgien."

„Und dort haben Sie sich entschieden …"
Agritius verneinte. „Nichts habe ich dort. Mit vierzehn bin ich von zu Hause ausgerissen. Zwei Jahre habe ich es bei meiner neuen Familie ausgehalten. Es war die Hölle. Adoptiveltern sind manchmal wie Käufer. Sie erwerben einen jungen Menschen als Ware und behandeln ihn, als hätte er ein Ablaufdatum. Ich bin anschließend durch Europa gezogen und landete in Norditalien. Mit achtzehn entschied ich mich für das Kloster."

„Bereits mit achtzehn?"

Agritius beugte sich zu ihm herunter. „Fragst du dich nicht, warum man die Kinder von Liverpool aus in alle Welt verschifft hat? Getrennt hat? Keiner hatte mehr Kontakt zum anderen? Amerika ist überall."

„Das verstehe ich nicht", gestand Thomas.

„Amerika und die Skandale der Kirche, die vielen Priester, die sich an Kindern vergangen haben. Liverpool ist auch Amerika, England ist Amerika. Überall ist Amerika."

„Heißt das …"

„Genau das heißt es", unterbrach Agritius ihn mit harter Stimme. Er ließ sich wieder auf den Stuhl fallen, schloss die Augen und atmete tief durch. „Genau das heißt es, mein lieber Freund. Ich kenne niemanden, der zu meiner Zeit nicht gelitten hat, der nicht vergewaltigt worden ist. Abends, wenn die Lichter ausgingen, kamen sie in ihren langen Gewändern über die Gänge geschlichen. Sie hatten Süßigkeiten und Schlagstöcke dabei, wenn sie ihre Lieblinge abholten. Die Stöcke benutzten sie öfter als alles andere. Gefügig machen und voller Demut, so wollten sie uns. Und hier drin", Agritius deutete auf seine Stirn, „hier drin ist alles gespeichert. Und genau das ist mein Problem. Ich werde die schlimmen Geister nicht los. Bonifaz hatte seine, ich meine. Und das hat uns verbunden. Wir mussten uns beide arrangieren. Deshalb auch meine Entscheidung, mit achtzehn in ein Kloster zu gehen. Eine Entscheidung, die ich nie bereut habe. Vielleicht ist es mir gelungen, einiges von dem gutzumachen, was andere im Namen der Kirche Verwerfliches angestellt haben. Aber während das Gute immer nur ein Kind gebärt, wirft das Böse Hunderte zugleich in die Welt.

Vielleicht ist genau das unsere Prüfung!" Agritius schaute ihn mit wildem Blick an. „Glaube mir, mein Sohn, diese Hände", er hielt sie Thomas vors Gesicht, „diese Hände können töten. Der Herr möge mir verzeihen, aber sie könnten töten, wenn ich heute Zeuge eines solchen Verbrechens an Kindern werden würde. Und es würde mir verdammt schwerfallen, zu bereuen."

Thomas war bedrückt. Überall in der Kirche nur Elend und Sünde und Leid. Seit Wochen hörte er von nichts anderem. Seit er ohne Pfarrei war. Und am schlimmsten traf es die Kinder. Immer litten sie am meisten, weil sie zu vertrauensvoll waren und sich nach Liebe und Zuwendung sehnten, sie die Schlechtigkeit der Welt erst am eigenen Körper spüren mussten, um später damit umgehen zu können. Ausgerechnet diejenigen, die sich am wenigsten wehren konnten und anschließend für alle Zeiten gezeichnet waren. So wie Agritius.

Sie sprachen noch über eine Stunde. Agritius öffnete Thomas mehr und mehr die Augen für Dinge, die er noch nie gesehen oder nicht hatte sehen wollen. Leider sei dies nun mal die Wirklichkeit, meinte der Mönch. Mit ihr zu leben bedeute nicht, sie zu akzeptieren und nichts zu unternehmen. Mit ihr zu leben bedeute, ständig vor Augen geführt zu bekommen, was der Herr von ihnen erwarte.

Zum Abschluss sagte Agritius, Thomas könne ihn sogar über E-Mail erreichen. Thomas musste sehr dumm aus der Wäsche geschaut haben, denn Agritius fügte hinzu: „Was denkst du denn überhaupt, auf welche Art und Weise wir mit ihm da oben kommunizieren?"

Der Mönch lachte und verabschiedete sich mit dem Angebot, jederzeit für ihn da zu sein, falls er Hilfe oder weitere Informationen benötige. Aber leider wisse er nicht, wer der dritte Mann im Ring von Bonifaz sei. Zwar habe er eine Vermutung, aber die wolle er nicht so einfach aussprechen, solange er sich nicht absolut sicher sei.

In Rom angekommen, mietete sich Thomas wieder im gleichen Hotel ein Zimmer. Vor dem Einschlafen erinnerte er sich noch einmal an Agritius' Klarstellung, man dürfe den Ring um Himmels willen nicht mit den Illuminaten vergleichen, ein

Zusammenschluss von bedeutenden Persönlichkeiten der jeweiligen Zeit. Auch Goethe soll Mitglied gewesen sein.

Von diesen Illuminaten hatte Thomas schon viel gehört. So wusste er, dass im Jahre 1776 diese Bruderschaft gegründet worden war. Als Symbol diente eine Pyramide mit einem geöffneten Auge. Kurioserweise ist genau dieses Symbol auch auf der amerikanischen Eindollarnote zu sehen, was wiederholt zu großen Spekulationen geführt hatte. Automatisch unterstellte man, amerikanische Präsidenten und Wirtschaftsmogule seinen gleichfalls Mitglieder.

In Bayern wurde der Orden bereits 1785 verboten. Man unterstellte ihm, ein Todesengel ginge umher und töte missliebige Kritiker. Außerdem wurden dem Orden bizarre sexuelle Rituale zugeschrieben. Allerdings vermutete man, dass heute in diesem Orden weltweit zweitausend der wichtigsten Persönlichkeiten zusammengeschlossen seien, viele davon auch im Vatikan, die versuchten, eine neue Weltordnung in ihrem Sinne aufzubauen.

Am kommenden Tag machte er sich schon sehr früh auf den Weg zum Lesesaal des Archivs. Er war noch keine halbe Stunde dort, als der Sicherheitsbeamte Hubacher ihn ansprach und fragte, ob er Zeit für ihn habe. Anschließend führte er Thomas zu einem anderen Gebäude in ein großes Büro. Dort wartete bereits ein Mann mit südländischem Aussehen auf ihn. Er mochte in Thomas' Alter sein, sah sehr jugendlich aus und stellte sich als Monsignore Benelli vor. Thomas erinnerte sich, dass Bischof Verhoeven diesen Namen im Zusammenhang mit einem Brief aus Rom genannt hatte. Und wenn seine Vermutung stimmte, war Benelli der Gegenspieler von Bonifaz und die Ursache für dessen Angst gewesen.

Als Erstes händigte Hubacher Thomas die CD aus, die Bonifaz kurz vor seinem Tod noch angefertigt hatte. Dem Anschein nach hätte Benelli gerne gewusst, was darauf gespeichert war.

„Pfarrer Simmerling, wir wollen von Ihnen wissen, was sie im Zimmer von Bruder Bonifaz zu suchen hatten“, ergriff Benelli das Wort und gab damit zu verstehen, dass er die Verhandlungsführung hatte.

„Er hat mir im Sterben gesagt, dort läge ein Brief an seine Schwester, den ich mitnehmen und ihr aushändigen solle."

„Das war alles, was sie mitgenommen haben?"

Um nicht direkt zu lügen, nickte Thomas einfach, aber Benelli schien nicht sonderlich überzeugt zu sein.

„Und wie sind Sie in das Zimmer gekommen?"

„Mit der Karte von Bonifaz und mit seinem Code, den er mir genannt hat." Thomas legte die Plastikkarte auf den Tisch und schob sie zu Hubacher.

„Ich dachte, unser Bruder hätte im Sterben gelegen. Konnte er Ihnen denn noch so viel mitteilen?"

Thomas antwortete nicht auf diese Frage. Mittlerweile dürfte Benelli wissen, dass Bonifaz auch noch gebeichtet hatte.

Benelli holte weit aus um zu erklären, dass vor dem Unfall jemand im Gang zur Baustelle die dort montierte Kamera verstellt habe, wodurch der eigentliche Unfall nicht aufgenommen werden konnte. Ob Thomas das gewesen sei, wollte Benelli wissen.

„Warum sollte ich? Und was hätte die Kamera zeigen können?"

„Nun, ich meine ..., den Sturz des Bruders", antwortete Benelli ausweichend.

Thomas schaute den Sprecher genau an. „Sie verheimlichen mir etwas", sagte er ihm ins Gesicht. „Und Sie suchen einen Sündenbock, damit Sie sich und anderen alles erklären können."

Benelli reagierte nicht, dafür jedoch meldete sich der Sicherheitsbeamte.

„Uns ist etwas aufgefallen", begann er im ruhigen Tonfall. „Die bewusste Kamera ist entgegen ihrer ursprünglichen Position derart verstellt worden, dass die Unglücksstelle nicht einzusehen war."

Thomas erkannte sofort die Tragweite dieser Feststellung. „Demnach könnte es sein, dass es überhaupt kein Unfall gewesen ist", platzte es aus ihm heraus.

„Und Sie hätten die Möglichkeit gehabt, die Kamera zu verstellen", umschrieb Benelli geschickt den Vorwurf, für Bonifaz' Tod verantwortlich zu sein.

Thomas atmete tief durch, blieb äußerlich ganz ruhig und fragte, wann die Kamera verstellt worden sei. Benelli antwortete ausweichend, und daraufhin erklärte Thomas immer noch ruhig: „Ich war vor unserem Treffen hinter dem Gebäude im Innenhof und habe auf Bonifaz gewartet. Mindestens zehn Minuten oder noch länger. Dort gibt es ebenfalls eine Kamera. Mit deren Hilfe müsste zu beweisen sein, dass ich es nicht gewesen sein kann. Falls die Kamera kurz vor seinem Tod verstellt worden ist."

Benelli schaute zu Hubacher und der Sicherheitsbeamte nickte. „Pfarrer Simmerling, wir haben das überprüft. Sie können die Kamera nicht verstellt haben. Sie waren von 13 Uhr bis 16 Uhr ununterbrochen im Lesesaal des Archivs und sind dann nach hinten gegangen. Verstellt wurde die Kamera, ob vorsätzlich oder aus Versehen, das wissen wir noch nicht, ziemlich genau um 14 Uhr, also knapp zwei Stunden vor dem Unfall."

Benelli warf dem Sicherheitsbeamten einen Blick zu, als wolle er sagen: Warum hast du mich nicht über diesen Tatbestand informiert?

Hubacher beantwortete den Blick in der Art: Du hast mir ja auch nichts von den Aufnahmen gesagt, die von dir aus unserer Sammlung heruntergeladen worden sind und auf denen zu erkennen ist, wie der Deutsche das Arbeitszimmer von Bonifaz betreten hat.

Beide schauten auch irgendwie betroffen, denn ihre gemeinsame Absprache, möglichst niemanden einzuweihen, dass es kein Unfall gewesen sein könnte, war damit hinfällig. Dieser Deutsche hatte sofort reagiert.

Benelli saß in seinem Büro und starrte aus dem Fenster. In den vergangenen Monaten hatte ihn wiederholt das Gefühl beschlichen, seiner Aufgabe nicht gewachsen zu sein. Dabei war es keine Frage des Personals oder des Geldes, sondern die Erkenntnis, dass gewisse Regeln und Glaubensfragen gegen den Zeitgeist immun waren. Eine ständig zunehmende Zahl von Katholiken stellte das Fundament der Kirche, besonders das zölibatäre Leben der Priester, mehr und mehr in Frage. Die

Gläubigen wollten über das Problem diskutieren, Papst und Kirchenführung selbst betrachteten jedoch jegliche Diskussion als unnötig. Dabei waren sich alle außerhalb des Klerus einig, dass es bei Freigabe des Zölibats wesentlich weniger Skandale und Straftaten gebe. Dies der eine Aspekt. Der andere war aus Benellis Sicht, dass es sich die Kirche in der Auswahl ihrer Diener zu einfach mache und zu wenig Wert auf moralische und kulturelle Festigkeit lege. Mehr oder weniger lasche und von Land zu Land unterschiedlich schwere, besser gesagt leichte Eingangsprüfungen und Beurteilungen kurz vor der Priesterweihe und dem Weiheversprechen genügten eben nicht als Langzeitprognose für vorbildliches klerikales Verhalten. Zudem schienen sich viele seiner Brüder und Kollegen in höheren Positionen gottähnlich und unangreifbar zu fühlen. Mehr und mehr leiteten sie in Selbstüberschätzung ihrer Macht für sich Rechte ab, ihrem perversen sexuellen Verlangen nachzugehen, weil es in der Kirchenhierarchie oberhalb von ihnen nur noch als mögliche strafende Instanz den Heiligen Vater als Stellvertreter Gottes gab. Und dessen Zögern, unangenehme Vorfälle anzupacken und fast ausschließlich intern durch Gebete und Zwiesprache mit dem Herrn zu klären, war allseits bekannt. Nutzte er die Zeit als Vergesslichkeitsfaktor?

Als Erscheinung der Zeit und Folge all dieser Faktoren gab es diese unsäglich vielen sexuellen Übergriffe auf Kinder, die man dann zu allem Übel auch noch so lange zu vertuschen versuchte, wie es eben nur ging. Selbst wenn schlimme und krankhafte Vorfälle längst allseits durch die Medien bekannt geworden waren, wurde deren Kenntnis immer noch geleugnet oder mit Unwissen bestritten. Und hunderte Millionen von Katholiken glaubten einfach ihren Vorbetern, weil dies nun mal ein willkommener Wesenszug von Gläubigen ist.

Jedem, der sich innerhalb und außerhalb der Kirche damit beschäftigte, wurde zudem gewahr, dass ein ganzer Berufszweig, der sich Diener Gottes nannte, ein ausgeprägtes homosexuelles Verhalten an den Tag legte. Priesterseminare in aller Welt waren in die Kritik geraten, ein österreichischer Kardinal hatte die Konsequenzen ziehen und gehen müssen. „Frischfleisch" aus Seminaren für alternde Homosexuelle im Talar.

In die Jahre gekommene hochrangige Geistliche, von Bischöfen aufwärts, reisten ungeniert mit jungen Vikaren oder Priestern zu Kongressen und teilten sich eine Suite. Abends erhielten sie Besuch von anderen Bischöfen, die gleich ihre Vikare als Unterstützung mitbrachten.

Vertreter der Kirche, die es sich zur Aufgabe gemacht hatten, als Vorbild zu gelten, unterliefen die eigenen Regeln. Und die Heuchelei ging so weit, dass diejenigen, die sich unverhohlen der Homosexualität hingaben, öffentlich gegen diese wetterten und besonders den Sittenverfall in der Gesellschaft als Ursache anführten. Benelli hatte Einblick gewinnen können in eine Studie, die davon ausging, dass bis zu fünfzig Prozent aller Geistlichen in der römisch katholischen Kirche homosexuell waren. Allerdings, und das wiederum klang beruhigend, schien dies nicht nur ein Phänomen der Katholiken zu sein. Auch im Islam und in anderen Weltreligionen war die Homosexualität überproportional ausgeprägt.

„Machen Sie all dem ein Ende, die Wahl der Mittel überlasse ich Ihnen", hatte vor Jahren Erzbischof Patabendi, sein formeller Vorgesetzter, der Sekretär der 1. Kongregation, gesagt und alles an Informationen abgewehrt, was ihn zum Mitwisser hätte werden lassen können. Während Benelli noch seinen zukünftigen Spielraum auszuloten versuchte, wusch Patabendi bereits seine Hände in Unschuld.

So auf sich allein gestellt, war auf der einen Seite seine Freiheit unermesslich, aber zugleich wuchs jedoch auch die Verantwortung, wie weit er überhaupt gehen durfte. Allein die Kontrolle, sagte er sich, bestimmt über mich und meine Vorgehensweise. Und wenn es keine Kontrolle gibt, dieser Patabendi mit allem nichts zu tun haben möchte, dann habe ich ausschließlich mir gegenüber Rechenschaft abzulegen. Das könnte mir gefallen.

Als er dieses Thema einmal bei seinem Ziehvater, Erzbischof Marcinkus, angesprochen hatte, war dessen Antwort klar und deutlich gewesen: Erlaubt ist, was der Kirche dient, unabhängig davon, ob es legal ist.

Also heiligt der Erfolg die Wahl der Mittel, interpretierte Benelli und sah sich in der Zukunft zumindest durch Marcinkus bestätigt. Und von Rom in der Folgezeit auch, denn bis heute hatte niemand nachgefragt, wie er die einzelnen Problemfälle angegangen war und gelöst hatte. Man war noch nicht einmal erstaunt, wenn plötzlich jemand verstarb, aus unerklärlichen Gründen seinen Dienst quittierte oder Selbstmord verübte. Hauptsache, alles konnte unter der Kirchendecke gehalten und der Schein gewahrt werden. Benelli kam es vor, als wüssten alle Bescheid, weil es schon immer so oder ähnlich abgelaufen war, aber niemand äußerte sich dazu. Was er als Freibrief verstand, weiter zu machen wie bisher.

Somit brauchte er sich auch nicht für sein Vorgehen auf das Internat St. Antonius bezogen zu rechtfertigen. Fünf Tage nachdem er Kenntnis von den schrecklichen Vorfällen erlangt hatte, erkrankten viele Schüler und Lehrkräfte an einer Lebensmittelvergiftung. Wie sich im Krankenhaus herausstellte, war sie zwar nicht gefährlich, aber die Betroffenen würden wohl einige Tage das Bett hüten und sich einer Schonkost bedienen müssen.

Als der Leiter des Internats einen Tag später die Namen des Kollegiums mit denen verglich, die im Krankenhaus lagen, stellte er fest, dass eine Lehrkraft fehlte. Aber niemand hatte um Urlaub gebeten.

Die Lebensmittelvergiftung war für Benelli, nachdem er seinen Vorgesetzten informiert hatte, der ideale Vorwand, umgehend die Schüler auf andere kirchliche Internate und Schulen zu verteilen. Das Gleiche tat man mit den Lehrkräften. Bis auf diejenige, die verschwunden blieb.

Die eine verschwundene Lehrkraft tauchte auch wieder auf, und zwar in einem städtischen und nicht in einem kirchlichen Krankenhaus. Er schien sehr verwirrt zu sein und machte vage Andeutungen über seine sehr schmerzhaften Verletzungen im Genitalbereich. Er habe nackt aus dem Bad kommend mit einem Spirituskocher hantiert, dabei sei dieser explodiert und habe ihn verbrannt.

Ärzte und Schwestern waren sehr verwundert, denn ihrer Meinung nach konnten die schweren Verletzungen so nicht entstanden sein. Besonders der Penis war so in Mitleidenschaft gezogen, dass ein Teil entfernt werden musste. Aber ein Pater hatte doch keinen Grund zu lügen.

Auf Benellis Schreibtisch lag inzwischen eine Liste mit sechzehn Namen. Allesamt ehemals Lehrer des St. Antonius Internats. Und daneben lag eine zweite Liste. Inzwischen hatten acht der Lehrkräfte um die Rückversetzung zu ihrem Orden gebeten. Fünf Geistliche den Antrag gestellt, eine längere Einkehr in einem Kloster zu halten.

„Bin gespannt, was die restlichen drei tun werden", sprach er mit sich selbst und wollte nicht wissen, was die Einzelnen bewogen hatte, so schnell zu reagieren. Aber er konnte es sich denken.

Wenn sein Informant Calchese noch vor wenigen Tagen gemeint hatte, der Tod zweier Kinder sei wohl eher der Fantasie entsprungen, er irrte sich nicht. Niemand der Schüler hatte sich umgebracht und war, wie von dem Jungen behauptet, aus einem Raumschiff gesprungen.

Mit hinter dem Rücken verschränkten Händen ging Benelli zwei Stunden später am menschenleeren Strand von Ostia spazieren. Er schaute zurück und sah seine Spuren im Sand. Welche Spuren hinterlasse ich noch? Solche wie diese hier, die von einer kleinen Welle weggespült werden können? Unbedeutende Spuren ohne bleibenden Eindruck?

Ein junger, sportlich wirkender Mann mit kurzgeschnittenen Haaren kam ihm entgegen, blieb vor ihm stehen, lächelte und gab ihm dann die Hand. Anschließend klopften sie sich wie zwei Bekannte gegenseitig auf die Schulter. Gemeinsam setzten sie den Weg fort.

„Wie geht es dir, Umberto", fragte Benelli.

„Gut, so wie vor zwei Wochen auch", erhielt er als Antwort. „Es hat sich in der Zwischenzeit nichts geändert."

Benelli schaute vor sich auf den Boden, als müsse er achtgeben, wo er seine Füße hinsetzte. „Es ist eine neue Entwicklung eingetreten. Ich habe dir doch von Francesca erzählt, die einen Privatsender leitet und dass sie mir in einer Angelegenheit helfen will."

„Um die anonymen Surfer des Vatikans aufzuspüren?"

„Genau. Ich bin mir absolut sicher, dass es sich fast ausschließlich um kinderpornografische und oder pädophile Seiten handelt. Und es würde mich nicht wundern, wenn ein Großteil des schmutzigen Inhaltes aus einem italienischen Jungeninternat, St. Antonius, stammt. Du kennst die Hintergründe. Diese Schweine von Patres haben nach Aussage eines Jungen alles gefilmt und ins Internet gestellt."

Umberto lachte hart. „Das passt ja wieder einmal gut zusammen. Uns bleibt auch nichts erspart, als hätten wir eine Erblast. Falls Francesca dir hilft, kannst du ja zuschlagen und deinen werten Kollegen auf die Finger klopfen. Eine deiner Lieblingsbeschäftigungen."

Benelli reagierte nicht auf die Anspielung. „Wenn das so einfach wäre! Um das tun zu können, muss ich erst jedem nachweisen, welche Seiten wer wann und wie oft aufgerufen hat. In einer Woche soll es so weit sein. Dann, so meint Francesca, habe sie alles zusammen."

Eine Weile spazierten sie schweigend nebeneinander her. Benelli räusperte sich.

„Wie hast du das mit den Lehrkräften des Internats so schnell regeln können?", wollte er von Umberto wissen.

„Interessieren dich die Details wirklich?"

Benelli antwortete nicht.

„Oder zählt nur der Erfolg? Immerhin bekommst du für dein Geld auch gute Arbeit."

Benelli verzog sein Gesicht, als sei es ihm unangenehm, darüber zu sprechen. Trotzdem überwog seine Neugier und Umberto berichtete:

„Ich habe mir einen herausgegriffen, ihn etwas bearbeitet, alles ungekürzt auf CD aufgenommen und es den anderen gezeigt. Das war es im Grunde genommen schon."

„Denjenigen herausgegriffen, der anschließend lange im Krankenhaus war und dessen Penis man ...?"

„Ja." Umberto grinste. „Braucht ihn ja als Priester nicht unbedingt", fügte er hinzu.

„Du hast gute Arbeit geleistet, Umberto. Der Mann ist immer noch nicht bei klarem Verstand und behauptet steif und fest, niemand habe ihm diese Verletzungen beigebracht. Die Polizei hat noch nicht einmal ein Protokoll angefertigt. Aber gleich den Penis ..."

„Ich musste die Namen der Teilnehmer erfahren und es sollte doch auch für die anderen überzeugend sein“, bemühte sich Umberto nicht allzu sehr um eine Rechtfertigung. „Und das geht nur über Schmerzen, die sich einbrennen. Worte tun nicht weh, aber unsägliche Schmerzen, die dich immer wieder erinnern, jeden Tag, wenn du zur Toilette gehst, warum du sie hast ausstehen müssen, als direkte Bestrafung, als Kopplung zwischen Instinkt und Logik, das wirkt ungemein. Und als kleines Andenken haben auch alle anderen geringfügige Spuren erhalten und auf diese Art etwas von dem Schmerz gespürt. Ich glaube, dass es in Zukunft bei diesen Schweinen keine Frage um eine erfolgreiche Resozialisierung gibt, sie sind es für ihr ganzes späteres beschissenes Leben. Anders kannst du diesen Arschlöchern nicht beikommen, die sich an Kindern vergehen.“ Umberto spuckte verächtlich aus. „Und dann auch noch so genannte Diener des Herrn, dass ich nicht lache. Schon immer hat die Kirche die Perversesten um sich geschart und sie geschützt.“

Benelli wollte protestieren, aber Umberto hob eine Hand: „Wie viele Beispiele aus der Geschichte soll ich dir nennen? Wie viele, die wir beide kennen und sozusagen miterlebt haben?“

„Wo Menschen sind, da gibt es auch Fehler.“

„Wo Geistliche sind, da gibt es schlimme perverse Fehler“, konterte Umberto. „Sie nutzen die Religion und die Struktur der Kirche, die ihnen eine Art Freibrief für ihre moralische Integrität ausstellt, und arbeiten wie Spione verdeckt im Untergrund. Und ausgerechnet bei denen, die sich am wenigsten wehren können. Haben wir das nicht selbst auch kennen gelernt?“

Umberto sprach ihre eigene Kinder- und Jugendzeit in einem Heim in Chicago an.

Benelli schaute über das Meer, als erwarte er von dort die Eingebung. „Amerika ist ein einziger Sündenpfuhl. Und dann geht dieser Willard hin und trickst uns auch noch aus. Elf Millionen für die Katz.“

„Soll ich die Erbin bearbeiten lassen?“

Benelli schüttelte den Kopf. „Bringt nichts mehr außer Aufsehen, was wir uns nicht leisten können. Wir haben genug mit den aktuellen Problemen zu tun. Zumindest scheint eines geringer geworden zu sein. Um wie viele Millionen ist die Sammelklage durch Ted Stevens Tod inzwischen niedriger bemessen worden als zuvor?"

Umberto grinste. „Eine gute Investition, mein Lieber, mich und meine Dienste zu beanspruchen. Vor drei Monaten noch mehr als neunzig Millionen, nachdem dieser Stevens durch seinen Herzschrittmacher umgekommen ist, sind sie mit dreißig Millionen einverstanden."

„Aber der Umschlag mit den Informationen über Stevens' verbrecherisches Vorleben hat nicht das gebracht, was ich erwartet habe", gab Benelli zu bedenken.

„Du meinst die Medien? Weil Sie es nicht aufgegriffen haben?"

„Ja, leider."

„Um noch weniger als dreißig Millionen zu zahlen?", fragte Umberto.

Benelli nickte und konnte sich ein Lächeln nicht verkneifen. Er hatte der Kirche bereits sehr viel Geld gespart. Allerdings genügte ihm das noch nicht. Deshalb war er bezüglich dieses Stevens und dessen schmutziger Vergangenheit diskret tätig geworden. Demnächst erwartet er eine Reaktion. Und genau darauf freute er sich schon heute. Es wäre eine Art Revanche, nun jedoch zur Stärkung seines Egos. Erlaubt ist, was der Kirche dient. An diese Worte von Marcinkus musste er im Augenblick denken.

„Unsere Religion, der Glaube an Jesu, dessen Kreuzigung, Tod und Auferstehung, all das ist so eine wahnsinnig tolle Geschichte, und dann immer wieder dieser Ärger."

„Gut und Böse wohnen eng beieinander", wurde Umberto pathetisch. „Die Kirche ist geradezu prädestiniert, vom Schlechten unterwandert zu werden. Schau uns doch an. Jekyll und Hyde. Weil es mich gibt, kannst du dich zurücklehnen und deine Hände, wie man so schön sagt, in Unschuld waschen. Ich erledige alle deine schmutzigen Probleme. Zum Wohle der Kirche und zum Wohle Roms. Und ich erspare euch verdammt viel Geld. Im Grunde genommen geht es doch auch bei Euch nur um Geld. Die Kollekte, Spenden, die Macht. Der Glaube ist euer Transportweg, um nicht gleich mit der Tür ins Haus zu fallen. Wenn man Religion ersetzt durch Politik oder Wirtschaft, dann bleiben alle Strukturen gleich. Was also bedeutet euch die Religion? Es ist euer Umhang, der euch sprichwörtlich warm hält. Es ist eure moralische Rechtfertigung vor der ganzen Welt. Bei so viel Heil, wie ihr verkündet, da darf doch auch etwas Geld im Spiel sein."

Benelli schaute zu Umberto. „Deine Auffassung ist mir hinlänglich bekannt."

„Sind sich unsere denn nicht ähnlich?", wollte Umberto wissen.

Benelli verneinte.

„Dabei besteht doch zwischen dir und mir lediglich ein gradueller Unterschied. Im Strafrecht überhaupt keiner. Auftraggeber und Ausführender werden gleich behandelt."

„Aber ich muss mich vor einem anderen Gericht verantworten", versuchte Benelli seine Sichtweise darzulegen.

„Es ist nur eine Frage, welche Instanz für dich zuständig ist. Wenn es hart auf hart kommt, lässt der liebe Gott der weltlichen den Vorzug."

Sie gingen eine Weile, ohne etwas zu sagen. Benelli wich immer wieder mit kleinen Sprüngen den ausfächernden Wellen aus. Umberto amüsierte sich darüber.

„Was hast du heute für ein Problem", kam der Jüngere auf den eigentlichen Grund ihres Treffens zu sprechen.

„Ein großes innerhalb des Vatikans und der Kirche, das wir nicht so schnell in den Griff bekommen werden. Es geht wieder einmal um diesen Ring."

„Und du bist dir sicher, dass es kein Phantom ist?", merkte Umberto an. „Oft ist es ja sehr hilfreich, sich ein Phantom aufzubauen, um in keinen Erklärungsnotstand zu geraten."

Benelli schüttelte den Kopf. „Kein Phantom. Die Indizien und Beweise sind zu dicht. Ich hätte nie gedacht, dass sich dieser Ring so wirkungsvoll halten und schützen kann."

„Dieser eine Pater gehörte auch dazu?"

„Ja. Und das Fatale ist, er hat jemanden rekrutiert oder zumindest eingewiesen. Und dieser jemand scheint irgendwie Feuer gefangen zu haben. Einer meiner Leute hat ihn in

Deutschland beschattet, aber er meint, er sei von ihm entdeckt worden. Das musst du oder einer deiner Männer übernehmen."

„Und wenn sich eine Gelegenheit ergibt, dann ..."

Benelli blieb stehen. „Wenn sich eine Gelegenheit ergibt, dann möchte ich wissen, was er weiß und was er an Unterlagen und Informationen hat. Ich muss gegensteuern. Aber lass ihn vorläufig in Ruhe. Hast du verstanden? Keine Extratouren."

Benelli informierte Umberto, was er bisher alles über den deutschen Pfarrer Simmerling hatte in Erfahrung bringen können. Genau schilderte er dessen Verbindung mit Bonifaz und dass er allem Anschein nach Unterlagen von dem Pater erhalten und sie sich aus dem Zimmer des Ordenspriesters habe aneignen können. Vermutlich habe er sie mit nach Deutschland genommen. Diese Unterlagen müsse er unbedingt in die Hände bekommen, um abschätzen zu können, wie weit der Deutsche involviert sei.

„Vor wenigen Tagen war er im Kloster San Gimignano nahe bei Siena. Ob es einen Kontakt gegeben hat, ich weiß es nicht. Zumindest hat er dort übernachtet und ist erst am kommenden Tag nach Rom weitergereist."

„Aber ein wenig einschüchtern können wir ihn doch. Uns hier und da blicken lassen, im Dunkeln anrempeln, auch mal eins aufs Auge. Dafür habe ich einen guten Mann. Möglicherweise sparen wir Zeit."

„Meinetwegen", antwortete Benelli. „Aber nicht mehr. Nur einschüchtern."

Umberto deutete auf einen einsam am Strand stehenden Strandkorb.

„Komm, lass uns dort hingehen. Du wirkst angespannt, mein Freund. Wir setzen uns und du kannst mir alles in Ruhe erklären. Wenn es sein muss, nehme ich dir auch die Beichte ab."

„Müsstest du mir nicht noch etwas beichten?", fragte Benelli.

„Was denn?"

„Wie du es geschafft hast, an der Baustelle im Vatikan die Kamera zu verstellen, ohne irgendeinen Hinweis zu hinterlassen?"

Thomas schloss sich in seinem Hotelzimmer ein. Bonifaz war allem Anschein nach keines natürlichen Todes gestorben. Eine andere Erklärung gab es nicht, wenn er die Fragen und das Verhalten von Benelli und Hubacher richtig einschätzte. Und der Monsignore unterstellte ihm unterschwellig, die Kamera verstellt zu haben. Aber der Sicherheitsbeamte hatte ihn entlastet, und das war Benelli nicht recht gewesen. Zwischen den beiden schien es zu Machtspielen gekommen zu sein.

Thomas zog auch noch die Vorhänge zu und lief im Zimmer auf und ab. Bonifaz tot, Mord im Vatikan. Er konnte an nichts anderes mehr denken. Die schreckliche Vorstellung fraß sich tiefer und tiefer in seinen Kopf. Also war die Angst des Paters berechtigt gewesen. Aber wer hatte es getan? Und aus welchem Grund? Etwa im Auftrag der Konservativen, von denen Bonifaz so oft gesprochen hatte? Weil seine Unterlagen einige der hohen Herren der Kirche in einem ausgesprochen schlechten Licht erscheinen ließen? Und welche Rolle spielte dieser Benelli? Ein vom Papst ernannter Monsignore, der das Vertrauen der Kirche besaß? Irgendwie kam es Thomas vor, als funktioniere das System in der Kirche noch genauso wie vor Hunderten von Jahren. Handeln und schweigen. Die Kirche schützen, gleich mit welchen Mitteln. Absolution für frevelhaftes Fehlverhalten war garantiert. Meuchelmörder hatten wieder Konjunktur.

Als er sich am kommenden Tag im Lesesaal in seine Unterlagen vertiefen wollte, konnte er sich nicht konzentrieren. Immer wieder schweiften seine Gedanken in eine andere Richtung. Um sich abzulenken, lieh er sich die offizielle Stellungnahme über das umstrittene Abendmahl von Leonardo da Vinci aus, der mit der Kirche auf Kriegsfuß gestanden haben soll. Das berühmte Bild hatte sich Thomas mehrfach im Original in Mailand in der Klosterkirche Santa Maria delle Grazie angeschaut. Die meisten Experten glauben, rechts neben Jesus nicht Johannes, sondern das Ebenbild einer Frau, und zwar das von Maria Magdalena, zu erkennen. Auch für Thomas war es ein Frauenkopf. Und neben Magdalena saß Petrus, der in der Hand ein Messer hielt, als wolle er sie erstechen. Der eigentliche Sprengstoff für die katholische Kirche lag jedoch darin, dass Maria Magdalena die Ehefrau von Jesus gewesen und ihre Ehe nicht kinderlos geblieben sein soll. Was bedeutete, es könnte eine gerade Blutslinie von Jesus' Nachkommen bis in die Neuzeit geben, die wahren Nachfolger des Herrn. Damit wären die Päpste, die sich als Stellvertreter Gottes sehen, möglicherweise hinfällig.

Für die Kirche war diese Version wie eine Kriegserklärung und das ketzerische Unterfangen, die überlieferte echte Lehre zu untergraben. In diversen Erklärungsversuchen bemühte man sich aus klerikaler Sicht, alle Kritikpunkte zu widerlegen. Magdalena wäre doch Johannes, auch wenn er auf anderen Bildern anders aussähe, und das Messer benutzte Petrus, um das Brot zu teilen. Ein seltsames Argument, wenn es doch überall heißt: ... dann nahm er das Brot, segnete es, brach es ... Auch auf dem Bild konnte man an den Brotresten erkennen, dass sie nicht geschnitten, sondern gebrochen worden waren. Natürlich sei Jesus nie mit Maria Magdalena verheiratet gewesen, und deswegen gäbe es auch keine Kinder. Die göttliche Überlieferung könne sich nun mal nicht irren.

Thomas schmunzelte über den argumentativen Stil der Kirche, das Abendmahl entsprechend der Bibel und der Überlieferung zu interpretieren. Dass der einzige Jünger auf dem Bild, der sich von Jesus abwandte, nicht Thaddäus war, sondern Leonardo als Selbstbildnis, der damit überdeutlich seine religiöse Auffassung kundtat, ließ man unerwähnt.

Als Thomas die Unterlagen über das Abendmahl wieder zurückgebracht hatte, setzte sich eine junge Frau zu ihm und bat ihn um Hilfe. Sie komme aus den Vereinigten Staaten, kenne sich hier in Rom nicht aus. Sie möchte sich über Kardinal Willard informieren, der kürzlich verstorben sei.

„Myhelic, Kathy Myhelic", stellte sich die junge Amerikanerin vor.

„Thomas Simmerling aus Deutschland." Neugierig geworden, fragte er: „Myhelic? Ein seltsamer Name. Woher stammt er?"

„Ich weiß es nicht. Man hat mich einfach so genant, ich bin als Vollwaise aufgewachsen."

„Das tut mir leid."

Kathy zuckte mit der Schulter, sie schien sich damit abgefunden zu haben.

Thomas hatte vom Tod des amerikanischen Geistlichen gehört, der in eine Affäre um Kindesmissbrauch verwickelt gewesen sein soll.

„Kardinal Willard stammt aus Ihrem Land, dort müssten Sie eigentlich mehr erfahren als hier in Rom."

„Das habe ich schon versucht. Er war nach der Priesterweihe zuerst in Portland und ist dann nach Chicago und einige Jahre darauf nach Rom gegangen. Fast fünfzehn Jahre hat er hier gelebt, bevor er zum Bischof von Boston und anschließend zum Kardinal ernannt worden ist."

Thomas half ihr, das entsprechende Nachschlagregister zu finden. Und weil sie der lateinischen Sprache nicht mächtig war, übersetzte er einige Passagen für sie. Demnach hatte Willard lange für die 1. Kongregation gearbeitet. So ein Zufall, sagte sich Thomas, Benelli arbeitet doch für die gleiche Kongregation.

„Üben Sie eine Tätigkeit in der Kirche aus?"

„Warum fragen Sie?", wollte Kathy wissen.

„Weil Sie sich so für den verstorbenen Kardinal und dessen Vergangenheit interessieren."

„Ich möchte nur erfahren, was er so getan hat", antwortete sie ausweichend.

Thomas ging anschließend mit ihr einige Artikel und Aufsätze durch, welche der junge Willard über Glaubensfragen geschrieben hatte. Mehrfach hatte er sich mit der verpflichtenden Ehelosigkeit in der katholischen Kirche beschäftigt und sie vehement verteidigt. Wer in der Kirche etwas werden wollte, war gezwungen, sich der allgemeinen Glaubensauffassung anzuschließen. Abweichler wurden schnell wieder eingefangen oder, wenn sie sich uneinsichtig gaben, mundtot gemacht. Ein falsches Wort, eine falsche Bemerkung konnte in wenigen Sekunden eine Karriere zerstören.

Kathy lachte, und es klang irgendwie unecht. „Sie sind doch auch ein Geistlicher", stellte sie fest und beobachtete ihn von der Seite.

Thomas amüsierte sich über die Art, wie sie ihn betrachtete. Als sei er angeklagt und verpflichtet, zu antworten. „Ja, ich bin Priester. Ich kann es nicht leugnen. Und ich will es auch nicht."

„Und wie stehen Sie zum Zölibat?"

Thomas schaute sich um, als wolle er innerhalb des Vatikans keinen Zeugen für seine Antwort haben. Immer noch lächelnd sagte er: „Das Zölibatsgebot gibt es im Grunde genommen erst seit dem Jahre Tausend. Man hat es unter anderem eingeführt, um damals weit verbreitete sexuelle Unsitten und Ausschweifungen einzudämmen, den Kirchenbesitz nicht zu schmälern und an die Kinder von Geistlichen zu vererben."

„Ich habe gelesen, diese Verpflichtung gäbe es schon viel länger", widersprach Kathy. „Außerdem muss man unterscheiden zwischen der Ehelosigkeit und der sexuellen Enthaltsamkeit. Für mein Verständnis können katholische Geistliche demnach Sex haben, dürfen aber nicht heiraten."

Thomas protestierte. „Sex fällt unter die Enthaltsamkeit. Und da Geistliche nicht heiraten dürfen, gibt es für sie nicht nur die Ehelosigkeit, sondern auch die Enthaltsamkeit, auch Keuschheit genannt." Er wusste, dass seine Argumente nicht ganz korrekt waren, der Codex Canonicus sagte etwas anderes, aber Kathy schien sie zu akzeptieren. „Seit wann ist das bei den Katholiken auf diese unnatürliche Art und Weise reglementiert?"

Thomas, der sich wie in einer Prüfung fühlte, antwortete brav und holte bewusst weit aus: „Der Zölibat, was soviel bedeutet wie allein und unvermählt lebend, hat sich über viele Jahrhunderte bis in die Neuzeit entwickelt. Die Paphnutius-Geschichte von Nicäa aus dem Jahre 325, wonach sich der Kirchenmann Daja Paphnutius – angeblich hat Kaiser Maximilian ihm ein Auge ausstechen und eine Sehne in der Kniekehle durchschneiden lassen – für die Ehe eingesetzt haben soll, ist eine Fälschung. Folglich sind es auch die Aussagen bezüglich des Zölibats. Aber bereits vorher wurde im Jahre 306 auf der Synode von Elvira das Enthaltsamkeitszölibat für Kleriker verpflichtend, obwohl sich in den folgenden Jahrhunderten kaum einer daran gehalten hat. Später im Mittelalter hat man auf dem 2. Laterankonzil von 1139 unter Papst Innozenz II. das Ehelosigkeitszölibat als Eingangsvoraussetzung für die Priesterweihe festgeschrieben. Bereits 1022 war von Papst Benedikt VIII. auf der Synode von Pavia angeordnet worden, dass Geistliche nicht mehr heiraten durften. Allerdings nicht allein vor dem Hintergrund der Reinheit der Priester, die man forderte – falls sie die heilige Messe hielten –, sondern auch und besonders, wie bereits gesagt, damit kein Kirchenbesitz an die Nachkommen vererbt werden konnte. Die Kirche denkt seit jeher praktisch und teilt nicht gerne", fügte Thomas süffisant hinzu. Aber Kathy, die konzentriert zugehört und mehrfach genickt hatte, als hätte sie davon bereits Kenntnis gehabt, ging nicht darauf ein.

„War Martin Luther nicht auch verheiratet?", wollte sie wissen.

Thomas bestätigte das. „Zuerst war er Augustinermönch, 1525 hat er eine ehemalige Nonne geheiratet."

„Wouh, ist das spannend", meinte Kathy. „Aber es leben und lebten doch immer Priester mit Frauen zusammen."

„Was auch mehr oder weniger erlaubt war bis zum Konzil von Trient von 1545 bis 1563, als die Ehelosigkeit endgültig per Dekret festgeschrieben worden ist. Fast jeder Geistliche bis hin zum Kardinal hatte eine Konkubine. In verschiedenen Ländern mussten sie eine Strafe an die Kirche zahlen, wodurch der Zustand der wilden Ehe und das Halten einer Geliebten praktisch durch eine Kirchensteuer legalisiert worden sind. So weit die Historie. Ob allerdings die Zölibatsverpflichtung in unserer heutigen Zeit noch Sinn macht, das wage ich zu bezweifeln." Thomas erweckte den Eindruck, als denke er in eine ganz bestimmte Richtung.

„Sie macht überhaupt keinen Sinn", stellte Kathy kategorisch fest. „Weil die Ehelosigkeit und die Enthaltsamkeit unnatürlich sind und so oft gebrochen werden. Bei uns in den Staaten haben wir eine Kette von Prozessen, in denen es um Kindesmisshandlung, Kindesmissbrauch und das zügellose sexuelle Verhalten von Geistlichen und den daraus entsprungenen Kindern geht. Weil es verboten ist, muss zwangsläufig alles heimlich ablaufen. Und wenn einer etwas aufdeckt, dann verteidigt die Kirche den Sünder so lange, bis sich dessen Unschuld nicht mehr aufrechterhalten lässt. Anstatt es frühzeitig zuzugeben und Kinder und Frauen zu schützen, sie nicht der Öffentlichkeit und den Medien auszusetzen. Es ist für viele wie ein Spießrutenlauf. Nicht nur ich bin der Meinung, dass die Kirche kein Interesse am Schicksal Einzelner hat, sondern nur daran, wie sie sich in der Öffentlichkeit darstellen kann. Sie hat von sich selbst ein makelloses Bild gezeichnet, welches unter allen Umständen als werthaltiges Erkennungssymbol aufrechterhalten werden muss. Wir sagen dazu corporate identity."

Thomas kam es vor, als verliefe das Gespräch in eine seltsame Richtung. Kathy arbeitete nicht für die Kirche, auch nicht für die Presse und recherchierte über die Jugendzeit eines Kardinals, der plötzlich in jungen Jahren aus den Vereinigten Staaten nach Italien gegangen war.

„Was war der Grund, warum man Willard damals versetzt hat?", wollte er von ihr wissen. „Haben Sie in Portland etwas gefunden?"

Kathy verneinte. In Amerika sei man sehr zugeknöpft, wenn man etwas über Geistliche zu erfahren wünsche. Immer wieder habe sie zu hören bekommen, sie solle sich an die nächsthöhere Instanz wenden. Und nun sei sie deswegen extra nach Rom gereist.

Thomas war der Auffassung, es müsse bei dem Aufwand, den Kathy betrieb, noch eine andere Erklärung als reine Neugier oder Informationsbefriedigung geben.

Am Abend lud Kathy ihn zum Essen in ihr Hotel ein. „Ich werde Sie keinesfalls auf die Zölibatsprobe stellen", meinte sie lächelnd, als sie sich gegenübersaßen.

„Es ist aber sehr teuer hier", meinte Thomas mit Blick auf die Speisekarte.

„Fühlen Sie sich eingeladen."

„Können Sie sich das denn leisten?", fragte er augenzwinkernd.

„Ja, kann ich. Seit ich vor einigen Wochen eine größere Erbschaft gemacht habe."

„Sie kommen auch aus Boston?"

„Nein, aus Portland."

Kathy sah, wie es in Thomas' Gesicht arbeitete. „Sie sind ganz dicht dran", meinte sie leichthin.

„Wo dran?", wollte er wissen.

„Mein Rätsel zu lösen."

Als sie diese Bemerkung fallen gelassen hatte, begann es in seinem Kopf zu arbeiten: Willard vor vielen Jahren aus Portland weggegangen, wahrscheinlich auf Druck von oben, und Kathy in etwa so alt, dass ihre Geburt mit seinem Weggang zusammenhängen konnte.

„Wenn es so ist, wie ich es mir nun zusammenreime, dann muss Sie die Erkenntnis schmerzlich getroffen haben. Wissen Sie es schon lange?"

„Ich bin die Tochter eines Kardinals", sagte Kathy leise. „Und ich weiß es seit einigen Tagen. An meiner Geburt war er zwar nur einfacher Priester, aber er ist als Kardinal gestorben und hat mir einiges vererbt. Alles in allem ein paar Millionen."

„Und das hat die Kirche hingenommen?"

Kathy zuckte mit der Schulter. „Sie musste es einfach. Am Testament meines Vaters war nichts zu rütteln." Das Wort Vater betonte sie in einer Art, als strafe sie ihn für die Sünde ihrer Geburt und bedauere gleichzeitig, ihn nicht zu Lebzeiten kennen gelernt zu haben. Aus ihr sprach die Sehnsucht einer jeden Waisen, einmal im Leben Vater oder Mutter sagen zu können.

„Was ist mit Ihrer Mutter?"

„Was soll schon sein? Ich kenne sie nicht. Man wird ihr eine Abfindung geboten haben, einige tausend Dollar Schweigegeld." Thomas spürte den Kathy umgebenden filigranen Panzer aus Resignation, entgangener Liebe und Fatalismus. Eine Tarnkappe ihrer wirklichen Gefühle.

„Wollen Sie denn nicht auch noch Ihre Mutter finden?"

Kathy zuckte mit der Schulter. „Versucht habe ich es bereits, aber es ist nicht einfach, an einen Namen heranzukommen. Ich bin sozusagen mit der Geburt an der Pforte eines katholischen Waisenhauses abgegeben worden. Und der Staat hat sich erfolgreich bemüht, alle Spuren zu verwischen." So wie sie es sagte, klang es eher enttäuscht denn als Vorwurf und sie vermittelte den Eindruck, als hätte sie sich damit abgefunden.

„Vermissen Sie denn nichts? Elternhaus? Geschwister, ein Heim?“

Kathy lachte gezwungen. „Wie kann ich etwas vermissen, was ich nicht kenne? Für mich gab es so viele Tanten und Onkels, die häufig wechselten, wenn ich verlegt worden bin, da kommt man gar nicht auf die Idee, etwas zu vermissen. Es gab gute Tanten und Onkels, und es gab auch ganz schlimme. Am schlimmsten waren die Tanten mit den langen schwarzen Kleidern bis zum Boden. Sie waren so streng und unnachgiebig. Und immer wieder gab es von ihnen Schläge. Aber mit zwölf hat das nachgelassen, als mir Brüste gewachsen sind und ich die Periode bekommen habe. Seit diesem Zeitpunkt waren einige der Onkels unheimlich nett zu mir. Es gab Schokolade, es gab auch mal eine Puppe oder einen Lippenstift. Und wenn man ganz brav war, konnte auch ein Kleid herausspringen. Aber ich habe nie ein Kleid erhalten, ich war nicht brav genug. Ich habe den Tanten von den lieben Onkels erzählt, was sie alles mit mir anstellten. Einen haben sie mit der Polizei abgeholt. Ich habe ihn in die Wange gebissen, dass es geblutet hat und es genäht werden musste. Und meine Freundin musste ihr Kleid abgeben, das brauchte man als Beweis vor Gericht.“

Thomas fühlte sich verunsichert. Noch nie hatte er aus dem Munde einer Betroffenen solche Vorfälle gehört. Klar und emotionslos hatte Kathy gesprochen, als bestünde bereits eine große Distanz zwischen heute und früher. Vielleicht die Folge ihres Selbstschutzes, alle Gefühle auszuschalten, um ohne Emotionen das Vergangene zu betrachten, als sei man ein Außenstehender. Oder war Kathy überhaupt nicht mehr in der Lage, etwas zu empfinden? Gab es auch bei ihr diesen berühmten Eisblock, den vernachlässigte und vereinsamte Kinder in sich spürten und über den sie so oft sprachen? So kalt und so groß, dass kein Platz mehr war, etwas anderes zu fühlen? Eine Kälte, die auch betäubte und erst gar nicht zuließ, dass sich nur ein Hauch von Wärme ausbreiten konnte?

Kathy schaute ihn lange an, als erwarte sie von ihm Anteilnahme oder eine Erklärung. Thomas fühlte sich unbehaglich und wechselte einfach das Thema, nicht zuletzt auch, weil ihm die rechten Worte fehlten. Und du nennst dich Seelsorger, schimpfte er mit sich selbst.

„Jetzt sind Sie in der Höhle des Löwen, um Näheres über Ihren Vater in Erfahrung zu bringen.“ Er bemühte sich, seine Stimme normal klingen zu lassen.

„Ist das nicht mein gutes Recht? Das Recht einer jeden Tochter?“ Kathy sagte das gewollt patzig, aber Thomas glaubte die Zurücksetzung gegenüber anderen herauszuhören, nie im Leben Eltern gehabt zu haben.

„Und wenn es bekannt wird? Sie die Tochter eines verstorbenen Kardinals?“

„Dann kann ich es auch nicht ändern.“

Thomas vermutete, dass Kathy sich bereits ohne es zu wollen zu sehr geoutet hatte, beugte sich nach vorn und senkte seine Stimme. „Aber hier im Vatikan wird man alles unternehmen, damit niemand etwas erfährt. Es wäre eine Schande für die Kirche. Und die Medien würden über Sie herfallen. Seien Sie um Himmels willen vorsichtig.“

Mit dem unguten Gefühl, als Priester und Seelsorger auf der ganzen Linie versagt zu haben, verabschiedete sich Thomas spät am Abend. Erneut gab er Kathy den Rat, vorsichtig zu sein und niemanden über ihre wahre Identität aufzuklären.

Er traf Kathy noch zweimal und gewann den Eindruck, seine Worte hatten gewirkt. Sie werde schon übermorgen wieder zurück in die Staaten reisen, versicherte sie ihm. Hier in Rom könne sie wohl nichts über den Menschen Willard erfahren. Außer den wenigen Artikeln und einigen allgemeinen Informationen scheine er keine Spuren hinterlassen zu haben. Trotz allem sei sie jedoch beeindruckt vom Vatikan und der Aura, die ihn umgebe. Eine seltsame Mauer des Schweigens, die selbst sie gespürt habe. Und eine unsichtbare Armee, die ihn zu schützen wisse.

Als Thomas beiläufig erwähnte, er wolle sich einen lang gehegten Wunsch erfüllen und sich am kommenden Tag in Manoppello das Schweißtuch der Veronika anschauen, war sie Feuer und Flamme, mit ihm zu fahren. Thomas, der keine großen Erfahrungen hatte, Frauen einen Wunsch auszuschlagen, gab schließlich nach. Schon um sieben Uhr in der Früh starteten sie.

Während der Fahrt klärte Thomas Kathy darüber auf, welche Bedeutung das Tuch für die katholische Kirche hat. Mit ihm soll die Heilige Veronika dem leidenden Jesus kurz vor der Kreuzigung das Gesicht abgetupft haben. Und auf dem Tuch, welches aus Muschelfasern bestehe, hafte keine Farbe, aber das Gesicht eines Mannes sei deutlich zu erkennen.

Dabei gebe es Streit, wer denn nun das echte Tuch habe: Turin oder der kleine Ort Manoppello in den Abruzzen. Turin rühme sich, das einzig wahre Tuch der Magdalena zu besitzen mit dem Antlitz von Jesus, den Schultern und einem Knieabdruck, als er unter der Kreuzeslast gestürzt sei. Mehrfach habe man es untersucht und herausgefunden, der Gesichtsabdruck, der deutlich zu sehen sei, könne nicht mit Farbe gemalt worden sein. Diese wäre durch den Stoff hindurchgedrungen und auf der Rückseite zu sehen. Andere Untersuchungen bestätigten, dass es sich bei diesem Abdruck um Blut oder Blutfragmente handele. Und das Alter des Stoffes stimme auch überein, mindestens tausendfünfhundert Jahre sei er alt.

Kritiker jedoch merkten an, es handele sich um eine Fälschung von Leonardo da Vinci, gemalt mit Blut. Und weil er es dem Sonnenlicht und der Witterung ausgesetzt haben soll, sei es künstlich gealtert.

Aber der Streit sei vom amtierenden Papst auf eindeutige Art und Weise beigelegt worden. Er sei nach Manoppello gepilgert und habe vor dem Tuch der Veronika gebetet. Und alle Welt wisse damit, ein Papst betet nicht vor einer Fälschung.

Weil Thomas sich in der Kirche als Priester zu erkennen gab, durfte er sich gemeinsam mit Kathy außerhalb der normalen Öffnungszeiten das Tuch anschauen. Er war überwältigt von der klaren Abbildung des leidenden Männerkopfes mit den deutlich sichtbaren Blutfragmenten. Thomas glaubte sich demjenigen direkt gegenüber , für dessen Religion er eintrat und in dessen Diensten er stand: dem Heiland und Erlöser. Er kniete voller Andacht und betete. Und er spürte in sich ein warmes, fließendes Gefühl, welches er bisher noch nicht kennen gelernt hatte. War das auch eine Form der Erleuchtung? Oder die der Gnade?

Was er so oft gelesen hatte und für viele seiner Glaubenskollegen für immer ein Wunschtraum blieb, er würde jedem berichten können, wie es war: eins mit Gott zu sein. Genau so fühlte er sich.

„Sie haben ja Tränen in den Augen“, sagte Kathy zu ihm, als sie die Kirche verließen.

„Ich bin überwältigt“, antwortete Thomas mit belegter Stimme. „Heute habe ich eine Antwort auf meine Frage erhalten, warum ich Priester geworden bin.“

Von dem einsamen Bergdorf Manoppello hatten sie enge und bergige Straßen in den Abruzzen zu bewältigen, um wieder auf die Autobahn zurückzukommen, die von Pescara nach Rom führt. Thomas wählte die Richtung nach Fornace und von dort nach Contrada Leicinete, was zwar den kürzesten, allerdings auch den steilsten und engsten Weg zur Autostrada dei Parchi bedeutet. Die Sonne stand bereits tief, als sie losfuhren. Immer wieder musste Thomas die Sonnenblende herunterklappen, um gegen das grelle Glitzern etwas erkennen zu können.

Nach wenigen Kilometern fiel ihm auf, dass ein Auto folgte. Thomas verlangsamte die Geschwindigkeit, aber der andere Fahrer machte keine Anstalten zum Überholen. Hintereinander fuhren sie bergauf. Links der Berghang und rechts fiel das Gelände steil ab in eine tiefe Schlucht. Lediglich eine dünn und schwächlich aussehende Leitplanke als letzter Schutz vor mehr als einhundert Metern Steilabfall.

Irgendwann setzte sein Hintermann, als die Straße flacher verlief, zum Überholen an. Thomas konnte wegen der tief stehenden Sonne nicht viel sehen und reduzierte die Geschwindigkeit. Daraufhin wurde auch der überholende Pkw langsamer. Thomas beschleunigte, das andere Fahrzeug tat es ihm nach. Zuerst war Thomas versucht, die Situation als ein gefährliches Spiel einzustufen. Da machte sich jemand auf seine Kosten lustig. Irgendein Einheimischer, der ihn an seinem Kennzeichen als Deutscher erkannt hatte. Als jedoch plötzlich Metall gegen Metall schrammte, sich das Geräusch tief in seine Ohren bohrte, bekam er einen schlimmen Verdacht.

„Der will mich rammen“, stammelte er zu Kathy, die mit weit aufgerissenen Augen das andere Auto beobachtete. Kathy zitterte am ganzen Körper und fiel ihm in den Arm, das Auto machte einen Schlenker. Thomas schüttelte sie ab und drückte sie mit einer Hand gegen die Beifahrertür.

„Nach links“, schrie Kathy, weil sie einen Blick in den Abgrund hatte werfen können. Sie versuchte, nach dem Lenkrad zu greifen, aber Thomas konnte sie zurückhalten.

„Nach links!“

Aber dort war das andere Auto. Und weiter vorn sah Thomas, dass die Straße eine Linksbiegung machte. Und in der Biegung hörte die Leitplanke auf, geradeaus ging es ins bodenlose Nichts. Mit einem Mal glaubte Thomas die Absicht des anderen Fahrers zu erkennen. Er wollte so lange neben ihm bleiben, bis er ihn hinter der Leitplanke in die Tiefe abdrängen konnte.

Thomas bremste, aber sein Verfolger setzte sich hinter ihn und schob ihn nach vorn, denn sein Motor war wesentlich stärker als der des Passats, den Thomas fuhr. Die Reifen blockierten, es roch nach Gummi, und trotzdem wurde Thomas näher und näher an den Abgrund gedrängt. Kurz entschlossen drückte er das Gaspedal durch und suchte sein Heil in der Flucht. Das andere Fahrzeug war nicht nur stärker, sondern auch schneller und setze sich wieder neben ihn. Erneut schrammte Blech auf Blech. Die Linkskurve raste auf ihn zu, in wenigen Metern hörte die Leitplanke auf, als Thomas gegen das Licht der tief stehenden Sonne die schattenhaften Konturen eines anderen Autos um die Biegung kommen sah. Das entgegenkommende Fahrzeug bremste, der Pkw neben ihm zwangsläufig auch, und gleichzeitig versuchte er auszuweichen, aber Thomas war mit seinem Fahrzeug im Weg. Ein berstendes Geräusch und Thomas sah im Rückspiegel, wie das ihn verfolgende Auto vom anderen wegkatapultiert wurde und in die Tiefe stürzte.

Thomas raste fast ungebremst in die Kurve, kam ins Schlingern und schaffte es irgendwie, nicht den Abhang hinunterzurasen. Er hielt an, atmete mehrmals tief durch, schaute auf seine zitternden Hände, rollte anschließend langsam zurück und stieg aus. Das entgegenkommende Fahrzeug, ein Pkw mit kleiner Ladefläche, stand gleichfalls, weißer Qualm kroch unter der Motorhaube hervor, die Frontscheibe war von einem Spinnennetz an Rissen überzogen. Ein älterer Mann stieg langsam aus, rieb sich die blutende Stirn, besah sich seinen Pkw und kam ihm entgegen. Wachsbleich war sein Gesicht und immer wieder stammelte er: „Ich konnte nichts tun, er war auf meiner Spur. Ich konnte nichts tun."

Kathy stellte sich neben Thomas, umfasste seinen Arm, ihre Knie drohten wegzusacken. „Der wollte uns umbringen", sagte sie. „Der wollte uns tatsächlich umbringen."

Unter ihnen im Tal plötzlich eine Explosion, das abgestürzte Auto stand in Flammen. Der Insasse würde keine Überlebenschance haben.

Thomas versorgte den älteren Mann, stillte die Wunde an dessen Stirn und legte einen Verband an.

Eine halbe Stunde später war die Polizei vor Ort und nahm den Unfall auf. Thomas und der andere Fahrer hatten einen Alkoholtest zu absolvieren, weil in den Bergen viel getrunken werde, wie einer der Polizisten meinte. Nachdem Thomas sich als Priester zu erkennen gegeben hatte, gaben sich die Beamten etwas freundlicher. Allerdings schauten sie Kathy mit seltsam prüfenden Augen an.

Benelli starrte auf die Zeitung. Sein Informant hatte mit seiner Ankündigung vor zwei Wochen Recht behalten, die Folgen dieser Veröffentlichung waren noch nicht abzuschätzen. Was ihn am meisten irritierte, er konnte alles in der ‚Stampa' nachlesen und war nicht, wie sonst üblich, vorab informiert und um eine Stellungnahme gebeten worden. Und dann auch noch ausgerechnet im Hochgebirgstal Gran Paradiso. Der dortige Gemeindepriester war dem Vernehmen nach Vater einer dreijährigen Tochter. Wenn dieser Ernesto Sinola ein normaler Geistlicher gewesen wäre, sinnierte Benelli, würde es kaum Aufsehen geben. Aber ein populärer, theologisch anerkannter Geistlicher, der viele Veröffentlichungen getätigt hatte? Und was noch schlimmer wog, während einiger Sommerwochen war dieser Sinola immer der eigentliche Oberhirte der katholischen Kirche, der Pastor pastoris. Exakt für die Zeit, wenn in den vergangenen zwölf Jahren die Päpste Johannes Paul und Benedikt ihren Urlaub in Sinolas Gemeinde im Aosta-Tal verbracht hatten. Der Priester hatte die Päpste mit den Worten begrüßt: „Seien Sie vorsichtig, Eure Heiligkeit, denn während Sie hier sind, bin ich Ihr Hirte." Benedikt hatte darauf geantwortet: „Ich werde ein gehorsames Gemeindemitglied sein." Die Zeitung hatte den Geistlichen auf die Vaterschaft angesprochen. Der gab alles zu und möchte sich vom Dienst befreien lassen, um über seinen Glauben nachzudenken. Nicht das Zölibat stelle er in Frage, so Sinola, sondern inwieweit sich mit der Berufung leben lässt, ohne die Verantwortlichkeit zu leugnen. Benelli überlegte, welche Möglichkeiten es gab, gegenzusteuern und den Medien den Wind aus den Segeln zu nehmen. Offensiv mit der Angelegenheit umgehen, einfach behaupten, die Kirche wisse das alles schon seit geraumer Zeit, der Priester habe sich Rom anvertraut. Oder wie so oft in der Vergangenheit einfach die Angelegenheit aussitzen, keine Reaktion zeigen, negieren. Nach zwei Versuchen hatte Benelli den Priester am Telefon. Und einige Minuten später willigte Sinola ein, sich Rom anvertraut zu haben. Was er ja sozusagen jetzt im Augenblick tue und gleich in die Tat umsetzen werde, denn es hätten sich ein Magazin und eine andere Zeitung angekündigt. Benelli legte auf mit dem Gefühl, seiner Verpflichtung als Krisenmanager nachgekommen zu sein und den größtmöglichen Schaden von der Kirche abgewandt zu haben. Vorausgesetzt, Sinola hielt sich an die Notlüge. Aber die konnte er hier vor Ort beichten. Im Vatikan gab es genügend Beichtstühle. Und die waren nicht nur für die Besucher gedacht.

Benelli scheute sich nicht, in verschiedene Rollen zu schlüpfen, wenn er dadurch an sein Ziel gelangte. Zwar war seine Lieblingsrolle die des überlegenen, gravitätischen Monsignore, ob in einfacher dunkler Kleidung oder mit Soutane, das kam auf die Situation und seine Absicht an. Vor kurzem jedoch spielte er in einem kleinen Ort bei Mailand erfolgreich einen Avvocato.

Heute allerdings würde er im Dienste der Kirche als schmutziger Erpresser auftreten. Aalglatt und berechnend und brutal, gewappnet mit unschönen Beweisen. Gerne hätte er die Rolle einem anderen überlassen, Umberto oder einem seiner Kollegen, aber in diesem Fall durfte es keine unnützen Zeugen geben. Alles sollte sich sozusagen innerhalb der Familie abspielen.

Er bezahlte das Taxi, schaute dem Wagen nach, bis er um die Ecke verschwunden war und ging die letzten dreihundert Meter zu Fuß. Nicht weit entfernt vom Mailänder Dom blieb er vor einem wuchtigen Haus stehen, welches die strengen baulichen Züge der Renaissance nicht verbergen konnte. Benelli schaute hoch in den ersten Stock und sah Licht hinter einem der Fenster. Er öffnete die Eingangstür mit dem nachgemachten Schlüssel, gab den Code für die Alarmanlage ein – auch die Kirche vertraute im Alltäglichen mehr der Technik denn dem Schöpfer – und ging langsam durch den Flur bis zur Treppe.

Von Umberto, der die Örtlichkeiten ausgekundschaftet und ihn mit Informationen versorgt hatte, wusste er, dass er am Rande der Holzstufen nach oben steigen sollte. Die fünfte und die vierzehnte knarrten besonders, trotz des aufgelegten Teppichs.

Oben angekommen, wandte er sich nach links, zog die Maske über das Gesicht und öffnete eine fast drei Meter hohe Tür. Benelli betrat den Raum, und der Kopf des Mannes, der lesend am Schreibtisch saß, ruckte in seine Richtung. Mit schnellen Schritten war Benelli bei ihm und drückte den Mann, der sich aufrichten wollte, nach unten.

„Es ist niemand im Haus, das Personal hat dienstags frei, die Alarmanlage ist ausgeschaltet, wir sind sozusagen unter uns, Erzbischof Manguso. Und glauben Sie mir, Widerstand zu leisten macht keinen Sinn."

Benelli, der ruhig gesprochen hatte und dessen Hand immer noch auf der Schulter des Mannes ruhte, drückte zu. Der Erzbischof, von der Physiognomie her eher filigran gebaut, schrie auf vor Schmerz und verzog das Gesicht.

Benelli zog einen Stuhl herbei und setzte sich ihm gegenüber.

„Kenne ich Sie?", fragte Manguso.

„Sie werden mich kennen lernen", entgegnete Benelli und legte eine Aktentasche vor sich auf den Tisch. Der Erzbischof schielte von Zeit zu Zeit zur Tür, als hoffe er auf Hilfe. Benelli, der dies bemerkte, lächelte unter seiner Maske.

„Was wollen Sie von mir", fragte der Erzbischof, der eingeschüchtert wirkte.

„Mit Ihnen reden, im ganz normalen Tonfall reden und dann von Ihnen hören, wie Sie sich entscheiden werden."

Benelli schaute sich im Raum um. Ein großes Bücherregal, eine Sitzecke mit Ledersesseln und eine Vitrine, auf der zwei Kerzen brannten. Von der Stirnseite des Raumes lächelte ihm überlebensgroß Jesus mit segnend erhobener Hand von einer Leinwand zu, sein Kopf umgeben von einem Heiligenschein. Wenn Jesus mich so wohlwollend anlächelt, kann meine Absicht doch nicht verwerflich sein, überlegte Benelli und fühlte sich aus unerklärlichen Gründen übermütig.

Da er keinen Computer entdeckte, zog er sein Notebook aus der Tasche, klappte es auf und schob eine CD hinein. Anschließend drehte er das Notebook so, dass der Erzbischof sich den Bildschirm anschauen konnte. Und der Geistliche war wenig erbaut von dem, was er sah.

„Wo haben Sie das her", stammelte er.

„Sie sind mehrfach beobachtet worden." Benelli ging nicht auf die näheren Umstände ein. Warum sollte er dem Bischof erklären, dass die Beweise von Bonifaz' Computer stammten? Dieser seine Festplatten zwar gelöscht hatte, es aber einem Experten von Benelli gelungen war, einige Dateien wieder zu rekonstruieren?

„Aber das ist schon mindestens fünf Jahre alt", meinte der zweithöchste Würdenträger von Mailand und seine Stimme klang, als sei dieser Vorfall damit verjährt. Oder hatte er ihn gebeichtet und ein Kollege hatte ihn mit viel Verständnis gegen eine geringe symbolische Buße von all seinen Sünden freigesprochen?

„Sie haben ein gutes Gedächtnis. Erinnern Sie sich an den Jungen?"

Der Erzbischof antwortete nicht.

„Und an diesen?"

Benelli sah, wie der Erzbischof erblasste.

„Erinnern Sie sich?", fragte Benelli in einem schärferen Tonfall.

„Der Junge ist gerade mal zwölf Jahre alt. Erinnern Sie sich?" Benelli beugte sich nach vorn, und der Erzbischof konnte in dessen vor Wut funkelnde Augen sehen.

Die nächste Szene zeigte den Erzbischof nackt mit drei weiteren Jungen, von denen keiner älter als vierzehn war.

„Sie stehen jeden Sonntag auf der Kanzel und predigen Keuschheit, Sie werfen den Gläubigen vor, zu sehr der Fleischeslust nachzugeben, Sie sind gegen die Geburtenkontrolle und gegen das Benutzen von Verhütungsmitteln und vergreifen sich an kleinen Jungen. Sie schimpfen auf diejenigen, die an Aids erkrankt sind, bezeichnen diese Krankheit als Seuche des Teufels, der jeden bestrafe, der gegen Gottes Natur verstoße. Und Sie verstoßen nicht nur gegen Gottes Natur und gegen unseren Herrn Jesus Christus, sondern auch noch gegen die Gesetze des Staates Italien."

Mangusos zierliche Gestalt schien auf seinem Stuhl zu schrumpfen, als drücke ihn das schlechte Gewissen nach unten. Allerdings nur, weil es einen Zeugen für seine Verfehlungen gab. Bisher war er mit seinem Gewissen gut zurechtgekommen. Rechtfertigungen vor sich selbst für sein Tun fielen ihm nicht schwer. Immerhin hatte er die Jungen auch reichlich beschenkt. Und ein anderer, der aus einem sehr armen Elternhaus stammte, konnte dank seiner Hilfe sogar ein Internat besuchen und wollte später auch Priester werden. Und zu keiner Zeit hat ihm der Herr Einhalt geboten und gesagt, er solle damit aufhören. Dabei war er immer und stets zugegen gewesen. So schlimm konnte das alles also gar nicht sein.

„Aber ich habe den Kindern nie weh getan", rechtfertigte er sich mit weinerlicher Stimme. „Ich war lieb zu ihnen und sie haben es gerne gemacht. Ich habe niemanden gezwungen und ihnen nie wehgetan."

„Es sind alles Messdiener. Sie haben Ihre Position ausgenutzt und die Jungen verführt."

„Aber nein, mein guter Mann", sagte Manguso. „Bischof Vicedomini hat sie mir vermittelt."

Der Erzbischof merkte, dass er einen Fehler begangen hatte. „Ich meine natürlich, die Jungen haben auch bei Bischof Vicedomini gedient", bemühte er sich, noch etwas zu retten.

Benelli lächelte unter seiner Maske. Ein weiterer Name, ein weiteres Schwein im Dienste der Kirche, das es auszumerzen galt. Aber für jedes Schwein wurden fünf neue geboren.

„Es ist ja nicht nur, dass Sie sich an Kindern vergehen. Die Kirche hat auf Ihre Empfehlung hin ein Grundstück gekauft, total überteuert. Und zwar von einer Immobiliengesellschaft. Die Kirche hat mindestens vier Millionen Euro zu viel gezahlt. Und Sie sind über einen Strohmann Hauptaktionär der Gesellschaft, die es verkauft hat."

Benelli hatte vollkommen emotionslos gesprochen. Zuerst schien der Erzbischof ob dieser neuen Information noch eingeschüchterter zu sein, dann entschied er sich jedoch, zu protestieren.

„Das stimmt nicht."

Benelli zog ein Schreiben aus seiner Tasche und gab es dem Erzbischof zu lesen.

„Nicht nur das überteuerte Grundstück, die vier Millionen in die eigene Tasche eingesteckt, sondern Sie haben auch noch die Steuern für den Gewinn hinterzogen, weil das Geld ins Ausland gegangen ist."

„Wo haben Sie das her", stammelte Manguso.

„Es genügt, dass ich es habe."

Benelli schaute auf den schmächtigen Mann von etwas mehr als sechzig, der den Eindruck vermittelte, als könne er niemandem schaden. Ein Diener des Herrn, der schon aufgrund seines Aussehens prädestiniert schien, demutsvoll im Dienste der Kirche zu stehen. Der bekannt war für seine Güte und sein Verständnis. Der sich oft mit Bedürftigen fotografieren ließ und in einem Stadtviertel von Mailand eine sonntägliche Armenspeisung eingeführt hatte.

„Was wollen Sie von mir?"

Benelli schob dem Erzbischof mehrere Formulare zu. „Der Kauf des Grundstücks wird rückgängig gemacht", begann er. „Außerdem ersuchen Sie den Heiligen Vater, dass er Sie aus gesundheitlichen Gründen von allen Ämtern und Funktionen entbindet."

Mit großen Augen schaute der Erzbischof auf den Maskierten. „Das ..., das können Sie nicht verlangen. Nie und nimmer."

„Und ob ich das kann."

„Aber der Heilige Vater wird mich in zwei Wochen zum Kardinal ernennen."

„Er wird Sie nicht zum Kardinal ernennen."

„Wer sind Sie?"

Benelli zog die Maske vom Kopf. „Monsignore Benelli. Ich leite eine Abteilung innerhalb der 1. Kongregation. Wie Sie sich denken können, bin ich in offizieller Mission hier."

„Und warum die Maske?"

„Weil Sie ohne Maske nie so freimütig gesprochen hätten, Erzbischof. Ich habe alles auf Band aufgenommen."

Benelli zog ein kleines Gerät aus seiner Tasche und spielte einige Passagen ab.

„Das ist Erpressung."

Benelli zuckte mit der Schulter. „Ich werde Sie nicht zwingen, zu unterschreiben. Das tun Sie freiwillig", sagte er mit süffisantem Unterton. „Außerdem werden Sie freiwillig in ein Kloster gehen. Wir haben da auf Sizilien eine ganz spezielle Einrichtung für Abtrünnige und Sünder, so wie Sie einer sind."

Der Erzbischof zuckte zusammen, er kannte diese Einrichtung.

„Und wenn ich mich weigere?"

Benelli überzeugte sich, dass das Band ausgeschaltet war. „Wir haben keine Skrupel, unsere Informationen weiterzugeben. Die Eltern der Messdiener werden alle gegen Sie klagen und Sie vor ein weltliches Gericht bringen, mit unserer Unterstützung. Und der Heilige Vater wird nach Kenntnis der Umstände keine Hemmungen haben, Sie öffentlich von allen Ämtern zu entbinden, selbstverständlich auf Ihren eigenen Wunsch hin."

„Also weiß er von allem noch nichts."

„Nein, noch weiß er nichts."

„Gibt es denn überhaupt keine Möglichkeit", begann der Erzbischof mit verschlagenem Blick zu sprechen, „die ganze Angelegenheit für uns zu behalten?"

„Doch, die gibt es schon", meinte Benelli. „Wenn Sie innerhalb von zwei Stunden vier Millionen Euro auf ein Konto meiner Wahl transferieren können."

Monsignore Benelli saß im Vatikan in seinem Arbeitszimmer und grübelte. Gestern war er um einige Millionen reicher geworden, und trotzdem hatte der Erzbischof nach dem schnellen Geldtransfer, mit Ausnahme der Rückabwicklung des Grundstückverkaufs, alles unterschrieben. Dazu musste Benelli nur die präparierte Spritze aus seiner Aktentasche nehmen und darauf hinweisen, der aggressive Aids-Virus sei innerhalb von zwei Jahren absolut tödlich. Nie würde er das schreckhaft verängstigte Gesicht des Erzbischofs Manguso vergessen.

Mittlerweile, so lautete seine letzte Information, müsste der Erzbischof schon auf dem Weg nach Sizilien sein. Und die Spritze, gefüllt mit einfachem Wasser aus der Leitung, war in den erstbesten Abfalleimer gewandert.

Benelli empfand keine Skrupel. Warum auch? Wem hatte er etwas weggenommen? Und was hatte die Kirche dazu nicht alles an Gegenleistung erhalten? Stillschweigen, ein Parasit weniger, keinen Skandal, viele Jungen vor weiteren sexuellen Belästigungen geschützt und Bischof Vicedomini an der Angel, der die Messdiener vermittelt hatte, und den er sich demnächst vorknöpfen würde. Und falls die Eltern der Kinder tatsächlich den Klageweg beschreiten wollten, gäbe es verschiedene Möglichkeiten, sie davon abzubringen. Zum einen Geld, das meistens wirkte, dann der Hinweis, dass dadurch der Name der Kinder in den Medien genannt und diese für alle Zeit gebrannntmarkt würden. Nicht zuletzt jedoch blieben dem Vatikan noch andere Varianten offen, juristische Verfahren auf Jahre in die Länge zu ziehen. Die meisten endeten ohnehin ohne Eröffnung der Verhandlung, weil die Beschuldigten inzwischen in Entwicklungsländern ihren Dienst versahen oder bereits verstorben waren.

Schade war nur, dass der Computer von Bonifaz nicht viel mehr hergegeben hatte. So sehr sich sein Experte auch bemühte, mit den Namen Lord Nelson, Goethe, de Gaulle, Cassius Clay, Anastasia, Churchill und Margret Thatcher konnten sie absolut nichts anfangen. Allerdings wunderte sich Benelli über Fragmente einer Datei, in der immer wieder der Name Ernesto Sinola auftauchte, ein Priester aus dem Aosta Tal, Vater einer dreijährigen Tochter. Bonifaz war vor gut zwei Wochen verstorben und vor wenigen Tagen dieser unsägliche Bericht in der ‚Stampa'. Hatte Bonifaz den Informanten beliefert? Wusste der Informant von Bonifaz? Oder war etwa Bonifaz selbst dieser ... Benelli schüttelte den Kopf. So dumm ist doch niemand, überlegte er, und bezichtigt sich selbst. Es sei denn ...

Benellis Stimmung besserte sich, er fühlte sich erleichtert, endlich kam es zu der Verabredung mit Francesca. Allerdings bestand sie darauf, sich mit ihm in ihrem Hotel zu treffen. Sie sei für zwei Tage in Rom.

Benelli wäre ein diskreterer Treffpunkt, nicht gerade mitten in der Öffentlichkeit, lieber gewesen. Aber er wollte etwas von Francesca, und deshalb willigte er ein.

Benelli kam auch nicht wie ein Geistlicher. Im dunklen Anzug mit dunklem Rollkragenpullover sah er aus wie ein normaler Gast, als er in der Via Veneto im obersten Stockwerk das Restaurant betrat. Francesca wartete bereits auf ihn und saß an einem Tisch am Fenster, von wo aus man einen fantastischen Blick auf Rom hatte.

„Ist es nicht ein gutes Gefühl, über all den anderen zu stehen", meinte sie nach der Begrüßung und deutete hinaus auf die Ewige Stadt. „Sich erhaben und wichtig zu fühlen? Dazu auserwählt, die Geschicke zu lenken und nicht gelenkt zu werden?"

„Wer sich selbst erhöht, wird erniedrigt werden", konterte Benelli und schmunzelte.

Francesca trug ein atemberaubend enges rotes Kostüm, welches jedoch zwei ihrer sehenswerten Körperbereiche nicht oder nur unvollkommen verhüllte: die langen Beine und ihre üppige Oberweite.

„Wäre ich nicht bereits einem anderen versprochen, könnte ich schwach werden", spielte Benelli auf ihr Äußeres an.

„Jetzt tu doch nicht so, als wenn du dich daran halten und nicht mit Frauen schlafen würdest", konterte sie. „Denk bitte daran, wie wir uns kennen gelernt haben. Von mir aus kannst du tun und lassen, was du willst. Einige meiner Freundinnen stehen auf Diener Gottes. Die sind manchmal richtig ausgehungert, sagen sie. In der Nähe von Genua soll es da ein Priesterseminar geben ..."

Benelli überhörte die Anspielung, nahm die Speisekarte und entzog sich dadurch einer Antwort.

„Was kannst du empfehlen?"

Francesca übernahm es, für beide zu bestellen und wählte zur Seezunge den teuersten Wein auf der Karte aus. „Ich lade dich ein", beruhigte sie Benelli.

Der hielt es nicht länger aus und kam auf sein Problem zu sprechen. Ob es ihrem Kontaktmann gelungen sei, über den anonymen ausländischen Server und die von dort aufgerufenen Internetseiten Rückschlüsse zu ziehen auf diejenigen, die sich während einer Tagung im Vatikan eingewählt hatten.

„Marco, du hast Glück. Der Server steht in England und auch dort ist man gesetzlich verpflichtet, alle eingewählten Internetadressen zu speichern. Und zwar für drei Monate. Glück insofern, weil es dieses Gesetz in England erst seit diesen schrecklichen U-Bahn Attentaten gibt."

„Also hat dein Kontakt diejenigen feststellen können, die sich bei uns im Vatikan eingewählt haben."

„Ja."

„Und, weiter?"

„Das hat mich zwanzigtausend gekostet. Die übernimmst aber du."

„Einverstanden." Benelli war es diese Summe wert.

„Und wir machen ein Geschäft. Ich möchte an der Sache partizipieren."

„Wie soll das geschehen?", fragte Benelli reserviert. Für ihn war das immer noch eine innere Angelegenheit des Vatikans.

„Du hast von neunzehn hochgestellten Geistlichen gesprochen. Stimmst das?"

Benelli bestätigte dies zögernd.

„Ich will zwei von ihnen, mindestens im Rang eines Bischofs, die ich vor laufender Kamera und ohne jegliche Vorwarnung auf diesen Vorfall ansprechen möchte. Sie sollen keine Gelegenheit haben, sich vorzubereiten. Ich möchte sie mit der schmutzigen Wahrheit konfrontieren. Und zwar in meinem Sender, in meinem Hause. Ich werde sie einladen, und du sorgst dafür, dass sie kommen. Das unverfängliche Thema einer extra dafür anberaumten Sendung wird die Gesetzesvorlage im Parlament sein, Abtreibungen straffrei zu stellen. Die beiden sollen als Vertretung des Vatikans dazu Stellung nehmen."

Benelli musste zugeben, dass Francesca einen durchtriebenen Plan verfolgte. Da er die Namen der neunzehn kannte, würde er wohl zwei opfern und ihr zum Zerfleischen hinwerfen müssen. Und die Öffentlichkeit würde genüsslich zuschauen. Francesca mit waagerechtem Daumen, und die Zuschauer würden wählen: Daumen nach unten. Wir wollen sie fressen.

Benelli wusste auch schon, wer das sein könnte. Hätte sie um drei gebeten, er wäre auch damit einverstanden gewesen. Aber er erweckte trotzdem den Eindruck, als überlege er und trank einen Schluck von dem teuren Wein.

Vor dem Dessert schob Francesca Benelli einen Umschlag zu. Der öffnete ihn und überflog die einzelnen Zeilen der insgesamt fünf Seiten. Alle zweihundert Verbindungen waren aufgelistet und konnten auf die Urheber – jeder hatte intern eine andere Nummer – zurückgeführt werden. Allerdings war eine Spalte geschwärzt, und zwar diejenige, in der die Adressen der aufgerufenen kinderpornografischen und pädophilen Anbieter stehen sollten.

„Diese Daten sind vollkommen abgesichert. Mein Kontakt hat auf meinen Wunsch hin zwei Anwälte eingeschaltet, die im Zweifelsfall bestätigen, dass jedes Detail stimmt. Und wir vom Sender werden zudem einen Notar beauftragen, damit alles seinen rechtlich richtigen Weg geht."

Benelli nickte anerkennend, aber von Francesca war er ja gewohnt, dass sie ausgesprochen professionell arbeitete.

„Ich gehe davon aus, dass du eine Kopie hast. Ist dir auch etwas aufgefallen?", fragte er.

„Und ob. Da deine Glaubensbrüder praktisch abwechselnd reihum diese bestimmten Seiten aufgerufen haben, sieht es so aus, als hätten sie sich untereinander ausgetauscht. Als wüssten sie voneinander. Zumindest etliche von ihnen."

Benelli sah das auch so, und genau dieser Punkt gab ihm besonders zu denken.

„Und wann erhalte ich die Internetadressen der schmutzigen Seiten?", fragte er.

„Wenn du die zwanzigtausend bezahlt hast und ich die

Kollegen von dir in der Sendung habe. Kurz vor der Sendung werde ich sie dir persönlich geben. Allerdings benötige ich die Namen der beiden mindestens eine Woche vorher."

„Wann soll die ..."

„Am übernächsten Samstag um 21 Uhr. Zur besten Sendezeit, wie es sich gehört."

Eine halbe Stunde später bedankte sich Benelli für die Einladung und verabschiedete sich. Als er gegangen war, nahm Francesca das Mikrofon aus dem Blumenschmuck, bezahlte und stand auf. Ob die Aufnahmen was geworden waren, würde sie in wenigen Minuten erfahren. Francesca lächelte, als sie in den Aufzug stieg. Es ist wie beim Fallschirmspringen, überlegte sie. Du brauchst immer einen Ersatzschirm. Wer weiß, wofür er gut ist. Vielleicht nützt es mir zu gegebener Zeit, wenn ich nachweisen kann, dass mein Freund Marco Benelli aus mehr oder weniger niederen Motiven zwei Bauern geopfert hat.

Die Rückreise war für Thomas ein einziger Alptraum. Zuerst noch die intensive Vernehmung durch die Polizei, die sehr erstaunt reagiert hatte, als er sagte, man habe es auf ihn und seine Begleiterin abgesehen. Thomas beschrieb ausführlich die Vorgeschichte des Unfalls. Weil Kathy das Gleiche aussagte, nahmen die Beamten es auch notgedrungen ins Protokoll auf. Ein Anschlag auf eine Person, dazu auch noch einen Priester, bedeutete zwangsläufig mehr Arbeit. Und das in den beschaulichen Abruzzen.

Anschließend brachte er Kathy zurück nach Rom, verabschiedete sich von ihr, packte seine Sachen, bezahlte das Hotel und fuhr noch am gleichen Abend los. Erst vierhundert Kilometer später, in deren Verlauf er manchmal mehr in den Rückspiegel als auf die Straße geschaut hatte, machte er die erste Rast, trank einen Kaffee, aß etwas und schlief im Auto. Alle paar Minuten wachte er auf, weil er sich beobachtet fühlte.

Nach der Morgentoilette besah er sich den Schaden an seinem Fahrzeug. Beide Seiten total verschrammt und verbeult, die hintere Stoßstange eingedrückt, ein Rücklicht defekt und die Heckklappe demoliert. Ob die Polizei sich an ihre Zusage hielt, ihm für seine Versicherung die Fahrzeugdaten des anderen Autos mitzuteilen?

Nach weiteren zwölf Stunden Fahrt kam er spät am Abend in Trier an. Er stellte das Auto ab und ging in seine Wohnung. Allerdings nicht, ohne vorher noch einige Schaufenster als Spiegel benutzt zu haben, um zu sehen, ob ihm einer folgte. Und er stellte sich sogar einmal in den Eingang eines Geschäftes und beobachtete alle Passanten, die an ihm vorbeigingen. Woran jedoch hätte er einen potentiellen Verfolger erkennen können? Mann oder Frau? Südländischer Typ oder auch nicht? Thomas wäre es schwergefallen, sich darauf eine Antwort zu geben.

Erneut eine schlimme Nacht mit kurzen Schlafphasen und Alpträumen und langem Wachliegen und sich im Bett herumwälzen. Als der Wecker um sieben Uhr anschlug, war das für Thomas wie eine Erlösung. Die Dusche und ein starker Kaffee belebten ihn einigermaßen.

Am Vormittag saß er Bischof Verhoeven gegenüber und berichtete, was ihm widerfahren war. Immer noch fühlte sich Thomas aufgewühlt und nervös, was sich in einer hektischen Sprechweise und fahrigen Bewegungen äußerte.

Der Bischof bemerkte seinen Zustand, erhob sich, ging zu einer Anrichte und füllte zwei Gläser.

„Hier, Pfarrer Simmerling, trinken Sie das bitte. Ein Mirabellenschnaps aus der Eifel. Die wissen, was gut ist."

Thomas musste wohl überrascht ausgesehen haben, denn der Bischof meinte, er würde damit in seinem Zustand sicherlich keine Sünde begehen und eher eine medizinische Notwendigkeit erfüllen.

„Selbstverständlich ist damit Ihre Arbeit in Rom abgeschlossen", sagte Verhoeven, ohne lange zu überlegen, nachdem Thomas geendet hatte. „Tut mir leid, ich kann Sie nicht mehr in das Archiv lassen."

„Das ist auch nicht nötig. Für meine Paulusarbeit habe ich alle Unterlagen zusammen. Fertigstellen kann ich sie auch hier in Trier. Ein Dokument befindet sich in Mainz."

Der Bischof schlug die Beine übereinander und massierte sich das Kinn.

„Und Sie sind der Meinung, was Ihnen widerfahren ist, hängt tatsächlich mit Bruder Bonifaz zusammen?"

„Ja." Thomas' schnelle Antwort wirkte verstärkend. „Ich habe das Gefühl, er wusste von Vorfällen und Ereignissen, die er besser nicht hätte wissen sollen. Manchmal sprach er seltsame Dinge aus, die ich nicht verstand. Dann auch wieder murmelte er zusammenhangslos etwas vor sich hin. Und ständig verwechselte er die Paulus-Briefe mit den Paulus-Papieren."

Bischof Verhoeven überlegte. „Haben Sie eine Vermutung, was es gewesen sein könnte? Wovon er gesprochen hat?", fragte er nach einigen Augenblicken.

Thomas blieb seiner Strategie treu und unterrichtete auch den Bischof nicht über das, was er zwischenzeitlich hatte in Erfahrung bringen können. „Nein. Bonifaz kam mir sonderbar und verschlossen vor. Und ich glaube, er hatte irgendwie Angst."

Verhoeven nickte, als würde dies in sein Bild des Mönchs passen.

„Zwischenzeitlich habe ich aus Rom ein Schreiben erhalten, welches Sie vollkommen entlastet. Können Sie mich bitte unterrichten, was es mit der Kamera und mit gewissen Aufnahmen auf sich hat?"

Thomas erschrak etwas, hatte sich aber gleich wieder unter Kontrolle. Knapp führte er aus, was der Sicherheitsbeamte Hubacher ihm bezüglich der verstellten Kamera mitgeteilt hatte und das man ihn dazu befragt habe. Denn die Kamera sei ausgerechnet kurz vor der Zeit verstellt worden, als Bonifaz seinen Unfall hatte, wodurch dieser nicht aufgenommen werden konnte.

„Kann es denn nicht sein, dass man die Kamera gewartet hat?", wollte der Bischof wissen.

Thomas wusste es nicht und antwortete, davon habe Hubacher nichts gesagt.

Der Bischof setzte sich an seinem Schreibtisch zurecht und beugte sich langsam nach vorn. „Glauben Sie denn, Pfarrer Simmerling, dass es kein Unfall war?"

Thomas zuckte mit der Schulter. „Ich weiß es nicht. Allerdings ist es schon merkwürdig, was alles dort geschehen ist. War es kein Unfall, dann müsste es ..."

„… Mord gewesen sein“, beendete Verhoeven den Satz. „Mord im Vatikan. Eine schreckliche Vorstellung.“

Bischof Verhoeven nahm den Brief, den er, genau wie den ersten auch, von einem gewissen Monsignore Benelli erhalten hatte. Dort stand etwas ganz anderes, als ihm Thomas Simmerling gerade berichtet hatte. Das mit der Kamera, schrieb Benelli, habe sich erledigt, ein Mitarbeiter habe sie versehentlich während der Wartungsarbeiten verstellt. Unterschrieben war der Brief von Benelli und vom Sekretär der 1. Kongregation, Patabendi. Prüfend schaute der Bischof zu Thomas. Eigentlich hatte er nicht den Eindruck gewonnen, dass dieser ihm etwas verschwieg oder ihn belog. Warum aber teilte ihm Benelli diese offensichtliche Unwahrheit mit? Was bezweckte er? Oder verheimlichte ihm vielleicht dieser Simmerling etwas?

Eine halbe Stunde später trank Thomas in der Stadt einen Kaffee, aß einen mit Marmelade gefüllten Berliner, klopfte den Puderzucker von seiner Kleidung und fühlte sich etwas besser. Seine Hände zitterten nicht mehr, aber immer noch beobachtete er seine Umgebung.

Wenn die wissen, was ich alles habe, dann geht es mir wie Bonifaz, überlegte er und erschrak über die klare Analyse seiner Situation. Seine Hände begannen daraufhin wieder zu zittern. Und je länger er in dem Café verweilte und über seine Lage nachdachte, desto mehr wurde er sich bewusst, dass er mit jemandem reden und diesen auch stillschweigend zu seinem Zeugen machen musste. Sozusagen als Selbstschutz. Aber wen hätte er einweihen können? Wem vertraute er? Wer würde all diese Dinge für sich behalten?

Ein Name spukte in seinem Kopf, aber Thomas kam es zu abwegig vor, weiter an ihn zu denken. Weil sich jedoch dieser Name nicht verdrängen ließ, stand er nach einer Weile kurz entschlossen auf, bezahlte, ging in seine Wohnung und suchte eine Telefonnummer. Nach vier Anrufen hatte er ihn endlich an der Leitung. Auf die Frage seines Gesprächspartners „Warum ausgerechnet ich?“, ging er nicht ein, sondern verabredete sich noch für den gleichen Abend mit ihm in einem Lokal in Trier am Kornmarkt, unweit des neu errichteten Geschäftszentrums.

Um sich abzulenken, bemühte er sich erneut, die drei CDs zu öffnen, die er von Bonifaz erhalten hatte. Aber auch heute gelang es ihm nicht. Die von Agritius wollte er sich später anschauen.

Thomas war pünktlich, gab dem Mann, der bereits auf ihn wartete, die Hand, setzte sich und bemerkte: „Sie haben sich Ihre Zähne machen lassen."

„Gleich nachdem ich eine Arbeit angenommen habe. Die Verpackung muss stimmen, der Inhalt ist doch egal. Liege ich etwa falsch? Ist es bei der Kirche anders?" Er grinste und fügte hinzu: „Ich arbeite jetzt in einem Baumarkt als Hausdetektiv. Erst heute noch habe ich vier Typen gestellt, die sich an fremdem Eigentum vergriffen haben. Irgendwie kommt es mir vor, als wolle man mich bestehlen. Das kann ich doch nicht durchgehen lassen. Ist schon seltsam, nicht? Man gelangt in eine gewisse Position, erhält eine Aufgabe, sie appellieren an deine Verantwortung und daran, dass ohne dich der Laden nicht laufen kann, und schon nimmst du alles persönlich."

Thomas rückte etwas näher. „Ich brauche deine Hilfe", sagte er zu Alfons Maximini, dem ehemaligen ungläubigen Trunkenbold mit der spitzen Zunge aus seiner alten Pfarrgemeinde und benutzte das vertrauliche Du.

„Meine Hilfe? Ausgerechnet meine Hilfe? Einer, der auf die Kirche schimpft, auf die Popen schimpft, an den Katholiken und deren Getue nichts Gutes lässt." Alfons lachte erstaunt auf. „Warum ich? Ist das für dich ein Härtetest? Der Versuch, mit einem kleinen Teufelchen einen Bund einzugehen? Hast du denn vergessen, dass ich vier Jahre im Knast gesessen habe?"

Thomas beobachtete Alfons eine Weile, als wolle er prüfen, ob seine Entscheidung, sich mit ihm zu treffen, richtig war. „Nein, habe ich nicht vergessen. Ich weiß ja auch warum. Und ich weiß auch, was du vorher gemacht hast."

„Das interessiert mich übrigens sehr", meinte Alfons. „Wie hast du alles herausgefunden?"

Thomas schmunzelte. „Als ich auf der Toilette saß. In Bausendorf in unserem Vereinslokal. Vor einigen Jahren. Du bist aus dem Lokal gekommen und hast im Flur telefoniert, ein paar Namen genannt, eine Anschrift, dich nach dem Befinden deines Sohnes und deiner Tochter erkundigt. Und ich bin der Sache etwas nachgegangen. Neugierig, wie ich nun einmal bin, wenn es um meine Schäfchen geht, auch um die schwarzen, um das einzige schwarze", betonte er, „habe ich nach und nach alles zusammentragen können. Das war gar nicht so einfach und viele waren verschwiegen, als gäbe es für dich ein Täterschutzprogramm."

„Dann weißt du ja auch genau, warum ich mit der Kirche auf Kriegsfuß stehe", zischte Alfons. „Warum ich diesen Verein, voll gespickt mit Perversen und Homosexuellen und geistigen Krüppeln nicht leiden kann."

„Aber dazu gehöre ich doch wohl nicht, oder?"

Alfons' Gesicht wurde abweisend und kantig. Angriffslustig beugte er sich nach vorn. „Meine Frau hat ein Verhältnis mit einem Popen gehabt. Und der hat sie geschwängert und dann sitzen lassen. Er hat es abgelehnt, sich einem Test zu unterziehen und alles abgestritten."

„Und du hattest nichts Eiligeres zu tun, als ihn zu verprügeln."

„Aber vorher habe ich mir ordentlich Mut angesoffen", bemühte sich Alfons, den Vorfall richtigzustellen. „Und das Verprügeln hat mir wahnsinnigen Spaß bereitet. Kennst du das? Du zitterst vor Aufregung, siehst das verhasste Gesicht vor dir und rammst ihm eine rein. Mann, ich habe ihm eins auf die Fresse gegeben, da sind ihm zwei Zähne weggeflogen. Das war vielleicht ein Fest. Er hat geschrien und gewinselt. Und ich habe noch mal zugeschlagen, mitten auf die Eier, sein Zentrum allen Übels, dass er zu kotzen anfing. Und dann wieder auf die Nuss, so lange, bis er zusammengesackt ist." Auch heute, zehn Jahre nach dem Vorfall, zeigte Alfons keine Reue. Im Gegenteil, er schien es immer noch zu genießen.

„Und anschließend hast du das Pfarrhaus angezündet. Wirklich eine tolle Leistung. Da liegt einer halb ohnmächtig herum, zusammengeschlagen von dir, und du zündelst. Ein Glück, dass er sich noch rausschleppen konnte und das Gericht, nicht zuletzt wegen deines volltrunkenen Zustandes, die Anklage wegen Mordversuchs fallengelassen hat, mein lieber Alfons. Sonst säßest du jetzt nicht hier. Und ein Glück, dass mein Kollege dich nicht wegen schwerer Körperverletzung angezeigt hat. Der Staatsanwalt hätte sogar mit Hilfe des Zusammengeschlagenen erfolgreich einen Mordversuch daraus konstruieren können."

Alfons senkte den Kopf, und bei jeder Beschuldigung von Thomas senkte er ihn etwas tiefer, als gestehe er seine Schuld. „Dabei hätten das einige meiner sogenannten guten Freunde sehr gern gesehen", meinte er zerknirscht. „Mich für zehn Jahre und mehr wegsperren. Das wäre denen ein innerer Vorbeimarsch gewesen."

„Aber selbstredend. Immerhin warst du einmal als Kommissar bei der Polizei ein Vorbild für viele. Die Enttäuschung sitzt tief, so einen in den eigenen Reihen zu haben. Ein wahres Aushängeschild für die Polizei."

Einige Sekunden blieb es still. Die Aggressivität aus Alfons' Gesicht wich, er atmete ruhiger, seine Züge glätteten sich. Er schluckte und fuhr sich mit einer Hand durch das Haar. Schon längst hatte er die Erkenntnis gewonnen, Fehler gemacht zu haben. Aber zwischen Erkenntnis gewinnen und tatsächlicher Einsicht können schon mal Jahre liegen.

„Ich habe mir alles versaut", murmelte er leise vor sich hin und erweckte nun den Eindruck, als sei er resigniert. „Meine Ehe kaputt, Frau und Kinder wollen nichts von mir wissen, vier Jahre Knast, die Versicherung am Hals wegen Schadensersatz. Alles versaut." Er griff sein Glas, trank es leer und setzte es hart auf. „Alles versaut habe ich mir."

Thomas legte ihm eine Hand auf den Unterarm. „Es klingt jetzt banal, aber es gibt Schlimmeres. Du hast bezahlt. Und ich habe das Gefühl, du hast daraus gelernt und kommst langsam wieder zurück zu uns in die Gemeinschaft. Ist es nicht schön dort?", spielte er auf eines ihrer letzten Streitgespräche an. „Allerdings solltest du auch noch deinen Hass in den Griff bekommen. Eine Ursache dafür zu haben, gibt dir nicht automatisch das Recht, auch davon Gebrauch zu machen. Es gibt kein Gesetz, welches in solchen Fällen Hass vorschreibt."

Alfons schaute unsicher zu Thomas. „Zumindest bin ich seit Wochen nicht mehr betrunken gewesen", bemühte er sich, seine Verlegenheit zu überbrücken.

Anschließend plauderten sie immer unbefangener und schienen amüsiert zu sein, als sie sich an ihre verbalen Auseinandersetzungen in Bausendorf erinnerten. Und an die Reaktionen der Dorfbewohner. Jetzt wohne er in Trier und habe sich in der Parkstraße ein kleines Apartment gemietet.

„Wie bist du eigentlich auf Bausendorf als deinen Fluchtort gekommen?“, wollte Thomas wissen. „So weit weg von allem, fast mitten in der tiefsten Eifel. In der Provinz und ausgerechnet bei denen, die du als Pisser und Pinscher bezeichnet hast.“

„Pisser und Spießer, nicht Pinscher, habe ich sie genannt“, verbesserte er und schmunzelte. „Meine Großmutter stammt aus dem Ort. Das war der einzige Grund. Und weil ich sie mochte, bin ich nach Bausendorf gekommen.“

„Und hast es einige Jahre dort ausgehalten. Wie konntest du das durchstehen?“

Alfons starrte auf die gegenüberliegende Wand, als stünde dort die Erklärung. „Das war kein Problem“, meinte er aufschauend. „Ich wollte nur noch alle Priester hassen, die Kirche hassen, den lieben Gott hassen. In mir war eine wahnsinnige Kraft. Und der Alkohol hat mir geholfen und mich immer stärker werden lassen. Dich wollte ich am meisten hassen, weil du als Kirchenmann die direkte Verbindung zu meinem Unglück gewesen bist. Die Inkarnation meines privaten Bösen, welches ich mir jeden Tag anschauen konnte. Aber ausgerechnet bei dir ist es mir nicht gelungen. Du warst nämlich der Einzige, der mich geachtet und für voll genommen hat.“ Alfons grinste über seinen Vergleich. „Ich meine natürlich voll im Sinne von akzeptieren.“

Thomas schaute Alfons an. „Kann ich dir vertrauen?“, wollte er von ihm wissen.

„Kann man überhaupt jemandem vertrauen?“, fragte Alfons zurück und wich dem Blick nicht aus.

„Kann ich dir vertrauen?“, wiederholte Thomas eindringlich.

„Was siehst du in meinen Augen?“

„Dass ich dir vertrauen kann.“

„Hast du eine Alternative? Meiner Meinung nach nicht, sonst säße ich jetzt nicht hier“, konstatierte Alfons. Langsam rückte er näher zu Thomas. Immer noch hatten sich ihre Augen ineinander verkrallt. Für einen zufälligen Beobachter musste die Situation etwas Unverständliches haben. Zwei Männer, Gesicht an Gesicht, so nah, dass sie den Atem des anderen riechen konnten, und die einander unentwegt anstarrten.

„Dann vertraue mir. Ich zumindest würde es im umgekehrten Fall tun."

Nach einer letzten Bedenkminute begann Thomas zu erzählen. Er konnte es sich nicht erklären, aber er vertraute Alfons tatsächlich und berichtete, was ihm in den vergangenen Wochen widerfahren war. Zwei Stunden sprach er, und Alfons stellte keine einzige Frage. Als Thomas geendet hatte, schaute er ihn nur an und schüttelte den Kopf, als gäbe es dort einiges in die richtige Reihenfolge zu bringen. „In was bist du da reingeraten", meinte Alfons mit ahnungsvoller Stimme. „Du als Priester kämpfst gegen die eigenen Leute. Und die gegen dich. Das sollte doch eigentlich meine Aufgabe sein. Verkehrte Welt."

Sie schwiegen einige Minuten und Thomas bestellte zwei Bier.

„Es ehrt mich natürlich, dass du mir vertraust." Alfons legte seine Unterarme auf den Tisch. „Weil ich mich kenne und weiß, dass ich den Mund halten kann, hoffe ich für dich, dass du sonst noch niemandem davon erzählt hast."

„Niemandem." Thomas nickte bestätigend.

„Das ist gut. Und einige Dinge hast du auch vollkommen richtig gemacht. Ich meine, Kopien deiner Unterlagen an verschiedenen Stellen zu deponieren."

Thomas wollte wissen, wie er die Lage einschätze.

„Willst du die Wahrheit hören?"

„Ich will immer die Wahrheit hören", bemühte sich Thomas zu scherzen, was ihm jedoch nicht gelang.

„Du hast gegen den Apparat keine Chance. Gegen die Kirche kommst du nicht an. Wer weiß das besser als ich? Und wenn du hundertmal Recht hast, es gibt zu viele Fürsprecher und Lobbyisten, auf die sich die Kirche immer berufen kann. Unaufgefordert kommen sie aus ihren Löchern gekrochen und stehen ihr bei in der Hoffnung, dass es sich irgendwann einmal auszahlt. Wie Hühner um einen Tisch scharen sie sich und warten darauf, dass, wenn sie richtig gegackert haben, genügend Brotkrumen abfallen. Du hast keine Chance."

„Ich will ja auch nicht den Heiligen Vater stürzen", meinte Thomas leichthin.

„Genau das ist die Frage: Was willst du überhaupt? An die Öffentlichkeit gehen? Der Presse Material aushändigen? Weiter recherchieren und weiter sammeln? Den toten Bonifaz rächen? Was willst du überhaupt?" Alfons schaute ihn ernst an.

„Mein Leben schützen."

Später zeigte Thomas in seiner Wohnung Alfons einen Teil seiner Unterlagen. Auf die Priesterkinder bezogen erklärte er das System, mit dessen Hilfe man nachschauen konnte, wer wann wo geboren worden war. Sie überprüften es an Alfons' geschiedener Frau, deren Tochter einen Priester als Vater hatte, entdeckten jedoch unter dem Geburtsdatum und dem entsprechenden Bistum keinen Hinweis auf ein Kind.

„Dann gibt es nur zwei Möglichkeiten", meinte der ehemalige Kriminalbeamte. „Entweder sind hier nur die Kinder aufgeführt, welche die Kirche anerkannt hat und/oder all diejenigen, die von irgendeiner Stelle, sprich Frau, als Priesterkind gemeldet worden sind."

„Wie ist das mit deiner Frau gewesen? Hat sie offiziell ...?"

Alfons zuckte mit den Schultern. Ihm sei das auch egal gewesen. „Was ich weiß ist lediglich, dass sie keinen Euro Unterstützung erhält und erhalten hat."

Alfons war fasziniert von dem Register, welches Thomas bei Bonifaz gefunden und inzwischen abgeschrieben hatte. „Ich habe es ja immer schon gesagt: Die ganzen Popen ..., Wasser predigen und Wein saufen. Heuchelei pur. Oben geben sie dir den Segen und unter dem Tisch fahren sie den Nonnen ans Höschen." Er schaute hoch zu Thomas. „Entschuldige, du bist nicht gemeint."

Es war nach Mitternacht, als Thomas von Alfons, einem ehemaligen Kriminalbeamten, wissen wollte, ob er ihm helfen würde.

„Ja." Die Antwort kam schnell und ohne Bedingung.

„Ich danke dir. Und was soll ich deiner Meinung nach tun?"

„Mir zweitausend Euro geben, weil ich nicht so viel Geld habe."

Auf Thomas' erstaunten Blick hin erklärte Alfons: „Ich besorge dir zuerst ein Handy mit verschiedenen Karten, so dass niemand überprüfen kann, wo du dich aufhältst und mit wem du telefonierst. Weiterhin organisiere ich eine anonyme Kreditkarte. Das Konto einrichten, ich meine mit Geld auffüllen, musst du schon selbst."

„Ist das alles nötig?", wollte Thomas wissen, der gewisse Vorbehalte spürte. Welche Veranlassung hatte er, solche Vorkehrungen zu treffen? Er tat doch nichts Unrechtes.

„Unbedingt. Du betrügst ja nicht das Finanzamt, sondern du schützt dich und den Ort, an dem du dich aufhältst. Anhand der Kreditkarte, mit der du bezahlst, kann niemand auf dich schließen. Und als Letztes werde ich dir einen Sender besorgen, den du immer bei dir trägst. Und ich habe das entsprechende Gerät, mit dessen Hilfe ich dich orten kann. Das Ganze arbeitet wie ein Navigationsgerät auf GPS Basis. Dafür benötige ich die zweitausend Euro."

Alfons meinte, er könne ihm am besten helfen, wenn er, abgesehen von Treffen, in denen sie alles besprachen und sich eine Strategie überlegten, nicht mit Thomas zusammen sei. Auf Thomas' Frage hin wurde er konkreter und führte aus, nach Lage der Dinge könne es sein, dass man Thomas sogar in Trier aufsuchen werde, um herauszufinden, was er alles in der Hand habe. Vielleicht mache man ihm ein finanzielles Angebot? Thomas entrüstete sich, wonach er ein solches niemals annehmen würde. Allein schon wegen Bonifaz.

Falls es brenzlig werde, sprach Alfons weiter, ohne auf Thomas' Antwort einzugehen, könne er ihn mit Hilfe des Senders benachrichtigen. Oder per Handy, falls er dazu die Möglichkeit habe. Da niemand von ihm, Alfons, wisse, wäre der Überraschungseffekt auf ihrer Seite.

Thomas schaute den ehemaligen Kriminalbeamten an, als würde er zu dick auftragen, denn so schlimm sei das alles doch nun wirklich nicht. Aber ihm war auch bewusst, dass das Leben, was er bisher kennen gelernt hatte, Lichtjahre entfernt war von dem, über das Alfons sprach. Seine bisher behütete Welt war nicht der Maßstab, sondern die raue Wirklichkeit. Der Dschungel, wie Alfons meinte, wo nur ein Gesetz gelte: fressen oder gefressen werden.

Anschließend legten sie die Verhaltensregeln fest. Immer, wenn Thomas die Stadt Trier verlassen würde, solle er umgehend Alfons anrufen und informieren, wo er sei oder hingehe, damit dieser ihn gegebenenfalls mit Hilfe des Senders verfolgen und aufspüren könne. Scherzhaft fügte er hinzu, Thomas möge bitte all seine Reisen auf das Wochenende oder abends nach 20 Uhr legen, dann habe er dienstfrei. Zu viele Ausfälle könne er sich finanziell nicht erlauben.

Er, Alfons, werde im sicheren Abstand hinter Thomas herfahren. Wenn er glaube, sich in Gefahr zu befinden, dann solle Thomas auf dem Sender, den er ihm beschaffen werde, zweimal die Nottaste drücken, dann wisse er Bescheid.

Auf Thomas' Einwand, das alles sei doch vielleicht übertrieben, bemerkte Alfons trocken: „Wenn dein Kontrahent in den Abruzzen Erfolg gehabt hätte, dann säßen wir jetzt nicht hier und müssten uns Mittel und Wege überlegen, dich zu schützen. Vergiss das bitte nicht."

Falls man den Polizeisprecher Ward fragen würde, warum er mehr und mehr über den freiwilligen Tod des Bostoner Kardinals Willard in Erfahrung bringen wolle, er hätte Probleme gehabt, eine aufrichtige Antwort zu geben. Aber vor sich selbst benötigte er keine Rechtfertigung seines Tuns und konnte deshalb freimütig zugeben, allein das Verhalten dieses Monsignore Benelli hatte in ihm eine unergründliche Aversion geweckt, es diesem arroganten Pinkel zu zeigen. Deshalb recherchierte er von Zeit zu Zeit und stieß in diesem Zusammenhang im Internet auf einen Artikel in einer französischen Zeitung mit der bezeichnenden Überschrift: Ich, die Geliebte eines Bischofs.

Freimütig erzählte eine Gina Tossi, dass sie über zwei Jahre die Geliebte eines Bischofs aus Norditalien gewesen sei und nun von ihm ein Kind erwarte. Sie schilderte die Umstände ihres Kennenlernens, die Art, wie sie Versteck spielen mussten, wenn sie sich getroffen hatten. Und dass sie oft in seiner

Kirche war und ihn bei der Messe beobachtete, ohne dass er es gewusst habe. Da sie nun im vierten Monat schwanger sei, könne sie in Zukunft nicht mehr ihren Beruf als Modell ausüben. Was ja wohl jeder verstehen könne.

Ward suchte weiter und fand Hinweise, nach denen diese Gina sogar zweimal in Fernsehsendungen aufgetreten war. Da man inzwischen wusste, welcher Bischof gemeint war, kam man auch auf die Umstände seines Todes zu sprechen. Freimütig gab sie zu, dabei gewesen zu sein. Leider sei sie zu spät gekommen und habe den Badeunfall nicht verhindern können. Carlo sei auch kein allzu guter Schwimmer gewesen. Sie habe ihn oft davor gewarnt, allein hinauszuschwimmen.

Ward setzte sich zurecht und starrte auf den Monitor. Vor geraumer Zeit, als er zum ersten Mal vom Tod des Bischofs aus Padua gehört hatte, drängte sich ihm die Frage auf, inwieweit der verschwommene Hinweis der ägyptischen Polizei auf eine bisher unbekannte Dame zutraf und wie er eventuell mit ihr in Kontakt treten könnte. Nun war diese Dame Gina konkret geworden und stellte sich, wohl gegen entsprechendes Honorar, als äußerst mitteilsam heraus. Vielleicht konnte ihm das nützlich sein.

Was ist die Nachricht hinter der Nachricht, fragte er sich. Gibt es etwas, was diese Gina verschweigt? Hat sich alles genau so zugetragen, wie sie den Unfall schildert?

Erneut überlegte er, wie an diese Gina heranzukommen sei. Urlaub würde er auf keinen Fall erhalten, um nach Frankreich zu fliegen. Außerdem erschien ihm die Spur zu vage, um einen solchen Aufwand zu betreiben. Aber zusammen mit den Aspekten, die er bisher gesammelt hatte, ergab sich möglicherweise ein Ansatzpunkt, sich auf eine bestimmte Richtung zu konzentrieren.

Das Telefon schlug an. Ward war erstaunt, dass Kathy Myhelic anrief, der er auf der Suche nach der Identität eines Verstorbenen einen entscheidenden Tipp hatte geben können.

„Sind Sie immer noch in Boston?“, wollte Ward wissen.

„Ja, zumindest noch eine oder zwei Wochen.“

„Und was haben Sie in der gewissen Angelegenheit unternommen?“

Kathy berichtete, sie habe versucht, in Rom Näheres über ihren Vater zu erfahren und sei seit zwei Tagen wieder zurück.

„Sie waren in Rom?“, fragte Ward erstaunt. Dabei war er es, der ihr vor geraumer Zeit diskret den Hinweis gegeben hatte, er an ihrer Stelle würde es im Vatikan versuchen. Damit wollte er vermeiden, dass Kathy in den Staaten Nachforschungen anstellte und enttäuscht gewesen wäre, hätte sie die wahren Hintergründe über ihren Vater erfahren. In Rom, so mutmaßte er, würde man sich diesbezüglich etwas bedeckt halten.

„Aber Sie haben mir doch geraten, es an höchster Stelle zu versuchen“, entgegnete Kathy.

„Höchste Stelle ja, aber damit habe ich doch nicht …“

Kathy unterbrach ihn. „Außerdem wollte ich mir schon immer diese Stadt anschauen. Jetzt kann ich es mir endlich leisten.“

Ward lenkte ein. „Hat es sich gelohnt? Sind Sie schlauer geworden, was Ihren Vater betrifft?“

„Nicht wirklich, obwohl sich ein junger Pfarrer aus Deutschland bemüht hat, mir zu helfen. Die offiziellen Stellen sind sehr zugeknöpft. Als direkte Angehörige hätte ich andere Rechte.“

Ward verschlug es die Sprache vor so viel Naivität und er wollte wissen: „Haben Sie sich etwa als Tochter und Erbin zu erkennen gegeben?“

„Nein, ich glaube nicht. Ich habe lediglich gesagt, Willard sei ein entfernter Onkel von mir gewesen.“

Ward konnte über so viel Unvernunft nur den Kopf schütteln. Womöglich hatte Kathy eine Lawine losgetreten. „Sie wollen doch wohl nicht so weit gehen, und sich offiziell die Vaterschaft zweifelsfrei bestätigen lassen, nur um …?“

„Warum nicht?“, antwortete Kathy kess. „Eine DNS wäre genau das Richtige.“

Ward atmete vernehmlich, denn er konnte die Bedeutung einer DNS einschätzen. Sie war für die Öffentlichkeit genau so wirkungsvoll wie ein Geständnis vor Gericht. War Kathy wirklich daran gelegen, einen kleinen Privatkrieg gegen den Vatikan zu führen? Sich selbst zur Zielscheibe machen zu lassen? Eigentlich konnte er es sich nicht vorstellen und ordnete es eher als vorübergehende Laune ein. Bleib ruhig, geht mich alles nichts an, sagte er zu sich selbst. Anschließend jedoch verschlug es ihm die Sprache, als sie von dem Anschlag erzählte, den man auf sie und den Deutschen ausgeübt habe.

„Galt der Ihnen oder dem Deutschen?"

„Genau das ist es, was mir Sorge bereitet. Ich bin der Meinung, er galt mir, weil ich mich vielleicht zu offensichtlich zu erkennen gegeben habe."

„Weiß der Deutsche, wer Sie sind?"

„Ja, ich habe es ihm erzählt. Er war so vertrauenswürdig."

„Verdammt, wie konnten Sie nur", tadelte Ward. „So etwas behält man doch zeitlebens für sich, erst recht in Rom oder gegenüber einem Geistlichen."

„Sicherlich haben Sie recht", gestand Kathy kleinlaut und fügte trotzig hinzu: „Aber der Priester wiederum denkt, der Anschlag galt ihm."

Sie beschrieb die Fahrt nach Manoppello zum Schweißtuch der Heiligen Veronika. Auf dem Rückweg nach Rom geschah dann, wie gesagt, der Anschlag. Anschließend habe der Priester etwas von geheimen und wichtigen Unterlagen und Dokumenten und dem Tod eines Paters gesprochen, der damit im Zusammenhang stünde und dass man nun versuche, ihn als unangenehmen Zeugen zu beseitigen. Als ich wissen wollte, welche Dokumente er meine, wich er aus und sagte lediglich, der Vatikan würde alles unternehmen, damit nie etwas davon an die Öffentlichkeit kommen könne. Und was unter alles zu verstehen sei, das hätten wir beide gerade erst erlebt.

Ward verabredete sich mit Kathy, um in Ruhe bei einer Tasse Kaffee das Vorgefallene zu erörtern und legte auf. Anschließend starrte er auf das Telefon, als würde es ihm wichtige Zusammenhänge vorenthalten. Aus seiner Sicht wurde die Angelegenheit, die durch Kathy auch einige Wurzeln in Boston hatte und nun bis Rom zu reichen schien, immer mysteriöser. Um sich auch über Kathy ein Bild zu machen, hatte er versucht, einiges über sie herauszufinden. Leider mit keinem berauschenden Erfolg. Außer ihrer Geburt in einem katholischen Krankenhaus und der späteren Unterbringung in mehreren Kinderheimen bis zu ihrem vierzehnten Lebensjahr, war nichts herausgekommen. Auch die Jugendämter erwiesen sich als Flop. Kathy schien nie mit ihnen in Berührung gekommen zu sein.

Der amerikanische Polizeibeamte wäre erstaunt gewesen, hätte er sehen können, auf welche umfangreichen Unterlagen Benelli vor zwei Wochen hatte zurückgreifen können.

Ward verabschiedete sich gedanklich von Kathy, stand auf, stellte sich ans Fenster und schaute hinaus auf die Stadt. Gina Tossi, du bist so gesprächig und sicherlich ungemein scharf darauf, in die Medien zu kommen. Wie kann ich mit dir in Kontakt treten, ohne dass du weißt, was ich wirklich von dir will?

Ward wanderte in seinem Büro umher und schaute auf die Uhr. In Frankreich war es erst sechs Uhr am Morgen. An Gina heranzukommen, würde über die Zeitung und das Interview nicht allzu schwer sein. Was jedoch kann ich ihr anbieten, damit sie plaudert?

Drei Stunden später wusste er, wie er vorgehen würde. Er wählte Ginas Nummer, die er zwischenzeitlich in Erfahrung gebracht hatte und stellt erfreut fest, dass sie passabel Englisch sprach.

„Hallo, Miss Tossi, hier spricht Ward vom Sender WWT. World Wide Television. Wir haben Ihr Interview in einer französischen Zeitung gelesen und würden Sie gerne zu einer Fernsehsendung einladen."

„Wie viel zahlen Sie denn", war Ginas erste Frage.

„Das kommt ganz darauf an. Wenn es ein Knüller ist, vielleicht zwanzigtausend oder sogar mehr plus Spesen. Allerdings müssten wir vorher wissen, ob es zusätzlich zu dem, was wir gelesen haben, noch weitere interessante Details zu berichten gibt."

An Ginas nervöser Stimme erkannte Ward, dass sie für zwanzigtausend ausgesprochen großes Interesse zeigte, in Amerika ins Fernsehen zu kommen.

„Was meinen Sie mit weiteren interessanten Details", wollte sie wissen.

Ward, der ihr unverfroren seine Durchwahl von der Bostoner Polizei gegeben und das Versprechen abgenötigt hatte, nur mit ihm allein zu reden, er wolle das Exklusivrecht, holte etwas aus. Er beschrieb, dass man in den USA in den vergangenen Monaten viele delikate Geschichten über Geistliche der katholischen Kirche aufgedeckt habe. Sexueller Missbrauch, Pädophilie, Kindesmisshandlung und andere Dinge führte er an. Zudem gebe es auch ungewöhnliche Todesfälle. Deshalb sei ihre Geschichte nur interessant für seinen Sender, wenn sie noch etwas Wichtiges, bisher Unbekanntes und Unveröffentlichtes anbieten könne.

Eine Weile war es in der Leitung still.

„Sind Sie noch dran?“, fragte Ward.

„Ja.“

Wieder Stille. „Meiner Meinung nach war es kein Unfall“, sagte Gina mit leiser Stimme. „Der Bischof ist nicht ertrunken. Aber ich habe Angst, darüber zu sprechen.“

„Verstehe.“ In Wards Kopf rotierte es. „Und etwas andeuten, können Sie das?“

Gina lachte irgendwie gequält. „Wenn ich im Fernsehen etwas andeute, dann bin ich tot“, meinte sie ernst.

Ward erkannte ihre verzwickte Lage. Auf der einen Seite gierte sie nach Publicity, auf der anderen hatte sie große Angst.

„Noch sind wir ja nicht auf Sendung“, meinte er leichthin. „Zuerst erklären Sie mir, was Ihnen Angst macht und dann überlegen wir, wie wir weiter vorgehen. Falls es zu gefährlich für Sie sein sollte, werden wir selbstverständlich nichts berichten.“

„Ich rufe Sie unter der Nummer zurück, die sie mir gegeben haben.“ Die Leitung war tot.

Zwei Minuten später jedoch hatte er Gina wieder am Telefon.

„Entschuldigung, ich wollte nur überprüfen, ob Sie auch wirklich aus den Vereinigten Staaten anrufen“, sagte sie. „Man kann ja nie wissen.“

„Vielen Dank, dass Sie sich noch mal gemeldet haben“, meinte Ward freundlich. „Wenn ich Sie richtig verstehe, dann haben Sie deswegen Angst, weil Sie denken, es sei kein Unfall gewesen.“

„Ja.“

„Demnach wäre es ja ... Mord.“
„Genau.“
„Und Sie, Gina, kennen den Mörder?“
Ward hörte sie heftig atmen. Wenn Sie mir jetzt wahrheitsgetreu antwortet, redete er sich selbst die Situation schön, dann hat sie bis heute noch mit niemandem darüber gesprochen.
„Ja, sozusagen. Er hat mich nachts gleich nach dem ... Unfall in meinem Zimmer aufgesucht und mir gedroht. Ich solle sofort abreisen und das Kind wegmachen lassen.“ Gina erklärte die Umstände und Ward dachte, ihre Schilderung sei zu dramatisch. Aber sie versicherte mehrmals, der Eindringling habe sie fast bis zur Bewusstlosigkeit gewürgt.
„Aber Sie haben die Schwangerschaft nicht abgebrochen.“
„Nein. Nie würde ich so etwas tun.“
„Und Sie haben den mutmaßlichen Mörder tatsächlich gesehen?“
„Aber er weiß es nicht. Er hat zu mir gesagt, ich solle mich nicht umdrehen. Das habe ich getan. Aber ich konnte ihn in der Glasscheibe eines Bildes sehr gut erkennen.“
„Und wie sah er aus?“
„Haare dunkel bis schwarz, kurz geschnitten, kein Bart, glatt rasiert, dunkle Augen, gerade Nase, etwas über mittelgroß und gut gebaut. Ich meine muskulös.“
„Prima“, lobte er Gina, obwohl es davon in den Vereinigten Staaten mindestens drei Millionen Exemplare gab. „Hatte er ein besonderes Merkmal?“
„Er stand ständig hinter mir und hat mich gewürgt. Ich habe mich gewehrt und versucht, seine Hände zu lockern. Wenn ich mich nicht sehr täusche, dann hatte er auf dem rechten Daumen keinen Daumennagel.“
Ward hielt für einige Sekunden die Luft an, denn das war ein gravierender Anhaltspunkt.
„Gina, Sie sind für uns ausgesprochen interessant. Aber so lange der Kerl noch frei herumläuft, ist er eine ständige Gefahr für Sie.“
„Ja, das sehe ich auch so.“
„Wenn die Polizei ihn geschnappt hat, dann komme ich wieder auf Sie zurück. Oder wenn Sie lesen, dass er geschnappt

worden ist, dann rufen Sie mich wieder an. Kann ich mich darauf verlassen?"

„Bevor ich es vergesse", sagte Gina. „Kennen Sie eigentlich die Hintergründe genau? Ich meine, auf Bischof Colombo bezogen und sein so genanntes Privatleben?"

Ward wurde hellhörig und überlegte. „Nein, nur was man so mitbekommen hat."

Er hörte Gina lachen. „Der Kerl scheint ein perverses Schwein gewesen zu sein", meinte sie abfällig. „Mir gegenüber war er fair, hat den Verliebten geheuchelt, mir auch alles gekauft, was ich haben wollte, ist mit mir verreist und konnte nicht genug Sex bekommen. Aber wie ich nach seinem Tode herausgefunden habe, war ein Schwein."

„Inwiefern?", wollte Ward wissen.

Er hörte Gina atmen. „Weil ... weil er es auch mit Kindern gemacht hat."

Ward verschlug es die Sprache. Zuerst dieser Stevens, dessen Herzschrittmacher versagt hatte, und nun ein Bischof aus Padua, der angeblich durch einen Unfall umgekommen war. Beide hatten sich an Kindern versündigt.

„Das klingt alles sehr interessant", gab er sich gelassen. „Können Sie das auch beweisen?"

„Ja."

„Etwa aus den Polizeiakten?", hakte Ward nach.

„Nein. Als ich wieder zurück war aus Ägypten, bin ich einfach in seine Wohnung gegangen um meine Sachen zu holen und habe einiges bei ihm entdeckt. Bilder, Aufzeichnungen, Filme mit ihm und Kindern."

„Weiß jemand von Ihrem Fund?"

„Meiner Meinung nach nicht."

„Das ist gut", sagte Ward. „Wir verbleiben wie besprochen."

Gina schien zwar etwas traurig zu sein, über den entgangenen Auftritt im amerikanischen Fernsehen mit anschließendem Urlaub, sah jedoch ein, sich in den Medien mit weiteren Äußerungen zurückzuhalten, solange ihr unheimlicher Besucher aus dem Sheraton Hotel in Ägypten noch frei herumlief.

So ganz wohl fühlte sich Ward nicht, obwohl er mit Gina mündlich Exklusivität vereinbart hatte und sie damit vor unüberlegten Äußerungen zu schützen glaubte. Dann jedoch begann er zu lächeln. Drei Millionen potentielle Männer kommen in Frage, wie viele von ihnen haben jedoch rechts keinen Daumennagel?

Nachdem Alfred gegangen war, hatte Thomas noch lange wach gelegen und seine Vorgehensweise überdacht. Sich als Priester Hilfe suchend an einen Antichristen zu wenden, wie Alfred sich selbst bezeichnete, verlangte schon eine Portion Mut. Aber Thomas glaubte, tiefer in Alfons hineinschauen und dessen Qualitäten erkennen zu können.

Alfons selbst jedoch hatte ihn gewarnt. Er werde Thomas als Mensch respektieren, nicht aber als Vertreter der Kirche. Eine Kirche, die nur Wert auf Rituale lege, auf scheinbare Gemeinsamkeiten wie Aufstehen, Hinsetzen, Knien, Vaterunser beten, Amen sagen, etwas Weihrauch hier, etwas Bimmeln mit den Schellen dort. Eine Kirche, die bewusst Gruppenzwang als Regulativ ausübe, in der man laut vorbeten müsse und die jeden entlarve, der es nicht tue, in der jeder bloßgestellt werde, der nicht zur Kommunion gehe, weil man dann für alle offensichtlich nicht rein und ohne Sünde sei. Eine Kirche, in der man gezwungen werde, laut mitzusingen, alles andere würde bedeuten, den Text nicht zu kennen und kein aufrechter Katholik zu sein, eine solche Kirche könne er nun mal nicht akzeptieren. Genau so wenig eine Gemeinschaft von angeblich Gläubigen, die grinsend von der Kommunion kamen, stolz in die Runde schauten und andere begrüßten, obwohl jeder von deren Sündenlast wusste. Männer, die ihre Frauen schlugen, Eltern, die ihre Kinder schlugen, Ehepaare, die sich gegenseitig betrogen, Nachbarn, die sich das Schlimmste wünschten, auf der anderen Seite jedoch Freundschaft, Miteinander lebten, Trauer und Leid heuchelten. Gläubige, die sich für zwanzig Cent im Klingelbeutel den sonntäglichen Ablass erkauften, anders Denkende und Handelnde jedoch brutal ausgrenzten. Nein, hatte Alfons gesagt, das alles sei nichts für ihn. Auf eine solche Kirche und Glaubensgemeinschaft könne er verzichten.

Thomas hatte erst gar nicht versucht, Alfons umzustimmen. Nicht, dass es ihm an Argumenten gefehlt hätte, in solchen Fällen konnte er wie jeder seiner Kollegen auf einen großen Fundus an Ausreden, Beschönigungen, Erklärungen und Ausflüchten zurückgreifen. Es war mehr die unterschwellige Zustimmung, Alfons in vielen Punkten Recht geben zu müssen. Thomas erinnerte sich an ein Gespräch mit seinem Vater, als er zehn war und er ihm gegenüber zum ersten Mal den Wunsch geäußert hatte, Priester zu werden.

„Mein Junge, ich gebe dir nur einen Rat, wenn du es wirklich ernst meinst. Rede so mit den Leuten, dass sie dich verstehen und genau wissen, was du meinst. Kalt ist kalt und heiß ist heiß. Benutze nicht diese Umschreibungen und Floskeln", sein Vater hatte ihm ausführlich das Wort Floskeln erklären müssen, „die nur verwirren und ablenken sollen, dass du die Antwort und die Wahrheit nicht kennst."

Thomas saß am kommenden Morgen schon früh vor seinem Computer und suchte all die Orte auf, die er in Bonifaz' Navigationsgerät entdeckt hatte. Dazu öffnete er die Datei Google Maps, um sich auf der Karte die Straße und die Hausnummer anzeigen zu lassen. Anschließend ging er in die Datei Google Earth, um mit Hilfe der Luftaufnahmen einen Eindruck von dem entsprechenden Gebäude und der Umgebung zu haben.

Jedes dieser Gebäude ließ er sich ausdrucken, legte den Straßengrundriss dazu und schrieb die genaue Adresse auf. Mehr als achtzig verschiedene Adressen hatte er auf diese Art und Weise lokalisiert. Die meisten lagen in Italien, jeweils fünf in Spanien und Frankreich und eine in der Nähe von Augsburg. Gleich kurz vor seiner Haustür war die nächstgelegene Anschrift in Metz, einer Stadt in Frankreich, gerade einmal hundert Kilometer entfernt.

Während er sie sich wieder alle anschaute, konnte er immer noch kein System entdecken. Etwa die Hälfte der Fotos zeigten Gebäude, die außerhalb oder am Rande von einer Besiedlung lagen. Bei weiteren zwölf Anwesen, fünf in den Alpen und sieben in den Abruzzen, gab es im Umkreis von mehreren Kilometern kein anderes Haus zu sehen. Die restlichen Gebäude lagen in

Städten, meist direkt im Zentrum, waren größer und sahen aus wie Schulen oder Verwaltungsgebäude. Zwei von diesen fielen besonders auf: eines in Mailand und ein weiteres in Turin. Thomas vermutete, es handele sich dabei um Gaststätten und Hotels oder ähnliche Betriebe. Das Gebäude in Metz lag unmittelbar gegenüber einer Kirche, ähnlich wie das in Augsburg.

Lieber Bonifaz, was willst du mir damit sagen, sprach er mit sich selbst. Du bist doch nicht grundlos in der Gegend herumgefahren und hast all diese Örtlichkeiten aufgesucht. Was verbirgt sich dahinter?

So weit mit seinen Überlegungen, war ihm bewusst, dass es eine Beziehung geben musste zwischen Bonifaz' Paulus-Papieren, dem Inhalt der CDs und diesen Anschriften. Und weil sich der Pater so auf die direkten Auswirkungen des Nichteinhaltens des Zölibats und anderer sexueller Verfehlungen konzentriert hatte, vermutete er, dass in einigen der größeren Gebäude entweder Schulen oder Kinderheime oder Internate untergebracht waren. Und weil die Kirche diese Einrichtungen unterhielt, fragte auch niemand danach, woher die Kinder stammten. Vielleicht wussten es sogar die Angestellten noch nicht einmal, vermutete Thomas.

Als er später mit Alfons darüber diskutierte, war dieser der gleichen Auffassung wie er.

„Du und deine Kirche, der reinste Sündenpfuhl", sagte Alfons. „Nicht nur, dass dort so viele Schweinereien gemacht werden, habt Ihr auch noch die Möglichkeit, diese elegant zu verbergen. Es würde mich nicht wundern, wenn es nicht auch noch öffentliche Gelder für diese Schulen und Heime gibt."

Thomas konnte dem nicht viel entgegensetzen. „Verallgemeinere doch bitte nicht immer so", tadelte er Alfons. „Es sind Einzelne und es ist nicht die Kirche. Vergiss bitte nicht, was wir alles Gutes tun. Allein hier in Trier und Umgebung. Angefangen von den Krankenhäusern bis hin zu Altenheimen und Kindertagesstätten."

Alfons lachte. „Aber die Kirche legt doch keinen Euro drauf. Sämtliche nicht gedeckten Kosten werden von der Landesregierung übernommen. So zumindest steht es immer in der Zeitung."

Thomas wollte nicht länger über das Thema diskutieren, was für Alfons Grund genug war, ihm vorzuwerfen, er verschließe sich vor der Realität. Sei es denn nicht auch die Kirche, die hinter ihm her sei? Dieser Anschlag auf ihn? Der Tod von Bonifaz?

Thomas konnte dem nichts entgegnen und kam wieder auf seine Aufnahmen zu sprechen. „Was meinst du, warum Bonifaz zu diesen einsamen Landhäusern gefahren ist?"

Für Alfons war das vollkommen klar. „Das sind Liebesnester der Pfaffen. Geheime, abgelegen Treffpunkte, wo niemand mitbekommt, was dort genau passiert. Es wäre doch interessant herauszufinden, wem diese Häuser gehören, oder nicht?"

Thomas bestätigte dies und wollte es im Grunde genommen doch nicht wissen. Schon seit geraumer Zeit spürte er in sich ein zwiespältiges Gefühl. Die Realität, wie Alfons meinte, auf der einen Seite und seine Auffassung von Religion und Glauben auf der anderen. Glaube ist, was du daraus machst, hatte er einmal selbst gesagt. Die Bibel ist nur eine Anleitung, umsetzen musst du es schon allein. Und Gott ist auch nicht derjenige, der dich immer aus dem Schlamassel zieht. Zuerst einmal bist du für dich verantwortlich. Schließlich hat er dem Menschen seinen eigenen Willen gegeben. Falls das nicht sein Wunsch gewesen wäre, dann hätte er ihn auch nicht erschaffen müssen. Und ich bin auch nicht der Auserwählte, der die Kirche reinigen kann. Außerdem will ich mich nicht ausschließlich um diese schrecklichen Abartigkeiten kümmern. Eine ganz besondere Form der Inquisition. Thomas, der Rächer des wahren Glaubens. Dass ich nicht lache. Ich habe studiert und bin Priester geworden, um eine Pfarrei zu leiten, um Seelsorger zu sein, Sakramente zu spenden, die Beichte abzunehmen, zu vermählen und zu beerdigen, mich um die Nöte der Gläubigen zu kümmern. Damit hätte ich genug zu tun. Aber Jäger der Sünde, das ist nicht mein Fall. Und trotzdem. Welche Verpflichtung habe ich übernommen? Ist es überhaupt eine? Als hätte ihm jemand das Bild eingepflanzt, sah er den sterbenden Bonifaz vor sich. Und die Antwort kam wie von selbst: Ja, es ist eine Verpflichtung.

Alfons sah, wie Thomas litt und er nahm sich insgeheim vor, etwas zurückhaltender mit ihm umzugehen.

„Ich drehe mich im Kreis“, sagte Thomas. „So viele Informationen, so viele Möglichkeiten, Anhaltspunkte, Verdächtigungen, aber der endgültige Schlüssel fehlt.“

Alfons stand auf und wanderte in Thomas’ Wohnzimmer umher. „Eigentlich sehe ich es ganz einfach“, begann er. „Und deine Aufgabe ist auch ganz einfach. Warum sonst hätte dir Bonifaz das alles überlassen sollen?“

Weil Thomas nicht antwortete, sprach er weiter: „Bonifaz war ein vehementer Befürworter des Zölibats. Und die Kirche ist es auch, wenn man die hohen Herren so hört. Sie sprechen von körperlicher Reinheit und solchem Unsinn. Aber hat nicht Jesus selbst von der Reinheit des Herzens gesprochen? Klingt doch irgendwie anders, nicht wahr?“

Da Thomas nicht reagierte, sprach Alfons weiter: „Im Grunde genommen geht es doch nur ums Geld. Die Zölibatsverpflichtung soll verhindern, dass Priester Kinder zeugen, die alles erben können. Ist es nicht so? War es nicht üblich, im Mittelalter ein Amt vom Vater auf den Sohn zu vererben?“

Als Thomas auch jetzt nicht dazu Stellung bezog, erinnerte sich Alfons an seinen Vorsatz, zurückhaltender zu sein und bemühte sich, elegant zum eigentlichen Thema überzuschwenken. „Du hast Informationen zuhauf, die beweisen, dass man das Zölibatsversprechen sozusagen flächendeckend umgeht. Meiner Meinung nach tut man das noch nicht einmal im Verborgenen. Die Pfarrhäuser sind groß, Haushälterinnen lieb und nett und geduldig und zuweilen auch jung. Wer denkt sich schon was dabei, falls tagsüber eine Frau den Priester besucht, so wie meine es getan hat. Über Wochen und Monate. Und weißt du, was ich noch gehört habe? Da soll es doch tatsächlich eine Anweisung der Kirche für Geistliche geben, sich an ältere alleinstehende Frauen heranzumachen. Ich kenne da einen Fall aus Mainz, wo ein gewisser Doktor Beinkling auf diese Art und Weise mehreren älteren Damen Hunderttausende abgeluchst hat. Und weißt du, wer später als Erbe eingesetzt worden ist: die Kirche.“

Alfons hatte sich in Rage geredet. Wieder etwas ruhiger geworden, sagte er abschließend: „Deine Aufgabe ist es, das alles aufzudecken."

„Und wem mitzuteilen? Welche Konsequenzen daraus zu ziehen? Etwa der Kirche? Die weiß es doch. Den Medien? Das wäre wohl nicht im Sinne von Bonifaz. Wem also?"

„Ich weiß nicht, ob die Kirche und der Vatikan über alles informiert sind", merkte Alfons an.

Thomas entgegnete: „Das meiste kann Bonifaz doch nur von kirchlichen Stellen erhalten haben. Glaube mir, die führen genau Buch."

„Ja, schon", gab Alfons zu. „Aber der eigentliche Kern, die chronologische Auflistung von Verfehlungen von geistlichen Würdenträgern über die vielen Jahre, mit Namensnennung aller Betroffenen in den Paulus-Papieren, die Fleißarbeit eines Außenstehenden, davon weiß doch niemand. Man vermutet und hat vielleicht sogar Bonifaz in Verdacht gehabt. Und etwas zu vermuten und nicht genau zu wissen, was wirklich dahinter steckt, unsicher zu sein, ausgeliefert und abhängig zu sein, ist das eigentliche Problem gewisser Kreise in der Kirche. Genau deswegen sind sie hinter dir her."

Als Thomas wieder allein war, betrachtete er sich die CD mit der Aufstellung der Priesterkinder. Er konzentrierte sich auf das Land mit der Ziffer fünf, also Deutschland, und besonders auf das Bistum Trier. Dieses Bistum hatte hinter der Landesziffer die Nummer sechsundzwanzig. Limburg, wo seine Mutter wohnte, die Ziffer fünfzehn und Regensburg, Bonifaz' Heimat, dreiundzwanzig. In den einzelnen Bistümern waren demnach in den vergangenen vierzig Jahren jeweils mindestens 250 Kinder geboren worden, die von katholischen Geistlichen abstammten. Die wenigsten in Limburg, die meisten in Regensburg. Das Bistum Trier lag mit 288 genau in der Mitte.

Thomas kam die offizielle Zahl viertausend für Deutschland noch nicht einmal so hoch vor. In Afrika und Südamerika sah es ganz anders aus, allein Brasilien kam im gleichen Zeitraum auf über siebzigtausend.

Allerdings war auch in den einzelnen Bistümern festzustellen, dass die Geburten kontinuierlich zurückgegangen sind. Ob das daran lag, dass sich auch die Zahl der Priester in Deutschland reduziert hatte? Von einst über dreißigtausend auf inzwischen nur noch siebzehntausend?

Thomas war schon müde, als er sich auch noch die CD von Agritius anschaute. Wenn er an den Mönch dachte, kam ihm dessen Schicksal in den Sinn und er sah Liverpool vor sich, für viele das Tor zur Welt.

Namentlich aufgeführt waren auf den CDs all die Geistlichen der katholischen Kirche, die nachweislich und zugegebenermaßen – weil sie persönlich ihre vorgesetzten Stellen informiert hatten, denunziert worden waren oder die Beweise nicht abstreiten konnten – ein Kind gezeugt hatten.

Thomas war weder über die Anzahl der Priesterkinder weltweit erstaunt, noch über die der Geistlichen. Wiederum waren Afrika und Südamerika absolut führend. Und Italien lag weit vor Deutschland und Spanien. Als hätte es etwas mit Wärme zu tun!

Als er in den Bistümern Trier, Regensburg und Limburg nachschaute, stellte er fest, es waren zum Teil wesentlich weniger Geistliche aufgeführt als Kinder. Im Bistum Trier war ein Geistlicher mit vier Kindern führend, den er – inoffiziell – sogar persönlich kannte und von dem er es nie gedacht hätte. Aber bei vier Kindern hörte der Spaß für die katholische Kirche auf, Alimente wurden nur bis einschließlich Nummer drei gezahlt.

Thomas lehnte sich zurück und schloss die Augen. Aus der Sicht der Kirche, überlegte er, hat keiner der Priester etwas Verwerfliches getan. Der Codex Canonicus verurteilt die Heirat eines Priesters, nicht jedoch dessen Vaterschaft. Warum also hat sich Bonifaz darüber hinweggesetzt?

Benelli führte es auf ihren Stolz zurück, dass Margret Caruthers von der Kanzlei Caruthers und Caruthers in Boston sich so lange nicht gemeldet hatte. Vor zwei Wochen bereits waren ihr die entsprechenden Unterlagen zugegangen, aber erst heute sollte es zu dieser alles entscheidenden Internetkonferenz kommen.

Benelli saß vor seinem PC, die Verbindung wurde hergestellt. Auf dem Bildschirm sah er im Besprechungsraum der Kanzlei, den er bereits kannte, drei Personen sitzen. Margret und zwei Männer. Einer von ihnen konnte seinen Priesterstatus nicht leugnen, der andere schien ein Anwalt zu sein.

„Guten Tag, Mister Benelli", wurde er von Margret begrüßt. „Darf ich Ihnen Bischof Lasandre aus Baltimore und seinen Berater, Anwalt Strange, vorstellen?" Sie deutete auf die beiden Männer.

Benelli nickte in die Kamera, die oberhalb seines PCs montiert war.

„Lassen Sie uns gleich zur Sache kommen", trieb sie zur Eile. Benelli konnte sich vorstellen, dass es in Margret kochen musste und sie die Angelegenheit schnell bereinigen wollte.

„Der Tod dieses Ted Stevens, die für die Kirche glücklichen Umstände und die Unterlagen, die Sie uns über das ... Vorleben dieses Mannes haben zukommen lassen, machen eine Neubewertung der Angelegenheit erforderlich. Vor einigen Wochen hatten wir uns mündlich auf dreißig Millionen geeinigt, welche die Kirche als Wiedergutmachung an die Klagegemeinschaft zahlen sollte. Nun sind gewisse Unterlagen aufgetaucht und Sie, Mister Benelli, haben signalisiert, dass man sich erneut über eine wesentlich niedrigere Summe unterhalten müsse. Sind Sie immer noch der Meinung?"

Benelli lächelte. „Aber ja doch, meine Liebe. Die Umstände haben sich total geändert. Wenn die Öffentlichkeit erfährt, was dieser Stevens für ein schlimmer Finger war, dass er insgesamt neun Jahre wegen Kinderschändung im Gefängnis gesessen hat und nun versucht, als Paulus gewandelt und sich selbst als Opfer ausgebend, die Kirche zu erpressen ..."

„Mister Benelli", wies Margret ihn zurecht, „ich möchte Sie bitten, bei der Sache zu bleiben. Welche Summe haben Sie sich vorgestellt, um diesen Fall vom Tisch zu bekommen?"

„Fünf Millionen."

Margret setzte sich stocksteif, Benelli registrierte es mit Genugtuung. Heute würde er sich für ihr Verhalten in der Erbschaftssache von Kardinal Willard revanchieren. Noch nie war er so abgekanzelt worden. Noch nie hatte er sich einer Frau so unterlegen gefühlt. Aber man traf sich im Leben immer zwei Mal.

Margret beratschlagte sich kurz mit Anwalt Strange. Der nickte nach einer Weile zögernd, als müsste er sich zu einer Entscheidung durchringen.

„Falls wir uns einigen werden, wie sollte das Prozedere sein?"

Benelli grinste. „Margret", nannte er die Chefin der Kanzlei Caruthers und Caruthers einfach beim Vornamen, „Sie sind doch ein Profi und ich gehe davon aus, dass Sie Vorsorge getroffen haben."

„Nun", entgegnete sie zögernd, „ich könnte mir vorstellen, dass Bischof Lasandre hier vor unser aller Augen als Bevollmächtigter für das Bistum Baltimore einen Scheck unterschreibt, falls wir uns einigen sollten, wir ziehen die Sammelklage zurück und dann wäre alles ausgestanden."

„Gut. Mit fünf Millionen sind wir dabei. Und keinen Cent mehr." Benelli, der merkte, dass er in der Oberhand war, wirkte entschlossen.

Erneutes Beraten von Margret mit dem Anwalt, anschließend beugte dieser sich zum Bischof und der nickte letztendlich gnädig. Als ginge es um einen Ablass, den er gewähren sollte und nicht darum, dass er für das Fehlverhalten der Kirche an die Geschädigten zu zahlen hatte. Wie keine andere Institution schaffte es die Kirche immer wieder, selbst bei Unschuldigen Schuldkomplexe zu erzeugen, diejenigen, die reinen Gewissens sind als unrein erscheinen zu lassen und die Sünde als schlimme Erblast abzustempeln, damit permanent um Vergebung gebettelt wurde. Unschuldig war nicht der, der wirklich unschuldig war, sondern nur derjenige, dem die Kirche dies auch nach Überwindung von vielen Hindernissen in Form von Buße und Gebeten und Spenden wohlwollend zugestand.

„Einverstanden", sagte sie und schaute Benelli eiskalt an.

Zwei Minuten später hatte der Bischof mit leidender Miene den bankbestätigten Scheck unterschrieben und an die Chefin der Anwaltskanzlei weitergereicht. Margrets Gesicht wurde weicher, sie schien gelöster zu sein und lächelte Benelli sogar an. Allerdings konnte der das Lächeln nicht genau einordnen und fragte: „Sie scheinen ja trotz des erheblich geringeren Vergleichs und der vielen verlorenen Millionen Dollar guter Dinge zu sein."

Margret erhob sich, verabschiedete den Bischof, der von Strange hinausgeleitet wurde. „Ja, mein lieber Marco", nannte sie ihn nun auch beim Vornamen, „heute war ein erfolgreicher Tag für mich."

„Inwiefern", wollte Benelli wissen, der spürte, hier lief irgendetwas nicht in seinem Sinne.

„Wir haben uns geeinigt, die Kirche zahlt fünf Millionen, und ich hatte zwei Wochen Zeit." Margret wirkte geradezu übermütig, wie sie mit übereinandergeschlagenen Beinen auf dem Stuhl saß, ein Knie umfasste und provozierend mit der Fußspitze wippte. Sie lächelte nun so offensichtlich, und ihre ganze Physiognomie strahlte eine Überheblichkeit aus, dass Benelli zusehends unsicher wurde. Genau wie vor einigen Wochen.

„Ich verstehe nicht", bemerkte er zurückhaltend und suchte nach Indizien, die ihm halfen, Rückschlüsse zu ziehen.

„Dann, mein lieber Marco, möchte ich Sie aufklären. Heute habe ich in Vertretung für die Sammelklage aus Baltimore fünf Millionen erhalten, das Verfahren wird eingestellt, und Sie glauben, insgesamt fünfundachtzig Millionen gespart zu haben. Allerdings stimmt das so nicht ganz, mein Lieber. Da ich mir damals anlässlich Ihres Besuchs in unserer Kanzlei denken konnte, dass Sie noch etwas im Ärmel haben würden, habe ich Vorkehrungen getroffen. Die Sammelklage ist nun durch die fünf Millionen für Sie und Rom vom Tisch. Aber gestern Morgen habe ich, in Zusammenarbeit mit einer ortsansässigen Kanzlei, anstelle der Sammelklage insgesamt einhundertvierundzwanzig Einzelklagen bei Gericht in Baltimore eingereicht. Und das Gericht hat sie alle angenommen. Falls es Sie interessiert, mein lieber Marco, die gesamte Entschädigungssumme beläuft sich auf über fünfhundert Millionen Dollar. Einen schönen Tag noch, mein Lieber."

Wie immer moderierte Francesca die Sendung souverän. Sie sah wie die personifizierte Sünde aus, ließ ihren Charme spielen, sie kokettierte mit den geladenen Gästen, und mehr als einmal sahen die beiden Vertreter der Kirche, ein Bischof und ein Erzbischof, vor so viel Frivolität etwas verschämt zu Boden. Francesca versuchte mehr oder weniger offen, sie mit zweideutigen Bemerkungen in die Enge zu treiben. Allerdings bekamen die Zuschauer mit, dass die beiden Herren der Kirche nicht allzu weltfremd sein konnten, weil sie zumindest die Anspielungen verstanden zu haben schienen.

Im Laufe der Sendung waren alle geladenen Gesprächsteilnehmer einschließlich Francesca verwundert über die Argumentation der Bischöfe bezüglich des beabsichtigten Gesetzes, Schwangerschaftsabbrüche straffrei zu stellen. Wann, so fragten die Kirchenvertreter, beginne eigentlich das Leben? Erst wenn ein Baby das Licht der Welt erblicke oder bereits schon dann, wenn sich das eigenständige Leben zeige und ein Herz zu schlagen anfange? Wenn Letzteres zuträfe, was überall biologisch einwandfrei als Lebensbeginn testiert werde, dann bedeute dies, der Staat gebe durch das geplante Gesetz die Erlaubnis zur Tötung und zum Mord. Viele Zuschauer, die anriefen, sahen das auch so, die Diskussion wogte ohne Sieger hin und her.

Mitten in der Livesendung überreichte eine Mitarbeiterin Francesca einen Zettel. Sie warf einen Blick darauf, man konnte ihren konzentrierten Gesichtsausdruck sehen, es bildeten sich zwei Falten auf der Stirn. Francesca räusperte sich, rückte das Mikrofon zurecht und schaute ernst in die Kamera.

„Liebe Zuschauer, soeben wurde mir eine unglaubliche Nachricht übermittelt. Es ist unsere Pflicht, sie über eine topaktuelle Entwicklung, von der wir Kenntnis erlangt haben, zu informieren. Inzwischen dürfte das Filmmaterial vorbereitet sein. Und weil unser heutiges Thema auch indirekt davon berührt wird, wollen wir es nun einspielen."

Die Einspielung begann. Man sah den Schattenriss einer Person, die über der Tastatur eines Computers saß. Sie tippte einiges ein, es baute sich das Bild einer Internetadresse auf, die versprach, alles anonym weiterzuleiten. Man könne dann nicht die IP-Nummer des Teilnehmers ermitteln und zum Ursprung zurückverfolgen.

Der Schatten gab erneut einige Befehle ein, und zu sehen waren Seiten mit nackten Kindern. Die entsprechenden Körperstellen hatte man unkenntlich gemacht. Nach und nach wurden einige dieser Seiten aufgerufen, einmal fing die Kamera auch die erstaunten Gesichter der beiden Geistlichen im Studio ein, die ratlos wirkten. Die Einspielung war zu Ende, Francesca schien betroffen zu sein, ihre Stimme war es zumindest.

„Zufällig haben wir aus gesicherten Quellen Informationen erhalten, wonach hochgestellte Persönlichkeiten der Kirche sich die Anonymität zu eigen machten, um die vorhin gezeigten Seiten aufzurufen. Können Sie sich vorstellen", fragte sie die beiden Bischöfe, „dass so etwas überhaupt geschehen kann?"

Die beiden sahen sich an und schüttelten wie verabredet den Kopf. Undenkbar, meinten sie entrüstet.

„Dann muss ich wohl etwas näher auf die Umstände eingehen", meinte Francesca. Sie berichtete, dass anlässlich einer Tagung im Vatikan neunzehn der geistlichen Teilnehmer mehrfach auf diesem Wege anonym die diskriminierenden Seiten aufgerufen hatten.

„Und Sie, Bischof Vicante und Erzbischof Anfara, haben auch an dieser Tagung teilgenommen. Wollen Sie sich bitte dazu äußern?"

Vicante wie auch Anfara stotterten sich etwas zurecht, dass dies nicht sein könne, es müsse eine Verwechslung vorliegen, immerhin handele es sich um hochrangige Kirchenvertreter. Und es sei Aufgabe der Kirche, Kinder vor solchen Verbrechen zu schützen.

Francesca nickte, als hätte sie verstanden.

„Trifft es zu, dass bei dieser Tagung alle Teilnehmer ein Notebook mit Zugang zum Internet zur Verfügung gestellt bekommen haben?"

„Ja", antwortete Vicante.

„Demnach also auch Sie, meine Herren."

Die Bischöfe bestätigten dies.

„Nun, dann möchte ich Sie nicht länger im Unklaren lassen, dass die vorhin gezeigten Internetadressen mit kinderpornografischem Inhalt von Ihren Notebooks aufgerufen worden sind. Das können wir insofern lückenlos nachweisen, weil jedes der zur Verfügung gestellten Notebooks des Vatikans zusätzlich zur IP-Nummer auch noch eine andere Kennung hat."

Eingeblendet wurde das Datum, die Zeit, die IP-Nummer der beiden Notebooks der Geistlichen, vermerkt auf einer Liste des Vatikans mit der Kennung, dazu ein Protokoll, wonach diese Adressen sich bei der anonymen Seite angemeldet hatten und ein weiteres, aus dem hervorging, dass sie scheinbar anonym zu denen mit den Kindern weitergeleitet worden waren.

Anschließend war es für einige Sekunden still im Studio. Groß fing die Kamera die Gesichter der beiden Beschuldigten ein. Schweiß hatte sich auf deren Stirn gesammelt, ihre Bewegungen waren fahrig, die Augen flackerten, als suchten sie einen Ausweg. Die Bischöfe steckten die Köpfe zusammen und schienen eine Entscheidung gefällt zu haben.

„Die infame Unterstellung lassen wir uns nicht gefallen. Wir werden rechtliche Schritte einleiten."

Sie standen auf und wollten hinausgehen.

„Aber meine Herren, ich gebe Ihnen hier und heute die Möglichkeit, diesen schlimmen Vorfall richtigzustellen. Bitte, was sagen Sie dazu?"

Aber die beiden ließen sich nicht mehr aufhalten und rauschten aus dem Studio.

Francesca klärte anschließend die Zuschauer detailliert über das gesamte Geschehen auf und präsentierte ausführlich alle Beweise, die sie hatte. So auch die von einem Notar bestätigten Aufzeichnungen eines ausländischen Servers in England, aus denen man den Zusammenhang erkennen und rekonstruieren konnte.

„Liebe Zuschauer, urteilen Sie bitte selbst. Und verfolgen Sie in den kommenden Tagen alle Ergänzungen und neuen Informationen, die wir Ihnen zu diesem Vorfall live nach Hause liefern werden. Ich wünsche Ihnen noch einen schönen Abend."

Am kommenden Morgen stand Thomas früh auf. Ein kurzer Anruf bei Alfons, damit der wusste, wohin er unterwegs war, schon machte er sich auf den Weg nach Metz. Er hatte genug von all der Theorie und wollte konkret etwas in Angriff nehmen, sich vor Ort von Bonifaz' Aufzeichnungen und der realen

Gültigkeit der Paulus-Papiere überzeugen, um besser deren Wert einschätzen zu können.

Thomas rollte an der Mosel entlang zur ehemaligen französisch-deutschen Grenze in Apach. Eine halbe Stunde später stand er vor einem gedrungenen, vierstöckigen Gebäude, welches er auf zweihundert Jahre schätzte. „Kirchenmuseum" stand groß am Eingang auf einem Schild. Thomas zahlte drei Euro und ging hinein. Er war weniger an der Besichtigung des Museums interessiert als daran, den Grund zu finden, warum Bonifaz ausgerechnet diese Anschrift auf seinem Navigationsgerät gespeichert hatte.

Als Thomas hoch in die dritte Etage gehen wollte, versperrte ein über die Treppe gespanntes Seil den Durchgang. Thomas stieg darüber hinweg und stand wenig später vor einer großen Doppeltür. Zwar war die Tür verschlossen, aber jemand hatte vergessen, auch den zweiten Flügel zu arretieren, so dass er die Tür aufdrücken konnte. Neugierig betrat Thomas einen Vorraum, von dort führte eine interne Treppe in das höher gelegene Stockwerk. Er öffnete eine Tür mit kunstvoll eingelegter Bleiverglasung und betrat einen breiten Flur, von dem verschiedene Türen abzweigten. Keine war verschlossen. Thomas öffnete sie alle und war erstaunt. Hier handelte es sich um eine komplett eingerichtete große Wohnung mit einer riesigen Küche, einem Salon, in dem ein Flügel stand, einem Kaminzimmer und einer gut bestückten Bibliothek. Die Regale, welche zwei Seiten des Raumes einnahmen, waren voll mit Büchern. An einer dritten Raumseite standen zwei Vitrinen mit Glastüren, in denen man wohl die wertvollsten Exponate eingeschlossen hatte.

Ein Blick in den Kühlschrank zeigte ihm, im Augenblick gab es keinen Bewohner. Er war abgetaut und leer. Aber auf einer Anrichte lag ein Stapel Zeitungen und Magazine, allerdings dem Datum nach schon fast drei Jahre alt.

Der letzte Raum war der kleinste. An der Wand ein Bild der Mutter Gottes mit dem Jesuskind auf den Armen, ihr gegenüber eins von einem ausgewachsenen Jesus mit Lichterkranz und wallendem weißen Gewand, der segnend eine Hand erhoben hatte. Vor dem Fenster eine gepolsterte Bank zum Knien und darauf eine Bibel. In der Ecke stand ein Metallgestell mit kleinen Tellern, aus denen Stifte ragten, ausreichend für mindestens zwanzig Kerzen. Thomas war in einem Gebetraum gelandet und hatte nicht zuletzt dadurch den Beweis, wer der letzte Bewohner gewesen war: ein Geistlicher. Und der Größe der Räumlichkeiten nach konnte es kein gewöhnlicher Pfarrer gewesen sein.

Thomas stieg auch noch hinauf in das nächste Stockwerk. Er entdeckte einige Schlafräume, einen großen für den Hausbewohner, zwei kleinere für Gäste. Ein drittes Zimmer interessierte ihn besonders. Neben dem Fenster stand ein zierlicher Frisiertisch mit Spiegel und klappbaren Seitenteilen. Und auf der Ablage viele unterschiedlich große Flakons und Kosmetika. Ein Blick in den Schrank beseitigte seine letzten Zweifel: Er war voll mit Frauenkleidern.

Nachdenklich versuchte er, die Zusammenhänge zu rekonstruieren. Ein hochgestellter Geistlicher als Bewohner, Frauenkleider, Kosmetika, seit drei Jahren stand die Wohnung leer. Aber kein Staub zu sehen, keine Spuren auf dem Parkett, folglich wurde hier immer noch regelmäßig sauber gemacht.

Ein letzter Blick, dann machte sich Thomas auf den Rückweg. Unten angekommen, zog er die beiden Flügel wieder zu, hörbar ratschte das Schloss in die Falle. Nachdenklich wanderte er anschließend im Museum umher.

Bonifaz, diese Adresse hier: Frauenkleider, Wohnung leer, und du hast davon gewusst. Dann müssen auch andere davon gewusst haben, überlegte er.

Thomas trat aus dem Haus und überquerte den Vorplatz. Er besah sich das stattliche Gebäude und umrundete es. In einer Seitengasse entdeckte er eine Tür – gleich davor die Möglichkeit, diskret ein Auto zu parken –, die dazu verlockte, heimlich geöffnet zu werden. In der ganzen Straße gab es keinen Anwohner und kein Fenster, nur die Reste einer Stadtmauer, die wenig weiter im Stadtportal endete.

Wieder auf dem Vorplatz, ging Thomas in ein Lokal mit Blick auf das Museum. Er bestellte sich einen Kaffee und ein Croissant und brauchte sich noch nicht einmal um sein Französisch zu bemühen, die junge Dame sprach deutsch. Sie studiere in Trier und arbeite in den Semesterferien im Lokal ihrer Eltern.

Thomas öffnete die Jacke, sein Kragen kam zum Vorschein, damit gab er sich für sie als Priester zu erkennen.

„Keine schöne Geschichte, was da drüben passiert ist“, begann er und beschäftigte sich mit seinem Kaffee.

Sie setzte sich unaufgefordert zu ihm und sagte, sie heiße Michelle. „Ja, das kann man sagen.“

„Und wo ist der Bischof jetzt“, fragte Thomas, der vermutete, es handele sich um Bischof Ramiche, von dem er auf Bonifaz’ Dachboden bereits einiges entdeckt hatte.

„Das wissen wir nicht. Es wird so viel gemunkelt. Einige sagen, Bischof Ramiche sei in einem Kloster, andere, er habe den Kirchendienst quittiert und sich ins Ausland abgesetzt.“

Seine Vermutung hatte gestimmt. „Bischof Ramiches Geliebte war doch eine bekannte Persönlichkeit, oder nicht?“, riet er ins Blaue.

Michelle bestätigte es. „Eine tolle Frau. Sie sah sehr gut aus und war zehn Jahre jünger oder noch mehr. Aber Bischof Ramiche war auch sehr stattlich und ist oft zu uns gekommen, um einen Pastisse zu trinken. Und er war immer freundlich.“

„War sie nicht die Frau von einem ..., einem.“ Thomas tat so, als überlegte er.

„Ihr Ex-Mann leitet die Klinik“, half die ihm. „Ein vorzüglicher Chirurg.“

„Ja, genau.“ Thomas biss in sein Croissant.

„Etwas Butter?“

„Ja, bitte.“

Michelle stand auf und kam mit Butter zurück.

„Was ist Ihre Meinung, Herr Pfarrer“, fragte sie ihn. „Wie denken Sie über solche Geschichten?“

Thomas schaute Michelle an. „Michelle, es sind Frauen wie Sie“, sagte er zu der gut aussehenden Studentin, „die Männer und Priester schwach werden lassen. Zwar haben wir ein Gelöbnis abgelegt, aber für all das, was ein Mensch verspricht, kann er anschließend keine Garantie abgeben, wenn es um Gefühle geht.“

„Sie verteidigen ihn auch noch“, entrüstete sie sich. „Er hat ihre Ehe kaputtgemacht, der arme Ex-Ehemann sitzt nun zu

Hause mit zwei Kindern. Aber dafür hat sie ihm ja auch eins geschenkt. Ich meine dem Bischof."

Thomas verschluckte sich und trank etwas Kaffee. Unvermittelt bekam er von einer jungen Frau bestätigt, was Bonifaz vermutet hatte.

„Ist es nicht ein Junge?", wollte er wissen.

Sie nickte. „Pierre, so heißt er. Müsste jetzt fast zwanzig sein. Lange hatte der Chirurg keine Ahnung, dass sein ältester Sohn nicht von ihm ist. Verplappert hat sie sich, weil sie zuviel getrunken hatte. Aber er hat es abgelehnt, bezüglich der beiden jüngeren Kinder einen Vaterschaftstest machen zu lassen. Stellen Sie sich das mal vor: Kurz verheiratet, ein Kind vom Bischof und danach ... na ja, wer weiß?"

„Ist es sicher? Ich meine, der Bischof als Vater?"

„Was ist schon sicher? Wenn sie es doch gesagt hat?"

„Wo lebt Pierre?"

„Wie ich meine, studiert er in Paris. Seine Mutter lebt auch dort. Anonym und alleingelassen und ohne Geld."

„Und das weiß hier jeder? Wird so offen darüber gesprochen?", wollte Thomas wissen.

„Nein." Michelle schaute ihn an. „Ich weiß es, weil meine Mutter ihre Freundin ist. Und der Junge hat es schwer. Und die Mutter auch. Aber Sie verteidigen den Bischof auch noch."

„Michelle, ich verteidige niemanden. Aber ich verurteile auch niemanden. Zuerst einmal gehe ich davon aus, dass der Bischof in seiner Jugend fest davon überzeugt war, das Zölibatgebot einzuhalten. Aber da kam etwas dazwischen, womit er nicht gerechnet hatte. Seine Liebe zu Gott war von einer anderen, vielleicht auch größeren Liebe abgelöst worden."

Michelle erhob sich und stemmte ihre Hände auf die Hüften. „Sie reden, als wenn Sie siebzig wären und nicht ... Mitte dreißig. Darum geht es doch überhaupt nicht. Unser Bischof hat Transaktionen getätigt und niemand weiß, wo das Geld ist. Das waren Spendengelder von armen kleinen Leuten, die an die Kirche geglaubt haben. Aus der Schatzkammer sind wertvolle Reliquien verschwunden. Zwei Häuser der Kirche sind an Mittelsmänner verkauft worden, die Steuerfahndung ist hinter ihm her. Und außerdem war Juliette, seine Geliebte, ja nicht die einzige. Er hat schon immer mit einer Frau sein Bett geteilt, das weiß doch jeder hier."

Thomas war irritiert und ernüchtert zugleich von der Vehemenz dieser Michelle, die kein gutes Haar an dem Bischof ließ. Und auf ihre Art die Angelegenheit ganz klar auf den Punkt gebracht hatte. Dabei lag es nicht in seiner Absicht, den Bischof zu schützen, sondern er wollte ausschließlich Informationen haben. Er bezahlte schnell und ging zur Rue Serpenoise in die Fußgängerzone in ein Internetcafé. Mit Hilfe eines jungen Mannes konnte er in verschiedenen Zeitungen recherchieren, was sich vor wenigen Jahren in Metz zugetragen hatte. Thomas hatte keine Zeit, alle Artikel zu lesen, bei seinen Französisch-Kenntnissen hätte das auch etwas länger gedauert, und ließ sich die entsprechenden Seiten ausdrucken. Anschließend bummelte er in der Stadt umher. Sogar die Sonne quälte sich durch die Wolken und warf einige helle Strahlen auf die Erde. Sofort erschien alles freundlicher. Thomas empfand das als gutes Zeichen für seine Mission.

Er aß noch zu Mittag und machte sich gegen zwei Uhr auf den Weg zu seinem Auto. Neben ihm parkte ein Wohnmobil und Thomas hatte Mühe, die Tür aufzuschließen. Als er sich hineinquetschen wollte, verspürte er auf seinem Kopf einen Schlag und gleichzeitig wurde etwas in sein Gesicht gedrückt. Das Stadttor und die Stadtmauer von Metz waren das Letzte, was er wahrnehmen konnte. Und dazu einen süßlichen Geruch.

Ward verabredete sich mit Kathy zu einem Kaffee in einem Kaufhaus und meinte, das gäbe sein Budget noch her. Die Erbin hatte sich kaum hingesetzt, als sie auch schon von ihrem Italientrip und dem versuchten Anschlag zu erzählen begann. Aufgeregt schilderte sie jede Einzelheit und lobte das Verhalten des deutschen Pfarrers, der wohl ihr Leben gerettet habe. Natürlich auch seines.

„Wie kamen Sie eigentlich auf die Idee, ihm Ihre Geschichte zu erzählen?", tadelte Ward.

„Habe ich nicht. Er konnte sich einiges zusammenreimen und ist fast allein darauf gekommen."

Ward ging nicht näher darauf ein und wollte in Erfahrung bringen, was Kathy über ihren Vater herausgefunden hatte.

„Nicht viel“, meinte sie resignierend. „In Rom ist man in solchen Dingen auch sehr verschlossen. Überhaupt habe ich den Eindruck gewonnen, dass man die Kirche nichts Konkretes fragen darf. Man erhält einfach keine Antwort. Ich habe lediglich einige Artikel gefunden, die er geschrieben hat. Und zwar in seiner Jugendzeit, als er noch Pfarrer in Chicago gewesen ist. Das war ein oder zwei Jahre, nachdem er Portland verlassen hatte.

Ward tat so, als interessiere ihn diese Nachricht nicht sonderlich. Innerlich jedoch war sie von ihm abgespeichert worden, weil er vermutete, das könne ein wichtiger Hinweis für die Aufklärung weiterer Umstände sein. Und er würde dann nicht umhin kommen, auch seinen Vorgesetzten von allem zu informieren.

Kathy gestand ihm, dass sie in zwei Tagen nach Portland fliegen werde. Aber nur, um dort ihre Zelte abzubrechen, denn inzwischen sei auch dort in der Zeitung von ihrer Erbschaft berichtet worden. Ständig werde ihre Wohnung belagert, wie sie per Telefon von einer Nachbarin erfahren habe. Vielleicht orientiere sie sich nach Florida oder Arizona, wo es im Winter so schön warm sei.

In seinem Büro vertiefte sich Ward erneut in den Polizeibericht, den er aus Italien erhalten hatte. Vorsichtig sprach man zu Beginn von einem Autounfall, wegen eines waghalsigen Überholmanövers. Zwar hatte man auch die Aussagen des Deutschen und Kathys hinzugefügt, vermutete jedoch, dass die Betroffenen noch zu sehr unter Schock gestanden hätten. Der andere Unfallbeteiligte, ein Anwohner, konnte keine näheren Angaben machen, weil er das entgegenkommende Fahrzeug erst sehr spät gesehen habe. Außerdem traf ihn nach Kenntnis der Polizei keine Schuld.

Zeitlich später war von der Polizei hinzugefügt worden, dass der Unfallverursacher ein Amerikaner sei, der, wie von Ward erwartet, aus Chicago stammte, und dass man bei ihm eine geladene Waffe gefunden habe. Auch sei sein Pass gefälscht und man bitte die Amerikaner, anhand der abgenommenen

Fingerabdrücke ihren italienischen Kollegen mitzuteilen, um wen es sich handelte.

Ward erledigte das und wusste zwei Stunden später, er hatte ins Schwarze getroffen. Ein langes Vorstrafenregister des vierzigjährigen Buster Yondry, zweimal wegen Raubüberfall im Knast gesessen, und dazu noch ein schwebendes Verfahren wegen Erpressung und Nötigung und Körperverletzung. Das teilte Ward den Kollegen aus Italien mit, die sich bei ihm bedankten, ihre Auffassung änderten und nun, in Würdigung der neuen Umstände, nicht mehr von einem Unfall, sondern von einem versuchten Mordanschlag sprachen.

Ward, der Zusammenhänge zu erkennen glaubte und dadurch mehr und mehr von einem Jagdinstinkt befallen wurde, recherchierte über den jungen Willard, als er noch nicht Kardinal und Bischof war. Er fand heraus, dass Willard Anfang der achtziger Jahre von Portland nach Chicago gekommen und dort Sekretär des Erzbischofs Marcinkus geworden war. Über Marcinkus konnte Ward gleichfalls einiges nachlesen. Diesem Erzbischof von Chicago wurden die dunkelsten Machenschaften nachgesagt mit ausgesprochen engen Verbindungen zur Mafia. Aber immer wieder habe ihn der Status eines Erzbischofs in Amerika vor weiteren Untersuchungen geschützt. Außerdem war er wegen seiner Immunität als Bürger des Vatikans über viele Jahre vor polizeilichen Maßnahmen sicher gewesen. Ward stieß in alten Polizeiunterlagen auf überraschend viele Anzeigen gegen die Kirche von Chicago. Wie fast überall im Land sollen sich auch hier Priester an Kindern, meist Jungen, vergangen haben. Aber die Anzeigen wurden alle niedergeschlagen und die Ermittlungen nach und nach eingestellt. Allerdings, und das erweckte sein Misstrauen, schien wiederholt ein gewisser Pfarrer Willard in die Angelegenheit verwickelt gewesen zu sein, der plötzlich zum Vatikan nach Rom versetzt wurde und nicht mehr vernommen werden konnte.

Einer Eingebung folgend ließ sich Ward mit der Dienststelle in Chicago verbinden, die seinerzeit diese Fälle bearbeitet hatte. Bereits nach wenigen Minuten sprach er mit einem älteren Kollegen, der involviert gewesen war. Der Polizist gab sich ausgesprochen reserviert und Ward glaubte sogar über die

Entfernung hinweg dessen Vorsicht zu spüren. Unmissverständlich meinte der Kollege, am Telefon wolle er nichts sagen. Und wenn er nach Chicago komme, dann bitte mit einem offiziellen Ersuchen seines Vorgesetzten. Nur das würde ihm helfen, Einblick in die alten Akten zu erhalten.

Ward wusste nun, dass der Zeitpunkt gekommen war, den Commissioner über alles aufzuklären. Als er am Telefon andeutete, es gehe um den Tod des Kardinals und um die katholische Kirche, hatte sein Vorgesetzter für ihn Zeit, und Ward erhielt sofort einen Termin.

Ward benötigte knapp zwei Stunden, die Zusammenhänge so zu schildern, wie er sie sah. Und der Commissioner eine halbe Stunde, um all seine Fragen beantwortet zu bekommen und Ward daraufhin ein offizielles Ersuchen für die Chicagoer Polizei auszustellen. Mit dem Versprechen, mit niemandem außer mit ihm darüber zu reden und äußerst diskret vorzugehen, wurde Ward entlassen.

Am Mittag des kommenden Tages meldete er sich in Chicago im 16. Polizeirevier bei Detektiv Frazer, der dem Alter nach kurz vor der Pensionierung stehen musste.

„Ich habe nach dem gestrigen Telefonat mit Ihrem Besuch gerechnet“, meinte dieser trocken, „und diverse Unterlagen heraussuchen lassen. Sind natürlich alle schon etwas angestaubt.“

Frazer ging mit Ward in ein Besprechungszimmer, in dem ein Aktenstapel auf dem Tisch lag. Daneben standen Getränke und Sandwichs.

„Wir werden wohl etwas länger hier zu tun haben“, meinte Frazer, wies auf einen Stuhl und setzte sich.

Zuerst klärte er Ward über Erzbischof Marcinkus auf. Das könne er nun unbefangen tun, meinte der Polizeibeamte, weil der Erzbischof vor drei Jahren verstorben sei. Zu Lebzeiten hätte er nie gewagt, so offen über ihn zu reden.

„Wenn ich Sie richtig verstehe, dann ist der einzige Unterschied zwischen einem Mafiapaten und diesem Erzbischof dessen Priesterweihe“, fasste Ward das Gehörte zusammen.

Frazer bestätigte das, sein Gesicht verzog sich zu einem abfälligen Lächeln. „Was ich Ihnen erzählt habe, betrifft nur uns, nur Chicago. Marcinkus' Aktivitäten im Namen des Vatikans und mit dessen Duldung und wie man ihn dort geschützt und gedeckt hat, dass können Sie an anderer Stelle nachlesen."

Ward, der sich einiges aufgeschrieben hatte, schaute auf seine Notizen. „Im Jahre 1982 kam also dieser Willard zu Marcinkus und wurde als Sekretär dessen rechte Hand. Und Willard hat all die Kontakte des Erzbischofs gekannt und sicherlich auch für sich genutzt."

„Ja, so war es. Willard hat besonders zu dem Paten Sandro Russo sehr enge freundschaftliche Beziehungen gepflegt. Warum ausgerechnet zu ihm, das haben wie nie in Erfahrung bringen können. Aber dieser Pate hat die Kirche großzügig mit Spenden unterstützt. Willard hat diese dazu benutzt, ein Kinderheim aufzubauen. Das an sich wäre ja nicht verwerflich gewesen. Aber der Hintergedanke war ein anderer, schmutziger und perfider. Aus diesem Kinderheim haben sich über viele Jahre Priester und Geistliche versorgt." Frazer entschuldigte sich für den Ausdruck, aber es falle ihm kein besserer Begriff ein. Es sei wirklich ein Versorgen mit jungen Körpern gewesen, um die sexuelle Abartigkeit zu befriedigen.

„Und dieser Willard gehörte wirklich dazu?"

„Er war unserer Einschätzung nach der Organisator und Drahtzieher. Und er hat die Kinder auch an Kundschaft außerhalb der Kirche vermittelt. Gegen entsprechende Spenden, wie wir vermuten, die allerdings nie in den dafür vorgesehenen Topf geflossen sind."

Ward, dem vieles von Boston her bekannt vorkam, die Grundzüge des perversen Spiels waren nun mal überall gleich, wollte wissen: „Und wodurch ist das Ganze aufgedeckt worden?"

Frazer lächelte hart. „Durch einen Todesfall. Man hat eines der geschändeten Kinder, ein Junge von zwölf Jahren, neben der Leiche eines Priesters gefunden. Beide waren nackt. Und in einem Nebenraum hatte sich ein weiterer Junge versteckt, der erst sechs Jahre alt war. Die beiden Jungen waren Brüder."

„Der Zwölfjährige hat den Priester ..."

Frazer nickte, als zeige er Verständnis. „Die Tat ist nie vollständig aufgeklärt worden. Der Junge konnte sich zuerst an nichts oder fast nichts erinnern, wirkte apathisch und wurde lange behandelt. Später erst konnten wir seine Aussage protokollieren. Wir vermuten, der Zwölfjährige hat den Priester umgebracht, weil er sich an ihm und seinem jüngeren Bruder vergangen hat."

„Mit zwölf Jahren? Und wie hat er das angestellt?"

„Indem er den Kopf seines Peinigers immer wieder gegen die Kante des Glastisches geschlagen hat. Offiziell heißt es jedoch, der Priester sei gestolpert und gefallen und mit dem Kopf dagegen geschlagen. Also ein Unfall. Vielleicht hat es auch wirklich so angefangen, mit einem Sturz, denn es waren bei dem Geistlichen Alkohol und Drogen im Spiel. Aber bei einem Unfall schlägt man nicht zehn oder fünfzehn Mal mit dem Kopf gegen die Kante eines Tisches", fügte Frazer hinzu. „Auch nicht bei uns in Chicago, wo vieles möglich ist."

„Und inwiefern ist Willard, der spätere Kardinal, in die Angelegenheit involviert?", fragte Ward, der in diesem Augenblick an Kathy Myhclic dachte und für sie hoffte, ihr Vater habe, wenn überhaupt, zumindest auf diesen Mord und die Jungen bezogen nur eine untergeordnete Rolle gespielt.

Frazer blätterte in den Unterlagen. „Im ganzen Raum, in der ganzen Wohnung hat man seine Fingerabdrücke gefunden. Auch auf Gläsern, die herumstanden. Alle Abdrücke waren frisch, keiner älter als zehn oder zwölf Stunden. Willard jedoch bestritt, etwas damit zu tun zu haben. Aber wir fanden zwei unterschiedliche Sorten von Sperma. Die eine konnten wir später dem toten Priester zuordnen, die andere ist bis heute ungeklärt. Und der Zwölfjährige hat seine Aussage, auch Willard sei zugegen gewesen, auf Anraten eines Anwalts widerrufen. Und ein bekannter Kinderpsychologe, den man extra aus New York hat einfliegen lassen, begründete ausführlich, dass der Junge verschiedene Vorgänge einfach miteinander vermischt habe und nicht mehr unterscheiden könne zwischen Fiktion und Realität."

„Was bedeutet", sprach Ward weiter, „es hat nie eine Gerichtsverhandlung gegeben."

„Genau so ist es gewesen. Die Kirche hat ihre Diener geschützt, dieser Marcinkus all seine Beziehungen spielen lassen, auch die in der Politik, es gab zwei oder drei Geistliche, die man in andere Städte versetzte, Willard war plötzlich verschwunden, und der Pate hat sich um die beiden Jungen gekümmert und sie auf eine Schule geschickt. So ist das alles abgelaufen und jeder war irgendwie zufrieden."

„Und was war mit den anderen Kindern?"

Frazer zuckte mit der Schulter. „Auch da ist nie etwas daraus geworden. Wer hätte Anzeige erstatten sollen? Bei Waisenkindern gibt es keine schützenden Eltern. Und die Stadt Chicago und das Jugendamt waren froh, dass sich alles geglättet hatte."

Ward lag schon die ganze Zeit eine entscheidende Frage auf der Zunge.

„Wer waren die beiden Jungen?"

Frazer sah ihn tadelnd an. „Sie wissen doch, Herr Kollege, dass ich Ihnen darauf keine Antwort geben darf."

Gleichzeitig jedoch drehte Frazer die Akte so in Wards Richtung, dass dieser Einblick nehmen konnte. Zwar waren die Namen der Kinder geschwärzt, allerdings konnte er ihre Geburtsdaten und den Geburtsort lesen. Und beides würde er nie mehr im Leben vergessen.

„Gibt es von den Kindern auch Fingerabdrücke?"

„Selbstverständlich. Wir mussten sie damals abnehmen, um zu wissen, welche von wem stammten."

„Und die sind immer noch unter Verschluss."

Frazer nickte. „Es ist bei uns wie überall im Land. Die Kinder, die unschuldig in ein solches Verfahren geraten, müssen geschützt werden. Und die jugendlichen Straftäter unter siebzehn auch. Deshalb werden Sie keine Chance haben, an Fingerabdrücke heranzukommen."

Es sei denn, das Jugend- oder das Sozialamt hat noch die Akten aufbewahrt, überlegte Ward. Gleichzeitig jedoch fragte er sich, ob er nicht schon jetzt in der Lage war, auf die Namen der Jungen zu stoßen. Mit dem Geburtsdatum und dem Ort müsste das doch möglich sein.

Thomas wusste nicht, woran er sich zuerst erinnerte. Die unsäglichen Kopfschmerzen, an die verkrampfte Muskulatur, weil er an Händen und Füßen gefesselt war, oder an ein unangenehmes Schaukeln, welches bei ihm Übelkeit verursachte. Als er sich orientieren wollte, stellte er fest, man hatte seine Augen verbunden. Allerdings konnte er sich strecken und drehen, er hatte genügend Platz. Unweigerlich fiel ihm das Wohnmobil ein, welches gleich neben seinem Pkw geparkt hatte und in dem er sich nun befinden musste.

Zuerst einmal reagierte er empört. Wie konnte es jemand wagen, ihn, einen Priester, zusammenzuschlagen und zu fesseln und zu entführen. Dies passte nicht in sein Verständnis von Gewaltlosigkeit und Humanität und all die schönen christlichen Dinge, die er gelernt und gelehrt hatte. Dass andere weniger hehre Regeln an den Tag legten, die anzuwenden sie sich nicht scheuten, wollte ihm noch nicht einleuchten. Welche Sorte von Mensch kann das nur sein, fragte er sich, die so wenig Rücksicht auf andere nimmt? Was wollen sie von mir?

Wie lange die Fahrt bereits dauerte, war für ihn nicht abschätzbar. Als das Auto schließlich stand, konnte er am unteren Rand der Augenbinde erkennen, dass es draußen schon dämmerte. Folglich bin ich mindestens drei Stunden mit diesem Wohnmobil unterwegs gewesen, konstatierte er.

Thomas hörte, wie die Fahrertür aufgemacht und wieder zugeworfen wurde. Anschließend blieb es ruhig. Er wartete vergeblich, dass jemand in den hinteren Teil des Wohnmobils kam.

In was bin ich hier hineingeraten, fragte er sich, nachdem seine Empörung der Realität gewichen war. Und seine nächste Überlegung zielte in die Richtung, ob Alfons etwas von seiner Entführung mitbekommen habe. Wie er wusste, arbeitete sein GPS nur in einem Radius von fünfzig Kilometern. Was Thomas blieb, war die Hoffnung, dass sich der ehemalige Polizist nach dem Anruf, er werde nach Metz fahren, früh genug an seine Fersen geheftet hatte. Um ihn jedoch zu finden, hätte es erst des Alarms bedurft, der von Thomas auszulösen war. Wie aber sollte er in seinem Zustand an den Sender kommen?

Sich mehr und mehr auf den Kern konzentrierend, konnte er sich immer deutlicher ausrechnen, wer es auf ihn und seine Informationen abgesehen hatte. Und das Ergebnis trug nicht dazu bei, seine Stimmung anzuheben, denn allein die Kirche und diejenigen, die in ihrem Auftrag tätig waren, kamen in Betracht. Wer sonst wusste überhaupt von seiner Tätigkeit? So weit mit seinen Überlegungen, konnte er den Personenkreis schnell eingrenzen, denn Alfons und Agritius sowie Bonifaz' Schwester kamen nicht in Frage. Was blieb, waren allein der Sicherheitsbeamte Hubacher, den er auch ausklammerte, und dieser Monsignore Benelli, die er beide in Rom kennen gelernt hatte. Aber ein Monsignore lässt mich doch nicht entführen, überlegte er. Auch wenn ihm Benelli suspekt erschien wegen seiner Art, wie er Fragen an ihn gerichtet und ihm gewisse Dinge unterstellt hatte. Nicht zu vergessen die Bemerkungen von Bonifaz. Unwillkürlich dachte Thomas an den dritten Mann aus dem Ring, von dem Agritius gesprochen und den nur Bonifaz gekannt haben soll. Was allerdings nicht bedeutete, dass er, Thomas, ihm unbekannt war.

Thomas ertappte sich, dass er ohne konkreten Anhaltspunkt einfach wild drauflos spekulierte. Übergangslos kam er von seiner heutigen Entführung auf den Anschlag in den Abruzzen. Einig war er sich darüber, dass beides in der gleichen Person oder Einrichtung seinen Ursprung haben musste. Ob man sich nun an ihm rächen wollte? Weil der Anschlag in den Abruzzen fehlgeschlagen und einer ihrer Leute dabei ums Leben gekommen war?

Weil Thomas nur wild spekulieren und sich Fragen stellen konnte, auf deren Antworten er vergeblich wartete, spürte er eine stetig zunehmende Unruhe. Und die Ungewissheit machte ihm zu schaffen, die ihn dazu verleitete, immer neue Varianten zu kreieren. Als es in seinem Schädel nur noch brummte, sich die schlimmen Gedanken und Ahnungen häuften, begann er laut zu beten. Deshalb hörte er auch nicht, dass die Tür des Wohnmobils geöffnet wurde. Erst als ihn jemand anfasste, erschrak er fast zu Tode.

„Ich an deiner Stelle würde auch beten", sagte jemand auf Englisch zu ihm. „Es wird das Einzige sein, was dir noch hilft", fügte er hinzu und Thomas hörte ihn lachen.

„Wo bin ich?", stammelte er. „Was haben Sie mit mir vor?"

„Das wirst du noch früh genug erfahren."

Thomas musste auf die Toilette, aber der Unbekannte reagierte vorerst nicht. Schließlich fühlte Thomas sich angehoben, wurde hingesetzt, sein Entführer löste die Fesseln auf dem Rücken und band ihm die Hände vorne zusammen. Anschließend befreite er ihn von den Fußfesseln, half ihm beim Aufstehen und führte ihn aus dem Wohnmobil. Thomas wäre wegen des Höhenunterschiedes fast gestürzt, hätte ihn der Unbekannte nicht festgehalten.

„Nehmen Sie mir doch bitte die Binde von den Augen."

Keine Reaktion.

„Wo kann ich zur Toilette gehen?"

„Hier an der frischen Luft", erhielt er als Antwort. „Zwei Schritte vor dir sind einige Büsche."

Thomas tappte unsicher nach vorne, spürte kleinere Zweige und öffnete den Hosenlatz. Sich etwas zur Seite drehend, drückte er zweimal die Taste am GPS-Sender, wodurch Alfons, falls er in Reichweite war, spätestens jetzt wusste, dass er seine Hilfe benötigte. Anschließend wurde er wieder in das Wohnmobil geführt und auf einem Stuhl festgebunden.

So sehr er auch fragte, er erhielt keine Antwort. Der Unbekannte stellte das Radio an, zog den Geräuschen nach alle Vorhänge zu, ließ eine Lampe brennen und Thomas glaubte zu hören, dass er das Wohnmobil wieder verlassen hatte.

Nach etwa zwei Stunden kam sein Entführer zurück, die Musik wurde ausgestellt. Ein anderer Mann war bei ihm und sie unterhielten sich auf Englisch. Thomas konnte alles verstehen.

„Hast du die Unterlagen in seiner Wohnung gefunden, Umberto?", fragte der Fremde, dessen Stimme Thomas irgendwie bekannt vorkam.

„Ja. Ich habe alle CDs und sein Notebook mitgebracht."

„Ist die Wohnung sauber?"

Da der Angesprochene nicht antwortete, vermutete Thomas, er hatte genickt.

„Hast du schon alles durchgesehen?"

„So weit ich es konnte", entgegnete Umberto, sein Entführer. „Zu einigen CDs benötigt man ein Codewort."

„Und das andere? Hat es sich gelohnt?"

„Das musst du beurteilen." Der Entführer berichtete dem Neuankömmling, dass er viele Namen von Geistlichen entdeckt habe und dazu endlose Kolonnen von Zahlenreihen. Ob er was damit anfangen könne?

Der Neuankömmling schien sich einiges auf dem Computer anzuschauen, Thomas hörte das sanfte Klicken der Tastatur, und der Neue meinte erstaunt: „Das sind ja unsere Unterlagen. Wie konnte er an diese Dinge herankommen?"

Er erhielt keine Antwort und Thomas bekam mit, wie der Ankömmling erneut die Tasten des Notebooks betätigte. Von Zeit zu Zeit entfuhr ihm ein erstauntes „oh" oder ein „das ist aber interessant".

Einige Zeit blieb es still, bis er plötzlich erstaunt sagte: „Was ist denn das hier, verdammt noch mal."

Thomas vermutete, er war auf Bonifaz' Register gestoßen, welches er abgetippt hatte.

„Was ist denn das?", wiederholte er.

Jemand nahm Thomas die Augenbinde ab und zuerst erkannte er überhaupt nichts. Nach einigen Sekunden wurden die Konturen schärfer, er blinzelte, sah die beiden Männer deutlicher, und mit einem Mal wusste Thomas auch, woher er die eine Stimme zu kennen glaubte.

„Monsignore Benelli, was machen Sie denn hier?", fragte er überrascht. „Haben Sie mich entführen lassen?"

Der Monsignore reagierte nicht, sondern drehte den Bildschirm des Notebooks so in Thomas' Richtung, dass er einen Blick darauf werfen konnte.

„Was ist das?", wollte Benelli wissen.

Thomas hatte Zeit gehabt, sich die Antwort zu überlegen. Trotzdem beugte er sich zum Bildschirm und las umständlich, was dort geschrieben stand.

„Das habe ich zugespielt bekommen", behauptete er. „Als ich aus dem Archiv des Vatikans in mein Hotel gegangen bin, habe ich es entdeckt. Es war auf einer Diskette, die jemand in meine Tasche im Lesesaal gesteckt hat. Ich habe es anschließend auf mein Notebook überspielt."

„Also war es auch im Original auf Deutsch", stellte Benelli genüsslich fest, denn Thomas hatte sich verplappert. Und in der Art, wie Benelli anschließend einzelne Passagen vorlas, konnte Thomas heraushören, dass er auch einigermaßen deutsch sprechen konnte.

„Monsignore, erklären Sie mir bitte, was das alles hier soll. Wie kann ein Mann der Kirche einen seiner Kollegen so behandeln?"

Benelli schaute ihn emotionslos an. „Pfarrer Simmerling", begann er ruhig, „Sie sind kein Mann der Kirche, zumindest kein ehrlicher Mann. Das sehe ich hier an all dem, was wir gefunden haben. Ein ehrlicher Mann geht nicht hin und stiehlt geheime Unterlagen des Vatikans. Deshalb dürfen Sie auch nicht von mir erwarten, dass ich Sie wie einen ehrlichen Mann behandele."

„Geheime Unterlagen des Vatikans?", gab sich Thomas erstaunt.

Benelli nickte. „Diese Unterlagen", er deutete auf das Notebook und die CDs, „diese Unterlagen sind so geheim, dass normalerweise außer mir und ein oder zwei weiteren Personen sonst niemand Zugriff auf sie hat. Ich bin der Leiter einer Abteilung, die sich mit solchen Dingen befasst, mit den Schwächen und Fehlern und Defiziten von Geistlichen in aller Welt. Unser Bemühen ist es, diese Schwächen auszumerzen und die Auswirkungen möglichst klein zu halten. Wie sind Sie an all diese Informationen gekommen?"

Thomas hatte bereits auf die Frage gewartet. Dass er sie von einem Unbekannten erhalten habe, so wie das Register, würde Benelli ihm nie abkaufen. Also rückte er mit der Wahrheit heraus. „Ich habe sie an mich genommen."

„Aus dem Arbeitszimmer von Bonifaz."

„Ja."

„Habe ich es mir doch gedacht. Und was wollten sie damit anfangen?"

Thomas zuckte mit der Schulter. „Weiß ich nicht. Was hätte ich als Einzelner schon ausrichten können? Außerdem verstehe ich einiges nicht. Zum Beispiel dieses Register. Was bedeuten all die Bemerkungen hinter den einzelnen Namen der Geistlichen? Etwa, dass sie gesündigt haben? Bei einigen steht, sie hätte gegen Bezahlung mit Frauen geschlafen. Andere wiederum sollen sich Männer gekauft haben. Und wieder andere ..." Thomas schüttelte sich, als sei es für ihn unfassbar. „Und dann auch noch diese chronologische Auflistung über so viele Jahre. Das kann doch nur aus einer gut unterrichteten Quelle stammen. Womöglich aus einem Archiv des Vatikans. Will jemand die Kirche erpressen? Sind diese Dinge real oder erfunden worden?"

Benelli schaute Thomas zweifelnd an. War dieser Deutsche so naiv oder tat er nur so?

„Pfarrer Simmerling, die Aufstellung der Priesterkinder, das ist für Sie keine Fiktion, oder?"

„Nein, ich habe schon wiederholt davon gehört." Thomas schaute betrübt. „Das allerdings erscheint mir sehr real. Obwohl ich es mir persönlich nicht vorstellen kann. Und all die Namen von Kollegen von uns, teilweise sehr hochrangige Würdenträger, denen man unterstellt, Kinder gezeugt zu haben."

„Sagen Sie es mir, Herr Benelli. Es sind doch Unterlagen, die aus dem Vatikan stammen. Die Sie auch in Ihrer Abteilung haben. Trifft das alles zu? Gibt es in unserer Kirche wirklich so viele, die gegen das Zölibatsgebot verstoßen haben?"

Benelli zögerte mit einer Antwort. Schließlich sagte er: „Ja, es trifft zu. In den meisten Fällen zumindest. Ein Schandfleck für unsere Kirche. So wie dieser Bischof Ramiche aus Metz, über den Sie sich ausgiebig erkundigt haben. Und über den man so viel in den Zeitungen geschrieben hat. Ein Betrüger und ein Schandfleck für die Kirche."

Benelli setzte sich neben Thomas und schaute ihn lange an. „Ich kann Sie nicht gehen lassen", meinte er nach einer Weile. „Erst muss ich sicher sein, dass Sie meine Arbeit und die meiner Abteilung nicht untergraben. Und ich muss sicher sein, dass es keine weiteren Unterlagen und Kopien gibt. Haben Sie mich verstanden?"

„Es gibt sonst keine Unterlagen", versicherte Thomas und nahm sich das Recht, in dieser besonderen Situation zu lügen. „Drei der CDs konnte ich nicht einsehen, sie scheinen geschützt zu sein."

Benelli wandte sich zum Entführer, der die ganze Zeit ruhig hinter ihnen gesessen hatte. „Welche CDs meint er?"

Umberto stand auf und Thomas konnte ihn zum ersten Mal betrachten. Groß, kräftig, gleichfalls ein südländischer Typ mit pechschwarzen Haaren und einem dunklen Teint.

„Diese hier." Er legte sie vor Benelli auf den Tisch.

„Konntest du etwas auf ihnen entdecken, Umberto?", fragte Benelli.

„Nein. Aber ich habe auch keine Ahnung mit solchen Dingen."

Benelli zog das Notebook näher und bemühte sich, eine der drei CDs zu öffnen, die Thomas gleichfalls von Bonifaz erhalten hatte. Nach etwa zehn Minuten bemerkte Thomas, wie sich Benelli verkrampfte und näher zum Bildschirm rückte. Und nach weiteren zehn Minuten atmete er vernehmlich aus und wandte sich zu Thomas.

„Haben Sie diese CDs auch aus dem Zimmer von Bruder Bonifaz?"

„Ja. Als er im Sterben lag, hat er mich gebeten, sie an mich zu nehmen."

„War das ein Teil seiner Beichte?"

„Nein."

Benelli konzentrierte sich erneut auf das Notebook und war damit mehr als eine halbe Stunde beschäftigt. Derweil bemühte sich Thomas, seine Handfesseln etwas zu lockern. Allerdings gelang ihm das nicht. Sein Entführer, der ihn von der Seite beobachtet hatte, schmunzelte.

Benelli räusperte sich, nahm die CD aus dem Notebook und klappte es zu. Er betrachtete die dünne glänzende Scheibe, als würde er zum ersten Mal eine sehen. Unschlüssig drehte er die CD und schob sie schließlich in eine Hülle.

„Stammt das auch aus dem Vatikan? Aus Ihrer Abteilung?", wollte Thomas wissen.

Benelli schien sehr nachdenklich zu sein und antwortete nicht. Zu Umberto gewandt, sagte er nach einer Weile: „Ich habe es immer schon geahnt. Und jetzt endlich habe ich den Beweis."

Benelli starrte vor sich hin und schüttelte immer wieder den Kopf, als hätte sich seine schlimmste Ahnung erfüllt. Schließlich schaute er Thomas mit einem Blick an, den dieser nicht deuten konnte. „Pfarrer Simmerling, in was sind Sie da hineingeraten“, sagte er mit ernstem Unterton und wiederholte: „In was sind Sie da hineingeraten.“ Benelli erweckte den Eindruck, als könne er es nicht fassen.

„Sagen Sie es mir“, meinte Thomas. „Ich weiß überhaupt nicht, was auf diesen drei CDs ist.“

Benelli gab Umberto ein Zeichen. Sie setzten sich ins Fahrerhaus und sprachen leise miteinander. Thomas konnte nichts mehr verstehen. Benelli schien einige Anweisungen zu geben, denn Umberto nickte zustimmend. Dann klopfte Benelli Umberto auf die Schulter, gab ihm die Hand und stieg aus.

Umberto kam zurück zu Thomas, fesselte ihm wieder die Füße und verband die Augen. Anschließend gab er ihm einen Schups, so dass Thomas nach hinten auf die Liegefläche fiel. Wenig später setzte sich das Wohnmobil in Bewegung. Thomas, dessen Hände nicht mehr auf dem Rücken gefesselt waren, drückte erneut auf seinen GPS-Sender und hoffte, dass die kleine Batterie nicht leer war.

Rückblickend hatte Benelli in jüngster Zeit eine für ihn ungewohnte emotionale Gefühlspalette durchlaufen. Er, der bisher von Erfolg zu Erfolg geeilt war, alle Eventualitäten beachtete und die Schritte seiner Gegner wie bei einem Schachspiel vorauszusehen glaubte, schien auf einmal ungewohnten Gegenwind zu verspüren. Vor zwei Monaten dieser Kardinal Willard, der die Kirche um ihr Erbe betrogen hatte. Oder hatte Willard ihn betrogen? Vergangene Woche der überraschende Rückschlag durch die Anwältin Margret Caruthers, die es geschafft hatte, ihn auf elegante Art und Weise auszutricksen. Zwar war die Sammelklage vom Tisch, aber eine neue Klagewelle mit noch mehr Medieninteresse würde das gebeutelte Bistum von Baltimore erschüttern und wahrscheinlich dazu führen, dass man bei der amerikanischen Regierung Insolvenzschutz beantragen musste. Das zumindest hatte er dem zuständigen Bischof Lasandre geraten. Aber dieser Rückschlag ging Benelli eigentlich nicht sehr viel an. Sollten die doch in Baltimore schauen, wie sie zurechtkamen. Er würde sich schon bald aus der Angelegenheit ausklinken.

Benelli seufzte, streifte das Karma des Misserfolges ab und wandte sich den letzten Ereignissen zu. Vor wenigen Tagen war es ihm gelungen, mit Bonifaz eines der Mitglieder des Rings im Vatikan zu enttarnen, den Zweiten würde er auch noch finden. Dass es für den Pater auf diese Art hatte enden müssen, war allein dessen Schuld gewesen. So weit, wie Bonifaz bereits mit seiner Recherche vorgedrungen war, durfte es für Benelli und die Kirche kein Zurück mehr geben. Aber noch war es für ihn zu früh, diesen offensichtlichen Erfolg einzuordnen. Zudem verspürte er eine nicht genau zu definierende Ungewissheit, als seien mit Bonifaz noch längst nicht alle Schwierigkeiten ausgeräumt worden.

Vorgestern hatte er sich Francescas Sendung angeschaut und war wieder einmal über ihr zweifelhaftes Talent, andere zu enttarnen und zu entblößen, erstaunt. Benelli hatte ihr zwei Bischöfe geliefert, die schon seit längerem auf seiner Liste standen. Und sie waren Francesca voll ins Messer gelaufen. Kurz vor der Sendung war er, wie versprochen, von Francesca bedient worden. Sie händigte ihm die Adressen der Internetseiten aus und er hatte seine Schuld in Höhe von zwanzigtausend Euro beglichen.

Seine Erfolge erschienen ihm im Vergleich mit den zwei Bostoner Tiefschlägen, dem verstorbenen Kardinal Willard und der Anwältin Caruthers, eher dürftig, wenn er einmal von Erzbischof Manguso aus Mailand absah, der unter leichtem Druck und voller Angst einige Millionen umgeleitet und in erheblichem Maße sein Privatkonto aufgefüllt hatte.

Und jetzt zu allem Überfluss auch noch dieser deutsche Pfarrer, der sich eingeschaltet hatte und Detektiv spielte. Aber auf eine so naive Art und Weise, dass er hätte darüber lachen können, wäre die Situation inzwischen nicht so gefährlich geworden.

Wie war es dem Deutschen gelungen, so schnell das Vertrauen dieses äußerst misstrauischen Ordenspriesters zu erlangen? Innerhalb von wenigen Tagen hatte Bonifaz dem jungen Pfarrer vieles erzählt, wie Benelli vermutete, und ihm Gelegenheit gegeben, sich Unterlagen anzueignen. Eine Verhaltensweise, die unüblich war für Mitglieder des Rings. Oder war dieser

Pfarrer Simmerling nur vorgeschickt worden? Eine Art Übermittler, ein Kontaktmann für einen anderen Unbekannten, damit sich dieser auch weiterhin im Hintergrund halten konnte?

Vor wenigen Tagen, als Umberto fragte, ob man den Deutschen nicht besser gleich ausschalten solle, hatte er noch gezögert. Ob es denn nötig sei und es nicht eine andere Möglichkeit gebe. Umberto hatte dies verneint. Trotzdem hatte er angeordnet, dem Deutschen vorerst lediglich einen Denkzettel zu verpassen, weil er noch mit ihm reden wolle. Nun zeigte sich, dass Umbertos Vorahnung richtig gewesen war. Dieser Deutsche schien tatsächlich gefährlicher zu sein, als es den Anschein hatte.

Zwischendurch jedoch überkamen Benelli immer wieder Zweifel, weil er nicht davon überzeugt war, dass der Pfarrer ein so ausgeprägtes schauspielerisches Talent besaß. Die Naivität ist echt, sagte er sich. Und trotzdem kann ich ihn nicht einfach laufen lassen. Ich muss eine Lösung finden. Ob Umberto es schaffen würde, mehr aus ihm herauszubekommen, falls er seine eigenen speziellen Methoden anwandte, er bezweifelte es. Aber es ging kein Weg daran vorbei, es auszuprobieren, denn die Gefahr, dass der Deutsche mehr wusste, als er zugab, war zu groß.

Vielleicht unterschätze ich auch diesen großen, schwerfällig aussehenden Pfarrer, überlegte Benelli. So unbeholfen, wie er sich gibt, kann er doch eigentlich nicht sein. Wie sonst konnte es ihm gelingen, in den Bergen den Experten auszuschalten? Obwohl dieser nur die Aufgabe hatte, den deutschen Pfarrer zu verfolgen, etwas in die Enge zu treiben und vielleicht zu rammen und dadurch einzuschüchtern. Aber Simmerling schien keinen Spaß zu verstehen, schien auch nicht eingeschüchtert und ängstlich gewesen zu sein und hatte den angeblichen Experten gleich ohne Umweg in die Hölle geschickt.

Mittlerweile hatte die italienische Polizei, dank amerikanischer Hilfe, alle Daten und obendrein auch noch die Fingerabdrücke des Toten. Zwar gab es keinerlei Hinweise auf ihn oder den Vatikan, denn Umberto hatte auch diesen Ganoven, Buster Yondry, über einen verschwiegenen Mittelsmann angeheuert. Nur fünftausend Dollar hatte die Angelegenheit gekostet, weil es ja ein leichter Job sein sollte.

Benelli war trotz all der Versicherungen von Umberto nicht mit der Entwicklung zufrieden. Wenn man einen Profi engagiere, dann dürfe man wohl auch eine saubere Arbeit erwarten. Noch schlimmer hätte es allerdings ausgehen können, wäre der Polizei dieser Yondry lebend in die Hände gefallen.

Allerdings machte sich Benelli trotz diverser Rückschläge keine allzu großen Sorgen, auch nicht um diesen Yondry, denn die Erfahrungen aus der Vergangenheit besänftigten ihn wieder. Er wusste, die italienische Polizei würde sofort alle Untersuchungen auf Eis legen, falls sich Verdachtsmomente gegen den Vatikan ergäben. Würden die Hinweise immer massiver und dichter, gäbe es zuerst eine unverfängliche Anfrage an den Vatikan. Hätte man dort jedoch wegen unwiderlegbarer Beweise überhaupt keine Möglichkeit mehr, etwas abzustreiten, dann würde ein gemeinsames Memorandum von Polizei und Kirchenstaat erstellt, welches letztendlich darauf hinauslief, dass man sich irre, falschen Behauptungen aufgesessen sei oder alles nicht so sein könne, weil der Liebe Gott, so die Unfehlbarkeitsthese der Kirche, im Vatikan und bei seinen Dienern überhaupt keine Sünden zulasse. So einfach war das für die Kurie!

Benelli, der sich mit Umberto für den kommenden Tag verabredet hatte, wanderte in seinem Hotelzimmer auf und ab. Von Zeit zu Zeit starrte er auf das Notebook des Pfarrers und auf die CDs, als könne er immer noch nicht glauben, was sie ihm offenbart hatten.

Benelli trank ein Glas Wasser, ging ins Bad, wusch sich das Gesicht und betrachtete sich im Spiegel. So also sieht ein Monsignore aus, überlegte er und grinste. Was wäre wohl aus mir geworden, hätte ich nicht Religion studiert und das Priesterseminar besucht? Zwar konnte er darauf keine Antwort geben, aber als Manager hätte er in jedem Betrieb seinen Mann gestanden. Und etwas anderes war er in seiner jetzigen Funktion auch nicht. Abgesehen davon, dass er zweimal am Tag betete und mehrmals in der Woche eine Messe besuchte, sich mit kirchlichen Gewändern schmückte, sah er in seiner Tätigkeit keinen Unterschied zu der eines Krisenmanagers in einem Konzern. Der Vatikan war auch ein Weltkonzern, und auch dort gab es von Zeit zu Zeit erhebliche Krisen. Allerdings mit dem Unterschied, dass die Jahrhunderte alten Strukturen der Kirche dafür sorgten, das Vorgefallene stillschweigend für sich zu behalten und nichts nach außen dringen zu lassen. Als gäbe es die Verpflichtung, sämtliche Verfehlungen automatisch dem Beichtgeheimnis zu unterwerfen. Er wusste nur zu gut, wie wirkungsvoll das funktionierte und wie geschickt man diesen Umstand nutzen konnte. Wer wollte als Geistlicher schon als ein Verräter des Papstes und des Heiligen Stuhls dastehen? Und hatte man erreicht, dass nicht darüber gesprochen wurde, war der Betreffende automatisch für immer in den Kreis der Verschwiegenen eingebunden. Alle anderen sorgten aus Selbstschutz dafür, dass er nicht ausbrechen würde. Und falls doch, dann erhielt er, Benelli, Nachricht und hätte gegenzusteuern.

Benelli lächelte und wandte sich ab. Er öffnete das Notebook und setzte sich an die Tastatur. Was er am Abend auf die Schnelle betrachtet hatte, wollte er sich nun noch einmal in Ruhe anschauen. Im Gegensatz zu dem Register, welches auf Deutsch verfasst war, hatte Bonifaz den Inhalt der drei Disketten in Italienisch geschrieben.

Benelli begann mit der ersten Diskette, deren Anfänge mehr als dreißig Jahre zurückreichten. Er wusste, dass Bonifaz in seiner früheren Tätigkeit für die Betreuung von hochrangigen Kirchenfürsten verantwortlich gewesen war. Deshalb kam er nie auf den Gedanken, die Ausführungen des Paters in Zweifel zu ziehen. Allein schon die Fülle an Details und die genauen Beschreibungen der Personen und der Örtlichkeiten zeigten ihm, dass alles authentisch sein musste.

Je mehr Benelli sich in den Text vertiefte, der wie ein Tagebuch abgefasst worden war, desto deutlicher erkannte er, was diese Aussagen anrichten konnten, falls sie in fremde Hände gelangten. Akribisch mit Datum und Uhrzeit und Nennung der anwesenden Personen hatte Bonifaz die schlimmsten Verfehlungen aufgelistet, die sich zum Teil in den Räumlichkeiten des Vatikans oder in Häusern der Kurie sowie in einzelnen Hotels abgespielt hatten. Fast alle aufgeführten Namen kannte Benelli, etliche von den handelnden Personen waren allerdings mittlerweile verstorben. Was ihn erstaunte, war der Umstand, dass es sich überwiegend um Sex gehandelt hatte. Ob nun mit Frauen oder gleichgeschlechtlicher mit jungen Männern, das spielte keine Rolle.

Es war bereits nach Mitternacht, als Benelli das Notebook zuklappte, obwohl er erst die Hälfte einer CD gelesen hatte. Zwar hatte er als intimer Kenner außer den Namen der handelnden Personen nichts wirklich Neues erfahren, aber die komprimierte Form der Auflistung dieses Bonifaz beeindruckte ihn allemal. Und sie würde erst recht die Medien beeindrucken, falls diese davon Kenntnis erhielten.

Wenn ich das hier so lese, überlegte er, dann gibt es wirklich keinen Unterschied zwischen dem Verhalten innerhalb und außerhalb der Kirche. Unmäßigkeit hier und dort, sexuelle Ausschweifungen hier und dort, Geld als Mittel zum Zweck hier und dort. Wie im normalen Leben geht es um Liebe und Macht. Um die permanente Befriedigung der Fleischeslust, gegen die auch meine Brüder nicht gefeit sind. Lediglich die Kirche als streng gegliederte, hierarchische Organisation hat durch ihr internes Regelwerk bisher verhindern können, dass von solchen Dingen täglich in den Zeitungen berichtet wird.

Benelli, der sich in der Kirchengeschichte ausgezeichnet auskannte, zog Parallelen zwischen Vergangenheit und Gegenwart. Er wusste von Machtspielen aus dem vierten Jahrhundert, als zwei Kardinäle um den Thron kämpften und dabei viele Menschen ums Leben gekommen waren. Petrus und Paulus, die der Überlieferung nach um sechzig nach Christus gemeinsam in Rom gelebt haben sollen, wurde in den Anfängen Gleiches nachgesagt. Petrus, der verheiratet war, beanspruchte für sich die Führung, weil ihm Jesus Christus erschienen sein und gesagt haben soll: Du bist Petrus der Fels, und auf diesen Fels will ich meine Kirche bauen. Erschienen angeblich genau an der Stelle, an der heute der Petersdom steht. Paulus beanspruchte die Führung, weil er dem jungen Christentum durch seine Briefe und Schriften wichtige Impulse gegeben und neue Wege aufgezeigt habe.

Nero benutzte die Christen und deren Leidensfähigkeit als Schreckgespenst für seine Politik. Allerdings war er mehr als fünfzig Kilometer entfernt in Anzio, als Rom brannte und man ihn beschuldigte, das Feuer gelegt zu haben. Hatten etwa die Christen selbst ...?

Constantin erkannte auch, wie er mit den Christen und deren Religion umgehen musste. Im Jahre 312 hatte er vor einer Schlacht eine Erscheinung, wonach er mit dem Zeichen des Christentums siegen würde. Er ließ dieses Zeichen auf seine Fahnen nähen und siegte tatsächlich. Daraufhin erlaubte er die erste offizielle Kirche der Christen in Rom und gab sogar seinen Titel Pontifex Maximus ab, den die späteren Päpste für sich beanspruchten. Sie allein fühlten sich fortan als die wahren Brückenbauer.

Und um den Christen nicht ins Gehege zu kommen, ging Constantin sogar im Jahre 330 nach Konstantinopel und überließ den Päpsten Rom.

Alles nur Getue, murmelte Benelli. Die Religion und die Christen wurden anfänglich benutzt, später benutzten sie die anderen. Religion ist lediglich ein Staatsgefüge mit anderen Vorzeichen. Und genau so, wie Constantin die Zeichen der Zeit erkannte, er in der Not, als er an Lepra erkrankte, der Kirche eine Schenkung hatte zukommen lassen, sich sogar taufen ließ, so erkennt die Kirche auch heute die Zeichen der Zeit und passt sich dem politischen Weltgefüge an. Wie viele Juden hatten während des Zweiten Weltkrieges ihr Leben lassen müssen, weil es die Kirche als opportun ansah, sich nicht mit Hitler anzulegen? Wie sehr kommt es ihr heute gelegen, dass in den Staaten des Orients diese Fanatiker Selbstmordattentate verüben? Konnte man dadurch nicht aller Welt deutlich zeigen, die wahre Weltreligion ist das gewaltlose und humane Christentum und nicht der Islam?

Benelli seufzte nach diesem Exkurs in die Vergangenheit, die ihn jedoch so viel über die Gegenwart lehrte. Er verstand den tieferen Sinn seiner Religion erst dadurch, dass er versuchte, die Geschichte mit den Vorstellungen der Neuzeit zu verbinden. Aber im Grunde genommen würde sich nichts ändern. So wie sich die Religion und das Christentum bis in die Neuzeit gerettet und entwickelt hatten, so würden auch die bis auf das frühe Mittelalter zurückgehenden Strukturen erhalten bleiben und sich erst nach und nach den jeweiligen Gegebenheiten anpassen.

Benelli wurde mit einem Mal klar, dass seine Abteilung es nie schaffen würde, all diese Auswüchse zu bekämpfen. Aber ein größerer personeller und finanzieller Aufwand würde auch bedeuten, dass man nicht mehr so diskret agieren konnte wie bisher.

Benelli ging zu Bett, löschte das Licht und schlief ein mit dem Gedanken, dass man den Deutschen unbedingt nach Kopien befragen müsse.

Thomas war nach einer Stunde Fahrt von Umberto aus dem Wohnmobil in ein Haus gebracht und auf ein Bett gelegt worden. Weil er auch weiterhin gefesselt war, gelang es ihm nicht, in der unbequemen Haltung zu schlafen. Unruhig wälzte er sich hin und her und hoffte darauf, dass Alfons ihn bald aus seiner misslichen Lage befreien würde. Je länger er wach lag, desto widersprüchlicher erschien ihm die Situation. Er, der sich immer wieder auf Gottes Gnade und Vergebung berufen hatte, ertappte sich dabei, dass sich unschöne Gedanken in seinem Kopf einnisteten. Mehr und mehr machte sich die Rache bemerkbar. Als sei dies der einzige Weg, seinem Entführer und Benelli zu zeigen, dass sie sich falsch verhalten hatten. In Gedanken suchte er die Bibel nach Stellen ab, durch die er sich legitimiert fühlte, niederen Gefühlen und Instinkten nachzugehen. Er hatte eine Wange hingehalten, das genügte. Mein ist die Rache, sprach der Herr. Aber weil er nicht vor Ort war, würde Thomas ihn gerne vertreten, falls er dazu Gelegenheit erhalten sollte. Und weil der Herr auf so vieles zu achten hatte, konnte es auch schon mal passieren, dass ihm etwas entging. An dieser Stelle stoppte Thomas seine Überlegungen, die sich zu verselbständigen drohten, weil er zu dem Punkt kam, er könne doch anschließend einfach alles beichten und bereuen.

Umberto löste ihm am Morgen die Handfesseln und gab ihm etwas zu essen und zu trinken. Anschließend durfte sich Thomas im Bad etwas zurechtmachen. Allerdings wurde er dabei stets von Umberto bewacht, der zur Sicherheit eine Pistole in der Hand hielt.

Später fesselte ihn Umberto erneut. Thomas, der zwischendurch überlegt hatte, sich gegen Umberto zu stellen, sah jedoch in der Pistole einen wirkungsvollen Hinderungsgrund. Körperlich glaubte er, sich eine Chance ausrechen zu können. Aber gegen zwanzig Gramm Blei würde er den Kürzeren ziehen. Auch wenn er hoffte, die Vorsehung wäre auf seiner Seite. Aber unbedingt darauf vertrauen wollte er wiederum auch nicht.

Es war bereits später Vormittag, als Benelli erschien. Thomas sah dem Monsignore an, dass er in der Nacht eine Entscheidung gefällt hatte.

„Zieh ihn aus", befahl er Umberto, und der riss Thomas die Kleidung vom Körper.

„Die Handtuchnummer", kommandierte Benelli.

Umberto nickte, als hätte er es geahnt, aber Thomas wusste nicht, was damit gemeint war. Zwei Minuten später erklärte ihm Benelli, wie diese Nummer funktionierte.

„Dein Oberkörper ist nackt. Umberto hat ein nasses Handtuch. Damit schlägt er dich in der Art, dass sich ein Teil des Handtuchs um deinen Oberarm oder um deinen Kopf legt und das Ende wie ein Peitschenhieb wirkt. Glaube mir, du wirst die Schmerzen nie wieder in deinem Leben vergessen."

„Warum tun Sie das mit mir?", wollte Thomas wissen.

„Weil ich die Wahrheit erfahren will."

„Ich habe Ihnen doch die Wahrheit gesagt."

Benellis Lachen wirkte hart. „So, hast du das? Aber das kann ich nicht beurteilen. Und der Herr", Benelli schaute gegen die Decke, „hat mich auch nicht erleuchtet. Umberto mit seinem Handtuch wird allerdings dafür sorgen, dass ich mir sicher sein kann. Umberto, gib ihm eine Kostprobe."

Der Angesprochene ging ins Bad, schnappte ein Handtuch, ließ Wasser darüber laufen, wrang es aus, stellte sich vor Thomas und grinste ihn herausfordernd an. Einige Male ließ er das Handtuch durch die Luft sausen und Thomas spürte die Wassertropfen auf seiner Haut. Plötzlich und ohne Vorankündigung schlug er ihm so gegen den Oberarm, dass sich das letzte Drittel des Handtuchs um den Oberarm und die Schulter wickelte, wodurch das Ende beschleunigt wurde. Thomas hatte das Gefühl, als wolle man ein Stück aus seinem Körper herausschneiden und schrie vor Schmerz. Tränen traten ihm in die Augen.

„Weißt du nun, was auf dich zukommt“, höhnte Benelli. „Und falls du denkst, man könne dein Schreien hören, das nächste Haus ist über einen Kilometer entfernt.

Benelli zog sich einen Stuhl herbei und setzte sich.

„Wo sind die Kopien der CDs“, fragte er.

„Ich habe einen Satz im Schließfach der Sparkasse deponiert“, berichtete Thomas wahrheitsgetreu. „Und einen weiteren in meiner Wohnung, den ihr gefunden habt.“

Benelli lachte hart. „Gestern noch hat es keine Kopien gegeben. Und wo ist der dritte Satz?“

„Es gibt außer auf dem Notebook selbst keine weiteren Kopien.“

Benelli gab Umberto ein Zeichen, und der schlug zu. Nach dem dritten Schlag fragte Benelli erneut:

„Wo ist der dritte Satz?“

Thomas, der halb vom Stuhl gerutscht war, konnte vor Schmerz kaum antworten. „Es gibt keinen“, quetschte er zwischen den Lippen hervor.

Benelli sah Umberto an und weiter ging die Tortour. Als Thomas schon zugeben wollte, er habe einen weiteren zu Hause bei seiner Mutter im Jugendzimmer versteckt, meinte Benelli: „Es scheint diesen dritten Satz tatsächlich nicht zu geben. Und wie ist das mit diesen drei CDs, die verschlüsselt sind. Hast du den Schlüssel, um den Inhalt zu lesen.“

„Nein“, wimmerte Thomas. Umberto schlug zu. Als er bei dem Nein blieb, meinte Benelli: „Wir können die Prozedur auch etwas verfeinern. Wenn Umberto mit dem Handtuch gegen deinen Kopf schlägt, dann kann er das so dosieren, dass zuerst die Peitschenhiebe auf deinen Hinterkopf auftreffen. Je mehr er mit dem Handtuch nach vorne kommt, desto weiter wandert es um deinen Kopf. Zuerst auf die Ohren und dann bis zu deinen Augen. Zwei Schläge, und ein Auge von dir ist wahrscheinlich für immer blind. Aber vorher bereits wird dein Trommelfell geplatzt sein.“

Thomas, der vorhin beinahe mit dem Stuhl umgefallen wäre, richtete sich etwas auf und sah Benelli an. Irgendetwas in den Augen des Deutschen irritierte Benelli.

„Monsignore“, betonte Thomas und sprach langsam. „Sie

wissen doch, dass es in der Geschichte des Christentums immer wieder zu Martyrien gekommen ist. Und je mehr man die Christen gequält hat, desto stärker sind sie geworden, weil ihnen ihr Glaube geholfen hat. Ist Ihnen denn nicht aufgefallen, dass ich die letzten drei Schläge weggesteckt habe, ohne zu schreien? Und glauben Sie vielleicht nicht auch, dass ich in einigen Minuten taub und blind vor Ihnen sitze, Sie aber nichts Neues erfahren haben, weil ich die Wahrheit gesagt habe? Und was geschieht dann? Sie müssen mich töten oder töten lassen. Was geschieht mit meinem Körper? Sie werden ihn verstecken. Aber man wird ihn finden. Und man wird sehen, was man mit mir angestellt hat. Und genau das wird auch in der Presse nachzulesen sein. Irgendwann wird man Ihnen auf die Schliche kommen. Ihnen und Umberto. Und Sie werden sich beide nicht herausreden können. Sie als Mann der Kirche haben einen Priester gequält, vielleicht sogar zu Tode gequält."

Benelli war von der ruhigen Art, wie Thomas gesprochen hatte, beeindruckt. Und dass er bei den letzten Schlägen nicht geschrien hatte, war ihm irgendwie unangenehm aufgefallen, deshalb wollte er die Prozedur ja auch verstärken.

„Wenn Umberto mit dir fertig ist, wird dich niemand finden", antwortete er, aber es klang nicht so überzeugt, wie er es sich gewünscht hätte. „Und ich werde alles wissen, was ich wissen möchte."

„Das wissen Sie doch auch schon so", entgegnete Thomas. „Allerdings werden Sie ein großes Problem haben: Wie kommen Sie an die Kopien in meinem Bankschließfach? Welche Anweisungen habe ich dort für den Fall gegeben, dass mir etwas zustößt oder ich einfach nicht mehr auftauche? In wessen Hände wandern die CDs? Liegt vielleicht zufällig auch eine Kopie des Schreibens dort, welches Sie und Patabendi wegen der Kamera an meinen Bischof geschickt haben? Werden somit nicht auch ihr Name sowie der von Patabendi und der Vatikan in Zusammenhang mit den Unterlagen gebracht?"

Thomas hatte langsam und ruhig und leise gesprochen. Weil er spürte, wie ihn die Kraft verließ und er die einzige Möglichkeit, noch heil aus dieser Situation herauszukommen, darin sah, Zeit zu gewinnen, zu überzeugen und Zweifel zu säen.

Benelli hatte zugehört und dabei den deutschen Priester beobachtet. Irgendwie bewunderte er den Mann, der eine unerklärliche innere Kraft zu mobilisieren schien, sich mit seinem Schicksal abgefunden hatte, nicht winselte und nicht um Gnade flehte. Und zu allem Überfluss hatte er auch noch Recht. Wie konnte er an das Bankschließfach in Trier herankommen? Gab es dort tatsächlich einen Hinweis auf ihn? Er musste sich entscheiden. Jetzt den eingeschlagenen Weg weitergehen und beenden in der Hoffnung, alles, was er wissen wollte zu erfahren oder die Aktion einstellen und mit Hilfe des Priesters an das Schließfach kommen. Aber wie sollte er das bewerkstelligen? Wie diesen Mann dazu bringen, ihm den Inhalt auszuhändigen? Einen Mann, dessen Willen er aller Voraussicht nach nicht brechen konnte?

Benelli hatte sich entschieden, es gab kein Zurück. Er nickte zu Umberto, und der schlug mit dem Handtuch auf Thomas' Kopf. Der wurde durchgeschüttelt, aber über Thomas' Lippen kam kein Geräusch. Auch nicht beim zweiten und dritten Schlag. Dafür jedoch liefen feine Blutlinien an seinem Hals herunter. Umberto sah Benelli unsicher an. Und Benelli warf einen Blick zu Thomas, der ihn anlächelte. Benelli sprang auf und verließ den Raum.

Umberto, unschlüssig, was zu tun sei, betrachtete sein Handtuch, als stimme etwas nicht mit ihm.

„Du bist sein Werkzeug", sagte Thomas sanft. „Ich vergebe dir."

Umberto glotzte mit großen Augen und konnte nicht wissen, dass Thomas diese Worte extra so gewählt hatte in der Hoffnung, er habe eine katholische Erziehung genossen. Schuld zu sein und trotzdem vergeben zu bekommen, das war für Umberto neu.

Er ging ebenfalls hinaus und Thomas hörte die beiden erregt sprechen. Er, der sich so ruhig gegeben hatte, stand kurz vor einer Ohnmacht. Und die Stellen, an denen ihn das Handtuch getroffen hatte, kamen ihm vor, als hätte jemand mit einem spitzen Skalpell seine Haut aufgeschnitten, im Fleisch herumgebohrt und Pfeffer hineingestreut. Jede Bewegung schmerzte ihn. Sein linker Arm und die linke Schulter brannten wie in

Benzin getränkt und dann angezündet. Er versuchte, ein Gebet zu sprechen, aber seine Lippen versagten ihm den Dienst. Stattdessen murmelte er mit harter Stimme: „Wenn ich euch in die Finger bekomme, dann bitte ich dich, oh Herr, schaue weg und überlasse mir die Rache. Nur dieses eine Mal."

Thomas wusste nicht, wie lange er allein im Zimmer gesessen hatte, als Benelli und Umberto wieder zurückkamen. Sie schienen eine Entscheidung gefällt zu haben, denn Umberto stellte sich erneut mit dem Handtuch vor Thomas auf. Benelli zog seinen Stuhl etwas mehr zur Seite, damit er freie Sicht auf Thomas hatte.

„Mir bleibt keine Wahl, mein Lieber", begann Benelli. „Im Namen der Kirche müssen immer wieder Opfer gebracht werden. Und nun bist du an der Reihe. Ich möchte nämlich von dir wissen, was Bonifaz gebeichtet hat. Und das kann ich nur in Erfahrung bringen, wenn du Schmerzen hast. Höllische Schmerzen. Und wenn du dir im Klaren bist, dass du es möglicherweise nicht überlebst."

Thomas verzog sein Gesicht zu einem Lächeln. „Ich überlebe es sowieso nicht. Du bist doch schon zu weit gegangen. Du darfst mich nicht am Leben lassen, weil ich euch gesehen habe und beschreiben kann. Was also sollte ich noch für einen Grund haben, etwas zu sagen?"

Benelli war erneut erstaunt über die klaren Worte des Deutschen. Aber es gab für ihn keine andere Möglichkeit. Er musste alles erfahren. Und dass der Pfarrer bereits tot war, das stimmte auch. Umberto würde dafür zu sorgen haben. Er selbst sah es als seine Pflicht an, die Kirche zu schützen. Und diese Ausrede genügte ihm, seine Hände in Unschuld zu waschen. So wie es viele Diener Gottes bereits unzählige Generationen vor ihm getan hatten.

Benelli nickte Umberto zu, und dieser holte aus. Benelli wartete vergeblich darauf, dass das Handtuch nach unten sauste. Er schaute zu Umberto und sah, wie dieser sich den rechten Arm hielt. Erst jetzt registrierte Benelli das Blut. Umberto schaute als Erster zur Tür. Und dann sah auch Benelli den Mann, der eine Pistole in der Hand hielt. Unnatürlich groß wirkte der Schalldämpfer, was ihm nun erklärte, warum er keinen Schuss gehört hatte. Umberto stürmte mit einem Schrei zur Tür und wollte sich auf den Eindringling stürzen. Der machte einen Schritt zur Seite und schlug ihm mit der Waffe mitten ins Gesicht. Es knirschte hässlich, als Umberto mit einem Stöhnen zu Boden sank und besinnungslos liegenblieb.

Thomas, der für einige Sekunden in Erwartung des Schlages die Augen geschlossen hatte, schaute hoch und erkannte Alfons.

„Du kommst spät", presste er zwischen den Lippen hervor. „Ich habe viel ertragen müssen."

„Sei froh, dass ich überhaupt gekommen bin. Es war nicht einfach, dich zu finden."

Benelli, der von seinem Stuhl aufgesprungen war, wurde von der Waffe des Unbekannten in Schach gehalten.

„Wie Sie sehen können, kann ich damit einigermaßen umgehen", sagte Alfons ruhig. „Und ich scheue mich auch nicht, sie gegen einen Mann der Kirche einzusetzen. Im Gegenteil." Er grinste hart. „Ich warte darauf, dass Sie mir eine Gelegenheit geben. Wäre es nicht auch in Ihrem Sinne, für die Kirche zu sterben? Sozusagen als moderner Märtyrer?"

Aber Benelli wollte kein Märtyrer sein. Er schätzte als Realist seine Chancen ein und kam nach einem Blick auf Umberto zu der Überzeugung, sich still zu verhalten sei nun angebracht.

Alfons zog eine Kamera aus der Tasche und machte einige Fotos von Thomas. Benelli befahl er, sich so danebenzustellen, dass er zu erkennen sei.

„Muss sein, mein Lieber", sagte er zu Thomas gewandt. „Wer weiß, wozu es später einmal gut sein wird."

Anschließend drehte er sich zu Benelli und befahl: „Auf den Bauch legen und Hände auf dem Rücken verschränken." Als der Monsignore der Aufforderung nicht nachkommen wollte, hob Alfons die Pistole, machte einen Schritt auf ihn zu und ließ den Schalldämpfer an dessen Schläfe vorbeiratschen. Sofort begann es zu bluten und Benelli beeilte sich nun, in die Bauchlage zu kommen.

Erst jetzt fotografierte Alfons die malträtierten Stellen auf Thomas' Körper und Kopf aus kürzerer Entfernung.

Anschließend befreite er Thomas von den Fesseln und half ihm beim Aufstehen, ließ jedoch Benelli nicht aus den Augen.

Alfons musste Thomas anfänglich stützen, sonst wäre er umgefallen. Zuerst hielt er Thomas ein Fläschchen mit Ammoniak unter die Nase. Der atmete tief ein und zuckte zusammen. Aber er wurde durch den stechenden Geruch schnell klarer im Kopf. Dann schaute sich Alfons die Verletzungen an und meinte, sie müssten nicht genäht werden. Klemmpflaster genüge. Aber beim Haare kämmen solle Thomas in den kommenden Tagen etwas aufpassen. Er ging zu einem Waschbecken, befeuchtete Thomas' Hemd, reinigte Kopf und Hals vom Blut, wusch seine Oberarme und den Rücken mit kaltem Wasser. Thomas biss sich vor Schmerz auf die Lippen, erhob sich und wanderte langsam im Raum umher.

„Wo hast du denn den Sender?“, wollte Alfons wissen.

„Hier, in der Hose.“ Thomas fummelte an seiner Unterhose und zog den Sender aus dem Bund. „Meine Hände waren auf dem Rücken gefesselt. Ich konnte ihn erst gestern Abend betätigen.“

„Das habe ich gemerkt.“

Während Thomas das zum Teil zerrissene Unterhemd und seinen Pullover anzog, mit dem feuchtem Hemd seinen Kopf kühlte, hielt Alfons weiter den Monsignore in Schach. Umberto lag etwas abseits.

Thomas setzte sich erschöpft auf den Stuhl und betrachtete Benelli. Der hatte mittlerweile all seine Größe und Überheblichkeit eingebüßt. Und er wurde noch kleiner, als sich Umberto regte und Alfons ihm einfach erneut einen Schlag mit der Pistole verpasste.

„Und jetzt?“, wollte Alfons wissen.

Thomas wandte sich an Benelli.

„Ausziehen“, kommandierte er. Benelli sah ihn mit unverständlichen Augen an.

„Ausziehen“, sagte Thomas erneut und etwas in seiner Stimme warnte Benelli. Er richtete sich auf, zog sich aus und Thomas bedeutete ihm, sich auf den Stuhl zu setzen. Thomas trat von hinten an ihn heran und fesselte die Hände des Monsignore auf den Rücken. Dann band er ihm die Füße an den Stuhlbeinen fest. Benelli konnte nicht sein schmerzverzerrtes Gesicht sehen.

„Das können Sie doch nicht machen", winselte Benelli. Aber Thomas sah ihn nur mit kalten Augen an. Dabei hätte er lieber vor Schmerz geschrien.

Alfons, der ahnte, was passieren würde, lächelte knapp, ging etwas zur Seite und schaute auf den am Boden liegenden Umberto, dessen rechter Arm nicht mehr blutete. Schließlich setzte er sich auf Benellis Stuhl, denn das nun kommende Schauspiel wollte er sich nicht entgehen lassen.

Thomas stellte sich vor Benelli hin und sprach fast die gleichen Worte wie dieser vorhin.

„Du verstehst doch, dass ich dich nicht mehr gehen lassen kann. Wie könnte ich sicher sein, nicht von dir und deinem Umberto verfolgt zu werden?"

Benelli stammelte: „Ich verspreche dir, dich nicht zu verfolgen und dich für immer in Ruhe zu lassen."

Thomas lachte hart. „Auch ich habe dir etwas versprochen. Aber vorhin wolltest du mich noch umbringen. Ich kann dir nicht trauen und muss sicher gehen."

Er nahm das Handtuch, an dessen Ende sein Blut zu sehen war.

Als ginge ihn das alles nichts an, begann er zu sprechen: „Ich werde jetzt mit dem Handtuch so deinen Oberarm treffen, dass sich das eine Ende wie ein Peitschenhieb um den Arm und die Schulter legt."

„Bitte nicht", winselte Benelli.

„Und dann werde ich mir deinen Kopf vornehmen. Zuerst wird dein Trommelfell platzen und zwei Schläge weiter wirst du auf dem einen Auge blind sein."

Benellis Kopf sackte nach unten und Thomas erkannte am Zucken seines Oberkörpers, dass er weinte.

Thomas nahm das Handtuch und ließ es über Benellis Kopf kreisen. Jedes Mal zuckte der noch mehr zusammen. Thomas verspürte Schmerzen in seiner Schulter und biss sich auf die Zähne. Ganz leicht berührte das Handtuch Benellis Oberkörper und der Monsignore schrie, als würde er aufgespießt.

Thomas fand das Verhalten von Benelli widerlich und legte ihm das Handtuch über den Kopf. Er wandte sich ab und setzte sich auf den Stuhl.

Als er aufschaute, sah er Alfons mit dem Handtuch. Mit aller Kraft schlug er auf Benellis Oberkörper, der aufschrie, und dann noch einmal und noch einmal. Und beim letzten Schlag zielte er auf seinen Kopf. Gleich an mehreren Stellen war die Haut aufgeplatzt.

„Wenn du es nicht kannst", knurrte er Thomas an, „ich kann es."

Erneut wollte er ausholen, aber Thomas stand auf und fiel ihm in den Arm.

„Alfons, bitte, das hast du doch nicht nötig."

„Du hättest ihm auch noch die andere Wange hingehalten", blaffte Alfons ihn an. „Was muss denn noch geschehen, damit du dich wehrst?"

„Aber nicht auf diese Art", entgegnete Thomas ganz ruhig.

Während er dem verwundeten Umberto, der langsam wieder zu sich kam, den Arm verband, das Geschoss hatte ihm den Unterarmknochen zersplittert, suchte Alfons in dem Haus nach einem Schraubenzieher. Wenig später kam er zurück, ging zur Wand, suchte eine bestimmte Stelle und pulte das deformierte Geschoss aus dem Verputz.

„Das braucht ja keiner zu finden", brummte er und steckte es in die Tasche.

Alfons fesselte auch Umberto und legte ihn neben Benelli auf den Boden.

„Und jetzt?"

Thomas schlug vor, in Benellis Auto nachzusehen, ob er dort Unterlagen liegen habe. Falls nicht, dann würde er gerne in dessen Hotel nachschauen.

Alfons kam wenig später mit einem kleinen Koffer zurück und mit Thomas' Notebook.

„Warum trägst du eigentlich Handschuhe", wollte Thomas wissen.

„Deine Fingerabdrücke dürfen sie hier ruhig finden, aber nicht meine", raunte er ihm ins Ohr.

Thomas schaute in Benellis Koffer nach und entdecke neben dem Notebook des Monsignore eine Vielzahl an Dokumenten. Außerdem fand er zwei kleine Festplattenspeicher. Er nickte vor sich hin, als habe er damit gerechnet.

„Was geschieht nun mit den beiden?“, wollte Alfons wissen.

„Lass uns doch einfach die Polizei anrufen und ihnen die Umstände schildern. Mal sehen, wie sie sich herauswinden wollen.“

Alfons tippte sich an die Stirn. „Du ewiger Samariter. Wenn mich nicht alles täuscht, dann wollten dich die beiden vorhin noch umbringen. Und wenn mich nicht alles täuscht, dann haben sie es durch einen Dritten schon mal in den Abruzzen versucht. Und du willst sie so einfach davonkommen lassen?“

„Mache einen anderen Vorschlag“, entgegnete Thomas.

Alfons stand auf und wanderte umher. Von Zeit zu Zeit warf er Thomas einen Blick zu, als versuche er zu hinterfragen, was dieser dachte. Aber Thomas' Gesicht war unergründlich.

„Wenn wir die beiden gefesselt hier liegen lassen, dann gibt es automatisch einen Dritten, der das getan haben muss. Und das wird der böse Bube sein. Die beiden werden sich absprechen und der Polizei eine schöne Geschichte vorlügen.“

„Und du willst ihre Aussagen vorher auf Tonband aufnehmen.“

„Warum nicht“, antwortete Alfons. „Der da“, er deutete auf Benelli, „der wird singen, wie es im Buche steht. Bei dem brauchst du nur mit dem Handtuch zu wedeln. Ich glaube, der hat schon in die Hose gemacht.“ Er deutete auf eine Lache, die sich um die Stuhlbeine gebildet hatte.

„Hast du ein Aufnahmegerät dabei?“

„Ich habe immer alles dabei“, wurde Thomas belehrt.

„Und was wird er uns sagen?“

Alfons zuckte mit der Schulter. „Du bist es doch, der sich hier am besten auskennt. Ist er dir nicht schon vorher in Rom begegnet?“

„Ja.“

„Dann befrage ihn doch über den Tod dieses Bonifaz.“

Alfons schnappte sich den Verwundeten und schleifte ihn in einen Nebenraum, damit er nicht mithören konnte, was Benelli aussagen würde.

Eine Stunde später, sie hatten die beiden abwechselnd befragt, ihre Aussagen aufgenommen und Umberto in dem anderen

Raum belassen, damit sich die beiden nicht für die Polizei absprechen konnten, schaltete Thomas Benellis Notebook ein und überprüfte, ob das von Benelli genannte Codewort stimmte, um die verschlüsselten Dateien lesen zu können. Er ließ das Notebook an, damit die französische Polizei sich nicht erst darum bemühen musste. Wie auf dem Präsentierteller legte er alle CDs daneben. Er hatte noch zwei Versionen und dazu die auf seinem eigenen Rechner.

Alfons steckte die Pässe von Benelli und Umberto ein und Thomas wollte wissen, was er damit bezwecke.

„Ganz einfach. Zwei gefesselte Ausländer und dazu noch ohne Ausweise, da wird die Polizei hellhörig und überprüft genau deren Angaben. Vielleicht wird man auch Rückfragen in ihrem Heimatland oder beim Vatikan stellen. Das kann manchmal für die Betreffenden ausgesprochen unangenehm werden."

Noch ein letzter Blick, Alfons schnappte sich Benellis Koffer mit den Unterlagen, dann gingen sie die Treppe hinunter. Thomas stöhnte verhalten bei jedem Schritt.

„Wo sind wir eigentlich hier", fragte er, während sie das Gebäude verließen.

„In den Vogesen, nicht weit weg von Vittel auf einem einsamen Landsitz."

Als sie den ersten Ort erreichten, hielt Alfons vor einer Telefonzelle und Thomas benachrichtigte die Polizei. Bevor jemand nachfragen konnte, legte er auf. In der nächsten Ortschaft wiederholte er das Spiel, um auch ganz sicher zu gehen.

Seit Ward seinen Kollegen Frazer in Chicago besucht hatte, drängte sich ihm ein bestimmter Verdacht auf. Und dieser Verdacht wurde bestätigt, als er sich auf Umwegen über das Jugendamt die damaligen Akten besorgte hatte und Einblick in die scheußlichen Vorfälle nehmen konnte. Auch in diesen Akten waren die Namen der beiden Jungen geschwärzt, aber Ward wäre ein schlechter Polizist gewesen, hätte er nicht Möglichkeiten gefunden, ihre Identität aufzuspüren.

Zuerst dieser Ted Stevens mit dem defekten Herzschrittmacher, danach der Badeunfall des Carlo Colombo, Bischof von Padua, und nun auch noch Kardinal Willard, Selbstmord durch Schlaftabletten: drei Unfälle, drei scheinbar geklärte Todesfälle. Und allen drei Toten war noch etwas gemeinsam: Sie hatten sich an Kindern vergangen.

In Ward schien alles zu erstarren, als er tiefer und tiefer in die Vorfälle eintauchte. Zu welchen Schweinereien waren doch Menschen fähig? Zu welchen Perversitäten waren Priester fähig, fragte er sich wiederholt. Priester, denen man die Erziehung der Jungen anvertraut hatte? Und die es sicherlich nicht nur bei diesem einen Versuch belassen hatten.

Ward war so in die Protokolle vertieft, dass er erst beim vierten oder fünften Mal auf das Anschlagen des Telefons reagierte. Ob er noch an der Identifizierung der Fingerabdrücke von der Kamera des Kardinals und der des toten Harrison aus New York, genauer gesagt denen auf einem Briefumschlag, den man hinter einem Bild bei ihm gefunden habe, interessiert sei, fragte ein Kollege. Wenige Minuten später saß Ward in dessen Büro.

„Hier, schau dir das mal an“, forderte dieser ihn auf. „Ein netter Bericht aus Frankreich. Klingt irgendwie abenteuerlich.“

Ward konnte unter anderem nachlesen, dass man in Frankreich auf einen anonymen Telefonanruf hin zwei gefesselte und verletzte Männer aufgegriffen habe. Beide seien amerikanische Staatsbürger, einer von ihnen zusätzlich auch noch Bürger des Vatikanstaates.

„Und das hier sind die Fingerabdrücke des einem“, erklärte sein Kollege. „Die des anderen sind durch seine Immunität geschützt. Auch der Name ist nicht weitergegeben worden.“

Ward verglich die Abdrücke mit denen, die man von der Kamera genommen und aus New York erhalten hatte.

„Stimmen zweifellos überein“, stellte er zufrieden fest. „Allmählich wird das Bild immer deutlicher. Gibt es auch ein Foto?“

Sein Kollege nickte und schob einige Fotos über den Tisch. Sie waren scharf, der Abgebildete erweckte einen leidenden Eindruck, was wohl auf seine Verletzung zurückzuführen war. Eine Schussverletzung, wie er dem Bericht entnehmen konnte. Von einem unbekannten Dritten zugefügt.

„Und dieser Kerl", sein Kollege deutete auf die Abdrücke, „kommt heute mit einer Maschine aus Frankreich, man schiebt ihn einfach ab. Er wird in etwa drei Stunden landen. Hast du Interesse an ihm?"

„Und ob." Ward lächelte und zeigte eine gewisse Vorfreude. „Ich hätte da schon einige Fragen an ihn zu richten. Kam das vom FBI?"

Sein Kollege bestätigte dies. Falls im Ausland jemand ohne Ausweis aufgegriffen wird und der Verdacht einer Straftat naheliegt, werden entsprechend eines internationalen Abkommens die Fingerabdrücke des Betreffenden seinem Heimatland zur Identifizierung zukommen gelassen. Und da Ward vor Wochen die Fingerabdrücke von der Kamera über dem Eingang des Hauses von Willard und von Harrisons Geldumschlag zur Überprüfung an das FBI geschickt hatte, wurde er nun auf diesem Wege prompt bedient.

„Da seine Identität noch nicht zweifelsfrei festgestellt worden ist, können wir ihn laut Gesetz für achtundvierzig Stunden in Haft nehmen. Hilft dir das?"

Ward lächelte hart. „Das müsste genügen."

Ward bedankte sich und eilte in sein Zimmer. Die Fotos hatten ihn trotz des geschwollenen und entstellten Gesichts an etwas erinnert. Ein Blick auf die Uhr, in Frankreich war es früher Vormittag. Er telefonierte mit Gina Tossi, stellte sich als Polizeibeamter vor und erzählte ihr mit leicht verstellter Stimme eine erfundene Geschichte, wonach ein Bekannter, der beim Fernsehen arbeite, ihm vertraulich erzählt habe, was ihr in Ägypten widerfahren sei. Und nun komme der Mann, der sie aller Voraussicht nach damals in Soma Bay bedroht habe, in Boston in Gewahrsam. Ob sie ihn identifizieren könne.

„Komme ich auch ins Fernsehen?", wollte Gina wissen.

Ward lächelte, denn auf die Frage hatte er gewartet. „Vorerst zu ihrem eigenen Schutz noch nicht, weil diese Angelegenheit sozusagen geheim ist. Aber später, da sehe ich keine Probleme."

Gina war bereit, sich gegen Kostenerstattung in ein Flugzeug zu setzen. Sie würde die erste Maschine nehmen.

Ward unterrichtete seinen Vorgesetzten darüber, dass ein gewisser Umberto demnächst in Boston eintreffen werde, den er im Zusammenhang mit dem Tod des Kardinals vernehmen wolle. Und die Kosten für Gina, die ihn womöglich identifizieren könne? Die würden in diesem Fall auch übernommen, bestätigte sein Chef.

Am Nachmittag suchte Ward mit einem Kollegen als Zeugen den gerade frisch inhaftierten Umberto auf. Dessen Gesicht war angeschwollen, die Nase gebrochen und ihm fehlten zwei Vorderzähne, was ihn etwas entstellte.

Umberto verzichtete vorerst auf einen Anwalt, weil er dachte, man würde ihn im Zusammenhang mit den Vorfällen in Frankreich vernehmen. Das tat Ward auch zuerst, und er erfuhr eine erstaunliche Geschichte. Demnach haben zwei Männer ihn und einen Monsignore aus dem Vatikan in Frankreich überfallen, angeschossen, gefesselt und geschlagen und gequält. Leider wisse er nicht, wer der zweite Mann gewesen sei. Aber der eine, der sei ihm bekannt, es handele sich um einen deutschen Pfarrer, er heiße Thomas Simmerling.

Ward ließ sich nicht anmerken, dass er diesen Namen bereits von Kathy Myhelic erfahren hatte, und hörte sich die Geschichte zu Ende an. Demnach wollte besonders der Pfarrer von ihm und seinem Begleiter Informationen aus dem Vatikan haben, die er, Umberto, selbst nie hätte geben können, weil er keine hatte. Diesen Monsignore habe man auf einen Stuhl festgebunden und gequält, damit er alles ausplaudere. So weit deckte sich seine Aussage mit dem Bericht, den Ward erhalten hatte. Was jedoch nichts besagte, denn der deutsche Pfarrer war dazu bisher nicht vernommen worden.

„Und wie sind Sie zu der Schussverletzung gekommen? Und der im Gesicht?“

Umberto bemühte sich um ein Lächeln, welches allerdings verunglückte. „Der andere, ein besonders brutaler Typ, hat mich grundlos angeschossen und zusammengeschlagen.“

„Was denn nun: zuerst angeschossen oder zuerst zusammengeschlagen?“

„Zuerst angeschossen.“

„Und warum dann auch noch zusammengeschlagen?“, wollte Ward wissen.

Umberto zuckte mit der Schulter.

„Haben Sie Anzeige gegen die beiden Deutschen erstattet?“, fragte Ward, der aus dem Bericht der französischen Polizei wusste, das hatte man noch nicht getan.

„Was soll das denn bringen“, beschwerte sich Umberto. „Die behaupten das Gegenteil und alles verläuft im Sande.“

Übergangslos kam Ward auf den Hotelangestellten Harrison zu sprechen, den man vor drei Monaten in New York in der Nähe einer U-Bahn-Station erschossen aufgefunden habe. Ob Umberto ihn vielleicht kenne?

Umberto gab vor, zu überlegen und verneinte schließlich. Allerdings hatte Ward das Aufflackern in dessen Augen bemerkt, als er den Namen nannte.

„Wenn es so ist, dann frage ich mich, wieso wir Ihre Fingerabdrücke bei diesem Harrison finden konnten.“ Ward schaute den Inhaftierten unschuldig an.

„Unmöglich“, protestierte Umberto, denn er wusste, er hatte Handschuhe getragen und auch die deformierte Kugel an sich genommen.

„Wenn das unmöglich ist, warum bin ich dann eigentlich hier?“, fragte Ward. „Warum vernehme ich Sie überhaupt? Wieso komme ich auf diesen Harrison zu sprechen?“

Umberto konnte mit der Frage nichts anfangen.

„Wir haben Ihre Fingerabdrücke aus Frankreich erhalten. Wieso bin ich dann auf Sie gestoßen“, wurde Ward deutlicher. Umberto konnte oder wollte ihm das nicht beantworten.

Ward wurde deutlicher. „Wir haben in der Wohnung dieses Harrison einen Umschlag mit fünftausend Dollar entdeckt, und auf dem Umschlag waren ihre Fingerabdrücke.“

Ward entging nicht, dass Umberto irgendwie erleichtert schien. Aber der konnte sich an nichts erinnern. Nie habe er diesem Hallison ..., Harrison oder wie immer er auch heiße, Geld gegeben. Und ob er einmal einen Umschlag angefasst habe, daran könne er sich nicht erinnern.

Ward schien kein weiteres Interesse an diesem Punkt zu haben.

„Zufällig haben wir aber Ihre Fingerabdrücke auch noch an anderer Stelle gefunden“, meinte er beiläufig.

„Und wo bitte, wenn ich fragen darf?“, wollte Umberto wissen.

„An einer Kamera“, klärte ihn Ward auf.

Umberto tat erneut so, als überlege er. Aber Ward erschien es, als sei er sehr angespannt.

„Welche Kamera“, wollte Umberto wissen und Ward klärte ihn auf. Umberto begann zu lachen, verzog aber dann schmerzhaft sein Gesicht. „Das ist aber ein guter Scherz“, meinte er zu Ward gewandt. „Was soll ich denn an der Kamera gemacht haben, die am Haus eines Kardinals befestigt ist?“

„Kennen Sie diesen Kardinal?“

„Nein, bin ihm nie begegnet. Natürlich habe ich gelesen, dass er verstorben ist.“

„Nie begegnet?“, wiederholte Ward. „Auch nicht früher?“

„Wann und wo früher?“

„Vor mehr als zwanzig Jahren in Chicago. Sie stammen doch aus Chicago?“ Umbertos Haupttätigkeit bestand darin, immer so zu tun, als überlege er. „Nein, nicht dass ich wüsste.“

Als Ward allerdings mehr wissen wollte und auf frühere Vorfälle anspielte, sagte Umberto unvermittelt: „Jetzt habe ich genug. Ohne meinen Anwalt werde ich keine weiteren Fragen mehr beantworten.“

Ward nickte verstehend, eigentlich hatte er schon viel früher mit einer solchen Reaktion gerechnet. Sein Kollege nahm das Aufnahmegerät und beide gingen sie nach draußen.

„Hat es was gebracht?“, wollte der Kollege wissen.

Ward stülpte die Lippen auf und atmete vernehmlich. „Ich glaube, das hier wird einer der wenigen Fälle werden, in dem wir alles wissen, alle Zusammenhänge erkennen, jedes Detail zuordnen können, es aber nicht ausreicht, den Täter vor Gericht zu stellen. Aber alles zu wissen, wie es sich abgespielt hat, das ist ja auch schon etwas“, meinte Ward und klopfte dem Kollegen gut gelaunt auf die Schulter.

Gina reiste einen Tag später an. Ward hatte ihr ein Hotelzimmer besorgt und am frühen Nachmittag kam sie bereits zu ihm ins Präsidium. Sie erkannte seine Stimme nicht wieder und schöpfte keinen Verdacht, dass Ward sich vor einer guten Woche als Mitarbeiter eines Senders ausgegeben hatte.

Ward beruhigte Gina, deren makelloser Körper die unübersehbaren Zeichen einer Schwangerschaft aufwies, dass sie nichts zu befürchten habe, der Betreffende würde sie erst gar nicht zu Gesicht bekommen. Ihre Aufgabe sei es lediglich, ihn zu identifizieren.

Ward führte Gina in ein Zimmer mit einer großen durchsichtigen Scheibe an der Wand. Von der anderen Seite könne man nicht durchschauen. Überraschenderweise hatte sich der Commissioner auch angekündigt. Er wollte dabei sein.

Gina, der übernervöse Ward und dessen Chef sowie zwei weitere Beamte setzten sich vor die Scheibe, und in den dahinter liegenden Raum wurden insgesamt acht Männer geführt. Jeder hatte irgendwo am Arm oder der Hand einen Verband und im Gesicht ein Pflaster.

Die Männer waren sich noch am Aufstellen, als Gina zu Ward sagte: „Der Zweite von rechts ist es." Gina deutete auf Umberto.

„Sind Sie sich absolut sicher?"

„Ja, schon. Trotz der Schwellung im Gesicht. Noch sicherer bin ich, wenn ich seinen rechten Daumen mit dem fehlenden Nagel sehe."

Ward sprach in ein Mikrofon, und die Männer hatten einzeln vorzutreten und den rechten Daumen zu zeigen. Umberto war der Einzige, dessen Daumen keinen Nagel hatte.

„Er ist es absolut", wiederholte Gina. „So einen Daumen gibt es kein zweites Mal."

Ward musste ihr recht geben.

Gegenüber dem Commissioner wiederholte Gina ihre nächtliche Begegnung mit Umberto, die sie Ward bereits am Telefon geschildert hatte.

„Kann man wirklich im Glas eines Bildes jemand so genau erkennen?", zweifelte der Chef der Bostoner Polizei und wies einen Beamten an, ein verglastes Bild zu besorgen.

Zehn Minuten später war ein Raum so hergerichtet und verdunkelt worden, wie Gina sich an die Situation in Soma Bay zu erinnern glaubte. Nacheinander konnten sich Ward und sein Chef davon überzeugen, dass Gina ihnen keinen Bären aufgebunden hatte.

„Man lernt doch immer wieder etwas dazu", meinte der Commissioner und seine Bemerkung klang irgendwie beruhigt.

Damit war Gina bereits entlassen. Sie solle lediglich noch das Protokoll unterschreiben.

„Und er weiß nicht, dass ich es war, die ihn identifiziert hat?“, wollte Gina wissen. „Er hat auf mich sehr brutal gewirkt. Ich könnte mir sonst vorstellen, dass …“ Sie beendete den Satz nicht.

Ward bemühte sich, sie zu beruhigen. „Nein, er hat keine Ahnung. Ihnen wird nichts geschehen.“

Gina überreichte Ward eine durchsichtige Mappe mit diversen Fotos, Farbkopien, dicht beschriebenen Blättern und einigen CDs. „Hier, wie versprochen meine Beweise für die ausschweifenden sexuellen Aktivitäten des Bischofs Colombo. Auf den CDs sind auch noch andere Männer mit Kindern zu sehen. Ich vermute, es handelt sich gleichfalls um Geistliche.“ Verächtlich fügte sie hinzu: „Alles wahre Vertreter der Kirche.“

Ward nahm die Unterlagen mit einem spürbaren Widerwillen, warf einen kurzen Blick hinein und bedankte sich.

Gina wollte noch wissen, ob sie bereits morgen wieder abreisen müsse. Ward verneinte und sagte, das Hotel sei für eine Woche bezahlt.

Anschließend saß Ward mit seinem Chef zusammen und erklärte diesem noch einmal ausführlich alle Zusammenhänge und Hintergründe.

„Umberto hat die Kamera am Haus des Kardinals verstellt und möglicherweise diesen zum vermeintlichen Selbstmord veranlasst. Er hat wahrscheinlich Harrison und er hat wahrscheinlich auch Ted Stevens umgebracht. Nicht zu vergessen dieser Bischof aus Padua, der angeblich im Roten Meer ertrunken ist.“

Commissioner Bailey, Wards Vorgesetzter, sah den Beamten skeptisch an. „Alles Spekulationen, alles Vermutungen, die wir nicht beweisen können. Ist dieser Stevens nicht durch das Versagen seines Herzschrittmachers verstorben?“

Ward nickte. „Aber all diese Vorfälle haben vieles gemeinsam: Immer handelt es sich um Vertreter der Kirche. Oder wie bei Stevens um jemand, der gegen die Kirche geklagt hat. Alle drei haben sich an Kindern vergangen. Und Umberto ist als Kind geschändet worden."

Bailey kratzte sich am Kinn. „Das würde doch bedeuten, dass dieser Umberto ein Auftragskiller ist."

„Genau. Allerdings so weit wir wissen, nur auf Kinderschänder bezogen."

„Interessant. Traumatisierung, späte Rache, Problembewältigung durch Mord." Der Commissioner sah seinen Beamten prüfend an, aber Ward antwortete nicht. „Und wer hat ihm die Aufträge verschafft?", wollte Bailey wissen.

„Sein Bruder."

Wenn er sich früher beim Spielen verletzt hatte, war der erste Weg nach Hause zu seiner Mutter gewesen. Inzwischen, um viele Jahre älter geworden, hatte Thomas nach den Vorfällen in Frankreich immer noch das Bedürfnis, zu seiner Mutter zu fahren, sich dort einige Tage zu erholen und das Vorgefallene zu vergessen. Das Problem mit Müttern ist jedoch, dass sie stets alles wissen wollen. Warum er denn so überraschend komme, was er in den vergangenen Tagen gemacht habe, was der Verband an seiner Schulter soll, ob er verletzt sei. Und das große Pflaster hinter seinem Ohr?

Thomas, der bei gewissen Bewegungen, wenn sich die Haut am Oberkörper spannte, immer noch Schmerzen verspürte, flüchtete in eine Notlüge und erklärte, er habe einen Autounfall gehabt. Und weil er seinen Passat noch nicht hatte reparieren lassen, gab sich seine Mutter, nachdem sie das Auto in Augenschein genommen und gefragt hatte, ob er oder der andere Schuld gewesen sei – selbstverständlich der andere –, damit zufrieden.

Thomas zog in sein Kinder- und Jugendzimmer, seine Mutter richtete das Abendessen. Kartoffelpfannkuchen, eines seiner Lieblingsgerichte.

Als er am Tisch saß und es sich schmecken ließ, wollte sie wissen, ob er Bischof Verhoeven aufgesucht habe. Auf seine Frage hin antwortete sie, er habe gestern bei ihr anrufen lassen, um zu erfahren, wo ihr Sohn sei.

Thomas versprach, sich morgen sofort bei ihm zu melden.

Seine Mutter trank Tee, er ein Bier, als sie im Wohnzimmer saßen und über alte Zeiten sprachen. Seine Mutter hatte dazu einige Fotoalben aus dem Schrank geholt, die sie sich gemeinsam anschauten. Inzwischen war das zu einem Ritual geworden, als wolle seine Mutter ihn an die Vergangenheit, an sein Zuhause erinnern, weil er immer seltener zu Besuch kam.

„Du hast damals sehr hübsch ausgesehen", lobt er. „Und Vater auch. Dass er so schnell hatte sterben müssen ..."

„Ende April 1973 haben wir das erste Mal von seiner Krankheit erfahren", sagte sie und deutete auf ein Foto. „Es war ein Tag, bevor meine jüngere Schwester geheiratet hat."

Thomas schaute sich die Bilder von der Hochzeit an und blätterte weiter. „Also wusstet ihr es schon vier Wochen vor meiner Geburt", stellte er fest.

„Ja. In den ersten Jahren konnte er noch gegen den Krebs ankämpfen. Aber später, als du dann zwölf warst ..."

Sie beendete den Satz nicht und faltete ihre Hände. „Er ist viel zu früh verstorben. Und er fehlt mir so sehr."

Thomas legte ihr eine Hand auf die Schulter. Seine Mutter griff in den Ärmel ihres Pullovers, zog ein Taschentuch hervor und trocknete sich die Tränen.

„Sag mir bitte, wann habe ich das erste Mal den Wunsch geäußert, Priester zu werden?" Thomas wollte sie mit dieser Frage ablenken.

„Ich weiß nicht genau, vielleicht als du sieben oder acht warst. Du wolltest immer in die Kirche gehen. Sonntags hast du zwei Messen besucht. Und jede Woche bist du zur Beichte gegangen. Aber schon einige Jahre vorher habe ich gemerkt, dass etwas in dir vorging, was wir uns nicht erklären konnten. Einmal an Weihnachten hast du vor der Krippe gelegen und mit den Figuren gespielt. Immer wieder hast du das Jesuskind in die Hand genommen und mit ihm gesprochen. Wenn ich mich recht erinnere, hast du gesagt: Du bist so klein und hast schon die Welt verändert. Allein durch deine Geburt. Und später habe ich dich sagen hören: Kinder verändern immer wieder die Welt. Aber warum machen sie es erst, wenn sie erwachsen sind? Damit konnten wir nichts anfangen."

Thomas lächelte und erinnerte sich an diesen Vorfall. „Ja, die Krippe. Ich weiß noch, dass ihr mit mir alle Krippen der Umgebung in sämtlichen Kirchen anschauen musstet. Und jedes Mal habe ich das Jesuskind herausgenommen und euch gefragt, warum es immer anders aussieht, es sei doch ein und dasselbe Kind. Darauf konntet ihr mir keine Antwort geben."

Als Thomas später in seinem Jugendbett lag und gedanklich weiter in der Vergangenheit weilte, war er stolz auf seine Eltern, dass sie ihn nicht gedrängt hatten, Priester zu werden. Im Gegenteil, sie hatten gemeint, er solle es sich gut überlegen. Als Priester müsse man auf vieles verzichten. Man dürfe nicht heiraten. Das Wort Sex oder Geschlechtsverkehr kam nicht über ihre Lippen.

Als Jugendlicher ging er ganz abgeklärt mit seinem Wunsch um und ließ sich auch durch hänselnde Mitschüler nicht irritieren. Ihn hatte die Religion fasziniert und er hatte die Kraft gespürt, die von ihr ausging. Und auch die Wirkung von Gebeten, wenn er sich schlecht fühlte. Nur auf seinen Vater bezogen hatten sie nicht gewirkt. Dadurch war er irritiert worden, weil ausgerechnet der Mensch, den er am meisten liebte, so früh verstorben war.

Der Pfarrer hatte versucht, es ihm als Prüfung Gottes zu erklären. Aber warum er ihn prüfe und nicht seine Schulkollegen, wollte er wissen. Ihn, der doch so sehr den Wunsch verspüre, Priester zu werden.

„Vielleicht genau deswegen", hatte der Pfarrer geantwortet. Und Thomas erinnerte sich an diese Worte, als seien sie erst vor wenigen Tagen gesprochen worden. „Es gibt kein Rezept, nach dessen Muster du sicher sein kannst, wie und auf welche Art dir Gott beisteht. Und manchmal kommen uns seine Prüfungen unsinnig vor, weil wir sie mit unserem begrenzten Verstand einfach nicht verstehen können."

Dass sein Verstand zu begrenzt war, auch die sich erst kürzlich ereigneten Vorfälle zu verstehen, konnte er selbst nachvollziehen. Inwiefern bin ich geprüft worden durch den Tod von Bonifaz? Den Anschlag in den Abruzzen? Und dann durch diesen Monsignore Benelli, der mich, einen Diener des Herrn, umbringen lassen wollte? Ob du das zugelassen hättest, wollte

Thomas von Gott wissen und schaute im Dunkeln gegen die Decke. Ob du zugelassen hättest, dass ein Diener einen anderen Diener umbringt? Welche Prüfung wäre das denn gewesen? Doch wohl die allerletzte für mich. Hättest du wirklich zugeschaut? Sollte ich schon in so jungen Jahren zu dir kommen? Oder hast du im letzten Augenblick Alfons vorbeigeschickt, um dies zu verhindern? Ist ausgerechnet Alfons in deinem Auftrag tätig geworden? Dann hast du dir aber jemanden ausgesucht, der nicht gerade gut auf die Kirche zu sprechen ist. Oder war das vielleicht sogar deine Absicht?

Thomas erhielt keine Antwort. Oft, wenn er an Gott eine Frage stellte, erhielt er keine Antwort. Aber dann wiederum redete er sich damit heraus, es sei nicht die Antwort vonnöten, sondern die Eingebung. Und Gott habe ihm eingegeben, sich an Alfons zu wenden.

Thomas, der sich sehr gut wie ein Außenstehender beobachten konnte, bemerkte, dass er die Situation schönredete. Natürlich war Gott für ihn da. Manchmal glaubte er, ihn als Schatten neben sich zu spüren. Oder als Windhauch. Und er suchte auch oft Zuflucht bei ihm. Aber er war nicht abrufbar, falls er meinte, er brauche ihn und seine Hilfe. Dann musste er sich schon auf sich selbst verlassen. Und bisher war ja auch immer alles gut gegangen. Bisher.

In der Nacht hatte Thomas einen seltsamen Traum. Er sah sich als Baby in einem Binsenboot treiben, so wie es mit Moses geschehen war. Aber niemand hielt das Boot an, alle ließen sie ihn weiter treiben. Er streckte seine kurzen dünnen Ärmchen aus, keiner griff danach. Und der Fluss wurde immer breiter, bis er schließlich nicht mehr das Ufer erkennen konnte. Er trieb hinaus in die unendliche Weite des Ozeans.

Als er aufwachte, bemühte er sich, den Traum aus seinem Kopf zu löschen. Das schien ihm auch am Vormittag zu gelingen, als er sich ablenkte und zum Beten in die Kirche ging. Wieder zu Hause, fragte ihn seine Muter, ob er mit zu ihrer jüngeren Schwester fahren wolle, die in Koblenz wohnte. Thomas stimmte zu, ihm war die Ablenkung recht.

Bei Kaffee und Kuchen plauderten seine Mutter und seine Tante über ihn und die Vergangenheit, als wäre er nicht zugegen. Nach einer halben Stunde schienen sie dies zu bemerken und zeigten als Wiedergutmachung wieder einmal Fotos, auf denen er sich als kleiner Junge erkannte. Er sei oft in Koblenz gewesen und habe mit seinen Neffen und Nichten gespielt. Thomas, der es inzwischen bedauerte, mitgefahren zu sein, hatte anschließend auch sämtliche Familienerinnerungen seiner Tante anzuschauen, von deren Kindheit bis zur Hochzeit. Höflich tat er dies, stellte Fragen, die zeigen sollten, wie er sich dafür interessierte und sehnte sich im Grunde genommen nach seinem Jugendzimmer und Ruhe und Schlaf und Vergessen.

„War ich nicht eine schöne Braut?", fragte ihn seine Tante.

Thomas nickte artig. Warum müssen ältere Leute sich immer wieder die Vergangenheit in Erinnerung rufen, fragte er sich. Ständig Bilder und Videos anschauen oder alte Zeitungsausschnitte lesen? Um zu sehen, was sie erlebt haben, ob es sich gelohnt hat oder um zu wissen, wie viel Zeit ihnen noch bleibt? Lohnt es sich denn nicht mehr für sie, in der Gegenwart zu verweilen?

„Und hier, schau mal deine Mutter an. Sah sie damals nicht gut aus?"

Erneut nickte Thomas.

Noch zwei weitere Stunden hatte er auszuhalten, bis es endlich auf den Nachhauseweg ging.

„Du hast dich gelangweilt", stellte seine Mutter fest.

„Nicht immer", schwächte Thomas ab. „Aber dafür war der Kuchen ausgezeichnet." Sie lachten beide.

Einen Tag später fuhr seine Mutter nach Limburg, um Erledigungen zu tätigen und einzukaufen. Aus der Erfahrung vom Vortag fragte sie erst gar nicht, ob er mitfahren wolle. Thomas kam dem auch zuvor, indem er sagte, er habe noch einiges zu tun. Und er hatte einiges zu tun, denn in der vergangenen Nacht war er nicht zum Schlafen gekommen.

Kaum dass seine Mutter aus dem Haus war, saß Thomas grübelnd in seinem Zimmer. So wie in der Nacht zuvor. Schlimme Gedanken breiteten sich in seinem Kopf aus. Zweifel wurden laut und er bemühte sich, dagegen anzukämpfen. Er irre sich, redete er sich ein, es könne doch nicht sein, nie würde man ihm das vorenthalten haben. Als er es schließlich nicht mehr aushielt, ging er hinunter ins Wohnzimmer und schaute sich ganz spezielle Fotos an. Anschließend suchte er im Schrank nach Ordnern, in denen seine Mutter alles abgeheftet hatte. Er fühlte sich seltsam berührt, als er die vielen Arztrechnungen seines Vaters sah und immer wieder die Diagnose las: Lungenkrebs. Obwohl er nie geraucht hatte.

Als seine Mutter nach Hause kam, war es bereits dunkel. Thomas saß im Wohnzimmer. Nachdem sie Licht gemacht hatte und ihn so stumm und reglos dort sitzen sah, erschrak sie.

„Was ist mit dir, mein Junge?“, fragte sie und stellte die Einkaufstüten ab. Sie hängte den Mantel an die Garderobe und kam zu ihm. „Was ist mit dir?“

Thomas bedeutete ihr, sich zu setzen, stand auf und nahm ein eingerahmtes Bild von der Wand. „Du und Vater und andere festlich Gekleidete. Weißt du, was das ist?“, fragte er.

Seine Mutter sah konsterniert zu ihm hoch. „Natürlich weiß ich das. Die Beförderung deines Vaters. An diesem Tag wurde er zum Oberstudienrat ernannt und er bekam die Urkunde ausgehändigt.“

„Wo ist das Foto gemacht worden?“

„In der Schule“, entgegnete sie. „Es war eine schöne Feier.“

„Und wann war das?“

Sie schaute auf der Rückseite nach. „Am 28. März 1973.“

„Du strahlst und bist so stolz auf Vater. Sieh nur, wie du ihn anschaust. Warst du glücklich an diesem Tag?“

Seine Mutter lächelte. „O ja, das kann man sagen. Und er war immer ein guter Lehrer gewesen. Die Schüler haben ihn gemocht. Viele kamen zu der Beerdigung.“

Thomas setzte sich gleichfalls und schob ein Foto über den Tisch.

„Das war bei der Hochzeit meiner jüngeren Schwester“, sagte sie ungefragt und Thomas glaubte, einen ungewohnten Unterton herauszuhören.

„Und das hier?“ Er reichte ihr eine Rechnung des Krankenhauses Limburg.

„Was soll das sein?“, gab sie sich erstaunt. Aber Thomas sah in ihrem veränderten Gesicht, dass sie verstand. Mit angstvollen Augen schaute sie ihn an.

„Schau auf das große Foto, die Beförderung, sechs Wochen vor meiner Geburt. Du bist gertenschlank. Wie kann das sein? Und hier, die anderen Fotos vor der Hochzeit, zwei Wochen später. Du bist die schlankste Frau, die zu sehen ist. Gestern bei deiner Schwester auf allen Fotos das Gleiche. Meine scheinbar hochschwangere Mutter, sollte man meinen – einen Monat später wurde ich geboren –, gertenschlank und ohne jegliches Zeichen von mir, der ich doch in ihrem Bauch sein sollte. Immerhin habe ich laut Geburtsschein fast viertausend Gramm gewogen! Und dann die Rechnung des Krankenhauses, zwei Jahre zuvor. Du hattest eine Unterleibsoperation und konntest keine Kinder mehr bekommen. Mutter, wie passt das alles zusammen?"

Sie schien zu erstarren, legte die Hände in den Schoss, um ihren Mund zuckte es. Ruckartig stand sie auf und lief in die Küche. „Ich darf nicht darüber reden", hörte er noch und dann begann sie zu weinen.

Thomas ging hinter ihr her, aber sie war nach oben in ihr Schlafzimmer gelaufen und hatte sich eingeschlossen. Er setzte sich vor die Tür auf den Boden und wartete.

Als sie nach einer halben Stunde immer noch nicht herausgekommen war, begann er zu sprechen: „Ich bin gar nicht dein leiblicher Sohn. Und Vater ist auch nicht mein Vater. Aber für mich seid ihr es stets gewesen. Warum habt ihr mir nichts gesagt?"

Thomas erhielt keine Antwort.

„Ich hätte mir keine besseren Eltern wünschen können", sprach er weiter. „Ich habe euch geliebt und ich liebe euch immer noch. Aber ihr hättet es mir sagen müssen. Inzwischen bin ich fünfunddreißig. In einem solchen Alter hat man doch das Recht zu erfahren, wer die wirklichen Eltern sind. Oder willst du dich weiter an mir versündigen?"

„Ich versündige mich nicht an dir", hörte er seine Mutter durch die verschlossene Tür mit erstickter Stimme. „Aber ich darf es dir nicht sagen, dein Vater und ich haben es versprochen, bei unserer Seele."

„Bei eurer Seele? Wer verspricht denn was bei seiner Seele. Wem habt ihr was versprochen?“

Thomas erhielt keine Antwort. Er lehnte sich gegen die Tür. Tränen liefen ihm über die Wangen. Er war traurig, dass seine Mutter ihm die Wahrheit verschwieg. Noch nie hatte sie ihm etwas vorenthalten, aber ausgerechnet die dringlichste Frage, die er je an sie gestellt hatte, ließ sie unbeantwortet.

Thomas wusste nicht, wie lange er vor der Tür gehockt hatte, als diese vorsichtig geöffnet wurde. Seine Mutter bückte sich und zog ihn zu sich hoch. Sie schaute zu ihm auf, lehnte ihren Kopf an seine Schulter und weinte.

„Thomas, ich habe einen Eid geleistet, es nie zu sagen.“

Er hob sanft ihren Kopf an und schaute ihr in die Augen. „Wer kann denn von dir verlangen, darauf einen Eid zu schwören? Dass ein Mensch nie in Erfahrung bringen darf, wo er herkommt, wer seine Eltern sind? Die vielleicht wichtigste Frage, die ein Kind hat.“

Sie fasste ihn bei der Hand und zog ihn die Treppe hinunter ins Wohnzimmer.

„Thomas, für uns warst du immer unser eigenes Kind, als hätten wir dich gezeugt, als hätte ich dich geboren. Ja, es stimmt, ich konnte als junge Frau keine Kinder bekommen. Und das hat sehr geschmerzt. Alle anderen in meinem Alter sind Mutter geworden, bei mir ging es nicht mehr. Das war eine schlimme Prüfung für mich, Thomas. Das musst du mir glauben.“

„Und dann ist jemand an euch herangetreten und hat euch gefragt, ob ihr ein Kind adoptieren wollt? Ob ihr mich adoptieren wollt?“

Sie seufzte. „Wenn es doch bloß so einfach gewesen wäre“, meinte seine Mutter. „Aber es ist viel komplizierter. Deshalb darf ich auch nicht darüber sprechen.“

„Wenn ich dich nicht so lieben würde, dann würde ich jetzt aufstehen und dir drohen, dass ich niemals wieder dieses Haus betrete, bis du mir die Wahrheit gesagt hast. Aber ich drohe dir nicht. Ich achte dich und dein Versprechen. Allerdings bitte ich dich um eines: Überlege bitte, wer das größere Recht vor Gott hat. Derjenige, dem du etwas versprochen hast oder derjenige, den es direkt betrifft.“

Thomas erhob sich und ging in sein Zimmer. Er legte sich aufs Bett, verschränkte die Hände hinter dem Kopf und konnte keinen klaren Gedanken fassen. Er trieb in einem Binsenboot auf dem weiten Ozean. Kein Land in Sicht, keine helfende Hand. Nur Unendlichkeit, leere Unendlichkeit.

Er hörte, wie die Tür aufging und seine Mutter zu ihm trat.

„Bitte, mach die Nachttischlampe an", bat sie ihn. Er kam ihrem Wunsch nach und sie setzte sich auf die Bettkante.

„Das hier ist deine leibliche Mutter." Sie gab ihm ein Foto in der Größe einer Postkarte. Zögernd, als sträube er sich vor der neuen Wirklichkeit, warf Thomas einen Blick auf das abgebildete Mädchen. Sie war höchstens siebzehn oder achtzehn Jahre alt.

„Thessa, deine Mutter. Auf dem Foto ist sie sechzehn, geboren hat sie dich, als sie etwas über siebzehn war. Thessa und ich, wir sind verwandt. Sie ist eine entfernte Cousine von mir gewesen."

„Gewesen?"

„Deine Mutter hat sich kurz nach deiner Geburt das Leben genommen."

„Warum?"

„Aus Schande."

Als überlege sie es sich noch einmal, schaute seine Adoptivmutter zu einem Kruzifix an der Wand, faltete die Hände, focht einen letzten inneren Kampf und begann zu erzählen.

„Bevor du überhaupt die Frage stellst: Deinen Vater kenne ich wirklich nicht. Ich schwöre es beim Tode deines Vaters." Sie erkannte nicht den Widerspruch, atmete heftig und begann zu erzählen. „Thessa wohnte mit ihrer Familie am Tegernsee und ging dort auf ein Gymnasium. Irgendwann habe ich gehört, sie sei nach Paris gegangen als Austauschschülerin. Einige Monate später kam ihr Bruder zu mir und erklärte, dass Thessa schwanger sei. Er fragte, ob wir das Ungeborene später adoptieren könnten. Wir würden uns doch so sehr ein Kind wünschen. Thessa könne das Kind nicht behalten, sie sei noch zu jung. Und außerdem müsse man Rücksicht auf die Familie nehmen. Du musst wissen, Thomas, dass Thessa aus einer sehr angesehenen Familie stammte, die auch ziemlich vermögend war. Und ihr Bruder hat erklärt, man müsse auch darauf Rücksicht nehmen. Nun, dein Vater und ich haben das nicht verstanden, in einem solchen Fall Rücksicht auf die Familie nehmen, aber wir brauchten uns nicht lange zu beraten. Wir waren sofort bereit.

Dann trat jedoch etwas ein, was für uns sehr ungewöhnlich war. Wie es zustande kommen konnte, wir wissen es nicht. Aber Thessas Bruder und ihre Eltern haben es wohl geschafft, in Paris einen Arzt zu bestechen. Auf dem Geburtsschein wurden dein Vater und ich als leibliche Eltern eingetragen. Wir haben das nie hinterfragt, denn uns war es auch so recht. Wir sind dann einfach umgezogen und haben den Eindruck erweckt, als seiest du tatsächlich unser leibliches Kind, geboren in Paris."

Thomas schaute seine Mutter an und bemerkte die Tränen in ihren Augen. Er wischte sie mit dem Daumen weg. „Ich bin froh, dass ihr meine Eltern seid", sagte er. „Ich hatte alles, was sich ein Kind wünschen konnte. Sehr viel Liebe und sehr viel Zuneigung. Leider ist Vater zu früh gestorben."

Seine Mutter putzte sich die Nase. „Für mich warst du auch mein Kind. Ich liebe dich und bin so stolz auf dich, Thomas."

Er nahm sie in den Arm und sie schwiegen eine Weile.

„Wie hat Thessa mit Familiennamen geheißen?", wollte er wissen.

Seine Mutter antwortete nicht und Thomas dachte, sie hätte die Frage nicht verstanden. Er wiederholte sie.

Seine Mutter richtete sich auf und schaute ihn an. In ihren Augen erkannte er einen gequälten Ausdruck, als wolle sie ihn bitten, nicht noch einmal zu fragen. Schließlich antwortete sie: „Thessa war eine Verhoeven."

Thomas ruckte hoch. „Verhoeven?", wiederholte er. „Etwa die bestimmte Familie Verhoeven, an die ich denke?"

„Ja."

„Dann ist Bischof Verhoeven …"

„Er ist dein Onkel."

Aus den Augenwinkeln beobachtete der Zwölfjährige, wie sich ein Mann dem Jungen, er war dem Aussehen nach noch ein Kind, näherte und sich über ihn beugte. Beide waren sie nackt, und der Junge stöhnte. Er wollte aufstehen und ihm helfen, aber es ging nicht. Als der Zwölfjährige zur Seite schaute, sah er einen zweiten Mann, der ihn angrinste. Er kam auf ihn zu, blieb vor ihm stehen und wippte auf den Fußspitzen. In der Hand hielt er ein Handtuch.

„Willst du jetzt folgsam sein", sagte der zweite Mann, der gleichsam nackt war, holte aus und schlug den Zwölfjährigen mit dem Handtuch. Wie Krallen bohrte sich das Ende in seine Haut und es kam ihm vor, als zerreiße es ihn. „Willst du endlich artig sein. Immer artig sein?"

Er hob seine Hände und schrie: „Bitte aufhören." Aber sein Peiniger schien sich an den Schlägen zu ergötzen. Und an dem Machtgefühl, welches er über den Jungen ausüben konnte. Er schlug immer wieder zu, bis der Zwölfjährige zu ihm gekrochen kam, sich an ihn schmiegte, ihn zu streicheln begann und seine Haut küsste. Der Mann spürte die Feuchtigkeit der Tränen und legte einen Arm um die schmächtige Schulter des Zwölfjährigen. Er drückte ihn an sich und schaute zu ihm herunter. So war es richtig, das gefiel ihm.

Der Zwölfjährige war eingeschlafen. Der Mann stand auf und holte sich etwas zu trinken. Er warf einen Blick auf den anderen Jungen, der noch einige Jahre jünger war. Der hockte apathisch in der Ecke eines Raumes und starrte vor sich auf den Boden. Er war jetzt allein. Mit den Fingern rührte er in seinem eigenen Erbrochenen und verteilte es auf dem Teppichboden. Reste liefen weiterhin aus seinem Mund.

Mit dem gefüllten Glas kam er zurück. Der Zwölfjährige war nicht mehr an seinem Platz. Er schaute sich um und bekam gerade noch mit, wie der Junge ihn von schräg hinten ansprang. Zu einer Abwehrbewegung war es zu spät. Durch die Wucht des Zwölfjährigen fiel er nach vorn und schlug gegen den Tisch. Das Glas war zerbrochen, seine Finger bluteten und er fühlte sich benommen. Er wollte sich aufrichten, aber da war der Junge über ihm. Er packte seinen Kopf, riss ihn an den Haaren hoch und schlug den Kopf gegen die Tischkante. Immer wieder. Das Letzte, was er registrierte, war das zu einer schrecklichen Grimasse verzerrte Gesicht des Jungen. Er fand keine Zeit, Angst zu empfinden, die Ohnmacht erlöste ihn. Sie würde ihn nie mehr loslassen und für immer Dunkelheit über ihn ausbreiten.

Irgendwann hielt der Zwölfjährige inne und schaute auf den Mann mit der blutenden Masse, die einmal sein Kopf gewesen war. Als erwache er, betrachtete er sich seine Hände und sah die abgerissenen Haarbüschel. Er schien die Situation zu registrieren und erschrak. Langsam wandte er sich ab und ging zu dem anderen Jungen. Er hockte sich neben ihn und sah, dass Erbrochenes über dessen schmächtige Brust lief und sich zwischen den Beinen auf dem Boden sammelte.

„Umberto, es ist alles vorbei", sagte er. Aber Umberto reagierte nicht. Er nahm den kleineren Jungen in den Arm und drückte ihn an sich. „Umberto, jetzt werden sie uns nie mehr wehtun. Jetzt nicht mehr. Und kein Handtuch. Nie mehr ein Handtuch, das verspreche ich dir."

Er drehte Umbertos Kopf in seine Richtung und schaute ihm in die Augen. Er schaute und schaute, tiefer und tiefer, als suche er etwas, als wolle er seine Seele erkennen, aber Umberto reagierte nicht. War er tot?

Mit einem Schrei wachte Benelli auf. Wieder dieser Traum. In einer Regelmäßigkeit, als wolle er sich für immer in seinem Kopf einbrennen. Das brauchte er nicht, Benelli würde ihn nie vergessen, denn er gab ungeschminkt die schreckliche, unauslöschliche Vergangenheit wieder. Und einen Blick auf seine geschundene Seele.

Er setzte sich, rieb sich die Augen, stand wenig später auf und ging schleppend ins Bad. Er drehte den Wasserhahn auf und hielt sein Gesicht unter den kühlen Strahl. Nach einigen Sekunden wischte er das Wasser ab und sah in den Spiegel. Benelli erschrak vor seinem Aussehen. Ränder unter den Augen und ein Blick, als hätte er Fieber.

Umberto, was haben sie mit uns getan. Mit dir, das war noch viel schlimmer als mit mir. Du warst so jung, so zart, und dieser verdammte Willard hat auf zart gestanden, egal ob Junge oder Mädchen. Er war in dich und deinen kleinen Körper vernarrt und hat dich zu Dingen gezwungen, zu scheußlichen Dingen. Wie hast du das verarbeitet? Hast du es überhaupt verarbeitet?

Benelli setzte sich an das Fenster in einen Sessel und starrte hinaus in die Nacht. Keine Wolke am Himmel, Sterne, kleine blinkende Punkte, und jeder Stern ein Engel, so sagt man.

Als ich diesen Gerrison getötet habe, der mit dem Handtuch, der uns so oft und lange gequält und die vielen Schmerzen zugefügt hat, änderte sich alles. Was hatten sie alle Angst. Vor der Polizei, vor uns, besonders vor mir. Ich dürfe um Himmels willen nichts sagen. Um dich machten sie sich keine Sorgen, denn du hast sowieso immer geschwiegen. Außer zu mir. Und später, nach einigen Jahren, habe ich dir etwas versprechen müssen. Ich hätte ja diesen Gerrison gehabt, und dir sollte ich Willard überlassen.

Für mich war das kein Problem, es dir zu versprechen. Aber damals habe ich gedacht, Willard wäre viel früher dran. Denn mit vierzehn hast du zum ersten Mal jemanden umgebracht. Und danach immer wieder. Warum nicht auch diesen Willard? Oder wolltest du ihn dir aufsparen bis zum Schluss? Immer aufs Neue durch ihn an die Vergangenheit erinnert werden.

Umberto, ich habe vieles falsch gemacht. Auch, als ich dich zu sehr in meine Pläne eingebunden habe. Aber nach dem Tod von Gerrison, da konnten wir fordern, was wir wollten. Alles haben sie uns erfüllt, nur damit wir den Mund hielten. Erinnerst du dich noch, als ich verlangt habe, dass sie uns auf Schulen schicken? Später unser Studium bezahlen? Und als ich gesagt habe, ich würde Priester werden wollen?

Gar nicht mal so schlecht, die Karriere, die wir anschließend gemacht haben. Gar nicht so schlecht für zwei Jungen, die nur in Heimen aufgewachsen sind. Mein Weg zur Kirche, zuerst in Chicago und später in Rom. Du als mein kleinerer Bruder immer unter meiner Obhut, und außer uns haben wir niemandem vertraut. Das ist bis heute so geblieben. Und jetzt? Du bist in den Staaten, hast einige Tage im Gefängnis gesessen und dich wieder für Chicago entschieden, und ich bin immer noch hier in Rom. Wir dürfen nicht getrennt bleiben. Nur gemeinsam sind wir stark. Wir gehören zusammen.

Benelli stand auf und füllte ein Glas mit Wasser. Mit gierigen Schlucken trank er es leer. Anschließend zog er sich einen Morgenmantel an, ihn fröstelte. Er schaute aus dem Fenster in die Gärten des Vatikans, die durch einzelne Lampen erhellt wurden. Kleine Lichtinseln in der Dunkelheit. Und jedes Licht ein Engel, so sagt man.

Umberto, ich kenne das Gefühl, wenn man jemanden umbringt. Damals, das mit diesem perversen Schwein Gerrison, ich habe es genossen. Und ich habe es nie gebeichtet. Nur der Herr und ich wissen davon. Und natürlich du, denn dir konnte ich sowieso nichts vormachen, obwohl du nicht allzu viel mitbekommen hast. Wie ist das bei dir, wenn du jemanden tötest? Welche Ausrede gebrauchst du? Ich habe uns damals erlöst. Und du? Im Dienste einer großen Sache? Im Dienste der Kirche, wodurch schon so viele gestorben sind, dass es auf die wenigen auch nicht mehr ankommt? Und dazu sind es doch alles Schweine, die sich an Kindern und Mädchen und Frauen und auch irgendwie an der Kirche vergangen haben. Ein so großes Ziel, wie wir es haben, rechtfertigt jede Vorgehensweise. Ist es nicht so?

Aber die ganze Zeit frage ich mich, wie du das mit Willard angestellt hast. Dabei wäre uns beinahe dieser Polizeibeamte Ward aus Boston auf die Schliche gekommen. Schwamm darüber, es wird nichts daraus werden, denn Willards Selbstmord ist eindeutig. Was hast du getan? Ihn mit der Vergangenheit konfrontiert? Dich zu erkennen gegeben? Ihm erzählt, was er mit dir angestellt hat? Die möglichen Konsequenzen aufgezeigt? Oder hast du ihm deinen Körper gezeigt? Die Initialen seines Namens, die er mit einem glühenden Stab in deinen Rücken eingeritzt hat, dieses perverse Schwein. Ich könnte ihn … Hat doch all seine Opfer gebrandmarkt wie Cowboys es mit ihren Kühen tun. Und dir auch noch den Daumen verbrannt, als du dich gewehrt hast. Wieso hat ihn der Herr nicht schon früher bestraft? Genau, Umberto, weil er auf uns gewartet hat. Auf dich, um dir den Vortritt zu lassen. Weil er wusste, du würdest es in seinem Auftrag tun. Du warst sein verlängerter Arm. „Und ich strafe dich mit dem flammenden Schwert, denn es wird dein Herz durchbohren und dich auf ewig für alle Sünden büßen lassen."

Benelli seufzte und zog den Bademantel enger. Immer schon hatte er sich für seinen jüngeren Bruder verantwortlich gefühlt, auch heute noch. Und es war für ihn wie eine Befreiung gewesen, als er gehört hatte, dass er nicht mehr im Gefängnis saß und dieser kurze Aufenthalt ausschließlich auf Frankreich und den Verlust des Ausweises zurückzuführen war. Umberto würde in einem Gefängnis sterben. Nicht auf normalem Wege, sondern weil er es selbst so einrichten würde.

Frankreich, dieser verdammte Deutsche und sein Freund, durchzuckte es ihn. Wir waren so kurz vor dem Ziel, hätten beinahe alles erfahren und du, Umberto, wärest für die endgültige Beseitigung des Problems verantwortlich gewesen. Und dann kommt der Fremde in das Haus spaziert und schießt dir in den Arm. Umberto, glaube mir, den Deutschen haben wir unterschätzt. Den habe ich schon in Rom unterschätzt, als es um diesen Bonifaz ging. Ich hätte ahnen müssen, dass da etwas nicht in Ordnung ist. Wie aus dem Nichts ist der Deutsche aufgetaucht, und ab dem Zeitpunkt hatten wir Ärger.

Aber nicht nur das. Geht doch der Fremde hin und nimmt das Handtuch und schlägt mich. Ausgerechnet mich, wo du und ich doch allein ein Recht haben, mit dem Handtuch zu schlagen, weil man uns als Kinder so zugesetzt hat. Hast du auch die Schmerzen verspürt? Geschrien? Dich an die Vergangenheit erinnert? Hast du auch Pippi gemacht und das Wasser einfach laufen lassen? Gefleht, dass sie aufhören, weil es so verdammt wehgetan hat? Bis tief in unsere Seelen?

Aber dieser deutsche Priester hat nicht geschrien. Warum eigentlich nicht? Spürt der denn nichts? Hat der keine Kindheit gehabt? Ist der nicht gezüchtigt und vergewaltigt worden?

Benelli schnaufte mehrmals und riss die Augen auf, als hätte er geträumt. Er schaute sich im Zimmer um und war beruhigt, weil er alles wiedererkannte. Wie soll es jetzt weitergehen? Ich werde wohl in Rom bleiben. Die brauchen mich. Einer muss doch hier sauber machen. Aber was ist mit dir, Umberto? Kann ich noch auf dich zählen? Dir vertrauen? Ohne dich ist die Aufgabe nicht zu bewältigen. Die wollen doch überhaupt nicht wissen, was ich mache, Hauptsache, es dringt nichts an die Öffentlichkeit. Noch gestern hat dieser Patabendi gesagt, wie froh man mit meiner Tätigkeit ist, weil ich die Probleme klein halte. Wenn ich noch mehr Geld benötigte, das gehe in Ordnung.

Benelli stand auf und wanderte in seiner Wohnung umher. Da er sich selbst nie in Frage stellte, stellte er auch seine Tätigkeit und die Art, wie er sie umsetzte, nicht in Frage. Hätte er Betriebswirtschaft studiert, würde er heute in einem Konzern ähnliche Arbeiten verrichten. Als Sicherheitschef oder verantwortlich sein für die Gegenspionage. Was war da schon anders als in der Kirche? Im Grunde genommen überhaupt nichts. Auch in der Wirtschaft und in der Politik wurden Sauereien gemacht, noch viel mehr als an anderer Stelle. Und anschließend musste der Deckel drauf.

Benelli blieb vor einer Anrichte stehen und suchte etwas. Mit einer dünnen Mappe trat er dann an den Tisch, öffnete sie und inspizierte den Inhalt. Der Polizeibericht von vor über zwanzig Jahren in Chicago zeigte deutlich Spuren, dass er oft betrachtet worden war. Und daneben lagen die inoffiziellen Fotos und Protokolle, die man aus verständlichen Gründen nicht an die Presse weitergegeben hatte.

Benelli traten Tränen in die Augen, als er seinen kleinen Bruder betrachtete. Dessen schmächtiger Körper, die dunklen Stellen mit den Rötungen vom Handtuch, und dann erst seine Augen. Wie tot blickten sie in die Kamera. Und Umberto war lange tot gewesen. Über ein Jahr hatte er kein Wort gesprochen. Lediglich er, der Ältere, hatte Zugang zu ihm. Zumindest hörte Umberto auf ihn und nickte, wenn er was verstanden hatte.

Mein Kleiner, für dich würde ich alles tun. Und wenn ich dir das Ganze ersparen könnte, ich würde meinen rechten Arm dafür hergeben. Außer dir habe ich in meinem Leben noch nie jemanden geliebt. Und ich habe all die Schmerzen doppelt empfunden. Meine und deine auch.

Von dem toten Priester Gerrison war auch ein Foto in der Mappe. Benelli nahm er heraus und spuckte darauf. Anschließend legte er es auf den Tisch, rieb es trocken und wanderte erneut umher.

Es stellt sich doch gar nicht die Frage, ob ich alles richtig gemacht habe. Es stellt sich auch nicht die Frage, ob man töten darf. Noch nie hat sich im Laufe der Jahrhunderte für die Kirche überhaupt jemand diese Frage gestellt. Es wurde getötet, im Namen der Kirche oder auch gegen sie. Es wurden Kriege geführt und es werden weiter Kriege geführt werden. Bei uns gibt es einfach zu viele Parasiten, die ausgemerzt werden müssen.

Benelli hatte wieder einmal seinen Frieden mit sich selbst gemacht. Um Ausreden und Entschuldigungen war er, wenn es um seine Entlastung und Rechtfertigung ging, nie verlegen. Weil er schon seit geraumer Zeit mit diesem Status quo leben konnte, würde er es auch in der Zukunft können.

Er stand auf, zog seinen Morgenmantel aus, zog seinen Schlafanzug aus und stellte sich im Bad nackt vor den Spiegel. Er schaute hinein und sah sich als Zwölfjährigen. Er sah die Angst, die malträtierten Körperstellen, er fühlte die Erniedrigung. Und er sah, wie das Handtuch über seinem Kopf kreiste, spürte den Luftzug, wie es herniedersauste und die Schläge auf ihn prasselten. Immer und immer wieder. Benelli krümmte sich, verbarg seinen Kopf zwischen den Armen, schrie vor Schmerz und winselte, man möge doch bitte aufhören. Er würde auch ganz lieb sein.

Thomas betete in der reich verzierten Marienkapelle im Seitentrakt des Trierer Doms und schaute hoch zur Mutter Gottes mit dem Jesuskind auf dem Arm. Zwei Kerzen erhellten den nischenartigen Raum notdürftig, gaben ihm etwas Mystisches, Geheimnisvolles und veränderten ihn ständig durch das stetig wechselnde Schattenspiel. Seit einer halben Stunde kniete er schon und seine Knie schmerzten. Aber er ignorierte den Schmerz, denn mit ihm wollte er seine innere Unruhe und seine Zerrissenheit betäuben. In den vergangenen Wochen war so viel auf ihn eingestürmt, dass er glaubte, unter der Last aller Dinge zusammenzubrechen. Er kam sich allein und schwach und hilflos vor. Und je mehr er zu seinem Gott betete, desto eher gewann er das Gefühl, als wolle dieser, dass er ganz auf sich gestellt mit all den Prüfungen zurechtkommen solle. Als benötige er ihn nicht, als sei Thomas als Diener des Herrn dazu auch ohne Hilfe in der Lage.

Herr, warum bleibt mir nichts erspart. Zeige mir den Weg, betete er und faltete seine Hände so fest, als wolle er sie nie mehr lösen. Oder muss ich mir den Weg wieder einmal selbst suchen? Wie so oft? Du schaust auf mich herab und hörst mein Flehen, aber ich bin allein in der Finsternis. Warum schickst du mir kein Licht? Warum stehst du mir nicht bei? Du, der du bisher so vielen geholfen hast? Ausgerechnet mir nicht, deinem treuen Diener? Vielleicht habe ich in deinen Augen zu viel gesündigt. In Gedanken und auch in meinem Tun. Vergiss bitte nicht, ich bin ein Mensch. Mein Geist mag zwar willig sein, aber ... das Fleisch ist nun mal in vielerlei Hinsicht schwach. Wer weiß das besser als du? Wer kennt mich besser als du? Ist über all meine Wege informiert? Auch über diejenigen auf der verlockenden Straße der Sünde.

Wenn du mir nicht helfen willst, gib mir bitte ein Zeichen. Das würde mir auch schon genügen, denn dann bräuchte ich nicht vergeblich hier vor dir zu knien und zu hoffen – und könnte mich gleich an die Lösung meiner Probleme machen. Aber beschwere dich auch nicht, wenn ich sie anschließend in meinem Sinne löse. Das kann schnell gehen, oft bleibt dann keine Zeit mehr für ein Gebet. In Frankreich hätte ich mein Problem auch fast ohne dich gelöst. Wäre nicht ausgerechnet Alfons Zeuge gewesen, ich hätte diesem Benelli das Handtuch um die Ohren geschlagen, das es ihm wie das Jüngste Gericht vorgekommen wäre. Und diesem Umberto auch, trotz seiner Verletzung. Du verdankst ausgerechnet Alfons, der jahrelang in keine Kirche gegangen ist, dich permanent verleugnet und verhöhnt und die Kirche beschimpft hat, dass ich mich nicht vergessen habe. Aber es hat mir verdammt gut getan, als Alfons zugeschlagen hat. Er durfte es ja. Er ist ja keiner deiner Diener. Willst du es wirklich wissen? Oder weißt du es schon? O ja, es war für mich ein schönes Gefühl, daran zu denken, mich an meinen Peinigern zu rächen. Hättest du mir die Wahl gelassen, die andere Wange hätte ich ihnen nie hingehalten. Und hättest du mir die Wahl gelassen, dann hätte ich mich an deiner Stelle gerächt. Denn schließlich hat man ja auch mir das Leid zugefügt, und nicht dir. Ausgerechnet dir brauche ich ja nicht zu erklären, was Schmerzen sind. Du hast von allen am meisten gelitten. Um wie viel besser als alle anderen musst du mich dann auch verstehen. Hat man dich schon mal mit einem nassen Handtuch geschlagen? Gut, es sind keine Dornen, es sind keine Nägel, die man durch Hände und Füße getrieben hat. Aber ich bin ja auch nicht du. Ich kann auch nicht so viel ertragen wie du. Und ich brauche ja auch nicht die Welt zu erlösen, ich kann ja kaum meine eigenen Probleme lösen.

Thomas verlagerte etwas sein Gewicht, hob mal das eine und dann das andere Knie an und setzte sein Gebet fort. Sag mir auch, was soll ich mit diesem Bischof machen, der mein Onkel ist. Seit Jahren kenne ich ihn, aber er hat sich mir gegenüber nie zu erkennen gegeben. Meine Adoptivmutter hat gesagt, er hätte dafür gesorgt, dass ich in eine gute Familie gekommen bin und sich anschließend sehr um mich gekümmert. Aber davon habe ich nichts gemerkt. Gleichzeitig jedoch konnte er nicht verhindern, dass meine leibliche Mutter in den Tod gegangen ist. Hätte er es denn überhaupt verhindern wollen? Du kannst doch in ihn hineinschauen. Sag mir, hätte er es verhindern wollen? Oder war die Schmach für seine Familie auf diese Art und Weise elegant getilgt worden. Hat er vielleicht den Tod meiner Mutter, den Tod seiner Schwester, billigend in Kauf genommen, nur um die Ehre der Familie zu retten? Erkauft mit einem schrecklichen Selbstmord! Ehre wichtiger als Leben? Blut dünner als gesellschaftliche Anerkennung?

Herr, in meinem Kopf ist ein Bienenschwarm. Ich weiß nicht mehr, was ich zuerst denken soll. Mein Bischof, dann dieser Mönch Bonifaz, ich war in Rom, um alles über Paulus zu erfahren. Aber was habe ich erfahren? Deine Kirche ist ein Sündenpfuhl. Deine Diener dienen oft nur sich selbst. Sie verehren Götzen, aber du willst doch angeblich keine neben dir haben. Sie verehren die Völlerei, die Macht, sie streben nach Geld und Reichtum und Anerkennung, sie hintergehen dich und deine Lehre, sie brechen die Zölibatsverpflichtung und sie töten in deinem Namen. Ist das wirklich in deinem Sinne? Willst du denn keinen Einhalt gebieten? Es tut mir leid, aber ich kann nicht alles als permanente Prüfung entschuldigen. Was ist das für eine Prüfung, wenn eines deiner Geschöpfe, wenn ein Mensch dabei stirbt? Wenn du sogar deine eigenen Diener opferst? Wir sind doch keine Soldaten, wir sind doch nicht im Krieg. Oder etwa doch?

Thomas schaute hoch, als erwarte er ein Zeichen. Aber der Himmel öffnete sich nicht, das Kreuz fing nicht an zu schwingen und zu pendeln, die Kerzen im Altarraum gingen nicht aus. Er bekreuzigte sich, stand auf, massierte die Knie und trat hinaus in den Gang. Unschlüssig blieb er stehen, als könnte doch noch ein Zeichen kommen.

Er blickte sich um und sah einige ältere Damen. Sie schauten ihn seltsam an. Hatte er etwa wieder laut gebetet?

Thomas trat aus dem Trierer Dom auf den Vorplatz und warf einen Blick in die Runde. Links neben ihm der berühmte Domstein, ein Klotz aus Basalt, auf dem schon unendlich viele Generationen von Kindern heruntergerutscht waren. Vom Teufel soll der Stein stammen, der ihn aus Wut einfach auf den Dom geschleudert habe.

Die Dämmerung legte sich auf die Stadt, Laternen wurden eingeschaltet, ein Maronenverkäufer stand mit seinem Wagen am Eingang der Sternstraße. Es war kalt für April. Ein überraschender Kälteeinbruch hatte die Straßen vereist und die Autofahrer an ihren Scheiben kratzen lassen.

Thomas schaute auf seine Uhr und hatte noch einige Minuten. Er war wieder einmal zum Bischof bestellt worden, aber dieses Mal für neunzehn Uhr, einer eher ungewöhnlichen Zeit. Er wusste, worum es heute ging. Seine Mutter hatte ihm gesagt, sie habe lange mit seinem Onkel Verhoeven telefoniert. Und er sei zu ihr nach Limburg gekommen, um mit ihr zu reden. Das war vor vier Tagen. Vier Tage, in denen Thomas Zeit hatte, sich alles zu überlegen, seine Gedanken zu sortieren, die Palette all seiner möglichen Gefühle durchzuspielen. Sich zu sehen, seine Rolle in der Kirche, die seines Onkels in der Kirche. Immer wieder sah er das Gesicht auf dem Foto vor sich, das ihm seine Adoptivmutter gezeigt und mitgegeben hatte: Thessa, seine leibliche Mutter, noch fast ein Kind. Mit siebzehn hatte sie sich für den Tod entschieden. Nicht wegen der Schmach, sondern wegen ihm, weil sie ihn hatte weggeben müssen. Kann es eine größere Liebe geben als diejenige durch den Tod?

Thomas wischte sich über die Augen und beschleunigte seine Schritte. Eine Runde über den Hauptmarkt, vorbei an Jugendlichen, die vor dem Marktkreuz die Flasche kreisen ließen und die Passanten anpöbelten. Zwei Polizeibeamte, die Streife gingen, schauten in eine andere Richtung.

Wegschauen, ein Zeichen unserer Zeit, kam es Thomas in den Sinn. Wegschauen und nicht behelligt werden. Nichts vom Leid und vom Unglück anderer mitbekommen, sich den angenehmen Dingen des Lebens widmen, sich eine heile Welt basteln, scheinbar ohne Probleme. Auch er war auf dem besten Weg, so zu werden wie die anderen. Auch er schaute schon weg, wenn Bettler am Straßenrand saßen, die es wirklich nötig hatten. Auch für ihn waren diese Menschen bereits Schmarotzer. Sollen sie doch zur Stadt und zum Sozialamt gehen, da wird man ihnen schon helfen.

Thomas führte die zunehmende Abgestumpftheit auf seine momentane, ungeklärte Situation zurück. Mit sich selbst hatte er so viele Schwierigkeiten, dass er nicht auch noch die der anderen lösen wollte.

Eine alte Dame, die auf einem Campingstuhl saß, zupfte an seinem Mantel, er ging einfach weiter. Nach wenigen Metern stoppte er, drehte sich um und gab ihr fünfzig Cent. Sie schaute ihn an, als sei es seine Pflicht, ihr zu helfen und sie vergaß, sich zu bedanken. Oder waren ihr fünfzig Cent zu wenig?

Thomas war pünktlich, gab seinen Mantel ab und wurde vom Sekretär vorgelassen. Auch heute schaute dieser ihn wieder mit einem undefinierbaren Gesichtsausdruck an, dass Thomas wie bei jedem seiner Besuche automatisch die Bandbreite all der potentiellen Möglichkeiten durchging, mit denen er konfrontiert werden könnte. Dabei wusste er genau, was das heutige Thema sein würde. Schließlich hatte seine Adoptivmutter lange mit Bischof Verhoeven telefoniert.

Heute empfing er Thomas in seinen privaten Räumen und nicht im Büro mit dem großen, wuchtigen Schreibtisch, der wohl nicht ohne Absicht wie eine unüberwindbare Barriere wirken sollte.

Die Begrüßung war wie immer. Freundlich, aber auch irgendwie unpersönlich, bis der Sekretär gegangen war. Unerwartet trat Verhoeven auf ihn zu und nahm ihn in den Arm.

Thomas' Körper versteifte sich und er wusste nicht, wie er sich gegenüber seinem Onkel verhalten sollte.

„Es ist gut, dass du jetzt alles weißt", hörte er den Bischof über die Schulter sagen. Immer noch drückte er ihn, als versuche er, das Unterlassene nachzuholen. Anschließend hielt er Thomas mit gestreckten Armen fest und schaute ihn lange an. Die Mundwinkel Verhoevens zuckten. Der Beginn eines Lächelns oder ein anderes Gefühl? Thomas konnte es nicht einordnen. Er wartete ab.

Verhoeven bat ihn zu einer Sitzecke. Der Bischof füllte zwei Gläser und reichte ihm eins.

„Mirabellenschnaps?", fragte Thomas, nur um etwas zu sagen.

„Williams." Sie tranken.

Die Gläser wurden abgestellt, Thomas wartete einfach. Er war nicht in der Laune, dem Bischof eine Brücke zu bauen. Und dieser schien sich unwohl in seiner Haut zu fühlen. Immer wieder setzte er sich neu zurecht und glättete dabei seine Hose.

„Wo soll ich anfangen", meinte er. „Und wie soll ich anfangen, damit du uns, damit du mich verstehst?"

„Herr Bischof ..."

„Adrian. Nenne mich Adrian, immerhin bin ich dein Onkel."

Thomas konnte sich ein Lächeln nicht verkneifen. „Onkel Adrian", sagte er und es kostete ihn Überwindung, dies auszusprechen. „Meine ... Mutter hat mir vieles zu erklären versucht. Und es ist ihr auch gelungen, mir einige Dinge verständlich zu machen. Aber eines konnte sie mir nicht sagen: Wer ist mein Vater?"

Verhoeven sah seinen Neffen an und zuckte mit der Schulter. „Tut mir leid, ich weiß es auch nicht."

Thomas blieb keine Wahl, er musste ihm glauben. „Erzähle mir von meiner leiblichen Mutter, von Thessa."

Verhoeven lehnte sich zurück und schloss für einige Sekunden die Augen.

„Sie war fast acht Jahre jünger als ich. Unser Nesthäkchen, unser Sonnenschein. Deine Großeltern waren in sie vernarrt.

Zwar hatten sie es nie gesagt, aber Thessa war ihr Liebling. Und ich war eifersüchtig auf sie. Allerdings konnte ich es wegen des Altersunterschiedes verschmerzen. Ich war ihr großer Bruder, der ihr immer half. Auf dem Gymnasium und auch sonst."

Aber einmal, als sie dich so dringend gebraucht hat, da hast du ihr nicht geholfen, überlegte Thomas. „Hast du Fotos?"

Verhoeven stand auf und kam mit Fotos zurück. Thessa als Baby, als Kind und als junges Mädchen. Immer lachend, immer fröhlich.

„Wie alt war sie, als ich geboren wurde?"

„Etwas mehr als siebzehn. Genauer gesagt drei Monate älter. Sie wollte dich haben, unbedingt haben. Wir versuchten vergeblich, sie von einer ... hm ..."

„Abtreibung", half Thomas ihm.

„Hm ..., ja genau. Wir versuchten sie davon zu überzeugen, aber sie wollte nicht."

„Eine Abtreibung", wiederholte Thomas ungläubig. „Und das in einem katholischen Hause, wo der ältere Bruder Religion studiert hat und auf das Priesterseminar gegangen ist."

Der Bischof fühlte sich nicht wohl in seiner Haut. Er schien nervös zu sein und wechselte oft die Sitzposition. „Manchmal gerätst du in den Konflikt zwischen der Wirklichkeit und deiner Auffassung, zwischen dem Leben und der Religion. Meine Eltern und ich waren der Überzeugung, eine ... Abtreibung wäre das Beste für Thessa. Aber sie hat sich gesträubt. Wir wollten wissen warum, aber sie hat uns keine Antwort gegeben. Wir wollten wissen, wer der Vater sei, auch darauf gab es keine Antwort. Als man ihre Schwangerschaft sehen konnte, haben wir sie nach Frankreich auf eine Schule gebracht – und dort, in einem Pariser Krankenhaus, hat sie dich auch geboren."

„Und die Franzosen waren bereit, gewisse Papiere so zu formulieren, dass es später keine Schwierigkeiten für meine Adoptiveltern gab. Sie konnten mich gegenüber den Behörden in Deutschland als eigenes Kind ausweisen."

„Ja, so war es", gab Verhoeven zu. „Es war eine Privatklinik." Der Bischof erweckte nicht den Eindruck, als bedauere er es. Und er wollte auch nicht näher auf die Umstände eingehen, für deren Zustandekommen die Familie Verhoeven viel Geld bezahlt hatte.

„Warum hat sich meine Mutter umgebracht?"

Verhoeven zuckte mit der Schulter. „Wir können nur vermuten. Ich glaube, sie ist mit allem nicht fertig geworden. Zuerst hatten wir sie überreden können, dich wegzugeben an eine entfernte Verwandte, dann wiederum wollte sie dich immer wieder zurückhaben. Aber das ging nicht. Verstehst du das?"

„Ruf? Leumund? Die Nachbarn? Stellung in der Gesellschaft? Ging es darum? Blieb deswegen meine Mutter als Mensch außen vor?", zählte Thomas auf und jedes Mal schien es ihm, als würde Verhoeven etwas mehr zusammensacken.

„Wann ist meine Mutter gestorben?"

„Vier Monate nach deiner Geburt. Sie liegt bei uns zu Hause auf dem Friedhof begraben."

Thomas stand auf, stellte sich ans Fenster und schaute in den notdürftig beleuchteten Innenhof mit den ausgedehnten Grünanlagen. Halbrechts von ihm eine alte Eiche am Rande eines Rasenstückes, welches von einem gepflasterten, kreisförmigen Fußweg eingefasst wurde. „Und du als mein Onkel hast all die Jahre nichts gesagt. Wieder wegen des Rufs, der Nachbarn, der Gesellschaft, nicht zu vergessen deiner Position. Wäre dieser Makel bekannt geworden, der Papst hätte dich nie zum Bischof ernannt. Im Endeffekt verdankst du einer Heuchelei dieses Amt. Einer Lüge, oder anders ausgedrückt, der Unterlassung, nicht die Wahrheit gesagt zu haben. Du hast deine Schwester und mich verleugnet. Wie war das noch mal mit Petrus und dem Hahn? Wie oft hat er bei dir gekräht?"

Thomas schaute seinen Onkel von der Seite an. Aber Verhoeven antwortete nicht, seine Augen klebten an einem imaginären Punkt.

„Machst du denn auch das Spiel der Kirche mit, über alle unangenehmen Dinge zu schweigen? Bonifaz hat es nicht getan. Er hat sich auf seine Art gewehrt."

„Und was hat er nun davon", entgegnete der Bischof leicht erregt. „Nichts, denn jetzt ist er tot."

Thomas drehte sich ganz in Verhoevens Richtung. „Es gibt in der Kirche den bequemen und den unbequemen Weg. Du gehst nur den bequemen."

„Wie kannst du es wagen, mir dies zu unterstellen", protestierte Verhoeven.

Voller Bitterkeit entgegnete Thomas: „Ich bin doch der lebende Beweis dafür. Und der tote Beweis liegt zu Hause auf dem Friedhof."

„Aber ich konnte doch zu Beginn nicht ahnen, dass sich deine Mutter ..." Verhoeven ließ resigniert die Hände sinken. „Versteh doch, Thomas. Zwar haben wir deine Mutter gedrängt, nach Frankreich zu gehen und das Kind wegzugeben, da bekenne ich mich voll schuldig, aber dass sie sich ..., nein, nie und nimmer."

„Wie lebst du eigentlich mit der Vergangenheit? Mit dem Vorwurf, meine Mutter mit in den Tod getrieben zu haben? Gibt es bei dir so etwas wie ein Gewissen? Was sagt es dir? Sagt es überhaupt etwas, oder hast du all die Jahre die Ereignisse verdrängt? Und wie kommst du mit ihm da oben klar?" Thomas deutete zur Decke. Er trat näher und baute sich vor seinem Onkel auf. „Du hast mir meine Mutter genommen. Du hast mich ihr genommen. Und du hast ihr Leben genommen. Wie ich dich zu kennen glaube, hast du es auch nicht gebeichtet und all die Zeit mit diesen Todsünden gelebt. Wer bist du eigentlich, dass du dich so über all das hinwegsetzt, was wir im Seminar versprochen haben? Bei unserer Priesterweihe versprochen haben? Und du willst immer noch ein Diener Gottes sein?" Er packte Verhoeven an den Schultern und schüttelte ihn. Der ließ das ohne Gegenwehr über sich ergehen. Angewidert wandte Thomas sich ab.

Leise begann der Bischof zu sprechen. „Du hast in jedem Punkt Recht, und ich leugne es auch nicht vor mir selbst. Ich bin schuldig, in allen Belangen. Was ich jetzt auch sage, es klingt wie eine billige Rechtfertigung. Aber glaube mir bitte eines: Ich habe gelitten und leide immer noch. Das Allerschlimmste an meinem Fehler ist, ich kann ihn nicht mehr gut machen, kann die Zeit nicht zurückdrehen. Und ich verstehe dich sehr gut, wenn du mir nicht verzeihen willst."

Eine Weile schwiegen sie beide. Thomas hörte, wie sein Onkel sich einen weiteren Schnaps ausschenkte und trank.

„Ich brauche auch noch einen", sagte Thomas. Er setzte das Glas an und fühlte das wohlige Brennen des Alkohols. Aber er konnte den bitteren Geschmack, den er zu haben glaubte, nicht hinunterspülen.

Thomas, nun wieder etwas ruhiger geworden, fragte: „Und wie soll es jetzt weitergehen? Bist du nun mein Onkel oder nicht?"

„Natürlich bin ich dein Onkel. Und du hast auch den Teil deiner Mutter geerbt, dafür habe ich schon gesorgt. Aber für die Öffentlichkeit müssen wir uns eine andere Lösung einfallen lassen."

„Jawohl Herr Bischof", sagte Thomas mit ironischem Unterton. „Für die Öffentlichkeit müssen wir uns etwas anderes einfallen lassen. Und für den da oben? Meinst du, der bleibt ruhig? Der hält immer still? Meinst du, auch den kannst du weiter belügen?"

Verhoeven atmete schwer, aber er sagte nichts.

„Du musst Rücksicht nehmen auf deine Position und Stellung in der Kirche. Wenn die Gerüchte stimmen, die ich gehört habe, dann willst du auch nach Rom. Schielst vielleicht darauf, in einigen Jahren Kardinal zu werden. Natürlich kannst du es dir nicht leisten, plötzlich einen Neffen als Priester zu haben, der mit siebenunddreißig auf die Welt gekommen ist."

Verhoeven stand auf und trat zu Thomas. Er schaute zu ihm hoch, legte ihm eine Hand auf die Schulter und fragte: „Kannst du mich denn nicht auch verstehen? Siehst du denn nicht, in welcher Zwangslage ich bin? Außerdem können wir an allem nichts mehr ändern. Ich bitte dich nur, unsere Familiengeschichte nicht breitzutreten. Mehr will ich doch nicht."

„Was würde wohl jetzt deine Schwester und meine Mutter sagen, wenn sie dich, ihren großen, geliebten Bruder, hören könnte?", entgegnete Thomas voller Bitterkeit.

Ward spazierte über den gepflegten Rasen des Presidents Golf Club und betrachtete sich das stattliche Gebäude des verstorbenen Kardinals einmal aus einer anderen Perspektive.

Wie er gehört hatte, war es trotz der Immobilienkrise für eine Million mehr verkauft worden, als beabsichtigt. Kathy Myhelic würde es freuen.

Vorsichtig setzte er einen Fuß vor den anderen, sein Knie schmerzte wieder. Er würde wohl um eine weitere Operation nicht herumkommen.

Manchmal werden Fälle gelöst, obwohl sie gar nicht gelöst werden, sinnierte er vor sich hin. Sie lösen sich sozusagen von selbst. Und dann besteht auch keine Veranlassung mehr, alles wieder aufzurollen und von vorne zu beginnen, um alle erdenklichen Spuren zu verfolgen und Hinweisen nachzugehen.

„Das haben Sie ausgezeichnet gemacht, Allen", so hatte ihn gestern sein Chef gelobt. Er war gerade von einer Besprechung mit hochrangigen Kirchenvertretern gekommen, die von der diskreten und bevorzugten Behandlung angetan waren. Besonders angetan waren sie, dass nichts in den Medien verbreitet worden war.

„In zwei Jahren, wenn ich aufhöre, werde ich Sie als meinen Nachfolger vorschlagen", so sein Chef weiter. Aber Ward war schon viel zu lange im Geschäft um zu wissen, was solche Versprechungen für einen Wert hatten. Überhaupt keinen. Auch nicht, wenn Menschen sie machten, die er schätzte.

Seit Ward die Geschichte dieser Benelli-Brüder kannte, die man in ihrer Jugend so grausam behandelt hatte, konnte er einiges in ihrem späteren Verhalten verstehen. Nicht, dass er ihre Taten guthieß, am wenigsten die von Umberto. Aber als einer, der auch Jugendpsychologie studiert hatte, waren ihm die Auswirkungen von langjährig verspäteten und scheinbar zusammenhanglosen Reaktionen bekannt, die als Folge solcher Ereignisse eintreten konnten. Und niemand auf der Welt hätte die Wunden heilen können, die der sechsjährige Umberto davongetragen hatte. Wunden, die er vergeblich selbst zu heilen versuchte durch seine schlimmen Taten. Und plötzlich war die über viele Jahre verkapselte Erinnerung bei ihm wieder aufgebrochen.

Deshalb war Ward auch vor zwei Tagen nicht überrascht gewesen, als man ihn von Chicago aus anrief und mitteilte, dass Umberto sich in seinem Apartment umgebracht habe. Erhängt.

„Mit einem Handtuch“, hatte er einer Ahnung nachgebend gefragt.

„Woher können Sie das denn wissen?“

„Ich kann mir einiges zusammenreimen.“

Umberto wählte also genau das als Todesinstrument, was ihm so zugesetzt und verletzt und Narben fürs Leben hinterlassen hatte. Und sein Todeskampf musste sehr lange gedauert haben und sehr qualvoll gewesen sein, wie ihm aus Chicago mitgeteilt worden war. Ein brutaler Killer zerbricht an seiner eigenen Vergangenheit. Die verletzte Psyche war stärker als alles andere. Und es wäre nicht das erste Mal in der Kriminalgeschichte, dass jemand zum Verbrecher und Mörder geworden war, um Kindheitserinnerungen zu betäuben.

Ward blickte hoch zum Himmel, es sah nach Regen aus. Wie Umberto es angestellt hatte, den Kardinal zu beeinflussen, die Schlaftabletten zu nehmen, niemand würde es je erfahren. Wie Ted Stevens genau verstorben war, ob durch den Fehler seines Herzschrittmachers oder wie auch immer, würde gleichfalls niemand erfahren. Und der Tod dieses Bischofs Colombo aus Italien bliebe ein für allemal ein Unfall, was der ägyptischen Polizei wesentlich angenehmer schien als jeglicher Verdacht einer anderen Straftat.

„Was hast du noch alles auf dem Kerbholz gehabt, Umberto“, fragte Ward, blieb stehen, verschränkte die Hände hinter dem Rücken und schaute auf die Rückfront des Hauses, welches Monsignore Benelli gerne als Erbmasse für die Kirche ergattert hätte. Ihm kam es vor, als würden die dunklen Fenster zurückschauen. „Ich gehe davon aus, Umberto, dass du noch einiges mehr reguliert hast, als ich vermute. Seit annähernd zehn Jahren ist dein Bruder für den Vatikan tätig. Er war dein Auftraggeber und du hast alles bereinigt und dich dadurch betäubt. Wenn es gegen Geistliche gegangen ist, die sich an Kindern vergangen haben, in diesem Augenblick hast du dich nackt als kleiner Junge am Boden hocken sehen, geschändet, gebrandmarkt, entwertet. Dann kanntest du kein Pardon, denn es war für dich eine Wiedergutmachung. Und es war Rache.

Nur sie hat dich am Leben gehalten. Mit deinem Peiniger Willard bist irgendwie auch du gestorben. War es nicht so? Hast du deshalb so lange gewartet? Auf dich konnte Marco Benelli sich verlassen, so wie du, Umberto Benelli, dich auf ihn. Wie sich eben Brüder aufeinander verlassen können, erst recht bei eurer Vergangenheit. Habt ihr vor mehr als fünfundzwanzig Jahren einen Schwur geleistet? Etwas gegenseitig versprochen, was euch für immer aneinander geschweißt hat?"

Ward wippte auf den Fußspitzen und beobachtete einen Golfspieler, der versuchte, den Ball zu treffen. Dies schien gar nicht so einfach zu sein, denn der Ball blieb ruhig auf dem Boden liegen.

„Köpfe sind wie Tresore. Manchmal hat man einen Schlüssel und kann hineinschauen. Aber es ist schon gut, dass das nicht immer der Fall ist. Wir würden uns erschrecken über das, was wir sehen würden", philosophierte Ward und spazierte weiter. Er gelangte an einen Weg, der am Haus vorbei zu seinem Auto führte. Ward schlug ihn ein und war mit sich zufrieden.

Ganz Polizist, hatte er es natürlich auch nicht lassen können, diesen deutschen Priester anzurufen und ihn nach gewissen Dingen zu fragen. Der Deutsche versprach ihm, einige Fotos zu schicken, danach könnten sie erneut telefonieren.

Vor zwei Tagen dann die Mail des Deutschen mit Fotos, die ihn gefesselt und misshandelt zeigten, und neben ihm stand Benelli mit einem etwas unglücklichen Gesichtsausdruck.

Gleich, wenn er wieder in seinem Büro war, würde er den Priester wie verabredet anrufen, um sich mit ihm auszutauschen.

Ward war bei seinem Auto angelangt. Ein letzter Blick zu dem Gebäude, wo vor einigen Wochen alles begonnen hatte. Ein dankbarer Blick hoch zum Himmel, dass dort oben einer alles so elegant gelöst und zusammengefügt hatte. Und ein letzter Blick in die Richtung, in der Frankreich liegen musste und wo Gina Tossi immer noch darauf wartete, endlich ins amerikanische Fernsehen zu kommen.

Pünktlich um zwei Uhr am Nachmittag rief Ward in Deutschland an. Dort war es zwanzig Uhr, dann sei er immer zu Hause, hatte ihm Simmerling gesagt.

Nachdem sich Ward für die Mail bedankt hatte, fragte er, wie Simmerling an die Fotos gekommen sei. Seinem Informationsstand nach müssten sie doch von Benellis Bruder Umberto aufgenommen worden sein.

Am anderen Ende war es einige Sekunden still.

„Umberto ist der Bruder von Benelli?“, fragte Thomas ungläubig.

„Wussten Sie das noch nicht?“

In wenigen Worten klärte Ward den Deutschen über die bereits viele Jahre zurückliegenden Hintergründe der Benelli-Brüder auf. Und anschließend war Thomas mit den Ereignissen in Frankreich dran, der nun auch verstand, warum man ihn mit dem Handtuch malträtiert hatte. Er stellte richtig, dass nicht Umberto, sondern ein Freund von ihm, der ihn aus dem Haus herausgeholt habe, der Fotograf gewesen sei.

„Ihr Freund scheint ja gut mit einer Waffe umgehen zu können, vorausgesetzt, der Schuss in den Arm war Absicht.“

Thomas fuhr in seinem Bericht fort. Natürlich hatte Ward damit gerechnet, eine andere Version als die von den Benellis zu erhalten. Aber was der Deutsche ihm alles andeutete, sehr vorsichtig andeutete, was die eigentliche Kernangelegenheit sei, da verschlug es ihm doch die Sprache. Und Kathys Version vom versuchten Anschlag in den Abruzzen wurde von ihm gleichfalls bestätigt. Für Ward stand außer Zweifel, dass auch dieser auf die Benellis ging.

Ob er denn nicht noch etwas deutlicher werden könne, fragte Ward den Deutschen. Was denn genau die Aufgabe von diesem Benelli sei und welchen Unregelmäßigkeiten er in der Kirche auf den Grund zu gehen habe.

Thomas lachte und meinte, er würde ja dann ein Kirchengeheimnis verraten. Das dürfe er doch nicht. Allerdings könne er sich als Polizist doch einiges denken. Zwischen Amerika und Europa gäbe es auf die Kirche bezogen keinen Unterschied.

„Ich habe hier den Bericht der französischen Polizei, aber darin ist nichts vermerkt von einem Notebook und von CDs“, sagte Ward. „Man scheint diese Dinge nicht konfisziert zu haben.“

„Verdammt“, entfuhr es Thomas. „Wir haben extra alles bei den Brüdern liegen lassen, das Notebook war sogar eingeschaltet, damit die Polizei es finden und Schlüsse daraus ziehen sollte. Wir wollten, dass die Franzosen dem Vatikan unangenehme Fragen stellen, um von uns abzulenken. Verstehen Sie?“

Ward verstand. „Dieser Monsignore scheint es geschafft zu haben, mit seiner Immunität zu glänzen und die Gegenstände als sein Eigentum oder das der Kirche auszuweisen. Sicherlich ist deswegen nichts in dem Bericht erwähnt.“

Ward berichtete Thomas vom Tode Umbertos und ging auf die näheren Umstände ein. Seine für Außenstehende unverständliche Handlung könne man nur nachvollziehen, meinte Ward, wenn man die Kindheit kenne mit all den daraus erwachsenen Folgen.

Und dann verriet der Deutsche ihm noch ein Geheimnis. Er, Ward, sei als Polizist auf Menschen und deren Unzulänglichkeiten und oftmalige Schwankungen, auch was Meinungen angehe, angewiesen, während die Kirche ja im Besitz der göttlichen Lehren sei.

„Wie soll ich das verstehen?“

„Göttliche Lehren sind absolut und werden nie in Frage gestellt. Der liebe Gott hat immer Recht. Und der Papst als sein Stellvertreter auf Erden auch. So einfach ist das.“

Ward bedankte sich für das Gespräch und drückte seine Hoffnung aus, ihn einmal persönlich kennenzulernen. Zu einem sogenannten bilateralen Erfahrungsaustausch. Selbstverständlich absolut diskret.

Nicht erst seit seinem Zwiegespräch im Dom, als er mit seinem Herrn hart diskutiert hatte, glaubte Thomas, sich verändert zu haben. Wenn er zurückschaute, dann erschien es ihm als ein schleichender Prozess, der allerdings in den vergangenen Tagen beschleunigt worden war. Thomas kam sich vor, als sei er reifer geworden, als würde er sich selbst, seinen Beruf und die Berufung abgeklärter und wirklichkeitsnaher sehen. Und sogar in Frage stellen.

So oft es ging, traf er sich mit Alfons. Und bei diesem machte er eine erstaunliche Feststellung. Alfons schien sich genau in die andere Richtung zu entwickeln. Er schimpfte nicht mehr auf die Kirche, auf die Popen, deren Völlerei und scheinheiliges

Getue. Alfons ging fast jeden Sonntag in die Messe und sagte zu Thomas, er habe seinen inneren Frieden gefunden. Er glaube zwar nicht alles, aber das müsse er ja auch nicht. Habe nicht er, Thomas, einmal gesagt, die Religion sei bloß eine Anleitung? Was man daraus mache, bleibe jedem selbst überlassen? Thomas nickte dazu, er erinnerte sich.

Außerdem, so Alfons weiter, habe er sich mit seiner geschiedenen Frau und mit den Kindern getroffen, sie hätten sich ausgesprochen, sogar versöhnt und machten sich gegenseitig keine Vorwürfe mehr. Sie beabsichtigten, sich erneut zu treffen.

„Aber du, mein Lieber, weißt nicht, wo du hingehörst", sagte er zu Thomas und deutete damit an, er wisse es nun für sich selbst. „Ich spüre deine Zerrissenheit, deine innere Unruhe. Du bist auf dem gefährlichen Weg, so zu werden, wie ich war."

Thomas lachte und meinte, davon sei er aber noch weit entfernt.

„Wenn du Zweifel hast, und du hast ernste Zweifel an dir und an deinem Beruf, dann geht es immer schneller. Es ist ja nicht nur, dass du dich in Frage stellst, sondern es geht auch um den Sinn an sich, den du nicht mehr zu erkennen glaubst. Und dann kann es zu Funkstörungen kommen mit deinem Chef." Alfons deutete nach oben.

„Hättest du denn keine Zweifel?", fragte Thomas. Alfons, der als einziger Außenstehender um seine sich ihm gerade offenbarte Familiengeschichte und den Tod von Thessa wusste, antwortete nicht. Er schaute ihn prüfend an und konnte ihn verstehen.

„Was würdest du denn an meiner Stelle machen, Alfons?"

Der Angesprochene zuckte mit der Schulter. „Ich weiß es nicht. Du hast alle Möglichkeiten, deine Informationen einzusetzen. Das ist ein ganz gewaltiger Sprengstoff und du würdest auch einiges in der Kirche erschüttern. Aber zerstören oder zum Umdenken anregen, die Lage zum Besseren ändern, das würdest du nie."

„Auch nicht mit diesem unglaublichen Tagebuch von Bonifaz, in welchem er über ein viertel Jahrhundert die schmutzigen Vorkommnisse im Vatikan, dem Herzen der katholischen Kirche, akribisch aufgelistet hat? Die Kirche entlarvt?

Die Scheinheiligkeit unwiderlegbar dokumentiert? Auch nicht durch die Unterlagen, die ich diesem Benelli in Frankreich abgenommen habe? Allesamt Originale oder beglaubigte Kopien aus den Archiven des Vatikans, versehen mit handschriftlichen Kommentaren und Siegeln? Die Tonbandaufzeichnungen, die wir von den beiden in Frankreich angefertigt und auf denen sie so vieles zugegeben und die Zusammenhänge erklärt haben? Hintergründe, von denen nur ein absoluter Insider wissen kann?"

„Nein", meinte Alfons nach einigen Sekunden. „Sogar das würde nicht helfen. Wie willst du es als Einzelner beweisen? Mit Benellis Unterlagen? Alles Fälschungen, trotz der Siegel. Denn die Gegenbeweise liegen gleichsam im Vatikan, und der wird sie nie herausrücken. Bonifaz, dein einziger Zeuge ist tot. Man wird sein scheinbares Lebenswerk als Hirngespinst und freie Erfindung eines skurrilen Paters abtun, der die verschrobene Idee hatte, die Kirche auf seine Art und Weise zu reinigen. Zufällig seien einige der angesprochenen Geistlichen zu den angegebenen Zeiten in Rom gewesen, das wird man zwangsläufig bestätigen müssen, aber zu mehr würde man sich nie äußern. Und dann hättest du eine subtile Kampagne zu überstehen. Bischöfe und Kardinäle sind im Fernsehen und machen dich fertig. Sie heucheln Verständnis für dich, das passt zur Kirche, aber in den ärztlichen Bulletins, sagen sie, habe sich bei Bonifaz schon so etwas wie eine Krankheit abgezeichnet. Natürlich gibt es die nicht, noch nicht, doch die Kirche lügt in den Augen der Gläubigen nie. Du bist der Abtrünnige, der Enttäuschte, der einer Lüge aufgesessen ist. Oder sie sogar zum Teil selbst erfunden hat, um sich an der Kirche zu rächen. Gründe wird man dafür genug finden. Dein Onkel wäre gezwungen, dich als Priester ruhigzustellen, im schlimmsten Fall wartet auf dich sogar die Exkommunikation. Weil du Irrlehren verbreitest und gegen Glaubensfragen verstoßen hast. Irgendeine Begründung werden sie im Vatikan schon konstruieren. Du beginnst, dich zu verteidigen und die Vorwürfe mit Fakten zu unterlegen. Aber wer glaubt am Ende schon einem ehemaligen, exkommunizierten Geistlichen?"

„Also bliebe alles beim Alten."

„Ich befürchte ja. Dazu sind die gewachsenen Strukturen zu dicht, die Verflechtungen der Kirche mit anderen Schichten der Gesellschaft zu innig. Tausende würden aufstehen, um der armen gebeutelten Kirche zu helfen. Allein schon aus dem Grund, weil sie ansonsten eingestehen müssten, selbst nichts bemerkt oder die Vorfälle indirekt sogar gedeckt zu haben. Und viele Millionen würden noch nicht einmal glauben, was man schwarz auf weiß lesen und überprüfen kann. Weil es nicht in ihr Bild hineinpasst. Weil die Kirche die Macht der Kanzel hat, von wo man Rundbriefe verlesen wird, abgesegnet von höchster Stelle. Mit Hilfe ihrer treuen im Chor blökenden Schafe hat die Kirche immer einen Freibrief, gleichgültig was sie tut oder unterlässt. Genau das ist das Faszinierende an allen Weltreligionen. Der stetige Kampf gegen andere schweißt zusammen. Und das Millionenheer der Gläubigen stellt nichts in Frage, was von oben kommt und durch die Unfehlbarkeit seines höchsten Dieners mit der allerhöchsten Instanz abgesegnet worden ist. Außerdem würden sie sich, wenn sie es denn täten, selbst in Frage stellen, ihren Glauben und ihr Seelenheil. Und, was noch wichtiger ist: ihre Hoffnung auf das Paradies, auf ein Leben nach dem Tod. Glaube ohne Hoffnung gibt es nicht."

Alfons hatte mit seinen Argumenten Recht. Als Mahner würde ihm niemand zuhören. Und dann auch noch ausgerechnet er, selbst Priester und damit in den Augen aller ein Nestbeschmutzer. Aber so ganz ungenutzt würde er auch nicht seine Quellen ruhen lassen. Allein schon, weil er es Bonifaz schuldig war, der dafür sogar sein Leben gelassen hatte.

Als Thomas am kommenden Morgen seinen Briefkasten öffnete, bemerkte er sofort den grauen Umschlag. Er war als Einwurfeinschreiben aufgegeben worden, kam aus Italien und der Inhalt ließ sich nicht verbiegen.

Thomas öffnete den Brief, während er die Treppe hinaufging und hielt zwei weitere CDs in der Hand. Er ahnte, von wem sie stammten, welchen Inhalt sie verbargen und setzte sich an seinen PC. Er wurde nicht enttäuscht und hatte nun endgültig sein Puzzle zusammen. Auf zwei CDs die Zahlenkolonnen der Priesterkinder, auf einer anderen die Namen all der Geistlichen, die sie gezeugt hatten und nun die Verbindung von allem. Jedes Kind wurde über einen Code einem Vater zugeordnet. Weltweit mehr als einhunderttausend Schicksale, und exakt 162 Kirchenvertreter aus Eduards „Schatzkammer“ waren daran beteiligt. Aber allem Anschein nach nicht, wie von ihm gehofft und erwartet, ein ehemaliger Papst. Dafür jedoch knapp dreißig noch lebende Kardinäle, darunter zwei aus Deutschland. Thomas’ leiblichen Vater nicht mitgerechnet, denn dafür hatte es im Vatikan nie Beweise gegeben. Und nichts würde sich laut Alfons ändern. Weil man im Vatikan längst alles wusste – die heute erhaltenen Unterlagen stammten von dort – und für jeden Angriff von außen auch schon wohldurchdachte Gegenstrategien in der Schublade hatte.

Aber es war noch mehr in dem Brief. Der Inhalt von drei weiteren CDs in einem separaten Umschlag mit der Aufschrift „Aus meiner Schatzkammer“ lies ihn erschauern. Nicht nur Zahlenreihen und Buchstaben, sondern viele Bilder, die an Deutlichkeit nicht mehr zu überbieten waren und aufzeigten, zu welchen krankhaften sexuellen Praktiken seine Glaubensbrüder überall in der Welt fähig waren. Miteinander, mit Kindern und Jugendlichen beiderlei Geschlechts und mit ganz jungen Kindern.

Es widerstrebte Thomas, allzu tief in die Materie einzusteigen, die Namen und den kirchlichen Stand der Protagonisten zu lesen. Es widerstrebte ihm, weil sein Glaube ins Wanken geriet. Lediglich etwas zu ahnen und zu verdrängen oder als Zeuge zu sehen und damit in die Verantwortung genommen zu werden, bedeutete einen großen Unterschied.

Thomas fragte sich, welche Intention dahinter steckte, ausgerechnet ihm all dies zukommen zu lassen. Sozusagen von einem Kollegen zum anderen, unter Glaubensbrüdern.

Dass der Absender sein Gewissen erleichtern wollte, daran glaubte Thomas nicht. Eher an die Absicht, ihn zum Mitwisser zu machen mit der stillschweigenden Aufforderung, etwas dagegen zu unternehmen. Denn zwei Schultern ... Seiner Einschätzung nach spielte auch der Sicherheitsaspekt eine Rolle, weil es nun mindestens zwei Versionen der schrecklichen Verfehlungen gab. Hoffte sein Informant, Thomas hätte eine weitere Anlaufstelle, die er bedienen könne? Dachte er dabei etwa an den Ring? War diese Briefsendung womöglich als Abschiedsgeschenk gedacht an diejenigen, die der Absender bisher vehement bekämpft hatte? Um dadurch das Gleiche zu tun wie Bonifaz, sich zu rächen?

Eines wusste Thomas mit ganzer Klarheit: In diesem Fall würde er sich nicht involvieren und einspannen lassen, um die Interessen eines anderen zu befriedigen.

Thomas schaltete den PC aus, ließ sich auf das Sofa fallen, verschränkte die Arme hinter dem Kopf, legte die Füße hoch und starrte zur Decke. Ich habe alles und habe nichts. Ich könnte, wenn ich wollte, an die Öffentlichkeit gehen. Will ich überhaupt? Bin ich der Moralapostel für die gesamte Kirche, der sich anmaßen darf, über andere zu richten? Bin ich ohne Fehl und Tadel?

Das war er sicherlich nicht, schon seit einigen Wochen nicht mehr. Seine Denkweise hatte sich geändert, und auch sein Blickwinkel. Rache kannte er nun nicht mehr nur als Wort, sondern als wohligen Schauer, der den ganzen Körper erfassen konnte. Das Recht auf körperliche Unversehrtheit gestand er ausschließlich denjenigen zu, die es selbst beachteten. Die Lüge war für ihn seit geraumer Zeit der nicht immer erfolgreiche Versuch, der Wahrheit nahe zu kommen. Und um gewisse Dinge in Erfahrung zu bringen, benötigte er noch nicht einmal diese Nähe. Strategie und Durchtriebenheit empfand er nicht als Abkehr vom geraden Weg, sondern sie entpuppten sich in seinem Fall nicht nur außerhalb der Kirche als der schnellere und effektivere Weg zum Ziel. Und mit einem nassen Handtuch konnte man sehr wirkungsvoll drohen, noch wirkungsvoller zuschlagen und sich schon mal ärgern, weil ein Zeuge gerade diese Absicht und damit den wohligen Schauer verhinderte. Wangen, da war er sich absolut sicher, würde er auch keine mehr hinhalten.

Sein Blick wanderte durch die Decke, durch alle Decken des Gebäudes in den wolkenverhangenen Aprilhimmel, zu den Sternen und noch etwas weiter bis in die Unendlichkeit. Er hätte gar nicht so weit zu gehen brauchen, um seine eigene Unzulänglichkeit zu erkennen. Und von so weit draußen durfte er in diesem Fall auch keine Hilfe und keine Erkenntnis erwarten.

Zuerst muss ich mir selbst helfen, murmelte Thomas vor sich hin und dann immer wieder: Ich muss mir selbst helfen. Er fand sich wieder in seiner vertrauten Umgebung ein, warf einen Blick auf die CDs, schob sie von sich weg, als wäre deren Zeit noch nicht gekommen. Genauer gesagt der richtige Zeitpunkt, seine Dokumente anderen anonym zukommen zu lassen und abzuwarten, was sich daraus entwickeln würde. Zu beobachten, wie seine Saat aufging. Auch ein neuer Blickwinkel.

Thomas stand auf und wanderte umher. Ich muss mir selbst helfen. Und dazu werde ich in meine Vergangenheit wandern, zurück zu meiner leiblichen Mutter. Ich habe noch so viele Fragen. Warum bringt sich ein Mädchen mit knapp achtzehn Jahren um? Es gibt so viele jüngere Mütter, die es nicht tun. Warum meine Mutter? Und dann auch noch vier Monate, nachdem ich geboren worden bin? Konnte sie es nicht ertragen, ihr eigenes Kind bei fremden Leuten zu wissen?

Was hast du empfunden? Was hast du durchgemacht? Wie schwer muss dir die Entscheidung gefallen sein, aus dem Leben zu scheiden, wo du doch noch nicht einmal angefangen hast, richtig zu leben. Und das gleich nach der ersten großen Liebe, wie sein Bischofsonkel es ihm versichert hatte. Dafür lege er seine Hand ins Feuer, schließlich habe er seine Schwester genau gekannt. Hatte er das wirklich?

Thomas hatte sich von Verhoeven einige Fotos ausgeliehen und schaute sie sich immer wieder an. Wie schön du bist, wie zart du bist. Und wie unschuldig. Was ist dir widerfahren? Auf seine Fragen erhielt er keine Antwort.

Thomas zeichnete mit dem Zeigefinger die Konturen ihres Körpers nach. Zum ersten Mal berührte er seine Mutter. Und es würde auch für immer die einzige Art bleiben.

Du gehst auf das Gymnasium, bis ein fröhliches Mädchen, bist in der elften Klasse und wirst schwanger. Man schiebt dich ab nach Frankreich, weil du nicht abtreiben willst. Dein Bruder ist auf dem besten Weg, Priester zu werden und der möchte dich auch zu dieser unchristlichen Handlung überreden. Was hat dich bewogen, es nicht zu tun? Bist du die einzige Gläubige in der Familie Verhoeven gewesen und hast zu allem gestanden?

Lange lag Thomas mit offenen Augen im Bett. Er wollte nicht einschlafen, sondern sich mit jedem einzelnen Gedanken befassen, der sich ihm aufdrängte. Und jeder für sich trug dazu bei, den Nebel zu lichten, klarer zu sehen und den vorgezeichneten Weg zu erkennen. Er kam sich mit einem Mal vor wie ein Dirigent, der in der Mitte eines Orchester stehend, sich nur etwas zu drehen brauchte, um andere Instrumente erklingen zu lassen. Er war das Zentrum, um ihn herum spielte die Musik nach seinem Taktstock. Mit dieser naiven Selbstüberschätzung seiner Lage schlief er ein.

Mehr aus Gewohnheit fertigte er am kommenden Morgen auch von den neuen CDs Kopien und deponierte einen Satz davon in seinem Schließfach bei der Sparkasse. Dann packte er das Nötigste zusammen, setzte sich ins Auto und fuhr in Richtung München und weiter zum Tegernsee. Von seinem Onkel hatte er erfahren, wo seine Mutter beerdigt lag, in einem Familiengrab in Schorn. Außerdem könne er sich die Schlüssel beim Nachbarn ausleihen und zum ersten Mal ihr Elternhaus betreten, das er inzwischen geerbt habe, wie Verhoeven meinte. Gleichfalls in Schorn am Tegernsee in der Ganghoferstraße.

Mit jedem Kilometer, den er sich von Trier entfernte, spürte er, im Gegensatz zu gestern Abend, mehr und mehr seine Zweifel und seine Unsicherheit. Fünf Stunden Zeit blieben ihm, sein Vorhaben zu überdenken. Auf der einen Seite fühlte er sich magisch in Richtung Tegernsee hingezogen, auf der anderen hatte er Angst davor, etwas zu entdecken, was sein noch frisches, positives Bild von seiner Mutter zerstören könnte. Was erwartete er in Schorn auf der Suche nach der Vergangenheit? Welches Bild sehe er anschließend, wenn er das Umfeld seiner Mutter kennengelernt, vielleicht sogar mit ehemaligen Bekannten und Freunden gesprochen hatte? War sie wirklich als Mädchen so unschuldig und zart gewesen, wie er sie sich vorstellte und sein Onkel Verhoeven sie beschrieben hatte?

Thomas bemerkte das Familiengrab der Verhoevens schon aus einiger Entfernung. Es war größer, überladener und auffälliger gestaltet als die anderen, mit einem Dach aus Granit über der Kopfseite und einem umlaufenden schmiedeeisernen Geländer mit einer kleinen Tür. Thomas ging hindurch, nahm die mitgebrachte Kerze, zündete sie an und stellte sie in das wetterfeste Gefäß. Andächtig legte er einen Strauß roter Rosen auf die Grabplatte. Er faltete seine Hände und las die Grabinschrift.

Thessa Mathilde Verhoeven. Geboren am 15. Februar 1956, verstorben am 4. Oktober 1973. Darunter standen die Namen ihrer Eltern, die in den Neunziger Jahren verstorben waren. Thomas konzentrierte sich auf Thessa, hatte die Fotos vor Augen, die in seiner Fantasie Gestalt annahmen. Er sah sie lachen, herumtoben, sich mit Jungen unterhalten, mit ihnen flirten, auf Partys gehen, aber nur bis zweiundzwanzig Uhr. Und er sah sie ihre Beine spreizen, die verzerrten Gesichtszüge, ihre Erregung, wie sie den jungen Mann umklammerte und verliebte Worte stammelte. Schließlich sah er sich selbst als Kleinkind. Thessa abseits stehend mit traurigen Augen auf ihn schauend, sie hatte das Binsenboot seines Traumes nicht angehalten, denn eine andere Frau kümmerte sich um ihn.

Thomas wusste nicht, wie lange er vor dem Grab gestanden hatte, als jemand zu ihm trat und sagte, der Friedhof werde bald geschlossen.

Er sammelte sich, zwinkerte mit den Augen, in denen er ein Brennen verspürte, fuhr in die Ganghoferstraße und meldete sich bei einem Nachbarn. Der war zwischenzeitlich von Bischof Verhoeven angerufen worden und händigte Thomas die Hausschlüssel aus.

Thomas betrat das große, gleich am See liegende Haus seiner Großeltern und machte Licht. Wie auf einer Entdeckungstour schaute er in alle Zimmer, bis er schließlich das seiner Mutter gefunden hatte. Er legte den Mantel ab und setzte sich. Mit seinen Augen war er auf der Suche, dem Zimmer Geheimnisse zu entlocken und einige der vielen Fragen beantwortet zu bekommen. Alles schien unverändert zu sein, als wäre nach mehr als dreißig Jahren zum ersten Mal von ihm die Tür geöffnet worden. Hatten Thessas Eltern bewusst die Erinnerung bewahren wollen? Als sei die Tat nicht geschehen, als könnte ihre Tochter jeden Augenblick wieder zurückkommen?

Er betrachtete den Schreibtisch, ihr Bett, den zierlichen Nachttisch und die Bilder an den Wänden, die dort seit Jahrzehnten hingen. Es waren überwiegend Poster von damaligen Sportgrößen, und zwar zu einer Zeit, als in München die Olympischen Spiele stattfanden. War sie etwa sportbegeistert gewesen? Hatte sie selbst Sport getrieben?

Thomas erhob sich und öffnete einzelne Schubladen. Ganz fair kam er sich nicht vor, denn er registrierte auch die kleinen Geheimnisse eines Mädchens. Er bemerkte Klassenarbeitshefte und deren Benotung, alle ausgezeichnet, wie bei Mädchen oft üblich, die gestapelten Schulbücher in einem Regal, in einem anderen Romane von Sissi der Kaiserin, Die gute Erde, Die Frauen des Hauses Wu, Sinuhe der Ägypter und andere Bücher, bei denen es sich nicht nur gut träumen ließ. Schwere, ernste Bücher für eine Siebzehnjährige.

Thessa, hilf mir, ich möchte dich verstehen. Warum hast du mich allein gelassen? Welchen wichtigen Grund hattest du? War es wirklich der Druck deiner Familie? Du, das schwarze Schaf, das Schande über alle gebracht hat? Hat man dir immer wieder deine Verfehlung vorgehalten, dich gemaßregelt?

Thomas, der so oft im Leben Fragen stellte und sich bisher alle Antworten hatte selbst geben müssen, ging nach nebenan in das Bad.

Auch dort schien die Zeit stillzustehen. Sogar die Seife in der Schale kam ihm Jahrzehnte alt vor, genau wie die Handtücher und der hellgrüne Bademantel, der an der Tür hing.

Thomas wollte etwas Wasser trinken. Aber aus der Leitung floss nur eine braune Brühe. Erst nach einigen Minuten wurde das Wasser klarer. Deshalb wusch er sich lediglich das Gesicht.

Nachdem er zwei Stunden lang das Haus und den Keller inspiziert hatte, machte sich die lange Autofahrt bemerkbar. Aus einem Schrank nahm er in Zellophan verpacktes Bettzeug, breitete es aus und schlief auf dem Bett seiner Mutter ein. Er konnte es sich nicht erklären, aber Thomas fühlte sich geborgen, wie schon lange nicht mehr.

Kurz nach dem Aufstehen spazierte er hinunter zum See, der nicht durch einen für jedermann zugänglichen Weg vom Haus getrennt war. Grundstücke mit direktem Seezugang waren gesucht. Er ging zu einem Bootssteg und sah dort ein Motorboot liegen, eingehüllt in eine Plane. Den Algen nach, die sich am Rumpf gebildet hatten, lag es schon länger dort. Möglicherweise viele Jahre.

Thomas schaute auf den See, dessen glatte Oberfläche sich irgendwo mit dem Nebel vermischte. Dann wandte er sich zum leicht erhöhten Haus mit dem umlaufenden Balkon. Das rechte Fenster im Obergeschoss war das von Thessas Zimmer.

Er schloss die Augen, versuchte die Zeit zurückzudrehen und sah Thessa als übermütiges Mädchen hinunter zum See laufen. Dahinter ihr Bruder mit gemessenen Schritten, nicht nur wegen des Altersunterschiedes. Thessa kam am Steg an, zog ihre Schuhe aus, setzte sich auf das Holz und ließ ihre Füße im Wasser baumeln.

„Du erkältest dich“, hörte er ihren Bruder sagen. „Es ist doch erst April.“

„Na und?“, antwortete sie kess. Thessa sprang auf, nahm die Schuhe in die Hand und lief zum Bootshaus, dessen Tür sich quietschend öffnete. Thomas folgte ihr in das dunkle Innere, welches man vom See aus mit einem Boot befahren konnte. Drinnen war um die Wasserfläche ein Steg gebaut, und an einer Wand hingen Werkzeuge. Eine Tür stand halb offen, Thomas ging hindurch, bemerkte im angrenzenden Raum einen Tisch, eine Liege und zwei Stühle. In der Ecke ein Kühlschrank und eine Kochplatte, daneben ein schmaler Schrank und darüber ein Kruzifix.

Sein Blick wurde magisch von der Liege angezogen. Ist es dort passiert, fragte er sich. Im Haus wohl kaum, da wird immer jemand gewesen sein. Aber hier unten am See, abends oder noch besser mitten in der Nacht, wenn alle schliefen und niemand es vermutete?

Eine Weile verharrte Thomas unschlüssig, schließlich ging er hinaus an die frische Luft. Langsam umrundete er das Wohnhaus und besah es sich von der Vorderseite. Ein stattlicher Besitz, zur Straße hin abgeschottet durch eine mindestens zwei Meter hohe Mauer und ein schmiedeeisernes Tor mit Blechen an der Innenseite, damit man nicht hindurchblicken konnte.

Und nun soll das alles, wie sein Onkel, Bischof Verhoeven, gesagt hatte, ihm gehören? Dazu auch noch Geld auf der Bank, Aktien und ein weiterer Grundbesitz? Angeblich war er doch das leibliche Kind seiner Adoptiveltern. Wie hatte er das mit dem Erbe eingefädelt? Etwa durch eine nachträgliche DNS-Analyse? Wie aber war man dann an Thessas DNS gekommen, da es diese Art der Untersuchung erst seit 1988 in Deutschland gab? Wurde sie überhaupt gemacht?

Thomas hörte auf zu spekulieren und packte seine Sachen zusammen. Ein letzter Blick in die Runde, ob er womöglich etwas übersehen hatte, erneut in einige Schubladen geschaut, in die Kleiderschränke, dann eilte er hinaus und verschloss das Haus. Den Schlüssel deponierte er wieder beim Nachbarn.

Während er um den Tegernsee in Richtung München fuhr, kam ihm die spontane Idee, noch einmal bei Mechthild, Bonifaz' Schwester, vorbeizuschauen. Der Umweg war zu verkraften.

Gegen Mittag kam Thomas in Tegernheim an. Ihm fiel erst jetzt die Namensgleichheit zum Tegernsee auf, er machte sich aber weiter keine Gedanken darüber. Mechthild hatte für sich nur eine Suppe gekocht, ob er damit zufrieden sei. Thomas meinte, das genüge ihm allemal.

Sie sprachen das Tischgebet und aßen stumm. Ihm kam es vor, als wolle sie vermeiden, über ihren Bruder zu sprechen. Nach dem Essen gingen sie gemeinsam zum Friedhof. Ein Berg voller Kränze, unzählige Blumensträuße und Buketts, die allmählich verdorrten. Thomas betete und schloss dabei die Augen. Er sah sich im Vatikan hinter Bonifaz herlaufen. Fragmente des ersten Gespräches gingen ihm durch den Kopf. Die Stange, die ihn durchbohrt hatte, Bonifaz im Sterben. Thomas schluckte und bekreuzigte sich.

„Wie ist es Ihnen inzwischen ergangen", fragte Mechthild.

Thomas bezog die Frage auf sich persönlich und nicht auf die Umstände, die er in Frankreich kennengelernt hatte. „Ich habe einiges in Erfahrung bringen können."

„Was zum Beispiel", wollte sie wissen, aber Thomas wiegelte ab. Sollte er ihr erzählen, dass eine andere seine Mutter war? Das würde Bonifaz' Schwester wohl auch nicht sonderlich interessieren.

„Eduard hat mich immer über alles unterrichtet", betonte Mechthild, als hätte sie ein Recht, von Thomas auch private Dinge zu erfahren.

Auf dem Rückweg zum Haus nahm er ihr die Gießkanne ab. Thomas war mit seinen Gedanken beschäftigt und Mechthild erkannte, wie es in seinem Gesicht arbeitete. Schweigend legten sie den Weg zurück.

„Jetzt einen guten Kaffee?"

Ohne eine Antwort abzuwarten, verschwand sie in der Küche.

Der Kaffee stand vor ihnen, sie reichte ihm eine Schale mit Keksen.

„Ich bin zwar einige Jahre älter als mein Bruder, aber ich war nicht nur seine größere Schwester, sondern auch sein Beichtvater, falls es so etwas überhaupt für eine Frau gibt. Eduard war sehr introvertiert und hat sich fast ausschließlich mir anvertraut."

Die Art, wie Mechthild über ihren Bruder sprach, ließ Thomas erkennen, dass sie immer noch trauerte und ihn sehr geliebt haben musste.

„Eduard war so aufrichtig und gradlinig, so zuverlässig und ehrlich. Das findet man heute gar nicht mehr. Damals auch schon nicht", fügte sie hinzu, als sei es eine bessere Zeit gewesen, und trank etwas Kaffee. Sie stand auf und kam, wie bei seinem ersten Besuch, nun jedoch mit anderen Fotos zurück, die sie auf dem Tisch verteilte.

„Hier, der Lausbub. Fünf oder sechs war er da."

Eduard hatte eine Lederhose an und grinste frech in die Kamera. Sie zeigte weitere Fotos aus seiner Schulzeit und dem Studium. Und bei einem erkannte Thomas sofort das Haus im Hintergrund: Es war Thessas Elternhaus am Tegernsee. Auf einem anderen Foto war Thessa mit drei jungen Männern abgebildet, während sie die Olympischen Spiele in München besuchten. Sie standen im Stadion und schauten auf die Wettkämpfer.

„Unterschiedlicher hätten die Drei nicht sein können, und trotzdem haben sie sich so gut verstanden. Adrian aus reichem

Hause, verwöhnt, er konnte sich alles leisten, mein Bruder aus armem Hause, der sich überhaupt nichts leisten konnte und dann Paul, der Ehrgeizigste von allen. Auch aus ärmlichen Verhältnissen stammend, musste er immer der Beste sein, und er war es auch durch seinen immensen Einsatz. Das beste Abitur, das beste Examen, mit dem Preis des Ministeriums ausgezeichnet, und der beste auf dem Priesterseminar. Heute hat er ja auch von allen die höchste Position. Eduard wollte immer nur Gottes Diener sein, Adrian ist Bischof geworden und Paul Kardinal, was er sich schon in seiner Jugend gewünscht hat. Ich erinnere mich, wie Paul einmal gesagt hat: Es genügt nicht, wenn du betest, du musst auch eine so hohe Position haben, dass deine Gebete näher zu Gott kommen. Dann hört er dich besser."

Thomas schob die Bilder auf dem Tisch hin und her, als müsse er eine bestimmte Reihenfolge herstellen.

„Sie sind nervös, Pfarrer Simmerling", sagte Mechthild. „Aber nicht nur das. Wenn ich mir Sie so anschaue, dann spüre ich bei Ihnen eine innerliche Zerrissenheit. Sie sind sich mit sich selbst nicht einig."

Thomas lachte, denn genau das traf zu. „Ja, Sie haben recht", gestand er.

„Haben Sie Probleme?"

Thomas antwortete nicht.

„Waren Sie zu Hause bei Ihrer Mutter. Geht es ihr nicht gut?"

Thomas schaute Mechthild von der Seite an. Wieso kam sie auf seine Mutter zu sprechen?

„Wenn ich mich erinnere, dann ist sie ja auch schon Mitte siebzig, nicht wahr?"

„Ja, Mitte siebzig. Aber immer noch gesund und rüstig."

Thomas spürte, dass Mechthild ihm mehr und mehr versteckte Hinweise gab, die er jedoch nicht verstand. Als sollte er etwas zu ihr sagen, auf das sie wartete.

„Thomas", sprach sie ihn mit Vornamen an. „Eduard hat wirklich alles mit mir besprochen. Einiges musste er auch nicht besprechen, weil ich es sowieso mitbekommen habe. Vor einigen Jahren hat Eduard mir einen Brief gegeben. Und zwar an Sie persönlich. Aber ich darf diesen Brief nur aushändigen, wenn Sie mir etwas Bestimmtes sagen."

Thomas stutzte und schaute die ältere Dame von der Seite an. Ihr Gesicht war ernst, als warte sie auf die erlösenden Worte.

„Etwas ... Bestimmtes?"

„Ja."

„Was ..., was soll das denn sein?"

Sie legte eine Hand auf seinen Unterarm. „Ein Datum, etwas Familiäres, was sich ereignet hat, eine neue Erkenntnis, die sie gewonnen haben, oder ganz einfach eine neue Nachricht, mit der Sie nie gerechnet hatten."

Thomas glaubte nun zu verstehen, auf was sie hinaus wollte.

„Ein Datum?"

Sie nickte.

„Etwa schon älter?"

Sie nickte erneut.

„Vielleicht der 4. Oktober 1973?"

Mechthild schlug die Hände vors Gesicht, ihr Oberkörper zuckte. Sie schluchzte.

„Was war an diesem Tag?", wollte sie von ihm wissen.

„Da ist ein junges Mädchen gestorben."

„Und wer."

„Meine Mutter", schrie Thomas und sprang auf. Die Kaffeetassen kippten um, sein Stuhl fiel nach hinten. Er drehte sich zum Fenster und fuhr sich mit den Händen durch das Haar. „Meine Mutter ist gestorben. Sie hat sich umgebracht." Er atmete mehrfach tief durch und beruhigte sich allmählich wieder.

„Ich weiß", hörte er sie sagen. „Nach Eduards Tod ist es das Schlimmste, was mir widerfahren ist. Obwohl ich sie nur einige wenige Male gesehen habe. Wir haben damals nicht weit entfernt von den Verhoevens gewohnt. Ich konnte es dort nicht mehr aushalten und bin weggezogen."

Thomas wandte sich ihr zu. „Vor einigen Jahren hat Bonifaz einen Brief an mich geschrieben?"

Sie bestätigte das. „Vor drei oder vier Jahren."

„Dann hat er also genau gewusst, wer ich bin und wo ich bin und was ich tue.“

„Ja. Er und Adrian wussten alles. Paul, der Dritte im Bunde, wusste nichts. Der war mit Bedeutenderem beschäftigt, und zwar mit sich selbst. Und sie haben ihm auch nie etwas gesagt. Es blieb immer ein Geheimnis zwischen den beiden und mir.“

„Aber den Brief dürfen Sie mir nur aushändigen, wenn ich gewisse … Vorkenntnisse …“

Mechthild lächelte. „Entschuldigen Sie bitte, Thomas, aber Eduard war in solchen Dingen ausgesprochen eigen. Und ich bin es auch.“

Sie stand auf und ging in einen anderen Raum. Da die Tür offen stand, konnte Thomas hören, wie sie Zahlen vor sich hinmurmelte. Ein Safe, wunderte er sich?

Sie kam mit einem dicken Briefumschlag im Format DIN A4 zurück. „Ich weiß was drin ist“, sagte sie. „Ich möchte Sie bitten, fahren Sie nach Hause, lesen Sie dort und schauen Sie sich alles an. Sie werden viel Ruhe und viel Zeit benötigen.

Thomas nahm den Brief und drehte ihn unschlüssig in seinen Fingern.

„Bitte lesen Sie ihn zu Hause.“

Es schien, als hätte Benelli sich inzwischen die unterwürfige Haltung von Patabendi angeeignet. Er, der sich ansonsten hochaufgerichtet und stolz und voller Spannung fortbewegte, ging nun langsam, mit gesenktem Kopf und eingefallen neben Patabendi und hatte sogar die Hände in den Ärmeln seiner Soutane versteckt. Benelli trauerte um seinen Bruder Umberto. Dessen Tod hatte ihn zur Erkenntnis gebracht, dass es kein Mittel gab, eine verwundete Seele zu heilen. Auch nicht seine eigene, denn tief im Innern spürte er neben der Trauer seine Verletztheit und Scham, die er über Jahre vergeblich selbst zu therapieren versucht hatte. Und was ihn am meisten erstaunte war der Umstand, dass er trotz seiner aufopferungsvollen Tätigkeit als Diener Gottes von diesem keine Hilfe und Gegenleistung erwarten durfte. Legte Gott denn bei ihm keinen Wert darauf, seine Seele zu retten? Genauso wenig, wie bei Umberto? Dann hat ja all mein Dienen nichts genützt, sagte er sich. Und für eine einseitige Beziehung bin ich vielleicht doch nicht der Richtige.

Patabendi, der Sekretär der 1. Kongregation, stoppte vor einer Tür, der Griff war so hoch angebracht, damit man ohne sich zu bücken durch das Schlüsselloch schauen konnte, öffnete sie und ließ Benelli den Vortritt. Der bedankte sich mit einem leichten Kopfnicken, trat ein und nahm gegenüber einem bereits wartenden, hochrangigen Geistlichen Platz. Patabendi setzte sich an das Kopfende des Tisches.

„Kardinal Fereira ist so freundlich, sich an unserer Unterhaltung zu beteiligen", eröffnete Patabendi das Gespräch und kam gleich zum Thema. „In den vergangenen Tagen hat es viel Kritik gegeben. Wie konnte es nur zu dieser unsäglichen Fernsehsendung kommen? Aus welchen Quellen hat wohl diese Dame ihre Informationen bezogen?"

Obwohl Patabendi vor sich auf den Tisch schaute, fühlte sich Benelli angesprochen. Der redete sich damit heraus, dass es wohl dieser Ring gewesen sein müsse, von denen es scheinbar noch einige Unerkannte im Vatikan gebe.

„Gibt es diesen Ring tatsächlich", fragte Fereira, „oder ist er ein Gespinst, welches immer zu bestimmten Zeiten für bestimmte Vorfälle herhalten muss, um unangenehme Dinge zu erklären? Einen Schuldigen vorweisen zu können?"

Benelli versicherte, es gebe ihn und kam auf den verstorbenen Ordenspriester Bonifaz zu sprechen, der ein Mitglied gewesen sei und unsäglich viel Material gesammelt habe.

„Es ist mir gelungen, an diese Quelle heranzukommen. In den Händen des Rings oder eines Dritten hätte daraus ein irreparabler Schaden entstehen können."

Patabendi und Fereira gingen nicht näher auf diese Feststellung ein. Allerdings wusste Benelli einiges über diesen sich sehr weltlich gebenden Kardinal, das meiste stammte ausgerechnet von Bonifaz, was er Gott sei Dank auf seinen Datenträgern gespeichert hatte. Er verbiss sich eine Bemerkung, um etwas an Fereiras Überheblichkeit zu kratzen. Zu gegebener Zeit würde er …

„Unsere Kollegen haben genau richtig gehandelt, als sie während der Sendung aufgestanden und hinausgegangen sind“, schaltete sich Patabendi ein. „Monsignore“, wandte er sich nun direkt an Benelli, „welche Hintergrundinformationen sind Ihnen über diesen unsäglichen Vorfall bekannt?“

Benelli, der mit sich und seiner Abteilung glänzen wollte, informierte die beiden Hochwürden über alle Fakten und schloss mit den Worten: „Durch unsere internen Auflistungen und mit Hilfe des ausländischen Servers können wir einwandfrei nachweisen, dass insgesamt neunzehn Teilnehmer des Kongresses daran beteiligt waren. Und was das Verwerfliche ist, sie haben auch Dateien aufgerufen, welche die schlimmen Vorfälle in unserem eigenen Jungeninternat St. Antonius zeigen. Sie erinnern sich, Herr Erzbischof, wir haben die Insassen verlegen und das Lehrpersonal …“

Patabendi machte eine leichte Handbewegung, und Benelli hörte mitten im Satz auf zu sprechen. Es blieb einige Sekunden still im Raum. Patabendi betrachtete die Tischoberfläche, Fereira schaute aus dem Fenster, als ginge ihn das alles nichts an. Benelli, der seine Augen von einem zum anderen wandern ließ, um irgendwelche Reaktionen feststellen zu können, besah sich, weil diese ausblieben, die Wandmalereien. Ein Ritter auf einem Pferd rammte seine Lanze in den Leib eines feuerspeienden Drachens. Bin ich der Ritter oder der Drache, fragte sich Benelli.

Patabendi seufzte und konzentrierte sich mit seinen Augen auf die wie zum Gebet gefalteten Hände. „Wir gehen davon aus, dass Sie alles sicher in Ihrem Büro verwahren?“

„Absolut sicher“, bestätigte Benelli. „In meinem Safe. Niemand außer mir hat Zugriff.“

„Gibt es Kopien?“, fragte Patabendi.

Benelli verneinte.

Fereira warf Patabendi einen Blick zu, als verständigten sie sich stumm. Und der Sekretär der 1. Kongregation begann anschließend mit gesenktem Kopf zu sprechen, als könne ihn der Augenkontakt mit Benelli aus dem Konzept bringen.

„Ich möchte Sie nicht im Unklaren lassen, Monsignore, dass wir uns mit dem Fernsehsender arrangiert haben, um die Angelegenheit außergerichtlich und ohne weiteres öffentliches Aufsehen zu bereinigen. Wir haben nicht nur mit dieser Dame gesprochen, sondern auch mit ihrem Vater, der in unserem Auftrag über einige seiner Firmen schon seit Jahren für die Kurie tätig ist. Vater wie auch Tochter waren, lassen Sie es mich einmal so ausdrücken, sehr gesprächsbereit."

Benelli, der ahnte, auf was alles hinauslaufen könnte, starrte seinen Vorgesetzten erstaunt an. „Aber die Beweise sind unwiderlegbar", wagte er zu protestieren. „Ich habe doch genau so gehandelt, wie mit Ihnen besprochen."

Ohne ihn anzuschauen, korrigierte Patabendi Benelli mit eisiger Stimme: „Ich habe leider erst durch diese Fernsehsendung davon erfahren. Vorab informiert zu werden, das hätte ich mir gewünscht."

Benelli wagte einen letzten Versuch und wiederholte. „Die Beweise sind unwiderlegbar."

„Nichts ist unwiderlegbar", wurde er in ungeahnter Form von seinem Vorgesetzten zurechtgewiesen. „Bitte, Kardinal Fereira", gab dieser das Wort weiter.

Der setzte sich zurecht und fixierte Benelli. Seiner Körpersprache nach kam er wenige Augenblicke später zu dem Ergebnis, es beim Monsignore nicht mit einem gleichwertigen Gegner zu tun zu haben. „Abgesehen davon, dass auch ich an dieser Konferenz teilgenommen habe und ein potentieller Verdächtiger wäre, falls es sich denn so, wie behauptet, zugetragen hätte, muss ich Ihnen mitteilen, dass wir anlässlich dieser Tagung reihum immer die Plätze getauscht haben. Das bedeutet, die Notebooks, die fest am Platz installiert waren, hatten verschiedene und mehrere Nutzer. Verstehen Sie, was ich damit sagen will?"

Benelli nickte, er verstand nur zu gut.

„Somit gibt es keine neunzehn Kollegen, sondern wenn, dann wären alle Teilnehmer der Tagung in diese unsäglichen Geschehen verwickelt. Sie verstehen, auch das, Monsignore?"

„Ja."

„Dann können Sie sich auch ausrechnen, was das bedeuten würde, falls es so, wie in der Fernsehsendung dargestellt, gewesen wäre."

Benelli wagte zu fragen: „Wie hat es sich denn tatsächlich zugetragen?"

Patabendi und Fereira lächelten gleichzeitig.

„Wir, ich meine der Vatikan", begann nun Patabendi mit ungewohnt freundlicher Stimme, „sind Hackern auf den Leim gegangen. Diese haben sich der Internetadressen der Kirche bedient und diese verwerflichen Seiten aufgerufen." Patabendi bekreuzigte sich. „Ein Mittelsmann hat sich mit der Dame des Senders in Verbindung gesetzt und seine Informationen zum Kauf angeboten. Die Dame hat sich blenden lassen, weil der Vermittler den Anschein erweckte, als sei er selbst Geistlicher, wodurch natürlich für sie kein Zweifel an dessen Glaubwürdigkeit bestand. Aber diese Dame ging für ihre Art sehr weitsichtig vor und hat die gesamte Unterhaltung aufgenommen. Außerdem ist das Treffen auch noch gefilmt worden. Wir selbst haben uns von diesen Aufzeichnungen überzeugen können, es gibt sie tatsächlich."

Benelli sank mehr und mehr auf seinem Stuhl zusammen, so dass er noch eingefallener wirkte, als Patabendi. Er fühlte sich nicht im Vatikan, sondern in ein Seminar des verstorbenen Kardinals Marcinkus mit dem Thema „Strategisches Intrigieren" und „Die Kunst der Desinformation" versetzt. Was ihm hier und in diesem Augenblick geboten wurde, war die allerhöchste Schule des Taktierens, im Vatikan im Verlaufe der Jahrhunderte perfektioniert, und er sollte das Opfer sein.

„Wie Sie, Monsignore, sich denken können", sprach Patabendi weiter, „war der Sender einsichtig, als wir mit einer Klage gedroht haben. Und der Vater war sehr über seine Tochter erleichtert, weil sie alles eingesehen und Reue gezeigt hat. Wir sehen deshalb keinen Grund, den Vater für die Sünde der Tochter büßen zu lassen."

„Wie darf ich das alles verstehen?", fragte Benelli leise. Er war unfähig, einen klaren Gedanken zu fassen.

Als hätten sie sich dramaturgisch abgesprochen, ergriff nun der Kardinal das Wort. „Wir haben uns darauf geeinigt, dass es einen Widerruf gibt, und zwar gleichfalls zur besten Sendezeit. Die Dame wird sich öffentlich entschuldigen, sie wird die Tonbandaufzeichnungen mit diesem vermeintlichen geistlichen Vermittler zum Teil vorspielen, sie wird auch die Aufnahmen zeigen, und dann erklären, dass sie einem Betrüger aufgesessen sei. Wir wollten nicht so weit gehen, dass sie die volle Sünde zugibt, indem sie gestanden hätte, sie selbst sei die Auftraggeberin der Hacker gewesen. Ihr Sender soll auf Dauer keinen allzu großen Schaden davontragen. Außerdem wird der Sender eine nicht unerhebliche Spende als Wiedergutmachung leisten. Wir denken da an ein neues Internat für ... Waisenkinder, die wahren Kinder Gottes."

Auf Benelli prasselte all dies in einer Art ein, als ließe jemand von der Decke spitze Dolche auf ihn herunterregnen. Wiederholt zuckte er wie unter Schmerzen zusammen. Bezüglich der Aufzeichnungen brauchte er sich keine Sorgen zu machen: Francesca würde Bild und Ton so zusammenschneiden lassen, dass für den Zuschauer genau das herauskam, was Sender und Vatikan besprochen hatten. Und er, Marco Benelli, würde darin die Hauptrolle spielen. Allerdings aus verständlichen Gründen so verschwommen und entstellt, dass niemand ihn erkennen würde. Ansonsten wäre er ja ein gefragter Kandidat in anderen Sendeanstalten. Und das wiederum schien zu gefährlich zu sein.

„Für Sie, Monsignore, haben wir uns auch etwas überlegt", sprach Fereira weiter. „Die letzten Wochen müssen schlimm für Sie gewesen sein. Wir denken, eine längere Einkehr wird Ihnen guttun. Inzwischen ...", Fereira schaute auf seine Uhr, „... inzwischen dürfte sich bereits Ihr Nachfolger in Ihrem Büro einen Überblick verschafft haben. Was wir noch benötigen, ist die Kombination des Safes."

Spät am Freitagabend kam Thomas in seiner Wohnung an. Kein Stau war ihm auf der Rückreise von Regensburg erspart geblieben. Und dabei hatte er mit zunehmender Fahrtdauer gemerkt, wie nervös und kribbelig er geworden war. Er hatte genügend Zeit, sich darüber Gedanken zu machen, was in dem Umschlag sein könnte. Alles von Bonifaz für ihn zusammengestellt, und das bereits vor längerer Zeit.

Er setzte sich in einen Sessel und öffnete den dicken Brief. Heraus kamen einige handgeschriebene Seiten, eine Filmrolle, ein Plastikbeutel mit einigen Haaren und ein Tagebuch, welches abgeschlossen war. Thomas kippte den Umschlag, aber es fiel kein Schlüssel heraus. Er begann zu lesen.

Lieber Thomas.

Diesen Brief habe ich im am 4. Oktober 2003 geschrieben. Du kennst das Datum genau. Deine Mutter ist vor dreißig Jahren verstorben. Und wenn ich dir nicht wie geplant persönlich diesen Brief überreiche, dann bin ich tot. Aber meine Schwester ist eine sehr gute Verbündete und außerdem ungemein verschwiegen.

Mir ist nicht wohl bei dem Gedanken, dass du praktisch eine Art Prüfung ablegen musstest, um dadurch erst in den Besitz dieses Briefes zu gelangen. Und wenn du nun die Zeilen liest, wirst du vielleicht einiges erlebt haben. Ich konnte Adrian davon überzeugen, dass es eine gute Idee sein wird, dich irgendwann in Rom über Paulus, einen der Schutzpatrone von Trier, recherchieren zu lassen. Über meine wahre Absicht werde ich Deinen Onkel jedoch nicht aufklären.

Es bleibt dir überlassen, was du mit diesem Brief machst, wie du mit dem Inhalt umgehst. Dein Onkel weiß nichts von diesem Brief und dem, was ich dir nun schreiben werde.

Es waren einmal drei junge Freunde, die gemeinsam studierten und später das Priesterseminar besuchten. Wir verbrachten viel Freizeit miteinander, so auch im Jahre 1972, als wir im Elternhaus deiner Mutter und deines Onkels unsere Ferien verbrachten. Fast täglich fuhren wir nach München zu den Olympischen Spielen, und Thessa war oft dabei.

Thessa liebte ihren Bruder, wie man nur einen Bruder lieben kann. Ich liebte Thessa, wie ein angehender Priester sie lieben darf. Aber für sie war ich lediglich ein guter Freund. Allerdings der beste Freund, dem sie alles anvertraute. Alles. Und zwar mehr als ihrem Bruder, weil sie Angst vor dessen Kritik hatte.

Thessa liebte auch Paul, aber mir war seinerzeit nie so ganz klar, auf welche Art. Die beiden begegneten sich immer sehr zurückhaltend und offensichtlich eher auf einer geistigen Ebene.

Nach unseren Ferien waren wir wieder von Herbst 1972 an im Seminar. Gut zwei Monate später, am zweiten Weihnachtstag, rief mich Thessa an und teilte mir mit, sie sei schwanger. Außer mir wisse das noch niemand. Ich habe mich mit ihr getroffen und wollte erfahren, wer der Vater sei. Sie hat es mir nicht gesagt. Im Gegenteil: Sie hat mir das Versprechen abgenötigt, wenn ich jemals erfahren sollte, wer der Vater sei, ich dürfe es niemandem sagen. Erst recht nicht ihrem Bruder Adrian.

Deine Familie war außer sich und man schickte Thessa im Januar nach Paris. Adrian hat sich als Bruder nicht allzu glücklich verhalten. Du bist auf die Welt gekommen, man hat für die Familie Verhoeven eine ausgesprochen elegante Lösung gefunden, Thessa ging wieder hier zur Schule, aber es war nicht mehr Thessa. Jedes Mal, wenn ich sie sah, ist von ihr ein Stück gestorben. Zwei Tage, bevor sie sich mit dem Jagdgewehr ihres Vaters erschossen hat – auch das versuchte man totzuschweigen, denn es war kein schöner Anblick – kam sie zu mir und hat mir ihr Tagebuch gegeben. Und sie hat mich gebeten, das Tagebuch an ihren Sohn weiterzugeben, wenn ich ihn gefunden habe und es für richtig halte. Einige Seiten hat sie mir gezeigt, bevor sie es verschlossen hat.

Auf meine Frage hin hat sie zugegeben, dass du in dem Tagebuch erfahren wirst, wer dein Vater ist. Ich weiß es inzwischen auch. Aber dein Onkel Adrian vermutet immer noch, es müsse jemand aus Österreich sein, weil Thessa dort im Sommer 1972 eine Woche in einer Jugendherberge verbracht hat. Anfänglich hat er sich bemüht, herauszufinden, wer der Vater sein könnte, aber mit der Zeit war es ihm recht, es nicht zu wissen.

Der Vorfall mit Thessa war später für mich der Anlass, mein Archiv zu erstellen und ihm aus einem ganz bestimmten Grund den Namen Paulus-Papiere zu geben. Du kannst dir nicht vorstellen, wie sehr ich mich deiner Mutter gegenüber verpflichtet gefühlt habe. Sie war ein phantastisches Mädchen. Sie wird immer in mir weiterleben. Die beiliegende Filmrolle haben wir am gleichen Tag gedreht, an dem deine Mutter mir das Tagebuch gegeben hat. Und wenn du mich jetzt fragst, ob ich mir nicht hätte denken können, was sie vorhatte, sie nicht hätte umstimmen können – ich wusste es nicht genau, habe es jedoch vermutet. Und ich habe sie verstanden. Natürlich habe ich Schuld auf mich geladen. Und ich zahle sie zurück, solange ich leben werde. Aber du kannst mir helfen, damit es schneller geht. Benutze dazu die Haare.

Eduard.

Thomas stand auf und holte sich etwas zu trinken. Ein Blick auf die Uhr zeigte ihm, es war bald Mitternacht. Mit dem Glas in der Hand blieb er vor dem Tisch stehen und schaute auf das Tagebuch. Und dann auf den Brief. Ihm wurden jetzt einige Zusammenhänge klar, so auch, wie der Auftrag von Bischof Verhoeven zu bewerten war, nach Rom zu reisen. Man hatte versucht, ihn, Thomas, in die Vergangenheit einzubinden. Und das wiederum ging auf den gerissenen Bonifaz zurück, der damit eine ganz bestimmte Absicht hegte, die sicherlich nach dem Lesen des Tagebuches deutlicher werden würde.

Thomas setzte sich und versuchte, das kleine Schloss mit den Fingern aufzudrehen. Als ihm das nicht gelang, nahm er einen Brieföffner und hebelte es sachte auf, ohne es zu beschädigen. Vorsichtig blätterte er in dem Buch. Das Tagebuch begann am fünfzehnten Geburtstag von Thessa. Mit einer gewissen Scheu las Thomas die Empfindungen eines jungen Mädchens, bezogen auf dic Familie, auf Freundinnen und auf andere Jungen. Der Schule und ihren Mitschülern hatte sie großen Raum eingeräumt, Lehrer wurden erwähnt, einige kritisiert, viele gelobt. Ausgiebig schrieb sie über ihren Bruder, der sich mehr und mehr von ihr entfremde. Er habe nur noch sich und die Kirche im Sinn, gäbe sich so erwachsen und erhaben, als sei er etwas Besseres.

Thessa beschrieb ihre Unterleibsschmerzen kurz vor und während ihrer Periode, war auf einer Party und hatte einen Wildfremden geküsst, weswegen sie sich Vorwürfe machte. So etwas tut man doch nicht. Ausflüge, Begebenheiten, Streit mit der Mutter, ein neues Kleid, ihre Angst vor dem Alleinsein. Sicherlich würde sie nie einen Mann finden. All ihre Freundinnen hätten einen Freund, nur sie nicht.

Sommer 1972. Sie freute sich auf den Besuch ihres Bruders und den seiner Freunde. Eduard kannte sie ja schon lange, aber diesen Paul würde sie nun auch kennen lernen. Oft hätte Adrian von ihm gesprochen und gemeint, er sei der zukünftige große Mann in der Kirche. Er müsse sich nur an ihn hängen, um erfolgreich zu werden.

Mit den drei jungen Männern war sie in Bad Tölz, am anderen Tag hatten sie eine Bootsfahrt auf dem See gemacht. Dabei war Thessa sehr erstaunt gewesen, weil die Jungen mitten auf dem See nackt ins Wasser gesprungen seien.

Plötzlich änderte sich ihre Schrift. Sie war nicht mehr so weich und verlor einige Rundungen.

„Er ist mit mir am See spazieren gegangen. Wir haben von der Religion und der Liebe gesprochen, der Liebe des Herrn. Plötzlich ist er stehen geblieben und sprach von einer ganz anderen Liebe. Er hat mich angeschaut, mich in den Arm genommen und mich geküsst."

Thomas konnte sich vorstellen, wie verwirrt sie gewesen sein musste, von einem angehenden Priester geküsst zu werden. Ein Verhalten, was so gar nicht in Thessas Vorstellung hineinpasste.

„Er hat sich mit mir verabredet. Zuerst wollte ich nicht, aber dann bin ich doch hingegangen. Ich habe mich an den Kuss erinnert, das war so schön. Ich habe gebibbert und mir ist warm geworden. Und ich habe gemerkt, wie ich mich im Unterleib verkrampft habe."

Thomas, der Zeuge von ganz persönlichen Intimitäten wurde, fühlte sich nicht wohl. Vielleicht deswegen, weil es sich um seine Mutter handelte. Auf der anderen Seite jedoch überwog seine Neugier, weil er alles über sie erfahren wollte. Sicherlich nicht ohne Hintergedanken hatte sie Bonifaz beauftragt, später ihrem Sohn dieses Tagebuch auszuhändigen.

Thessas Schrift wurde nun fast unleserlich, als hätte sie voller Erregung und unter Zeitnot geschrieben.

„Er hat mich in der Nacht zum Bootshaus bestellt. Heute habe ich mich nicht gefragt, ob ich gehen dürfe. Er hat mich in den Nebenraum gezerrt und angefangen, mich auszuziehen. Dann zog er sich aus. Er legte mich auf die Liege, küsste mich, streichelte mich, dass mir heiß und kalt wurde. Dann spreizte er meine Beine und ließ ein Kruzifix kreisen. Ich muss dich reinigen, hat er gesagt. Und dann führte er das Kruzifix in meine Scheide. Es war eklig. Jetzt bist du rein, hat er gemeint und sich auf mich gelegt. Und dann ist er in mich eingedrungen. Es tat weh und es war wunderschön. Leider war es viel zu schnell vorbei. Ich dürfe nichts sagen, das sei unser Geheimnis.

In den kommenden beiden Nächten haben wir uns wieder getroffen. Zuerst hat er mich gereinigt, dann ist er in mich eingedrungen. Ich liebe ihn so sehr. Nie hätte ich das gedacht."

Auf den folgenden Seiten beschäftigte sich Thessa immer wieder mit ihrer Liebe. Sie schwärmte und verglorifizierte sie, schließlich die Enttäuschung, weil er bisher noch keinen ihrer Briefe beantwortet habe.

„Ich habe Angst, furchtbare Angst. Meine Periode ist nun schon zum zweiten Mal ausgeblieben. Was soll ich nur machen?"

Thomas las weiter. Kurz vor Neujahr, gleich nach dem Gespräch mit Eduard, habe sich Thessa ihrem Bruder anvertraut. Er sei aufgesprungen, habe geschrien und sie beschimpft. Da habe sie sich vorgenommen, ihm nicht zu sagen, wer der Vater sei. Noch schlimmer sei es mit ihren Eltern gewesen. Sie bringe Schande über die Familie, so etwas Schmutziges sei bei den Verhoevens noch nie vorgekommen.

Nach dem Neujahrstag hatte Thessa nur noch sporadisch kurze Eintragungen gemacht. Eine Seite fiel Thomas besonders auf. Während sie ansonsten immer mit blauer oder schwarzer Tinte schrieben hatte, war diese in Rot verfasst.

„Nie, nie werde ich es wegmachen lassen. Es ist mein Fleisch und Blut. Und ich war rein, als ich es empfangen habe."

Thomas stand auf und stellte sich schräg zum Licht einer starken Lampe. Intensiv betrachtete er die rote Tinte, ihm war ein schlimmer Verdacht gekommen. Thessa hatte die wenigen Worte mit Blut geschrieben, ihrem eigenen Blut.

Die letzte Eintragung war auch in Rot. Sie stammte von dem Tag, als sie Eduard das Tagebuch übergeben wollte.

„Ich habe nur einen Freund, nur Eduard. Und er wird mir versprechen, dieses Tagebuch später meinem Sohn auszuhändigen. Inzwischen ist er fast ein halbes Jahr alt und ich weiß nicht, wo sie ihn hingebracht haben. Ich kann ohne meinen Sohn nicht leben. Ich weiß noch nicht einmal, wie er heißt. Für mich bist du mein Benedikt."

Thomas klappte das Tagebuch zu und schaute es lange an. Er weinte. Tränen liefen ihm über die Wange und tropften auf das Tagebuch. Es würde ähnliche Flecken geben wie diejenigen, die er auf verschiedenen Seiten entdeckt hatte.

Sein trauriges Gefühl war leicht zu erklären, nicht jedoch die Bitterkeit, die in ihm hochstieg. Dabei war es ihm besser ergangen als allen anderen, konnte er doch zwei Mütter vorweisen. Es drängte ihn, so viel wie möglich über Thessa in Erfahrung zu bringen, sie kennen und verstehen zu lernen. Obwohl seit vielen Jahren tot, war sie plötzlich und unerwartet in sein Leben eingedrungen mit einer gefühlsmäßigen Intensität, die ihn verwunderte und faszinierte. Andere hatten von ihr gewusst, sie nie erwähnt und sich darauf verständigt, für immer zu schweigen. Warum eigentlich? Wegen der Schande einer unehelichen Geburt? Der Schande eines Selbstmordes? Dass sich ein Mädchen umgebracht hatte, weil die Erwachsenen kein Verständnis zeigten?

Mehr als fünfunddreißig Jahre waren seitdem vergangen, und keiner hatte den Mut und die Aufrichtigkeit gefunden, ihm von der Tragödie zu berichten. Wäre er nicht zufällig durch die Fotos bei seiner Adoptivmutter misstrauisch geworden, er wüsste es heute noch nicht. Lediglich Bonifaz mit seinem Archiv hatte ihm im Nachhinein einen Hinweis gegeben, nicht in die Ferne zu schweifen. Aber Thomas war dort nicht fündig geworden. Für ihn gab es nur eine Erklärung: Auch Bonifaz schien möglicherweise nicht darüber informiert gewesen zu sein, dass die Familie Verhoeven bereits kurz nach der Geburt in Frankreich die Weichen für eine Verschleierung gestellt hatte. Durch falsche Eintragungen auf dem Geburtsschein.

Er ging zu Bett und legte das Tagebuch neben sich auf das Kopfkissen. Ihm kam alles so verworren vor. Dabei wollte er im Augenblick nur eins: sich auf seine leibliche Mutter konzentrieren, um ihre Beweggründe und Emotionen nachvollziehen zu können. Warum hat sie ihr Leben weggeworfen?

Nach dem Frühstück besorgte sich Thomas in der Mediothek des Bistums einen Projektor. Wieder zu Hause, legte er den alten Super-8-Film ein und betrachtete sich die bunten Bilder. Thessa, mit ernstem Gesicht und ganz in dunkel gekleidet, spazierte über eine Wiese und hielt das Tagebuch in der Hand. Sie sagte etwas, aber der Film war ohne Ton. Einige Sequenzen später erkannte er den jungen Eduard, wahrscheinlich wurde er von Thessa gefilmt. Er lächelte gequält in die Kamera, als fühle er sich nicht wohl. Wusste er zu diesem Zeitpunkt bereits von ihrem Geheimnis?

Wenig später waren beide zu sehen, eine dritte Person wird sie aufgenommen haben. Thomas vermutete, es war Mechthild gewesen. Eduard nahm Thessa in den Arm, sie war genauso groß wie er, und er redete auf sie ein. Thessa nickte, als wolle sie seine Ratschläge befolgen, und küsste ihn auf die Wange. Dann schauten beide in die Kamera, lächelten artig und winkten, der Film war zu Ende.

Thomas sah sich den Film einige Male an. Anschließend starrte er auf die Leinwand, als könne sie ihm etwas Unbekanntes offenbaren. Das also war seine leibliche Mutter. Im Film halb so alt, wie er heute, schlank, zierlich und zerbrechlich. Aber er als Sohn wies andere Merkmale auf, körperlich war er das genaue Gegenteil. Nur in einem schienen sie sich ähnlich zu sein: Auch Thomas war zerbrechlich, innerlich zerbrechlich.

Er stand auf, rollte die Leinwand zusammen und verstaute sie im Abstellraum. Den Projektor stellte er daneben. Im Leben hatte er bisher viel gelernt, aber niemand hatte ihm eine Anleitung gegeben, wie er sich in solchen Fällen verhalten sollte. Thomas kam sich allein, verlassen und betrogen vor. Betrogen um seine Mutter. Er konnte nachvollziehen, welchen Druck man damals auf sie ausgeübt hatte. Aber dass die eigene Familie mehr um ihren Ruf als um das Wohlergehen der Tochter besorgt war, widersprach jeder christlichen Erziehung. Und du, mein lieber Adrian, murmelte er vor sich hin, bist Priester geworden, bist heute Bischof. Du hast maßgeblich mitgeholfen, dass sich deine Schwester getötet hat. Wie kannst du das mit deinem Gewissen vereinbaren?

Weil Monsignore Benelli nicht auf das Klopfen und die Telefonanrufe reagierte, gab Patabendi dem Sicherheitsbeamten Hubacher den Auftrag, die Zimmertür aufzubrechen. Zögernd betrat der Erzbischof und Sekretär der 1. Kongregation anschließend die Wohnung des Monsignore, als rechnete er mit etwas Unvorhergesehenem. Aber die Wohnung war aufgeräumt, das Geschirr gespült und das Bett gemacht. Zu Patabendis Überraschung lag auf dem Bett fein säuberlich ausgebreitet die Soutane – und daneben auf einer Anrichte alle weiteren Kirchengewänder des Monsignore.

Patabendi trat näher und bemerkte auf der Soutane einen Zettel. Er nahm ihn und las die zwei Worte: In Memoriam.

Patabendi nickte, als hätte er mit etwas Ähnlichem gerechnet und ging schweigend hinaus. Vielleicht, so sagte er sich, ist dies die beste Lösung. Ein wohl für immer verlorener Sohn.

Der Mann, der in die maßgeschneiderte Soutane hineingepasst hätte, lag mehrere tausend Kilometer entfernt in einer riesigen Badewanne. Er war nicht allein. Eine junge Frau kümmerte sich um sein leibliches Wohl. Auf einer Ablage stand eine halbvolle Flasche Champagner, die Badenden lachten und stießen mit ihren Gläsern an. Sie tranken, stellten die Gläser ab, Benelli nahm wieder die Zigarre in den Mund und schloss die Augen. Eine Seelenmassage mochte ja auch schön sein und Vorteile haben, aber sie war nichts im Vergleich zu dem, was ihm Julia angedeihen ließ. So gefühlvoll und voller Liebe. Nicht so egoistisch wie Francesca oder eine ihrer verwöhnten Freundinnen, die nicht nur beim Sex immer zuerst an sich selbst dachten.

Umberto, ich habe den Dienst quittiert, sprach Benelli in Gedanken mit seinem verstorbenen Bruder. Ich habe gekündigt, meinen Arbeitsplatz geräumt, meine Insignien abgegeben für eine neue Verwendung. Sollen sie sich doch einen anderen suchen.

Umberto, du und ich, wir haben es nicht geschafft, uns für alle Zeiten zu betäuben. Während du den Weg ohne Wiederkehr gegangen bist, habe ich, vielleicht weil ich damals auch sechs Jahre älter gewesen bin und meine Seele nicht mehr so zart war wie deine, einen anderen gewählt. Ich frage mich nicht, ob er richtig ist, denn wer kann das schon wissen. Aber er führt mich hoffentlich dahin, wo ich glaube, meine Erfüllung zu finden.

Benelli saugte an der Zigarre und blies den Rauch in die Luft. Wohlwollend schaute er auf den perfekten Körper von Julia, die sich an ihn schmiegte und deren Hände so wunderbar massieren konnten. Fein und zart, hin und her, und manchmal tauchte sie sogar für mehrere Sekunden, damit ihre Hände sich etwas ausruhen konnten.

Schade, Umberto, dass du nicht hier sein kannst, in der Wanne wäre Platz genug. Gerne hätte ich auch diese Freude mit dir geteilt. So wie ich alles mit dir geteilt hätte, was ich habe. Und ich habe einiges, lieber Umberto. Die in Rom haben keine Ahnung. Und wenn doch, sie können nichts dagegen unternehmen. Sie denken immer noch, wenn sie in die Bredouille kommen, dann bräuchten sie sich nur an die höchste Instanz zu wenden, und die werde schon mit Feuer und Schwert alles in ihrem Sinne regulieren. Aber sie hilft ihnen genauso wenig wie dir und mir. Meines Wissens hat er noch nie geholfen. Oder kennst du ein Beispiel, Umberto? Aber was soll ich mich weiter darüber ärgern. Zwischen uns und dem da oben ist eben nur eine Einbahnstraße.

Benelli regte sich, ein leises Stöhnen kam aus seinem Mund, sein Gesicht wurde weicher.

Da hat doch dieser Patabendi gedacht, gemeinsam mit Kardinal Fereira hätten sie den Joker. Ich habe sie in dem Glauben gelassen und ihnen wohl meine größte schauspielerische Leistung aller Zeiten geliefert. Äußerlich ein Häufchen Elend, innerlich bin ich fast geplatzt vor Freude und Wissen um die wahren Hintergründe. Was habe ich sie an der Nase herumgeführt. Stell dir vor, Umberto, sie bestellen mich zu einer Unterredung, während mein Nachfolger schon in meinem Büro die Unterlagen sichtet. Clever gedacht. Die Kombination für den Safe habe ich ihnen freiwillig gegeben. Das hätte sie eigentlich stutzig werden lassen müssen. Oder sahen sie in mir tatsächlich diesen vollkommenen, gottestreuen Kirchendiener? Der jeden seiner Schritte mit der dreifaltigen Obrigkeit abgesprochen hat? Im Gebet die Erleuchtung sucht? Der Demut als Teil seiner Selbst betrachtet? Dass ich nicht lache.

Benellis Stöhnen nahm zu, und er bewegte sich etwas mehr. Sanft streichelte er das nasse Haar von Julia, die gerade wieder völlig außer Atem aufgetaucht war.

Umberto, die haben bis heute noch nicht einmal gemerkt, dass sich zwei der gut gefüllten Konten im Ausland befinden.

Für gewisse Fälle, Notfälle sozusagen, so wie der, der jetzt eingetreten ist. Konten, zu denen ich allein Zugriff habe, und die es mir erlauben, auf immer und ewig zehnmal am Tag in einem teuren Apartment mit einer neu Auserwählten in die Badewanne zu steigen. Und ich kann dir sagen, Umberto, so etwas ist nicht billig. Zweitausend musst du schon jedes Mal hinblättern.

Benelli legte die Zigarre weg und seine Hände suchten und fanden die weichen Brüste seiner Gespielin. Trotz des warmen Wassers spürte er, wie sich Julias Brustwarzen aufrichteten.

Was soll ich sagen, Umberto, die Kombination für den Safe habe ich ihnen also gegeben und jetzt denken sie, alle Unterlagen zu besitzen. Wir aus Chicago sind ja nicht blöd. Und wir hatten einen guten Lehrmeister. Aber uns hat nie einer geholfen, nie einer helfen müssen, immer mussten wir es selbst tun. Und deshalb habe ich auch schon seit längerer Zeit Kopien der wichtigsten Informationen in einem Bankschließfach im Ausland deponiert. Was sie in Rom haben, habe ich auch. Und noch einiges mehr. Nicht zuletzt dank deiner Hilfe. Schließlich hast du mir die Unterlagen aus Kardinal Willards Safe besorgt. Schuldgeständnisse von bisher mehr als vierzig unbekannten amerikanischen Geistlichen allein aus dem Bostoner Raum. Und jetzt, mein lieber Umberto, überlege ich, was ich damit machen soll. Zurückgeben und Reue zeigen – nein, das gefällt mir überhaupt nicht. Was soll ich bereuen? Und vor allem, wofür und vor wem?

Vielleicht werde ich einiges davon verkaufen, wenn der Preis stimmt. Die Medien sind ja so verdammt scharf darauf, den verknöcherten Figuren im Vatikan unter die Soutane zu schauen. Ich muss zugeben, an den deutschen Priester habe ich auch schon gedacht. Irgendwie hat er mir imponiert mit seiner Willensstärke und seinem Glauben, vielleicht sind wir jetzt sogar auf der gleichen Seite. Ein kleines Päckchen mit CDs habe ich ihm schon geschickt. Zusammen mit dem, was er in meinem Koffer gefunden hat, dürfte ihm jetzt alles klar sein. Apropos Koffer: Leider hat der Deutsche auch alle Unterlagen über ein weiteres, gutgefülltes Konto, mein Drittes, mit dem Koffer erhalten. Dieses Geld ist für mich für immer verschwunden. Soll doch der Deutsche damit glücklich werden. Benelli hob eine Hand, deutete den Segen an und sprach: „In nomine patris et filii et spiritus sancti."

„Was hast Du gesagt? Mache ich etwas falsch", meldete sich Julia und schaute ihn von unten an.

„Nein, Darling, alles in Ordnung, du bist perfekt."

Benelli lehnte sich zurück, drückte Julias Kopf nach unten, zog an der Zigarre und warf einen Blick zwischen seine Beine.

Aber am meisten reizt es mich, einiges dem Ring zukommen zu lassen. Inzwischen weiß ich, wen der Deutsche im Kloster San Gimignano nahe Siena getroffen hat. Und glaube mir, der wird schon dafür sorgen, dass nach und nach gewisse Dinge in Umlauf und an die richtigen Adressen kommen. Aber noch bin ich mir nicht so sicher. Eines jedoch weiß ich genau: Sie sollen im Vatikan leiden, sie sollen bluten und sie sollen beten und hoffen und sich fragen, wann denn endlich von oben die lang ersehnte Hilfe kommt. Aber all das wird ihnen nichts nützen. Denn was hat der Herr zu mir im Traum gesagt: Dein ist die Rache, Marco. Nutze sie! Oder so ähnlich.

Du, Umberto, für heute soll es genug sein. Ich bin gerade auf direktem Weg ins Paradies, und das ist viel näher, als die uns immer weismachen wollten. Und es ist auch nicht irgendwo über den Wolken im Weltall hinter den Sternen und noch weiter entfernt, sondern mitten auf der Erde. Tschüss, Umberto, ich bin im Paradiiiiiieeeeees.

Um sich abzulenken, konzentrierte sich Thomas auf das Erstellen der Paulusschrift und fuhr dazu einige Male nach Mainz. Während der Woche traf er sich regelmäßig mit Alfons. Und es waren die Gespräche mit dem ehemaligen Kriminalbeamten, die ihn aufrichteten und verhinderten, dass er sich dem Prozess der gedanklichen Selbstzerfleischung hingab. Inzwischen war Thomas bereits so weit, dass er die Schuld am Tode seiner Mutter bei sich suchte. Wäre er nicht geboren worden, dann ...

„Du machst ja mehr durch als ich vor zehn Jahren", meinte Alfons nach einem Blick in Thomas' Gesicht.

„Fremdgehen, das kannst du wieder gutmachen, das kannst

du verzeihen und vergessen", sinnierte Thomas. „Auch, wenn es ein Priester war. Aber tot ist tot."

Alfons war bemüht, Thomas abzulenken. „Was geschieht jetzt mit all deinen Unterlagen?"

„Ich werde sie Agritius bringen. Er weiß, wie er sie einzusetzen hat." Thomas sah den Mönch vor sich, wie er die Hände spreizte und sagte, auch er könne unter bestimmten Voraussetzungen töten. Inzwischen konnte er ihn verstehen. Vielleicht war er selbst auch schon so weit.

„Das übernehme ich", bot Alfons an. „Italien ist im Augenblick kein gutes Pflaster für dich."

Thomas war froh um dieses Angebot. Im Augenblick hatte er nicht den Nerv, nach Italien zu fahren. Überhaupt wollte er sich in den kommenden Tagen nicht aus Trier fortbewegen.

„Hast du es dir auch gut überlegt?", hinterfragte Alfons die Absicht, alle Unterlagen weiterzugeben.

„Alfons, was soll die Frage? Ich weiß inzwischen, was die Motivation für Bonifaz war, mit seiner Arbeit zu beginnen. Das Schicksal meiner Mutter. Und sein Archiv hat er nicht von ungefähr Paulus-Papiere genannt. Paulus wie …" Thomas blickte an Alfons vorbei aus dem Fenster. „Bonifaz hat ausgezeichnet gesammelt. Das muss erhalten bleiben, darauf muss man zurückgreifen können. Und der Ring ist wohl die beste Einrichtung, die weiß, wie man damit umzugehen hat. Ich als Einzelner, ich würde mich zerreiben und es liefe alles auf einen Kleinkrieg hinaus. Was hast du noch vor wenigen Tagen zu mir gesagt? Mich gewarnt, mir die Konsequenzen aufgezeigt? Weißt du es noch?"

Alfons nickte. „Ja, und ich stehe immer noch dazu. Wahrscheinlich wird es viel schlimmer sein, als du und ich es uns überhaupt ausmalen können."

„Genau das ist es. Was hätte ich schon für Möglichkeiten? Wie könnte ich mich gegen den Machtapparat Kirche verteidigen? Ich wäre der Nestbeschmutzer und hätte gegen die gesamte Kurie zu kämpfen. Oder glaubst du, einer der hohen Kirchenfürsten würde mir Rückendeckung geben? Glaubst du, die Medien stünden auf meiner Seite, wo sie doch so schön vom Vatikan gefüttert werden?"

„Nicht daran zu denken." Alfons' Stimme klang verbittert. „Es ist wie überall. Du als Einzelner, sogar wenn du ein Engel bist, kommst gegen die Machtapparate nicht an. Sei es nun die Politik, die Wirtschaft, die Kunst oder seien es die Medien selbst. Eigentlich schade, dass es so ist", fügte er resigniert hinzu und fragte wenige Augenblicke später. „Was ist eigentlich aus Thionville geworden?"

Thomas wusste, Alfons spielte auf das französische Institut an, welches ohne viel nachzufragen in seinem Auftrag verschiedene DNS Untersuchungen getätigt hatte.

„Seit einigen Tagen habe ich alle Ergebnisse vorliegen. Es ist, wie ich es befürchtet habe."

„Befürchtet?"

„Erwartet", verbesserte sich Thomas.

„Auch das mit den Haaren?"

„Ja." Thomas schaute auf seine Hände. Auch das mit den Haaren, überlegte er. Jetzt erst weiß ich alles. Und es wird eines Tages an die Öffentlichkeit kommen. Ich allein gegen einen anderen allein, das ist schon eher ein fairer Kampf.

„Wann sollst du dem Bischof den ersten Entwurf deiner Paulusschrift überreichen?"

Thomas hob den Kopf. „In genau zwei Wochen, im Rahmen der Heilig-Rock-Ausstellung. Verhoeven meint, es sei wichtig, den Entwurf bis dahin fertig zu haben. Er erwartet sehr hohen kirchlichen Besuch."

Ein feierliches Hochamt im Dom, der brechend voll war mit vielen geladenen Gästen – keiner hatte abgesagt – und normalen Gläubigen. Es kam nicht oft in Deutschlands ältester Stadt vor, dass ein Kardinal, assistiert von einem Bischof, die Messe las. Schwer lastete der Weihrauch wie eine drückende Wolke über dem Altar und zerlegte das Licht der vielen Kerzen in seine einzelnen Spektralfarben. Heftig gingen die Messdiener mit den Schellen um. Und der Chor, verstärkt durch Sänger von außerhalb, schwang sich auf zu einer Höchstleistung, noch nie hatte aus den vielen frommen Mündern das Te Deum Laudamus so prächtig geklungen. Mit einer Inbrunst und Hingabe, dass man das Gefühl hatte, die Mauern bebten. Vor so viel perfektem Ritual stellte sich die Frömmigkeit von selbst ein.

Thomas verzichtete auf seinen reservierten Platz und stand weit hinten nahe einer Säule, die ihm teilweise die Sicht versperrte. Er wollte einfach nur einer der Gläubigen sein, wie Eduard es zeitlebens gewesen war. Er sprach seine Gebete, bezog Menschen ein, die es aus seiner Sicht verdient hatten. Immer wieder kam er in den letzten Tagen dabei auf seine Mutter. Noch war er sich nicht im Klaren, ob er für sie oder für sich selbst betete.

Den ganzen Tag über glänzte Trier durch Feierlichkeiten und Ereignisse, zu denen sich die Stadt und Bewohner herausgeputzt hatten. Hier wurde etwas eröffnet, dort ein wichtiger Vortrag gehalten, an anderer Stelle segnete der Kardinal eine Ausstellung. Und überall Gläubige, die sich wie im Takt bekreuzigten.

Bischof Verhoeven hatte am Abend zu einer Feier in seinen privaten Räumlichkeiten geladen. Ein großer Raum mit perfekt verlegtem Eichenparkett, das man extra abgeschliffen und neu versiegelt hatte, zwei riesigen Kronleuchtern an der Decke, Lampen in Kerzenform mit Glasverzierungen an den Wänden, darunter in Hüfthöhe umlaufend eine Holzvertäfelung und viele Ölgemälde mit sakralem Hintergrund gaben die festliche Hülle.

Dreißig auserlesene Gäste, und Thomas einer von ihnen. Wie es sich für einen normalen Pfarrer gehörte, saß er jedoch am entfernten Ende des Raumes an einem der kleinen Tische. Auch hier und heute wurde strikt die Hierarchie eingehalten. Zuvorderst, gleich neben Paul Kardinal von Weißenbach und Bischof Verhoeven, drei Minister und ein Staatssekretär, daneben und dahinter zwei Oberbürgermeister, davon auch der aus Trier, ihnen gleichwertig mehrere Bischöfe und ein Erzbischof aus verschiedenen deutschen Städten, weiter nach hinten Landräte, Politiker und zum Schluss Thomas. Neben ihm saß die einzige geladene weibliche Person, wenn man von einigen Ehefrauen absah. Und zwar die Gleichstellungsbeauftragte des Landes.

Wie üblich wurden schöne Reden gehalten, man lobte sich reihum, was für eine gelungene Veranstaltung, wie wunderbar doch im Grunde – abgesehen von einigen Bösewichtern – die Welt sei und welche Kraft man aus dem Glauben schöpfen könne. Natürlich wurde auch nicht die Vorsehung vergessen.

Thomas bemerkte zwei Personen, die sogar noch etwas weiter abseits saßen als er, und zwar Mitarbeiter der ortsansässigen Zeitung. Sie schienen sich zu langweilen, denn jeder von ihnen hatte bereits den vorformulierten Pressetext des Bistums vor sich liegen, den man am kommenden Tag gerne veröffentlicht sehen wollte.

Als die Prozedur der überaus schönen Worte und des sich gegenseitig Dankens fast vorbei, das Zusammengehörigkeitsgefühl – wir werden das schon schaffen – heraufbeschworen war, ohne das man keine größeren Probleme bewältigen könne, kam Bischof Verhoeven auf die geplante Paulusschrift zu sprechen.

„Liebe Anwesende, einer unserer fähigsten Köpfe hat die Aufgabe übernommen, Paulus als das darzustellen, was er früher auch wirklich gewesen ist. Ein Mann als Rebell, zwischen Verantwortung und Leidenschaft, ein Hitzkopf und zugleich der große Vordenker, ein Rhetoriker, wie man ihn sich nur wünschen konnte, unermüdlicher Missionar, Verfasser vieler Glaubensbriefe, die uns so viele Impulse gegeben haben. Pfarrer Thomas Simmerling war einige Male in Rom und an anderen Stellen gewesen, und hat Erstaunliches aus den Archiven zusammengetragen. Ende des Jahres wird er seine Schrift der Öffentlichkeit vorstellen, ein Extrakt daraus hat er bereits für Paul Kardinal von Weißenbach angefertigt, welches dieser mit nach Rom nehmen kann. Bitte, Pfarrer Simmerling."

Thomas stand auf, die Augen der Anwesenden richteten sich auf ihn. Er begrüßte artig die wichtigsten Persönlichkeiten, natürlich besonders und umfangreich den Kardinal, der das Bistum und Deutschland hervorragend in Rom vertrete und durch seine Art, wie er den Glauben vorexerzierte, für alle ein überzeugendes Beispiel des lebendigen, modernen Christentums wäre. Ein Vorbild im Sinne Jesu.

Niemand merkte die doppelte Bedeutung, die Thomas eingebaut hatte. Alle applaudierten ihm artig.

„Möge diese Schrift, Paul Kardinal von Weißenbach, Ihnen helfen, einen intensiveren Zugang zu Paulus zu finden. Vielen Dank."

Erneuter Applaus, Thomas ging nach vorne und übereichte dem Kardinal die wenigen gebundenen Seiten im DIN A 4 Format. Dieser bedankte sich, lobte Thomas als einen Priester der jungen Generation, vielleicht auch so ein Rebell, wie es Paulus einst war, „in deren Hände wir später einmal ohne Reue unsere Arbeit und die Zukunft der Kirche legen können". Wohlwollend nickte er in die Runde, hob seine rechte Hand, als wolle er die Anwesenden segnen, strahlte in die Kameras der Gäste, denn nur ihnen war es gestattet, zu fotografieren, und begann zu blättern.

Die meisten Gäste hatten sich abgewandt und bekamen nicht mit, wie sich der Kardinal veränderte. Thomas jedoch, innerlich bis zum Zerreißen gespannt, sah, wie er sich stocksteif aufrichtete, die Knöchel an den Händen hervortraten, als sei die Schrift viel zu schwer, seine Augen sich weiteten, er einen flüchtigen Blick in den Raum warf, um sich sofort wieder auf den Inhalt zu konzentrieren.

Die Augen des Kardinals begannen zu rollen, fahrig strich er sich mit einer Hand über die Stirn, Schweiß brach aus, sein Mund öffnete sich weit. Noch bevor jemand hinzuspringen konnte, sackte der Kardinal mit einem Aufstöhnen zusammen.

Bischof Verhoeven, der ihm am nächsten stand, rief nach einem Arzt, der zufällig unter den Gästen weilte. Der beugte sich über den Kardinal und öffnete ihm zuerst den Kragen, dann verlangte er nach einer Serviette und Wasser.

„Eine Ohnmacht", meinte er zu all denen aufschauend, die sich Sorgen um den Würdenträger machten.

Serviette und Wasser wurden gebracht, der Arzt bearbeitete den Ohnmächtigen und Bischof Verhoeven bückte sich, hob das Exemplar auf, welches Thomas überreicht hatte und studierte den Inhalt. Thomas, der ihn beobachtete, hatte für einige Sekunden den Eindruck, als ginge es ihm genau so wie dem Kardinal. Verhoeven schwankte und suchte Halt an einer Fensterbank. Mit Augen, die nichts sahen, starrte er auf die

Anwesenden. Er schluckte so heftig, dass sein gestärkter Kragen auf und ab wippte.

Kurz darauf drängten sich Rettungssanitäter in den Raum, verfrachteten den Kardinal, der wieder zu sich gekommen war, auf eine Liege und schleppten ihn hinaus. Er würde sich in einem Trierer Krankenhaus zur Untersuchung und Überwachung wiederfinden.

Eine halbe Stunde später waren alle Gäste gegangen. Der Bischof hatte in Anbetracht der Umstände durch seinen Sekretär darum gebeten. Die Presse war vom Sprecher des Bistums instruiert worden, was man gerne in der Zeitung über diesen speziellen Vorfall lesen wolle. Wie immer würde man dem Wunsch der Kirche nachkommen.

Thomas und sein Onkel waren allein in dessen Wohnzimmer. Bischof Verhoeven hatte die gleiche Gesichtsfarbe wie der Kardinal kurz vor seiner Ohnmacht. Schwer atmend saß er in einem Sessel, seine Jacke und der Kragen waren geöffnet, von Zeit zu Zeit trocknete er sich mit einem Tuch Hals und Nacken und die Stirn. Sein Atem ging stoßweise.

„Was hast du dir dabei gedacht“, fragte er Thomas mit leiser Stimme und deutete auf die Schrift.

„Was hat der gute Kardinal sich vor vielen Jahren dabei gedacht“, antwortete er. „Und was hast du dir über all die Jahre gedacht, mein lieber Onkel. Bist du wirklich so unwissend oder spielst du es nur. Hast du tatsächlich von alledem keine Ahnung gehabt? Nicht gewusst, was dein Freund Paul mit deiner Schwester angestellt hat? Oder hast du geschwiegen, weil du dich schon auf dem Weg nach Rom wähntest, um dort höhere Weihen zu empfangen? Mit Pauls Hilfe vielleicht? Nein, keine Erpressung, eher eine versteckte sakrilegische Anspielung.“

Verhoeven ging auf all diese Beschuldigungen nicht ein. Thomas war sich noch nicht einmal sicher, ob er überhaupt richtig zugehört hatte.

„Aber einen Kardinal, einen der höchsten Würdenträger der Kirche, hier in meinem Hause so bloßzustellen.“

Thomas fiel es nicht leicht, ruhig zu bleiben. „Mein lieber Onkel, das Vorgefallene so einseitig zu sehen, ist dein Problem. Du erkennst nicht die Ursache. Du verschleierst und übst dich im Vergessen oder im Nichtbeachten. Seine heutige Funktion als Kardinal soll darüber hinwegtäuschen, dass er ein Schwein ist, der ein junges, unschuldiges Menschenleben auf dem Gewissen hat."

„Gehst du da nicht etwas zu weit?"

„Nein." Thomas schüttelte den Kopf. „Zuerst hat er meine Mutter mit dem Kruzifix bearbeitet und für die Begattung ihre Scheide gereinigt, sie dann, da er sich von oben gesegnet glaubte, bestiegen und später, als sie ihn brauchte, keinen der Briefe beantwortet. Ein Brief von ihm, und sie hätte sich nicht selbst getötet."

Verhoeven schlug die Schrift auf. „Wie bist du an das Tagebuch deiner Mutter gekommen?"

„Frage dich doch besser, wieso du davon keine Ahnung hattest, obwohl es deine Schwester war?", konterte Thomas. Schließlich beantwortete er dann aber doch die Frage. „Durch Eduard bin ich an das Tagbuch gekommen. Eduard hat Thessa viel besser gekannt als der eigene Bruder. Und als sie in Not war, hat sie sich an Eduard gewandt und nicht an dich. Das müsste dir doch eigentlich zu denken geben."

„Eduard." Verhoeven sprach den Namen aus, als hätte er einen besonderen Klang. „Immer wieder Eduard", fügte er ahnungsvoll hinzu.

„Mit seiner Hilfe konnte ich auch die DNS-Analysen anfertigen lassen, die zweifelsfrei beweisen, dass der Kardinal mein Vater ist."

Verhoeven schüttelte den Kopf, als könne er es nicht glauben, als passte all dies nicht in sein kirchliches Weltbild. Erneut rieb er sich Hals und Stirn trocken.

„Wie du mit Paul Kardinal … mit deinem Vater umgegangen bist …"

Thomas sprach schnell und presste die Worte hervor: „Er ist nicht mein Vater und er wird es für mich auch nie sein. Er hat meiner Mutter eine Zelle geliehen, damit sie mich bekommen konnte."

Verhoeven ließ die Arme sinken. Eingefallen und auf einen Punkt am Boden starrend, saß er im Sessel und schien um Jahre gealtert. Nichts war mehr von seiner körperlichen Spannkraft zu bemerken, die ansonsten akkurat gekämmten Haare hingen ihm wirr in die Stirn.

„Und du verlangst von ihm“, begann er abwesend, „dass er sich vom Papst von all seinen Pflichten entbinden lässt.“

„Ja.“

„Bist du wirklich überzeugt, Paul wird das tun? Jemand wie er in seiner Position, der so auf die Macht schielt?“ Langsam hob Verhoeven den Kopf und schaute seinen Neffen an.

„Er hat die Wahl. Jetzt und ohne viel Aufsehen oder in einem halben Jahr von allen verdammt und geächtet und bloßgestellt. Glaube mir, mein lieber Onkel, er wird gehen.“

„Und dann auch noch in dieses spezielle Kloster in Sizilien? Wo … doch nur … nur die ganz schlimmen …“

Thomas lächelte knapp. „Etwas Strafe muss schon sein.“

Sie schwiegen eine Weile. Thomas beobachtete seinen Onkel und wägte ab, wie er dessen Schuld zu bewerten hatte. Welche Buße er sich für ihn ausdenken wollte. Oder war er durch den Tod seiner Schwester genug bestraft? War bei ihm so etwas wie ein Gewissen, welches ihn bearbeitet und immer wieder verlangt hatte, sich mit dem Familiendrama auseinanderzusetzen? Dass er als Bruder einfach alles ohne Regung hingenommen haben sollte, wollte ihm nicht einleuchten.

„Es ist alles Eduards Werk“, sinnierte Verhoeven. „Er hat mir schon vor längerer Zeit den Floh ins Ohr gesetzt mit dieser Paulusschrift, weil er, wie er sagte, selbst so viele unbekannte Dinge über Paulus entdeckt habe. Das wäre was für Trier, wo doch Paulus der Stadtpatron sei. Eine Schrift zu erstellen und als Erster darüber zu berichten. Alle Welt würde uns beneiden. Und ich bin darauf reingefallen. Genau so, wie er dich ins Spiel gebracht hat, Thomas. Du könntest deinen eigenen Neffen damit beauftragen, wer weiß, wozu es nützlich sein kann. Er weiß doch nicht, dass du sein Onkel bist. Ich höre ihn noch heute. Und was habe ich getan? Alles in die Wege geleitet, wie Eduard es vorgeschlagen hat. Dabei hatte er von Beginn an etwas anderes im Sinn, dieser Bastard. Wollte Paul und mich zerstören, uns dafür bestrafen, dass wir es im Leben zu etwas gebracht haben. Und dich, mein lieber Neffe, hat er dazu benutzt. Siehst du denn nicht die wahren Hintergründe?“

Zum Schluss war Verhoevens Stimme lauter und eindringlicher geworden. Er schaute Thomas mit großen, glänzenden Augen an, als sei sein Fazit das einzig mögliche. Als könne nur Eduard aus niederen Motiven Schuld an allem sein, weil er Thessas Tod und die Vergangenheit benutzt habe, um ihn, Thomas, gegen Vater und Onkel aufzuhetzen.

Thomas stellte sich neben Verhoeven und lehnte sich an den Tisch. „Onkel, wenn Eduard ein Bastard ist, muss für dich und Paul noch ein Wort gefunden werden, was euch und euer Verhalten treffend bezeichnet. Ich bin froh, dass Eduard mich benutzt hat, wie du es ausdrückst. Dadurch habe ich meine Mutter kennen gelernt und natürlich auch dich, meinen Onkel."

Thomas beugte sich nach unten und legte beide Hände auf die Schulter seines Onkels. Dieser schaute ihn unsicher an.

„Als ich das Tagebuch von Thessa gelesen habe, wurde mir klar, was meine wahre Berufung ist. Ich habe geweint, weil ich den Schmerz und die Hilflosigkeit eines jungen Mädchens gespürt habe. Und ihr Alleinsein. Sie hatte unsagbare Angst. Und sie hatte so große Hoffnung, ihr älterer Bruder würde ihr helfen. Du hast sie von allen am meisten getötet. Du, ein Mann der Kirche, der so schön predigen kann, der so feurige Worte findet, Gott zu dienen. Der immer wieder von Nächstenliebe spricht, und doch nie seine Nächsten geliebt hat."

Thomas löste seine Hände, richtete sich auf, schaute einige Sekunden auf den gebeugten Rücken des Bischofs und ging hinaus.

Herr, ich habe es so gemacht, wie ich es mit dir besprochen habe. Alles Weitere liegt nun in deiner Hand. Agritius hat all meine Unterlagen erhalten. Und mit Benellis Kofferinhalt kann außer mir niemand etwas anfangen. Zugegeben, von den CDs habe ich noch Kopien. Wer weiß, vielleicht kann ich sie einmal verwenden. Du willst wissen, wozu? Müsste ich das eigentlich nicht dich fragen? Du weißt doch schon jetzt, was eintreten wird. Und falls du mir wieder kein Zeichen gibst, dann darfst du dich auch nicht beschweren, wenn ich möglicherweise den falschen Weg und den falschen Zeitpunkt wähle.

Mit Paul Kardinal von Weißenbach musste ich so umspringen, alles andere hätte er nicht verstanden. Dass er einen Herzinfarkt erlitten hat, zeigt nur die Schwere seiner Schuld. Oder siehst du es anders? Er wird bald wieder gesund sein. Gesund genug für Sizilien, wo sie schon auf ihn warten. Wenn ich dir jetzt eine Frage stelle, dann bedenke bitte, ich bin nur ein kleines Licht. Aber ich frage dich, warum du das alles zugelassen und den Tod meiner Mutter nicht verhindert hast. Ein so junges, unschuldiges Leben: Was hat es dir getan? Nicht sie hat verführt, sondern sie ist verführt worden. Nicht sie hat die Sünde an jemanden herangetragen, sondern einer deiner Diener an sie. Warum also, oh Herr? Ich merke schon, deine Antwort liegt darin, mir selbst eine Antwort zu geben.

Nun zu meinem Onkel. Bischof Verhoeven verhält sich seltsam seit diesem Vorfall mit dem Kardinal. Es scheint ihn sehr getroffen zu haben, dass ein ehemaliger Studienkollege und scheinbarer Freund sich so schlimm gegenüber seiner Schwester verhalten und sich an ihr versündigt hat. Dabei stand er sozusagen gleich daneben, er hätte nur die Augen aufmachen müssen. Hat ihn jemand mit Blindheit geschlagen? Herr, hast du für ihn eine besondere Buße vorgesehen? Vielleicht sogar eine Strafe? Oder sind deine Wege wieder einmal so unergründlich, dass ich sie nicht verstehen kann?

Ich fühle mich müde, sehr müde. Ich werde etwas ausspannen. Wenn du mich brauchst, du weißt ja, wo du mich finden kannst. Und wenn du Geld benötigst, die von Benelli gesammelten Millionen, dann melde dich. Ungefragt erhältst du nichts. Und was Bonifaz' Beichte angeht, du warst dabei und hast alles mitbekommen. Sicherlich ist es auch in deinem Sinne, dass ich sehr vorsichtig zu Werke gehe, damit niemand Rückschlüsse ziehen kann. Und damit ich auch nicht das Beichtgeheimnis verletze. Aber das alles hat noch etwas Zeit. Ich werde das später erledigen, wenn ich mein Leben neu geordnet habe und nicht mehr so vielen Zwängen unterliege. Und was uns beide angeht: Jetzt warte ich erst einmal ab, bis du etwas von dir hören lässt.

Wenn er an Bonifaz dachte, glaubte Thomas immer ein Sammelsurium an Gefühlen und Empfindungen bei sich auszumachen. Einige konnte er genau lokalisieren und zuordnen, wie Respekt, Vertrauen und Aufrichtigkeit. Und daraus erwachsen war bei ihm die Verpflichtung, mit dem Erbe des Ordenspriesters sorgfältig umzugehen. Was nicht nur bedeutete, es Agritius auszuhändigen und damit auch die Verantwortung abzugeben. Bonifaz' Erbe würde er bis an sein Lebensende verwalten.

Aber ein Gefühl konnte er nicht genau einordnen. Wenn er es nicht besser wüsste, würde er sagen, es sei Liebe. Aber eine Liebe, wie er sie noch nie auf einen anderen Menschen bezogen gekannt und empfunden hatte. Weder auf seine Adoptivmutter noch seinen Adoptivvater, weder auf den Herrn bezogen und auch nicht auf Thessa, seine neue, glühende Liebe. Und wenn er dieses Gefühl auf einen Menschen seiner Wahl, der ihm nahe stand, hätte übertragen dürfen, dann würde er sich wünschen, so seinen Vater zu lieben. Aber für seinen leiblichen Vater, die geliehene Zelle, empfand er überhaupt nichts. Und wo nichts ist, da musste er auch nicht verzeihen. Zugegeben, genau dies wäre ihm sehr schwer gefallen.

Bonifaz, was hast du mit mir angestellt, überlegte Thomas. Warum dieses innige, warme Gefühl für dich? Verbunden mit einem äußersten Maß an Hochachtung, wie du alles eingefädelt hast. Anerkennung auch vor deiner Schauspielkunst, um mir meinen Onkel, den Bischof, als Initiator für die Paulusrecherche zu verkaufen. Du hast die Idee an Verhoeven herangetragen, und der ist darauf angesprungen.

Ich war dein verlängerter Arm, und mit meiner Hilfe hast du dich rächen können. Und mittlerweile glaube ich, dass deine reine Liebe zu Thessa bis in alle Ewigkeit gedauert hätte. Sie hat Paul geliebt, und weil er diese Liebe nicht beantwortet hat, liebtest du sie so intensiv, wie man nur einmal lieben kann. Und das erste Mal gestorben bist du, als Thessa, meine Mutter, starb. Ich glaube, du hast jeden Tag den Herrn um Vergebung gebeten für die schlimmen Gefühle und Gedanken, die du gegenüber Paul empfunden hast. In mehr als dreißig Jahren wolltest du sie nicht ablegen, hast sie gehegt bis zu dem Tag, an dem du deiner Rache sicher sein konntest und du mich in deinen Plan eingebunden hast. Ich bin der Meinung, der Herr hat es verstanden und verzeiht dir.

Thomas erhob sich und stellte sich ans Fenster. Er schaute hinaus in den Maihimmel, sah den prallen Mond über den Dächern von Trier, der mit seinem milchigen Licht den Schieferdächern einen wertvollen Bleiglanz verlieh. Er war mit sich zufrieden und im Einklang, als hätte er ein gutes Lebenswerk abgeliefert. Dabei lag noch mehr als die Hälfte seines Lebens vor ihm. Er würde sie nutzen.

Dunkle Wolken mit klumpigen Bäuchen hingen so tief am Himmel, als wollten sie die Erde mit ihrer Last erdrücken. Hie und da gelang es dem Mond, eine Lücke zu finden und für Augenblicke Lichtstreifen zur Erde zu schicken – helle wandernde Inseln in der Landschaft. Düster die bewaldeten flachen Bergrücken der Eifel, wie planiert die abgeernteten Felder. Einige waren bereits umgepflügt, die Furchen als akkurate Linien im schwarzen, fetten Mutterboden eingeritzt.

Seit geraumer Zeit befand er sich auf der neuen Straße seines Lebens. Wo sie ihn hinführen würde, wusste er nicht. Aber er vertraute aus unerklärlichen Gründen dem neu eingeschlagenen Weg und hoffte, er würde ihn zu seinem Ziel führen. Was jedoch war sein Ziel?

In Gedanken versunken rollte er mit mäßiger Geschwindigkeit hinter einem Wohnmobil und machte keine Anstalten, es zu überholen. Der Straßenbelag glänzte noch feucht vom Regen, aufgewirbelte Gicht schlug gegen seine Windschutzscheibe, die Scheibenwischer hinterließen Schlieren.

Wie oft war er die Strecke bereits gefahren? Er hatte vergessen, es zu zählen. Und heute, das würde auch nicht das letzte Mal sein. Allerdings unter ganz anderen Vorzeichen als sonst. Er war zu einer Entscheidung gekommen. Und zwar genau in der Art, wie er es insgeheim schon vor Monaten erwartet hatte. Damals darauf angesprochen, hätte er aber sich selbst gegenüber nie zugegeben, dass es einmal so enden könnte. Liebe gegen Liebe, und die Liebe hatte gewonnen. Was für Außenstehende so einfach klingen mochte, er hatte über Wochen und Monate innerlich aufreibende Kämpfe ausgefochten. Liebe gegen Liebe. Denn auf der einen Seite schmerzte es ungemein, weil er nie gedacht hätte, dass es einmal dazu kommen könnte.

Genauso wenig wie er gedacht hätte, dass es jemals eine größere, umfassendere, tiefer gehende und wichtigere Liebe geben könne als diejenige, die ihm vor langer Zeit zum Lebensinhalt geworden war. Für die er alles geopfert hätte, vielleicht sogar sein Leben. Und genau das machte den Unterschied. Für seine neue Liebe würde er nie ein Leben opfern müssen, im Gegenteil, sie würde ihm Leben schenken.

Er kam in die Nähe des Parkplatzes, wo er sonst immer angehalten hatte. Heute bremste er nicht ab, heute zog er sich nicht um, heute fuhr er einfach weiter.

In der Stadt Luxemburg angekommen, suchte er einen Parkplatz in der Nähe der Banken. Er stieg aus, verschloss das Auto und ging zur Fußgängerzone. Kein Blick in ein Schaufenster, ob ihn jemand verfolgte, keine zweite Runde, um sicher zu sein, nicht beobachtet zu werden.

Er klingelte und meldete sich mit Namen an der Sprechanlage. Und mit dem gleichen flauen Gefühl in der Magengegend, mit der gleichen Erwartung wie sonst auch, stieg er in den Aufzug und schwebte nach oben.

Die Wohnungstür stand offen. Er drückte sie ins Schloss und ging lächelnd auf die dunkelhaarige Frau zu, die ihm stolz ihren schwangeren Bauch entgegenstreckte. Sie warf sich an seinen Hals, küsste ihn, er spürte den warmen Körper, nach dem er sich so sehnte.

„Wie geht es dir, Bubu?“

„Gut, verdammt gut.“ Er lächelte.

„Du siehst so fremd aus ohne Bart und mit deinen kurzen Haaren. Ich muss mich noch daran gewöhnen.“

Sie hakte sich ein und ging mit ihm ins Wohnzimmer.

„Heute kein Klavierkonzert?“

Sie schüttelte den Kopf. „Nein, heute nicht. Nur wir ohne Musik. Wir allein. Sie reichte ihm ein Glas, sie stießen an, schauten sich tief in die Augen und tranken.

„Gehen wir aus, Brigitte?“

„Nein.“ Sie schüttelte den Kopf. „Keine Musik und auch nicht ausgehen. Wir bleiben zu dritt hier.“ Sie streichelte ihren Bauch.

Während sie sich abwandte, beobachtete er heimlich Brigitte und bewunderte ihre Anmut. Die Schwangerschaft hatte sie noch schöner werden lassen.

„Kannst du bitte für das Essen noch in die Pizza nebenan eine Flasche Wein kaufen gehen?“, fragte sie.

„Rot oder ..., schon gut.“ Er lächelte, stand auf und fuhr wieder mit dem Aufzug nach unten, kaufte eine Flasche, bezahlte und wollte hinausgehen. Der Wirt hielt ihn zurück und fragte: „Sind Sie das hier?“ Er zeigte ihm ein Foto und Bubu erkannte sich.

„Ja“, entgegnete er erstaunt. „Woher haben Sie das?“

„Dann soll ich Ihnen diesen Brief hier geben“, antwortete er, ohne auf die Frage einzugehen und reichte Bubu einen weißen Umschlag.

Bubu trat aus der Pizzeria ins Freie. Vor einer Laterne blieb er stehen und las im fahlen Licht die wenigen Zeilen.

Es ist nicht nur so, dass du mein Geheimnis kennst. Ich kenne deines auch. Vor etlichen Wochen haben wir uns angerempelt. Hier, an dieser Stelle. Erinnerst du dich? Ich bin seitdem meinen neuen Weg gegangen, habe mit meiner Vergangenheit Frieden geschlossen, mit meiner Familie und auch auf meine Art mit Gott. Gehe auch du deinen neuen Weg. Entscheide dich und zögere nichts hinaus. Der neue Weg ist der bessere. Nur auf ihm wirst du deinen Frieden finden, weil deine Gefühle auch beantwortet werden. Ich wünsche dir viel Glück.

Dein Freund.

Als Bubu sich umdrehte, war es ihm, als hätte er jemanden gesehen. Aber er musste sich geirrt haben, denn die Straße war leer.

Nach dem Essen saßen sie im Wohnzimmer und schmiedeten Pläne. Sie würden bald umziehen in ein großes Haus an einem See und fragten sich, ob Brigitte trotzdem die Wohnung noch behalten solle. Eine Dependance in der Stadt Luxemburg sei schon gut, meinte sie. Außerdem fühle sie sich auch nicht ganz abgenabelt.

„Kannst du das verstehen, Bubu?"

„Ja, das kann ich", sagte er. „Es ist nicht verkehrt, in irgendeiner Form einen Rettungsanker zu haben. Nicht dass du ihn benötigst, aber es beruhigt."

„Machen wir wieder unser Spiel?"

Er nickte und streichelte ihren Bauch.

„Jetzt hat er sich bewegt", sagte Bubu.

„Ja, ich habe es auch gespürt."

Das Baby war inzwischen ein Er, weil sie auf dem Ultraschall erkennen konnten, es würde ein Junge werden.

„Wie willst du ihn nennen?"

Bubu überlegte. Natürlich hatte er sich schon Gedanken über den Namen gemacht, aber er konnte sich nicht auf einen einigen. Es blieben immer zwei übrig.

„Komm schon, wie soll er heißen?", drängte sie ihn.

„In unserer deutschen Sprache klingen sie nicht so gut, aber es sind meine absoluten Favoriten."

„Heraus damit, Bubu."

Er schaute sie an und wurde unvermittelt ernst. Sie merkte es sofort und konnte sich ausrechnen, dass die Namen für ihn eine ganz bestimmte Bedeutung hatten.

„Eduard und Alfons", sagte er mit belegter Stimme. Tränen traten in seine Augen, denn es gab da noch, falls es ein Mädchen geworden wäre, einen dritten Namen. Einen wunderschönen dritten Namen, der, wenn er ihn aussprach, all seine Emotionen und Empfindungen zum Klingen brachte. Ein Name, der so tiefe Gefühle in ihm auslöste, dass er jedes Mal die Fotos eines jungen Mädchens mit dunklen Haaren und traurigen Augen anschauen und viele Seiten in ihrem Tagebuch lesen musste. Inzwischen waren die Fotos etwas abgegriffen, als sei die Person zu oft gestreichelt worden. Flecken waren auch auf ihnen, außen mit dunklerem Rand und innen etwas heller, so wie die im Tagebuch. Und unter ihrem letzten Eintrag in Rot hatte er ebenfalls etwas in Rot geschrieben. Es war dasselbe Blut. Nur drei Worte. Die gleichen Worte, die er in ihren Grabstein hatte meißeln lassen. Ich liebe dich.

Brigitte küsste ihn. „In Französisch sie klingen gut und wir geben ihm beide. Eduard und Alphonse." Sie küsste ihn erneut und untermalte es mit einer Handbewegung, als wollte sie auf den Horizont deuten: „Eduard Alphonse.“

Bubu wirkte abwesend, sein Gesicht war entspannt und er schien zu träumen. Er wusste, wo er sie finden konnte, wenn er sie brauchte. Und er brauchte sie sehr oft. Er nahm sie in den Arm und wurde in den Arm genommen. Er küsste sie und wurde von ihr geküsst. Er beschützte sie und wurde beschützt. Er sah sich als Baby an ihrer Brust, er sah sie als Mädchen an seiner, schmächtig, zerbrechlich und voller Angst. Nur eines sah er nicht: sie lächeln. Ihr Körper war Trauer, ihr Blick war Trauer und in den Augen der Tod. Alles hätte er gegeben, um das zu verhindern. Alles hätte er gegeben, um sie heute umarmen und seinen Kopf in ihren Schoß legen zu können. Nur einmal hätte er ihr gerne ein Wort sagen wollen, welches sie verstanden und worauf sie geantwortet hätte, und wäre es nur mit einem Lächeln gewesen: Mutter.

Sie war ganz weit weg und doch so nah. Sie spielte mit Engeln im Himmel und wohnte zugleich ständig in seinem Kopf. Aber auch etwas tiefer an anderer Stelle, mitten in seinem Herzen, wo das Leben mit dem ersten Schlag beginnt. So wie seins vor siebenunddreißig Jahren bei ihr.